# redenção
## de um cafajeste

# NÀNA PÁUVOLI

# redenção
## de um
# cafajeste

**ROCCO**

*Copyright* © 2015, 2024 *by* Nàna Páuvolih

Direitos desta edição reservados à
EDITORA ROCCO LTDA.
Rua Evaristo da Veiga, 65 – 11º andar
Passeio Corporate – Torre 1
20031-040 – Rio de Janeiro – RJ
Tel.: (21) 3525-2000 – Fax: (21) 3525-2001
rocco@rocco.com.br
www.rocco.com.br

*Printed in Brazil*/Impresso no Brasil

Preparação de originais
FÁTIMA FADEL

CIP-BRASIL. CATALOGAÇÃO NA PUBLICAÇÃO
SINDICATO NACIONAL DOS EDITORES DE LIVROS, RJ

P361r

    Páuvoli, Nàna
        Redenção de um cafajeste / Nàna Páuvoli. - 1. ed. - Rio de Janeiro : Rocco, 2024.
(Trilogia redenção ; 1)

        "Edição revista"
        ISBN 978-65-5532-458-7
        ISBN 978-65-5595-280-3 (recurso eletrônico)

        1. Ficção brasileira. I. Título. II. Série.

24-92064                 CDD: 869.3
                          CDU: 82-3(81)

Gabriela Faray Ferreira Lopes - Bibliotecária - CRB-7/6643

# DEDICATÓRIA

Desde que me entendo por gente, amo escrever. E lembro que, ainda pequena, falava de minhas ideias e de meus livros com minha mãe, que mesmo muito ocupada, sempre me ouvia com atenção. Este livro, que é a realização de um sonho, eu dedico em primeiro lugar a ela. Não está mais aqui comigo de corpo presente, e sim eternamente dentro de mim. O amor permanece, assim como o agradecimento por ter sido mãe, amiga, companheira. Este livro e cada conquista que tive e tenho em minha vida são para você, mãe.

Dedico igualmente este livro à minha família, que de uma maneira ou de outra também ajudou a formar quem sou. Aos meus irmãos, meus primeiros companheiros de caminhada, meus amigos. Ao meu irmão caçula, que não está mais aqui, mas ao lado da minha mãe. Mas que, se estivesse, comemoraria muito comigo essa vitória.

Dedico aos meus filhos, Miguel e João Inácio, e ao meu marido Levy, que amo mais do que tudo nesta vida. Sempre meus companheiros fiéis, meus amados, meus queridos.

Também dedico aos meus amigos de infância, os que fiz pela vida, cada um especial, cada um sendo importante para mim. E aos meus leitores, minhas nanetes, que já fazem parte de mim. Com vocês, eu me sinto feliz.

Amo demais vocês!

# Parte 1

Vidas diferentes

# 1

## MAIANA APOLINÁRIO DE OLIVEIRA

Eu cochilava no trem Japeri, sentada na ponta do assento ao lado da porta. Por sorte, quando ele parou e algumas pessoas desceram conversando, eu despertei. Sobressaltada, espiei para ver em que estação estávamos. Nova Iguaçu, meu destino.

Levantei-me apressada, agarrando minha pasta amarela, e saltei antes que as portas se fechassem. Meu coração disparou pelo risco que corri de passar da estação devido ao cansaço que sentia. Respirei aliviada por ter acordado a tempo.

Observei enquanto o trem se afastava, barulhento. Pensei nos efeitos do tempo sobre a estação. Inaugurada em 1858, uma longa história, digna de ser registrada. A estação merecia ser preservada e, talvez, reformada. Não que reformas fossem lhe devolver o charme e o romantismo das décadas passadas; isso já não é mais possível. Reflexão de futura historiadora. Caminhei em direção às escadas e levei a mão à boca para disfarçar um bocejo. Tudo o que queria era chegar em casa... chegar logo, tomar um banho e dormir. Graças a Deus era sexta-feira. Só voltaria para o trabalho e para a faculdade na segunda.

Feliz por pensar nisso, atravessei a roleta e percebi que o calçadão em frente à estação estava movimentado, e o bar de esquina, lotado. As pessoas aproveitavam a noite de sexta para beber e encontrar os amigos. Passava das 23h quando desci a escadaria da estação. Aproveitei que o sinal de trânsito estava fechado para atravessar a rua, correndo. Os homens no bar começaram a mexer comigo, chamando-me de gostosa, jogando piadinhas. Eu nem olhei para eles. Assim como não olhei para os rapazes que passavam ao meu lado no calçadão e se viravam para encarar ou falar alguma gracinha. Aprendera a simplesmente fingir que nada acontecia.

Bocejei novamente enquanto apressava o passo. Não aguentava mais a roupa que usava desde que saíra de casa pela manhã e não via a hora de vestir apenas uma camiseta fresquinha e dormir... Dormir muito, até umas 10h do dia seguinte.

Segui direto pela avenida principal no centro de Nova Iguaçu, até chegar à transversal em que morava. Virei à esquerda e depois numa pequena rua sem saída. O bairro estava ali, do mesmo jeito que o encontrava todos os dias. Quase gemi de alegria ao ver minha pequena casa rosa com a pintura descascando, o muro baixo e o portão enferrujado na parte inferior. Acredito que muitos me considerariam louca por me sentir feliz ao voltar para uma casa como a minha, tão simples, tão... A luz na varanda estava acesa, e a janela da sala, aberta.

Abri o portão, que fez um leve rangido, anunciando que alguém se aproximava da casa, e fechei-o. Atravessei a pequena calçada até os dois degraus da varanda, já tirando o molho de chaves da bolsa. Finalmente, entrei em casa.

Parecia que todas as luzes estavam acesas. A televisão estava ligada e em um volume alto, como minha mãe gosta, para não perder nenhum detalhe. Mas não havia ninguém na pequena sala.

— Oi. Cheguei!

Na mesma hora, minha irmã caçula surgiu no corredor, lindíssima, usando uma calça preta colada, saltos altos e uma ínfima blusinha vermelha que mais mostrava do que cobria. Estava maquiada e com os cabelos castanho-escuros escovados caindo pelos ombros. Logo atrás dela vinha a nossa mãe, carregando uma bolsinha e falando algo que eu não entendi direito, talvez alguma coisa sobre perfume.

— Você chegou e eu estou saindo — disse Juliane, minha irmã três anos mais nova. Parou na sala e, olhando para mim, estendeu a mão para pegar seu *petit sac* com nossa mãe.

— Vai sair tão tarde? — indaguei, serenamente.

— Vou. Sexta-feira é dia de diversão. Você sabe o que é isso, maninha? — Ela sorriu e lançou um olhar à mamãe, que retribuiu.

— Meu conceito de diversão é diferente do seu — retruquei.

Juliane olhou-me com aquele jeito debochado que utilizava sempre que alguém a irritava. Depois se voltou para nossa mãe, beijou-a no rosto e falou:

— Amanhã te conto tudo. Torça por mim.

— Claro, querida. Boa sorte!

Tereza olhou para a filha caçula, radiante e animada. Na certa sabia para onde Juliane ia e o que iria fazer. Elas sempre combinavam tudo. Sempre cúmplices. E aquele ar de segredo e alegria de mamãe não podia significar boa coisa. Fiquei desconfiada.

Tentei controlar a preocupação e a irritação. Juliane não me escutava mais, não dava importância para os meus conselhos e parecia ter raiva das minhas interferências. Por isso, perguntei com cuidado:

— Vai dormir fora hoje? — Tive vontade de acrescentar "de novo", mas não disse nada.

— Vou. Aliás, nem sei quando volto. — Seus olhos escuros, bem maquiados, pareciam me desafiar a impedi-la.

— Ela vai à festa do namorado, numa cobertura do Leblon. Ele é um empresário muito rico — acrescentou mamãe, orgulhosa.

— Sei... E ele vem buscar você, Juliane?

— Não. Luana vai de carro, ela também foi convidada.

Minha preocupação aumentou. A tal Luana, amiga de Juliane, era tão irresponsável quanto ela. As duas viviam cada vez mais juntas, passavam noites fora fazendo coisas que com certeza não eram boas. A garota era mimada, tinha o seu próprio carro e fazia tudo o que tinha vontade. Tudo mesmo. Juntas, deviam aprontar muito.

Naquele momento, alguém buzinou em frente a casa.

— É a Lu. Tchau, mãe. — Ela beijou novamente nossa mãe, que parecia uma criança feliz. Depois disse friamente para mim, passando ao meu lado: — Tchau.

— Juliane, espere.

— O que é? — Irritada, ela parou e me encarou, já esperando alguma crítica ou conselho.

— Tome cuidado.

Eu queria dizer muito mais. Queria que a minha irmã voltasse a ser a garota que, pelo menos de vez em quando, escutava e concordava com o que eu falava. Queria que ela entendesse que me preocupava e queria o seu bem. Mas, toda vez que tentava demonstrar isso, nós brigávamos.

Juliane apenas me lançou o mesmo olhar debochado e saiu.

Lá fora, ela e Luana riram, cochicharam algo, e o carro arrancou.

Senti o coração apertar. Nas ruas, elas corriam todo tipo de risco, até mesmo de um acidente de carro, que poderia ser fatal. Eram apenas duas meninas irresponsáveis procurando problemas.

— Você devia fazer o mesmo. — A voz da minha mãe, absurdamente crítica, alcançou meus ouvidos, tirando-me dos pensamentos e penetrando em minha mente aflita.

Eu a encarei. Quem olhasse a mulher baixa, gordinha, de cabelos curtos pintados de preto e olhos pequenos, pensaria que se tratava de uma senhora como outra qualquer, mas há muito tempo eu soube que minha mãe era diferente de todas as senhoras que eu conhecia. E isso sempre me assustava.

— Quem é esse namorado dela?

— Eu já não lhe disse? — Animada, Tereza foi até o velho sofá coberto com a capa colorida que escondia os rasgos e as sujeiras do tecido original. Sentou-se, pegou o controle da televisão. — É um homem rico, lindo, que ela conheceu na casa de uns amigos. Está caidinho por ela. Aposto que Ju tirou a sorte grande.

Sorte grande, para a minha mãe, significava conseguir um marido rico. Ela criava as filhas orientando-as a usar a beleza para conquistar um homem assim. A sua vida girava em torno desse objetivo.

Eu me lembrava de sempre ouvir seus conselhos sobre usar minha beleza para me dar bem na vida. Isso marcou minha infância e adolescência. Era como uma lavagem cerebral que ela fazia. E que foi um fracasso comigo.

— Você não se preocupa com ela? Tantas noites fora de casa, metida com homens que você não conhece e que poderiam ser loucos ou assassinos? — As palavras saíram com revolta, mesmo sabendo que seriam em vão. Fizera isso várias vezes e nunca adiantara. — Ela é só uma garota, mãe. Pensa que é esperta, mas pode se dar muito mal!

— Juliane tem dezoito anos, e não é boba. — Lançou-me um olhar carregado, irritado. — Aliás, é bem mais esperta que você! Antes dos vinte estará rica, casada, com o mundo aos pés dela. E você? Vai ser uma pobre professora contando cada tostão, casada com um motorista de ônibus ou com um zé ninguém. Meu Deus, e pensar nas oportunidades que você jogou fora! Com sua aparência, poderia ser uma rainha!

Saí da sala antes que ela terminasse o discurso e fui para meu quarto, onde só cabiam uma cama de solteiro e um armário de roupas e livros. Pequeno. Mas meu canto. Fechei a porta, encostei-me nela e olhei fixamente para a frente.

Juliane não saía da minha cabeça. A preocupação com ela era uma constante em minha vida.

Cansada fisicamente, exausta emocionalmente e sem ter mais como lutar para proteger minha irmã, fechei os olhos, sentindo-me derrotada.

Disputara Juliane com nossa mãe durante anos, para o bem da minha irmã. Como alguém poderia ser feliz se vendendo para homens ricos, com o único objetivo de enriquecer a qualquer custo?

Infelizmente, Juliane acabara ficando do lado da mãe. Abandonou a escola, não trabalhava, passava seus dias e noites se especializando em tornar-se mais bonita e sedutora. Fútil, orgulhosa, cheia de si, metida, antipática. Era assim que todos por ali viam minha irmã. Ela reagia dando de ombros e dizendo que era inveja. Inveja porque ela era melhor do que os vizinhos, amigos e conhecidos.

Abri o guarda-roupa antigo para colocar a bolsa e a pasta. Todo o prazer que eu sentira pensando em chegar em casa para descansar evaporara.

Teria sorte se conseguisse dormir.

## ARTHUR MORENO DE ALBUQUERQUE

Tomava um gole do meu uísque escocês, puro, doze anos, enquanto escutava o que um dos diretores falava sobre a matéria de capa de uma das revistas de que eu era dono e que seria lançada na semana seguinte.

Naquela noite, na minha cobertura no Alto Leblon, eu recebia alguns conhecidos, colegas de trabalho, amigos, empregados e bajuladores. Como na maioria das vezes, eram pessoas chatas de quem eu logo me cansava. Algumas eu até cortava das listas de convidados das reuniões seguintes.

Aquela festa, especialmente, poderia ser um fracasso. Os homens e as mulheres ali pareciam querer lamber meus pés, me agradar de todas as formas possíveis. O que o poder e o dinheiro não fazem com as pessoas? Eram simpáticos em demasia, divertidos e sorridentes. Falsos — seria melhor descrevê-los assim.

Enquanto Cássio Cavalcanti continuava a falar animadamente sobre o artigo e um casal perto de nós escutava concentrado, corri o olhar pelo enorme terraço do apartamento.

Um pequeno bufê servia bebidas da mais alta qualidade e petiscos caros e saborosos aos convidados. No total, deviam chegar a quarenta pessoas, a maioria mulheres. Com exceção de Alda Guimarães, uma de minhas produtoras, que tinha mais de quarenta anos, todas as outras eram jovens.

Sorri suavemente. Eram mulheres ambiciosas que dariam um membro para estar ali trocando contatos, mostrando-se, oferecendo-se às pessoas certas e influentes, dedicando-se para se tornarem uma das capas da minha revista *Macho* ou uma amante especial, com direito a presentes e prestígio. Todas iguais: lindas e vazias. Bonecas para serem usadas à vontade.

Elas sempre salvavam aquelas reuniões chatas. Eu me divertia observando seus esforços para chamar atenção, as disputas entre elas, o desejo de se destacarem das demais e as coisas que eram capazes de fazer para aparecer.

Eu, dono de um conglomerado de revistas, um empresário de sucesso, um homem rico e poderoso, sempre na mídia, poderia fazer tudo o que quisesse com elas. E fazia. Naquele momento mesmo, se apenas pedisse que ficassem nuas e se deitassem no chão para que eu, meus amigos e empregados transássemos com elas, com certeza obedeceriam. No ato.

Ter esse poder me agradava. E me excitava. Bonecas, com seus corpos perfeitos, sempre prontas para realizar meus desejos. Empenhando-se para me agradar. E algumas até conseguiam. Essas eu usava até cansar. As que tinham potencial conseguiam sair nuas na revista *Macho*; poucas, muito poucas, conseguiam um comercial na televisão ou uma ponta em novela; duas ou três, mais espertas, faziam sucesso. Todas passavam pela minha cama.

Eu sentia os olhares de cobiça sobre mim e retribuía os sorrisos ansiosos. Elas ficavam por perto, rondando, tentando mostrar suas qualidades e atributos. Algumas, mais diretas, se aproximavam sem convite, com olhares sedutores e palavras cheias de conotação sexual. Como a garota que conheci na semana anterior, na casa de um amigo empresário.

Alberto Gaspar tinha sessenta e oito anos e só gostava de garotas entre dezoito e vinte anos. Tinha bom gosto e costumava indicar beldades para minha revista depois de transar com elas. As mais fogosas e que satisfaziam todas as suas vontades eram as preferidas de Alberto. Aquela bronzeada de cabelos negros que tinha ficado pendurada no meu velho amigo tarado naquela festa era especialmente bonita e liberal. Não tinha ficado nem um pouco envergonhada quando ele descrevera para mim o quanto ela era gostosa e realizava seus caprichos. Nem disfarçara seu desejo por mim, o que fez com que Alberto me convidasse a compartilhá-la.

Dividir mulheres com outros homens não era exatamente minha fantasia sexual favorita, mas eu gostava tanto de sexo que, de vez em quando, participava de algumas orgias. Naquela noite, aceitei o convite e transamos com ela. Chamava-se Juliane e deu conta de nós dois muito bem. Eu a penetrei em todos os lugares e a garota ainda pediu mais. Era naturalmente dada. E me agradou com sua beleza, jovialidade e entrega total.

Transei com ela mais duas vezes depois disso, todas muito agradáveis. Ela não se assustava fácil e aceitou tudo o que sugeri. No entanto, já começava a enjoar. Era sempre assim após conhecer uma mulher na cama e explorá-la ao máximo. Talvez porque sexo não seja o mesmo que amor e isso seja algo desconhecido para mim. Busco entre corpos quentes e respirações ofegantes o que me satisfaça. Talvez seja realmente como disse Gabriel García Márquez: "O sexo é o consolo que a gente tem quando o amor não nos alcança." Ou talvez ele esteja errado e sexo seja o suficiente. Quem sabe?

Terminei meu uísque e vi que Juliane se aproximava de mim. Sensual em uma roupa colada, estava com uma amiga ao lado.

— Querido, a festa está ótima! — Parou ao meu lado e segurou meu braço, enquanto eu entregava meu copo vazio a um garçom que passava. — Minha amiga aqui adorou seu apartamento. Ela já foi a várias festas comigo, em lugares lindos, mas adorou este aqui.

— Com certeza. — A outra moça sorriu.

Devia ter uns vinte anos e era quase tão bonita quanto Juliane. Pequena, delicada, pele clara, cabelos longos e castanho-claros como seus olhos. Seu ar inocente e angelical era desmentido pelo olhar ardente e sedutor em minha direção.

— Essa é Luana, minha melhor amiga — explicou Juliane, ainda encostada em meu braço, roçando os seios firmes em mim provocantemente. — Somos inseparáveis!

Ergui uma das sobrancelhas com cinismo e, em meio à reunião tediosa, examinei as duas garotas com outro olhar. Sozinha, Juliane estava deixando de ter graça, mas, com a amiga, ambas se tornavam mais interessantes.

— Aceitaria conhecer o resto do meu apartamento, Luana?

Os olhos da moça brilharam. Na mesma hora Juliane olhou-a de cara feia e pensei em como uma amizade poderia acabar tão rapidamente diante de uma disputa. Aquilo me divertia.

— Juliane e eu teríamos imenso prazer em mostrar a você o meu cômodo preferido da casa: minha suíte.

— Claro! — O sorriso de Juliane voltou, exuberante. Sentindo-se a dona do lugar, ela disse à outra: — Precisa ver a banheira de hidromassagem. Parece uma piscina! E a cama dá para umas seis pessoas.

— Uau! Estou impressionada!

— Ela está impressionada com tudo, Arthur. Principalmente com você — Juliane ronronou.

— Pensei que fosse um senhor de certa idade — esclareceu Luana, avaliando-me com admiração de cima a baixo. — Felizmente, me enganei.

Sorri lentamente. Sem me importar com a possibilidade de meus convidados notarem a minha ausência, levei-as para minha suíte. Os olhos delas brilhavam como se descobrissem um lugar secreto e rico, muito diferente de suas realidades.

Não precisei seduzi-las nem pedir nada. Muito menos mandar. Ambas eram maliciosas e sabiam o que eu queria. Pareciam ansiosas em cooperar. Como sempre, tudo estava à minha disposição para pegar e usufruir como bem quisesse.

De pé no meio do quarto, observei as duas, calado. Luana parecia um pouco tímida e percebi que nunca havia dividido um homem com a amiga. Juliane, por sua vez, adorava novidades e parecia animada. Foi a primeira a se ajoelhar à minha frente e começar a abrir minha calça. Desci os olhos por ela quando abaixou minha cueca e segurou meu pau pela base, ainda semiereto. Luana arregalou os olhos.

— Mas... é enorme!

— Vai ficar maior. Venha aqui, amiga.

Corando, Luana se ajoelhou ao lado dela, fitando meu pau, lambendo os lábios. Juliane me acariciou e lambeu a cabeça suavemente. Depois murmurou:

— Prove.

Continuei imóvel, estudando-as quase clinicamente enquanto Luana abria a boquinha em forma de coração e enfiava meu pau lentamente... Que boca macia.

Com um ar travesso, ergueu o olhar para mim e foi chupando mais forte até me enterrar no fundo de sua garganta. Percebi que era bem experiente; poucas mulheres tomavam tanto de mim, sem deixar que os dentes roçassem, com pressão na medida certa.

Ela gemeu quando meu membro inchou e se alongou com a chupada. Juliane pediu:

— Também quero um pouco.

Luana me segurou pela base e tirou a boca, e na mesma hora Juliane engoliu meu pau, mais esfomeada que a amiga; rápida e firme.

— Vocês são duas putinhas. — Acariciei os cabelos macios de ambas enquanto elas lambiam e chupavam meu pênis e meus testículos, até que fiquei completamente ereto.

Sorriram excitadas. Juliane deixou a outra me chupando e foi se erguendo devagar, abrindo os botões da minha camisa e lambendo a barriga. Enquanto puxava o tecido, beijava e mordia meu peito.

Envolvi sua cintura com um braço, puxando-a para um beijo, escorregando minha mão até sua bunda dura e empinada. Eu gostava especialmente de transar com mais de uma mulher. Como era muito fogoso e não gozava com facilidade, podia me satisfazer à vontade.

Ficamos naquele joguinho erótico até eu agarrar os cabelos na nuca de Luana e trazê-la para mim, obrigando-a a soltar meu pau. Envolvi a cintura dela com o outro braço e, na mesma hora, ela veio me beijar. Tirei os lábios de Juliane e enfiei minha língua entre os de Luana.

Já fizera aquilo inúmeras vezes. Com duas, três e até quatro mulheres. Era excitante, divertido, diferente. Trouxe Juliane para perto e nos beijamos os três juntos, em uma mistura de línguas e lábios. Por fim, afastei-me um pouco e, com as mãos apertando a bunda de cada uma, ordenei:

— Beijem-se. — Minha voz saiu baixa e firme.

Elas trocaram olhares por um momento. Luana pareceu ligeiramente acanhada em fazer aquilo com a amiga. Juliane sorriu, sem muita conversa, e aproximou mais seu rosto do dela, tocando suavemente seus lábios até adentrar a boca com a língua.

Fiquei alucinado ao ver as duas jovens se beijando. Sem deixar de prestar atenção nelas, comecei a despi-las lentamente, primeiro Juliane e depois Luana, até ficarem nuas exceto pelas sandálias de salto alto.

O corpo de Juliane eu já conhecia de cor: esguio, mas exuberante, com bunda redonda e empinada e seios fartos com mamilos grandes. O de Luana era mais magro, com seios pequeninos e bicos salientes, e sua vulva era completamente depilada. Linda.

— Continuem se beijando — falei, uma parte de mim excitada, outra ainda fria, como se observasse de longe, de braços cruzados. Era sempre assim. Eu nunca perdia o controle.

Comecei a acariciá-las. Fiz com que se abraçassem, colando os corpos bem-feitos, devorando-se nos beijos. E então passei a me despir até ficar completamente nu, meu pau bem duro e preparado.

Fui para trás de Luana e afastei o cabelo dela para um dos ombros, expondo sua nuca, que eu adorava. Geralmente, quando mordia ali, as mulheres se arrepiavam e estremeciam, gemendo, entregues, como se perdessem as forças. E não foi diferente com Luana; quando a mordisquei devagar, ela arfou contra a boca de Juliane.

Brinquei um pouquinho, minhas mãos acariciando sua bunda pequena e empinada, ao passo que deslizava a língua até sua orelha e ela gemia como uma gatinha. Abri sua bunda, apenas minha boca e minhas mãos tocando-a, meu dedo médio circulando suavemente seu ânus. Ela se remexeu, ansiosa, forçando a bunda contra minha mão. Sorri para mim mesmo, sabendo que ela queria que eu introduzisse meu dedo ali.

Ignorei-a, descendo mais os dedos até os lábios vaginais já molhadinhos. Ela abriu as pernas, muito empinada, beijando Juliane com sofreguidão. As mãos enterradas nos cabelos da amiga, os seios roçando os da outra. Mordisquei seu pescoço com certa força e penetrei o dedo em sua vagina, até o fundo. E então passei a meter ali, sem pressa, com firmeza.

Luana gemeu alto, ainda agarrada à Juliane. Eu observava. Ela rebolou contra meu dedo, ávida, querendo mais. No entanto, eu só fazia o que eu mesmo queria. Retirei minha mão e me afastei, levando o dedo até o nariz e cheirando. Depois o lambi suavemente, sentindo o gostinho levemente salgado. Era impressionante como uma mulher era diferente da outra, e isso me agradava muito.

Fui para trás de Juliane e repeti o mesmo processo, satisfeito porque elas estavam molhadas, excitadas e eram igualmente gostosas. Juliane, mais agressiva, rebolou e ajudou na penetração, engolindo meu dedo. Até que me cansei da brincadeira e pus um fim, um tanto rude:

— Deitem-se na cama. Quero ver vocês transando — falei friamente. Sentei em uma poltrona de couro e esperei ser obedecido.

Elas pararam de se beijar e me olharam, lânguidas e lindas. É claro que não negaram. Foram até a cama enquanto Luana dizia, um pouco corada:

— Nós nunca fizemos isso uma com a outra. Somos amigas.

— Vão fazer agora.

Nem passava pela minha cabeça que fossem dizer não... e não disseram.

Deitaram-se sobre os lençóis de seda branca da enorme cama, e Juliane deu uma risada ao comentar:

— Eu nunca tinha sentido tesão por mulher até hoje. — Olhou para mim, sensual, fazendo biquinho. — Só você para me fazer obedecer, Arthur.

Eu sorri devagar, sabendo que era mentira.

— Você é uma puta natural, Juliane. E é disso que eu gosto. Agora pare de falar e vá para cima de sua amiguinha. Quero um show digno de aplausos.

— Você terá, meu amor.

E foi o que recebi. Fiquei lá sentado, masturbando-me lentamente enquanto observava as duas moças lindas e esculturais devorando-se sobre a cama. Elas pareciam ter descoberto muito prazer com o contato suave, os beijos, as peles lisas e as unhas compridas. Luana mostrou-se tão inspirada quanto Juliane, e a todo momento olhavam para mim, fazendo o que eu mandava.

Trocaram carícias, deitaram-se uma sobre a outra, beijaram-se lascivamente, chuparam-se em um 69, introduziram dedos na vagina e no ânus uma da outra, morderam mamilos, ficaram suadas e arfantes, gozaram.

Por fim, quando eu já me encontrava duro em demasia, levantei e me aproximei da cama. Olhei para os corpos jovens e lindos e me deitei entre eles. Na mesma hora Luana e Juliane se debruçaram sobre mim para me beijar. Apenas sorri e deixei que elas me saboreassem.

Elas me deram um banho de língua. Chuparam meus lábios, pescoço, ombros, pernas, braços, peito, barriga, testículos, pênis. Enquanto Luana se debruçava sobre mim, seus cabelos espalhados em minhas coxas, sugando meu pau, Juliane enfiou o dedão do meu pé esquerdo na boca e o chupou.

Depois, elas se revezaram engolindo meu pau. O tempo todo eu as olhava, entre excitação e frieza, até que achei que estava na hora de a brincadeira realmente começar. Estiquei um braço, alcancei um preservativo na mesa de cabeceira e abri o envelope.

— Ponha em mim, Luana.

Na mesma hora ela obedeceu, passando a mão no comprimento do meu membro, colocando o preservativo e murmurando:

— Nunca vi um pau tão grande e lindo...

— Monte em mim. Veja o que acha dele dentro de você. — Olhei para Juliane, estendendo minha mão para ela. — Vem aqui, quero te chupar.

— Faço tudo o que você quiser — disse, ronronando. Os seios firmes e pesados balançando quando engatinhou pela cama.

Luana montou em mim, as mãos em minha barriga dura, descendo a vulva sem pelos e engolindo meu pau grosso enquanto gemia e rebolava. No momento em que a penetrei por completo, ela murmurou:

— Ai, é tão grande e grosso que até dói... Ah... Ah, que gostoso...

Era apertadinha e massageava meu membro, deslizando. Realmente gostoso. Puxei Juliane, e ela se posicionou de joelhos acima da minha cabeça, apoiando-se na cabeceira. Agarrei sua bunda e a puxei sobre mim, esfregando meu nariz em seus pelos, cheirando-a. Estava melada, com cheiro forte de sexo e gozo, o que me excitou ao máximo. Deslizei as mãos até seus lábios vaginais e os abri bem, lambendo lentamente o clitóris até deixá-la doida, estremecendo sem controle e gemendo alto.

Alucinada, Luana me cavalgava, sua vagina me sentindo por inteiro, bem preenchida, pingando em volta de mim. Se doía, ela gostava, pois gritou como louca, gozando forte.

— Ai, que delícia... Que pau!

Chupei Juliane com força, enfiei a língua nela e me fartei com seus sucos que jorravam em mim. Estava bem excitado, mas ainda mantinha o controle. Já tinham me dito que eu parecia uma máquina de sexo, e talvez fosse verdade. Ainda não havia nascido uma mulher capaz de me controlar ou de me fazer perder a cabeça. Como tudo em minha vida, eu reinava absoluto, acima de qualquer descontrole. Impassível e focado.

Juliane começou a gozar e murmurar palavrões, fora de si. Prendi o clitóris entre os lábios e suguei firme, quebrando-a, fazendo-a estalar e ondular, choramingando, rebolando, implorando. Somente então é que parei, já começando a empurrá-la de cima de mim para a cama.

— Cansadinhas, é? Então fiquem quietinhas. Assim.

Deixei ambas de barriga para cima, deitadas lado a lado.

— Abram as pernas. — Havia algo pecaminoso e devasso dentro de mim. Saber que eram minhas, que poderia fazer o que quisesse com elas, era um grande afrodisíaco. Pensei em meus brinquedos, nos objetos de prazer e de tortura, em tudo o que poderia fazer para deixá-las totalmente indefesas. Mas ignorei. Ia apenas me divertir com o sexo puro daquela vez.

Arreganhei as coxas de Juliane e montei entre elas, meio ajoelhado, apoiando as mãos na cama. Impulsionei o quadril e a penetrei bem fundo, com força, entrando na carne macia e úmida. Ela gemeu alto, e observei seu rosto se contraindo de tesão enquanto a comia forte, sem nenhuma delicadeza. Mordeu os lábios e fez menção de me abraçar, mas eu a interrompi bruscamente:

— Não. Fique com as mãos ao lado do corpo enquanto te fodo.

Obedeceu, mas abriu mais as pernas e moveu os quadris para receber as estocadas violentas, com os seios balançando e as pálpebras pesando. Saí de dentro dela e fui parar entre as pernas de Luana, arreganhando-a e penetrando-a com a mesma dureza.

— Ai, por favor... Assim você acaba comigo, Arthur... — sussurrou, toda arrepiada. Sua vagina, menor e mais apertada, estrangulava meu pau. Mas não tive pena. Apenas meti ainda mais forte.

Sorri com satisfação. Bonequinhas. Eu não gostava só de usá-las e me satisfazer. Gostava de vê-las daquele jeito, excitadas, no ponto, gozando e pedindo mais.

Sensualmente, deitei-me mais sobre Luana, meu peito musculoso esmagando seus seios pequenos, beijando-a enquanto a comia. Ela reagiu na hora, rebolando e erguendo a bunda da cama para receber as estocadas, chupando a minha língua com volúpia. Deixei que me abraçasse e gostei de como ronronava e se esfregava, alucinada de tesão.

Desci a boca por seu pescoço e colo. Enfiei os mamilos na boca, chupando um de cada vez até ficarem duros, em seu limite. Luana começou a pedir por mais, entrelaçando os dedos em meus cabelos, se descontrolando.

— Você é tão gostoso, tão lindo... Ah, meu Deus, que homem tesudo... Ah, por favor...

Estava à beira do gozo. Mas parei, deixando-a desesperada, tentando me agarrar.

— Virem-se de bruços. — Eu a larguei, ajoelhado na cama, meu cabelo em desalinho, a respiração levemente alterada. Meus olhos acompanhavam as duas, esperando que obedecessem.

Observei os cabelos compridos sobre as costas, as cinturas finas, os contornos diferentes de cada uma. Juliane era exuberante, a bunda grande e dura exibindo uma marca de biquíni modelo fio-dental. As pernas eram definidas, ligeiramente musculosas. Luana era mais clara e esguia, bunda pequena, empinada, pernas longas e finas.

Dediquei minha atenção a uma de cada vez, beijando-as por inteiro. Nucas, costas, pernas, bundas. Abri e lambi o ânus de uma e depois o da outra. Elas gemiam, ronronavam, se debatiam. Ajoelhado entre ambas, olhava enquanto acariciava seus orifícios molhados de saliva. Passei a meter o dedo médio da mão esquerda no de Juliane e o médio da mão direita no de Luana.

— Abram a bundinha para mim.

Elas levaram as mãos para trás e abriram as nádegas. Eu enfiei os dedos facilmente, passeando o olhar em suas vulvas inchadas e expostas, brilhando. Não houve dificuldade na penetração, que era prazerosa para ambas. Já deviam ter feito muito sexo anal, o que as deixara preparadas.

— Ah, Arthur... — Juliane choramingou, olhando para trás. — Por favor, come o meu cuzinho...

Apenas sorri. Brinquei mais um pouco com elas. Quando cansei, mandei que Luana se deitasse de barriga para cima na cama e Juliane fosse para cima dela, posicionada para um 69, uma chupando a outra. Já estavam muito excitadas e se devoraram ansiosas.

Fui até Juliane, abrindo sua bunda, me posicionando. Penetrei-a por trás, onde era mais apertada, porém macia e úmida. Ela gritou, pois, afinal, eu era grande e grosso. Fui bruto, e ela adorou, tornando-se mais esfomeada contra o clitóris da amiga. Embaixo de mim, Luana parou de chupá-la um pouco e lambeu minhas bolas, fazendo com que o tesão viesse mais potente dentro de mim.

Passou a se revezar entre a boceta de Juliane e meu saco; enfiava-o na boca e sugava, uma bola de cada vez. Deixei um gemido rouco escapar, abrasado, mais bruto ao comer Juliane. Passei a dar tapas fortes em sua bunda, até deixá-la bem vermelha. Ela gritou sem parar até explodir num orgasmo longo e violento. Só então saí de dentro dela, meu pau duro como uma barra de ferro.

Contornei a cama enquanto Juliane saía de cima da amiga e caía deitada, exausta, arfante. Fiz Luana ficar de quatro, agarrando seu cabelo e dizendo com ferocidade:

— Agora é a sua vez. — E, atrás dela, meti sem dó em seu ânus.

Sexo anal, sem dúvida, era o ponto fraco de Luana. Gritou fora de si, remexendo-se, esticando-se, pedindo mais.

— Ah, que delícia! Vem, come sua cachorrinha... Ai...

Gostei de fodê-la daquela forma, ardente e loucamente, com ela se empinando e se oferecendo para mim, rebolando sem parar. Bati forte em sua bunda, e ela enlouqueceu de vez, disparando obscenidades, implorando por mais, ficando toda vermelha. O ânus piscava e sugava meu pênis, e ela dizia enquanto eu a espancava com força na bunda:

— Sim, paizinho, me castiga... Me castiga com essa mão pesada e esse pau gigante...

Luana começou a chorar quando gozou, gritando, implorando, a bunda muito vermelha, cheia de marcas de dedos. Saí de dentro dela, que desabou ao lado da amiga, estremecendo.

Tirei o preservativo e as virei para mim. Olhavam-me, cativas, abandonadas. E então me masturbei. Cerrei os dentes, o gozo veio quente e ejaculei sobre elas, nos seios e pescoços, espirrando perto da boca de Luana, que ainda lambeu um pouco do meu sêmen.

Relaxei, mais calmo, satisfeito. Exaustas, suadas e meladas com meu esperma, elas me encaravam. Eu ainda estava bem ereto, ostentando um sorriso cínico nos lábios ao indagar:

— Querem descansar um pouco ou podemos continuar?

Luana arregalou os olhos ao perceber que eu não brincava.

— Descansar, por favor… — gemeu.

Eu saí da cama.

— Vou voltar para os meus convidados. Fiquem à vontade e descansem. Mais tarde eu volto — falei com certa frieza, indo para o banheiro.

Lá de dentro, ouvi Luana se virar para Juliane, assombrada, e perguntar baixinho:

— Esse homem existe, Ju?

— Eu te falei. Da última vez, ele deu quatro seguidas comigo. Até fiquei assada! É um tarado. — Juliane ria de leve. — E com aquele pau, caramba… Rico, lindo, tarado. Perfeito! Só falta se apaixonar.

— Eu já estou apaixonada… — murmurou a outra.

— Chegou tarde, meu bem. Esse cara vai ficar na minha. Vai ser meu.

Ouvi Luana suspirar. Eu duvidava. Arthur Moreno não era de ninguém.

## MAIANA

Eu sempre quis fazer faculdade de História. Ser professora. Já no ensino médio, eu era muito estudiosa; ótima aluna, mesmo estudando em escola pública e ficando muitas vezes sem aula e sem professor. Mas adorava ler e estudava por minha conta, então, quando terminei os estudos aos dezessete anos, passei direto para duas universidades públicas — a UFF e a UERJ. Escolhi a segunda porque poderia ir e voltar de trem, e ficava mais perto do trabalho e de casa.

Agora, aos vinte e um anos, faltava apenas mais um ano para terminar meu curso na faculdade e começar a trabalhar no que eu realmente queria. Passei por várias dificuldades; às vezes era obrigada a faltar aulas porque não tinha como pagar a passagem, outras, por sair mais tarde do trabalho, mas me mantive sempre firme, e minhas notas altas comprovam minha dedicação e meu esforço.

Há quatro anos comecei a trabalhar como recepcionista em um grande escritório de advocacia, onde atendia o telefone e servia cafezinhos. No começo, ganhava pouco, mas tinha vale-transporte e vale-refeição. O horário, de segunda a sexta, das 8h às 17h, era propício para que estudasse à noite.

A firma ficava na movimentada avenida Rio Branco, no centro do Rio de Janeiro. Ao fim do expediente, era só pegar um ônibus na avenida Presidente Vargas e, em menos de meia hora, estava na UERJ para estudar das 18h até as 22h. Depois pegava o trem e voltava para Nova Iguaçu, onde morava.

Aos poucos, minha dedicação ao trabalho foi recompensada. Nunca faltava ou me metia em fofoquinhas de escritório, não chegava atrasada e cumpria com minhas obrigações sem reclamar. Em um ano, recebi uma pequena promoção e um aumento. Fui trabalhar como recepcionista no andar dos principais sócios da firma, lidando com clientes e marcando reuniões com outras duas moças. Tinha apenas dezoito anos na época.

Foi quando comecei a chamar mais atenção do que eu desejava. Mesmo usando o uniforme azul, com o cabelo sempre preso e um sorriso profissional como as outras funcionárias, vários advogados, estagiários e clientes começaram a me passar cantadas e me convidar para sair.

Educadamente, recusei todos os convites, e aos poucos fui desencorajando os mais ousados. Apesar de alguns serem bonitos, ricos ou interessantes, às vezes as três coisas juntas, nenhum deles me interessou. Depois de passar anos ouvindo os conselhos ridículos e absurdos da minha mãe para eu usar meu corpo a fim de atrair os homens, eu havia desenvolvido uma grande repulsa por atitudes desse tipo. Quanto mais ela falava, mais eu odiava a hipótese de usar minha aparência para crescer na vida. Minhas prioridades eram estudar e trabalhar.

Mas um dos sócios da firma, um homem de cerca de quarenta anos — bonito e elegante, porém casado —, que, segundo comentavam, já saíra com todas as mulheres mais atraentes do escritório, mostrou-se muito insistente, querendo me levar para a cama. Minhas recusas só aumentavam a sua disposição em insistir... Pareciam motivá-lo.

Passei a sentir até medo dele. Evitei sua presença ao máximo, e minhas colegas de trabalho começaram a jogar indiretas, perturbando-me ainda mais. Achavam que era um joguinho meu para chamar atenção. Ainda mais quando Eduardo Couto, o tal advogado, anunciou que eu seria sua nova secretária.

Corriam boatos de que suas secretárias eram jovens e bonitas, além de serem suas amantes. Quando se cansava, ele simplesmente trocava de secretária. Era generoso, dava-lhes presentes, levava-as aos melhores lugares. Muitas garotas do escritório sonhavam em ocupar aquele cargo.

Quando eu soube da novidade, fiquei apavorada. Nem a perspectiva de ter meu salário aumentado me alegrou. Sabia que, como secretária particular, estaria à disposição dele, e Eduardo Couto se tornaria muito mais insistente. Infernizaria a minha vida. Sem outra opção, só me restou pedir demissão.

O assunto gerou tanta fofoca que a diretora de Recursos Humanos me chamou para conversar. A firma admirava minha pontualidade e dedicação. Eu trabalhava ali havia quase dois anos, sem faltas e sem problemas; eu demonstrara aprender com facilidade as tarefas. Sabia digitar rápido, escrevia bem, era eficiente e simpática. Eles não queriam minha demissão.

Por fim, o sócio majoritário do escritório, a quem todos admiravam e respeitavam, resolveu o assunto. Mais tarde eu soube que ele havia conversado com Eduardo Couto e, depois disso, este nunca mais me importunou. Passou a me ignorar, com um desprezo evidente. E eu, sem querer, caí nas boas graças de José Paulo Camargo, o sócio majoritário.

Nos dois anos seguintes continuei a trabalhar com afinco e a me aperfeiçoar. Recebi outras promoções e, há quatro meses, fui convidada a me tornar assistente de Adelaide, a secretária de José Paulo Camargo, que estava com sessenta anos e logo se aposentaria. Se conseguisse desempenhar aquela função e me saísse bem, poderia ocupar o lugar dela.

No início, fiquei com medo de que o velho advogado tivesse más intenções. Mas ao conhecer melhor o homem sério e inteligente de sessenta e seis anos, casado há quarenta anos com a mesma mulher, respeitador e idôneo, que não gerava nenhum rumor na firma, fui ficando mais tranquila.

Convivia muito com o patrão e Adelaide. Ela me ensinava tudo com paciência e me elogiava por aprender rápido. Aos poucos percebi que, assim como os admirava, eles também me admiravam.

Certa vez, Adelaide comentou que era difícil encontrar, nos dias atuais, alguém jovem tão responsável quanto eu. E me deu um conselho que nunca esqueceria: "Nada vale mais do que nossa paz interior; do que saber que o nosso sucesso veio da honestidade e do trabalho, não de meios fáceis e maldosos."

Assim, eu estava feliz e tranquila. Aos poucos, estava alcançando meus objetivos. Minha única preocupação no momento era minha irmã caçula. Juliane fizera dezoito anos e, cada vez mais, seguia os conselhos distorcidos da nossa mãe e não escutava nada que eu lhe dizia.

No sábado, ela só voltou para casa de manhã e dormiu até tarde. Passou o resto do dia se arrumando, fazendo as unhas e cochichando com a mãe. Só se dirigia a mim com deboche e piadinhas, até me ver irritada. À noite, saiu novamente com Luana, emperiquitada, sem querer dar satisfações.

Eu li alguns textos, fiz um trabalho da faculdade, arrumei a casa e lavei roupa. Deixei tudo preparado para a semana seguinte, pois durante a semana não teria tempo de fazer nada daquilo.

Sábado à noite fui a uma festa de aniversário, pois o filho de uma vizinha amiga completava um ano de vida. Encontrei vários colegas com quem me diverti, ri e relaxei.

No domingo, fiquei preocupada, pois passava das 17h e Juliane ainda não voltara de sua saída do dia anterior. Eu tinha jurado a mim mesma não perguntar nada à minha mãe, pois não seria de grande ajuda. Mas não aguentei e fui procurá-la na sala.

Minha mãe era viciada em televisão. Dessa forma, passava o domingo inteiro deitada no sofá, segurando o controle remoto e rindo das bobagens que via. Odiava trabalho doméstico, então nesse dia recusava-se até a lavar louça. Durante a semana, dava uma arrumadinha superficial em tudo, fazia o almoço de qualquer jeito, e o que sobrava ficava para o jantar. Depois ficava grudada na televisão. Via desde a novela da tarde até a do último horário.

Quando eu me atrevia a reclamar disso, ela ficava furiosa, queixava-se de dores e me chamava de filha ingrata. Chegou a afirmar, algumas vezes, que eu era má e egoísta, porque, em vez de criticá-la, poderia comprar para ela uma televisão grande de LED, agora que meu salário aumentara. "Você pode pagar em até dezoito vezes", disse ela, como se isso fosse fácil.

Com um ar risonho no rosto redondo, Tereza olhava fixamente para a televisão. Parei na entrada da sala e olhei para ela. Às vezes sentia mágoa e raiva das atitudes da minha mãe. Mas, em outros momentos, certa melancolia e tristeza me envolviam. Que vida era aquela? Enfurnada numa casa, apreciando as vidas de personagens de novelas. Quase não saía dali, sonhando com riqueza e conforto. E a realidade? Como podia estar despreocupada com uma filha que só há pouco tempo fizera dezoito anos e que estava na rua há quase vinte e quatro horas?

— Mãe… — comecei tranquilamente, embora sentisse um aperto no peito. Cheguei perto do sofá em que ela estava deitada. — Juliane não deu notícias?

— Espere um pouco, Maiana… Ah! — Ela riu de um desses vídeos que mostravam as pessoas caindo, desmaiando em casamentos, cometendo erros engraçados sem querer. — Olha só! Ela escorregou e caiu como uma jaca podre!

Pacientemente, eu me sentei no braço do sofá e aguardei. Quando o intervalo comercial chegou, ainda rindo, Tereza sentou-se e me olhou.

— O que você disse?

— Eu perguntei por Juliane.

Tereza suspirou.

— O que tem sua irmã?

— Ela deu notícias? Não a vejo desde ontem.

— Ela deve estar na casa do namorado.

— Como assim, deve estar? A senhora não sabe?

A mãe fez cara de pouco caso.

— Já disse que sua irmã sabe se cuidar. Deve estar se divertindo. É só isso?

Eu não queria discutir com ela. Continuei calmamente.

— A senhora sabe quem é esse tal namorado dela?

— Sei. Ele vive saindo nos jornais, e Juliane me mostrou uma foto. — Ela animou-se, sorrindo. — É rico e já namorou muitas atrizes e modelos famosas. Acho que é dono de algumas dessas revistas que circulam por aí. Sei que é empresário. E veja bem: agora namora a nossa Ju! Nem dá pra acreditar!

— Sabe o nome dele?

— Claro! É Arthur... Arthur Moreno. — Seus olhos brilhavam. — E nem é velho! Trinta e poucos anos e lindo. A Ju disse que está caidinho por ela. Talvez ela até apareça com ele numa dessas reportagens que mostram festas de gente famosa. Já pensou? Mando até fazer um quadro!

Eu fiquei quieta, ainda apreensiva. Por fim, indaguei:

— É só com ele que ela está saindo? Ou tem outros?

— Por que você quer saber?

— Só estou perguntando.

— Que é? Está com ciúmes? Está arrependida de não seguir os meus conselhos, agora que sua irmã está se dando bem?

Tive vontade de rir de tamanho absurdo. Mas a preocupação com a minha irmã persistia.

— Será que ela está se dando bem mesmo, mãe? Será que esse homem gosta dela e a está tratando bem?

— Claro que sim! Não vê como ela anda feliz? Ah, vai começar o programa de novo. É só isso?

— É. É só isso.

Eu saí de casa e fui até o portão. A tarde estava fresca e, na rua sem saída, alguns garotos jogavam bola usando os chinelos como traves enquanto meninas se reuniam na esquina para conversar e paquerar. Dona Maria, uma senhora de quase oitenta anos que ainda aceitava costuras por encomenda, sentava-se num banco em sua calçada, conversando com mais duas vizinhas idosas. Todas me cumprimentaram.

Eu sorri e acenei para elas. Ansiosa, olhei para a entrada da rua, mas não havia nem sinal da minha irmã. Eu não conseguia me livrar da sensação de que algo ruim poderia acontecer com Juliane. E o pior é que não havia nada que eu pudesse fazer.

Virgínia, minha melhor amiga, que morava numa casa velha em frente à minha, surgiu na varanda e, ao me ver encostada no portão, saiu de casa, atravessou a rua e veio em minha direção.

— Oi, Nana. Aproveitando a tarde?

— Pois é.

Sorri para ela. Nós nos conhecíamos desde crianças, quando Virgínia só conseguia falar "Manana". Alguns outros colegas riam e implicavam, chamando-me de Banana. Várias vezes eu briguei com eles até sair no tapa. Mais tarde, todos nos tornamos amigos, e Virgínia reduzira o "Manana" para "Nana". Sempre me chamava pelo apelido carinhoso.

— Por que não deu um pulinho lá em casa pra eu cuidar do seu cabelo? — Virgínia examinou meus cabelos, loiros naturais e claríssimos, presos de qualquer jeito por uma presilha azul. — Agora que é assistente da secretária do seu chefe, tem que manter a aparência impecável.

— Amanhã eu prendo num coque.

Virgínia sentou-se no muro baixo e balançou a cabeça.

— Sabe que eu adoro te arrumar e não te cobro nada. Você sempre me ajudou nos estudos, e, em troca, eu cortava seu cabelo e fazia escova.

— Já terminamos o ensino médio há quatro anos, você continua a cortar meu cabelo e nunca mais precisou de ajuda para estudar. — Sorri. — Além do mais, trabalha como cabeleireira de segunda a sábado. Merece um descanso no domingo, não é?

— Você é uma boba, Nana. Semana que vem você não escapa do meu secador!

Rimos.

— E aí? Alguma novidade? — indagou Virgínia, balançando as pernas penduradas. Usava short, camiseta colada e os cabelos crespos escovados estavam sempre bem cuidados.

— Não. Tudo na mesma.

— Você parece esquisita. Agoniada. O que foi?

— Nada, só vim espiar a rua.

— Sua mãe e irmã estão em casa?

— Mamãe está vendo televisão. Juliane saiu.

Virgínia me conhecia muito bem e sabia de meus desentendimentos com a minha mãe e a minha irmã.

— Está preocupada com a Juliane, não é? O que foi dessa vez? Ela se meteu com homem casado de novo?

— Sei lá, Virgínia. Ela passa cada vez menos tempo em casa. Minha mãe disse que o namorado dela é um empresário rico e famoso e que está apaixonado por ela. Mas eu não sei. — Olhei para minha amiga. — É um tal de Arthur Moreno. Conhece?

Virgínia arregalou os olhos castanhos.

— Arthur Moreno? Claro! É aquele que vive namorando essas atrizes famosas! Dizem que é rico e já lançou muitas mulheres na mídia. Já vi várias fotos dele em jornais e revistas. Você não?

— Nunca ouvi falar. E, se o vi, já esqueci.

— Ele é lindo, Nana. Um gato daqueles que parecem um sonho, sabe? Puxa, dessa vez sua irmã se deu bem!

Fiz uma careta.

— O fato de ser rico, bonito e famoso não significa que seja um homem bom!

— Sei disso. Mas que sua irmã chegou mais longe do que se esperava, isso, sim, é um fato. Como ela o conheceu? — Virgínia arregalou os olhos. — Ei, Nana, será que ela vai ser a nova capa da *Macho*?

— O quê?

— Arthur Moreno é dono da revista *Macho*, aquela famosa, de mulheres nuas! Será que é isso?

Franzi a testa, sem saber o que dizer. Naquele momento, o Corsa vinho de Luana entrou na rua e deixou Juliane a poucos metros dali, pois os garotos jogando futebol não permitiram que ela parasse perto do portão de casa.

Juliane, num microvestido preto e saltos altíssimos, afastou os lisos cabelos castanhos do rosto e acenou para a amiga, que se afastou com o carro e buzinou em despedida.

Juliane veio andando pela calçada sem cumprimentar os vizinhos, com o nariz empinado e o andar de uma modelo. Olhou com ironia para mim e Virgínia ao parar perto de nós.

— Olá! Não é um horário ruim para ficar no portão fazendo fofoca? — Ela sorriu ao ver que eu cerrava os lábios e continuou: — Ou estava esperando por mim?

Eu não cairia nas provocações e implicâncias de Juliane.

— Estou aqui aproveitando a tarde e conversando com minha amiga — disse friamente.

— Hum... Que divertido!

— Você também parece ter se divertido bastante! — disse Virgínia, imitando o sarcasmo de Juliane.

— Com certeza, bem mais do que vocês. — Seus olhos brilhavam, e ela sorria, mas algumas olheiras denunciavam cansaço que ela logo tratou de explicar: — Passei a noite em claro numa festa que, mesmo em seus sonhos mais ousados, Virgínia, você nem poderia imaginar como é!

— Se você diz, eu acredito. Afinal, você só anda com gente importante, não é? — Virgínia continuava a sorrir ironicamente.

— Exatamente. Logo todos ouvirão falar de mim. — Seu olhar era o de alguém superior e arrogante.

— É mesmo? Onde?

— Na televisão, em revistas, em todo lugar. E só assim me verão, porque assim que isso acontecer, eu me mudo daqui.

— Puxa vida, Juliane! Estou impressionada! — Virgínia arregalou os olhos exageradamente. — E o que você fará na televisão, nas revistas, em todo lugar? Quais são os seus talentos?

Juliane olhou-a por um momento, em dúvida. Eu a observava, calada. Por fim, ela retrucou:

— Para quem é jovem e bonita como eu, tudo é mais fácil. Posso fazer qualquer coisa; atuar, cantar, apresentar um programa... ou, quem sabe, simplesmente me casar com um homem famoso e rico. — Ela olhou Virgínia de cima a baixo. — Já algumas mulheres sem atrativos... Bem, resta agradecer aos céus quando conseguem um bombeiro como noivo!

Virgínia, noiva de um bombeiro, ficou séria na mesma hora. Rindo, Juliane entrou em casa. Eu olhei para minha amiga.

— Desculpe, Virgínia. Ela não sabe de nada.

— Juliane está um nojo. Ela pensa que é um arraso! — suspirou. — Aposto que sou mais feliz com meu Rodrigo do que ela com esse Arthur Moreno! Pelo menos a gente se ama!

— Claro.

— Ah, deixa pra lá. Bom, ela já está em casa. Que tal você relaxar agora? O domingo está terminando e você nem se cuidou. Vamos lá em casa. Dou um jeito nesse cabelo rapidinho!

— Não. Obrigada, mas...

— Vamos lá! Vai entrar e fazer o que? Além do mais, minha mãe fez um bolo de chocolate maravilhoso! Hein?

Eu acabei rindo.

— O que estamos esperando? Por que não falou do bolo antes?

Virgínia pulou do muro, deu-me o braço, e rindo, nós atravessamos a rua.

# 2

## MAIANA

Uma semana se passou. O mês de dezembro chegou e, com ele, as provas de fim de período da faculdade, que me obrigaram a aproveitar cada momentinho livre para estudar ainda mais. Lia no ônibus, no trem, no intervalo das aulas, na hora do almoço, onde fosse possível. Logo viriam as férias e eu teria as noites para descansar.

Enquanto isso, Juliane continuou saindo sem dizer para onde ia, cada vez mais arrumada, com roupas novas e dinheiro na bolsa. Tereza estava radiante e comprara várias guloseimas como sorvete, chocolate, doces e seus biscoitos preferidos, além de encher a geladeira de refrigerantes. Como minha mãe e minha irmã não trabalhavam, deduzi que Juliane estava ganhando dinheiro e presentes de seu amante, ou amantes.

Na quarta-feira, ao chegar em casa à noite, voltando da faculdade, encontrei minha irmã com os olhos vermelhos de tanto chorar e a nossa mãe consolando-a. Preocupada, quis saber do que se tratava, mas elas não quiseram dizer nada. Juliane ainda esbravejou dizendo que eu tinha inveja, que eu torcia para que ela se desse mal, mas que isso não ia acontecer.

Perdi a cabeça e a chamei de fútil, mimada, egoísta. Por fim, disse que nunca teria inveja de uma prostituta. Desde então, Juliane não falava mais comigo.

Havia horas que eu me cansava de lutar contra elas. Quando Juliane era menor de idade, tentei evitar que caísse naquela vida de prostituição o quanto pude, mas agora, com dezoito anos, os conflitos entre nós só aumentavam. Só eu trabalhava e pagava as contas. E era sempre aquele inferno em casa. Cada dia que passava, sentia mais vontade de arrumar um cantinho para mim e sair dali, sem me preocupar em como as duas iriam se virar. Mas, contrariando a razão... lá no fundo, ainda tinha esperanças de reconquistar a minha irmã.

Na quinta-feira, Juliane dormiu fora de casa. Na sexta à noite, ela fez questão de sair impecável em um novo robe de *soirée* e de mostrar à nossa mãe, na minha frente, claro, os brincos e o colar de ouro puro com pedras preciosas que o amante dera de presente.

Em vez de despertar em mim a suposta inveja, deixou-me mais apreensiva por vê-la deixar a casa com aquelas joias, correndo o risco de ser assaltada. Mas não disse nada. De que adiantaria?

No sábado de manhã, dei um jeito na casa e preparei o almoço. À tarde, estudei, pois na semana seguinte faria as últimas provas daquele período. Mas, à noite, por estar preocupada com Juliane, que não via desde sexta-feira, não consegui mais me concentrar em meus textos e fui para a sala.

Vi novela com a minha mãe, sem prestar atenção. Tereza deliciava-se com um chocolate branco em barra, sem tirar os olhos da trama. Antes que eu perguntasse algo, começou a explicar, emocionada, o motivo da briga entre os dois protagonistas. A culpa era da maldita vilã, que queria o mocinho para si.

Não sabia mais o que pensar ou fazer, quando alguém bateu na porta da frente. Já passava das 19h.

Eu me levantei e abri a porta de ferro e vidro. Luana, a amiga de Juliane, estava ali, sem maquiagem e com o cabelo solto. Na certa, não saíra com minha irmã.

— Oi, Luana. Juliane não está.

— Eu… eu sei.

Percebi que algo estava errado. Luana, sempre fria e metida, parecia tensa e nervosa. Olhava-me, um pouco insegura.

— O que houve? — Segurei a maçaneta da porta com força, sentindo um calafrio estranho percorrer o corpo. Murmurei: — Aconteceu alguma coisa com ela?

Luana fez que sim com a cabeça.

*Ai, meu Deus, não… por favor, não*, implorei em pensamento, sendo tomada por um medo atroz. Não queria que nenhum de meus pressentimentos ruins se concretizasse. Respirando fundo, consegui perguntar:

— O que foi? Diga, Luana!

— Ei, o que está havendo aí? — indagou Tereza, de seu sofá. — Luana, é você?

— Sim, dona Tereza. Não aconteceu nada. — Luana levou os dedos aos lábios, pedindo silêncio. — Vim pedir um negócio à Maiana.

— Ah…

— Venha aqui. Sua mãe não precisa saber de nada agora. — Luana me puxou pelo braço e fechou a porta. Eu estava transtornada. Ela continuou falando baixo: — Olha, ela está lá em casa. Acalme-se.

O alívio fez com que eu soltasse o ar.

— Na sua casa? Ela está bem?

— Mais ou menos. Nem sei direito o que aconteceu. Ela chegou lá ainda há pouco, de táxi. Estava muito nervosa e não falava coisa com coisa. Só pedia para deixá-la entrar, porque não queria vir para casa naquele estado.

— Que estado? Pelo amor de Deus, Luana, fale tudo de uma vez!

— Calma! — Luana passou as mãos pelo cabelo, tensa. Depois me encarou. — Olha, ela tem saído com um cara aí, e durante a semana ele deu um fora nela. Deu joias de presente e mandou ela passear. Sabe como Juliane é. Ela não se conformou muito com isso.

— Você está falando de Arthur Moreno.

— Ele mesmo. Bem, ontem houve uma festa na casa dele, e a Ju cismou de aparecer, mesmo sem ter sido convidada. Achava que poderia fazer Arthur mudar de ideia. Eu não quis ir e falei que era loucura. Ela foi assim mesmo. Droga! Como me arrependo de não ter ido junto! Se eu...

— O que ele fez com ela? — perguntei baixo, cerrando os punhos.

— Maiana, nem sei se foi ele. Como eu disse, Juliane chegou confusa, chorando. Não entendi nada. Só sei que ela não queria vir para cá e... ela está toda machucada.

— Ai, meu Deus...

— Calma, Maiana. Olha, meu tio é médico e já cuidou dela. Agora Juliane está bem e dormindo. Tomou um tranquilizante e só vai acordar amanhã. Graças a Deus, ela não corre nenhum risco.

— Quero vê-la.

— Maiana...

— Eu quero vê-la!

— Está bem. Vamos lá.

— Tá, espere um pouco.

Tentando controlar o nervosismo, eu entrei em casa.

— O que Luana queria? — Tereza lambia os dedos sujos de chocolate.

— Ela quer uma... uma bolsa de Juliane emprestada. Eu vou... — Comecei a seguir para o corredor. — Vou pegar uma para ela e depois vou ali, na casa de uma amiga. Não demoro.

— A Ju não gosta que mexam nas coisas dela.

Corri para o quarto, já tirando o short. Enfiei-me em uma calça jeans, calcei sandálias rasteiras e peguei a bolsa. Passei pela sala tão rápido que mamãe só foi me notar quando cheguei na porta.

— Qual bolsa da Ju você pegou? — indagou Tereza.

— A pequena — inventei, saindo sem demora. — Volto logo, mãe.

Já no carro de Luana, perguntei que tipo de ferimentos minha irmã tinha sofrido.

— Parece que bateram no rosto dela. Um dos olhos está inchado, e ela tinha sangue no nariz e na boca. Meu tio disse que o nariz não foi quebrado, mas... — Ela hesitou.

— O que foi?

— Os dois... dois dentes na frente foram quebrados.

Eu fechei os olhos por um momento, arrasada. Coitadinha... Como ela devia ter sentido dor!

— Continue.

— O corpo também está machucado. Ah, Maiana, é horrível! Que merda!

— Continue, Luana.

— Mordidas, marcas de queimaduras nos seios e na bunda... Meu tio disse que pareciam ser de charutos. Alguém a maltratou muito.

— Ela precisa ir para um hospital.

— Não! Ela implorou que não! Se fosse para o hospital, iam chamar a polícia!

— Mas é isso que eu vou fazer! Acha que vou deixar esse maldito Arthur Moreno livre, como se não tivesse culpa de nada? — quase gritei, cheia de raiva e revolta.

— Nem ao menos sabemos se foi ele!

— E quem poderia ser? Ela não foi à casa dele? Talvez tenha ficado com raiva porque ela apareceu sem ser convidada e foi insistente. Então, resolveu dar um castigo. Mas ele vai pagar! Ah, vai!

— Maiana, se você fizer algo sem que a Juliane queira, ela vai te odiar. Não chame a polícia agora. Ao menos espere ela acordar e contar o que aconteceu. Por favor, Maiana.

Chegamos em frente à casa de dois andares em que Luana morava, bem no centro de Nova Iguaçu. Saí do carro rapidamente, tremendo, e segui Luana para dentro como um robô, no automático, pois minha vontade era não ver os machucados da minha irmã. Teria dado tudo para que ela não passasse por aquilo.

Luana morava com a mãe, uma mulher divorciada de pouco mais de quarenta anos, bonita, esguia e que mais parecia ser irmã dela. Era alegre, faladeira e jogava charme para todo homem que passava pelo seu caminho. Eu a conheci em uma festa.

Cláudia nos recebeu na sala.

— Oi, Maiana. Lamento nos reencontrarmos em um momento tão ruim. Meu irmão, que é médico, já cuidou da Ju. Agora ela está dormindo.

— Obrigada — murmurei.

— Venha, Maiana. — Luana me levou ao andar de cima.

Juliane estava em um quarto rosa, com muitas bonecas e ursos de pelúcia nas prateleiras. Do abajur, uma luz ia na sua direção, iluminando seu rosto pálido, inchado e cheio de hematomas. Uma colcha branca a cobria até os ombros.

Não aguentei vê-la tão machucada e comecei a chorar baixinho. Depois, inclinei-me e acariciei seus cabelos, arrasada, indagando a mim mesma… como a garotinha doce e carinhosa na infância tinha se tornado tão irresponsável.

— Ju, eu te pedi tantas vezes para tomar cuidado… — murmurei, me erguendo de novo.

Tinha passado as últimas semanas preocupada com ela, rezando, temendo que algo ruim acontecesse. E vi meus medos se concretizarem.

— Desgraçado… — praguejei baixo, enxugando os olhos, furiosa. — Desgraçado, covarde! Eu queria matar aquele covarde!

Uma onda de ódio me engolfou e virei-me para Luana, de pé ao meu lado.

— Eu vou falar com esse Arthur Moreno.

A moça arregalou os olhos.

— Para quê? Não vai adiantar nada! E se…

— Vou descobrir agora o que aconteceu. — Caminhei até a porta do quarto, Luana me seguiu. — Quero saber se foi ele! Não vai escapar dessa impune!

— Maiana…

— Você sabe onde ele mora, pode me levar lá.

— Você está nervosa e descontrolada.

Saímos para o corredor e voltei a olhar para ela.

— Se você não me der uma carona, vou a uma delegacia e apareço lá com a polícia.

— Mas e se não foi ele?

— É o que vou descobrir.

— Espere até Juliane acordar amanhã.

— Amanhã esse cara pode estar em outro estado ou país. E eu vou explodir com essa revolta. — Estava determinada e raivosa. — Você vem comigo ou não?

Luana suspirou, sem saber o que fazer.

— A Ju vai te odiar! — Eu continuava a encarar, e ela se rendeu de má vontade: — Tá bom! Ah, que droga!

Um silêncio tenso durou toda a viagem. Luana estava preocupada e irritada. E eu sentia a ira borbulhar dentro de mim, cegando-me. Queria ser um homem bem forte para quebrar a cara desse maldito Arthur Moreno.

# ARTHUR MORENO

Eu tinha terminado de tomar um banho quando o interfone tocou.

A empregada já tinha ido embora. Impaciente, ainda me enxugando, saí do banheiro e fui para o quarto para atender de lá.

— Senhor Moreno — disse um dos porteiros, em tom respeitoso. — Há uma senhorita aqui querendo falar com o senhor.

Suspirei, irritado. Não convidei ninguém e ia sair em meia hora. Pensei nas mulheres chatas e insistentes que não gostaria de ver, fui direto e perguntei:

— Qual o nome dela?

— Maiana Apolinário.

— Não conheço. — Devia ser uma das beldades das quais eu havia me esquecido. — Não posso receber ninguém no momento.

— Sim, senhor. Boa noite.

Desliguei, irritado. Fui para meu closet, vesti uma cueca, uma calça preta feita sob medida e estava abotoando uma camisa branca quando o interfone tocou de novo.

Eu franzi o cenho, ainda mais colérico. Descalço e com a camisa ainda aberta, voltei ao quarto e atendi.

— Senhor Moreno, desculpe incomodá-lo de novo, mas a moça é insistente. Disse que não sai daqui sem falar com o senhor. Ameacei chamar a polícia e ela disse que seria bom, que ela mesma faria isso. Achei melhor avisar o senhor.

— Ela disse que assunto quer tratar comigo?

— É algo sobre a irmã dela.

— Quem é a irmã dela?

— Acho que é... Juliana. Não, Juliane.

Suspirei novamente. Aquela garota chatinha. Tinha dado a ela joias para me livrar de sua insistência e para que sumisse o quanto antes, como um cavalheiro. Mesmo assim, a putinha ainda tinha aparecido na noite anterior, tentando me seduzir de maneira amadora. E então veio a irmã dela. Para quê?

— Não tenho nada para conversar com essa mulher nem com a irmã dela — falei secamente.

— Sim, senhor. Vou chamar a segurança. Avisei porque ela podia ficar do lado de fora e perturbá-lo quando saísse de carro.

Eu já ia desligar, mas fiquei intrigado. O que a tal mulher poderia querer comigo? Por que falou em chamar a polícia?

— Espere. Ela está sozinha?

— Sim.

— Mande-a subir.

— Sim, senhor.

Terminei de me vestir. Por pura precaução, enfiei minha pequena arma automática no cinto da calça, nas minhas costas. Eu não tinha como saber com que tipo de louca poderia estar lidando. Então, fui para a sala e me servi de um copo de uísque no bar do canto.

Quando a campainha tocou, engoli o restante do uísque e deixei o copo vazio sobre o bar. A campainha tocou de novo, insistente. Com calma, caminhei até a pesada porta de madeira maciça e a abri.

Uma mulher... lindíssima... já estava com o dedo erguido para tocar a campainha novamente. Fiquei agradavelmente surpreso... com a beleza dela. Por um momento, apenas a observei... admirado.

Conheci muitas mulheres bonitas, lindas mesmo. E aquela ali, apesar de não estar arrumada ou maquiada, ganhava facilmente de todas elas.

Era exuberante. Alta, tinha naturalmente um porte altivo e uma suavidade aparente. A pele parecia macia, límpida, perfeita como a de uma pétala de flor. O rosto se destacaria entre milhares, pelos traços delicados e pelo contorno harmonioso. Sua estrutura óssea era bem-feita, com nariz maravilhosamente afilado e boca carnuda. Os olhos grandes sombreados por cílios longos e castanhos eram de uma cor que parecia um lago congelado, um cinza reluzente, glacial, prateado, puro. Sobrancelhas curvas e castanhas faziam um grande contraste com os cabelos fartos, sedosos, de um loiro claríssimo. O corpo era excepcional, cheio de curvas que fariam um homem perder a cabeça. Parecia uma deusa nórdica.

Por um momento, fiquei imobilizado por tanta beleza, satisfeito por ter concordado em recebê-la.

Ela baixou o dedo lentamente e ergueu o queixo. Só então fui me dar conta de que cerrava o maxilar e me olhava com raiva. Comecei devagar:

— Sou Arthur Moreno. Não me recordo do seu nome.

— Maiana. — A voz era baixa e rouca, mas bem feminina, como ela. Parecia trêmula, respirava com certa dificuldade.

— Entre, Maiana. — Escancarei a porta, pensando em seu nome diferente e bonito.

Ela me encarou antes de passar por mim, tensa. Intrigado, fechei a porta e a segui.

— Sente-se.

Maiana parou no meio da sala e se voltou para mim. Eu nunca havia sido alvo de tanta ódio. Por um momento apenas nos olhamos, e ela parecia medir forças comigo. Resolvi ir atrás de descobrir o que estava acontecendo.

— Aconteceu algo com Juliane?

— Você não sabe? — Apesar de ser uma pergunta, soava como uma acusação.

— Pode ser mais clara? Por que está aqui?

— Eu sempre soube que pessoas do seu tipo eram cínicas e até tentei avisar a minha irmã. Pena que ela não escutou. — Estava com os punhos cerrados ao lado do corpo, pálida, lívida. — Vai negar que Juliane veio para cá ontem?

— Não, não vou. — Cruzei os braços sobre o peito, examinando-a fixamente.

— Ela enfureceu você? Foi insistente?

— Você veio aqui tomar satisfações porque a sua irmã levou um fora?

Ela riu, com raiva e desprezo. Eu semicerrei os olhos, me sentindo bem irritado.

— Estou em meu apartamento, você entra como uma fera, me chama de cínico e não conta o motivo de sua vinda. Pode me explicar agora ou a charada vai continuar?

O ódio dela explodiu:

— Eu só não trouxe a polícia porque eu queria ter certeza de que o covarde que bate em mulheres é você! Mas não pense que isso vai ficar sem punição. Juliane tem família. E nem todo o seu poder ou o seu dinheiro vão te livrar de um processo. Eu só queria poder quebrar a sua cara!

A raiva dela era tanta que seus olhos se encheram de lágrimas sem que percebesse. Como se estivesse a ponto de me agredir, ela caminhou rápido em direção à porta.

Antes que passasse por mim, me coloquei à sua frente e barrei o caminho.

— Ei, espere aí! Eu nunca agredi a sua irmã.

— Diga isso à polícia. Eu quero sair.

— Acalme-se, moça. — Ergui as mãos pedindo calma, mas Maiana pulou para trás, furiosa. Fiquei insultado com as acusações injustas. — Você não vai sair daqui sem me escutar.

— Ou o quê? Vai me trancar aqui? Me bater também?

— Já disse que não bati nela. — Minha voz saiu grave e ameaçadora. — Embora agora eu me sinta tentado. Preste atenção: Juliane apareceu ontem aqui, mesmo depois de estarmos separados, enquanto eu recebia alguns amigos.

Maiana escutava, trêmula, raivosa. Não pude deixar de notar como parecia ainda mais estonteante.

— Se fui bruto, com certeza foi com palavras. Sem que os outros percebessem, convidei-a a se retirar. Ela não gostou nada, mas não teve outra opção. Foi a última vez que a vi.

Ela vacilou um pouco, em dúvida. Analisava-me, como a pensar que eu mentia. Sustentei o olhar, bem sério.

— Eu sei que ela veio aqui.

— E saiu intacta. A única coisa ferida foi o seu orgulho. Todos os meus convidados podem confirmar que fiquei a noite toda aqui.

— Mas...

— O que aconteceu com ela, exatamente?

— Foi muito agredida. Espancada. — Os olhos grandes e prateados pareciam incertos. — Não foi você?

— Não. Como ela pôde ter me acusado?

— Ela não fez isso. Está desacordada. Sua amiga, Luana, foi quem me falou que Juliane tinha vindo aqui ontem, atrás de você. Achei que tivesse ficado furioso e... — Passou a mão pelo rosto, exausta emocionalmente.

— Quando ela acordar, vai confirmar tudo o que eu lhe disse, Maiana. E vai dizer o nome do verdadeiro culpado.

Por algum motivo, pareceu acreditar. A explosão de raiva havia cessado. Só lhe restavam um cansaço evidente, um olhar perdido e magoado e uma clara indecisão. Baixou os olhos.

— Deus do céu, a Luana pediu que eu esperasse, mas... fiquei com tanta raiva. Não devia ter aparecido e invadido seu apartamento desse jeito. — Fitou-me de novo, transtornada. — Por favor, esqueça tudo o que eu disse. E me desculpe.

Ao passo que minha raiva também havia passado, senti um baque por dentro com aquele olhar. Remeti o sentimento ao meu desejo e à sua beleza descomunal.

— Eu compreendo.

— Fui precipitada. Nem sei o que dizer.

— Esqueça. Você não parece bem. Quer sentar?

— Não, preciso ir. Luana está me esperando no carro. — Estava muito constrangida e mordeu o lábio carnudo. Uma onda de pura lascívia percorreu meu corpo. — De qualquer forma, me desculpe de novo.

Tive vontade de me aproximar mais dela. Movi meus dedos, pensando se sua pele era tão macia quanto parecia. Mas continuei no mesmo lugar, aparentando estar inabalável.

— Se Juliane precisar de algo, estarei à disposição.

— Obrigada. — Foi em direção à porta e eu a abri, embora sentisse uma estranha vontade de que ela ficasse.

Parecia envergonhada e sem saber o que dizer. Lançou-me um olhar, acenou com a cabeça e saiu. Eu a acompanhei até o hall, enquanto entrava no elevador. Não tinha mais nada a dizer, apertou o botão para descer e me encarou.

Trocamos olhares até as portas se fecharem, então voltei ao meu apartamento, decidido. Aquela mulher seria minha.

## MAIANA

Minha mãe ficou assustada quando lhe contei o que tinha acontecido com Juliane. Ela chorou, pediu água com açúcar, teve que ser levada para o quarto e deitada na cama. Pela primeira vez na vida, acreditei que ela estava realmente passando muito mal. Não era mais um de seus dramas para chamar a atenção.

Procurei não entrar em detalhes sobre os ferimentos, mas minha mãe foi insistente. Mais cedo ou mais tarde, saberia de tudo mesmo. Sendo assim, contei dos machucados no rosto. Quando disse que Juliane tinha dois dentes quebrados, ela chorou copiosamente.

Fiz chá de erva-cidreira para ela e escutei suas lamentações. Esperava que aquela tragédia ao menos servisse para que minha mãe percebesse os riscos que Juliane corria sozinha por aí, atrás de homens ricos.

Fiquei com ela até que dormisse, prometendo que íamos buscar Juliane na manhã seguinte. Então, muito cansada, tirei as sandálias e me deitei ao lado dela na penumbra do quarto. Olhei o seu pequeno e volumoso vulto, que começava a roncar baixo. Havia anos, desde que era pequena, que eu não sabia o que era dormir ali. Aquele sempre foi o lugar de Juliane. Eu preferia meu canto no quarto ao lado, apertado, mas que era meu.

Tão logo comecei a perceber que não concordava com o modo de pensar da minha mãe e passei a demonstrar isso, uma distância foi se firmando entre nós e, com o decorrer do tempo, se tornou um abismo. Atualmente, não éramos amigas nem confidentes, nossas ideias entravam em choque praticamente em todos os momentos.

Às vezes, eu me perguntava se estava sendo radical demais. Mesmo sentindo raiva de como ela e Juliane encaravam a vida e como valorizavam coisas materiais, muitas vezes gostaria de ser mais compreensiva, de ter mais paciência. Assim, ao menos não as teria tão longe de mim, não sentiria tanta solidão, isolada por minha personalidade tão diferente das duas.

O problema era que não conseguia evitar a raiva nem a mágoa quando notava que elas pouco se importavam comigo. Mas esses sentimentos não me tomavam por eu ser má, leviana ou cruel; pelo contrário. Aliás, o papel de bruxa má cairia melhor em uma delas. Jamais em mim. O que ocorre é que, mesmo eu tendo passado no vestibular, trabalhado desde nova para sustentar a casa sozinha, elas sempre arranjavam um jeito de me criticar. Se eu pensasse como as duas, arrumasse um amante rico, desse dinheiro ou presentes caros para ambas, então seria amada e admirada. Só de imaginar em ser daquele jeito, em me vender, eu sentia nojo...

Estranho a escuridão do quarto, que servia bem para ilustrar meu estado de espírito enquanto pensava sobre isso.

Prefiro perder a faculdade, o trabalho, o amor da minha mãe e da minha irmã, perder tudo, menos os princípios e a honra. Odiaria ser apenas uma boba sorridente, usando a beleza para abrir portas, me sujeitando a ser usada por homens e usá-los para benefícios materiais.

A insistência de Tereza para que eu enveredasse por aquele caminho só tinha me afastado mais dele, criado repulsa. E daria tudo para que Juliane pensasse do mesmo jeito e se valorizasse. Eu já estava perdendo as esperanças de que isso fosse acontecer, mas talvez agora elas parassem para pensar e reavaliar seus valores.

Fechei os olhos, ainda horrorizada com a violência pela qual Juliane passara. Só de imaginar a dor e o desespero, tinha vontade de matar o homem que fizera aquilo com ela. Abrir o jornal e ler sobre violência contra uma mulher já causa indignação, mas ver essa violência voltada para minha irmã, sangue do meu sangue, causava uma dor mais profunda e mais intensa do que eu poderia imaginar. Onde este mundo vai parar? Agredir uma jovem, bonita, alegre? Como? Por quê?

Em várias noites, quando Juliane não voltava para casa, eu não conseguia dormir, preocupada. Os riscos eram tantos! Acidentes, violência, estupro, humilhação, morte, gravidez, HIV... riscos intermináveis. E a única coisa que eu podia fazer era pedir a Deus que a livrasse de tudo aquilo.

Eu me deitei de barriga para cima e fitei o teto caiado de branco, mal disfarçando os calombos do emboço. Nunca sobrava dinheiro para reformar aquela casa velha ou sequer fazer melhorias. Mas isso era o que menos me preocupava no momento, enquanto recordava o passado. Havia outras coisas que precisavam ser resolvidas com urgência.

Até os treze, catorze anos, Juliane gostava de ficar em minha companhia e escutava com atenção meus conselhos de que beleza e dinheiro não eram tudo na vida. Ela sempre parecia indecisa entre meus avisos e a lavagem cerebral de nossa mãe dizendo exatamente o contrário. Éramos forças opostas lutando por ela, puxando-a cada uma para seu lado.

No entanto, minha irmã começou a desabrochar, despertar interesses, sentir o gostinho de ser admirada, cortejada e invejada. Passou a me ver como uma boba por não tirar proveito da minha beleza, do meu corpo. Aos dezesseis anos, começou a sair com um militar que tinha um carro do ano e morava com a esposa e as duas filhas numa bela casa, a duas quadras da nossa. Ele lhe dava roupas, perfumes, presentes e a bancava, fazendo ela se sentir muito importante.

De modo absurdo, minha mãe fez ouvidos moucos à minha revolta; eu tinha dezenove anos. Juliane me evitava, tentava ignorar tudo o que eu dizia. Por fim, procurei o militar e o confrontei. Se não deixasse minha irmã em paz, eu o denunciaria por seduzir e corromper uma menor de idade, além de estupro.

Suspirei, lembrando de minha ingenuidade ao pensar que resolveria a questão por bem ou por mal. O cara era um canalha e insinuou que a minha revolta era por puro ciúme, chegando a dizer que havia um lugar em sua cama para mim também. Foi bastante asqueroso, nojento, imundo. Eu o ofendi com as piores palavras que conhecia na época, mas ele achou tudo engraçado, e emendou no final: "Sabe do que você precisa, gatinha? É de uma piroca desse tamanho!", agarrando o membro sobre a roupa, coçando o saco e me olhando de maneira depravada.

Cheguei em casa furiosa e humilhada. O militar contou tudo a Juliane e, pela primeira de muitas vezes, nós duas brigamos feio. Ela me ameaçou dizendo que, se eu o denunciasse ou me metesse no assunto de novo, ia sair com todos os homens do lugar, virar uma prostituta de verdade. Depois disso, nossa relação se deteriorou de vez. E, algum tempo depois, o homem a deixou por uma garota nova.

Em poucos dias, Juliane já estava saindo com outro, dono de uma padaria ali mesmo em Nova Iguaçu. E assim ela continuou. Largou os estudos e concluiu que era bem melhor viver do dinheiro e dos presentes dados pelos amantes.

Agora não andava mais com homens da vizinhança. Frequentava a Barra da Tijuca, a Zona Sul, conhecia homens ricos e poderosos... De certa forma, havia ascendido. Do ponto de vista dela e de mamãe. E o pior era que ela acreditava que um deles a tornaria rica, muito rica.

Fechei os olhos novamente, cansada, mas sem conseguir dormir. Por um momento, invadiu a minha mente a imagem de um homem... alto, forte, bronzeado, com uma beleza agressivamente máscula, e eu me senti um tanto abalada. Tinha sido uma loucura invadir o apartamento dele naquela noite. Eu me envergonhava por ter perdido a cabeça, acusando-o sem saber dos fatos e sem provas. Na certa devia estar pensando que eu era uma desequilibrada.

Comecei a pensar nele livremente... a ponderar... Qualquer outro homem em seu lugar teria sido bruto e me expulsado de seu apartamento. Não podia negar que, dadas as circunstâncias, ele fora educado e fizera questão de elucidar os fatos. Apesar de ter um ar arrogante, de quem tem poder e dinheiro, tinha reagido de forma diferente da que eu esperava. Teria que dar um jeito de me desculpar melhor com ele.

Remexi-me na cama, incomodada. Juliane ficaria possessa ao saber o que fiz. Estaria apaixonada por Arthur Moreno? Até onde eu sabia, não era casado e era rico, como minha irmã gostava. Além disso, devia ter no máximo trinta e dois anos e dispunha de uma beleza impressionante. Foi impossível não reparar naquilo. Era bem alto, talvez por volta de um metro e noventa, com ombros largos, estrutura grande e viril. Esguio, mas musculoso. Cabelos cheios e pretos, cílios espessos e sobrancelhas grossas sobre olhos escuros penetrantes, lábios carnudos extremamente sensuais. O rosto era anguloso, com nariz reto e fino, maxilar firme, queixo arrogante e uma barba cerrada contornando tudo. Chegava a ser agressivo, de tão másculo e grande. Ele tinha um olhar que parecia poder perfurar uma pessoa.

Virei na cama novamente, perturbada. Tentei tirá-lo da mente, sem saber por que estava pensando tanto nele. Nunca me incomodei com a aparência das pessoas e não era da minha conta se Arthur Moreno era bonito ou feio, rico ou pobre. Ele era ex-amante da minha irmã e ponto final. Além do mais, depois do vexame que eu tinha dado naquela noite, ele faria ainda mais questão de ficar longe de Juliane. Menos uma coisa a me preocupar.

Fiz de tudo para conseguir dormir, mas todos os acontecimentos daquela noite giravam sem cessar em minha cabeça. Mas, quando fechava os olhos, era a imagem daquele homem de olhos penetrantes que me invadia, sem controle. Como se tivesse sido gravada em minha mente. E toda minha força de vontade não foi o bastante para impedir isso.

Quando Juliane acordou no dia seguinte, minha mãe e eu estávamos no quarto com Luana. Na mesma hora começou a chorar de desespero e a reclamar de dor. Tereza a abraçou, choramingando como um bebê. Luana ficou em um canto, quieta. Me aproximei e acariciei o cabelo liso de Juliane, com pena, mas tentando ser forte.

— Coitadinha, o que fizeram com você? — murmurava mamãe, mal conseguindo olhar o rosto machucado da filha, que tinha o olho esquerdo roxo e fechado de tão inchado, o lábio cheio de cortes e com o dobro do tamanho e os dois dentes superiores faltando.

— Mãe, está doendo… — Até sua voz saía diferente, pois tinha a língua machucada. — Me ajuda…

Peguei os remédios que o tio de Luana mandara comprar, um copo de água e a ajudei a ingerir, enquanto ela gemia e lágrimas corriam dos olhos.

— Talvez fosse melhor ir ao hospital. Talvez precise de internação… — comecei, mas ela se desesperou.

— Não! Não quero… hospital… nem polícia…

— Mas o canalha que fez isso deve pagar!

— Não, eu só quero esquecer.

— Foi Arthur Moreno?

Juliane ficou surpresa e me olhou na mesma hora, recostada nos travesseiros.

— Não! Claro que não!

— Então quem foi?

— Eu… — Ela voltou a chorar novamente. — Eu não sei…

— Juliane…

— Eu não sei! — Estava com raiva, tremendo.

— Deixe a menina em paz, Maiana! — Mamãe abraçou a filha caçula com carinho.

— Mas o desgraçado tem que pagar! Pode fazer o mesmo com outra menina! — Enfiei as mãos nos bolsos da calça, para que parassem de tremer. — E, quanto mais tempo passar, mais chances ele vai ter de escapar.

— Escute… — Juliane me encarou com o único olho bom. — Eu não sei quem ele é. Saí da casa de Arthur com raiva. Fui para uma boate e dancei com esse cara. Ele parecia rico e… era bonito. Fomos a um motel. Ele… ele começou a me bater e me amarrou, me queimou com charuto… Me estuprou e… eu não sei o seu nome! Falou que se eu for à polícia… ele volta e me mata!

Passou a chorar desesperadamente enquanto era consolada pela nossa mãe.

— Deus do céu… — Horrorizada, senti lágrimas nos olhos, sabendo o quão perto minha irmã tinha chegado de realmente ser assassinada. Sem contar todo sofrimento pelo qual passou. — Mas ele não pode ficar impune, Juliane…

— Se você quer me ajudar, por favor, não faça nada. Só quero ir para casa e esquecer… Por favor.

Vendo o nervosismo e a dor, não insisti mais. Talvez mais tarde a convencesse a procurar a polícia.

O tio médico de Luana chegou, examinou Juliane e lhe deu uma injeção para acelerar o tratamento de seus ferimentos. Felizmente, era tudo externo. Tudo se curaria com o tempo e com os medicamentos. Só precisava agora esperar a boca desinchar e procurar um dentista para cuidar dos dentes.

Luana nos deu uma carona até em casa, e Juliane passou o dia deitada, recebendo mimos de mamãe e sendo pajeada por mim, que a ajudei a tomar banho, a se alimentar com sopas e sucos, medicando-a na hora certa e cuidando de seus ferimentos.

Apesar da dor e da lembrança horrível do que viveu, o que a fazia chorar mais era olhar seu rosto em um espelhinho, vendo seu aspecto e os dentes quebrados. Nessas horas minha mãe chorava com ela.

As duas ficaram agarradas na cama o domingo inteiro, chorando e se lamentando.

Por volta das 17h, o celular de Juliane começou a tocar de dentro da sua bolsa, no quarto. Juliane e mamãe, deitadas cama, assistiam à televisão que eu tinha tirado da sala e levado para o quarto. Peguei o celular e perguntei:

— Quer que eu desligue?

— Não. — Ela estendeu a mão. — Me deixe ver quem é.

Entreguei-lhe e ela ficou surpresa, agitada. Atendeu na hora.

— Arthur?

Ao escutar o nome dele, sem perceber, fiquei nervosa. Por algum motivo que não conseguia compreender, ele não saía da minha cabeça, e eu me pegava relembrando nosso encontro, mesmo sem querer.

Tinha contado à minha irmã sobre a ida à casa dele, e ela ficou furiosa, reclamou, chorou ainda mais. Mas não teve muito o que fazer a respeito. Garanti que tinha me arrependido, e ela me ignorou.

— Sim, estou bem. Fui agredida por um louco. Estou em casa. — Sua voz saía baixa e trêmula.

Pensei que seria melhor sair do quarto, mas algo me mantinha ali, um pouco ansiosa. Disse a mim mesma que poderia aproveitar a chance e me desculpar novamente com ele.

— Não, eu prefiro não ir à delegacia. Obrigada. — Ao ouvir o que ele dizia, ela pareceu mais animada pela primeira vez no dia. — Fico feliz em saber que se preocupou.

Minha mãe havia se sentado na cama e abaixado o som da televisão, atenta à conversa, corada. Juliane lançou um olhar para mim.

— Olha, Arthur. Eu queria me desculpar por minha irmã ter ido aí ontem acusar você. Ela se descontrolou... e... não, é claro que precisa. Afinal você não fez nada. — Escutou um pouco e completou: — Maiana gostaria de se desculpar com você novamente. Não, ela insiste.

Incomodada e um tanto nervosa, passei a mão pelo cabelo despenteado.

— Se você pensa assim, está certo. — Juliane arregalou o olho bom. — O quê? Ah, não... Não é necessário, eu...

Olhou para a mãe, como se não soubesse o que fazer.

— O que foi? — murmurou Tereza.

— Ele quer vir aqui me ver — ela disse baixo, tapando o bocal. Depois tornou a falar ao telefone, chorosa: — Eu estou horrível, Arthur. Meu dente quebrou... na verdade, meus dentes.

Fiquei surpresa por ele querer fazer uma visita. Apesar de não estar mais com Juliane, demonstrava delicadeza e preocupação.

— Aceite — murmurou minha mãe, eufórica. — Aceite, boba, pode ser a sua única chance.

Eu a olhei irritada, ao ver que nada do que tinha acontecido serviu para mudá-la. Até em um momento daquele ela se mostrava interesseira.

— Está bem. Aceito e agradeço, Arthur. Vou te dar o endereço, mas não se assuste comigo. Estou péssima. Você não se importa? — Então suspirou, sorrindo. — Nem sei como agradecer.

Depois que Juliane passou o endereço a ele, se despediu e desligou, nossa mãe ficou exultante.

— Minha querida, ele te ama!

— Será, mãe? Mas… Ah, ele vai fugir quando me vir assim!

— Que nada! Se insistiu em vir é porque se preocupa com você! Maiana, temos que arrumar tudo e preparar um lanche. Ai, meu Deus, como eu queria ter uma casa melhor! Mas quem sabe Arthur não se comova com nossa situação e resolva nos ajudar?

— Do que a senhora está falando? — Eu a encarei, séria, sem poder acreditar. — Será que não aprendeu nada com a violência que Juliane sofreu?

— Mas…

— Se ele está vindo aqui é porque é uma boa pessoa e se preocupa com Juliane. Não se atreva a pedir nada a ele nem jogar suas indiretas.

— Não vou pedir nada! — Ela se ofendeu. — Mas se ele quiser dar a Juliane…

Tive vontade de sacudi-la e respirei fundo para me controlar. Ela sorriu para minha irmã e beijou-a na testa.

— Você é mesmo demais, filhinha. Não disse que ele voltaria para você? Agora vamos escolher uma camisola bem bonita e escovar esse cabelo.

Juliane parecia outra, a vaidade novamente aflorando.

Observando-as, senti um grande desânimo me atacar. Nada do que aconteceu serviu de aprendizado. Minha mãe continuava jogando Juliane para homens ricos, e ela, animada, querendo ir. Fiz menção de sair do quarto, mas Juliane me chamou:

— Você vai preparar o que para Arthur, Maiana? Ele é muito rico e só come coisas finas.

— Pois aqui ele vai comer o que tiver — falei friamente, saindo.

Eu estava exausta, física e emocionalmente. Foi o dia todo cuidando das necessidades de Juliane, da comida e da casa, andando de um lado para outro. Mesmo assim, fui dar uma melhorada no aspecto da sala, comprei pão de queijo na padaria e fiz um café fresco que coloquei na garrafa térmica.

Eu estava admirada. E não era para se estar? Bem, Arthur Moreno se preocupa com Juliane e vem visitá-la para ver como está passando. Aproveitaria a oportunidade, queria mesmo falar com ele, me desculpar melhor. Ele seria bem tratado, mas apenas isso. Não lamberia seus pés só porque era rico nem gastaria o pouco dinheiro que tinha para comprar um lanche caro. Já tinha gastado demais com os medicamentos de Juliane.

Minha irmã foi para a sala usando uma camisola, um robe de seda vermelha, chinelos de saltinho e pompom, brincos de ouro, e com os cabelos escovados. Mamãe insistiu para que eu trouxesse a televisão para a sala de novo, e olhei para elas, muito aborrecida, cansada por estar sendo tratada como uma serviçal e também pela vestimenta da minha irmã, claramente com o objetivo de seduzir.

Já era noite quando fui tomar banho, pensando que as duas eram um caso perdido. Não mudariam. Eu quem precisaria mudar, seguir minha vida e lavar as minhas mãos. Ou viveria eternamente naquele sofrimento...

Estava sob o jato do chuveiro quando ouvi a campainha tocar.

Sem querer, fiquei nervosa. O coração disparou no peito.

## ARTHUR

Eu nunca tinha ido a um lugar tão feio quanto aquele.

Era a primeira vez que me atrevia na Baixada Fluminense, e parecia outro mundo... Casas pequenas e humildes, gente comum e maltratada, calçadas desiguais e muitas crianças na rua.

Enquanto tocava a campainha da casa de Juliane, que, aliás, era uma horrível construção antiga, pequena, com pintura rosa descascada, eu olhava para a rua sem saída com desconfiança. Preocupado com meu Porsche preto, estacionado ali em frente.

Os vizinhos sentados ao lado dos portões, naquele início de noite, olhavam para o carro e para mim abismados, como se eu fosse um ser de outro planeta que desceu do céu de carro de luxo. E era assim que me sentia.

No muro de uma casa, estava escrito em letras tortas: "Atenção, motoristas: crianças e bêbados na rua."

Balancei a cabeça, perguntando a mim mesmo o que estava fazendo ali. Que loucura tinha sido aquela de inventar uma visita só para estar com a irmã de Juliane? Devia estar realmente louco!

Sim, ela havia me impressionado. Quando isso acontecia, eu gostava de resolver logo o problema. Mas ir até ali tinha sido um impulso sem cabimento. Nem mesmo uma mulher lindíssima como Maiana valia aquele transtorno.

Quando uma senhora baixa e gordinha abriu o portão, percebi que era tarde para lamentações e a encarei.

Ela tinha bochechas coradas e redondas e olhos pequenos e espertos. O cabelo tingido de preto destoava das rugas em seu rosto. Seu vestido estampado parecia feito de um tecido ordinário de uma cortina.

Sorrindo alegremente, estendeu-me a mão, analisando-me de cima a baixo, com admiração.

— Arthur Moreno? Que prazer conhecer você! Sou Tereza, mãe de Juliane.

— Ah, sim. Como vai a senhora? — Apertei sua mão, um pouco seco.

— Bem, agora que você está aqui. Fico feliz que seja tão bondoso e se preocupe com a minha filha.

Eu larguei sua mão, um sorriso lento se estendendo em meus lábios. Sim, eu estava ali pela filha dela. Maiana.

— Não quer entrar? — Seus olhos se arregalaram para o meu Porsche. — Ah, o seu carro estará em segurança. Não se preocupe.

— Não estou preocupado — menti.

Eu a segui pelo caminho calçado até a varanda pequena, antiga e com infiltração esverdeada em uma das paredes. As janelas e portas eram medíocres, e o chão, coberto de lajotas vermelhas desbotadas. Olhei rapidamente em volta, escondendo meu desagrado com um lugar tão feio e malcuidado.

— Por favor, não repare em nada. Somos muito pobres. Mas sinta-se à vontade. A casa é sua. — Ela sorriu e abriu a porta.

*Minha, não, graças a Deus!*, pensei. Mas sorri com educação.

A sala era horrível; com paredes grosseiras e brancas, uma estante barata com uma televisão antiga, som, tudo ultrapassado e de má qualidade. Senti nojo ao ver os sofás de dois e três lugares, cobertos por uma capa azul vagabunda com estrelas estampadas em amarelo.

Para combinar com o horror de tudo aquilo, sentada no sofá estava Juliane, mais parecendo um pugilista derrotado por nocaute após uns cinco rounds. O olho esquerdo e a boca estavam inchados e roxos. Hematomas espalhavam-se por todo o rosto. E ela mantinha a boca fechada, para esconder a falta dos dentes.

Eu quase dei meia-volta e parti.

— Sente-se, Arthur, fique à vontade. Olha, querida, ele veio mesmo. Que delicadeza, não?

Sem alternativa, me aproximei de Juliane e beijei o alto da sua cabeça. Falei baixo:

— Você está melhor do que eu pensava.

— Jura? — ela murmurou, mal abrindo os lábios. Seu olho bom marejou. Pôs a mão sobre a boca. — Eu me sinto horrível.

— Sente-se, Arthur. Somos pobres, mas tudo é limpo. — Sorriu Tereza, sentando-se ao lado da filha.

Eu me sentei no outro sofá. Era duro e cheguei mais para o canto, fugindo de uma mola solta. Sorri forçado para as duas. Onde estaria a razão da minha presença ali? Só me faltava Maiana ter saído.

— Como você está se sentindo? — Eu me forcei a olhar para Juliane.

— Mal. Só você mesmo para vir aqui e levantar o meu ânimo. — Já ia sorrir, mas se lembrou da falta dos dentes e pôs novamente a mão sobre a boca.

— Estamos muito felizes! — emendou Tereza, sorrindo bobamente, seus olhos percorrendo com encanto meus sapatos italianos, a calça cinza sob medida e a camisa azul-clara de uma grife famosa.

Eu me perguntei como Juliane e principalmente Maiana haviam nascido de um ser tão sem graça quanto Tereza.

Ouvi um barulho vindo do corredor, e meus instintos despertaram na hora, alertas. Naquele momento, Maiana entrou na sala.

Ao olhá-la, todo meu arrependimento por estar ali sumiu como fumaça. Corada, cheirando a sabonete e com os cabelos bem loiros e longos caindo molhados pelas costas. Ela era extraordinariamente linda. Seu rosto sem maquiagem era perfeito, e os olhos de um tom lindo de prata polida brilhavam, grandes, como dois espelhos. Os lábios carnudos e rosados estavam ligeiramente entreabertos.

Totalmente simples, de jeans e blusa larga, Maiana era mais bonita que a maioria das mulheres. Imaginei como ficaria usando salto alto, maquiagem e um robe *longue*. Senti o desejo me varrer por dentro, denso e quente, quando imaginei como ficaria nua.

Aproximou-se de mim com um olhar direto, e eu me levantei, fazendo o possível para manter uma expressão neutra.

— Oi. É um prazer recebê-lo aqui. Seja bem-vindo. — Ela estendeu a mão. Apesar de sorrir, havia nervosismo e constrangimento nos olhos.

— Tudo bem, Maiana? — Apertei sua mão, gostando muito de sentir seu toque, os dedos longos e finos, a palma macia contra a minha. Era pequena, delicada.

Notei um leve tremor percorrê-la, e os olhos se arregalarem um pouco. Recolheu a mão, e fiquei satisfeito ao ver que, apesar de disfarçar, eu mexia com ela. Não era indiferente a mim. Mas, afinal, que tipo de mulher era ela?

— Sim. Por favor, fique à vontade. Eu queria me desculpar novamente por...

— Esqueça. — Ignorei aquilo.

— Mas eu...

— Entendi tudo o que aconteceu. Não se preocupe mais com isso. — Sorri devagar, meus olhos fixos nos dela.

— Certo. — Seu sorriso era um pouco ansioso. — Aceita um café?

— Claro. Obrigado. — Tornei a me sentar.

— Temos biscoitinhos amanteigados — informou Tereza. — Nada chique, mas o pão de queijo da padaria é muito bom. O que mais você fez, Maiana?

— Não, obrigado. Aceito apenas o café puro.

Maiana concordou e saiu da sala. Eu não tinha nenhum interesse nas outras duas mulheres, mas me voltei para elas e perguntei a Juliane, educado:

— Como isso aconteceu?

Ela estremeceu ligeiramente, e, por um momento, seu rosto espelhou pavor.

— Conheci um homem e saí com ele. Era um sádico. Um louco.

— Juliane não costuma ser assim — explicou Tereza. — Mas ela estava triste porque vocês brigaram e, tola, quis afogar as mágoas com outro. Uma lástima! Infelizmente, conheceu o homem errado.

— Precisa tomar cuidado, Juliane. Há muitos loucos por aí.

Maiana retornava à sala naquele momento e ouviu o que eu disse. Pareceu concordar comigo.

— O café. — Ela se aproximou com uma pequena bandeja e uma xícara no pires. Havia ao lado colher e açucareiro de inox.

— Obrigado.

Peguei a xícara branca, e Maiana deixou a bandeja sobre a mesinha de centro. Sentou-se no braço do sofá ao lado de Juliane, quase de frente para mim.

— Eu vivo dizendo para ela tomar cuidado — disse Tereza, como uma mãe muito zelosa. — Mas sabe como são os jovens hoje!

Fingi estar atento ao que ela dizia, enquanto toda a minha concentração estava em Maiana. Ela me perturbava, despertava cada célula masculina do corpo em um sentimento de posse, de estar logo com ela sob meu domínio. Minha mente trabalhava com aquele objetivo.

— É a primeira vez que conheço um namorado de Juliane. — Tereza não parava de falar.

— Eu e Juliane somos apenas amigos — esclareci, bem sério.

Juliane fez cara feia. Tereza ficou um momento sem falar nada. Maiana mudou de assunto.

— Juliane disse que o senhor…

— Você — eu a corrigi, olhando-a intensamente.

— Claro. Você é empresário do ramo editorial. Deve ser interessante.

— Muito. O conglomerado engloba jornais, revistas e livros. — Analisei-a detidamente. — Você é modelo?

— Não, sou secretária em um escritório de advocacia.

Eu imaginei como o patrão dela devia ser sortudo, tendo Maiana à disposição. Se ela fosse parecida com a irmã, as tardes dele no escritório deviam ser muito interessantes. Algo nela, contudo, parecia bem diferente, séria, centrada. Mas podia ser só impressão.

— Faço faculdade de História à noite. Serei professora assim que me formar.

Ergui uma sobrancelha de leve.

Professora de História, com aquela aparência? Todos os alunos vão se apaixonar por ela.

— Eu não sei por que Maiana faz essa faculdade — disse Tereza. — Ela ganha mais como secretária do que ganhará como professora.

— Faço História porque gosto. Mesmo sabendo que professores não são valorizados no Brasil.

— Vá entender... — Juliane disse com ironia. — Minha irmã é uma dessas pessoas superiores que não ligam para dinheiro ou aparência.

— Eu não sou superior. — Maiana parecia ter dificuldades para conter a irritação e me lançou um olhar sério. — Desculpe. Nós geralmente discordamos sobre diversos assuntos.

Eu não comentei nada, percebendo a clara tensão no ambiente. Obviamente Maiana não pensava como as outras duas. Parecia madura demais para sua idade. Ou queria dar uma de boazinha para me impressionar ou não era tão fácil quanto a irmã. Nesse caso, seria mais difícil chegar até ela. Não sabia se aquilo me incomodava ou me incitava ainda mais.

Juliane puxou assunto sobre banalidades, e prestei atenção, educado, mas entediado. Minha mente trabalhava, tentando formar uma impressão de Maiana, ao mesmo tempo que meu corpo reagia à presença dela com desejo. Comecei a ficar impaciente. Não costumava gastar muita energia em uma conquista.

Para piorar a situação, Tereza sempre dava um jeito de voltar a falar em dinheiro. Desculpou-se de novo pela casa feia, pela xícara simples, pela televisão pequena, comentando que não possuíam nada melhor por falta de verba. Também jogou indiretas de que o sonho de Juliane era sair em revistas e aparecer em comerciais. Só faltou pedir explicitamente que a filha saísse em uma das capas das minhas revistas.

Percebi o modo como Maiana olhava irritada para a mãe, cortando-a e mudando de assunto a todo momento. Eu procurava um jeito de sair dali e ficar a sós com ela, pois nem toda beleza que possuía estava sendo o bastante para aturar aquela tortura com Tereza e Juliane.

A garota só serviria na cama algumas vezes e não agradava em mais nada. Ainda mais com a aparência atual.

— É claro que ela não poderá trabalhar por algum tempo, não é, querida? — Tereza continuava a falar e a filha mais nova concordava. — Mas, assim que estiver melhor, Juliane fará uns testes para comerciais. Sabe como o mercado é concorrido, mas às vezes, com um empurrãozinho de alguém do ramo, tudo se torna mais fácil...

— O senhor… você aceita mais café? — Maiana tentou interromper a mãe.

— Não, obrigado. Preciso ir. — Já me preparava para fugir dali; tinha atingido o meu limite.

— Ah, não vá tão cedo! — Tereza sorriu docemente. — Que tal ver televisão? Nesse horário passam vídeos tão engraçados! Se bem que a imagem dessa tela está uma porcaria! Já falei com a Maiana que precisamos de uma nova. Meu sonho é uma daquelas grandonas, sabe, de 51 polegadas! Na sua casa deve ter uma dessas, não é?

— Tem cada uma! Bem maior! — emendou Juliane.

— Deus do céu! — Tereza riu. — Eu nunca mais sairia da frente da televisão!

— Mãe… — repreendeu Maiana, com os dentes cerrados.

Eu me levantei.

— Realmente preciso ir. Foi um prazer conhecer a senhora. E quanto a você, Juliane, se precisar de alguma coisa, sabe meu telefone. — Inclinei-me e beijei sua testa.

— Fique, Arthur! Por favor! — ela pediu, esperançosa.

— Não dá.

— Mas você volta, não é?

— Sim. Ligarei para você.

Virei para Maiana, que também havia se levantado. Ela disse:

— Te acompanho até o portão.

Eu concordei. Finalmente, teria o que planejei ao vir até aquele pulgueiro. Despedi-me das outras e saí, seguindo Maiana. Passei o olhar pelos cabelos dela, de um loiro muito claro e reluzente, sedosos, indo até o meio das costas. Imaginei-os espalhados na cama enquanto eu a fodia com força. Senti o desejo subir, lento e intenso, forte.

Meu olhar seguiu a cintura fina, o quadril curvilíneo, a bunda empinada dentro da calça jeans. Tinha pernas longas, que ficariam perfeitas em volta de mim.

Chegamos ao portão, e fiquei aliviado ao ver meu Porsche preto ainda ali, intacto. Maiana parou e se voltou para mim. Sob a luz de um poste ali perto, os olhos dela pareciam prata derretida. Mordeu o lábio, visivelmente incomodada.

— Eu queria pedir desculpas.

— De novo? — Sorri de leve, parando a poucos passos dela, baixando meus olhos até os seus. O topo de sua cabeça chegava à altura do meu queixo.

— Agora é pelo que aconteceu lá dentro. Minha mãe parece que vive em outro mundo. Esqueça tudo o que ela disse.

— Não foi nada de mais. — Minha vontade era de encostá-la naquele portão feio e beijar sua boca. Senti meu pau enrijecer dentro da calça, a excitação me percorrendo devagar.

— Você é muito atencioso, sen... Arthur.

Era a primeira vez que me chamava pelo nome. Continuei a encará-la de maneira ardente, a mente cheia de imagens pornográficas.

— De qualquer forma, obrigada por sua gentileza, por se preocupar com Juliane e por ter vindo vê-la. Ela ficou muito mais animada.

— Vim como amigo — esclareci, bem atento a ela, com voz baixa. — Espero que ela não tenha confundido com algo mais.

— Não sei. Acho que ficou esperançosa. — Mexeu-se um pouco, parecendo nervosa sob o meu olhar direto.

— Não era essa a minha intenção. Maiana, você aceitaria jantar comigo?

Ela arregalou os olhos, surpresa.

— O quê?

Eu repeti, sem vacilar:

— Aceita jantar comigo?

— Bem, eu... Você e Juliane... — Ficou corada.

— Somos amigos.

— Mas foram namorados.

— Não. Apenas nos encontramos algumas vezes.

Maiana desviou o olhar para a rua, para meu carro e então de volta para mim. Os olhos pareciam ainda maiores, brilhantes.

— Desculpe, mas não posso aceitar. Não vou me envolver com homens que já namoraram a minha irmã. Ainda mais quando, obviamente, ela ainda tem esperanças de conquistá-lo.

Apesar de suas palavras, seu olhar não me enganou. Era o de uma mulher tentando disfarçar a atração que sentia, querendo combatê-la todo custo. Indaguei em voz baixa:

— Quer dizer que a sua resposta é não?

— Desculpe.

— De novo?

Maiana acabou sorrindo, muito corada.

— É uma pena, Maiana. Gostaria de conhecer você um pouco melhor — falei sedutoramente, meu olhar praticamente obrigando-a a encontrar o meu, e notei que respirava com dificuldade.

Aparentava lamentar não poder dizer sim. Era expressiva, mesmo quando queria esconder o que sentia. E eu já estive com mulheres demais, sabia reconhecer quando uma me desejava.

— Foi bom conhecer você, Arthur.

Frustrado, senti a irritação me consumir. Tive vontade de insistir, mas algo me impediu. Talvez a noção de que ela realmente tinha alguns valores morais. Que aquela não seria a melhor tática.

De qualquer modo, não estava acostumado a receber nãos. Não soube bem como lidar com aquilo. Teria que pensar em algo. Pois agora, mais do que nunca, eu estava decidido a tê-la.

— Foi bom conhecer você, Maiana — repliquei em um tom baixo, charmoso, sem demonstrar como realmente me sentia. — Espero poder vê-la novamente.

— É, talvez. — Seu sorriso era nervoso.

— Até breve.

— Até.

Acenei com a cabeça e saí, sabendo que me observava enquanto entrava no Porsche. Não olhei para trás. Ela ainda ouviria muito falar de mim.

# 3

## ARTHUR

A mansão ficava no Alto da Boa Vista, rodeada de muros gigantescos e eletrificados, câmeras e segurança maciça. Era quase um sítio, de tão grande a sua área, até mesmo com um riacho que cortava a propriedade. A casa era enorme, toda branca, construída há quase cem anos, mas impecável. Foi onde cresci.

Entrei na saleta particular da minha avó, encontrei-a recostada em seu recamier preferido, perto de um janelão com vista para os jardins. Éramos os últimos descendentes vivos da nossa família, e ela morava sozinha na mansão, mas passava praticamente todo o seu tempo naquele cômodo, onde tinha tudo o que podia desejar.

Dantela de Albuquerque sorriu ao me ver entrar. Com as pernas esticadas e um livro no colo, impecável em um vestido preto com bordado branco na gola e nos punhos, seu cabelo bem penteado, curto e branco, nunca perdia a elegância natural nem a postura altiva. Possuía olhos escuros e profundos, que dizia serem iguais aos meus.

— Vovó...

— Meu reizinho...

Eu me inclinei e a beijei, com carinho, em cada bochecha e depois na mão, que me estendeu como a dama que era. Tamborilou o recamier ao seu lado. Sempre gostava de que eu me sentasse perto dela, onde poderia me observar com atenção e me tocar.

— Como vai a senhora?

— Ótima, como sempre. Saúde perfeita.

E era verdade. Mesmo com seus noventa e um anos, dificilmente ficava doente. Não usava óculos, os ossos não doíam, a memória era impecável. Somente os cabelos brancos, as rugas que se entrecruzavam em seu rosto e a voz denunciavam que os anos haviam passado para ela. Mesmo com todo o dinheiro e a vaidade que tinha, recusava-se a fazer cirurgia plástica. Pouco se importava com a opinião dos outros a seu respeito.

— E você, querido? O que anda fazendo? — Segurou minha mão entre as dela, observando-me com cautela e sorrindo.

— O mesmo de sempre.

— Sei. Ganhando dinheiro e arrasando corações. Está cada dia mais lindo. Um verdadeiro rei.

Retribuí o sorriso. Desde pequeno, ela me chamava assim. Talvez por isso eu tivesse uma coroa tatuada em meu braço. E, segundo algumas pessoas, o rei na barriga.

— Mas conte-me tudo. Tem alguns dias que não nos vemos. Está se divertindo muito?

— De certa forma. Sabe de onde acabei de sair? — Um sorriso cínico, de canto, surgiu em meus lábios.

— Nem imagino. De uma festa? Ou um clube?

— De Nova Iguaçu.

Ela pensou um pouco e depois desatou a rir.

— Nova Iguaçu? Mas como foi parar lá, pelo amor de Deus?

— Que motivo seria, vó?

— *Une femme.* — Ainda sorrindo, ela acariciou minha mão. — Mas deve ser coisa boa. Se despencar assim. Conte a história toda. Sabe que adoro ouvir.

Resumi rapidamente. E emendei:

— Fico pensando como uma coisa linda daquelas pode estar vivendo naquele pardieiro. Você precisava ver o barraco. Fora Maiana, a única coisa que escapou foi o café.

— E você ainda bebeu algo lá? Maluco! — Balançou a cabeça, intrigada. — Mas, então, valeu a pena?

A pergunta me pegou desprevenido. Estava irritado, pois esperava sair de lá com algo mais certo, um convite aceito. Apesar de ter ficado claro que Maiana sentia atração por mim, tinha sido firme ao recusar. E isso me incomodava muito.

— Ela é diferente.

— Diferente como?

— A mãe só faltou pedir para se mudar para minha casa e transformar a filha caçula numa supermodelo. Mas Maiana ficou com raiva. Parecia não concordar e até pediu desculpas.

— Joguinho — Dantela disse com convicção, balançando a cabeça. — Ela é mais esperta que as outras. Bonita como você diz que é, essa menina sabe que pode conseguir muito mais do que umas joias ou uma capa de revista. Ela pode conseguir você.

Meu sorriso se ampliou e ergui uma das sobrancelhas. Minha avó riu novamente.

— Bem, isso é o que ela pensa. Abra os olhos, querido. Essas são as mais perigosas, se fazem de boazinhas para dar o bote certeiro.

— Não sei. Ela me pareceu realmente diferente — falei, pensativo.

— Está vendo só? Esperta. Mas isso é fácil descobrir. Você é um homem experiente. Muito diferente do seu pai. — Ficou séria, uma raiva antiga expressa em seu rosto.

Minha avó não perdoava meu pai até hoje por ter sido uma pessoa fraca. Criou a ele como criou a mim, para ser herdeiro do império editorial da família, um homem decidido, que sabia o que queria e não era detido por nada. Para ela, valiam os princípios de Maquiavel: "Os fins justificam os meios", portanto, era fundamental ter pulso firme e passar por cima do que e de quem fosse necessário para manter o poder.

Eu pouco me lembrava dele ou de minha mãe. Pelo que soube, era uma garota pobre, e meu pai ficou louco de amores por ela. Minha avó o alertou, mas, pela primeira vez na vida, ele se rebelou e casou-se com a moça. Ela só queria saber de gastar e o tinha na palma da mão. Ficou alheio às suas traições e aos escândalos que fazia que sujavam o nome da família. E ele, cada vez mais arrasado e sem atitude. Enfim, Dantela interveio e passou a controlar o dinheiro deles, retirando muitos luxos, fazendo-os viver da mesada que ela, dona absoluta dos negócios, estipulava.

Por fim, minha mãe se revoltou e não aguentou a pressão. Acabou fugindo com um conde italiano em visita ao Brasil. Eu tinha quatro anos na época. Minha avó, furiosa, assumiu a responsabilidade de meus cuidados. Meu pai ficou arrasado, caiu em depressão. Ele parou de trabalhar e a acusava de ser a culpada pelo fim do casamento e pela fuga da esposa. Era completamente apaixonado por ela. E, decorrido um ano que ela havia partido, sem nunca mais voltar ou querer contato nem mesmo saber de mim, meu pai se matou. Tomou um frasco de remédios ali mesmo, na mansão. Foi minha vó quem o encontrou morto na cama.

Ela nunca o perdoou por ter sido tão fraco. Nem deixava de me alertar para que não cometesse os mesmos erros que ele. Apesar de ser uma mulher, acreditava que todas, sem exceção, eram interesseiras e tinham um preço. Ela mesma teve o seu. Casou-se porque o casamento foi um acordo benéfico para a família, sem nunca amar o marido. Contou-me, sem nenhum pudor, que teve vários casos extraconjugais, que tudo era uma questão de oportunidade e interesse. Não havia um pingo de romantismo em Dantela. Considerava isso coisa de gente fraca, como meu pai.

Poucos anos depois, minha mãe morreu esquiando na Suíça. Tornei-me oficialmente o único herdeiro das posses de minha avó. Quando pequeno, sofri com tudo. Mas ela me ensinou a usar o sofrimento em benefício próprio, a construir uma personalidade forte e dura, para ter as coisas à minha maneira. Por isso expandi os negócios da família, criei mais duas revistas, inclusive a *Macho*, que dava mais lucro, e comandava tudo com mãos de ferro.

Ela não se cansava de me admirar e elogiar. Eu era tudo o que meu pai não fora. O seu reizinho, aquele que não parava por nada ou ninguém, que sabia qual era o seu lugar no mundo e o ocupava. Era o seu orgulho.

Pensei em Maiana sob o ponto de vista da minha avó. Era muito provável que estivesse certa. Uma mulher linda como ela não se sujeitaria a ser uma simples professora e a viver naquele buraco para sempre. Devia usar o ar de boa moça para impressionar algum babaca rico e se dar bem de verdade. Talvez até já tivesse até um amante certo ou em vista. Ou quem sabe tivesse recusado o meu convite só para me tentar mais.

No entanto, lembrei-me de seu olhar de recriminação para a mãe e do modo como ficou perto de mim, como se não soubesse como reagir à atração. Ou era um caso raro de ingenuidade ou ela era uma verdadeira atriz.

— Descubra o preço dessa menina. — A voz de Dantela penetrou meus pensamentos e eu a olhei. — Ela tem um preço, com certeza. E então a terá na mão.

— Eu sei.

— É tudo uma questão de saber quem é o mais esperto. E você sempre foi melhor do que a maioria, meu reizinho. — Sorriu, embevecida. — Mais inteligente e bonito também. Ela não é páreo para você. Só precisa pensar em uma coisa.

— O quê?

— Se vale a pena o esforço.

— Vale.

Falei sério, convicto, pensando em Maiana. Inocente ou não, eu a queria. E usaria todos os meios para tê-la.

Fiz companhia a Dantela até as dez da noite, quando me despedi e saí. Dirigindo meu carro de volta para o Leblon, eu me sentia impaciente, cheio de energia acumulada. Fiquei com raiva, pois poderia estar transando com Maiana aquela noite, fodendo-a e saciando aquele desejo. Em geral, era o que fazia quando estava a fim de uma mulher.

Meu celular tocou. Vi quem ligava e atendi.

— Fala aí, Matheus.

— Qual é, cara. Tá sumido. Pensei que viesse hoje na despedida do Antônio, no clube.

— Porra! Esqueci completamente. — E tinha esquecido mesmo.
— Ainda dá tempo.
— Estou indo pra aí.
— Certo.

Desliguei, mais entusiasmado. Era tudo o que eu precisava para desestressar. Mulheres à vontade e sexo. Minha terapia preferida.

O clube Catana era exclusivo para sócios ou para quem tinha dinheiro o bastante para pagar a entrada absurda. Eu era sócio, assim como vários de meus amigos, incluindo Matheus e Antônio.

Tínhamos estudado juntos, e eles, assim como eu, assumiram os negócios de suas famílias. Costumávamos ser o terror da escola e das menininhas, apostando quem pegava mais; eu era sempre o vencedor, por uma pequena margem.

Agora Antônio tinha resolvido se casar. Não estava apaixonado, mas achava que era hora de ter filhos. Os pais eram loucos pela ideia. Gostava da menina, pertencia à mesma classe social que eles, bem pacata e na dela. Era um acordo benéfico para ambos. E a despedida de solteiro ia ser naquele clube, onde rolava de tudo.

Entrei sem precisar mostrar minha carteira de sócio. Já era muito conhecido por ali. Antônio tinha alugado toda uma ala do clube para sua despedida, e só amigos estavam ali, rodeados de belas mulheres seminuas.

— Pensei que não viesse! — exclamou meu amigo ao me ver, enquanto nos cumprimentávamos. Não disse a ele que havia esquecido. — Beba e coma à vontade. Nem preciso dizer para pegar a mulher que quiser, já faz isso mesmo.

— Pode deixar, conheço tudo. Cadê o Matheus?

— Está por aí.

Aceitei uísque de um garçom e fui até um canto, onde Matheus estava sentado com uma mulher linda no colo. Eu sorri. Assim como eu, ele era bem assediado. Infelizmente, de nós três, Matheus era o mais romântico. Apesar de gostar de farra e sexo, já tinha gostado de algumas garotas e acreditava que o amor existia. Chegava a ser engraçado.

— Ah, o rei chegou! — debochou Matheus, os olhos verdes risonhos. — Antônio ia te matar se não viesse.

— Não sei como pude esquecer.

— Sem dúvida, estava com alguma mulher. — Sorriu, acariciando a acompanhante, que sorria para mim.

— Bom, de certa forma, você tem razão. — Eu me sentei em outro sofá, à vontade, conferindo tudo à minha volta. A energia vibrava dentro de mim, assim como certa impaciência.

Duas moças ali perto me olhavam interessadas. Não precisei de muito. Encarei-as, e logo uma delas se aproximou. Era loira, linda, escultural, usando apenas um conjunto de bustiê e short curto de couro preto, meias arrastão e botas pretas de cano alto. Devia ser uma das garotas exclusivas do clube. Eram pagas para agradar o cliente de todas as maneiras.

Havia salas separadas para prazeres mais perversos, com objetos como chicotes, palmatórias, coleiras. Eu não era propriamente um Dominador, mas já experimentara muita coisa e gostava de variar. Tinha muita prática e, sendo um perfeccionista, sabia usar detalhadamente muitos dos objetos.

Mas, naquela noite, queria só o básico. Algo que me aliviasse, que afastasse o que me perturbava. No caso, Maiana.

— Olá, campeão. Quer companhia?

— Companhia, não — disse, insensível. Indiquei o chão entre meus pés. — Prefiro que fique quietinha e use a sua boca para me agradar.

— Como quiser, senhor. — Sorriu, os lábios bem pintados de vermelho.

— Você é uma exclusiva? — indaguei.

— Sim.

— Então, faça o seu trabalho.

Enquanto ela se ajoelhava entre as minhas pernas, do outro sofá, enxerguei a cabeça loira divertida de Matheus dizendo à mulher em seu colo:

— Sorte sua que está comigo. Aquele meu amigo ali é um nojo.

Ela sorriu e me espiou com interesse, enquanto a loira abria minha calça e segurava meu pau, já semiereto. Percebi que gostava do que via, e disse, cínico, a Matheus:

— Aposto que ela prefere estar aqui do que com você.

Ele riu. A loira enfiou meu membro na boca, começando a chupar. Tomei todo o uísque do copo e o larguei na mesa. Lancei um olhar a ela e esperei que a tensão que me envolvia fosse se esvanecendo. Mas ela continuou lá, firme.

Naquele momento, meu celular começou a tocar.

— Porra. — Peguei-o, verificando o número e o nome. Já ia disparar outro palavrão, mas atendi. — O que é, Juliane?

— Oi, Arthur. Sou eu.

— Sei que é.

A loira ergueu os olhos. Como pagadora de boquete era um tanto tediosa. Ordenei:

— Continue.

E fui prontamente fui atendido.

— Está certo — disse Juliane, pensando que eu havia falado com ela. — Só liguei para agradecer por ter vindo me ver, querido.

— Tudo bem, está agradecido. É só isso?

— Mas por que essa frieza? Pensei que...

— Estou ocupado agora, Juliane. — A impaciência crescia dentro de mim. Olhei irritado para a loira, pensando como um clube caro e exclusivo como aquele contratava alguém assim, tão inexperiente em agradar um homem. Ao mesmo tempo, já estava saturado de Juliane. Ter que suportar aquela mala para chegar à Maiana era demais para qualquer um.

— Se não gosta de mim, por que veio aqui hoje? Eu pensei que tivesse mudado de ideia e...

Segurei o cabelo loiro da mulher e a forcei a tomar mais do meu pau, agilizando seus movimentos, cada vez mais irritado. Ela se apressou. Já com Juliane, perdi a paciência de vez.

— Diga para mim: o que você quer para nunca mais me ligar e me deixar em paz?

Ela ficou sem palavras por um momento. Por fim, gaguejou:

— Mas pensei... hoje você me deu esperanças, Arthur... Veio me ver.

Acabei sorrindo, cansado de tudo aquilo. Disse friamente:

— Não. Eu fui ver a sua irmã.

— O quê?!

Recostei-me um pouco na poltrona enquanto a loira me chupava um pouco mais gostoso, no ritmo que eu tinha estipulado. Meu pau estava duro, mas o desejo era mais como uma cócega. Abrir o jogo com Juliane me trouxe certo alívio, e minha tensão diminuiu.

— Desejei Maiana assim que a vi. Fui aí por ela. Mas fique tranquila. Ela foi leal a você. Recusou de imediato meu convite para jantar. Por sua causa.

— Ela não disse nada! Ela... Ai, que ódio!

— Juliane, esqueça que eu existo. Nós dois sabemos que você foi só uma putinha a mais. E que foi bem paga. Ou acha que as joias não foram o bastante?

Eu me calei abruptamente quando uma ideia me ocorreu. Puxei a cabeça da loira para trás, fazendo-a afastar a boca do meu pau. Fiz que não com a cabeça, sério. Ela continuou sentada aos meus pés, esperando, obediente. Mas eu nem dei importância, fechando a calça, a mente concentrada em outra coisa. Disse a Juliane:

— Quem sabe você não gostaria de sair como capa da revista *Macho*, quando se recuperar?

A raiva sumiu da voz dela.

— Está falando sério?

— Talvez. Poderíamos conversar sobre isso.

— Eu vou me recuperar rápido! Amanhã vou ao dentista e…

— Veja quanto fica o melhor tratamento, eu pago. — Minha voz era indiferente, como se estivesse fechando um negócio, analisando todos os pormenores.

— Ah, que bom! Nós não temos dinheiro mesmo! — Estava cada vez mais animada. — Nem sei como agradecer!

— Mas eu sei.

— Como?

— Seu tratamento dentário, a televisão que sua mãe quer, a capa da *Macho* assim que estiver boa, o que inclui um ótimo pagamento e a oportunidade de abrir outras portas para você. Tudo isso em troca de uma coisa só.

— O quê?

— Você sabe. Maiana.

— Ela não vai aceitar. — Juliane parecia incomodada, não sei se estava com ciúmes ou ansiosa, querendo tudo o que eu havia prometido. Interesseira como era, com certeza o último motivo pesava mais. — Maiana nunca sairia com um ex-namorado meu.

— Foi o que ela disse. Cabe a você mostrar que não tem nada comigo, amansar a fera para mim.

— Mas por que ela?

— Sua irmã é linda. Diferente. E eu a quero para mim.

Isso pareceu mexer com seu orgulho. Retrucou irritada:

— Sou muito melhor do que Maiana! É uma mosca-morta! Seria um tédio na cama!

— Como você sabe?

— É uma boba! Só vive trabalhando e estudando. Quase nem namora!

— Com aquela aparência? Duvido muito. — Terminei de fechar minha calça. Fiz um gesto com a mão de que a loira estava dispensada. Ela se levantou e se afastou.

— Não disse que ele era um nojo? — Matheus disse alto para a acompanhante, com ar de riso. Eu os ignorei, muito concentrado em meu acordo com Juliane.

— Deve ser amante do advogado com quem trabalha — sondei.

Juliane riu sem vontade.

— Maiana, moralista do jeito que é? Ela acredita em romance e casamento. Pega no meu pé e dá conselhos idiotas!

— Que conselhos?

— Tem umas ideias estranhas de esperar o amor verdadeiro. Se quer saber, ela ainda é virgem.

Foi a minha vez de ficar surpreso.

— Não é possível.

— É sim, Arthur. Estou dizendo, ela é louca! Vive num mundo que não existe, pelo amor de Deus!

Senti o interesse aumentar na proporção do meu desejo. Devia ser exagero de Juliane. Uma mulher como Maiana, universitária, linda, inteligente, não podia ser tão inocente. Mas... e se fosse?

Só de imaginar em ser o primeiro, o tesão surgia dentro de mim, violento. Estava acostumado com mulheres experientes. Era do que eu gostava, de ser bem agradado na cama. No entanto, só de pensar em Maiana embaixo de mim, linda daquele jeito, sabendo pela primeira vez o que era ter um pau dentro dela... Porra, fiquei muito mais excitado do que com o boquete da loira ainda pouco.

Maiana seria minha. Faria de tudo com ela, mostraria um prazer que nunca tinha imaginado. E, quando estivesse satisfeito e enjoado, eu a recompensaria. Ambos ficaríamos satisfeitos.

— Prepare o terreno para mim. Não vai se arrepender, Juliane. A capa da *Macho* e até mais, apresentada às pessoas certas. Para começar, veja quanto fica o tratamento dentário e o que mais precisar para se recuperar logo. Essa semana mando a lembrancinha da sua mãe.

— Você está falando sério, Arthur?

— Muito sério. Esqueça que transou comigo. E faça a sua irmã esquecer disso também. Temos um acordo?

— Sim. Se eu convencer Maiana...

— Não precisa convencê-la de nada, basta mostrar que não tivemos nada sério e que não quer nada comigo. O resto, eu resolvo.

— Está bem. Vou fazer de tudo. Entro em contato com você amanhã.

Concordei. Depois que desliguei, olhei em volta bem menos tenso, mas cheio de tesão acumulado, em expectativa. Começaria a caça. Maiana que me aguardasse.

## MAIANA

Na segunda-feira cheguei em casa logo depois do trabalho, já que tinha entrado de férias na faculdade. Passava um pouco das 19h e encontrei minha mãe e Juliane na sala.

— E então, como passou o dia?

Observei seu rosto. Os hematomas tinham escurecido, e o inchaço diminuíra um pouco. Juliane respondeu:

— Com dor.
— Não melhorou nada?
— Um pouco.
— Foi ao dentista hoje?
— Sim, mamãe me levou para fazer o orçamento.
Eu me sentei na beira do sofá, suspirando.
— E quanto ficou essa brincadeira?
— Quatro mil e oitocentos reais.
Arregalei os olhos. Passei a mão pelo cabelo, nervosa.
— Tudo isso?
Ela deu de ombros. Fiquei pensando como arrumaria dinheiro para pagar aquilo. Por fim me levantei, cansada. Notei que minha mãe tinha um sorrisinho satisfeito nos lábios. Lancei um olhar a Juliane, que também não parecia preocupada, até mesmo um pouco alegre, apesar de tudo.
— O que houve?
— Nada! — minha mãe exclamou na hora, corada, trocando um olhar cúmplice com a caçula. Fiquei logo desconfiada.
— O que vocês estão aprontando?
— Por que está perguntando isso? — Juliane me encarou.
— Parecem muito felizes com toda essa tragédia. Nem sei como vamos pagar por seus dentes. Não tenho esse dinheiro.
— Vou dar meu jeito.
— Que jeito? Você não trabalha.
— Tenho meus meios.
Fiquei ainda mais nervosa e franzi o cenho, indagando:
— Veja se não vai se meter em mais confusão, está ouvindo, Juliane?
— Sim, mamãe. — Ela debochou e acabou rindo com Tereza.
Eu me senti uma verdadeira palhaça ali, preocupada, cansada, cheia de contas para pagar, enquanto elas ficavam vendo televisão e se divertindo com a minha cara. Irritada, fui para meu quarto. Não ia me estressar com aquilo nem correr como uma desesperada para me endividar e pagar dentes novos para Juliane. Tão logo o fizesse, ela sairia correndo atrás de homens ricos de novo.

Na terça-feira cheguei em casa depois das 20h por conta de um problema na linha férrea e os trens estarem um horror. Fora um dia extremamente cansativo no trabalho também. Dei graças a Deus por não precisar ir à faculdade por pelo menos um mês.

Só queria chegar em casa e descansar. Entrei na sala e ouvi risadas da minha mãe. Estava em um sofá e Juliane em outro, ambas tomando sorvete. Mas não foi isso que me surpreendeu, e sim a enorme televisão de tela plana fininha, de 51 polegadas, que estava sobre a mesa. Era tão grande que nem caberia na estante. Passava um filme, e elas riam.

Bati a porta, meus olhos fixos na tela. Quando as olhei, entendi as risadinhas do dia anterior. As duas me encararam sorrindo.

— O que é isso?

— Uma televisão — debochou Juliane.

Engoli em seco, sem paciência, o sangue fervendo. Minha mãe disse logo:

— Foi um presente.

— De quem?

— Arthur. — Juliane me olhava com atenção. — Acho que ele ficou com pena da nossa televisão e...

— Você vai devolver — avisei, começando a tremer.

— Nem morta! — Arregalou o olho bom.

— Não vai mesmo! — emendou Tereza, me encarando de cara feia. — Ele mandou de presente para mim! É minha!

— Vocês não têm vergonha? — Perdi a cabeça, furiosa, jogando minha bolsa no sofá. — Jogaram indiretas aquele dia! Só faltaram pedir descaradamente!

— Mas para ele não é nada! — Juliane completou, amansando um pouco. — E não pense que há algum interesse sexual nisso. Saí com ele só algumas vezes, e Arthur explicou que não tem interesse por mim. Acho que deve ficar livre para se interessar por outras pessoas, sabe? Somos só amigos!

— E tem mais. — O sorriso de Tereza cresceu. — Ele pagou o tratamento dentário da Ju. Todinho! Já mandou o dinheiro para a conta dela.

Eu não podia acreditar. Respirei fundo, tentando me acalmar. Olhei para minha irmã.

— Me passe o número dele.

— Para quê?

— Eu quero falar com ele, Juliane.

— Nem pensar! Vai querer devolver a televisão e o dinheiro, mas não pode! Não são seus!

— Quero o número dele! — exigi, com muita raiva.

— Não! E não! — gritou.

— Não vai devolver nada! — repetiu minha mãe, histérica.

— Como vocês podem ser assim, completamente sem vergonha? Pelo amor de Deus, isso é um absurdo! Esse homem não é nada nosso!

— Ele foi namorado da Ju! Ainda deve ser apaixonado por ela!

— Não, mãe — Juliane negou rapidamente, me lançando um olhar, explicando: — Somos só amigos! É que Arthur é uma pessoa muito boa e generosa! Só quis nos ajudar, viu onde vivemos, o meu estado e…

— Não precisamos de esmolas! Juliane, me dá o telefone dele agora! — Estava a ponto de perder a cabeça.

— Não! — gritou decidida.

Tentei me controlar, mas tremia, um véu vermelho parecia ter caído sobre os meus olhos. Peguei minha bolsa no sofá e me dirigi para a porta.

— Aonde você vai, Maiana? Está maluca? Maiana!

Ignorei minha irmã e saí. Não pensei que estava cansada, com fome e que já era tarde. Voltei à estação de trem e embarquei no primeiro rumo à Central do Brasil. Lá eu peguei a integração com o metrô. Desci no Leblon, perto do prédio onde Arthur morava. Já passava das 22h quando falei com os porteiros e eles ligaram para o apartamento dele.

Esperei impaciente. Não estava mais tão furiosa, mas a raiva ainda fervia baixo dentro de mim, como em banho-maria. Quando o porteiro liberou a entrada para mim, fui decidida a deixar umas coisas bem claras para Arthur Moreno.

## ARTHUR

É claro que, quando avisei a portaria e deixei Maiana subir, eu já sabia que ela estava a caminho. Juliane havia me telefonado e contado o ocorrido. E eu me preparei.

Enquanto vestia uma blusa branca de gola V, meio justa no peito, pensava no que minha avó tinha dito. Que ela podia ser do tipo mais esperto, daquelas que dispensavam o pouco, de olho no muito. Uma jogadora fingindo-se de boazinha, sem ambição, quando na verdade era fria e calculista.

O pouco que vi de Maiana me mostrou que, daquela vez, Dantela poderia estar enganada. Ainda mais quando Juliane disse que ela era romântica e virgem. Era difícil acreditar numa coisa daquelas, mas eu estava disposto a observá-la e a comprovar o fato.

Quando a campainha tocou, atendi e me deparei com a beleza extraordinária em minha porta. Seus cabelos longos estavam soltos, um tanto desarrumados, dando-lhe um ar meio felino, que combinava com os olhos brilhantes muito sérios. Usava uma calça social azul-marinho, uma blusa branca recatada e sandálias de saltinho. Os olhos estavam levemente maquiados, mas os lábios já sem batom nenhum.

Juliane tinha dito que ela havia acabado de chegar do trabalho. Pensei que tentação seria ter uma secretária assim. Se fosse comigo, eu iria à falência. Passaria o dia transando com ela no escritório. O que podia ser a realidade de Maiana. Talvez Juliane não soubesse, mas a irmã podia ser amante do chefe.

— Oi, Maiana. Entre. — Sorri, dando-lhe passagem.

— Desculpe invadir a sua casa de novo, Arthur.

— Você é bem-vinda sempre que desejar. — Eu a segui até a sala e indiquei o sofá. — Sente-se. Quer beber alguma coisa?

— Não. Desculpe, mas não vou demorar.

Estava sendo educada, embora eu percebesse que aparentava estar chateada, até mesmo com raiva.

— Tudo bem. — Observei-a atentamente.

Estávamos parados no meio da sala. Ela olhava bem dentro dos meus olhos e disse, direta:

— Desculpe, mas vim aqui devolver a televisão e o dinheiro. Eu gostaria que você os pegasse de volta.

— Não posso pegar um presente que já dei — murmurei.

— Pode, sim. Sei que no domingo minha mãe falou umas três vezes que queria uma televisão nova, e me envergonho disso. Ainda mais por você ter dado ouvidos a ela.

— Escute, Maiana. Vocês passaram por um momento difícil com Juliane, e Tereza, como mãe, deve ter tomado um susto muito grande. — Minha voz era suave, com o objetivo de tranquilizá-la. Mas eu notava cada expressão dela, cada nuance no olhar. — Eu quis agradá-la um pouco. Somente isso.

— Dando uma televisão daquelas? Desculpe, mas é demais. E, além disso, pagou o tratamento da minha irmã...

— Fiz questão. Afinal, tudo aconteceu depois que ela saiu daqui. Estou me sentindo um pouco culpado.

— Mas não tem culpa de nada! A culpa é dela, que não tem juízo! — Respirou fundo, um tanto estressada. Parecia cansada.

— Por que não senta um pouco?

— Não quero. — Olhou-me fixamente. — Só quero que me prometa que vai mandar alguém buscar a televisão amanhã.

Passei os dedos nos lábios, prestando atenção. Aparentava estar genuinamente ofendida. Comecei a achar que usei a tática errada com ela. Ao mesmo tempo, minha impaciência só crescia. Gostava da sensação de caçar uma garota, mas todas as outras tinham sido bem fáceis. Maiana era bem mais complicada e escorregadia.

O desejo me rondava só no ato de olhar para ela, por tê-la sozinha comigo em meu apartamento. Sabia que, se avançasse demais, colocaria tudo a perder. Mas minha vontade era de agarrá-la e beijá-la ali, fazendo tudo de pornográfico que passava pela mente.

— Não posso fazer isso, Maiana. Entenda meu lado. Não queria causar esse transtorno todo, só ajudar.

— Podia ter ajudado sem meter dinheiro no meio. — Ergueu o queixo. — Há coisas nessa vida que a gente não compra, Arthur.

— Eu sei disso. Mas não quis comprar ninguém. Sei que trabalha demais e que Juliane deu mais despesas. Para mim, não faz falta. Não me custou ajudar.

— Agradeço, se foi assim e realmente se preocupou. Mas não vamos aceitar.

— Quer que eu mande buscar a televisão?

— Sim.

— E como vou retirar o dinheiro da conta de Juliane? Já passei para ela.

— Vou obrigá-la a devolver. É só dizer que o quer de volta.

— Não posso fazer isso.

— Ah, não? — Cerrou os dentes, a raiva brilhando em seus olhos. — Pois vou pegar aquela televisão e dar para o primeiro que passar na rua. E, a partir desse mês, faço questão de devolver o dinheiro a você. Não vou poder pagar tudo de uma vez, mas em parcelas quito a dívida. Passar bem, senhor Arthur Moreno!

— Maiana...

Eu a vi marchar até a porta, decidida, e percebi que falava sério. Fui em sua direção e, antes que pusesse a mão na maçaneta, segurei o braço dela e a virei para mim. Olhei-a, muito irritado.

— Sabia que você é muito malcriada?

— Não sou malcriada! — Explodiu, puxando o braço, me afrontando cara a cara, desafiadoramente. — Mas quero que saiba que não se pode comprar as pessoas!

— E eu comprei quem? Juliane? Já disse que não tenho nada com ela!

Maiana continuou me encarando com raiva. Franzi o cenho.

— Acha que quis comprar você?

— Por que não me responde? — ela insistiu.

— Não preciso comprar ninguém. — Dei um passo em sua direção, me colocando tão perto que Maiana arregalou os olhos e deu um passo para trás. Meus olhos consumiam os dela, os sentimentos violentos ferviam dentro de mim. — Quando quero uma mulher, pego para mim. Entendeu bem?

Ela se encostou na porta, em silêncio, um pouco assustada. Mas não recuei. Meus dedos foram firmes em seu cabelo, na nuca, segurando-a ali, imobilizando-a enquanto a pressionava com meu corpo e ordenava:

— Agora, cale a boca e me beije.

Não esperei mais. Invadi sua boca com um beijo quente, profundo, perturbador. Inclinei a cabeça e introduzi minha língua entre seus lábios carnudos, tomando dela o que eu queria, encontrando e rodeando a sua língua, me embriagando com seu gosto doce, inebriante.

Fui pego de surpresa por emoções violentas, que me golpearam de uma vez só, e por um desejo voraz, que surgiu dentro de mim como labaredas, incendiando tudo, fazendo o coração disparar e o corpo reagir sem controle, totalmente desperto e consciente do dela.

Maiana beijou-me da mesma forma, agarrando minha camisa, sua língua sôfrega contra a minha, deixando-me doido. Senti os seios redondos e empinados contra meu peito, o cheiro gostoso e feminino, a maciez de suas curvas, enquanto meu pau ficava dolorosamente duro contra sua barriga. Beijei mais e mais aquela boca, impressionado com o quanto era gostosa, minha mão mantendo sua cabeça imóvel para que eu me deliciasse com Maiana.

Desci a outra mão pelo meio de suas costas, até o final delas, colando-a mais contra mim, agachando um pouco os joelhos para me encaixar no vão entre as suas pernas e a esfregar contra meu membro. Fiquei louco, com a respiração pesada, alucinado por um desejo tão voraz e embriagante como nunca sentira na vida. Maiana gemeu contra meus lábios, o que só me afetou mais, a ponto de enlouquecer.

Mas, então, as mãos em meus ombros me empurraram, e ela virou a cabeça, tentando fugir, murmurando:

— Não... não, Arthur...

Eu deslizei os lábios por sua face, beijei sua orelha pequena, seu cabelo. Não queria soltá-la. Precisava dela com um desejo enlouquecedor. Trouxe-a mais para mim, cheirei seu pescoço, rosnei baixinho.

— Pare... — De um sussurro, sua voz rouca ganhou mais força, e Maiana me empurrou novamente. — Pare, Arthur!

Eu ergui a cabeça, observando-a com olhos pesados. Ela tremia, corada. Não consegui tirar meus dedos de seus cabelos nem deixar que se fosse. Estava obviamente tão excitada quanto eu, mas também assustada. Respirou fundo.

— Não. Eu não quero... — murmurou.

— Você quer — afirmei, rouco.

— Não. — Balançou a cabeça. Mas o olhar vacilou, foi até minha boca, estremeceu.

— Fica comigo... — Beijei suavemente seus lábios. Nossos quadris estavam colados, e me esfreguei nela, de modo que podia sentir meu pau todo contra a virilha, a roupa fazendo pouca coisa para me impedir.

Arquejou, mas seu desejo a assustou mais. Empurrou-me com força e tentou escapar. Tive que recorrer a todo meu parco autocontrole para não a segurar. Mas percebi que ela lutava consigo mesma, que estava nervosa e amedrontada. Respirei fundo e a soltei.

Maiana se afastou rapidamente, trêmula, mordendo os lábios.

— Isso é loucura…

— Por quê? — Virei, contemplei-a profundamente, sem disfarçar minha fome.

— Eu já disse… Você teve um caso com a minha irmã! — exclamou, nervosa. Olhou para mim e estremeceu, como se lutasse vigorosamente contra o desejo que a corrompia.

— Acabou.

— Mas… não dá. Não sou assim…

— Assim como, Maiana? Que mal há em nos beijarmos?

— Não é só um beijo!

— Não, não é. Eu quero mais, e você também — falei bem direto.

Conseguiu me encarar.

— Mas não vai acontecer nada. Não vim aqui para isso. E tudo o que eu falei continua valendo. Não quero sua televisão nem o seu dinheiro.

— O que você quer, Maiana?

— Nada.

Foi para a porta e a abriu. Não a impedi. Estava ainda sob forte efeito do desejo voraz e se a encostasse de novo não conseguiria mais parar. Ainda achei que voltaria atrás porque era óbvio que sentia o mesmo. Mas saiu e bateu a porta atrás de si.

Detive meus olhos na madeira maciça… Raiva e luxúria se misturavam dentro de mim, com a mesma intensidade… E pela primeira vez fiquei sem saber o que fazer com uma mulher.

# 4
..........

## MAIANA

Na quarta-feira, quando cheguei do trabalho, encontrei minha mãe aos prantos no sofá. A televisão velha estava de volta no lugar e a nova havia sumido. Juliane a consolava. Tão logo me viu e levantou possessa, o rosto cheio de lágrimas, os olhos inchados, catarro escorrendo do nariz enquanto soluçava.

— Sua filha ingrata! Olha o que você fez! Por quê? — gritou, fora de si, toda descabelada. — *Por quê?*

Dei um passo para trás, assustada.

— O que é isso, mãe? Que drama é esse?

— *Drama?!* Sua... sua bruxa! Você me odeia! O que fiz, meu Deus, para merecer uma filha assim? Ai, meu coração... ai... — Tereza levou a mão ao peito, cambaleando, virando os olhos.

— Calma, mãe! — Juliane a agarrou e a sentou no sofá. Começou a abaná-la com uma almofada.

Eu apenas olhava para elas, acostumada desde criança com os dramas e as chantagens da minha mãe quando era contrariada. Terminei de entrar em casa e fechei a porta.

Ela começou a chorar de novo, descontrolada.

— Minha televisão... Quero a minha televisão...

— Viu só o que você fez? — Juliane me olhou com raiva. — Precisava disso?

— Precisava, sim. Não compramos, não é nossa.

— Não vou devolver o dinheiro da minha conta. Quero ver você me obrigar!

— Faça seu tratamento. Vou pagar tudo a Arthur.

— Você é cheia de frescura! O que disse para ele? Arthur ligou pra cá, disse que não queria ter criado problemas e que teria de mandar pegar o presente de volta. — Estava possessa. — Vieram buscar, e minha mãe agarrou a televisão, foi horrível! Tive que segurar ela à força para os rapazes levarem.

Imaginei a cena e acabei soltando uma risada sem querer. Juliane arregalou os olhos e minha mãe gritou:

— Desnaturada! Desalmada! Isso é pecado! Maltratar a própria mãe! Ah, meu Deus… meu Deus…

Suspirei, cansada. Deixei-as na sala e fui para meu quarto. Depois de tomar banho, vesti um short, camiseta e chinelo e fui para a cozinha, comer. Não havia nenhuma panela sobre o fogão. E na geladeira, além de água, só tinha suco, chocolate e gelatina. Voltei à sala.

— Não tem janta hoje?

Minha mãe já havia se acalmado um pouco e estava sentada no sofá com a cabeça apoiada no ombro de Juliane. Na mesma hora levantou a cabeça e me encarou com um olhar assassino.

— *Minha filha* e eu já jantamos.

— E não sobrou nada? — perguntei, irritada.

— Para você, nada.

— Bom saber! Eu trabalho, ponho comida em casa e quando chego cansada não tem nem uma colher de arroz. Vou passar a comer na rua e vocês que se virem para comprar as coisas.

— Vai, joga na cara! — reclamou, apontando o dedo para mim. — Você sabe que sou doente, não posso trabalhar.

— Doente de quê? Não tem nada. Não lava nem uma louça! Desde que me entendo por gente é isso, deitada nesse sofá, vendo televisão e empurrando suas filhas para a prostituição! — desabafei, fora de mim. Já estava uma pilha de nervos, e ela ainda provocava.

— Não me fale em televisão! — berrou.

— Ai, meu Deus, que inferno! — Juliane me encarou. — Você está impossível hoje!

— Eu? Ah, deixa pra lá! — Voltei para o meu quarto. Peguei uns trocados na carteira, pus no bolso e saí de casa, sob o olhar de raiva das duas.

Cumprimentei os vizinhos na rua e fui até uma barraca de cachorro-quente na esquina. Encomendei um e, enquanto esperava, vi Virgínia chegando do salão em que trabalhava.

Minha amiga era uma mulher de pele escura, alta e chamativa, de cintura fina e quadris largos, sempre bem-vestida. Sorriu ao me ver e veio falar comigo.

— Oi, Nana.

— Oi, Virgínia.

— Lanchando em dia de semana? Deu vontade?

— Pois é.

Ela viu que alguma coisa não estava bem.

— O que houve?

— Minha mãe está com raiva de mim. — Contei resumidamente o que tinha acontecido. Virgínia ficou revoltada.

— Deus me livre de ter uma mãe dessas! Mas ela ficou agarrada mesmo na televisão?

— Juliane disse que sim. — Olhamos uma para outra e caímos na gargalhada. — Vê se pode uma coisa dessas!

— Que loucura! Ah, Nana… Mas me conta, você foi mesmo à casa do Arthur Moreno? — indagou, curiosa.

— Fui. — Tentei não ficar vermelha, mas meu rosto ardia. Tinha passado o dia todo pensando nele, naquele beijo.

— Menina, soube que ele veio aqui no domingo. A vizinhança só falava do Porsche no dia seguinte. E a Cássia aqui ao lado disse que ele é lindo de morrer, parece um ator de cinema. Sua irmã está podendo mesmo, hein?

— Eles não têm mais nada. Pelo menos foi o que disseram — falei logo.

— Mas como ele é? Deve ser gente boa, para ter se incomodado em aparecer.

— Sim, parece gente boa. Foi muito educado. Mas minha mãe ficou lá, chorando miséria. No dia seguinte, Arthur mandou a televisão.

— Mas, Nana, se ele quis dar…

— Não é assim, Virgínia. Nós mal o conhecemos. Como aceitaríamos uma televisão cara daquelas?

— É verdade. — Sorriu, animada. — Me fala mais dele. É um gato mesmo? Gostoso?

Fiquei mais vermelha ainda, e ela riu, me cutucando.

— Ah… Tem alguém aqui que andou reparando.

— Pare de besteira — resmunguei.

— Vamos, desembucha!

— Ele é bonito.

— Bonito? Que mais?

— Simpático.

— E?

— E nada.

— Nada? É sem sal?

Desviei o olhar, perturbada. Se ela soubesse! "Sem sal" nunca se aplicaria a Arthur. Era lindo, sensual, charmoso, cheiroso... Eu não consegui esquecer o jeito como me pegou firme, o seu beijo delicioso, que me deixou de pernas bambas, aquele corpo musculoso contra o meu... o membro duro e assustadoramente volumoso... Ah, tive vontade de me abanar!

— Nana, está escondendo o jogo? — O olhar dela era bem atento, mal respirei, tentando me manter bem natural.

— Escondendo o jogo de quê, Virgínia? Eu, hein! Arthur é lindo, já falei!

— Mas é gostoso?

— Como vou saber?

— Aposto que é! Você tá toda vermelha! — Riu ainda mais.

— É que você está me deixando sem graça.

— Sua boba! Amiga, queria tanto que você encontrasse um cara legal! Só vive trabalhando e estudando. Pena que não deu certo com meu irmão.

— Pois é, seríamos cunhadas. E como ele está?

— Bem. Continua em Recife. Contei que a esposa dele está grávida de novo?

— Contou.

Enquanto Virgínia falava do irmão, lembrei-me dele. Era quatro anos mais velho que a gente e foi minha primeira paixão. Muito bom e simpático, ficava lindo em sua farda da Marinha. Renato tinha dezoito anos na época, mas só me pediu em namoro dois anos depois, quando eu estava com dezesseis. E eu aceitei.

No começo, tudo era legal. A gente se dava bem, eu era a melhor amiga da sua irmã, a mãe dele me adorava, morávamos na mesma rua. No entanto, minha mãe ficou inconformada. Renato era pobre e de pele escura. Ela vivia me infernizando.

"E aquele negrinho, já foi embora? Onde está com a cabeça, Maiana? Olhe para você e olhe para ele! Se casar com ele, vai ter um monte de filho sarará!" Eram as palavras que ela usava, entre outras.

Tratava-o mal, a ponto de ela e a mãe dele baterem boca na rua e pararem de se falar. Nós namoramos por pouco mais de um ano, antes de ele ter que viajar pela Marinha e se mudar para Fortaleza. Ainda tentamos continuar, mas a distância foi nos afastando, e acabamos nos separando de vez.

Não cheguei a amá-lo de verdade, como esperava amar um dia. Mas gostei muito de Renato. Terminamos numa boa, e ele acabou sendo transferido para Recife, onde conheceu uma moça e se casou. Tinha um filhinho e teria outro em breve.

— Que bom que ele está feliz. E você e o Rodrigo se casam mesmo em abril? — perguntei.

— Se Deus quiser!

Ficamos lá, conversando e, depois que peguei o cachorro-quente e uma lata de refrigerante, caminhamos juntas até em casa. Nos despedimos, combinando ir a uma pizzaria na sexta-feira, e eu entrei. Sentei no degrau da varanda, sem ânimo para enfrentar as duas lá dentro. E ali comi meu lanche em paz.

Estava quase terminando quando a porta abriu e Juliane saiu. Encostou-se no murinho da varanda olhando para mim. Eu a observei, desconfiada.

— Desculpe, Maiana.

Não esperava por aquela. Pus o lixo em um saquinho e me levantei.

— Pelo quê?

— Por tudo. Pagou meus remédios, comprou sorvete, coisas para mamãe fazer sopa e suco para mim, e eu nem agradeci. E ainda, não convenci mamãe a deixar comida para você.

Aquilo amansou minha ira, e eu olhei para ela. Havia muito tempo que Juliana não falava assim comigo, sem brigar.

— Tudo bem, Ju.

— Mas é sério. E sobre o lance dos dentes, não precisa pagar o Arthur. Conversei com ele e prometi que, assim que eu melhorar, vou começar a trabalhar e pago a ele aos poucos.

Não acreditei. Fiquei reparando seu jeito, desconfiada. Ela insistiu:

— É sério! Pergunte a ele.

— Vai pagar como?

— Não é o que está pensando.

— É uma mudança muito rápida para eu acreditar.

— Então espere para ver. Me dê um tempo e te provo que falo a verdade. Já me entendi com o Arthur.

— Juliane...

— Se eu não pagar, você acerta com ele. Só me dá um tempo.

Era difícil acreditar naquilo. Pensei nas armações que poderia estar fazendo, mas não consegui chegar a nenhuma conclusão. Por fim, apenas fiquei calada, pensativa. Até que Juliane continuou:

— Ele me falou outra coisa.

— O quê?

— Disse que convidou você para jantar.

Senti o rosto esquentar violentamente. Desviei o olhar, mas Juliane disse, prontamente:

— Tudo bem. Fiquei sabendo que recusou.

— Quando Arthur disse isso?

— Hoje, quando nos falamos por telefone.

— E por que ele contou?

— Ah, Maiana, ele é um homem muito sincero. Acho que falou para que eu soubesse que não tem mais nada entre a gente. Mas eu já sabia.

Continuei calada, me sentindo culpada por causa do beijo.

— Não estou chateada com você, Maiana. Nem com ele. Só queria dizer… — Deu de ombros. — Deixa pra lá.

— Diga.

— É que não estou no caminho de vocês. Se estiver interessada nele…

— Não estou — garanti rapidamente, sem graça com aquela conversa.

— Tudo bem. Mas se estiver, ou se gostar dele no futuro, não me importo. Somos só amigos. — Sorriu e desencostou do muro.

Depois que ela entrou em casa, fiquei lá fora, sem entender direito aquela conversa. Juliane tinha falado comigo sem agressividade, tão compreensiva. Até bem pouco tempo, vivia atrás de Arthur. E agora aceitava que ele desse em cima de mim numa boa? Era muito estranho.

Ao mesmo tempo, não pude deixar de ficar abalada com nosso bate-papo. Se fosse honesta comigo mesma, admitiria que estava muito atraída por ele. Mas era melhor me manter longe. Além de ter sido amante da minha irmã, eu não sabia mais nada sobre ele. E era de um mundo muito diferente do meu.

Quis dizer a mim mesma que aquele era um assunto encerrado.

No entanto, fiquei balançada. E me perguntei se o veria novamente.

A semana transcorreu sem incidentes. Minha mãe não falava mais comigo e me olhava com ódio sempre que tinha oportunidade. Juliane estava, surpreendentemente, mais calma e simpática. Cuidou-se, começou o tratamento, retirou os dentes quebrados e se preparou para a cirurgia de implante que aconteceria na semana seguinte.

Na sexta-feira, cheguei do trabalho e fui me arrumar, animada, pois sairia com meus amigos para espairecer um pouco e conversar. Tomei banho, coloquei um vestidinho estampado de alcinhas, sandálias trançadas e passei batom. Minha mãe mal me olhou, avisei Juliane que ia à pizzaria. Foi naquele momento que a campainha tocou.

Achei que fosse Virgínia, que ia comigo, e estranhei ela não entrar logo. De qualquer forma, me despedi e saí rapidamente. Quando chegava quase ao portão, parei abruptamente ao ver quem estava na calçada. Parado. Me olhando fixamente. Como se fosse me engolir inteira. Arthur.

Foi uma emoção tão grande que fiquei estatelada. Meu coração batia alucinado, todo o meu corpo respondeu à sua beleza e masculinidade, aos olhos pretos tão penetrantes. Não o esperava, e vê-lo assim, de repente, quando passava quase o tempo todo lutando para esquecê-lo, foi um choque.

Mas reagi. Respirei. Tentei focar na realidade e continuei a andar até a entrada, estampando no rosto a expressão mais natural possível. Abri o pequeno portão enferrujado e parei a alguns passos dele, todos os terminais nervosos em alerta, e eu atenta a eles, para controlá-los. Embora fosse bem difícil, estando perto de Arthur.

— Arthur... Que surpresa.

— Oi, Maiana. Vim buscar você para jantar comigo — disse naquele tom baixo. A voz combinava com sua beleza agressivamente máscula, grossa, um timbre bem viril.

Não passou despercebido a mim o tom possessivo e, de certa maneira, arrogante, como se não admitisse recusas. Não me chamou para sair. Veio me buscar.

Senti coisas diferentes. Irritação por tentar impor algo, e um frenesi por dentro, como se eu fosse dele, seu domínio, sua mulher. E isso foi o que mais me perturbou, saber que havia em mim aquela tendência à submissão quando estava perto de Arthur. Em geral, eu era decidida e forte. Era estranho sentir-me daquela forma com ele.

— Infelizmente, já estou saindo. — Sorri para amenizar, mas deixei o tom firme.

Seus olhos não se desviavam um segundo sequer dos meus, como se nem piscasse. Por dentro, estava agitada, lembrando vividamente a cena do beijo que tinha me dado, seu gosto, seu cheiro, seu corpo. Perturbada.

— Está saindo? — repetiu.

— Estou.

— Não pode cancelar e sair comigo?

— Não. Tem pessoas me esperando.

— Pessoas? — perguntou devagar, uma sobrancelha sendo erguida lentamente.

— Sim, pessoas. Amigos.

— Vai continuar fazendo jogo duro comigo, Maiana?

— Não é jogo duro. Eu realmente já tinha marcado com eles.

— Entendo. Irei junto, então.

Fiquei surpresa. Percebi que ele não era muito de perguntar e aceitar recusas. Resolvi ser o mais clara possível.

— Escute bem, Arthur. Somos muito diferentes. Se acha que estou recusando seus convites para chamar a sua atenção, não é isso. Eu realmente acredito que seja melhor assim.

— Porque saí com Juliane?

— Ela é minha irmã. E, mesmo você e ela dizendo que isso não tem nada a ver, me incomoda. Além do mais, somos de realidades completamente diferentes. Isso não daria certo e...

— Tantas desculpas. — Arthur me interrompeu, um tanto seco. — Todas vazias. O que importa é que gosto de você, queria conhecê-la melhor. E sei que também se sente atraída por mim. O resto não importa.

Não tive tempo de retrucar. Naquele momento, Virgínia e Rodrigo se aproximaram de mãos dadas, observando-nos curiosos. Ela arregalou os olhos para mim, para Arthur, para o carro dele em frente à minha casa. Parecia impressionada. O noivo estava mais interessado no carro e, quando pararam na calçada ao nosso lado, foi logo dizendo para Arthur:

— Que possante, cara! Porsche Cayman?

— Exato — ele concordou com um aceno de cabeça.

O rapaz de cabelos curtos estilo militar, sorriu e balançou a cabeça, impressionado.

— Que máquina! Faz quantos quilômetros por hora? Duzentos?

— Duzentos e setenta e sete.

— Que isso!?

— Deixe de ser mal-educado, Rodrigo. — Virgínia sorriu para Arthur, os olhos brilhando em evidente admiração. — Boa noite.

— Boa noite. — Ele sorriu de leve.

— Meus amigos, Virgínia e Rodrigo. — Apresentei.

Arthur apertou a mão de ambos, e Rodrigo explicou:

— Cara, desculpe, mas é que essa máquina me distraiu. Demais! Tenho uma também… — Sorriu, jocoso, no que a noiva completou:

— Sim, uma máquina tipo… lambe-lambe.

Rodrigo achou graça. O sorriso de Arthur se ampliou. O rapaz apontou para o Gol branco do outro lado da rua.

— É caidinho, mas é meu. Está pago!

— Bem, viemos te buscar, Nana, mas vejo que está ocupada. — Virgínia sorriu para Arthur. — Vai à pizzaria com a gente?

Ele voltou os olhos para mim, disse devagar:

— Não fui convidado. Estava aqui, tentando fazer com que Maiana saísse comigo, mas soube que já tem compromisso.

— Mas é bem-vindo a vir conosco! Não é, Maiana?

Olhei para Virgínia, e ela sorria inocentemente.

— É claro, Arthur. Mas devo avisar que a pizzaria é bem simples e…

— Não me incomodo.

— Tudo bem. — Fiquei sem muita opção. Mas o pior foi constatar que fiquei feliz por ele ser insistente e ir conosco. No fundo, eu queria muito conhecê-lo melhor, passar mais tempo perto dele.

— Que legal! E como fazemos? Vai com Arthur, Maiana?

Olhei-o, na dúvida.

— Sim, ela vai.

Novamente aquele ar mandão, do qual eu não gostava e que ao mesmo tempo mexia comigo.

— Nos encontramos lá. — Virgínia acenou e se afastou com o noivo.

Arthur sorriu, como um lobo satisfeito após engolir a sua caça. Ou que estivesse prestes a fazê-lo. Indicou-me o carro preto, de apenas dois lugares. Abriu a porta para mim. Em silêncio, entrei no automóvel luxuoso e me sentei no banco de couro, sem querer, um pouco inibida pelo ambiente tão gritantemente rico.

Ele se sentou ao meu lado e bateu a porta. Estar em sua presença naquele carro, só nós dois, mexeu com meus nervos. Ainda mais quando me lançou um olhar profundo, a cabeça meio inclinada.

— Ponha o cinto, Maiana.

— Tá.

O motor rugiu, e senti minha ansiedade aumentar. Suavemente, pôs o carro em movimento. Era diferente de outros que conhecia, mais macio, uma sensação de que o mundo ficava lá fora e ali éramos só nós.

— Para onde devo virar? — indagou ao chegar à esquina.

— À direita.

Quando pegou a rua principal, tentei e consegui me acalmar mais. Uma música suave começou a tocar, mas eu não havia visto Arthur mexer em nada. Também não perguntei. Como para quebrar o clima meio tenso, ele puxou assunto:

— Como está a sua mãe? Ficou muito chateada com o lance da televisão?

— Muito. Nem fala comigo.

— Se quiser, posso trazê-la de volta.

— Nem pensar! E quanto ao dinheiro do implante de Julian…

— Já combinei tudo com ela.

— É, ela me contou. Mas gostaria de pedir que, se não te pagar, fale comigo.

Arthur não respondeu, os cantos dos lábios erguendo-se de leve.

— O que foi?

— O que foi o quê?

— Por que está rindo?

— Não estou rindo. — E seu sorriso se ampliou, destacando os dentes brancos no rosto de barba cerrada.

— Ah, não? — Acabei sorrindo também. — Espero que não seja de mim.

— Não, é para você.

Havia algo extremamente charmoso e sensual em Arthur. Que ia além de sua beleza masculina, com aqueles abundantes cabelos pretos. Era o modo de olhar, falar, se mover. A essência dele.

— Não fica longe. — Expliquei como chegar à pizzaria, que ficava em uma rua chamada Rua da Lama. Era asfaltada e possuía um monte de bares e restaurantes, mas nem sempre tinha sido assim.

Indiquei-lhe um estacionamento perto e, tão logo parou o carro, avisou-me:

— Espere aí. — Então saiu e deu a volta, abrindo a porta para mim. Não estava acostumada com tanto cavalheirismo e saí um tanto agradada. Sorri para ele, e fiquei bem nervosa quando caminhamos lado a lado até a pizzaria.

Percebi que as pessoas que passavam olhavam para nós. Tinha me acostumado com o fato de chamar a atenção. Aonde eu ia, todos davam um jeito de comentar minha beleza, embora não soubesse porque aquilo parecia tão importante. Ser admirada sem precisar fazer nada, como se fosse um manequim de loja. Que importância tinha isso?

Arthur era extremamente bonito, másculo, com uma aparência que gritava poder e dinheiro. Com certeza atraía muitos olhares. E assim foi, até chegarmos à pizzaria.

Era um estabelecimento simples, barulhento, animado. Gostávamos de lá, pois podíamos colocar música na jukebox, a comida era boa, e a cerveja, geladinha. Fomos direto para a mesa onde já se encontravam duas amigas e um amigo meu, além de Virgínia e Rodrigo.

Nos cumprimentaram, e apresentei Arthur, que foi educado com todos. As meninas ficaram coradas, de olhos arregalados para ele. Suspirei. Ia ser uma noite e tanto.

## ARTHUR

O local era muito diferente das pizzarias que eu costumava frequentar. Tudo era vagabundo e vulgar, desde as mesas e cadeiras de plástico até os garçons simples, com aventais pretos. A luz era forte; a música, barulhenta, um pagode daqueles em que o homem é sempre um chifrudo se lamentando. Os frequentadores tinham cara de pobre, muitos deles acima do peso, se empanturrando com pizzas que não paravam de chegar.

Analisei os amigos de Maiana. As garotas me olhavam como se eu fosse um artista de cinema, e elas, as minhas fãs. Até aí, tudo normal. Estava acostumado com aquilo. Apesar de bonitinhas, eram sem graça, comuns. Assim como o outro rapaz e o casal, que conheci no portão da sua casa. Ninguém ali chegava aos pés de

Maiana. Ela se destacava como uma joia rara em meio a bijuterias, e nem parecia se dar conta disso.

Pensei que poderia estar com ela, agora, em um restaurante fino, jantando à luz de velas, ouvindo uma valsa vienense. Jogando todo meu charme para impressioná-la. Em vez disso, estava naquele buraco cheirando a gordura, levemente incomodado, cercado de outras pessoas que não tinham nada a ver comigo.

— Bebem alguma coisa? — Um garçom suado parou ao nosso lado, segurando uma caneta e um bloquinho.

Todos pediram cerveja. E olharam para mim. Que expliquei:

— Não tomo cerveja. Você tem uma carta de vinhos?

O homem me olhou como se eu perguntasse se ele queria sair comigo. Na mesa, o silêncio reinou. Então uma risada com um som estranho, como ronco de um porco, eclodiu da parte de Rodrigo. Logo os outros riam também.

Eu olhei para eles, surpreso e sem entender, cenho franzido. Meu olhar encontrou o de Maiana, que sorriu para mim e explicou:

— Com certeza, eles só têm uma marca de vinho, Arthur.

Entendi. Na certa um bem barato e vagabundo, que viria em uma caneca. Fiquei sem saber o que pedir. Por fim, optei por uma garrafinha de água.

Os outros voltaram a conversar, mas fiquei irritado por ter sido motivo de piada. Ao meu lado, Maiana pôs a mão no meu braço. Na mesma hora a tirou, como se os músculos a tivessem queimado. Virei o rosto e encontrei-a corada, os olhos prateados brilhando. Sussurrou:

— Desculpe. Ninguém queria rir de você.

— Acho que queriam, sim.

— Não, só foi engraçado. É que você está acostumado com outro ambiente.

— Gosto de tomar vinho com massa. Mas paciência. — Dei de ombros.

— Eu achei que não se sentiria bem aqui.

— E quem disse isso? Estou ótimo. Principalmente porque você está comigo.

Ficou corada e sorriu, um pouco sem graça. Logo mudou de assunto, querendo saber se eu já tinha vindo a Nova Iguaçu antes.

Ficamos conversando sobre banalidades, e as bebidas chegaram. Os outros entornaram as cervejas, animados. Eu me perguntei o quanto ficariam inchados depois que aquilo se juntasse à massa e fermentasse no estômago deles. Maiana era mais comedida, tomava pequenos golinhos.

Rodrigo e o outro rapaz, acho que se chamava Jorge, quiseram saber em que eu trabalhava. Expliquei resumidamente e ficaram doidos quando souberam que a revista *Macho* era minha.

— Cara, não acredito! — Jorge parecia fora de si de tão animado. Só faltava esfregar as mãos uma na outra e babar. — Tu é dono da *Macho*? Daquela *Macho*? Caraca! Não arruma uns exemplares pro seu novo amigo aqui não? Hein?

— Claro, sem problema. Depois me dê seu endereço que mando entregar.

— Puta merda! Caraca, me dei bem! Valeu! — Empurrou Rodrigo com o ombro, rindo de orelha a orelha. — Depois te empresto, Rodrigão!

— E para que ele vai querer isso, tendo uma noiva como eu? — brincou Virgínia, fingindo-se ofendida. — Obrigada, Jorginho, mas ele não quer.

— Quero, sim! Pode mandar que dou conta de você, meu bem... — Sorriu malandro e beijou-a na bochecha. — E daquelas gostosas!

— Que safado!

Acabei sorrindo, enquanto ela o empurrava e eles riam da brincadeira.

Era um rodízio, e o garçom chegou com uma bandeja, gritando em meio ao pagode sofrido:

— Pepperoni e muçarela!

— Eu quero! — Jorge já foi enfiando seu prato perto da bandeja, e prontamente o garçom tacou-lhe uma fatia, que ele se apressou em comer, se deliciando.

— Dessa eu não gosto — disse uma das meninas, que era baixinha e bem magrinha, com cara de passarinho. — Moço, só quero de camarão e frutos do mar. Tem?

— Já vai sair.

Os outros aceitaram, menos eu, a magrinha e Maiana. Rodrigo e Jorge atacaram a pizza, como se estivessem mortos de fome. Olhei com desconfiança a fatia no prato deles, a massa esquelética como papel, o queijo apenas um cheiro, o pepperoni raquítico.

Pensei nas pizzas que eu comia calmamente — com massa perfeita e macia, recheio com base de creme fraîche, quatro tipos de caviar, rabo de lagosta fatiado, salmão e wasabi, tudo acompanhado de um vinho de boa safra, que ajudaria na digestão — enquanto violinistas tocavam uma valsa suave.

Sorri daquela outra realidade. Mas não podia ser esnobe, assim, deixei passar algumas fatias, que os outros investiram, apenas tomando minha água devagar. Mas não tive como enrolar muito e acabei aceitando uma de camarão. Me arrependi na hora.

Enquanto a Fulana de cara de passarinho ficava toda feliz com a sua fatia, parecendo que camarão era o auge da sofisticação, olhei para aqueles bichinhos, apenas três, que se enroscavam timidamente sobre o queijo seco. Aquilo ali era camarão?

Olhei em volta, desconfiado. Os outros se serviam, animados. Jorge dizia:

— Cara, essa é a mais gostosa! Eles só servem uma vez, esses muquiranas! Por isso peguei logo dois pedaços!

Maiana comia o seu devagar e me lançou um olhar. Sorriu.

— Não vai comer?

Parecia notar como eu me sentia deslocado ali. Sorri de volta, tentando não ser tão arrogante nem demonstrar meus pensamentos.

— Claro. Estou ansioso.

Seu sorriso se ampliou. E aquele sacrifício todo acabou valendo a pena. Cortei um pedaço da pizza de papel e o pus na boca. Nada de muito queijo derretido, nem de uma muçarela italiana de primeira qualidade. Nem de carne de camarão macia e saborosa. Aquele parecia uma lasca de borracha. Mastiguei, pedindo a Deus para me livrar logo daquela tortura.

Não sei como consegui comer tudo. Depois bebi bastante água. Conversei com os outros, puxei o máximo de assunto possível com Maiana. Todos pareciam satisfeitos. Rodrigo sorriu para mim, tendo notado que só me arrisquei em dois pedaços de pizza, um de camarão e outro só de muçarela.

— Você quase não comeu, amigo.

— Não sou muito fã de pizza — expliquei sucintamente.

— E veio para um rodízio? — perguntou Jorge.

— Não vim pela pizza. — E lancei um olhar sugestivo a Maiana.

Ela ficou corada. Os outros riram. Uma das meninas suspirou.

E então, a noite terminou. Fiz questão de pagar a conta de todos, Jorge agradeceu todo feliz, guardando a carteira e me dando um leve tapa no ombro, mas os outros não aceitaram de jeito nenhum. Quis pagar a de Maiana, mas ela fez cara feia e pagou a própria conta. O resultado foi que paguei só a minha e a de Jorge, que saiu assobiando, se fazendo de desentendido.

Nós nos despedimos dos outros e caminhamos até meu carro. Estava irritado pela recusa de Maiana, e ela também parecia um pouco irritada por eu ter insistido. Entramos em silêncio e bati a porta. Virei para olhar para ela.

— Podia ter me deixado ser um cavalheiro.

— Não vamos discutir por dinheiro de novo — disse, e olhou-me séria.

Ela tinha razão. Acabei me acalmando.

— Tudo bem.

Ela relaxou também. Uma música clássica e suave começou a tocar dentro do carro, e Maiana perguntou curiosa:

— Como isso acontece? Não vi você ligar o som.

— Eu programei para ser automático, toca pouco depois que entro.

— Ah!

Ficamos ali dentro. À nossa volta, somente carros. Isolados do mundo pelos vidros escuros, com o ar ligado e a música tocando, eu senti o desejo por ela vir à tona no mesmo instante. Fitou-me um pouco ansiosa e quis saber:

— Não vamos sair?

— Vamos. Daqui a pouco.

— O que está esperando?

— Você me dar um beijo — sussurrei, o olhar descendo até os lábios rosados e carnudos e depois subindo até se fixar naquele lago prateado que eram os olhos dela.

Prendeu o ar, com certeza abalada pelo clima quente e pesado entre nós. Mas balançou a cabeça.

— Não, Arthur.

— Sim.

E me aproximei. Maiana arregalou os olhos, abriu a boca para recusar de novo, mas eu já a puxava para mim, agarrando seu cabelo, não lhe dando opção de fuga. Colei-a contra meu peito, a outra mão espalmada firmemente no meio das suas costas, meu olhar queimando-a, convencendo-a a aceitar. Aproveitei os lábios entreabertos e a beijei sem vacilar um instante sequer, tomando o que eu queria.

Foi devastador, quente, molhado. Explorei a boca dela com minha língua, senti o gosto bom e único, segurando com firmeza para devorá-la, sem desespero, mas com paixão, com tesão. Maiana tentou resistir, segurou minha mão contra sua nuca, mas acabou sendo arrastada pelo mesmo desejo e gemeu baixo, chupando e mordiscando a minha língua, puxando mais para dentro da boca.

Tornei-me mais exigente, correndo os dedos pelas costas sobre o vestido, apertando-a contra o peito até sentir o contorno perfeito dos seios firmes, minha boca movendo-se eroticamente na dela, seduzindo-a, enquanto eu mesmo via parte do meu controle ruir por também ser seduzido.

Maiana deslizou os braços pelo meu pescoço, se entregando, as mãos em meu cabelo, segurando para me beijar sofregamente também, a respiração pesada, ofegante, enquanto eu dava pequenas mordidas nos lábios macios e depois invadia a boca novamente, exigente, ardente, querendo mais.

Era impressionante como aquela mulher mexia comigo, como um beijo me deixava com mais tesão do que ter qualquer outra mulher nua em meus braços, sendo fodida por mim. Fiquei dominado pelo êxtase, por sensações diferentes e narcotizantes, enquanto continuava, demoradamente, me deixando levar por aquele delírio, esquecendo o mundo por um momento.

Mas não era o bastante. O tesão violento percorria meu corpo, incendiava a pele, fazia algo de animalesco e primitivo exigir que ela fosse minha. Deslizei a mão das costas para a cintura e subi por suas costelas. Rosnei rouco contra sua boca quando envolvi o seio redondo, macio e firme e o acariciei. Agarrando seu cabelo na nuca, não lhe dei meios de escapar, saqueando sua boca, mostrando que era toda minha.

Maiana tremia e ronronava baixinho, arfante. Desci a alça de seu vestido e fiquei alucinado ao espalmar minha mão na pele nua de seu seio, sentindo o mamilo duro contra a palma. Esfreguei-o, logo depois o segurei entre o polegar e o indicador e apertei, puxei, torci devagar. Ela me agarrou, fora de si, levada pelo prazer absurdo, choramingando. Torturei-a assim, o pau a ponto de estourar a calça jeans, doendo de tão duro, almejando estar dentro dela em investidas fundas e brutas.

Desci mais a mão, percorrendo a barriga, o quadril, até a coxa macia, acariciando. Continuei a beijá-la profundamente, enlouquecido pela lascívia, tomando-a para mim, enquanto meus dedos subiam pela saia do vestido e subiam, até chegar à virilha, o polegar entre suas coxas. E então meus dedos estavam lá, contra a calcinha úmida, esfregando devagar seu clitóris, fazendo-a estremecer sem controle e soltar um arquejo em minha boca.

Algo aconteceu. Em meio à névoa do tesão absoluto, Maiana se assustou e reagiu. Jogou a cabeça para o lado, empurrou-me, se sacudindo, fechando as pernas.

— Não... — murmurou, rouca, conseguindo se tornar mais firme. — Não, Arthur...

Ergui a cabeça, os olhos pesados, tentando conter meus instintos primitivos, excitado. Ela segurou meu pulso grosso, tirando minha mão debaixo de sua saia e balançando a cabeça nervosamente, muito corada.

— Pare...

— Por quê? — Minha voz saiu rascante, raivosa por me ver contido novamente, o corpo ainda muito fogoso para que fosse controlado com facilidade. A raiva se estendia por Maiana, que parecia ter muito mais capacidade de resistir a mim do que eu a ela.

— Não. — Sacudiu de novo a cabeça.

— Vamos para minha casa, Maiana. Estou louco por você.

— Não, Arthur. Desculpe, eu não devia ter deixado chegar a esse ponto. — Mordeu os lábios, a respiração agitada, a pele muito vermelha, e logo voltou a cobrir o seio. Eu tinha tido apenas um vislumbre da carne redonda e empinada com mamilo rubro.

Continuei segurando-a contra mim, meus dedos enterrados em seu cabelo, meus olhos consumindo-a em sentimentos vorazes. Estava claro que me desejava. Não entendia então por que resistia tanto.

— Por que não, Maiana?

— Não consigo pensar direito com você me segurando assim. — Os olhos eram suplicantes. — Me solte, por favor...

Eu não queria. Queria agarrá-la de novo e seduzi-la. Mas algo em seu olhar me travou. Suspirei, obrigado a renunciar aos meus instintos e ao meu desejo. Mais uma vez. Soltei-a devagar, passei a mão pelo cabelo e segurei o volante, com raiva, me virando para a frente. Disse seco:

— Você ainda não me respondeu.

— Eu já disse. — Ajeitou-se em seu assento, um tanto nervosa, a voz baixa. — Somos muito diferentes. Não ia dar certo.

— Sempre desiste assim, sem tentar? — Voltei a olhá-la, duro, sério.

— Não é isso...

— É o que, então?

— Olha, vou ser sincera. — Respirou fundo, encarando-me mais firme. — Eu não sou dessas. Não conheço o cara e já vou para a cama com ele. Sei que as coisas são assim hoje em dia, mas acho isso muito frio, muito superficial.

Eu a observei, calado. Pensei nas palavras de minha avó, de que aquilo era uma jogada. Cresci ouvindo como minha mãe fizera do meu pai gato e sapato, como as mulheres eram espertas em enganar e como eu deveria ser mais esperto do que elas. Mas ali, fitando os olhos francos e meio confusos de Maiana, era difícil crer que pudesse fingir tão bem ou que se enquadrasse naquela categoria.

Ao mesmo tempo, lembrei-me das palavras de Juliane sobre a irmã ser virgem e ter pensamentos arcaicos de só se entregar por amor. E então entendi tudo. Não adiantava ir rápido com ela. Os sonhos românticos de Maiana a impediriam de se entregar só por prazer. Se eu a quisesse, teria que ser paciente. Seduzi-la. Conquistá-la.

Minha mente encontrou as soluções. Daria trabalho e exigiria muita paciência. Muito mais do que já tive em qualquer conquista. Mas tendo em vista o que senti ao beijá-la e acariciá-la, tudo o que poderia fazer com ela quando a tivesse sob minhas rédeas e domínio, soube que valeria a pena.

— Eu entendo, Maiana — disse, mais calmo, meu olhar segurando o dela.

— Entende mesmo?

— Sim. E, se eu respeitar esses limites, aceita sair comigo?

— Arthur, não quero ser um desafio para você. Não é isso que estou tentando fazer — esclareceu, bem franca. — É apenas o meu jeito, no que acredito. Se está pensando em me seduzir...

— Estou pensando em ficar com você, é isso que quero. E não me importo se para isso tiver que me controlar.

— Fala sério?

— Muito sério.

— Mas...

— Vamos sair. Nos conhecer, sem compromisso. E ver no que dá. Acho que isso não pode ser tão ruim.

— Não, não pode. — Acabou sorrindo. E sorri lentamente de volta.

Virei em sua direção e segurei sua mão, olhando-a charmoso, sem lhe dar chance de arranjar desculpas.

— Se quer dessa maneira, será assim. Aceita namorar comigo, Maiana?

— Namorar?

— Sim. Sair comigo, nos conhecermos melhor. Sem sexo.

Ficou corada. Analisou-me, como a tentar descobrir se estava sendo sincero. Então, algo em mim a convenceu. Concordou com a cabeça.

— Sim, eu aceito, Arthur.

Sorri, sem pressa, me sentindo vitorioso por dentro. A temporada de caça havia começado. Seria lenta, paciente. Mas ao final eu seria muito bem recompensado. Eu a seduziria até que ficasse completamente apaixonada e não visse mais nada à sua frente, somente a mim. E, quando a fizesse minha, estaria tão louca de paixão que não me negaria nada. E eu cobraria com juros cada vez que me obrigou a esperar.

# Parte 2

## A caçada e a conquista

# 5
.........

## MAIANA

Era sábado, e eu estava um tanto nervosa, rondando Juliane, sem coragem de falar que tinha começado a namorar Arthur. Ele viria me buscar à noite para sair, e eu teria que deixar tudo claro logo, garantir que não teria problema nenhum. Por fim, no momento em que mamãe tirava um cochilo no quarto, me aproximei da minha irmã no sofá, onde fazia as unhas. Me sentei, fingindo olhar para a televisão ligada.

Ela me encarou, voltou a cuidar das unhas, me olhou de novo. Seu rosto havia desinchado e clareado. Ainda estava sem dentes, mas na segunda-feira seguinte faria o implante. Por fim, me fitou e indagou:

— O que você tem, Maiana?

— Eu? Por quê?

— Tá querendo alguma coisa? Não é de ficar na sala assistindo à televisão.

Consegui encará-la e abri o jogo:

— Ontem Arthur veio aqui.

— Veio?

Franziu a testa.

— Sim. Fomos com meus amigos para a pizzaria.

— É? — Parecia bem alerta agora, prestando atenção. — E aí?

— Eu queria saber se o que rolou entre vocês, se...

— Já te falei que não temos mais nada.

— Então, se eu... — Não consegui terminar.

Juliane abriu um grande sorriso e deu de ombros.

— Não me importo, Maiana. Arthur é todo seu.

— Não é bem assim. — Sentia meu rosto arder. — Eu preferia não me envolver com um ex-namorado seu.

— Eu entendo. Arthur é mesmo difícil de resistir.

Olhei-a rapidamente e ela complementou:

— Mas não se preocupe. Como eu disse, somos só amigos agora. Fique tranquila, Maiana.

Era estranho ver Juliane tão calma. Normalmente, estaria fazendo escândalo, me acusando de ser invejosa, lutando com unhas e dentes para não ficar por baixo na situação. E, no entanto, dizia que logo ia trabalhar e devolver o dinheiro de Arthur, e agora abria mão dele numa boa.

Fiquei analisando-a, tentando entender uma mudança tão brusca. Teria sido a violência que sofreu? Isso bastou para lhe abrir os olhos? Ou estaria só fingindo? Mas por que faria isso?

Confesso que estava um pouco desconfiada. Mas, ao mesmo tempo, desejava ardentemente que tivesse amadurecido depois de tudo pelo que passou. Eu daria tudo para vê-la tomando jeito… seguindo outro caminho. Era tão nova ainda, poderia mudar, refazer a vida, voltar a estudar.

Eu me levantei e fui cuidar das minhas coisas, sem perceber o sorrisinho malévolo e maquiavélico da minha irmã caçula, que via em mim uma oportunidade de se dar bem na vida. O que só fui descobrir muito tempo depois.

Não sabia ao certo para onde Arthur me levaria. Sendo assim, tomei banho, escovei o cabelo, passei uma maquiagem suave, valorizando mais os olhos, um batom um pouco rosado. Resolvi arriscar com algo bem básico então pus um vestido branco de alcinha e comprimento um pouco acima dos joelhos, com um pequeno colete rendado por cima, também branco. Uma delicada sandália de salto alto de cor semelhante à da minha pele e uma bolsa pequena completaram o visual.

Quando fui para a sala, minha mãe, como sempre grudada na televisão, me lançou um olhar comprido de cima a baixo, mas logo virou a cara. Ainda não me dirigia a palavra. Juliane veio da cozinha trazendo dois copos de suco, examinando-me e querendo saber:

— Vai sair com ele?

— Sim, ele vem me buscar.

Dava para sentir a curiosidade de nossa mãe, que nos encarava pelo canto dos olhos. Juliane entregou um copo para ela e se sentou no outro sofá. Pensei em sair logo, mas a campainha tocou. Meu coração disparou no peito.

Não sabia se estava fazendo a coisa certa, arriscando-me com Arthur. Ainda me sentia insegura, com medo, mas não conseguia parar de pensar nele. E como eu saberia sem ao menos tentar?

Deixei a bolsinha no canto do sofá, respirei fundo e saí. A visão dele parado perto do portão, alto e lindo em um jeans que caía perfeito nele, de camisa branca com as mangas dobradas, os cabelos abundantes penteados de um jeito meio desarrumado e aqueles olhos escuros, foi quando senti todas as minhas dúvidas sumirem.

Algo se revolveu quente e vivo dentro de mim, pulsando, fazendo meu coração disparar loucamente enquanto abria o portão e me via à frente dele. Abalada, mais feliz do que havia imaginado, só por ele estar ali.

— Oi — murmurei, enfeitiçada.

— Oi, Maiana. — Os olhos passaram por mim e espelharam a admiração, o desejo. A voz de Arthur saiu ainda mais grossa que o normal: — Você está linda.

— Obrigada. — Nunca havia me sentido tão feminina, tão bem comigo mesma.

Como a comprovar que realmente gostava do que via, ele segurou meu pulso e me trouxe para mais perto do próprio corpo. Não nos colamos, mas quase. Seus lábios carnudos estavam a poucos milímetros dos meus, seu olhar me fazia ferver por dentro, me deixava com as pernas bambas.

Fui envolvida pelo perfume delicioso, másculo e gostoso como ele. Seus dedos em minha pele eram firmes e espalhavam um calor que subia por meu braço e se alastrava pelo meu corpo, como uma droga viciante. Prendi a respiração, consternada e excitada demais.

*Meu Deus, como vou resistir a esse homem? A tudo que me faz sentir? Todos esses sentimentos vorazes e insanos?*, perguntei a mim mesma, com medo da resposta e sem condições de raciocinar com clareza naquele momento.

E isso ficou ainda mais difícil quando ele ergueu a mão livre, passou as costas dela suavemente pelo meu rosto, dizendo baixinho:

— Cada vez que vejo você, acho que está mais bonita. Como isso é possível?

Engoli seco, mas tentei reagir, ser natural. Meu sorriso se ampliou quando expliquei:

— Talvez seja porque hoje estou arrumada e maquiada. Assim, uma mulher se torna outra.

Ele não riu. Sério, passeou o olhar por meus traços, ainda acariciando minha pele. Desejei ardentemente que me beijasse, sem me importar com o fato de estarmos no portão e haver gente na rua. Na verdade, nem havia me dado conta disso.

Mas Arthur não me beijou. Fiquei um pouco decepcionada, porém logo percebi que ele estava seguindo as regras que eu mesma estipulei, de ir devagar.

— Quer entrar um pouco? Vou pegar minha bolsa.

— Vamos. — Entrelaçou os dedos nos meus, seguindo-me para dentro de casa sem soltar.

Na verdade, eu queria que estivéssemos no mesmo ambiente que Juliane, para comprovar que realmente não rolava mais nada entre eles, nem que fosse só da parte da minha irmã.

Quando entramos na sala, minha mãe tomou um susto. Usando uma bermuda velha e uma camisa de malha amarrotada com a cara do vereador da última eleição, sem ter penteado o cabelo desde a hora que acordou para ficar hibernando no sofá, ela deu um pulo e arregalou os olhos. Eles voaram para nossas mãos entrelaçadas, enquanto seu queixo caía.

— Boa noite, Tereza. Juliane. — Arthur as cumprimentou, muito educado.

— Oi, Arthur. — Juliane sorriu, mas logo se lembrou da falta dos dentes e escondeu a boca com a mão.

— Mas o que... — Tereza olhou para a caçula, esperando outra reação. Depois de novo para nós. — Eu pensei que... O que significa isso?

— Estou namorando sua filha, Tereza. Espero que nos dê a sua bênção.

Eu olhei para ele, achando que brincava. Mas estava sério, encarando minha mãe. Não esperava algo assim, tão tradicional, vindo de Arthur. Pela reação dela, também não esperava por isso ou algo parecido. Ela olhou de novo para Juliane e, vendo que ela não se importava, piscou, e na mesma hora o rosto se iluminou.

— Meu Deus, não contava com isso. É claro que tem a minha bênção! — Toda fúria com que me olhava nos últimos dias se evaporou. Encarou-me como se eu fosse sua filha predileta. — Querida, por que não me disse nada?

— Esqueceu que a senhora estava sem falar comigo? — fiz questão de perguntar.

— Eu? — Riu, abanando a mão para baixo. — Ah, isso?! Besteira passageira! Estou muito feliz por vocês! Sentem-se.

Arthur lançou um olhar esquisito para o sofá em que ficara da última vez e negou polidamente.

— Nós precisamos sair. Mas agora estarei sempre por aqui.

— E será sempre bem-vindo! — Parecia criança quando ganha um pirulito, exultante, pouco ligando para a própria aparência desleixada. — Como um filho!

— Agradeço. — Ele sorriu devagar e virou-se para mim. — Vamos?

— Claro.

— Divirtam-se! — disse, muito simpática.

— Isso aí, divirtam-se. — Juliane sorriu sob a mão.

Nós nos despedimos, peguei minha bolsa e saímos. Arthur, extremamente cavalheiro, abriu a porta do carro para mim e esperou que eu me acomodasse para então dar a volta e se sentar ao meu lado. Enquanto ligava o carro e o motor rugia, lançou-me um daqueles olhares de me fazer tremer por dentro.

Saímos da rua em que eu morava e uma música romântica começou a tocar. Reconheci como uma de Chris de Burgh, chamada *Love Is My Decision*. Olhei-o na hora e sorri.

— Fez isso de propósito?
— Isso o quê?
— Selecionar essa música? "O amor é a minha decisão."
— Por quê? — Olhou-me com ar inocente. — Tem centenas de músicas aí. Acaba uma e toca outra automaticamente.
— Ah, tá. Pensei que fosse alguma jogada para me amansar ainda mais — provoquei.
— Por quê? Precisa ser amansada? — Os cantos dos lábios tinham se erguido suavemente, enquanto prestava atenção na estrada, pegando a Via Light, uma estrada comprida em Nova Iguaçu, acelerando o Porsche, fazendo o motor rugir.
— Talvez você pense que sim.
— Pode ser.

Não negou, e sorri ainda mais, relaxando contra o confortável banco de couro, mais feliz do que seria recomendado. Mudei de assunto:

— Para onde vamos, Arthur?
— Uma boate legal em Ipanema. Dançar, conversar, comer alguma coisa. Alguns amigos estarão lá hoje.

Não comentei, mas gostei de saber que queria me apresentar aos amigos. Estávamos começando bem. Ontem saiu com os meus; hoje, eu sairia com os dele.

Conversamos banalidades, falei sobre a faculdade, relaxamos em meio ao clima gostoso que se estabeleceu dentro do carro.

Em determinado momento, Arthur perguntou:

— Seu pai é falecido, Maiana?
— Sim, há onze anos.
— Sinto muito. Deve ter sido difícil para sua mãe criar duas filhas pequenas.

Lembrei que meu pai deixou uma pensão para ela, pouca coisa, mas que recebia até hoje. E a casa. Mas sempre faltava um monte de coisas, às vezes até comida. Minha mãe vivia dizendo que passava mal, que estava doente e não podia trabalhar. Na verdade, era hipocondríaca. E, quando as coisas apertavam demais, recorria a um dos parentes distantes ou aos vizinhos, até eu crescer, começar a trabalhar em uma mercearia perto de casa e a ajudar nas despesas.

— Ela deu um jeito — fui sucinta.
— Você se parecia com seu pai? É engraçado como nenhuma de vocês três se parecem.
— É, a família do meu pai quase toda tem cabelos e olhos claros. Acho que puxei a eles. E minha mãe diz que Juliane é igualzinha à mãe dela. — Lancei um olhar na direção dele, aproveitando para saber mais também. — E seus pais? Estão vivos?

— Não. Morreram quando eu era garoto. Fui criado pela minha avó. — Dirigia, compenetrado.
— Ah, perdeu os dois muito cedo — lamentei. — E ela está viva?
— Sim. Tem 91 anos e continua lúcida e inteligente como sempre foi.
— Pelo seu jeito de falar, parece que se dão muito bem.
— Muito mesmo.

Fiquei feliz por ele. Podia ter perdido os pais antes do tempo, mas ao menos tivera uma avó carinhosa. Era mais do que o relacionamento conturbado que sempre tive com a minha mãe.

Continuamos nos conhecendo um pouco melhor, sem forçar a barra, até chegarmos à boate. Era uma construção ampla, iluminada por luzes de LED azuladas que se espalhavam na calçada da frente, onde pequenos coqueiros balançavam ao vento. Havia um estacionamento ao lado, com apenas carros importados e caríssimos, e Arthur deixou o dele em uma das vagas.

Fiquei um pouco insegura ao entrar em um lugar assim, chique e exclusivo demais, porque eu não estava acostumada. Mas, enquanto ele me ajudava a sair do carro, lembrei que, na noite anterior, Arthur também ficara fora de seu ambiente, na pizzaria, mas tinha ido assim mesmo. Por mim. Por isso escondi minha insegurança e entrei com ele de mãos dadas. Paramos em uma cabine e ele pagou os ingressos, recebendo dois cartões magnéticos com chip. Ele me explicou ao entrar:

— É um cartão personalizado para cada um de nós.
— Como assim, personalizado?
— O cartão serve para utilizarmos alguns serviços lá dentro, como camarotes exclusivos com visão melhor do DJ e da pista, direito a usar uma cabine para tirar fotos, dançar em cilindros no alto, comprar sapatilhas em uma máquina italiana, se quiser descansar os pés dos saltos, além de se anotar o que se consome e outras coisas.

Acenei com a cabeça, impressionada, pensando como os ricos gastavam rios de dinheiro com coisas tão supérfluas. Mas não disse nada.

Era como entrar em outro mundo, onde luxo, riqueza, gente bonita e bem tratada se misturavam em um ambiente intimista, que gritava "exclusividade". Calculei que fosse uma boate da moda entre as pessoas da classe de Arthur.

Havia uma enorme pista com mesas e cadeiras espalhadas em volta. A música era eletrônica, em um ritmo vibrante que parecia combinar com as luzes de LED que dançavam e rodopiavam em ondas. A cabine do DJ ficava em um local estratégico, mais alto, cercado por dez camarotes. Já tinha lido sobre aquelas boates em tendência em uma revista e agora comprovava com meus próprios olhos que existiam de verdade.

Vi que Arthur se dirigia a um dos camarotes ocupado por dois casais, que riam, conversavam e tomavam champanhe. Todos tinham por volta de vinte e tantos e trinta anos. Na mesma hora se animaram ao vê-lo.

Fui apresentada, cumprimentada e convidada a me sentir à vontade enquanto eu me sentava no sofá em volta da mesa e Arthur se acomodava ao meu lado, passando um braço pelos meus ombros. No mesmo instante me entregou uma taça de champanhe, pegou uma para si e já pedia outra ao garçom exclusivo do camarote.

Ali, naquele local um pouco mais alto, com vista para todos os que estavam lá embaixo, senti-me como se fôssemos da realeza, e isso me incomodou um pouco. Pensei como aquelas pessoas poderiam saber que os outros se aproximavam delas por gostar da companhia ou por interesse. Eu me perguntei se Arthur teria aquelas dúvidas também. Mas guardei tudo para mim.

Passamos a conversar, e gostei dos casais. Pelo que entendi, um dos rapazes, Antônio, era amigo de Arthur há muitos anos e se casaria com Ludmila, a bela moça ao seu lado. Antônio era extremamente bonito e sério, com cabelos pretos, que contrastavam com olhos azuis reluzentes. O outro casal era a irmã de Ludmila, Lavínia, e seu noivo, Jaime. Para completar a roda, só estavam esperando mais um amigo aparecer com a namorada.

Percebi que era uma boate muito badalada, e as pessoas se acabavam na pista, animadas. Na mesa em que estávamos, a conversa e as risadas rolavam soltas. O clima era sofisticado e descolado. Havia petiscos na mesa que eu nunca tinha visto nem comido, mas eram elaborados e deliciosos, reconheci apenas caviar e salmão.

— Está gostando? — Arthur falou perto do meu ouvido.

Eu não tinha do que reclamar, mas realmente não era meu ambiente. O que eu estava gostando mais era de estar ali com ele tão perto de mim, seu corpo deixando o meu bem em alerta, com o sangue correndo rápido nas veias.

— Sim, é bem legal. — Sorri e beberiquei o champanhe delicioso.

— Quer dançar?

— Agora não.

Conversamos um pouco mais e depois ouvi os planos de Ludmila para seu casamento, enquanto Arthur papeava com os rapazes. Em determinado momento, sussurrou em meu ouvido que ia ao banheiro e voltava logo. Concordei com um sorriso e o observei se afastar, admirando-o novamente.

Naquele momento, outro casal se aproximava da mesa, e olhei para eles, encontrando os profundos olhos verdes do homem acima mim. Era alto, elegante, ombros largos, visivelmente atlético e muito bonito. Seus cabelos loiros eram levemente arrepiados, a pele, bronzeada, e os traços, angulosos e masculinos.

Olhou-me de um jeito tão intenso e direto, que, por um momento, pensei que me conhecesse. Mas então me dei conta de que os olhos expressavam um interesse genuíno e desviei o olhar, um pouco sem jeito, notando que estava acompanhado de uma bela mulher.

— Até que enfim chegou, Matheus! — exclamou Antônio. — Pensei que tivesse desistido.

Ele pareceu demorar um pouco a responder, ainda me olhando. Mas por fim apresentou a acompanhante como Vivian e, enquanto a moça cumprimentava os outros, voltou-se novamente para mim, parado ao meu lado. Com a voz grave e um pouco rouca, perguntou:

— E você, quem é?

Eu olhei para ele, mas, antes que respondesse, Arthur surgiu ao seu lado, encarando-o duramente e dizendo baixo:

— Minha namorada.

— Namorada? — O loiro o encarou e seu rosto se tornou ainda mais bonito com o sorriso amplo. — Tá falando sério, Arthur?

— Muito sério. Assim como a sua acompanhante deve ser sua namorada.

— Não, apenas uma amiga. — Deu de ombros e me olhou de novo, dizendo sem arrependimento: — Desculpe. Por um momento pensei que fosse uma visão do paraíso e me perdi nesses olhos prateados.

Achei graça do seu tom meio brincalhão, meio sério. Mas Arthur não pareceu gostar nem um pouco. Sentou-se ao meu lado, passou o braço em volta do meu ombro e quase rosnou.

— Não ligue para essas cantadas ridículas dele. Parou no jardim de infância, inclusive em inteligência.

O outro riu, mas ainda me olhava.

— Não vai me apresentar, Arthur?

— Para quê?

— Deixa de ser mal-educado. — E ele mesmo se apresentou: — Matheus Sá de Mello. E você?

— Maiana. — Estava achando engraçado o ciúme de Arthur. Era desnecessário. O amigo dele era muito bonito e atraente, assim como Antônio, mas para mim não importava. Eu só tinha olhos para Arthur.

— Maiana... — repetiu, baixo.

— Cara, some daqui.

— Calma! — Riu da agressividade do amigo. Logo a garota que o acompanhava se debruçava no ombro dele e nos observava com um sorriso. Matheus a apresentou: —Vivian, estes são meus amigos Arthur e Maiana.

Nós nos cumprimentamos e eles se sentaram. A conversa ficou mais animada ainda, pois Matheus tinha um jeito jovial e divertido. Sentado quase à minha frente, de vez em quando sentia o olhar dele sobre mim, mas eu o ignorava. Já Arthur, não, encarando-o bem sério, com raiva. Sorri intimamente, pensando o quanto era possessivo.

Em determinado momento, quando a música techno ficara um pouco mais lenta, ele se levantou e me tirou para dançar. Fomos para a pista de dança em um dos cantos e, quando colou seu corpo másculo no meu, esqueci o resto do mundo. Nós nos movíamos ao som da música, enquanto ele me segurava com firmeza e não tirava os olhos dos meus.

— O que foi? — perguntei baixinho.

— Só estou te admirando. Não posso culpar Matheus por estar quase babando. Você é linda demais.

— Ele só está te provocando— murmurei, com um sorriso.

— E conseguiu. Estava faltando pouco para eu pegar a faca de passar patê e cortar os bagos dele fora.

— Arthur! — Acabei rindo.

Puxou-me mais para si e se encostou em uma pequena mureta ao lado da pista, encaixando-me entre pernas abertas, as duas mãos em minhas costas, sob o cabelo, e os olhos descendo até meus lábios.

O desejo me dominou, forte e denso. Aproximou-se mais e fechou os olhos, os cílios pretos e espessos fazendo sombra, ele roçava suavemente a barba cerrada e macia contra minha face, beijando-a suavemente ao lado da boca.

Estremeci. Esqueci de tudo. Um dos meus braços em volta do seu pescoço, a mão subindo para acariciar a barba sobre o maxilar duro, rijo, bem marcado. O tesão fluía intenso entre nós, acendendo uma luxúria que eu nem sabia que possuía até conhecer Arthur. Naquele momento, eu me sentia outra; viva, pulsante, uma mulher em sua essência, despertada pelos instintos mais básicos e pelos sentimentos mais profundos.

Virei o rosto um pouquinho e rocei meus lábios nos dele, sem conseguir resistir, cheia de vontade de sentir seu gosto, sua língua em minha boca. Mordi o lábio inferior carnudo e senti suas mãos me apertando com mais força, colando meus seios em seu peito, encaixando-me entre as coxas musculosas, sentindo com perfeição sua ereção contra meu púbis.

Era difícil acreditar que aquele volume fosse realmente de verdade, mas era. Não tinha prática em comparar homens, mas Arthur parecia ter um membro tão grande e grosso que chegava a assustar. E também me excitava muito. Além do imaginado. Mais uma vez pensei em como poderia resistir àquele homem. Seria uma tarefa ingrata.

Colei meus lábios nos dele, e na mesma hora Arthur os abriu, insinuando a língua em minha boca, exigente ao explorar o interior, ao me mordiscar, deixar-me totalmente desequilibrada em seus braços.

O beijo foi profundo, quente, intenso. Senti os lábios carnudos me devorarem e retribuí com a mesma fome ardida, sugando a língua, movendo de encontro à dele. Minhas pernas pareciam gelatina, o coração disparava, todo meu corpo participava entregue e acalorado, desperto.

Ele segurou minha cabeça e enterrou a mão nos meus cabelos. Puxou um punhado para baixo, forçando-me a erguer o queixo enquanto deslizava a boca por lá e pela minha garganta. Arrepios de puro tesão me percorreram, senti os seios doloridos e a calcinha toda molhada. Nunca pensei que o prazer pudesse ser tão embriagante e enlouquecedor, porém era ainda mais, muito mais.

Arthur mordiscava minha orelha, o lóbulo, perto do brinco, até que sussurrou rouco:

— Vamos para minha casa. Passe a noite comigo, Maiana.

Era sedutor e, do jeito que eu estava, quase aceitei. Quase. Pensei nos meus sonhos de amar e ser amada, de só me envolver sexualmente quando tivesse certeza de que isso aconteceria. Não queria ser descartável nem usada. Queria amor, respeito, amizade, companheirismo. E, por mais que eu estivesse doida por Arthur e soubesse que me desejava, ainda não sabia se teria aquelas coisas dele.

— Não...

— Mas estamos loucos um pelo outro. — A ponta de sua língua passou pelos labirintos da minha orelha, lambeu suavemente a entrada do ouvido, fazendo-me arfar e agarrar sua camisa, minha vagina latejava. Murmurou: — Não paro de me imaginar na cama com você, nua embaixo de mim, enquanto saboreio sua pele toda, cada recanto, cada buraquinho...

Meu ventre se contorceu, a imagem se tornando nítida e pornográfica em minha mente, enquanto eu quase entrava em combustão espontânea. Deus, era o primeiro dia de namoro e eu já estava assim, quase me entregando! Como teria forças para resistir muito tempo, com aquele homem me pegando daquele jeito, dizendo aquelas coisas, seu corpo tentando o meu, seu cheiro me inebriando?

Consegui afastar a cabeça e segurei os braços dele em volta de mim, observando-o até fixar seus olhos escuros, pesados e duros. Quase me rendi ali mesmo, impressionada com o quanto o tesão deixava ele ainda mais viril e lindo, sua expressão de macho pronto, preparado para tomar sua fêmea. Algo me alertou que seria impossível impedir Arthur, havia tudo de decidido nele, de intenso e poderoso, como se gritasse: "Você é minha e acabou!"

Engoli em seco e, por um momento, perdi as palavras, hipnotizada. Mas lutei e consegui murmurar:

— Você prometeu que seria só namoro. Que não forçaria.

— Eu sei. — Sua expressão se fechou mais, aqueles olhos tão pretos e ardentes me consumindo. — Mas estou doido por você. E sei que também me quer.

— Sim. Desejo você, Arthur. Mas quero avançar quando me sentir preparada, quando confiar em você.

Pensei que rebateria aquilo e tentaria me convencer. Mas em meio à música e àquela multidão, que mal notávamos, encostou a testa na minha, respirou fundo e fechou os olhos por um momento, dizendo baixinho:

— Já vi que vou ter que tomar muito banho frio.

Acabei sorrindo. Gostei ainda mais dele por respeitar minha opinião, e o abracei forte, algo remexendo dentro de mim, crescendo tanto que me assustei. Não era só tesão. Era muito mais. E crescia vertiginosamente, em uma velocidade extraordinária.

Soube o que era, mas não nomeei. Ainda era cedo demais para aquele sentimento. No entanto, a razão não o impediu de chegar. E percebi que nada impediria.

## ARTHUR

Depois de pouco mais de uma semana de namoro, eu estava com tanto tesão acumulado por Maiana que quase explodia na calça só em vê-la. Quando a beijava ou encostava nela, então, era difícil me controlar. Mas eu lutava bravamente para conseguir. Enquanto isso, as outras mulheres me ajudavam.

Acho que nunca fodi tanto na minha vida. No meio da semana tinha ido buscá-la no trabalho, para fazer uma surpresa e levá-la para jantar. Maiana ficou feliz da vida, ainda mais quando dei a ela um lindo buquê de rosas vermelhas e um pequeno par de brincos de ouro. Queria algo mais ostentoso, e sei que outra mulher ficaria exultante, mas sabia como ela era sensível com a questão do dinheiro. Tanto que não aceitou os brincos de jeito nenhum.

Discutimos, fiquei possesso, mas, no fim, ela cedeu. Pediu, contudo, que eu não ficasse gastando com ela. Que não queria presentes e se sentir comprada. Percebi que havia algo ali, insisti, e ela falou por alto que a mãe costumava incentivar Juliane e ela àquele tipo de coisa, e que acabou tomando asco pela ideia de ser usada, sustentada ou presenteada por um homem. E nos acalmamos.

Foi um jantar agradável, e me vi realmente aproveitando a sua companhia. Além de ser lindíssima, era inteligente, sorria bastante, se divertia. Conversamos sobre tudo, desde política até música. Dava para discutir todos os assuntos com Maiana.

Chegamos à casa dela tarde da noite e a acompanhei até a varanda, onde começamos a nos beijar e novamente fiquei louco de tanto tesão. Encostei-a em um canto escuro e a prendi ali, entre meu corpo e a parede, pressionando-a com o pau duro contra a virilha, percorrendo seu corpo, beijando e mordendo sua pele.

Quando ergui uma de suas pernas e me esfreguei nela, duro e pronto, senti-me como um garoto louco para transar, não um homem experiente. Acariciei seus seios por cima da roupa e, quando o negócio parecia fugir ao controle, Maiana me mandou parar.

Consegui, mas fiquei tão puto, que me despedi dela rapidamente e saí, antes que fizesse ou falasse uma besteira. E, enquanto dirigia acelerado de volta para meu apartamento, pensei se não seria um joguinho de parte dela. Me tentar ao máximo, para que ficasse em suas mãos. Afinal, quem não sabia que sexo era a fraqueza de um homem?

Ainda no carro, liguei para uma modelo com quem saía ocasionalmente. Era sócia do clube Catana como eu e uma submissa natural. Concordou de imediato em me encontrar, mesmo sendo quase meia-noite de uma quarta-feira. Fui ao apartamento dela e a fodi com força, sem descanso, de bruços, amarrada à cama. Meti na boceta e no ânus, espanquei sua bunda com uma palmatória que estava separada para mim. Ela gozou três vezes, gemendo e implorando por mais, e eu dei, como uma máquina.

Maiana não saía da minha cabeça. Por mais linda e receptiva que Alexandra fosse, não despertou metade do tesão que eu sentia por minha namorada só em beijá-la. Aquilo me deixou muito irritado.

Saí da casa da modelo depois das três da manhã, depois que a usei de todas as formas possíveis e, então, gozei. Estava um pouco mais calmo. Só um pouco, porque o desejo que eu sentia por Maiana continuava lá, praticamente inabalado.

E assim entramos numa rotina. Saíamos juntos, nos agarrávamos e beijávamos, mas havia sempre um limite. Eu ia embora e trepava com outra, ou com outras, até me aliviar. Entretanto havia um ponto positivo em tudo isso. Aos poucos, eu sentia Maiana mais envolvida, se entregando. Seria uma questão de tempo tê-la de vez sob meu domínio. Trabalhava muito para isso, naquela que tinha virado a caça mais difícil da minha vida, a qual eu esperava ansiosamente capturar e então me fartar até me cansar.

Era um sacrifício enorme ficar indo à casa dela. A mãe era um pé no saco, pegajosa, toda melosa. Jogou várias indiretas sobre a televisão, fazer obras na casa e Maiana ter um "carrinho". A tudo Maiana reagia com raiva e dava cortes nela, depois me pedia desculpas, sem admitir que eu a presenteasse de nenhuma forma.

Comecei a perceber algumas coisas. Enquanto a mãe e a irmã eram interesseiras e não trabalhavam, quem sustentava a casa era Maiana. E parecia muito diferente das duas. Os vizinhos gostavam dela, apresentou-me a alguns. Todos a elogiaram. Era naturalmente afetuosa, responsável e simpática. E nada parecia fingimento, e sim seu jeito mesmo.

Ao seu lado, eu me sentia bem. Além de estar o tempo todo em ponto de bala, cheio de tesão, também gostava de estar com ela. Descobri que podia conversar com uma mulher de igual para igual, trocar opiniões, curtir sua presença. Tive certeza de que gostava dela. Mas isso não me impediria de querê-la para mim, de submetê-la até tirar tudo o que eu queria dela. Tinha virado quase uma obsessão.

Naquele sábado, íamos sair, e eu a esperava terminar de tomar banho, recostado no murinho da varanda, pois lá dentro estava um calor de matar. Juliane veio me fazer companhia.

Estava totalmente recuperada, linda, os dentes novos iguais aos naturais. Usando um vestidinho curto, fez questão de se sentar no murinho de frente para mim com as pernas ligeiramente abertas, mostrando sua minúscula calcinha preta. É óbvio que olhei e depois subi o olhar até seu rosto, com um sorriso sensual.

— Acho que precisamos conversar, não é?

Eu sabia sobre o quê. Acenei com a cabeça. Ela continuou:

— Ajudei você e estou boa. Lembra do que me prometeu?

— Nunca quebro uma promessa — falei friamente.

— Foi o que imaginei.

— Mas vai precisar ser um pouco paciente. Ainda não consegui o que quero. E, se sair na capa agora, Maiana pode não gostar e criar problemas — disse baixo.

Juliane olhou para mim de cima a baixo, abrindo um pouco mais as coxas, seu olhar cheio de tesão.

— Entendo, Arthur. Tadinho, ela está fazendo jogo duro, não é? Se quiser, posso ajudar.

Por incrível que pudesse parecer, mesmo eu sendo quase um tarado e vivendo ultimamente no limite, não senti tesão por ela. Algo me travou e me fez sentir raiva por fazer aquilo com a irmã. Já tinha reparado como Maiana se preocupava com ela e estava feliz, achando que Juliane estava tomando jeito. E a menina tentando passar a perna nela.

Mas quem era eu para julgar Juliane? Eu não fazia o mesmo? Embora incomodado, empurrei aquilo para o fundo de mim e fui prático. Havia uma maneira de controlar tudo, temporariamente.

— Ainda tem a mesma conta bancária, Juliane?

— Sim.

— Vou deixar um agradinho para você lá, enquanto a capa da revista não sai.

— Ah, que graça, Arthur! Como posso agradecer? — Sorriu amplamente, os olhos escuros brilhando.

— Ficando na sua — retruquei, e ela entendeu.

Ouvimos barulho na porta e logo Juliane fechava as pernas, parecendo muito inocente quando Maiana surgiu.

Quando encarei seus olhos prateados, apaixonados, a confiança com que sorriu para mim, senti novamente uma espécie de culpa me espezinhar. Ela estava ali, inocente diante do namorado e da irmã que armavam pelas suas costas.

— Vamos? — Aproximou-se, linda como sempre, lembrando-me de que precisava tê-la, a qualquer custo.

Torná-la minha havia virado quase uma obsessão. Por isso, sorri, segurando sua mão, pensando que, ao final de tudo, todos se dariam bem. Juliane teria sua capa, eu teria Maiana sob meu domínio, e ela também aproveitaria e seria recompensada.

— Vamos — concordei. Seria mais uma noite de sacrifício saindo com os amigos dela. Não que não fossem legais. Estava me dando bem com Virgínia e Rodrigo. Mas os lugares que íamos, as bebidas e a comida deixavam muito a desejar.

No entanto, foi uma noite agradável. Na volta, trocamos amassos no carro. Eu já estava ficando irritado com aquilo, com aquele jogo duro. Daquela vez, fui eu que interrompi a beijação e a mandei entrar. Maiana ficou me olhando, surpresa. Depois se foi, um pouco preocupada.

Dali, fui direto para o Catana. Pedi um uísque e fiquei bebendo em um reservado, olhando o movimento de sábado, as pessoas em diferentes estágios de nudez e relação sexual, alguns só bebendo, conversando ou dançando. Uma das garotas da casa estava nua em meu colo, procurando me agradar de tudo quanto era jeito. Já tinha me chupado, beijado, lambido. Agora se roçava como uma gata, mordiscando meu pescoço, acariciando meu peito sob a camisa aberta.

No entanto, eu não conseguia relaxar. Estava tenso, nervoso, com Maiana ocupando todo meu pensamento. Já estávamos juntos havia quase um mês, e minha paciência estava no limite.

— Qual é, cara? — Matheus parou ali perto, ao passar com uma loira abraçada a ele. Sorriu para ela e disse: — Pode ir, Kátia. Já te encontro lá.

A moça concordou e se afastou. Ele olhou para a mulher em meu colo com certo interesse, mas comentou logo:

— Anda sumido.

— Por aí — disse, quase sem mover os lábios.

— E aquela garota da outra noite? Maiana?

— O que tem ela? — Encarei, puto.

— Está com ela ainda?

— Não é da sua conta. Mas estou.

— Está e não está — concluiu. — Pelo que vejo, continua se divertindo por aí. Ela não frequenta esse clube?

— Maiana não é disso. — Era como se falasse para mim mesmo. Mas sorri, frio, e completei baixo: — Ainda.

— Arthur, só te digo uma coisa. Se eu tivesse uma namorada como ela, com certeza não estaria aqui. Você é uma porra de um louco!

— Matheus, cuide da sua vida — rosnei, irritado.

— É o melhor que faço mesmo. Babaca. — Balançou a cabeça e se afastou.

Eu o ignorei. Nos conhecíamos desde a escola e às vezes trocávamos ofensas, mas depois passava. Tomei mais um gole do uísque, sem entender por que me sentia tão incomodado.

Não era apenas a falta de sexo com Maiana. Algo me corroía por dentro e me deixava mal-humorado, sem que eu atinasse com o motivo. E aquela sensação continuou nos dias seguintes. Tanto que, para me acalmar, fiquei dois dias sem procurar Maiana. Falei apenas rapidamente com ela ao telefone, dizendo que estava numa semana ruim e muito ocupado.

Terça-feira fui ver minha avó, e ela logo percebeu que havia algo errado. Ficou surpresa quando soube que eu ainda estava com Maiana.

— Um mês? — Arregalou os olhos. — Mas esse é um novo recorde, querido.

— Se é — resmunguei.

— Você é mesmo insistente. Tanto trabalho assim para levar a menina para a cama? Por que, se existem tantas outras por aí?

— Quero Maiana.

Dantela me observou um momento. Por fim, indagou:

— Não acha que está indo longe demais? E se o feitiço se virar contra o feiticeiro?

Eu a olhei de imediato, muito sério. Ela continuou:

— Essa menina sabe jogar, Arthur. Escute o que estou te dizendo. Ela está usando a beleza e o ar de moça inocente para te enrolar. Fazendo-o esperar, força-o a comer cada vez mais na mão dela.

— Maiana não é assim — falei com certeza.

— Quem garante? Sua mãe também parecia a inocência em pessoa quando seu pai a conheceu. Ele foi o primeiro homem dela. Abriu as portas para todos os outros que vieram depois — disse ironicamente, mas ainda irritada por um passado que não pôde evitar. Então segurou minha mão e me olhou. — Não caia no mesmo erro.

— Não corro esse risco, vó.

— Tem certeza? Tem certeza de que não está nem um pouco caidinho por ela?

Fiquei quieto, a imagem de Maiana em minha mente, o modo como sorria para mim, como gostava de acariciar minha barba e de me beijar. Tínhamos desenvolvido uma intimidade só nossa, um relacionamento diferente de todos os que havia tido até então.

Só o fato de não responder de imediato preocupou minha avó. Ela suspirou.

— Meu reizinho... Tenha cuidado. Essa mulher é perigosa. Não esqueça o exemplo que teve em casa, tudo o que já lhe contei.

— Fique tranquila, não vou esquecer. E Maiana não é importante. Só preciso tê-la logo. Aí tudo volta ao normal.

— Assim espero.

Saí da casa dela mais perturbado do que quando entrei.

# 6

## MAIANA

Eu estava preocupada. Arthur tinha ficado dois dias sem me procurar, depois de termos nos falado e visto praticamente diariamente. Naquela semana, retomei as aulas na faculdade e voltei à minha sina de só ter tempo nos finais de semana. Nós nos falamos apenas por telefone, e ele me convidou para sair no sábado.

Fiquei com medo de que estivesse perdendo o interesse por mim. Racionalmente sabia que, se fosse só sexo que procurava, ia se afastar, e seria melhor assim. Mas, emocionalmente, eu me desesperava, sem conseguir me concentrar em mais nada. Percebi o quanto estava gostando de Arthur e o quanto sentia a sua falta. E que seria um inferno se parasse de me procurar.

Tentei seguir em frente, esperando ansiosamente o fim de semana para poder vê-lo e saber como ficaria nossa situação, se estava fria ou não, qual era a dele. Mas foi uma tortura. Arthur tinha tomado para si uma parte minha que eu não sabia mais como recuperar.

Quando me ligou, em uma sexta-feira à noite, eu estava no trem, voltando da faculdade, doida para chegar logo em casa. Sentada em um canto, atendi com o coração disparado, ansiosa.

— Oi, Maiana.

— Oi.

— Está em casa?

— Não, quase chegando — falei baixinho, minha mente preenchida por imagens dele, a saudade quase me corroendo. — Tudo bem com você?

— Não — disse rouco.

— Não? — Meu nervosismo aumentou.

— Passei uma semana infernal longe de você.

O alívio me inundou. Mordi os lábios, tentando me acalmar, até poder falar normalmente.

— Jura? — murmurei.

— Juro. Posso te ver amanhã?

— Pode.

— O que quer fazer?

— À noite?

— De preferência o dia todo. — Havia certo riso em sua voz. — Vai me compensar por toda saudade que me fez sentir.

Eu sorri sozinha, como uma boba.

— Não te convido para vir ao meu apartamento nem passar o fim de semana fora, pois sei que não aceitaria. Sendo assim, está nas suas mãos. Escolha o que quer fazer.

Eu pensei, mas não soube o que poderia ser. Então, Arthur falou:

— Quer ir para Itaipava comigo?

— Itaipava?

— É, em Petrópolis. Podemos ir cedo, passear, almoçar por lá e voltar à tarde.

— Deve ser ótimo. Não conheço Itaipava.

— Então, estamos combinados. Não esqueça de levar um biquíni. Tem piscinas e quedas d'água para visitar. — Sua voz soava jocosa. — Vai ser a melhor parte do dia. Ver você de biquíni, Maiana.

Fiquei vermelha ao me dar conta daquilo.

— Passo aí bem cedinho para te pegar.

— Certo, então.

— Mas me conte, como foi sua semana?

*Horrível sem você*, pensei, mas não verbalizei. Ficamos um um bom tempo ao telefone, em uma conversa leve, divertida, gostosa. Todas as minhas dúvidas foram por água abaixo e novamente me enchi de alegria e esperança.

Na manhã seguinte, vesti uma bermuda branca e uma camiseta estampada com o biquíni por baixo e sandálias baixas. Saí levando minha bolsa e deixei um recado, avisando que sairia com Arthur e passaria o dia fora.

Estava ansiosa, me roendo de vontade de vê-lo, e fiquei sentada no murinho da varanda, esperando. Quando vi o carro parar em frente à a casa, levantei em um pulo, o coração disparado, meu corpo reagindo, ardendo e tremendo ao mesmo tempo.

Praticamente corri para o portão enquanto Arthur saía do carro de óculos escuros, e foi só eu vê-lo para que uma alegria embriagante se espalhasse dentro de mim. Sentimentos intensos, rodopiantes e inéditos me envolveram como um manto e, por um momento, me dei conta do que eram. Paixão, *bonheur*, atração, tesão e mais. Amor.

Admitir aquilo, tão de repente, não me assustou. Pois me dei conta de que era algo que sempre quis e que surgia agora sem nenhum esforço, extravasando de dentro de mim. Eu o amava. Amava com todas as minhas forças.

Saí para a calçada e me joguei nos braços dele, emocionada, feliz, apaixonada. Arthur não esperava, mas me abraçou na hora, apertando-me contra seu corpo, os lábios em meu cabelo. Fechei os olhos, sentindo seu cheiro, o corpo musculoso contra o meu, o fato de ele existir. E de estar ali comigo.

— Maiana… Isso tudo é saudade? — murmurou, os lábios deslizando suavemente até minha têmpora, as mãos nas minhas costas, acariciando-me.

— Sim. Muita — admiti. Ergui a cabeça e o fitei, o rosto tão perto, olhos velados pelos óculos escuros, aquela boca carnuda e bem-feita me tentando. Não resisti e o beijei suavemente, mordiscando o inferior, sussurrando: — Saudade dos seus beijos…

E deslizei a língua em sua boca. Na mesma hora ele me puxou mais para si e retribuiu, a língua envolvendo a minha, lambendo-a sem pressa. Minhas pernas ficaram bambas, como sempre, meu corpo estremeceu, meu coração só faltou sair pela boca.

E ali, naquela manhã de sábado, na rua vazia, nós nos beijamos com doçura e paixão, como se fôssemos os únicos habitantes do planeta. Sua mão foi em minha nuca, firme em meu cabelo. Aquele seu jeito dominante de me segurar para aprofundar o beijo me deixava doida, muito excitada, fora de mim. Prazer corria em cada parte do meu corpo, misturado em meu sangue, em minha essência.

Arthur deu leves beijinhos e levantou os óculos escuros para o alto da cabeça, seus olhos escuros e penetrantes me consumindo, pesados. Disse baixinho:

— Do que mais sentiu saudade, Maiana?

— Do seu cheiro… — Aproximei o nariz do seu pescoço, respirando fundo, me embriagando com o perfume delicioso dele, misturado à essência máscula de sua pele. Mordi ali devagar, sentindo-o enrijecer, o membro muito duro e grosso contra mim. Minha vagina estava quente, úmida, palpitante. — Do seu gosto, do seu toque…

Arthur deslizou a mão em meu cabelo na nuca, virando o rosto e roçando a barba macia e cerrada em minha face, arrepiando-me toda.

— E o que mais?

— Senti saudade de tudo. Mas principalmente de sentir a sua presença. — Passei minha mão em seu maxilar anguloso, até enterrar os dedos nos cabelos de um preto brilhante e abundante, meu coração muito acelerado, o amor e a paixão me dobrando. — E você? Sentiu minha falta?

Ergui os olhos até os dele, fitando aqueles lagos tão escuros e profundos, tão lindos. Arthur ficou um momento quieto, imobilizado, apenas me olhando. Nem piscava. Vi uma emoção passar em seu rosto, algo que o suavizou e por um momento ficou lá, livre para mim. Mas então algo mais duro veio, mais sensual, espalhando um sorriso lento e predador em sua boca.

— Você nem imagina quanto, Maiana. Mas acho que vou ficar mais uns dias afastado. A recepção está valendo a pena.

Sorri também. Continuamos ali de pé na calçada, agarrados, apenas nos olhando, os dedos massageando suavemente a minha nuca. E eu perguntei:

— Por que ficou esses dias sem me ver?

— Muito trabalho. E também...

Calou-se. Insisti:

— Também o quê?

— Eu precisava ficar um pouco longe, Maiana, para me acalmar. Esses beijos todos, esses amassos dentro do carro estavam me deixando doido.

— E adiantou?

— Não. — Seu sorriso expunha os dentes brancos perfeitos. — Foi só te abraçar que voltou tudo.

Sorri também. Seus dedos percorreram minha face em uma leve carícia e ele beijou suavemente meus lábios.

— Vamos. Quero chegar cedo em Itaipava, para aproveitarmos bastante.

— Tá.

Entramos no carro e seguimos viagem. Uma música suave começou a tocar e relaxei, tão feliz que parecia estar flutuando em uma bolha. Começamos a conversar sobre a nossa semana, de maneira descontraída. Saber que estava tudo bem entre nós deixou-me radiante, somente aproveitando cada segundo da sua presença.

Itaipava era um bairro de Petrópolis, na região serrana. Tinha uma grande riqueza histórica e natural, cercada por belos morros verdejantes e um clima ameno, sendo refúgio de celebridades e da alta sociedade do Rio de Janeiro, principalmente no inverno.

Subimos vários e vários quilômetros de uma belíssima serra, a estrada cercada de ambos os lados por frondosas árvores. Era uma paisagem relaxante e espetacular, e eu me perguntei o que poderia ser mais perfeito do que aquilo, estar ali com Arthur, ouvindo uma música gostosa, naquele lugar tão lindo.

Passamos perto do centro histórico de Petrópolis, que eu já visitara algumas vezes e, como historiadora, adorava admirar os palácios. Arthur disse que, se desse tempo, voltaríamos ali. Mas seguiu para Itaipava, aonde eu nunca tinha ido. Cercada por morros, era um local agradável e bonito, cheio de vida e acolhedor, com lojas charmosas, tudo bem tratado e limpo. As construções tinham telhados inclinados e eram uma graça, a natureza servindo como moldura para tudo.

Ele seguiu até um belo hotel cheio de chalés charmosos e de bom gosto. Deixou o carro no estacionamento e comentou:

— Aqui tem um excelente café da manhã. Vamos comer e depois saímos para explorar a região.

— Certo.

Saímos de mãos dadas e entramos no lindo e elegante hotel, onde madeira e telhas de barro eram um diferencial, com verde para todo lado. Sentamos em uma mesa com vista para uma grande piscina de água natural e um morro verde como plano de fundo.

Realmente, o café era excelente, e comemos conversando, relaxados, comentando sobre o lugar. Então, Arthur perguntou:

— O que prefere fazer? Um passeio ecológico? Um tour de jeep pelas redondezas? Rafting? O hotel oferece várias opções, e podemos deixar o carro aqui e escolher uma delas.

— Como é o rafting?

— É uma canoagem no rio Paraibuna. Pegamos um transporte até ele e descemos algumas das vinte e duas corredeiras. A paisagem é belíssima, e muitas são históricas, já que vamos percorrer uma região que foi um grande entreposto comercial no século XIX.

— São os sítios arqueológicos do antigo Caminho do Ouro Imperial, entre Rio de Janeiro e Minas Gerais? — Meus olhos brilhavam. Sempre quis conhecer aquele trajeto que só estudara nos livros.

— Exatamente. Esqueci que estava falando com uma futura historiadora. — Arthur sorriu. — Por sua cara, já vi que prefere esse passeio.

— Sem dúvida!

— Não vai ficar com medo das corredeiras?

— Não, nem um pouco.

— Certo. Depois podemos voltar para cá, almoçar, ficar na piscina ou caminhar pelas trilhas. Aqui se pode escolher entre comida italiana, normanda, espanhola e portuguesa, e os vinhos são excelentes.

— Está ótimo! — concordei, toda animada.

Nós nos informamos sobre o passeio e saímos com mais um grupo de meia dúzia de hóspedes do hotel em uma van que nos levaria até o rio. Conversávamos animados, de mãos dadas o tempo todo, enquanto Arthur me explicava sobre as várias belezas naturais, arquitetônicas e gastronômicas da região. Disse que estava pensando em comprar uma casa ali, pois era um local do qual gostava muito.

Embora ele não fosse de ficar enaltecendo seus bens, devia ser bem rico e ter casas em vários outros locais. Pensei que, mesmo eu tendo evitado homens ricos a minha vida inteira, com raiva das coisas que minha mãe dizia, fui acabar me apaixonando por um deles. Era irônico, e eu sabia o quanto isso a alegrava, como sabia também que aquilo não importava. Se Arthur fosse um estivador ou um mecânico, eu sentiria o mesmo por ele.

Chegamos ao início do passeio em Comendador Levy Gasparian, onde começaria a descida. Os guias turísticos e especialistas em rafting e canoagem nos deram algumas dicas de segurança, de como remar, explicando que passaríamos em partes do rio que alternavam entre remansos e corredeiras.

Colocamos coletes salva-vidas, capacetes e fomos aos botes que comportavam seis pessoas. Dois instrutores foram no nosso grupo, contando comigo, Arthur e mais um casal, por volta dos quarenta anos, que logo puxou assunto com a gente e disse que estava ali comemorando quinze anos de casamento. Pareciam felizes, o tempo todo de mãos dadas, chamando-se de "querido" e "querida". Em silêncio, admirei como agiam e lancei um olhar a Arthur, pensando o quanto seria bom ter um casamento assim.

O passeio foi uma delícia. Fiquei ao lado dele o tempo todo. Ele murmurava em meu ouvido que me protegeria, o que me fez sorrir. Começou tranquilo, deslizando pelas águas do rio, descendo. Mas logo nos sacudíamos e pulávamos ao passar em pequenas quedas e algumas corredeiras. Os instrutores nos avisavam quando um ponto mais perigoso se aproximava e davam dicas.

Foi delicioso. Rimos e ficamos encharcados, cercados por uma vista magnífica, todo o tempo eu e Arthur trocando sorrisos e brincadeiras. Quando o passeio terminou, pulamos do bote animados, falando sobre o percurso. Minha roupa estava molhada, e a dele, também. Nos deram toalhas, bebemos água e voltamos para a van, que estava esperando. Já passava das 14h, e Arthur comentou, enquanto voltávamos ao hotel:

— Estou faminto!

— E eu?

Chegando lá, ainda um pouco úmidos, escolhemos uma deliciosa comida portuguesa com bacalhau e muito azeite, tomamos um vinho do Porto maravilhoso, no terraço, com vista para os morros. Brinquei com ele:

— Ô, vida boa!

— Melhor impossível — concordou, ainda mais lindo do que eu podia imaginar. Estava tão feliz que sorria para ele como uma boba, não querendo que aquele dia acabasse.

Demos uma volta em torno do hotel, nas trilhas próximas. Sentamos em banquinhos, conversamos e aproveitamos a paisagem e o clima delicioso. Depois voltamos e entendi que Arthur tinha pagado nossas diárias para aproveitar todo o conforto dali. Em nenhum momento falou em passarmos a noite, mas sabia que uma diária incluía isso.

Fomos para a piscina com vista linda, vazia àquela hora. E, enquanto o observava, imaginei como seria passar a noite com ele. Deixar de lado qualquer dúvida que houvesse e me entregar. Porque agora, que sabia o quanto o amava, parte do meu medo tinha ido embora, substituído pelo desejo voraz, presente num simples toque.

Quando Arthur tirou a blusa pela cabeça, prendi a respiração diante de sua beleza estonteante. Ombros largos, peito liso e musculoso, barriga dura, ondulada de músculos, assim como seus bíceps. Havia uma tatuagem de coroa no braço esquerdo e, quando tirou a bermuda, ficando apenas de sunga, vi a ponta de outra tatuagem no quadril, descendo pelo "V" bem modelado da barriga. Não deu para saber o que era. Ainda mais quando me distraí com o volume grande do seu pênis.

Estava sem ar, nervosa, quase arquejando. Lambi os lábios, admirando-o lascivamente; mal podia me controlar. Passei os olhos pelas pernas longas e musculosas, as coxas duras, os pelos escuros cobrindo-as. Virou-se para deixar a roupa sobre uma espreguiçadeira, e deixou à mostra as costas largas e uma bunda linda, dura e bem-feita. Era másculo, viril, lindo, perfeito. Fiquei completamente abalada.

Sorriu para mim e ergueu uma das sobrancelhas pretas, brincando:

— O que houve? Vergonha de ficar de biquíni?

— N… não — murmurei, conseguindo desviar os olhos, tentando controlar meu coração enlouquecido.

Arthur sentou-se em uma espreguiçadeira e se estendeu sobre ela, grande, musculoso, sedutor. Seus cabelos despenteados, os olhos atentos em mim, um sorriso levemente cínico nos lábios. Sabia como tinha mexido comigo.

Um pouco sem graça, tirei a camiseta e as sandálias. Ele me olhava, de maneira penetrante. Minha pele ficou mais quente, o sangue correndo mais rápido, e de repente me dei conta de que me desejava do mesmo jeito que eu a ele. Senti seu olhar quente descendo por meus seios cobertos apenas pelo biquíni cortininha preto. E então me senti admirada, desejada, parte de minha timidez se desfazendo.

Sorri, gostando de ter aquele poder sobre um homem como Arthur, um prazer gostoso se espalhando pelo corpo. Abri a bermuda devagar e a desci pelas pernas, até ficar apenas de biquíni. Imaginei se estava gostando do que via tanto quanto gostei de vê-lo só de sunga. E, para provocá-lo mais, fiz como ele havia feito. Virei para pôr minha roupa na espreguiçadeira ao meu lado, dando-lhe uma visão de minhas costas e bunda.

Não era metida nem usava minha beleza para abrir portas, mas, depois de anos ouvindo sobre o quanto era bonita, também tinha minha vaidade... controlada, mas tinha. Ser admirada pelo homem que eu amava e desejava mais do que tudo foi como um afrodisíaco poderoso, que me fez bem. Quando me voltei para ele, no entanto, deparei-me com seu olhar tão intenso e cheio de luxúria que, por um momento, perdi o ar.

— Vem aqui, Maiana. — Sua voz era rouca, engrossada pelo desejo que ele não tentava disfarçar.

E eu fui. Caminhei até a espreguiçadeira ao lado da que ele estava, mas Arthur não me deixou sentar. Puxou-me para a dele, chegando para o lado, de forma que me sentei perto de seu quadril. Na mesma hora sua mão enterrou-se em meu cabelo, trazendo meu rosto até parar a centímetros do seu enquanto encarava meus olhos e dizia bem baixinho:

— Você está brincando com fogo.

— Estou? — sussurrei de volta, muito excitada.

— Quer comprovar?

— Como? — Consegui sorrir, apesar do desejo quente que se revolvia dentro de mim. Minha visão vagou dos seus olhos, com uma expressão carregada, para os seus lábios carnudos, o queixo firme naquela barba escura, o pescoço e o peito nu.

— Olhe mais para baixo e vai saber — desafiou-me, tenso de tesão.

Estremeci. Quase recuei. Mas algo mais forte, mais potente, me fez descer os olhos, passando pela barriga musculosa até a sunga preta que o cobria. Prendi o ar, abalada ao me deparar com o contorno bem marcado do seu membro, que subia em uma coluna grossa e longa, estufando, e muito, o tecido.

Por um momento, fiquei sem ar e sem ação. Então o sangue bombeou violentamente, o coração batendo contra as costelas e arrepios percorrendo minha coluna, de desejo puro mesclado a tudo o mais que me fazia sentir. Ergui os olhos rapidamente até encontrar aqueles poços pretos. Arthur sorriu bem devagar.

— É isso o que você quer, Maiana?

Eu não sabia. Estava afetada demais para conseguir pensar com clareza. Minha vontade era a de me jogar nos braços dele, beijá-lo e abaixar aquela sunga, conferir se ele era tão lindo quanto parecia. Implorar para que fizesse tudo o que queria comigo, e que me deixasse fazer tudo o que tinha vontade com ele.

Tive ânsia de ser dele, de descobrir como me sentiria sendo sua mulher, tendo-o dentro de mim. Minha barriga convulsionou de tanto desejo. Mas havia tanta coisa envolvida, tantos sentimentos e o medo de não ser correspondida. Já tinha certeza de que o amava. Mas o que ele sentia de fato por mim? E se fosse só algo físico, que poderia acabar a qualquer momento?

— Eu quero mergulhar na piscina — desconversei, recuando, precisando de um pouco mais de tempo. Então me levantei, e Arthur me soltou. Na mesma hora dei um mergulho na água fria, buscando respostas que talvez não pudesse encontrar tão cedo.

Nadei de uma ponta a outra, até cansar. E, quando Arthur mergulhou, covardemente subi a escadinha e me sentei na beira, deixando só as pernas dentro da água. Observei como cortava a água em braçadas perfeitas, virando-se de cabeça para baixo ao chegar à ponta e voltando. Admirei-o, perturbada, excitada além do normal.

Finalmente parou perto de onde eu estava, sacudindo o cabelo molhado, observando-me. E então, com o rosto ainda sério, um pouco conturbado, impulsionou o corpo para fora da piscina apoiando-se nos braços musculosos. Eu devorava cada linha masculina do seu corpo, com água na boca.

Arthur ficou de pé e veio até mim. Pensei que se sentaria ao meu lado, mas me surpreendi quando me forçou para trás, inclinando seu tronco sobre o meu. Deitei sobre o azulejo e acabei rindo, surpresa, quando ele abria a boca sobre meu queixo e o mordia devagarzinho.

A risada virou um leve gemido e o encarei, abalada, seus lábios subindo, seus olhos duros nos meus. Quando beijou minha boca, eu me entreguei, totalmente dominada, minhas mãos, que tinham ficado largadas ao meu lado, subiram para se enterrar em seus cabelos, beijando-o com a mesma fome estarrecedora.

Estávamos cheios de luxúria, queimando um pelo outro. Somente seu peito pesava sobre meus seios, a parte inferior de seu corpo estava longe do meu. Caso contrário, acho que perderíamos o controle ali mesmo. Como se temesse isso, Arthur interrompeu o beijo e suspirou, deitando-se no chão ao meu lado e fechando os olhos.

— Acho que não foi uma boa ideia ficarmos aqui só com roupa de banho — disse, um tanto seco.

No mesmo instante levantou e deu outro mergulho.

Eu me sentei, tremendo. O desejo era avassalador, voraz, enlouquecedor. E não consegui pensar em nenhum motivo para sofrer tanto, quando o queria tão desesperadamente. Eu me sentia viva, pulsante, feminina. Ardia e latejava. Eu o amava. Então, por que lutar contra? Por que me privar de algo que ambos queríamos tanto?

Observei Arthur ir até os degraus dentro da piscina, feitos de azulejos, e se deitar ao longo de um deles, apoiando os cotovelos nos de cima, as pernas e o quadril dentro da água. Ergueu o rosto para o sol e ficou lá, de olhos fechados, como se precisasse de um tempo para se acalmar.

Uma estranha calmaria me envolveu quando enfim entendi o que eu queria. Não importava mais nada. Estava louca por ele. Louca de amor e de desejo. E pela primeira vez na vida estava disposta a arriscar tudo, a confiar em alguém e me entregar. Não só meu corpo e meu desejo, mas também o meu amor.

Ergui-me, dei a volta na piscina, desci os degraus até ficar com água na cintura. Arthur abriu os olhos e virou-se, fixando-os em mim, compenetrado. Eu voltei pelos degraus, ajoelhando-me no último e engatinhando entre as pernas dele. Percebi que ele não esperava isso e ficou bem quieto, apenas os olhos alertas, brilhando como ônix. Parei, minhas mãos apoiadas sobre o degrau, ao lado de seu corpo, meu rosto próximo ao dele.

— Sabe do que me dei conta, Arthur? — murmurei, rouca.

— Não.

— Que nunca me queimo. Nunca brinco com fogo. — Ergui as mãos e apoiei em seu peito, passeando-as sobre os músculos duros, senti-me uma mulher de verdade, cheia de desejo e vontade de ser feminina, agradada.

— E isso é ruim? — Sua voz saiu rascante.

— Às vezes é muito monótono ser tão precavida. Hoje senti vontade de me arriscar. Saber até que ponto posso me queimar. O que me sugere?

Escorreguei as mãos para baixo, pela barriga dura, meus olhos se deliciando com aquele corpo. Tive vontade de acariciar suas coxas grossas, seus testículos cheios, seu membro robusto. Saber o que era sentir um homem, e não qualquer um. Arthur.

Encarei seus olhos escuros e perturbadores. Nunca o tinha visto tão sério, tão carregado de testosterona e poder masculino, o que só serviu para me arrebatar mais.

— Tenho apenas uma sugestão, Maiana. Que venha comigo para um dos chalés e me deixe mostrar o quanto as coisas podem esquentar.

— Ainda mais?

— Muito mais.

Estava gostando daquele jogo de sedução, daquela sensação prazerosa de desejar e de ser desejada com tanta intensidade.

— E o que faria comigo no chalé? — Nem acreditava que estava agindo de modo tão sem vergonha.

— Por que não entra e vê com seus próprios olhos? — A voz dele era rascante. Subiu uma das mãos pelo meu braço, em uma carícia que só me fez arder ainda mais.

— Mas... e se eu não gostar?

— Garanto que vai gostar. E querer repetir muitas vezes.

— Me dê uma dica. Vai me beijar?

— Cada pedacinho seu. — Espalmou os dedos em minha nuca e me trouxe para mais perto, dizendo baixo, perto da minha boca: — E, depois que eu beijar e chupar você, vou querer que faça o mesmo comigo.

— Hum… Parece bom…

— Nem imagina. — Mordeu de leve meu lábio inferior. — Mas vou querer mais, Maiana, muito mais.

— Como o quê?

— Vou querer você fazendo tudo o que eu mandar. — Deslizou a boca até minha orelha e mordiscou o lóbulo, a mão escorregando em minhas costas nuas, fazendo-me estremecer. Murmurou baixinho em meu ouvido: — Ficando toda aberta enquanto enfio meu pau em sua bocetinha, depois de tê-la chupado até doer e metido meu dedo. Vai gozar. E, quando acabar, vou te virar de bruços e bater na sua bunda.

Eu tremia violentamente. Quando comecei com toda aquela provocação, não imaginei que poderia ficar ainda mais excitada. Mas agora estava fora de mim, quase desabando em cima dele, com o coração alucinado e a respiração entrecortada. A vagina palpitava, quente e cremosa, todo meu corpo parecia prestes se a incendiar, de tanto que ardia.

Suas palavras mexeram com tudo dentro de mim. Consegui murmurar:

— Me bater?

— Sim. Por me fazer esperar todo esse tempo. Pelas vezes que quase me fez gozar na calça. Por me provocar agora. Não se preocupe, vai gostar de sentir minha mão. Porque depois vou abrir sua bunda e lamber seu cuzinho. E, se ainda me aguentar, vou meter meu pau nele também.

— Não… — arquejei, com medo de um tesão aterrador.

— Sim. Vai gostar tanto que vai querer mais. O tempo todo.

Estava quase gozando só com as palavras dele. Mesmo sendo virgem, não tendo feito com meus poucos namorados mais do que tirar uns sarros e carícias mais ousadas, eu me masturbava na cama quando sentia falta de carinho, quando meus hormônios se tornavam mais exigentes. E sabia quais eram os sintomas. Estava no ponto, e tudo o que Arthur precisou fazer foi me falar aquelas depravações ao pé do ouvido e acariciar minhas costas.

Ele faria aquilo mesmo? Eu deixaria que batesse em mim? Que fizesse sexo anal? Mas era tudo tão novo, tão assustador para uma pessoa inexperiente como eu. E, ao mesmo tempo, tão sedutor! Ansiei por tudo, por coisas que nem imaginava, por uma nova realidade.

— Chega de conversa — decidiu.

Não ofereci resistência quando me levantou e se ergueu, levando-me pela mão. A decisão tinha sido mais do que tomada. E eu não voltaria atrás por nada no mundo.

# ARTHUR

Aluguei um dos chalés do hotel em um ponto mais elevado, com vista para o morro em frente, telhado de barro e madeira inclinado, chão de tábuas corridas, porta e janelões que davam para um terraço grande, que rodeava a construção. Entramos na suíte ampla muito bonita em tons claros de bege e branco. A cama era grande, em estilo antigo, com quatro colunas e um cortinado preso a elas. Paramos ao lado dela e nos olhamos.

Era ainda fim de tarde e estava claro, a porta e os janelões abertos traziam o ar puro e o cheiro de plantas do lado de fora, deixando tudo fresco, agradável. Mas eu me sentia quente, fervendo. Desejo, tesão e uma sensação embriagante de vitória me envolviam. Olhei para Maiana, encantado, ainda mais afetado depois de constatar que era mais linda e sensual do que eu tinha imaginado.

Ali, dentro do quarto, talvez se dando conta de que aquilo ia mesmo acontecer, parecia mais nervosa, os olhos prateados brilhavam intensamente, as bochechas coradas, a respiração agitada. Aproximei-me outra vez e acariciei seu rosto. Eu também estava abalado... mais abalado do que pensei que ficaria. Em geral, tinha calma nessas horas. Por maior que fosse o tesão, eu sempre o controlava.

Ergui a mão até seu pescoço e corri os dedos por seu cabelo úmido. Evitei tocar os seios, preferindo as laterais do corpo dela, até segurar a barra da camiseta com as duas mãos e erguê-la, tirando-a por cima dos braços e da cabeça. Meus olhos percorreram seu corpo, lindo naquele biquíni, enquanto desabotoava sua bermuda e a tirava. Ela mordia o lábio, quieta.

Fui para trás dela. Joguei seu cabelo em um dos ombros e mordisquei a nuca. Maiana arfou. Ali, soltei o laço da peça superior do biquíni e depois o do meio das costas. Puxei o tecido úmido e o larguei no chão. Mordi devagarzinho seu pescoço, minhas mãos desceram, soltando os laços em seus quadris. Até que segurei e tirei o que faltava para deixá-la inteiramente nua para mim.

Olhei sua bunda perfeita, redonda e empinada, com a pequena marca de sol. Tinha um corpo lindo, naturalmente bem-feito, a pele lisa e macia, sem máculas. Encostei atrás dela e deslizei minhas mãos por sua cintura e barriga reta, murmurando:

— Está vendo esse corpo nu? Não é mais seu. Agora é meu. Só meu. — Subi mais, até espalmar os dedos nos seios redondos e firmes. Ela tremia, sem palavras, apoiando-se em mim. Era deliciosa, a mulher mais linda que já vi na minha vida. Tudo nela me deixava doido, seu corpo, seu rosto, os olhos, a voz, o cheiro, seu jeito. Não me lembro de um dia ter ficado tão excitado e tão embriagado por sensações vorazes e extasiantes como as que sentia agora.

Passei os dedos e as palmas em seus mamilos. E, sem suportar mais a vontade de olhá-la por inteiro, fui para a frente dela, fitando seus olhos, sem tocá-la. Maiana parecia embriagada, as pálpebras pesadas, a respiração entrecortada. Corri meus olhos por ela.

Pescoço e ombros bem-feitos, braços esguios, seios mais redondos e lindos do que podia imaginar, naturais, empinados, com dois mamilos levemente intumescidos e vermelhos. Surpreendentemente rubros, não rosados nem cor de mel. Fiquei louco para pôr um deles na boca e chupar com força. Mas tudo em sua hora.

A cintura era bem fina, terminando em quadris perfeitamente arredondados e pernas longas, modeladas. Para coroar tanta beleza feminina, o púbis era coberto por uma pelugem curta e loira, apenas um tom mais escuro do que seu cabelo. Era uma loira natural. Uma deusa nórdica estonteante.

Por um momento, fiquei sem ação. Ainda mais quando encarei seus olhos e vi os sentimentos dela ali, sem disfarces. Emoções tão intensas e verdadeiras que me senti golpeado, minhas defesas no chão. Algo estranho, que era desconhecido para mim, fez meu coração bater mais forte no peito e o sangue correr mais rápido. Não era só desejo.

Não quis pensar nisso. Aproximei-me dela, já enterrando a mão em seu cabelo, a outra em sua cintura, envolvendo-a com firmeza. Inclinei o corpo dela para trás e sussurrei:

— Estou doido para fazer isso. — E abri a boca sobre o mamilo intumescido e vermelho como uma fruta saborosa. Chupei-o forte, fazendo pressão, o desejo se avolumando violentamente em meu interior.

— Ah... — Maiana arquejou, deixando a cabeça pender para trás, a nuca segura em minha mão, os cabelos pendurados. Suguei com furor, esticando-o mais contra minha língua, fazendo ela estremecer da cabeça aos pés.

Agarrou meus bíceps com força, deixando que me fartasse com os seios expostos, o que eu fiz sem vacilar. De um, fui para o outro, mas aquele eu mordi, fiz com ela que ondulasse e gritasse, alucinada. Esfreguei o pênis ainda dentro da roupa contra sua vulva macia e nua, para que sentisse o estado que me deixava, o tesão que despertava sem qualquer esforço.

O sangue latejava em minha têmpora e corria rápido, se concentrando na ereção. Rosnei contra o mamilo, passando a língua, percebendo o quanto tinha endurecido, perfeito para mamar até cansar.

Mas eu queria mais, queria outras coisas. Trouxe-a de volta, erguendo sua cabeça e a soltando. Estava arrebatada, um pouco tonta. Sorri agressivamente, cheio de luxúria, tirando minha blusa e largando-a no chão. Maiana me olhava, em transe.

Antes de despir a bermuda, peguei um envelope com três camisinhas e o joguei na cama. Só então tirei a peça de roupa, ficando apenas com sunga de praia. Já ia descê-la, mas ela interrompeu-me rouca:

— Não. Eu quero fazer isso.

Fiquei imóvel, e ela se aproximou. Surpreendeu-me ao cair de joelhos na minha frente, rosto erguido para mim, agarrando o cós da sunga. Não vacilou ou se escondeu, nada tímida. Abaixou o tecido úmido, os olhos brilhavam como prata líquida, varrendo-me conforme descia a sunga e parando ao encontrar o membro nu e ereto como uma barra de ferro, mais duro do que nunca.

Lambeu os lábios e largou o tecido quando parou nos meus pés. Seu olhar era de desejo e admiração; quente, voluptuoso. As mãos subiram por minhas panturrilhas e joelhos, coxas, até a virilha. Fiquei totalmente imóvel, até sem respirar.

E então dedos de Maiana estavam em mim, acariciando suavemente meus testículos, segurando a base grossa, subindo pelo comprimento do meu pau. Parecia infinitamente excitada em fazer isso, como se quisesse provar que era real, sentir, conhecer.

Seus olhos pararam na pequena tatuagem perto do meu púbis, que era como um oito deitado. Sussurrou:

— O símbolo do infinito?

— Sim.

— Linda... Você é lindo... — sussurrou, encontrando novamente meu olhar, uma mistura de ingenuidade e lascívia. Fascinante. — Tão lindo e grande, Arthur... Tão perfeito...

E não me deu chance de dizer nada, ela aproximou o rosto do meu pau, beijando docemente a cabeça. As duas mãos o seguraram enquanto o beijava e lambia, sem se importar se tinha experiência ou não, simplesmente fazendo algo que desejava. Estava me deixando completamente louco.

Perdido, fiquei apenas olhando para Maiana enquanto se deliciava, emoções violentas me bombardeavam de todos os lados. Quando enfiou a cabeça na boca e chupou, ainda me segurando firme, é que reagi, saindo daquela sedução poderosa. Gemi rouco, e isso a animou mais, escorregando as mãos pela extensão, tomando mais na boca gulosa.

— Puta que pariu... — rosnei, agarrando seu cabelo, abrindo mais as pernas. E Maiana foi com tudo, puxando-me para dentro da boca macia e úmida, as mãos agora em meu saco, acariciando-o enquanto movia a cabeça e me chupava gostoso, firme, babando tudo.

Chegou até a metade, levando-me o mais fundo que conseguiu, indo para a frente e para trás. Não era como muitas mulheres, que tinham técnica ou eram desesperadas, mas não tinham paixão. Não, ela consumia com vontade, como se estivesse realmente apreciando, aproveitando. E vê-la ali, aos meus pés, nua, era quase um orgasmo imediato.

Eu, que às vezes demorava horas para gozar, para finalmente ceder meu controle, me via ali, reduzido a um homem completamente arrebatado, dominado por ela.

Respirei fundo, tentando recuperar meu discernimento e entender que merda estava acontecendo. E, como não consegui, dei um passo para trás e a segurei firme pelos braços, erguendo-a, olhando com ferocidade.

— Já fez muito isso, Maiana?

— O quê? — Seus lábios estavam úmidos, tão vermelhos como seus mamilos, o olhar pesado pelo tesão.

— Chupar um homem.

— Nunca — disse baixinho, com tanta sinceridade em seu olhar que acreditei. — Fiz errado?

— Fez muito certo. — Não soltei seus braços, enquanto a levava até a cama, fazendo-a andar para trás.

Sorriu, sensual, feminina, não parecendo nem um pouco tímida ou virginal.

— Quero fazer mais.

Sentou-se na beira da cama. Na mesma hora segurou minha bunda com as duas mãos e me trouxe para a frente, lambendo minha tatuagem de maneira lasciva. Uma onda de tesão violento me percorreu. Lentamente, foi para meu membro como se não pudesse ficar longe, chupando a cabeça, saboreando cheia de vontade.

Travei os dentes. Ainda mais quando apertou minha bunda e tomou mais de mim na boca, cheia de fome, quente e entregue. Perdi o parco controle que eu tinha. Pensei em seduzi-la, lambê-la toda, reduzir aquela mulher a uma massa de sensações até que implorasse para que a fodesse. Mas, em vez disso, eu estava ali, nas mãos dela, quase a ponto de gozar, tremores varriam meu corpo, com o coração batendo muito forte. Mais um pouco e seria minha perdição.

— Porra, Maiana... — disse quase com raiva, saindo de sua boca, empurrando-a na cama. Segurei-a sob as axilas e a ergui até que depositasse a cabeça no travesseiro, indo para cima dela, já rasgando um preservativo.

Olhou-me quando cobri meu pau com a camisinha, lambendo os lábios, como se estivesse se deliciando com meu sabor. Gemi, quase com dor. Abri suas coxas, olhando os lábios vaginais delicados, sem conseguir acreditar que fosse mesmo virgem. Esfomeado, a ponto de vociferar, desci a boca e lambi sua carne, sua vulva, que brilhava, lubrificada, demonstrando o quanto estava excitada.

Seu cheiro e gosto me deixaram louco. Ergui suas pernas e abri a boca em seu clitóris, expondo-o, chupando com força.

— Ah!

Estremeceu-se toda, gemendo, ronronando.

Suguei até que Maiana se debatesse, fora de si. Então tomei o mel que escorria em minha língua, mais gostoso do que tudo o que provei na vida, um néctar dos deuses que me viciou. Mas uma fera rugia dentro de mim e soube que não aguentaria muito. Latejava, meu falo babava, doía. E ela estava pronta para mim.

Subi, beijando sua barriga, os quadris acomodados entre suas coxas. Mordi um mamilo, e ela enfiou os dedos em meu cabelo, rebolando, se esfregando e gemendo. Parecia ansiosa também, tão louca de tesão quanto eu. Escalei um pouco mais, avisando quando meu pau pesou contra sua vulva:

— Vou entrar em você, Maiana. Agora.

— Sim... Sim...

Enfiou as unhas em minhas costas, se abriu toda, corada, arfante. Agarrei a cabeceira da cama com força, pairando sobre ela, meu pau encaixado entre os lábios macios e aveludados. E então a penetrei, tentando manter algum controle, mas mesmo assim indo firme e duro. Tinha certeza de que entraria direto, mas então vieram a barreira e um gemido de dor. Porra, ela era mesmo virgem.

— Vai doer... — ainda consegui dizer, arrebatado, exaltado, enlouquecido.

— Sim, Arthur... Mas eu quero você. Me faça sua.

E aí o controle se foi de vez. Sem tirar os olhos dos dela, com os músculos dos braços sobressaltados pela força que eu fazia, enfiei meu pau dentro dela com tudo. Maiana gritou, mas não fugiu. Lágrimas transbordaram de seus olhos, e fui até o fundo, alucinado em como era quente como uma fornalha e apertada, macia.

Meti de novo e de novo.

— Arthur... Ah! — E se abriu mais, as mãos agarravam minha bunda, não para me afastar, mas para me colar mais em si. Entrei com tudo, até o fundo, enquanto ela palpitava em volta de mim e se entregava, movendo os quadris.

— Porra! — Apertei a cabeceira e passei a fodê-la duro, com força, enlouquecido pelo tesão, por tudo o que ela despertava em mim. — Toma meu pau, Maiana... Toma nessa bocetinha virgem. Agora ela é minha. Só minha.

— Só sua, Arthur... Ah, eu te amo. Eu te amo, Arthur — disse rouca, emocionada, me abraçando forte com braços e pernas, rebolando sob as minhas arremetidas, mordendo meu queixo.

A declaração e a entrega total me golpearam. Eu me tornei irracional, incansável, extasiado. Quando gritou e gozou, perdi o controle de vez.

Um tesão violento percorreu minha coluna, se concentrou em meu ventre e foi quente para meu pau. Explodi em um orgasmo avassalador, cerrando os dentes, rosnando como louco.

Fomos juntos, como se ondas e mais ondas percorressem nossos corpos. Virei o rosto e capturei sua boca. E, enquanto os últimos espasmos nos circulavam, nos entregamos ao beijo quente e apaixonado. Esqueci-me do mundo e de quem eu era. Ali, eu era todo dela.

# 7

## ARTHUR

As mãos de Maiana subiram por minhas costas suadas, enquanto respirava de maneira desigual, sua boceta continuava agarrada ao meu pau. Tínhamos acabado de gozar e eu estava sobre ela, dentro dela, ainda extasiado demais para pensar com clareza. Mesmo parecendo ter me esvaído, ainda estava duro. Muito duro.

Ergui um pouco a cabeça, encontrando seus olhos fascinados, nublados pelo orgasmo. Sorriu para mim, entregue, toda minha. Moveu-se um pouquinho, o que só fez aquela carne macia deslizar no meu pau. Eu estava sem palavras, confuso, despreparado para o que havia acontecido. Então ela murmurou:

— Nunca pensei que fosse assim, tão bom. Tão gostoso... — E se mexeu de novo, de propósito.

Não aguentei e meti nela mais fundo, num impulsionar do quadril. Puxei até deixar só a ponta e meti de novo. Ela gemeu, o prazer transparecendo em seu rosto. Indaguei baixo:

— Está doendo?

— Não.

Era o que eu queria ouvir. Agarrei forte a cabeceira e passei a fodê-la com força, cheio de tesão. Meu pau entrava e saía, empurrando e abrindo os lábios vaginais, até que me dei conta de que estava ficando arrebatado de novo. Parei, querendo retomar o controle de mim mesmo antes que me perdesse mais uma vez em todo aquele prazer. Abruptamente saí de dentro dela e me ajoelhei na cama, já arrancando o preservativo cheio. Amarrei-o e o larguei no chão. Peguei outro e logo revesti meu pênis.

Olhei de novo para ela, ainda aberta, encarando-me, os cabelos espalhados no travesseiro, sendo um convite tentador e irrecusável. Vi sua vulva inchada e com um pouco de sangue, brilhando de lubrificação. Uma fera rugiu dentro de mim. Eu a tinha desvirginado. Era minha. Me amava.

Enquanto aquilo me excitava além da conta, algo me perturbava. O meu descontrole, o modo como me entregara, as coisas diferentes que sentira. Quis ter um tempo só para mim, para pensar, buscar uma explicação. Mas o desejo já me corroía, voraz.

Respirei fundo. Disse a mim mesmo que o que mexia comigo era a sensação de glória e satisfação. Eu tinha conseguido. Finalmente a tinha na minha cama e agora podia fazer tudo o que quisesse com ela. Mas sabia que havia algo mais, o que me perturbava.

Tentei me concentrar. Voltei para cima dela, apoiando um braço na cama, segurando-a por baixo do joelho esquerdo e o levantando bem enquanto empurrava de novo meu membro em sua boceta. Maiana estremeceu e me engoliu por inteiro, a luxúria veio no seu ápice enquanto a fodia duro, encarando-a nos olhos. Eu a fodia. Era sexo. Puro e gostoso, disse a mim mesmo.

Apoiei o peito sobre seus seios, abrindo mais sua perna para o alto, comendo vorazmente sua boceta. Havia ainda algo ali, me espezinhando e rondando, me deixando nervoso. Maiana me agarrou, erguendo a cabeça do travesseiro, buscando a minha boca. Sem saber por que, tive medo de beijá-la, de me descontrolar de novo. Sentia que metade de mim continuava estranhando, enquanto a outra metade tentava me convencer de que estava tudo bem.

Ela me fitou, segurando minha nuca, puxando minha cabeça para si, saboreando meus lábios. Não pude resistir. Abri a boca e a beijei ferozmente, de modo que caiu de volta no travesseiro e eu a devorei com tudo. Gemia como uma gatinha e me beijava com fogo, participando ativamente da transa.

Era uma sensação de deslumbramento que me consumia e, até certo ponto, assustava. O que me deixava mais abismado era não ter conseguido manter a postura de sempre. Eu simplesmente tinha perdido a cabeça, e estava acontecendo de novo. Por isso o alerta piscava dentro de mim, e eu tentava chamar o meu racional, deixá-lo na superfície, em uma espécie de luta interna.

Chupei sua língua e soltei sua perna, deslizando a mão em sua barriga, descendo-a entre nossos ventres até encontrar a pelugem macia, entranhando até esfregar seu clitóris durinho. Maiana estremeceu e choramingou enquanto a masturbava e dava estocadas vigorosas dentro dela.

Era deliciosa. Apertada demais, quente, molhada, a boceta parecia sugar meu pau. Seu gosto me embriagava. Os mamilos pontudos roçavam meu peito. Não lembrei de já ter me sentido tão enlouquecido ao comer uma mulher. Eram sensações que nocauteavam, me deixavam como um garoto, mas, acima de tudo, me preocupavam.

Parei dentro dela, afastando a boca, respirando fundo. Fitei aqueles olhos prateados tão lindos, buscando respostas e ao mesmo tempo temendo encontrá-las.

E então me dei conta de que o tesão absurdo que ela despertava em mim precisaria de mais tempo para ser saciado. Não seriam duas ou três fodas que me deixariam satisfeito. Eu necessitava de mais. E isso me acalmou um pouco.

Sim, era isso. Maiana tinha sido mais difícil do que as outras, mais difícil de levar para a cama. E, mesmo sendo virgem, era naturalmente apaixonada, gostava de transar. Além disso, era lindíssima. Claro que despertaria mais meu interesse. Precisava apenas me saciar com ela, até surgir aquela frieza que sempre vinha. Então eu a deixaria e continuaria com minha vida.

— Bem que você me avisou — ela murmurou, passando uma das mãos em minha barba, movendo suavemente o quadril embaixo de mim, sua boceta apertando meu pau a ponto de ele inchar e endurecer em seu limite máximo.

— O quê? — Minha voz arranhou. Deslizei o pau para fora e enterrei tudo naquela maciez justa e úmida. Tive que cerrar os dentes para conter o tesão absurdamente devorador.

— Que depois que transássemos, eu ia querer toda hora. Eu quero... Nunca pensei que fosse assim...

Seu olhar era enfeitiçado, pesado, devoto. Maiana não tinha reservas. Tinha se oferecido por inteira a mim, de guarda baixa.

Esfreguei suavemente seu clitóris com o polegar, vendo-a estremecer, mordendo os lábios, enquanto a fodia devagarzinho.

— Assim como? Gostoso?

— Maravilhoso.

— Você ainda não viu nada. Vou mostrar a você um mundo novo, Maiana.

— Já me mostrou.

— Falta muito. Lembra o que disse a você na piscina? Tudo o que eu vou fazer? — Minha voz era dura, meu olhar fixo no dela. Meti mais fundo.

— Sim...

— Nunca deixo de cumprir uma promessa. E vai ficar tão viciada, que implorará por mais.

— Já estou assim. — Sorriu devagar, acariciando minha nuca com uma das mãos, a outra escorregando pelas minhas costas suadas até a bunda, onde a espalmou, trazendo-me de encontro a si ainda mais.

— Você se arrependeu de ter esperado tanto tempo para experimentar? — indaguei, muito atento. Era completamente delicioso meter em sua boceta daquele jeito, devagar, olhando nos olhos, mergulhando para depois voltar de novo.

— Nunca. Com outra pessoa não seria assim. Só com você.

Calei-me diante de sua ingenuidade. Quando ficasse viciada em sexo, ia querer dar para qualquer homem que lhe desse prazer. Sexo era sexo. Mas, mesmo pensando tão cinicamente, sabia que aquela minha experiência com ela estava se mostrando diferente de todas as outras. Mas só por enquanto. Logo eu me acostumaria e perderia o interesse. Então, seria igual. Apenas sexo.

Ainda me perturbava sentir tanta coisa nova e desconhecida. Para uma máquina como eu, controle era tudo. Eu precisava ser bem racional para não perdê-lo de vista. Mas, convenci-me de que, depois que a usasse bastante, tudo voltaria ao normal.

— Faltou seu castigo. Ou acha que esqueci? — indaguei seco.

Maiana arregalou um pouco os olhos, como se não soubesse ao certo o que pensar. Continuei, enquanto metia meu pau dentro dela bem lento e ondulava com a masturbação. Comecei a roçar a cabeça do membro duro firmemente em sua parede interna, pressionando, buscando um ponto sensível. Seus olhos pesaram, a respiração entrecortada enquanto suas mãos me agarravam, sôfregas.

— Vamos dormir aqui e passar o dia de amanhã nesse quarto — falei perto de seus lábios. — Vou fazer muita coisa com você, Maiana. Estou louco para entrar onde eu quiser, deixar cada orifício do seu corpo pronto para receber meu pau sempre que eu desejar. E você vai gostar tanto que nunca me dirá não.

— Eu não quero dizer não — confessou, já muito arrebatada com tudo, com o toque em seu mamilo, com a cabeça do meu pau massageando seu ponto G, com minhas promessas duras.

Tornei-me mais firme. Ela arfou, tremendo, me agarrando, arregalando um pouco os olhos. Eu sabia que a pressão aumentava e era isso que eu queria. O problema era que estava tão gostoso, o tesão se acumulando tão voraz dentro de mim, que temi perder o controle de novo. Concentrei-me, tentando ser o mais racional e impiedoso possível para me desligar um pouco do prazer absoluto, em uma grande luta interna.

— Ah, eu... — balbuciou, ondas a percorriam, se tornando mais do que poderia suportar. Parecia querer escapar e se debateu um pouco, suspensa, fora de si. — Arthur...

— Sim.

— Arthur, eu...

Estava perto do ápice, eu a sentia ficar cada vez mais alucinada. Segurei o clitóris, que estava bem duro, e o belisquei, fazendo-a gritar. Depois de ter tantas mulheres, eu sabia bem onde tocar e o que fazer para deixar cada uma doida. E queria ver o quanto Maiana reagiria a tudo isso. Respirei fundo, concentrado, meu próprio prazer na superfície, quase a me dominar. Quase. Eu lutava ferozmente para contê-lo.

— Deixe vir... — eu disse, rascante, baixo, pressionando meu pênis em metidas curtas, fortes, sempre no mesmo lugar, sem enfiar tudo. Toquei o clitóris, e ela gritou rouca, alucinada, me apertando, jogando a cabeça para trás e levantando as costas da cama, já arrebatada, no auge. Dei o golpe final, pressionando bem firme dentro dela ao mesmo tempo que apertava mais seu mamilo, a ponto de ela ser atacada por um misto de dor e tesão.

Fiquei com o olhar fixo em seu rosto quando estalou e gritou dolorosamente, explodindo em um orgasmo furioso, contorcida, eufórica. Na mesma hora, senti seu jato quente no meu pau escorrendo para fora, descendo por nossos corpos e caindo na cama. Era o que eu queria, e isso me deixou doido, meu pau tão doído que era custoso manter o gozo sob controle. Meti de novo, forçando no mesmo local, tornando-me mais bruto. Maiana se derramou outra vez, querendo escapar e ao mesmo tempo me agarrando, lutando e se entregando, em um misto de agonia e prazer.

E então não aguentei mais, tenso, rangendo os dentes. Fui envolvido pelo tesão absoluto e meti nela fundo, com força e violência, abrindo sua boceta encharcada, fodendo-a brutalmente.

— Ah, meu Deus! — suplicou, alucinada. Grunhi como um animal e a devorei, me esvaindo dentro dela enquanto ela gozava sem parar, completamente enlouquecida.

Foi longo e extremamente prazeroso. Quando acabou, desabei sobre Maiana, exausto, exaurido. Estava tão fora de mim que rolei para o lado, com medo de continuar e perder o controle completamente.

Ficamos lá, lado a lado, nossas respirações demorando para voltarem ao normal. Começava a escurecer, e aos poucos fui percebendo as coisas à nossa volta. O canto das cigarras lá fora, a brisa suave que vinha dos janelões e da porta aberta e secava o suor da nossa pele.

Fechei os olhos. Teria que transar muito com Maiana. Até me acostumar. Enquanto isso, a manteria comigo.

## MAIANA

Parecia que eu tinha morrido e chegado ao paraíso. Estava lá na cama, completamente enlevada após um êxtase tão absoluto e furioso. O que tinha sido aquilo, aquela pressão que crescia e rodopiava, que se concentrava em meu ventre e explodia, além de qualquer explicação?

Mais calma, mexi-me na cama um pouco envergonhada, sentindo que o lençol estava molhado embaixo de mim. Minha vagina estava muito melada e sensível, um pouco dolorida, latejando suavemente. A sensação de estar preenchida pelo membro de Arthur continuava, quase como se o sentisse realmente.

Virei um pouco o rosto e o olhei. Estava muito quieto. Olhos fechados, respiração normalizada. Meu coração disparou, todo o corpo reagiu, com um baque dentro de mim. Eu tinha me entregado a ele. Era meu primeiro homem, aquele que eu amava mais a cada segundo, numa velocidade impressionante. Sentia-me ligada a ele de uma maneira única, como nunca aconteceu com outra pessoa. Poderia parecer cafona, mas eu sentia como se agora estivesse completa e encontrado a minha metade.

Amava-o tanto que doía. Olhando-o ali, após ter me entregado a ele de maneira tão intensa, soube que nunca amaria outro homem daquela forma. Eu não queria que Arthur fosse apenas o meu primeiro. Queria que fosse o último, o único. Era uma entrega não apenas de corpo, mas de alma.

Nunca vivi algo tão belo e intenso, tão impetuosamente poderoso, alucinante. E ainda permanecia, ainda me arrebatava, tanto que estendi a mão e passei pelo peito dele, sentindo uma necessidade dolorosa de tocá-lo, de estar com ele, de não perder nenhum segundo de sua presença.

Arthur virou a cabeça e fixou em mim aqueles olhos escuros e penetrantes. O amor me envolveu, quente e intenso. Tive vontade de dizer novamente que eu o amava, mas me contive. Não me passou despercebido que ele não tivesse dito o mesmo. Por um lado, achei honesto não fazer uma declaração vazia. Mas saber que não me amava doía e amedrontava. Talvez quisesse ter certeza. Ou talvez, com o tempo, eu pudesse conquistá-lo.

— Está dolorida? — A voz dele era baixa. Difícil dizer o que pensava, estando tão sério.

— Só um pouquinho. — Pensei na umidade embaixo de mim e indaguei, um pouco envergonhada: — O que foi isso? Por que eu… Por que fiquei tão molhada?

— Você ejaculou.

— Mas não é só o homem que ejacula?

— Não, a mulher também. — Virou-se para mim, ficando de lado na cama.

Era tão bonito que não pude evitar passar meus olhos por ele, por seu rosto duro e compenetrado, seu peito, barriga e braços musculosos, os ombros largos, o membro ainda semiereto, grande e grosso, que eu tinha visto e sentido ainda maior, marcado por veias. Tinha ficado impressionada com seu tamanho e sua potência. Mesmo agora, sabia que poderia me montar de novo e me fazer dele. Não sabia que homens se recuperavam assim, tão rápido. Nem que pudesse existir um como Arthur, que não fazia amor, devorava. Extasiava. Tomava tudo.

Encarei novamente seus olhos pretos, minha mão deslizando em seu peito, adorando sua pele quente e firme, sabendo que estava comigo. Ele me observava bem atento, calado, concentrado.

— Está pensando o quê? — eu quis saber, baixinho.

— Você me surpreendeu. Era virgem e ao mesmo tempo não se assustou nem recuou. É uma mulher naturalmente fogosa. Como conseguiu evitar sexo sendo assim?

— Nunca senti falta, até conhecer você.

— Esperava por mim. — Sorriu devagar, sua mão pousando em meu seio direito, acariciando. Mas seus olhos não desgrudavam dos meus.

— Sim, eu esperava por você, Arthur.

— Gosto disso. — Fitou meus lábios, desceu mais até o seio que massageava, dando-me prazer. — E gosto disso também.

— Não gosta mais do que eu... — murmurei, o que o fez sorrir.

Segurou o mamilo entre o polegar e o indicador, puxando-o devagarzinho. Havia uma sensação gostosa entre nós, um misto de comunhão e prazer, de intimidade.

— Seus mamilos são lindos. Pontudos e vermelhos. Dá vontade de ficar com eles na boca, passando a língua, chupando — disse, rouco. E, sem resistir, foi o que fez. Virou-me de lado na cama e abaixou a cabeça até o meu peito. Quando sugou o mamilo com força, eu estremeci, sem acreditar que poderia me excitar tanto novamente, mas foi o que aconteceu.

Observei seu cabelo preto e enfiei os dedos nele, gemendo baixinho quando prendeu o mamilo entre os dentes, mordendo-o. O langor foi sendo substituído por uma lascívia quente e densa, que se espalhou por mim, dominando-me como uma droga.

Arthur não teve pressa. Chupou, mordeu e lambeu o mamilo, até que dor e prazer se mesclaram dentro de mim, me fazendo tremer. Quando ficou satisfeito com um, o bico excitado e duro até seu limite, foi para o outro, sugando-o com força. Meu ventre se contorceu, eu me contraí e arfei, mordendo o lábio, acariciando seu cabelo.

Sua mão se espalmou entre minhas pernas. Eu estava toda melada após gozar duas vezes, úmida pela ejaculação, com um pouco de sangue. Um cheiro forte de sexo impregnava o lençol e meu corpo. Mas isso só parecia nos excitar ainda mais. Quando seu dedo do meio deslizou entre meus lábios vaginais sensíveis e me penetrou, me arrebatei de vez e fechei os olhos, virando uma massa trêmula de sensações. Daquele jeito eu me viciaria. Viraria uma viciada, totalmente dominada por Arthur e por tudo o que me fazia sentir.

Passou a penetrar o dedo com mais força e pressão, chupando meu mamilo até doer. Eu rebolava, abria as coxas, movia meu quadril de encontro a seu dedo. Meu clitóris roçava a palma de sua mão. Meus seios estavam duros, e sua boca sugava um mamilo até eu achar que não aguentaria mais, então ia para o outro e o torturava da mesma forma.

Meus lábios vaginais estavam sensíveis, um pouco doloridos, mas isso apenas aumentava as sensações extasiantes. Fui perdendo mais e mais o controle, tornando-me mais faminta, precisava de um alívio ou explodiria em tantas sensações devassas. As mordidas em meus mamilos faziam minha vulva latejar e despejar líquidos em seu dedo, o ventre contorcido, o corpo se esticando fora de controle.

— Arthur... — supliquei chorosa, meus dedos em seus cabelos, não para afastá-lo, mas para manter sua cabeça em meu peito. — Ai, Arthur... Ai...

Comecei a me mover mais descontrolada, desesperadamente. Ainda tentei me conter, mas não dava mais. Gozei forte, fechando os olhos, a boca aberta em busca de ar, o corpo todo devassado pelo prazer descomunal. Rebolei, gemi, choraminguei. E em nenhum momento ele parou de sugar forte meu mamilo ou de me penetrar com o dedo. Quando desabei, arrasada, lambeu o mamilo dolorido devagar e seu dedo subiu ao clitóris, fazendo-me estremecer e convulsionar um pouco mais. Por fim, afastou-se o suficiente para me olhar. Sorriu ao ver meu estado.

— Isso, Maiana, descanse um pouquinho. A noite está só começando.

Pensei que estivesse brincando, mas seu olhar sombrio era bem sério, quase impiedoso. Lambi os lábios e balancei a cabeça um pouco, murmurando:

— Não aguento mais.

— Vamos sair para jantar. Quando voltarmos, estará recuperada. E vai aguentar, sim.

E o pior é que eu sabia que estava certo. Se eu continuasse naquele ritmo, além de aguentar, ainda pediria por mais.

Depois de um banho, saímos e jantamos no restaurante do hotel. Estava faminta e devorei a comida deliciosa e a sobremesa, regada a vinho. Arthur estava um tanto calado, observando-me o tempo todo, tomando seu vinho. Era difícil dizer o que pensava. Mas o clima entre nós não era pesado, apenas quente, denso, com uma nítida tensão sexual no ar.

Não demoramos muito. Voltamos caminhando ao chalé de mãos dadas e usávamos a mesma roupa, eu só havia tirado a parte de baixo do biquíni e a substituído por uma calcinha preta, que trouxera na bolsa. Estava um pouco dolorida, sentindo músculos que nem sabia que possuía. Mas o desejo já me rondava. Sabia que logo nada importaria além de estar nua na cama com ele.

Mordi o lábio, ansiosa, me sentindo uma devassa. Como podia ter passado quase vinte e dois anos sem sexo e agora não aguentar nem segurar a mão de Arthur sem pensar nisso? Estava completamente viciada. Mas, com um homem como ele, era difícil pensar em outra coisa.

Entramos na suíte e suspirei, maravilhada com a visão dos morros em frente, enquanto acendi uma lâmpada suave. O terraço estava iluminado. Fui abrir os janelões e a porta para ele, enquanto Arthur trancava a porta de entrada. Caminhei até o terraço de madeira e olhei para fora, tão feliz com tudo, que parecia um sonho.

Apoiei as mãos na balaustrada de madeira, respirando o ar puro e levemente frio da noite. Arthur veio por trás de mim, pondo as mãos sobre as minhas, cheirando perto da minha orelha.

— Isso aqui é o paraíso — murmurei.

— Hum... Gosto mais da parte do pecado — murmurou de volta, o que me fez sorrir.

Fechei os olhos um momento, me encostando em seu corpo, maravilhada. Já antecipava os prazeres que teria, ansiosa. Como se pensasse o mesmo, ele disse rouco:

— Vamos entrar.

— Vamos.

Afastou-se um pouco. Eu me virei, olhando-o excitada, em expectativa. Arthur sorriu devagar.

— Você está gostando, não é, Maiana?

— Muito — confessei.

— Vamos ver se vai gostar do que faremos agora.

Seu tom de voz mexeu comigo. Seu olhar obscuro fez meu ventre convulsionar.

— E... o que faremos?

— Entre.

Ansiosa, engoli em seco. E entrei.

Senti que veio atrás de mim. Parei perto da cama e me virei, esperando que me abraçasse e beijasse, já excitada, corada. Mas continuou na porta, muito sério.

— Tire a roupa, Maiana. Tudo menos a calcinha.

Um tremor percorreu meu corpo. Lambi os lábios. Um pouco de timidez tardia me envolveu, mas eu a desprezei. A luxúria era muito maior. Sem vacilar, tirei a camiseta, já estava sem sutiã. Meus cabelos caíram sobre meus ombros e peito, escondendo um pouco os seios nus. Despi a bermuda, tirei as sandálias, somente uma pequena calcinha preta me cobria.

O olhar de Arthur era fixo, duro, quente. Excitei-me mais ao ver que me desejava, mesmo parecendo controlado. Havia uma aura de sensualidade latente em torno dele, como se pulsasse. Tive vontade de ir até ele, despi-lo, beijá-lo todo, me fartar em sua beleza e masculinidade. Mas sua voz me imobilizou:

— Ande até a cama. Deite-se de bruços, com as pernas para fora, o quadril na ponta.

Fiquei dividida entre o desejo que me atacou e a vergonha. Era diferente estar empolgada com beijos e carícias e fazer tudo. Assim, longe dele, obedecendo a ordens, parecia quase… pornográfico. Ao mesmo tempo que me incendiava de vontade de fazer o que mandava, havia algo um pouco distante ali.

Busquei seu olhar. Era tão intenso que estremeci. Arthur não disse mais nada nem se moveu. Simplesmente ficou lá, quase sem piscar. Não aguentei a tensão sexual que crescia dentro de mim. Mas me decidi. E obedeci. Dei as costas a ele e fui até a cama, um tanto trêmula. Deitei-me sobre ela, apoiando a ponta dos pés no chão. E então sua voz veio ainda mais grossa:

— Abaixe a calcinha até o meio das coxas. Mostre a bunda para mim.

Era extremamente pornográfico, com um quê de perigoso. Mas fiquei muito excitada, nervosa, sem saber o que faria. Levei as mãos aos quadris e desci o tecido preto.

Esperei, meu rosto apoiado de lado no lençol, meus cabelos caídos, meus pés sobre as tábuas corridas mornas do chão. Ouvi seus passos e prendi o ar, achando que se aproximava. Mas dirigiu-se ao banheiro, avisando, seco:

— Fique assim, Maiana.

Eu tremia. Sentia os seios duros, os mamilos ainda doloridos de suas chupadas roçando a cama. Lambi os lábios secos, esperando, ansiando, temendo. E então o vi sair, completamente nu, tão grande, tão desesperadamente bonito que até me deixava sem ar. Trazia algo na mão, que não soube o que era. Foi para trás de mim, e não pude vê-lo mais.

Estava ansiosa, cheia de lascívia, minha vagina já molhada só de antecipação, de sentir seu domínio, de ser sua para fazer tudo, em expectativa. Ouvi que abria uma embalagem de preservativo, largando os outros ao meu lado, na cama.

Deitada com as pernas juntas, senti as pernas musculosas dele roçarem as laterais das minhas pelo lado de fora. Parou de cada lado das minhas coxas, eu estava entre as pernas dele, e ele estava de pé, atrás de mim. Contive o ar, esperando. E então senti sua mão no meio das minhas costas. Na mesma hora estremeci, a respiração descontrolada, o nervosismo se misturando a uma luxúria estarrecedora.

— Lembra o que eu disse na piscina? — Sua mão deslizou para baixo, por minha coluna.

Tentei pensar. Suas promessas. Sim, lembrei. E me enchi de medo, em meio a tudo o mais que sentia.

— O que eu disse, Maiana?

— Que me faria queimar.

— Continue. — Sua mão chegou ao final da coluna, deslizou até uma nádega, espalmando-se ali. — O que eu disse que faria com a sua bunda?

Fiquei quieta, cada vez mais trêmula, piscando muito.

— Diga — ordenou rouco.

— Que... bateria em mim.

— Por quê?

— Pelas vezes em que... em que quase gozou na calça e... *Ai*! — gritei assustada quando deu uma palmada forte na nádega em que até então apoiava a mão. Queimou e quase escapei, mas ordenou:

— Quieta!

Fiquei imobilizada, minhas mãos agarrando e torcendo o lençol, aflita, tensa, apavorada. Então veio outro tapa, na outra nádega. Estremeci, sentindo a pele arder e esquentar, sem saber ao certo o que era aquilo. Ao mesmo tempo, havia algo tão pecaminoso em estar ali, com a calcinha arriada até as coxas, de bruços, submissa, que minha vagina latejou sem controle e ficou toda molhada.

— Está doendo? — indagou secamente. Sua voz carregada era um afrodisíaco a mais.

— Sim... — arquejei.

— Vai aprender a gostar dessa dor. Dessa e de outras. Quero que seja minha, para eu usar, beijar, foder e bater sempre que eu quiser. Nunca ouse me dizer não, Maiana.

Eu estava inquieta, tremendo tanto que mal me continha. Nunca esperei aquilo, aquela intensidade toda, as sensações tão arrebatadoras provocadas pela dor e pelo medo mescladas a um prazer quase devastador.

— Sou um homem que gosta de prazeres depravados. Você vai entender isso com o tempo. — E deu outra bofetada firme e mais outra.

— Ai... Pare... — supliquei, quando sua mão pesada desceu várias vezes sobre os dois lados da minha bunda. Comecei a me mexer, alucinada, embolando os lençóis entre os dedos, excitada. Arquejava, me debatia, enquanto podia sentir o líquido escorrer pela minha vulva latejante até as coxas.

— Quieta! — E apoiou a mão ao final da minha coluna com firmeza, prendendo-me sobre a cama, a outra mão espancando minha bunda sem dó.

— Arthur, não... Não, por favor... — Era um misto de desespero, dor, queimação e lascívia, tudo tão intenso, tão elevado a extremos, que eu estalava, achava que não ia aguentar, assustada demais.

Deu mais dois tapas, um de cada lado. Percebi que chorava e nem tinha me dado conta, muito nervosa e excitada. Minha vagina inchada, também chorando, em um prazer insuportavelmente dolorido. Fiquei perdida, sem entender o que era aquilo, sem conseguir raciocinar.

Arthur tirou as mãos de mim, e achei que me soltaria. Ledo engano. Foi mais para trás e segurou minha bunda, que queimava muito, abrindo-a. Quando senti sua respiração pesada ali, contive o ar. E choraminguei alucinada quando sua língua lambeu suavemente o ânus.

— Ahhhhhhhhhh... — O gemido saiu implorante, dolorido, licencioso. Todo meu corpo reagiu. Fechei os olhos, ainda mais quando rodeou a língua ali, lambendo o buraquinho, a ardência dos tapas parecendo tornar tudo mais agudo.

Arthur sabia bem o que fazia. Tentava enfiar a ponta, saía, espalhava saliva, rodeava, lambia ininterruptamente. Senti meu ânus piscar sem que eu pudesse evitar, como se tentasse trazê-lo mais para dentro, buscar o alívio para meu corpo mexido, abusado, excitado.

Afastou-se e me largou. Quase lamentei, pois estava gostoso demais. Até a dor parecia boa, uma tortura necessária. Mas então ele despejou algo na fenda da minha bunda, que escorria para baixo, entre as nádegas. Quando voltou a me abrir e espalhou o óleo, entendi o que tinha trazido do banheiro. O óleo de banho. E entendi para quê.

Senti medo de verdade. Ia fazer sexo anal comigo. Meter aquele membro gigantesco dentro de mim, como disse que faria. Ao mesmo tempo que quis implorar que não o fizesse, eu tremia de uma luxúria tão quente e arrebatadora que não pensava com clareza.

Seu dedo espalhou o óleo e forçou meu orifício. Disse baixo:

— Faça força para fora e não se contraia.

— Arthur... — ainda tentei, apavorada.

— Agora.

Seu tom era bruto. Fiquei mais nervosa. Meu lado independente e racional quis se rebelar, mas, com todos os instintos e desejos aflorados daquele jeito, acabou sendo calado. Mordi os lábios e obedeci.

A ponta do dedo entrou, com facilidade. Deslizou fundo, espalhando o óleo. Arthur apoiou a mão livre na cama, ao lado da minha cintura, e se inclinou sobre mim, beijando o meio das minhas costas. Arrepios de deleite me percorreram, ainda mais quando passou a penetrar o dedo cada vez mais fundo, de maneira extremamente prazerosa.

Estremeci e me sacudi, sem querer, empinando-me mais, sentindo a vulva pingar, latejando muito. Ele mordiscou minhas costas e enfiou o dedo inteiro. Tirou-o, ergueu-se, espirrou mais óleo em meu ânus. Ao sentir sua mão, forcei de novo, mas dessa vez ardeu um pouco mais, pois meteu dois dedos. Fiquei sem ar, nervosa, a ponto de surtar com tantas sensações devoradoras, delirantes.

Gemi e mordi o lençol, fora de mim. Ele enterrou os dedos e os girou. Tirou e meteu de novo. Ardia e excitava, queimava e cativava, seduzia. Eu queria mais, quase como necessidade, mas também estava a ponto de suplicar que parasse. Era extasiante ao extremo, perturbador, delicioso, doloroso. E, quando havia três dedos ali, passei a chorar e suplicar:

— Não… Por favor… Ai…

Arthur meteu os três, sem dó, esticando-me em meu limite. Estava toda lubrificada, e, então, os puxou para fora. Segurou as duas nádegas e abriu-as com firmeza enquanto agachava as pernas pelo lado de fora dos meus quadris. Eu me preparei, tensa, trêmula, nervosa. Ou achei que sim, pois nada havia me preparado para sentir seu membro tão grosso me abrindo e entrando, por mais lubrificada que eu estivesse.

— Não se contraia…

Mas era difícil, sendo ele tão grande, parecia me encher além do normal. Passei a chorar e morder o lençol. Me contorcendo, me esticando, gritando, e meus gritos sendo abafados.

— Ah, porra… — Entrou com o pau todo, o ânus esticado além da conta, dor e prazer absurdos me levaram a patamares nunca antes imaginados. Passou a me comer devagar a princípio, até que conseguiu entrar com mais facilidade e arremeteu com força.

Eu estalei. A lascívia era intensa e dolorida. Arthur agarrou meu cabelo na nuca e me segurou ali, firme, enquanto estocava em meu buraquinho muito duro, gemendo rouco.

— Como você é gostosa, Maiana… Porra…

Enterrou-se todo e ordenou, puxando minha cabeça para trás enquanto me fodia:

— Roce a bocetinha na beira da cama. E me beije. — Minha cabeça inclinou tanto para trás, minha garganta esticada, que pôde beijar minha boca.

Quando a língua entrou e roçou a minha, estocou duro em meu ânus e senti a vulva melada e inchada contra os lençóis embolados entre as minhas pernas. Choraminguei e chupei sua língua, já enlouquecida, rebolando. E me perdi em meio a um orgasmo delicioso, devastador, delirante.

Arthur se tornou mais duro e possessivo. Puxava o pau grosso todo para fora e enterrava de novo, fazendo-me gritar em sua boca, gozando, gozando, gozando. Pensei que fosse morrer. Desabei, arrebatada, sem forças para mais nada. Ele soltou meu cabelo, abriu minha bunda e continuou a me comer, tirando e enfiando, gemendo rouco, estocando duro. Quando pensei que não aguentaria mais, penetrou de uma vez e parou. Seu pau ondulou dentro de mim e seu orgasmo veio violento.

Fiquei lá, praticamente morta na cama. Saiu devagar de dentro de mim. Segurou-me com delicadeza e me virou sobre o travesseiro. Descartou o preservativo e na mesma hora se deitou do meu lado, me puxando para seus braços.

Apoiei a cabeça em seu peito, sem forças para nada. Senti que beijou e acariciou meu cabelo. Eu já mergulhava no sono, por pura exaustão, quando ouvi sua voz baixa:

— Abusei muito de você, para o seu primeiro dia. Descanse, Maiana.

E eu apaguei.

## ARTHUR

Eu me sentia um verdadeiro tarado na segunda-feira. Como se não bastasse ter passado o final de semana com Maiana, praticamente trancados dentro do quarto, transando e me esbaldando com ela, passei aquele dia no trabalho com sua imagem fixa em minha mente. Não consegui me concentrar em nada.

E meu mau humor veio violento, pois nunca havia ficado obcecado assim por uma mulher. Pensei que quanto mais a tivesse, mais rápido o tesão passaria. Mas era o contrário. Só pensava em tê-la de novo.

Recusei todas as amostras de capas que me mostraram, fui intratável na reunião de orçamentos, nenhum funcionário ousou cruzar o meu caminho naquele dia.

Eu buscava incessantemente uma explicação, inconformado por ter me descontrolado com Maiana, por só pensar nela, por ficar daquele jeito. Cheguei à conclusão de que despertava em mim um tesão muito grande. Talvez o fato de gostar dela, de sua companhia, complicasse tudo. Ou por ser tão linda e gostosa, se entregando tão completamente a mim. Eu não sabia e não queria saber. Só queria me livrar logo daquela agonia.

Quando cheguei em casa, fui desfazendo o nó da gravata e já ligando para Maiana. Atendeu rápido, com aquela voz macia, levemente nervosa por falar comigo depois de toda a paixão do final de semana.

— Oi, Arthur.

— Maiana. — Larguei a gravata no sofá e continuei em frente, fazendo correr as portas que davam para o terraço. Parei na sacada, tendo uma bela visão do Pão de Açúcar e do mar, a brisa vinha sobre mim e não ajudava a aliviar aquele nó que eu sentia por dentro. — Saiu do trabalho?

— Sim. Cheguei à faculdade.

— Vou te buscar.

— O quê?

— Vou aí buscar você. Passe a noite comigo.

— Arthur... — Ela riu. — Passamos dois dias juntos!

— E o que tem isso?

— Você acabou comigo — disse baixinho. — Estou toda dolorida. Hoje me arrastei no trabalho.

— Sério?

— Muito sério.

Um arremedo de sorriso puramente masculino surgiu em meus lábios. Disse rouco:

— Isso é bom. Assim não esquece quem provocou tudo isso.

— Como se eu pudesse esquecer. — Havia uma emoção palpável em sua voz. Aquela sua entrega e ingenuidade, apesar de ser uma mulher decidida, me deixavam afetado.

— Vou ser cuidadoso — argumentei demonstrando na voz um desejo que já deixava meu pau ereto. — Faço você gozar só com a língua, como ontem. Estou indo aí.

— Arthur, escute… — Foi cuidadosa ao me deter. — Não posso perder aula hoje. Tem seminário e…

— Depois você pega matéria com alguma colega.

— Não é isso, vou apresentar o trabalho em grupo. Não posso deixar os outros na mão.

— Maiana, quero ver você — afirmei categórico.

— Também estou com saudade. Mas você tem de entender, vai ficar difícil a gente se ver durante a semana. É meu último ano, tenho uma penca de trabalhos e livros para ler e quase não tenho tempo.

— E eu?

— Na sexta chego mais cedo, só tenho duas aulas. Podemos nos ver no final de semana. Vai ser um inferno, pensei em você o dia todo, mas…

— Não aguento esperar até sexta. — Apertei o ferro da sacada, ficando mais irritado do que já havia estado o dia todo.

— Mas não posso. Tenho trabalho e faculdade, as minhas responsabilidades.

— Maiana…

— Desculpe, Arthur. Mas só vai dar na sexta mesmo. Entenda.

Fiquei quieto, olhando para o mar sem ver. Uma fúria cega me consumiu ao me dar conta de que ela estava me dispensando, impondo limites, me dizendo quando podia ou não vê-la. Em geral, era eu quem fazia aquilo.

O desejo não satisfeito me consumiu. Só de pensar em ficar cinco dias daquele jeito, fui dominado pela cólera. Mas não insisti. Ainda estava para nascer o dia em que eu imploraria algo a uma mulher.

— Tudo bem. — Minha voz saiu fria, desmentindo a raiva que tomava conta de mim.

— Você entende, não é? — indagou, preocupada.
— Perfeitamente. Na sexta-feira marcamos algo.
— Está bem. Eu… Tudo bem?
— Ótimo. Preciso desligar agora. Boa aula.
Ela pareceu ansiosa com meu tom gelado.
— Arthur…
— Até mais, Maiana. — Desliguei.
Cerrei os dentes, tesão e raiva cresciam violentamente.
Na mesma hora, abri uma lista no meu celular. Não vi para quem disquei. A primeira que apareceu. Uma voz feminina atendeu.
— Oi, sou eu, Arthur Moreno. Está livre hoje? — Fui bem seco.
— Arthur! Quanto tempo! Claro que estou livre, querido! Que surpresa! Desde a…
— Espero você em meu apartamento. Não demore.
E desliguei. Nem sabia de quem se tratava.
Fui para a suíte. Tomei banho e pus um roupão branco e curto. Depois fui para a sala, tomar uma dose de uísque. Ou a mulher morava perto ou tinha corrido, com medo de que eu mudasse de ideia. O porteiro avisou que havia chegado, e mandei que subisse.
Era uma ruiva alta e escultural. Não lembrei o nome, mas tinha sido capa da *Macho* uns meses atrás. Usava um vestido curto e sorria com muita sensualidade. Veio me dar um beijo, toda feminina e cheirosa, dizendo rouca:
— Nem acreditei quando ligou. Depois da última vez, achei que nunca mais o veria.
— O que aconteceu na última vez?
Fechei a porta, inexpressivo.
— Você me dispensou. Não se lembra?
— Não. — Olhei-a de cima a baixo. Era linda, uma rata de academia malhada, seios fartos de silicone, bem produzida e cuidada. Mas nem chegava aos pés de Maiana.
Pensar nela me irritou. Ela que ficasse com suas responsabilidades e regras. Eu não era homem de esperar por ninguém. Apontei o sofá para ela, terminando meu uísque. Enquanto se sentava e deixava a bolsa ao lado, larguei o copo em uma mesa e me aproximei, abrindo o roupão. Parei na frente dela.
— Hum, que gostoso… — Sorriu, olhando-me de cima a baixo. Desceu as alças do vestido, mostrando os seios artificialmente grandes e redondos. — Gosta disso?
Não se fez de rogada. Veio mais para a frente e começou a me pagar um boquete.

Eu a olhava, sem emoção. Meu membro cresceu, inchou. Mas foi algo que não envolveu mais do que hormônios, instinto. Deixei que me excitasse, mas algo se instalou dentro de mim, um vazio estranho. Senti um desconforto grande, um mal-estar que não consegui entender.

A imagem de Maiana veio à minha mente, linda e nua, abaixando minha sunga, beijando minha tatuagem, chupando meu pau com desejo e adoração. E o que fez comigo, me tornando uma massa de sensações exacerbadas e descontroladas. Fora a foda mais completa e gostosa da minha vida. Cada vez que a toquei, beijei ou penetrei naquele final de semana, fiquei louco, alucinado, desesperado. Fora de mim.

Não naquele momento, eu voltava a ser uma máquina. Reconhecer essa diferença me fez mal, me perturbou e assustou. Quis provar a mim mesmo que podia ter um tesão tão bom ou melhor com outra mulher. E foi o que me empenhei em fazer.

Comi a ruiva de tudo quanto foi jeito, mas não perdi a cabeça. Depois comecei a pegar mais pesado. Fiz com que ficasse de quatro e amarrei a faixa do roupão em seu pescoço, como se fosse uma cadela. Fodi assim, bruto, batendo em sua bunda e em seu rosto, até que gozou e depois gozou de novo. Levei-a de quatro até o terraço e a fiz ficar ajoelhada em uma cadeira, enquanto a comia e mandava chupar três dos meus dedos.

Gozou mais uma vez, toda suada. Então sentei e a fiz me chupar. E ela ficou lá, até sua boca doer e pedir clemência.

Em todos os momentos, Maiana esteve presente em meu pensamento. Eu comparei tudo com o que tive com ela, o beijo, a transa, o cheiro, o gosto, os gemidos, a pele. E em tudo ela venceu e me mostrou, mesmo que isso me enfurecesse, que era mesmo diferente.

Por fim, gozei na boca da ruiva, de quem até então não sabia o nome. Meu mal-estar só aumentou. Dei um jeito de dispensá-la logo, garantindo que a procuraria. E, quando fiquei de novo sozinho, fui invadido por diversos sentimentos.

Raiva, porque Maiana detinha tal poder sobre mim. Medo, pois não queria que isso acontecesse. Culpa, pois no fundo me lembrava de sua confiança e sua entrega, e eu a traíra. Pior ainda, a traíra sem ter vontade. E desespero, pois não sabia como sair daquela confusão em que havia me metido.

# 8

## MAIANA

Segunda-feira à noite cheguei em casa cansada, quase meia-noite. E meio desanimada. Depois da minha conversa com Arthur ao telefone, senti que ficou chateado. Mas o que eu poderia fazer? Tinha minhas obrigações e objetivos. Não poderia largar tudo, correndo, muito menos o meu grupo do seminário, para me encontrar com ele. Deus sabia como ia sempre cansada para a faculdade, mas não desistia exatamente para não desanimar e conseguir concluir meu curso.

Mesmo sabendo que tinha minhas razões, fiquei chateada porque, no fundo, queria ir correndo para ele. No entanto, precisava saber gerenciar bem as coisas, as minhas responsabilidades. E Arthur teria que entender.

Entrei em casa. Estava dolorida também, principalmente no ânus. Só de lembrar tudo o que tínhamos feito, ficava vermelha e quente, com o coração disparado. Nunca imaginei que sexo fosse aquela loucura deliciosa, aquela entrega, aquele desejo tão premente.

Minha mãe estava sentada no sofá, vendo televisão. Ao me ver, levantou rapidamente, sorrindo, vindo até mim.

— Filha, que bom que chegou. Estava preocupada! E como foi seu dia hoje?

— Tudo bem, mãe — falei pacientemente. Desde que tinha começado a namorar Arthur, ela me tratava muito bem, toda simpática e preocupada.

— Que bom. Vou lá esquentar sua comida.

— Não precisa, depois faço isso.

— Sem problema. — Me deu o braço, levando-me pelo corredor. — Vá tomar seu banho, e deixe que tomo conta de tudo, meu bem.

— Obrigada — suspirei, entrando no quarto. Em nenhum momento me iludia, sabia bem que tudo não passava de interesse. Mas pelo menos as brigas tinham terminado.

Depois de ter tomado banho e jantado, perguntei por Juliane, e minha mãe deu de ombros, olhando a televisão.

— Ela saiu.

Fiquei um pouco preocupada. Aos poucos Juliane estava voltando a sair, não com a frequência de antes, mas umas duas vezes passou a noite fora. E nada de arrumar trabalho. Tinha medo de que retornasse à sua vida de caça ao milionário de novo.

Estava lá, sentada na sala pensando nisso, quando Juliane chegou, linda, bem maquiada, usava um curto vestido preto, seus cabelos longos soltos. Sorriu para mim e nossa mãe, indo se sentar na ponta do sofá.

— Que é isso, uma reunião de família?

— Pois é! — Mamãe riu. — Bem, agora que minhas duas filhas estão em casa, posso ir me deitar. Um beijo.

— Boa noite.

Tão logo minha mãe saiu, Juliane me fitou e indaguei:

— Namorado novo?

— Não. Fui a uma festa com Luana.

— Juliane...

— Fique tranquila, estou me cuidando. — Sorriu, cruzando as pernas.

— Tem certeza?

— Tenho. Não quero perder mais dois dentes.

— Falando nisso... E o dinheiro que deve a Arthur pelo implante?

— Você não esquece nada mesmo, né? Não se preocupe, Maiana, estou com um trabalho em vista. Pelo que percebi, talvez saia essa semana mesmo. — Seu sorriso para mim se ampliou.

— Que bom. Que trabalho é esse?

— No ramo da moda. Um... amigo... está vendo para mim. E ele nunca quebra suas promessas. — Olhou-me, bem atenta. — Bem, e como foi seu final de semana? Gostou de Itaipava?

Senti que ficava vermelha e tentei disfarçar.

— Foi... ótimo.

— Imagino. — Parecia um tanto irônica, como se realmente imaginasse o que havia acontecido. E eu não ficava à vontade, ainda mais sabendo que ela já tinha sido amante de Arthur.

Aquilo, mais do que nunca, me incomodou. Sabendo o que sabia sobre ele, não pude evitar certo ciúme. E incômodo. Levantei.

— Bem, eu vou me deitar. Boa noite.

— Boa noite, querida. — E continuou sorrindo enquanto eu me afastava.

* * *

Na terça-feira, a saudade que eu sentia de Arthur se tornou insuportável. Na hora do almoço, logo liguei para ele, mas não atendeu. Em outros momentos, dava como se estivesse desligado.

Passei a tarde toda pensando nele. Estava cheia de trabalho, mas, assim que terminei, liguei de novo. Nada. Continuei tentando até chegar à faculdade e, depois, no intervalo das aulas. Voltei para casa arrasada, tendo certeza de que ele tinha feito de propósito, com raiva porque na noite anterior o dispensei. Aquilo me irritou e entristeceu ao mesmo tempo.

Estava chegando em casa quando me deparei com Virgínia e Rodrigo se despedindo no portão dela.

Falaram comigo, conversamos um pouco, e ele foi embora. Então minha amiga de infância se virou para mim e indagou:

— O que houve, Nana? Está chateada?

Eu ia disfarçar e dizer que não. Mas Virgínia era minha melhor amiga e com ela não precisava disfarçar. Encostei no muro de casa.

— Fui para Itaipava com Arthur no final de semana e foi maravilhoso. Aí, na segunda-feira, ele me ligou, querendo que eu matasse aula na faculdade e fosse à casa dele, mas não posso ficar faltando. Senti que ele não gostou, foi frio comigo. Hoje tentei falar com ele o dia inteiro e não me atendeu.

— Ah, amiga, homem é assim mesmo, não gosta de ser contrariado. Logo ele te procura, você faz um agradinho e ele esquece tudo. — Acariciou meu braço com carinho.

— Sei lá…

— Não fique assim. Amanhã aposto que liga para você. Nana… — Lançou-me um olhar, um pouco sem graça. — Desculpe perguntar, mas sabe que torço demais por você e estou notando o quanto está ligada no Arthur. E nesse final de semana… Quero dizer…

— Sim — confessei, corando.

Ela abriu um grande sorriso e me abraçou forte. Acabei rindo também.

— Até que enfim! Nossa, temos que comemorar! Por isso ficou todo mal-humorado… Devia estar esperando por você, cheio de amor pra dar!

— Ah, estou me sentindo culpada agora. — Nós nos afastamos, apenas segurando a mão uma da outra. Mordi os lábios, um pouco nervosa. — Lembro quando me contou a primeira vez que transou. Foi com seu ex-namorado, antes do Rodrigo, o Cláudio. Você me disse que foi horrível, chorou. Eu já me preparava para isso, Virgínia. Mas foi tão bom! Tão… Ah, fico sem palavras!

Virgínia gargalhou.

— Meu Deus, que sortuda! Também, com aquele pedaço de homem! Você merece, Nana. Merece o melhor. E, se Arthur for um cara esperto, vai te segurar com unhas e dentes.

— Não sei, somos de mundos tão diferentes! Às vezes percebo que é possessivo, gosta das coisas à maneira dele.

— Isso vocês acertam aos poucos. Por que não faz assim: vê um dia da semana que a aula não é tão importante e faz uma surpresinha pra ele. Que tal? — Pensou um pouco e seu rosto se iluminou: — Tive outra ideia! Eu e Rodrigo combinamos de ir ao ensaio da Beija-Flor na quadra, em Nilópolis, na quinta-feira. Por que não chama o Arthur e vamos todos juntos? Você adora!

— Eu adoro, mas será que ele vai gostar? — Fiquei na dúvida.

— Convide. Mesmo rico e tal, pode gostar. Vai um monte de turista cheio da grana. Vamos! Dizem que está bombando!

— Tá, vou falar com ele. — Sorri. — Obrigada por me ouvir e pela ideia. Eu estava tão mal… Agora, estou melhor.

— Isso, não ligue para essas birras de homem. Amanhã fica tudo bem.

Nós nos abraçamos, nos beijamos e nos despedimos.

Antes de dormir, tentei falar com ele de novo e nada. Fiz de tudo para não me importar, como Virgínia dissera. Mas fiquei com o coração apertado, preocupada.

## ARTHUR

Na quarta-feira eu estava disposto a ligar para Maiana. Tinha visto as ligações dela para mim, mas não atendi. Na verdade, devia estar pensando que era algum castigo por não ter vindo ao meu apartamento segunda-feira, mas era mais que isso. Primeiro, eu precisava de um tempo longe dela para me controlar, entender o que era aquela confusão toda que despertava em mim. E, segundo, depois da transa com a ruiva, eu me senti mal.

Tinha sido mecânico, algo que só me perturbou. Por mais que tivesse minhas razões, pelo menos para mim, e soubesse que desde o início só armei para levar Maiana para a cama, traí-la assim, tão descaradamente e sem vontade, encheu-me de culpa. Lembrava o tempo todo dela dizendo que me amava, se entregando sem reservas. E, enquanto isso, tudo o que fiz foi usá-la.

Tinha que ser sincero comigo mesmo. Estava ligado nela. Claro que não era amor. Longe disso. Mas gostava de sua companhia, admirava o fato de trabalhar e estudar, tentar o melhor para sua família, sustentando a mãe e a irmã. Se fosse outra, já teria seguido sua vida e saído daquele buraco. Além disso, na cama nos demos muito bem.

Sabia que não tinha enjoado dela. Eu queria mais. Com o tempo, me acostumaria, e então as coisas voltariam ao normal. Era só isso.

No meio da tarde, estava em meu escritório quando meu celular tocou. Vi o número de Juliane e atendi. Já estava esperando aquela ligação.

— Juliane.

— Oi, querido. Saudades de você! Sumiu daqui… — Deu uma risadinha debochada. — Até imagino o porquê.

— E por quê?

— Não está na cara? Arrancou a virgindade da boba da minha irmã e agora vai aparecer para quê? Bom, por isso estou ligando. Para lembrar você de sua promessa.

— Eu já disse que vou cumprir — resmunguei.

— Acredito. Mas quando?

— Ainda não me separei de Maiana.

— Não? Mas não vai ser logo?

— Talvez. Quando eu terminar com ela, cumpro nosso acordo.

— Arthur, e enquanto isso? O que faço? — indagou irritada.

— Espera.

— Espero? Tá falando sério? A Maiana está no meu pé! Quer que eu trabalhe e pague o dinheiro do implante para você! O dinheiro do agrado que me deu nem pude mexer, ou ela ia desconfiar!

— Deposito mais um pouco.

— Não é isso! Preciso de algo concreto. Droga, já não a fodeu como queria? O que pode querer mais com ela?

— Não sabe o valor da sua irmã? — A raiva passou para minha voz.

— Valor? Aquela chata? Me poupe! E você, sabe o valor dela, Arthur? Você que praticamente comprou o meu apoio só para levar a burra para a cama? Aposto que está aí, transando adoidado com outras enquanto a otária anda por aqui toda sonhadora!

A culpa me corroeu ainda mais, pois era tudo verdade. Apesar de odiar ouvir Juliane esculachando Maiana, que só se preocupava com ela, quem era eu para julgá-la?

Respirei fundo, muito puto. Tinha que manter Juliane longe e feliz por um tempo, até me sentir preparado para me separar de Maiana. Então tive uma ideia.

— Tenho alguns amigos no ramo de marketing e propaganda. Vou arrumar alguma coisa para você em um comercial de televisão. E não vá dizer a ninguém que fui eu! Levanta uma grana e, assim, Maiana não vai poder dizer nada, é trabalho honesto.

— Que maravilha! Agora sim! Sabia que podia contar com você, meu querido! — Riu, exultante. — Quando vai ser isso?

— Falo com eles amanhã.

— Perfeito! Bom, vou deixar você trabalhar. Ah, e se por acaso quiser algo mais, uma mulher de verdade, estou por aqui, meu bem. Não sou cheia de frescuras como a minha irmãzinha.

Engoli a vontade de falar que Maiana era muito melhor do que ela.

— Até mais, Juliane. — Desliguei.

Recostei na cadeira, pensando a merda que tinha sido me aliar àquela cobra. Mas era tarde demais. Precisava dar um jeito de sair dessa enrascada da melhor maneira possível.

No entanto, aquela conversa me perturbou até o final da tarde, a ponto de não conseguir me concentrar em mais nada. A culpa e a raiva de mim mesmo me corroíam, mesmo arranjando um monte de desculpas. Por fim, larguei tudo e liguei para Maiana.

Quando ela atendeu, meu coração disparou. Sozinho em meu escritório, fechei os olhos e fui engolfado por diversas sensações diferentes. Culpa, desejo, raiva, vergonha, saudade.

— Arthur? — Sua voz era suave. Só de ouvi-la, tudo pareceu mais vivo, mais intenso.

— Sim, Maiana.

— Oi. Eu senti sua falta — disse baixinho.

— Eu também. — E não era mentira.

Queria ser mais duro, mais controlado, mas estava feliz ouvindo sua voz. Lembrei-me da ruiva, de como foi frio e mecânico, de como nos usamos como animais. Até pior. Tentei afastar o episódio da cabeça.

— Liguei para você ontem. Ficou chateado comigo?

— Um pouco. Mas não foi por esse motivo que não atendi. Foi um dia corrido. Estava esperando você sair do trabalho para retornar a ligação.

— Mas agora está tudo bem?

— Sim, Maiana, tudo bem. E com você?

— Legal.

Senti que parecia mais tímida, mais na dela, sem saber o que esperar de mim. Suspirei. E, antes que eu dissesse qualquer coisa, falou:

— Amanhã não terei aula e gostaria de sair. Pensei se… se não gostaria de ir à Beija-Flor comigo.

— Ir aonde? — Não entendi.

— Na quadra da Escola de Samba Beija-Flor. Às vezes vou ao ensaio e é bem legal. Quer ir comigo?

— Preferia que viesse para cá. Quero ficar sozinho com você.

— Eu também quero, Arthur. Mas... Depois a gente pode namorar. Quero dizer...

— Depois que sair do ensaio.

— Isso. Ou então na sexta. É que a Virgínia e o Rodrigo vão e convidaram a gente. Quer ir?

Não, eu não queria ir. Nunca tinha ido a uma escola de samba na minha vida. Mas, com a barra suja do jeito que eu estava, resolvi fazer a sua vontade.

— Tudo bem, Maiana.

— Jura? — Deu uma risada, como se não acreditasse.

— Sim. Onde fica essa escola de samba?

— Em Nilópolis, aqui perto.

— Certo.

— Você me deixou feliz agora.

— É tão fácil assim te fazer feliz? — Brinquei com a caneta sobre a mesa. Sentia-me mais calmo e em paz falando com ela.

— Muito fácil. É só ficar perto de você. — Sua voz era doce.

Sua sinceridade e entrega mexeram comigo.

— Gosto disso — murmurei.

Ficamos mais um tempo conversando, e depois que desligamos fiquei muito quieto, imerso em pensamentos.

Era difícil acreditar que existia uma pessoa como Maiana. Linda e humana, lutadora e doce, suave e apaixonada. Devia haver algo errado. Não era possível que alguém fosse assim, tão perfeita.

Lembrei-me da minha avó, sempre tão desconfiada das mulheres, principalmente depois do que minha mãe fizera com meu pai. Era uma pessoa lúcida e inteligente. Raramente se enganava com as pessoas. Estaria ela certa sobre desconfiar de Maiana? Mas era impossível. Só se fosse uma excelente atriz e enganasse a todos.

Não, era o jeito dela mesmo. Só podia ser. Mas que era difícil acreditar que existisse tanta perfeição, isso era. De qualquer forma, eu era um gato escaldado. Estava sempre alerta.

Cheguei à casa de Maiana pouco depois das 21h. Deixei meu carro em frente e toquei a campainha. Quase na mesma hora ela abriu a porta e surgiu na varanda, seu rosto lindo se iluminou, e veio praticamente correndo até mim. Não esperei.

Empurrei o portão velho e entrei, encontrando-a no meio do caminho, enquanto se jogava em meus braços.

Eu a agarrei e beijei com paixão, forte, sentindo uma euforia se espalhar dentro de mim, uma alegria tão intensa que me desnorteou. Ao sentir seu corpo, seu cheiro, sua boca na minha, uma felicidade e um desejo pungente me atacaram e eu me vi perdido. Beijei-a com tudo, e Maiana retribuiu da mesma maneira, quente e apaixonada.

Passei a mão em seu cabelo longo e macio, suguei sua língua, apertei-a contra meu corpo já desperto, o membro ereto, pronto e ansioso para entrar nela. Fui invadido por sentimentos violentos e, enquanto a beijava muito, precisei lutar para não me entregar a eles.

— Meu amor... — murmurou rouca contra meus lábios, suas mãos percorrendo meus ombros, pescoço, nuca e cabelo, toda cheia de emoção. — Senti tanto a sua falta...

Eu não disse nada. Parecia sem palavras, engasgado, abraçando-a e fechando os olhos por um momento. Era tão bom estar ali daquele jeito, tão envolvente e maior do que tudo, que eu não sabia como agir, como enfrentar sentimentos tão desconhecidos e poderosos. Então me entreguei e resolvi parar de lutar. Pelo menos por enquanto, eu só queria aproveitar. E esquecer todo o resto.

Ela ergueu o rosto para mim e sorriu, suas mãos acariciando minha barba, passando os dedos em meu maxilar e queixo, como gostava de fazer.

— Estamos de bem? — brincou.

— Claro que sim. — Fixei os olhos naqueles lagos prateados, dizendo baixinho: — Quatro dias longe de você pareceram uma eternidade.

— Nem me fale! Mas agora estamos juntos, é isso o que importa. Pronto para sambar muito hoje?

— Até parece — resmunguei, o que a fez sorrir ainda mais.

— Por quê? Não gosta?

— Nunca fui a um samba sequer na minha vida. O máximo que sei de dança é uma música lenta e olhe lá. Sou duro e desengonçado.

— Isso eu queria ver! Você, que é tão perfeito em tudo, dançando desengonçado.

— Nunca verá isso. Só faço aquilo que sei. E algumas coisas até que faço bem. — Abaixei o tom de voz, de uma forma sensual. — Você não acha?

— Sim, tem coisas que você realmente faz bem. Como dirigir seu carro. — Seu sorriso era largo, provocante. — Tomar conta de sua empresa.

— O que mais? — Ergui uma sobrancelha, esfregando o corpo dela de propósito em meu pau duro.

— Vou pensar... Bem, acho que é só. — Caiu na gargalhada, beijando suavemente meus lábios e me abraçando com força. — Seu bobo. Você é perfeito. Lindo, um amante quente e maravilhoso, um homem bom, perfeito em tudo.

Fiquei quieto, pois eu não chegava nem à metade do que ela dizia. Sempre me achei perfeito mesmo. Um rei, como minha avó dizia. Inteligente, rico, poderoso, mais bonito do que a maioria, bom de cama, mas nos últimos dias comecei a ver um lado meu que me decepcionava cada vez mais. Talvez por influência de Maiana, eu começasse a me enxergar de verdade.

— Vem, vou terminar de me arrumar. — Segurou minha mão e foi me levando para dentro de casa.

— Ainda não está pronta?

— Não. Mas não demoro.

Entramos na sala, e mais uma vez me surpreendi como era feia e pobre. Meu coração chegava a apertar ao me dar conta de que Maiana morava num lugar daqueles. A mãe dela, Tereza, como sempre, estava na frente da televisão, como se estivesse enraizada ali. Seu rosto se iluminou ao me ver.

— Arthur! Como vai, meu filho?

— Bem. E a senhora?

Fui cumprimentá-la enquanto Maiana ia para o quarto. Levantou, me beijou e indicou o sofá.

— Sente-se, fique à vontade.

Nós nos acomodamos enquanto eu olhava para o sofá e sentava com cuidado. Felizmente, não tinha nenhuma mola solta. Tereza balançou a cabeça.

— Essa minha filha tem cada ideia! Onde já se viu, levar um homem fino como você para a Beija-Flor?

— Não há nenhum problema.

Fiquei lá, ouvindo seu papo chato, pensando o que levava uma pessoa a viver assim, dentro de casa, grudada na televisão, sonhando com riqueza e uma vida boa. Felizmente, Maiana de fato não demorou.

Estava maquiada, os olhos parecendo maiores e mais claros com rímel e delineador, um batom vermelho nos lábios, que a deixou ainda mais linda e sensual. Usava uma camiseta azul e branca da Beija-Flor, tomara que caia, modelando os seios redondos perfeitos e a cintura fina, uma saia branca curta e sandálias de salto. Os cabelos caíam soltos e rebeldes, muito loiros. Estava levemente bronzeada de nosso passeio no sábado, em Itaipava.

Era realmente espetacular. Passei os olhos nas belas e longas pernas nuas, nos seios, e imaginei que bastava alguém abaixar sua blusa e os veria nus. Uma onda de ciúme me envolveu. Senti a língua coçar para mandá-la trocar de roupa, mas encarei seus olhos luminosos, seu sorriso lindo, e soube que só criaria confusão. Era bem provável que não trocasse e ainda deixasse aquela felicidade toda de lado. Assim, não falei nada.

Usando calça jeans, tênis e uma blusa de malha lisa, eu levantei e me despedi de Tereza. Maiana fez o mesmo, e saímos de mãos dadas. Ela me disse:

— Achamos melhor chamar um táxi, Arthur. Lá não tem lugar para estacionar e, assim, todo mundo pode beber, se quiser. Você pode deixar o carro aqui.

— Tudo bem. — Chegamos ao portão e a fiz virar para mim. — Olha, Maiana, ontem, depois que nos falamos ao telefone, pedi para um assessor meu comprar um camarote para essa noite.

— Um camarote?

— É. Fui informado de que é um dos melhores, com vista para toda a quadra e com direito a bufê e bebidas. Ficaremos mais à vontade.

Maiana acabou sorrindo.

— Você não quer ficar no meio da muvuca, não é?

— Não é isso. Só não acho uma boa ficarmos espremidos lá embaixo a noite toda em pé. — Dei de ombros. Naquele momento, Rodrigo e Virgínia se aproximaram de nós, animados, os dois com a camisa da escola de samba. Nós nos cumprimentamos, e eles informaram que o táxi já estava chegando.

— Vamos ficar no camarote hoje — Maiana disse aos amigos e me provocou: — Tem alguém aqui com medo de levar pisões nos pés.

— É sério? — Rodrigo se animou. — Cara, nasci em Nilópolis, passei a vida inteira na Beija-Flor e nunca pus os pés no camarote! Gente fina é outra coisa!

Ele e Virgínia começaram a implicar comigo de brincadeira e logo relaxei, sorrindo e respondendo às provocações. Felizmente, Maiana não reclamou e, quando o táxi chegou, partimos para lá. Tentei pagar pela corrida sozinho, mas ninguém aceitou, nem Maiana. Fizeram questão de dividir por quatro, e olhei irritado para ela, que apenas sorriu de volta.

A quadra era enorme, e a rua em frente ficava cheia de vendedores ambulantes, bares e pessoas. Circulamos no meio deles e nos encaminhamos à entrada dos camarotes. Eles ficavam no alto e rodeavam toda a quadra imensa.

O nosso dispunha de uma visão privilegiada da quadra, com mesas e cadeiras e espaço para umas vinte pessoas. Uma senhora já dava os últimos retoques em uma mesa com pequenos sanduíches e petiscos. Ao lado havia outra mesa com bebidas quentes e coolers com latas de cerveja. Rodrigo ficou feliz da vida.

— Puta merda, é hoje que enfio o pé na jaca!

— Que vergonha! Controle-se. — Virgínia o cutucou, rindo. Mas o rapaz bateu no meu ombro, agradecendo:

— Valeu, cara. Valeu mesmo.

— Que nada. — Dei de ombros.

Na verdade, tudo aquilo era muito simples para mim, mas pelo menos era melhor do que ficar apertado na pista, com certeza.

— É muito legal aqui. Vou tirar várias fotos. — Maiana ficou na ponta dos pés e beijou suavemente meu queixo. — Obrigada.

— De nada, meu anjo. — Acariciei suavemente seu cabelo.

Eles começaram a se servir. Pegaram cerveja e beliscaram os petiscos. Olhei meio desconfiado para tudo, para o uísque desconhecido, sem saber o que beber. Por fim, Maiana me deu um pouco de sua cerveja.

— Está geladinha.

Realmente, estava o maior calor. Acabei me servindo de um copo. Quase nunca tomava cerveja. E então eles se debruçaram na balaustrada para ver as pessoas lá embaixo, se preparando para começar. Fui para trás de Maiana, uma das minhas mãos em sua cintura, a outra segurando o copo.

Beijei a lateral de sua cabeça, sentindo seu cheiro, feliz em estar ali só porque estava com ela. Depois, olhei para baixo.

Maiana virou um pouco o rosto para mim, sorriu, beijou suavemente meus lábios e explicou:

— As pessoas no meio da quadra ficam organizadas em alas. Entra uma ala atrás da outra, contorna a quadra e volta. Os primeiros são da comissão de frente, depois mestre-sala e porta-bandeira, a ala de passos marcados e assim por diante. Lá no palco ficam os componentes da bateria, o Neguinho da Beija-Flor e outros puxadores e os diretores de Carnaval.

— Entendi. — Balancei a cabeça.

Naquele momento, um apresentador ainda agradecia a todos e dizia algumas palavras, enquanto os componentes se arrumavam nas alas. Eram pessoas humildes em sua maioria, muitos enfeitados, já com roupas brilhosas de Carnaval, mas o que me chamou a atenção foi a alegria das pessoas.

Imaginei que a maioria trabalhava, e já passava bem das dez horas da noite. Na certa, haviam chegado do trabalho há pouco tempo e ainda pegariam cedo no batente no dia seguinte, mas isso não os impedia de estar ali ensaiando e se divertindo.

Chegava a ser impressionante, e me fez lembrar de uma música do Chico Buarque:

"(...) Seus filhos
Erravam cegos pelo continente
Levavam pedras feito penitentes

Erguendo estranhas catedrais
E um dia, afinal
Tinham direito a uma alegria fugaz
Uma ofegante epidemia
Que se chamava Carnaval
O Carnaval, o Carnaval
(Vai passar) (…)"

O amor pelo Carnaval, por sua escola do coração, fazia as pessoas esquecerem seus problemas, sua vida dura, a pobreza, tudo em nome da paixão. Era realmente impressionante.

Havia belas passistas de pele escura e umas duas loiras, em roupas brilhosas, parecendo rainhas na pista, desfilando e sambando mesmo sem música. Havia uma ala só de crianças. Outra só de senhoras idosas com colares coloridos e turbantes de baianas. E uma só de homossexuais, que me chamou a atenção.

Eles andavam de lá pra cá, rebolavam, jogavam cabelos, cheios de atitudes exageradas, femininas. A maioria usava roupa comum, mas alguns estavam travestidos. Era estranho ver tantos juntos assim, e indaguei à Maiana:

— Tem uma ala só de gays?

— Sim. E eles sambam muito, precisa ver.

Um deles era tão feio e esquisito que parecia uma visão do outro mundo. Muito magro e maltratado, usava um par de sandálias prateadas altíssimas, uma microssaia e um bustiê prateado. Os ossos apareciam, e o peito era anormalmente grande dentro do bustiê. Uma peruca loira dura caía armada, segura por um arco que imitava uma coroa de princesa. Andava de um lado para outro e acenava para as pessoas do camarote, olhando para cima e sorrindo, como se fosse realmente uma princesa ovacionada por seus súditos.

Quando passou embaixo do nosso camarote acenando para a gente, Maiana e Virgínia acenaram de volta, sorrindo, e Rodrigo ficou assoviando "fiu-fiu" de brincadeira, o que o fez ficar todo prosa e parar para sambar, requebrando como uma minhoca, dando o melhor de si. Eu olhava aquilo, impressionado. E, enquanto ele se acabava e várias pessoas aplaudiam, seu bustiê começou a descer, escorregou para baixo. Quando estava quase na cintura, e não passava de enchimento de espuma, pois seu peito era magro e ossudo, percebeu e levantou o bustiê, dando uma última rebolada e seguindo em frente para cumprimentar outras pessoas.

— Ela se acaba! — Virgínia riu.

— Maiana, se eu fosse você, abriria os olhos — disse Rodrigo, sério. — Acho que o Arthur está te traindo.

Eu o olhei de imediato. O rapaz caiu na gargalhada, e Maiana e Virgínia também, e então entendi que brincavam pelo fato de eu ter ficado olhando para o filé de borboleta quase sem piscar. Acabei rindo também.

— É que ele… ela é engraçada.

— Se é! Está aqui toda quinta e adora dar um show pro pessoal — explicou Rodrigo.

Eles me explicaram mais ou menos como tudo funcionava. Acabei relaxando, gostando da cerveja geladinha e beliscando uns salgadinhos. Sorri ao imaginar a cara da minha avó se soubesse onde eu estava. Aliás, havia quase uma semana que não nos víamos. No dia seguinte não poderia deixar de visitá-la.

Quando o Neguinho da Beija-Flor chegou e a bateria começou a tocar, o clima mudou. As pessoas se animaram, pularam, bateram palmas. E acabei entendendo a paixão que os motivava. O ritmo era contagiante, uma energia viva e diferente pareceu pulsar no ambiente, trazendo uma vontade quase incontrolável de se remexer. Até eu, que nem ligava para samba, fui afetado.

— Eles começam a cantar sambas antigos para esquentar. Depois puxam o hino da escola e só então começa o ensaio, com o samba desse ano — Maiana explicou. Já se mexia no ritmo, rebolando suavemente à minha frente.

Eu senti sua bunda passar roçando no meu pau e na hora comecei a ter uma ereção. Meu corpo vibrou, intensificado pelo samba que explodiu na quadra, e a encostei mais em mim, minha mão firme em sua cintura. Ao nosso lado, Rodrigo e Virgínia bebiam e conversavam sobre o que acontecia lá embaixo.

Maiana olhou para trás, para mim, sorrindo. Tinha percebido como havia me deixado, e suas bochechas estavam coradas. Mas não recuou, pelo contrário, pareceu gostar de me provocar. Rebolou mais, não de maneira ostensiva ou pornográfica, mas o suficiente para mexer com a minha libido.

— Mais tarde você me paga por isso — murmurei em seu ouvido e fiquei satisfeito quando estremeceu.

Foi uma noite surpreendente, muito melhor e mais divertida do que eu poderia imaginar. A alegria pulsante de todo o ambiente, das pessoas, da bateria, do samba, de tudo acabou me envolvendo. Bebi bastante, acabei até me mexendo um pouco, olhando para tudo com um interesse renovado.

No espaço grande que tínhamos, Maiana e Virgínia sambaram, e não consegui tirar os olhos de Maiana. Era linda, sambava de modo maravilhoso, toda feminina e sensual, requebrando, provocando, me deixando doido. Quando me olhava e sorria, vindo rebolando e sambando para o meu lado, eu ficava fascinado, meu coração batendo mais forte sem controle, todo meu corpo reagindo.

— Samba comigo... — murmurou, e eu já estava um pouco tonto, tinha entornado mais cervejas do que imaginei.

Estava na minha frente, requebrando, sorrindo, deixando-me como um garoto bobo e embasbacado. Segurou na minha cintura e não aguentei. Larguei o copo na mesa e comecei a me arriscar no samba também. Ela riu. Vi Rodrigo e Virgínia caindo na risada, mas nem me importei. Já estava além de qualquer vergonha ou controle. Só queria aproveitar, me divertir.

Acabei me soltando de vez. Sambei todo desengonçado, arrisquei até um rodopio, e Maiana se divertiu a valer, me incentivando, me agarrando e beijando. É claro que não perdi a oportunidade de abraçá-la forte e de beijar sua boca com paixão, nem ligando que estávamos em um local público. Sentia-me feliz, livre, solto como poucas vezes fui na vida.

Tirei várias fotos com o meu celular, de Maiana, de nós dois juntos, de Rodrigo e Virgínia, do ensaio lá embaixo. Maiana também tirou com o dela, e o casal fez a mesma coisa.

Abusei bastante da bebida, mas nem liguei. Ri, falei com outras pessoas e nem me dei conta, aplaudi o povo dançando lá embaixo, acenei para quem acenou para mim, me rocei em Maiana em todas as oportunidades e, quando saímos de lá, estávamos os quatro rindo, animados e tontos. Mas sem dúvida eu era o pior de todos. Estava completamente bêbado.

Pegamos um táxi, que nos deixou na avenida delas. Já ia dar três horas da manhã, e Rodrigo dormiria na casa de Virgínia. Nós nos despedimos, e Maiana me levou para dentro de casa, dizendo baixinho:

— Você não tem condições de dirigir, Arthur. Dorme aqui comigo.

— Claro, minha deusa da passarela.

Ela riu, e entramos em sua casa.

## MAIANA

Arthur estava tão bêbado que foi esbarrando nas coisas até que o levei para meu quarto minúsculo, onde só cabiam uma cama de solteiro e um guarda-roupa. Fechei a porta, fazendo o possível para não acordar minha mãe e irmã, já ligando o ventilador de teto. Ele olhou em volta e piscou.

— Não vou caber nessa caminha.

— Vai, sim. — Puxei-o, sem poder deixar de sorrir. Nunca imaginei que o veria assim, se acabando daquele jeito. Além de sambar, tinha até rebolado! Eu ri com a cena. Bem que tinha avisado que era duro e desengonçado, parecia um bonecão, batendo os braços compridos. Ri de novo, sem aguentar.

— Tá rindo de quê? — Arthur caiu sentado na beira da cama. — De mim?

Fitei-o. Era lindo demais, másculo, e eu o amava tanto que doía. Fui para o meio de suas pernas e acariciei seu cabelo, beijando suavemente seus lábios.

— Nunca de você. Para você. Porque estou feliz, Arthur.

— É? — Esfregou o rosto na minha barriga, suas mãos subindo até o alto da blusa tomara que caia e descendo-a até minha cintura. Fitou meus seios nus, seu semblante carregado, dizendo perto de um mamilo: — Quis fazer isso a noite toda.

Arfei, já muito excitada, quando meteu um mamilo na boca e chupou com vontade, com força. Agarrei seu cabelo, gemendo baixinho. Arthur já tirava minha blusa com saia e tudo, puxando também a calcinha para baixo. Eu o ajudei, livrando-me das sandálias até ficar nua. E então arranquei sua camisa.

Suas mãos e sua boca estavam em mim, sôfregas, quentes. Murmurou rouco:

— Estou louco por você, Maiana...

— E eu por você. — Abri sua calça, puxei-a para baixo. Ele me ajudou, ainda bem tonto, mas excitado. Tirei também a cueca, maravilhada com sua beleza e virilidade, cheia de saudade e tesão.

Inclinei-me sobre ele, beijando seu peito, sua barriga, segurando com firmeza aquele membro grande e lindo, acariciando-o enquanto era consumida pela lascívia. Arthur desceu a mão por minha bunda, abrindo-a, seus dedos acariciando minha vulva molhada, gemendo rouco ao sentir que já estava preparada para ele.

— Porra, queria te chupar todinha, mas não vai dar... Preciso meter em você, Maiana...

Eu sentia a mesma urgência e desespero. Quando ele me pegou e me jogou na cama de bruços, gemi, sentindo-o já atrás de mim, lambendo minhas costas, subindo até minha nuca, o pau duro e grosso se esfregando na minha bunda.

— Não posso esperar... — disse agitado, seu pau abrindo caminho até meus lábios vaginais inchados e latejantes. Eu também arfava, fora de mim, tremendo de ansiedade.

— Vem, Arthur... — supliquei.

E então ele me penetrou duro, com força, entrando apertado em minha vagina melada. Mordi os lábios para não gritar de tanto tesão, enquanto ele se apoiava nos braços musculosos e me fodia violentamente.

— Ah, que gostosa... Meu Deus, Maiana... — Meteu mais, tirando e entrando, o pau me deixando totalmente preenchida enquanto eu me sacudia e me empinava para ter todo ele, alucinada, perdida na luxúria.

Arthur deitou-se em cima de mim, estocando duro, mordiscando minha orelha e sussurrando rouco:

— Você é a única mulher que eu quero... A única. Vai ser minha para sempre. Minha.

— Sim... Ah, meu amor... Que delícia...

Parecia ainda mais intenso, descontrolado. Eu o sentia com perfeição, deslizando, entrando, empurrando contra meu interior, se agasalhando em meu ventre. Choraminguei, sabendo que não aguentaria muito, meu clitóris duro e inchado roçando na cama, seu pênis duro, sem piedade, me fodendo devassamente.

— Arthur, eu... eu vou gozar...

— Goze.

Explodi num orgasmo longo e ardente, que pareceu me suspender, girar e derrubar, rebolando, gemendo, me entregando. Ele gemeu rouco também, fora de si, inundando-me por dentro com seu esperma quente, se tornando mais e mais potente, mordendo meu ombro, dizendo palavras desconexas. Até que ambos desabamos, satisfeitos, saciados, suados.

Mesmo a cama sendo de solteiro, me virei e o abracei. Arthur me puxou para seus braços. Ficamos quietos, até que pegamos em um sono profundo, letárgicos pelo álcool, pelo prazer e pela felicidade.

# 9

## MAIANA

Acordei um tanto quente, enrodilhada em um corpo gostoso. Minhas pernas estavam sobre outras, musculosas e peludas. Estava dolorida, provavelmente devido ao fato de passar a noite em uma posição só. Abri os olhos e observei Arthur, que dormia pesadamente ao meu lado.

Ainda um pouco tonta, sorri bobamente ao me lembrar de como nos divertimos e depois nos amamos, com pressa, tesão e paixão. Mesmo cansada, fiquei lá, parada, olhando para ele. Ainda não conseguia acreditar que estava vivendo tudo aquilo, sendo tão infinitamente feliz. Minha vontade era não sair dali, mas a realidade se fez presente. Era sexta-feira, eu precisava ir trabalhar.

Levantei devagar, dando um beijinho no ombro dele, com cuidado para não acordá-lo. Peguei o celular dentro da saia, no chão, e vi que eram 5h23. Às cinco e meia ia despertar. Desliguei o despertador e andei nua pelo quarto, silenciosa, abrindo o guarda-roupa e pegando minhas coisas para depois do banho. Lancei um olhar para Arthur antes de sair e partir para o banheiro.

Estava embaixo do chuveiro, lavando meu cabelo, quando algo me ocorreu. Parei, imobilizada. E imagens da noite anterior vieram vívidas à minha mente. Principalmente a parte em que Arthur fez amor comigo. Nem eu nem ele, na febre do momento e dispersos pelo álcool, nos preocupamos com camisinha.

A água escorria pela minha cabeça e eu tinha os olhos bem abertos enquanto me dava conta de tamanha burrada. Eu era virgem até poucos dias atrás, não tomava anticoncepcional. Tinha ficado menstruada havia dez dias. O que isso significava? Estava em meu período fértil? E se tivesse engravidado?

E, por mais que gostasse de Arthur, nosso relacionamento era recente. Com certeza ele teve muitas mulheres. E se tivesse algum risco de pegar HIV ou alguma outra doença? O que nós fomos fazer?

— Meu Deus... — Fechei a torneira do chuveiro, assustada com aquele vacilo. Eu cansava de falar para Juliane tomar cuidado, para não engravidar e não pegar doenças, sempre me achando centrada, e então... Foi tão fácil perder o controle e a razão!

Enxuguei-me nervosa, sem saber o que fazer. O que Arthur diria? Afinal, foi tão irresponsável quanto eu. Mal começamos nosso relacionamento, eu pouco sabia de sua vida e de sua família, não conhecia sua avó e, já pensou...

Vesti mecanicamente a calça e a blusa. Penteei o cabelo. Olhei-me no espelho e encontrei olhos assustados. Xinguei a mim mesma, com raiva. *Burra, burra, burra!*

Voltei ao quarto e ele continuava do mesmo jeito, ferrado no sono, nu. Mordi os lábios e me sentei na beira da cama, passando a mão em seu cabelo desarrumado.

— Arthur... — chamei baixinho. — Arthur...

Ele abriu os olhos, um pouco assustado. Fixou-os em mim como se estivesse perdido. Ainda parecia um pouco tonto quando se sentou na cama, correndo os dedos entre os cabelos, olhando em volta, até que seus olhos pousaram em mim.

— Maiana?

— Não sei que horas você precisa sair. Eu vou trabalhar.

— Agora? — Lambeu os lábios e franziu a testa. — Que sede...

— Vou pegar uma água para você.

— Posso tomar um banho, para tirar o álcool de vez? Aí te levo para o trabalho e vou para casa.

— Claro, vou pegar uma toalha seca.

E assim fizemos. Enquanto Arthur tomava banho, preparei um café na cozinha, tensa, nervosa, tremendo. Disse a mim mesma que havia muita chance de que nada tivesse acontecido. E serviria só como experiência para tomarmos cuidado depois. Mas e o medo de que algo irreversível tivesse realmente acontecido?

— Minha cabeça parece que tem chumbo. — Arthur entrou na cozinha arrumado, de banho tomado e com os cabelos úmidos. — Ontem até que aquela cerveja parecia boa. Ou melhor, hoje mais cedo ela parecia boa, mas agora...

Sorriu, fazendo uma careta. Tentei sorrir também, mas estava muito nervosa. Apontei para uma cadeira e despejei café puro em uma xícara para ele e em outra para mim.

— Quer umas torradas?

— Não, só café. — Não sentou. Na cozinha pequena e antiga, se aproximou de mim com a xícara na mão e me deu um beijinho nos lábios. Então ergueu o meu queixo e me olhou nos olhos. — Aconteceu alguma coisa?

Pensei em falar logo, mas fui impedida pelo medo. E se achasse que foi armação minha? Afinal, quantas vezes ouvi da minha mãe que a melhor maneira de uma mulher se dar bem era arrumando filho de homem rico?

Olhei para ele, preocupada. É claro que, Arthur gostando ou não, eu tinha que contar. Precisava saber também se tinha costume de não usar camisinha com outras mulheres. E, se por acaso eu tivesse engravidado, como ia acreditar se eu ficasse quieta aquele tempo todo?

No entanto, estava na hora de ir para o trabalho e apenas sacudi negativamente a cabeça.

— Está em condições de dirigir? — Mudei de assunto.

— Estou. A tontura passou com o banho. — Tomou um gole do café quente. — E isso vai me levantar.

Naquele momento, ouvimos barulho na entrada da cozinha, e Juliane parou ali, com cara de sono, usando um pijama curto. Olhou para Arthur, surpresa.

— Dormiu aqui?

Ele não disse nada, um tanto sério. Fiquei um pouco sem graça e expliquei:

— Chegamos tarde da Beija-Flor e tínhamos bebido demais.

O olhar da minha irmã era estranho. Parecia irritada. Talvez estivesse com ciúmes, apesar de tudo. Ou com raiva, pensando algo como: "Minha irmã é boa no discurso, mas traz homem para dormir dentro de casa." Disse em tom um tanto irônico, olhando para ele:

— Quem diria? O rico e independente Arthur Moreno indo para uma escola de samba na Baixada e depois dormindo nessa humilde casa! Isso tudo é amor?

— Juliane... — falei baixo, mais sem graça ainda.

Arthur continuou sério, calado. Terminou seu café e me fitou:

— Podemos ir?

— Sim. Vou pegar minha bolsa.

Juliane saiu do meu caminho e me deixou passar. Não quis deixar os dois sozinhos. Sem entender aquele olhar e a ironia da minha irmã., fui ao quarto rapidamente, deixando a porta aberta, e peguei minha bolsa. Quando voltei, indaguei:

— O que deu em você para acordar a essa hora hoje?

— Tenho uma entrevista cedo. — Sorriu. — Um grande amigo arranjou uma entrevista para que eu faça teste para um comercial de sandálias. Não é ótimo? Reze por mim. Vai entrar uma boa grana. — Virou-se para Arthur. — Aí então vou poder devolver o dinheiro que me emprestou para o implante.

— Não se preocupe com isso — disse, seco, vindo até mim. — Está pronta?

— Sim. Tchau, Juliane. Boa sorte.

— Obrigada, maninha. Tchau, Arthur.

— Adeus.

Saímos. Quando o carro seguia pela estrada, continuei quieta, um tanto perturbada. Queria dizer que não tínhamos usado preservativo, mas estava sem coragem. Mesmo sabendo que a culpa era de nós dois.

— O que você tem, Maiana?

Eu me virei de imediato, tentando falar de uma vez. Lançou-me um olhar e voltou a se concentrar na direção. Falei atropeladamente:

— Você não usou camisinha ontem.

Franziu a testa. Continuou a olhar para a frente, concentrado. Parecia repassar as cenas da noite anterior na mente. De repente, deu um soco no volante.

— Porra!

Mordi o lábio, sem poder deixar de olhar para ele.

— Que merda!

— Eu sei — murmurei.

Fitou-me rapidamente, com um olhar esquisito, antes de voltar a prestar atenção na estrada à sua frente.

— Estava cheio de tesão e bêbado, nem me dei conta. Tenho trinta e um anos e nem quando era adolescente fiz uma besteira dessas! Que merda! — Respirou fundo. — Tem chances de estar grávida? Está no período fértil?

— Eu… eu não sei. Menstruei tem dez dias. Quer dizer que sempre usa camisinha?

— Sempre. Risco de doenças você não corre. Mas puta que pariu, Maiana… Caralho!

— Pare de xingar!

— Eu tô puto! — Fitou-me acusadoramente. — Por que não me impediu? Você não estava bêbada.

Fiquei irritada.

— Eu não estava bêbada, mas também tinha bebido, e quando começamos eu… eu perdi a cabeça, nem me dei conta no momento. Só hoje.

O clima ficou pesado no carro. Olhei para a frente, com raiva de mim mesma e dele. Como eu havia pensado, estava desconfiando. Mas eu não tinha feito tudo sozinha, bêbado ou não.

— Tome a pílula do dia seguinte.

Sua voz penetrou meu pensamento. Mirei seu rosto na hora, revoltada.

— Não vou fazer isso. É aborto!

— Então, acha que está grávida mesmo.

— Eu? Claro que não! Espero que não, Arthur. Começamos a nos relacionar agora! Tenho meu trabalho, minha faculdade, minha vida. Sou jovem demais para ser mãe. Mas não tomo esse negócio. Não faria isso.

— Também não quero um filho.

— Eu entendo, mas...

Arthur jogou o carro para o acostamento e ligou o alerta. Virou-se para mim, me olhando com dureza.

— Diga para mim que realmente não planejou isso, Maiana.

Encarei-o, sentindo raiva e nervosismo.

— Não planejei nada disso. Você está me ofendendo!

Ficamos nos olhando. Senti um desespero por dentro e lutei para não chorar. Tive medo de que aquilo nos separasse e estava tão doida por ele que achei que não aguentaria. Mas me mantive firme. Por fim, algo em mim pareceu acalmá-lo. Passou a mão pelo cabelo, dizendo:

— Vamos tomar cuidado daqui para a frente, Maiana.

— Mas e...

— Fique atenta, e qualquer coisa fale comigo. Vamos esperar um pouco, e você faz um exame. Mas tenho certeza de que não aconteceu nada.

— Eu quero pensar assim também, mas estou com medo.

— Deixaremos o assunto de lado. Não vai adiantar nada entrar em desespero agora. Daqui a alguns dias, depois do exame, voltaremos a falar sobre isso.

— Tudo bem.

Eu sabia que nunca conseguiria deixar o assunto de lado e não me preocupar, mas, enquanto Arthur colocava o carro em movimento, pensei que ele estava certo. Se remoêssemos demais o assunto, acabaríamos nos desentendendo e sofrendo por antecedência.

Permanecemos quietos o resto da viagem. Percebi que ele ficou mais distante e nem podia culpá-lo. Eu o entendia. Eu sabia que não havia feito de propósito. Foi realmente irresponsabilidade nossa. E que isso nos deixou abalados era um fato.

Chegamos ao centro do Rio de Janeiro, em frente ao prédio em que eu trabalhava. Olhou-me um tanto apático e meu coração se apertou, mas tentei me manter firme.

— Obrigada pela carona.

— Tudo bem.

Não havia muito mais o que fazer. Se não fosse aquela nuvem escura pairando sobre nós dali em diante, estaríamos rindo, nos despedindo com beijos, lembrando a noite passada. Mas acenei com a cabeça e me virei para sair.

Arthur segurou o meu braço, e eu o olhei de imediato, com o coração disparando. Disse baixo:

— Só me dá um tempo para digerir isso tudo.

— Tá. Eu também preciso de um tempo. Mas, Arthur, eu juro, foi uma bobeira. Eu nem me lembrei na hora.

Não sei se acreditou. Por um momento, pareceu que sim. Achei que me puxaria e me beijaria. Mas então me soltou.

— Depois a gente conversa melhor.

Eu acabaria chorando se ficasse ali. Então, abri a porta e saí. Enquanto me dirigia ao prédio, ouvi o ronco do motor e seu carro se afastando. Não olhei para trás. Mas o aperto no meu peito me avisou que seria um dia daqueles.


## ARTHUR

Passei uma sexta-feira infernal. A dor de cabeça da ressaca tomou proporções gigantescas e só aliviou depois de dois comprimidos. Tentei trabalhar normalmente, mas foi difícil. Estava puto, furioso e dividido. Precisava pensar e não queria. Pois tinha medo das minhas conclusões.

Fui um irresponsável, um maluco. Beber daquele jeito e sambar já fora uma loucura. Dormir na casa de Maiana, naquele quarto apertado, na cama minúscula, piorou. Mas transar sem camisinha? Puta merda, que vacilo gigantesco!

Eu só tinha pensado em comer Maiana, como um tarado filho da puta! Não pensei em mais nada, só a cabeça de baixo pensava... Meter nela, como quis a cada dia daquela semana, só isso. O resto... foda-se! E então? Dor de cabeça era pouco para mim.

E Maiana? Foi como eu, levada pelo tesão e pelo álcool? Sua culpa era como a minha, de pura irresponsabilidade? Ou tinha algo mais atrás disso tudo e era mais esperta do que aparentava? Eu poderia ser a isca que vinha esperando para abocanhar e prender com uma virgindade e uma gravidez?

Cresci ouvindo de minha avó como minha mãe destruíra meu pai. Como o enganara com uma falsa ingenuidade e tirara tudo dele, até sua vida, em nome da riqueza. Jurei nunca ser como ele. Nenhuma mulher que encontrei no meu caminho me mostrou que seria possível confiar. Até Maiana. Estava começando a acreditar que ela era diferente. E, entretanto, acontecia isso.

Pensei sobre o assunto o dia todo. Queria que tudo fosse mais fácil, que não estivesse tão ligado nela. Aquela paixão fora de hora estava me desequilibrando e perturbando, afetando meu discernimento. Eu mal me reconhecia naquele homem. E isso, mais do que tudo, me enraivecia.

Analisei os vários pontos daquela questão. Se fosse realmente esperta e quisesse me dar o golpe, por que teria me contado que não usei camisinha quando viu que eu nem me lembrava? Contando, me deixava alerta para as próximas vezes. Poderia simplesmente esperar, dar uma de inocente e só me avisar quando o fato se concretizasse. E, se não engravidasse, teria outras oportunidades.

Ao mesmo tempo, como alguém tão responsável como ela, que cresceu sendo criada para dar em cima de milionários, não estando bêbada como eu, dava um furo daqueles? Tudo bem que era inexperiente, mas não era burra. Estaria tão apaixonada assim por mim a ponto de perder a cabeça?

Foi realmente um dia daqueles! Mas, ao final, tudo o que eu conseguia pensar era em seu olhar parecendo tão sincero ao afirmar que não planejara nada e depois sua mágoa aparente, a tristeza que tentava disfarçar. Seria tão boa atriz assim? Era dessa maneira que homens espertos e experientes se tornavam fantoches de piranhas, caindo no canto da sereia de falsas ingênuas?

Voltei para casa perturbado, disposto a passar um tempo longe de Maiana, até pôr minha cabeça no lugar e tirar algumas conclusões. Mas, em meu apartamento vazio, me senti muito sozinho. Evitei minha avó, sabia o que diria. Não queria ser influenciado. Queria pensar por mim mesmo.

A dor de cabeça havia sumido, mas as dúvidas, não. No entanto, me vi recordando a noite anterior, como nos divertimos e dançamos juntos, os olhares de amor de Maiana para mim, seu jeitinho carinhoso e provocante. Fui tomado por uma onda de saudade e de medo. Medo de ela ser realmente uma pessoa boa, a quem eu aprendi a admirar, e de afastá-la de mim antes que estivesse preparado.

Tomei uma decisão que poderia ser a mais errada, porém, a única que eu poderia tomar. Peguei as chaves do meu carro e saí.

Não demorei muito para chegar à Tijuca e então à UERJ. De lá, liguei para o celular de Maiana, lembrando que ela havia dito que na sexta só tinha duas aulas.

— Oi, Arthur — disse baixo, num tom difícil de discernir.

— Oi, Maiana. Já saiu da faculdade?

— Acabei de sair.

— Estou esperando você na saída.

— Está aqui? — indagou em um sussurro surpreso.

— Sim.

— Tá, eu já estou indo.

Não demorou muito e a vi nos portões de saída, olhando em volta. Então veio em direção ao carro, parado no acostamento.

Saí e nos olhamos. Havia uma gama de sentimentos ali, mas olhei em seus olhos, bem compenetrado. Podia sentir seu nervosismo, seu olhar ansioso, a preocupação deixando-a tensa. Mas também uma alegria contida, como se não estivesse esperando me ver tão cedo.

— Tudo bem? — indaguei.

Fez apenas que sim com a cabeça. Percebi que queria beijá-la, abraçá-la com força. Mas ainda me contive. Contornei o carro e abri a porta para ela. Veio quieta, sem me olhar, e entrou.

Fui para meu lugar. Pus o carro em movimento. Enquanto seguíamos pelas ruas da Tijuca, calados, uma música começava a tocar. Era de Jason Walker, chamada "Down". O ritmo lento e triste parecia o pano de fundo perfeito para como nos sentíamos.

Seguimos em frente, e, pelo menos naquela noite, eu queria parar de pensar. Queria esquecer o que me preocupava e simplesmente ficar com ela. Mas era difícil perder o costume de me preocupar, talvez, quando precisava ser realmente mais controlado e analítico.

Via as luzes da cidade à noite passando do lado de fora e sentia Maiana ali, muito quieta, olhando pela janela. E se fosse verdade? E se tivesse engravidado? O que seria de nossas vidas? Eu tinha entrado naquela loucura com o único intuito de levá-la para a cama. Em que momento as coisas se complicaram tanto?

Segui em direção à Zona Sul, ao Alto Leblon. Para o meu apartamento. Porque, apesar de tudo, de todas as dúvidas e desconfianças, eu precisava dela naquele momento. Ainda não estava preparado para mandá-la embora. Eu o faria, disse a mim mesmo. Mas não prontamente.

Ficou muito quieta, mesmo quando estacionei na garagem do prédio em que morava. Eu também não queria conversar. Não havia muito mais a ser dito. Saí do carro e abri a porta para ela. Saiu, olhando para mim. Nós nos observamos por um momento, sérios. Então indiquei o elevador, e ela seguiu até ele. Subimos. Entramos, e a sala estava fracamente iluminada. Parecia meio perdida ali.

Sua beleza me comoveu. Seu olhar para mim, como se suplicasse que confiasse nela, me dobrou. O desejo fez o resto. Fui até ela, e Maiana deixou a bolsa cair no chão. Seus olhos estavam com lágrimas quando a agarrei forte e a beijei. Retribuiu do mesmo jeito, me apertando quase com desespero, sua língua na minha, seu corpo gritando que era meu.

Mantive sua cabeça imóvel, meus dedos bem enterrados em seu cabelo na nuca, minha boca comendo a sua, devorando-a, enquanto a outra mão se espalmava em suas costas e a trazia para mim. Era uma necessidade que eu não entendia e odiava, mas que estava lá, presente, deixando-me enlouquecido, dominado por sensações desconhecidas e viciantes como a droga mais potente.

Maiana passou as mãos por mim, segurou meu rosto com as duas mãos, tão entregue e apaixonada, tão minha, que parte das minhas dúvidas se foram. Algumas coisas se mostravam mais sentindo do que falando. E parei de lutar. Apenas senti.

Não deixei de beijá-la enquanto arrancava sua blusa e o sutiã, ou quando baixei a calça juntamente com a calcinha. Maiana terminou de tirar, pisando em cima, livrando-se dos sapatos com os pés. Ficou lá, nua em meus braços, enquanto eu estava totalmente vestido em meu terno escuro. Começou a desfazer o nó da gravata e não conseguiu, gemendo impaciente. Foi quando parei de beijá-la e a olhei.

O tesão era maior do que tudo e tão violento que me espezinhava, ardendo, queimando. Segurei-a firme pelos quadris e a ergui, os seios ficando a poucos centímetros do meu rosto. Na mesma hora apoiou as mãos em meus ombros, e foi assim que a levei para meu quarto.

Olhava-me, com um misto de desejo e amor, tão cristalino que brilhava. Não quis pensar. Deitei-a na cama e vendo-a ali, tão nua e bela, soube que a teria como tivesse vontade. Eu a faria minha do meu jeito, até a exaustão, até saber que nada mais importava.

Tirei o cinto da calça em um movimento brusco. Não sei se pensou que bateria nela, pois arregalou os olhos, assustada.

— Erga os braços — disse baixo.

Ela não recuou. E, quando obedeceu, prendi seus pulsos juntos, bem firme. Então levei-os à cabeceira, onde terminei de prendê-los. Com uma das mãos, segurei as dela, a deixei sem meios de fuga. Com a outra percorri sua cintura fina e barriga, enquanto meus olhos apreciavam toda aquela beleza.

Maiana tremia. Lambeu os lábios, em expectativa, vendo-me ali vestido, ajoelhado a seu lado. Mas não fiz nada, simplesmente me levantei e andei pelo quarto até um aparador, onde havia um barzinho. Peguei dois cubos de gelo do frigobar e pus num copo, seguido pelo uísque. Sentia seus olhos em mim.

Deixei o copo na bancada e tirei minha gravata, depois o paletó. Larguei-os no encosto da poltrona, onde sentei com calma. Comecei a abrir os botões da camisa, observando-a, encontrando seu olhar temeroso, ansioso, vendo seus lábios entreabertos, seu corpo lindo e nu, ali, preso, esperando por mim.

Inclinei-me, tirando os sapatos e as meias. E me desfiz da camisa aberta. Só então me ergui, e foi a vez de tirar a calça e a cueca boxer branca. Estava nu e ereto. Peguei o copo de uísque e tomei um gole. Voltei a andar pelo quarto, enquanto ela me acompanhava. Deixei o copo na mesinha de cabeceira, ao lado da cama.

Abri a gaveta, peguei alguns preservativos e deixei ali também. Só então voltei a me ajoelhar na cama ao seu lado, senti que Maiana respirava irregularmente.

Minha cabeça moveu-se direto para seus seios, aqueles mamilos avermelhados e salientes, tentadores, uma perdição. Abocanhei um e mordi.

— Ah… — Tremeu incontrolavelmente, sacudindo-se na cama. Prendi a pele entre os dentes e suguei com força. Arquejou: — Arthur…

Chupei bem firme, sem parar a sucção, que devia estar causando um misto de dor e prazer. Maiana puxou os braços, que continuaram presos. Arqueou as costas, levantando-as da cama, favorecendo minha boca, que puxou mais forte ainda. Choramingou, agoniada, apertando uma coxa contra a outra, a respiração entrecortada.

Eu a torturei só no mamilo direito, mas todo seu corpo reagiu, se debatendo, ondulou-se contorcendo. Gemeu e ronronou. Ficou fora de si. Então me ergui, vendo como aquele mamilo estava mais saliente e vermelho que o outro, esticado até seu limite. Lançou-me olhares suplicantes, com pálpebras pesadas, aquele ar meio de bêbada com que ficava quando sentia tesão. Mas tudo o que fiz foi dar-lhe as costas e ir ao banheiro. Quando voltei, olhou rapidamente para o que eu coloquei ao lado do copo e das camisinhas. Uma vela branca quadrada e perfumada, um isqueiro, um tubo de gel lubrificante. Para completar tudo, tirei uma venda preta da gaveta e larguei ali perto.

— Arthur… — começou, rouca.

— Não diga nada. — Avisei sério, sem admitir recusas.

Arregalou um pouco os olhos, tornando-se mais ansiosa.

Peguei o copo e tomei um grande gole do uísque, até deixar apenas as pedras de gelo. Engoli e então pus o gelo na boca. Rolei-o um pouco no interior, prendi-o entre os dentes e me aproximei de sua boca. Quando encostei o gelo em seus lábios ela os abriu, muito quieta, somente os olhos vibrando. Como a me provocar, pôs a língua para fora e lambeu meus lábios e depois o gelo.

Deixei-o em sua boca. Chupou-o, enquanto eu a observava bem de perto. Então encostei meus lábios e devolveu o gelo, como se soubesse que era o que eu queria. E era.

Mantive-o preso entre os dentes e desci a cabeça até o mamilo esquerdo, o que eu não havia chupado. Passei a ponta do gelo ali, e Maiana gemeu e estremeceu. Esfreguei no mamilo, até intumescê-lo todo e o gelo derreter, escorrendo em sua pele.

— Ai… Ai, meu Deus… — arfou, muito excitada.

Torturei-a assim, fazendo-a remexer, gemer, olhando-me como que hipnotizada. O gelo no entanto não era mais que uma pequena pedrinha. Pus na boca, onde terminou de se desfazer. Sentado na cama, peguei a vela e a acendi.

— O quê? Arthur, o que você…

— Já disse para ficar em silêncio, Maiana. — Fui bem seco.

O medo a fazia querer se rebelar. Deixei a vela acesa sobre a cômoda e peguei a venda. Vi que queria pedir, suplicar, tensa, nervosa. Mas não o fez. E seu olhar foi escondido de mim quando amarrei a venda atrás de sua cabeça. Respirava pesadamente.

Eu sabia que logo estaria falando de novo e era o que eu queria. Mais um motivo para poder castigá-la.

Peguei a vela. Deixei-a em uma distância segura, no ponto em que a parafina, ao derreter, fosse esfriando um pouco até gotejar e acertar o alvo. O objetivo não era queimá-la ou causar muita dor. Mas esquentar, um calor suportável que, junto a outros estímulos, trariam uma sobrecarga de prazer.

Mirei no mamilo da direita, que eu havia chupado primeiro até ficar bem esticado. Quando a parafina pingou ali, Maiana gritou e se debateu em suas amarras. Na mesma hora pus a vela na cômoda e fui ao outro mamilo, ainda bem gelado. Era um misto de frio e calor. Enfiei-o na boca e chupei com força, esquentando-o, saboreando-o com rudeza.

— Por favor… — suplicou chorosa, o mamilo coberto pela parafina, que havia esfriado e endurecido. Sem deixar de sugar o outro, abri suas pernas e meti dois dedos dentro de sua boceta. Entraram fácil, de tão melada que estava. Gritou de novo, se sacudindo, agoniada, no ápice da lascívia. E passei a fodê-la com força com ambos os dedos.

— Ahhhhhhhhhhhhhhhh…

Chupei e meti. Ficou louca, alucinada. Então parei, tirando os dedos cheios de seus sucos, forçando-os em sua boca, obrigando-a a chupar os dois, com seu próprio gosto. Isso a deixou mais arfante, lambendo-os, sugando-os com força.

Meu pau latejou, o desejo atingiu patamares elevados também em mim. Mas lutei, cerrei os dentes, peguei a vela de novo. Quando despejei a parafina no mamilo livre, que eu tinha acabado de chupar, Maiana gritou abafado com os dedos enterrados na boca. Apaguei a vela e a deixei de lado.

Bruto, cheio de luxúria, abri suas coxas. Tirei os dedos de sua boca e voltei a enfiar em sua boceta. Agarrei seus cabelos e virei a cabeça para mim, dizendo rouco, quase gruindo:

— Mama o meu pau. — E o forcei em sua boca, ajoelhado perto de seu rosto.

Estava tão desesperada, tão esfomeada, que abriu os lábios em volta do meu membro e chupou com força, movendo a cabeça, tomando tanto quanto conseguia. Era uma delícia, sua boca quente e úmida, bem macia, deslizando em mim.

Passei meus olhos por ela, seu corpo nu e amarrado, os mamilos cobertos pela parafina endurecida, a pele corada pelo tesão, as pernas abertas e a boceta brilhando com seus líquidos enquanto eu metia meus dedos. Fitei seu rosto e puxei a venda, querendo ver seus olhos enquanto tinha meu pau dentro da boca.

Quase ejaculei pelo prazer delicioso e intenso. Olhou-me com uma entrega tão grande, uma luxúria tão enternecedora, que tive que conter o ar e sair de seus lábios antes que fosse tarde demais. Meu coração disparava loucamente. Precisava de mais, antes que perdesse de vez o controle.

Puxei os dedos e fui para cima dela, já colocando um preservativo. Abri as coxas para o lado e desci a boca em sua boceta, chupando-a com força. Maiana gritou, as pernas tremiam sem controle, gemidos entrecortados cortavam o silêncio do quarto. Tomei o clitóris todo, sugando com força, deixando-a devassamente delirante, desconexa, despejando mel na boceta.

Passei os dedos naquele líquido todo, esfregando-o em seu ânus, espalhando. Estremeceu, alucinada, desvairada, ainda mais quando forcei um dedo ali, até penetrá-lo bem fundo e dar estocadas dentro dela. O rebolar do seu corpo e os choramingos denunciaram o orgasmo que se aproximava.

Ergui-me, puxando o dedo para fora, encostando seus joelhos bem abertos no colchão enquanto deitava sobre seu corpo e metia meu pau em sua boceta. Na mesma hora Maiana perdeu o resto do controle e, enquanto meu pau a penetrava, gozou fortemente, latejando, convulsionando, apertando. Fechei a mão firme em volta da sua garganta e a comi com fúria cega, encarando-a, rosnando.

Algo como medo passou por seu rosto, mas isso apenas aumentou o seu prazer. Gritou rouca, e apertei um pouco mais, só o suficiente para sentir que eu tinha poder sobre ela, que estava ali completamente submissa da minha vontade. Eu quase gozava também, mas lutava, tentava manter um controle que aprendi a ter com anos de prática, embora fodê-la fosse muito melhor do que tudo que já houvesse feito até então.

— Goze mais — ordenei, uma raiva impressionante se misturando a todo o resto, ao desejo descontrolado, aos sentimentos que eu não queria ter, mas tinha, à desconfiança que me espezinhava.

Empurrei mais firme em sua boceta e ela pingava e puxava meu pênis para dentro, seu quadril me buscando desesperadamente, o orgasmo se estendendo e estalando, deixando-a entregue. Eu a fodi duro. Tirei o pau todo e larguei sua garganta. Meti até me enterrar todo, saí e entrei diversas vezes, a penetração ecoando pelo quarto.

Por fim, Maiana desabou exausta, toda aberta e corada, olhos pesados. Mas não tive pena. Continuei a comer sua boceta, arrepios de prazer vindo violentos, minha mente dominando o corpo, mesmo que parecesse impossível. Mas não durei muito também. Senti que quebrava e estalava e enterrei todo o meu pau, que ondulou enquanto o gozo saía em jatos fortes dentro da camisinha, agasalhado no mais fundo do seu corpo. Rosnei, e o tempo todo ela me olhou, como que hipnotizada. E eu olhei de volta, até que não restava mais nada para sair.

Fiquei parado, ainda ereto, meus braços com músculos sobressaltados pelo esforço. Percebi que só uma pequena parte da necessidade fora satisfeita. Eu queria e precisava de mais.

Ajoelhei na cama, entre suas pernas abertas, e saí de sua boceta, fazendo-a estremecer. Tirei o preservativo, dei um nó e o larguei no chão. Estendi a mão, peguei mais um e o tubo de lubrificante. Maiana lambeu os lábios, respirando irregularmente. Balbuciou:

— Me solte, Arthur… Vamos conversar.

— Chega de conversa — cortei, já colocando o preservativo no membro bem duro. Quando espirrei o óleo nos dedos e espalhei-os em seu ânus, voltou a pedir:

— Estou cansada… Não aguento mais…

Eu a ignorei. Quando meti dois dedos em seu orifício apertado e os girei, disse brusco:

— Vai aguentar e vai gostar, gozando de novo.

Algo em mim a deixava nervosa. Talvez saber que ainda desconfiava dela. Sentia sua agonia, seu desejo de me convencer, ao mesmo tempo que também parecia se magoar com tudo. Era muita coisa entre a gente, e eu nem podia acusá-la, pois iniciei tudo aquilo quando me decidi a usá-la, a tê-la sob qualquer circunstância. Mesmo com ela, eu a traí e não mostrei quem eu era de verdade. Como podia exigir algo em troca? Mas eu exigia.

— Ai… — choramingou, quando enfiei três dedos e a deixei bem lubrificada. Lágrimas transbordaram de seus olhos quando, ainda ajoelhado, abri suas pernas e as ergui um pouco, o bastante para mirar meu pau por trás. E então forcei, abrindo-a, entrando. — Ai, não… Arthur!

Deslizei até o fundo, tão apertado que minhas bolas doíam, contraídas. Parei então, bem fundo, fitando seus olhos. Ordenei baixo:

— Mexa os quadris. Faça meu pau deslizar no seu cuzinho. Agora.

Parecia amedrontada, mas também fora de si, arquejando. Devagarzinho, moveu a bunda, e senti a carne macia e apertada passando em volta do meu pau. Gemeu, tremendo, movendo de novo e de novo. Percebi o exato momento em que o prazer foi maior do que tudo e a golpeou. Seus olhos semicerraram, seus lábios entreabriram em busca de ar, as faces se tingiram de vermelho. Então rebolou, descomedida, forçando, querendo, tomando. Parecia massagear meu membro, apertando-o dolorosa e deliciosamente. Fiquei louco de tanto tesão, algo pareceu se romper dentro de mim.

Segurei sua perna esquerda e a ergui até meu ombro, bem aberta enquanto me deitava sobre seu corpo e passava a comer com força. Maiana estalou, e lágrimas pularam de seus olhos, sem controle. Olhava em seus olhos enquanto estendia a mão e soltava o cinto que prendia seus pulsos. Tão logo se viu livre, ela me abraçou cheia de desejo.

Era difícil me controlar. Eu não queria só sexo, queria aquele algo mais que me puxava irremediavelmente para ela. Assim me acomodei em seu corpo e busquei sua boca com sofreguidão. Maiana gemeu e me beijou com amor e paixão, com luxúria e pecado, agarrando-me, sendo toda minha.

Sentimos a conexão única, mais do que química e lascívia, aquele algo muito maior que esteve presente o tempo todo entre nós. Eu a fodia e queria, desejava e precisava. Nunca me tornei tão refém de uma mulher, tão desesperado para lutar contra e, mesmo assim, continuar querendo mais. A verdade, que me enfurecia, é que eu estava ficando cada vez mais doido por Maiana.

Sua língua se fundiu na minha. Suas unhas se cravaram em minhas costas e nos músculos da bunda, como se precisasse de mais, e assim a fodi bruto, violando seu cuzinho com meu pau grande e grosso demais para ela, a machucando e adorando ao mesmo tempo. E isso a fez gritar em minha boca e espasmar em um novo orgasmo, fora de si.

Quis aproveitar, continuar, sugar tudo o que havia ali. Mas também foi mais forte do que eu. Gozei em jatos violentos, estremecendo entre seus braços, me dando mais do que já havia me dado.

## MAIANA

Eu perdi as contas das vezes em que Arthur me pegou aquela noite. Não comemos até a madrugada chegar, exaustos de tanto foder. Estava dolorida, prostrada, largada na cama, sem conseguir me mover. Arthur parecia insaciável, e era só ele me tocar para que eu ficasse assim também.

Estava presa entre os lençóis amarfanhados quando ele veio com uma bandeja com queijos, frutas, pão e suco. Devorei tudo com ele, até não sobrar nada. Então me recostei nos travesseiros e olhei para ele com vontade de chorar.

— Não quero mais ficar aqui — falei baixo.

Sentado na beira da cama, nu, ele deixou a bandeja de lado e me encarou. Seus cabelos pretos e abundantes estavam despenteados. A barba parecia mais densa, talvez não a tivesse aparado naquele dia. Os olhos escuros mantinham aquela distância que não havia antes.

— Por quê? — indagou seco. — Pelo que estou vendo, está gostando tanto quanto eu.

— Do sexo, sim... Mas não gosto da maneira como está me olhando.

— E que maneira é essa?

Engoli em seco. De repente, me senti muito mal, cansada de ser julgada por um erro que não era só meu. Saí pelo outro lado da cama, com os meus músculos trêmulos após tanto esforço, busquei minhas roupas. Arthur se levantou e se aproximou.

— Aonde pensa que vai?

— Vou embora.

— Não. — Segurou meus braços, quando já ia seguir para a sala para pegar minhas coisas.

Nós nos olhamos e desabei:

— Eu sabia desde o início que não ia dar certo, Arthur. Fui teimosa em insistir. Você tem seu mundo e eu, o meu. Não me conhece, não sabe quem sou, não é obrigado a confiar em mim. Já disse e repito, não quero estar grávida. Não me lembrei da camisinha. Não armei para você. Se Deus quiser, não vai acontecer nada. Mas ao menos serviu para a gente ver que isso não vai dar certo. Então, me deixe ir embora. Agora. Por favor!

Ele me olhava sério, implacável, como se quisesse ler a minha alma. Eu sabia que sofreria horrores, que não o esqueceria jamais. Apesar de estarmos juntos há pouco tempo, tinha certeza de que o amava com todas as minhas forças. Duvidava que outro homem pudesse me fazer sentir assim. Mas nada disso faria que me humilhasse e suplicasse, ou ficasse ali sabendo que ele podia estar pensando as piores coisas a meu respeito, que eu era a mulher que minha mãe tentou fazer de mim.

E então, em meio a tudo, àquela dor voraz que já me consumia e ao desespero latente, algo nele aliviou. Pareceu acreditar em mim, e aquela desconfiança feneceu, abrandou.

Ele ergueu a mão ao meu rosto e me acariciou. Sua voz saiu baixa.

— Tenho tanta culpa e responsabilidade quanto você, Maiana.

— Eu sei. Mas estava bêbado. Eu deveria estar mais alerta. Minha culpa foi maior.

— Não. Estamos agindo como se a gravidez já fosse fato, e não é — suspirou. — Não vai ser. Vamos esquecer isso por enquanto.

— Como? — indaguei agoniada.

— Vivendo. Seguindo em frente. Até termos uma resposta.

— E vamos conseguir?

— Vamos tentar.

— Você jura? Jura, Arthur?

— Sim.

Eu o abracei forte, apoiando minha cabeça de lado em seu ombro e fechando os olhos. Fiz de tudo para acreditar.

Ele acariciou minhas costas nuas, deslizou a mão em meus cabelos, a ternura presente nesses gestos. Então ergueu meu queixo, e, quando encarei seus olhos, aquela sentimento ruim havia desaparecido. Suspirei, aliviada, e o beijei na boca com sofreguidão.

Foi gostoso, apaixonado, terno. Depois me pegou no colo e me levou para o banheiro enorme. Estávamos pegajosos de suor e gozo, de tanto tesão saindo pelos poros.

Não paramos de nos beijar, de pé no boxe imenso, sob o jato da água morna do chuveiro. Estava toda dolorida, mas o desejo era tanto que nem me importava, só queria mais, como uma viciada; era uma necessidade, uma prioridade.

Apertou minha bunda e me colou contra si, saqueando minha boca. Segurei seu pau grosso e firme com as duas mãos e o masturbei, girando meus dedos molhados à sua volta, apertando as bolas, querendo-o tanto que doía.

Sua barba me arranhava, e isso só excitava mais. As mãos percorreram meu corpo, lavando, acariciando, tocando. Caí de joelhos a seus pés, metendo seu pau na boca, chupando com volúpia enquanto a água escorria pela minha cabeça.

Arthur gemeu rouco, apoiando uma das mãos no azulejo, a outra firme em minha nuca enquanto eu o tomava esfomeada. Ordenou baixo:

— Chupe meu saco, Maiana...

E o fiz. Sabia que gostava daquilo, já tinha me ensinado. Eu o masturbava enquanto descia a boca e envolvia um dos testículos, chupando firme. Depois fazia o mesmo com o outro. Ele ficava louco, o pau como uma barra de ferro. Então voltava a chupar seu membro, revezando, o enlouquecendo.

— Assim... — Sua voz era carregada, estava com as duas mãos enterradas em meu cabelo, movendo os quadris, enterrando-se tanto até minha goela que eu prendia o ar para não engasgar. — Chupe até eu gozar...

Estava excitada, água pingando do meu corpo, minhas mãos firmes em suas coxas musculosas. Quando sentiu que ia gozar, me soltou. Mas não saí. Aí é que chupei mais forte e seu pau ondulou, espirrou o esperma espesso e quente em minha língua e garganta. Era doce e amargo ao mesmo tempo, diferente de tudo o que já havia provado. Suguei esfomeada, e Arthur gemeu, tremendo enquanto eu engolia cada gota dele.

Quando acabou, eu o lambi e o lavei sob a água do chuveiro. Ergueu-me bruscamente e me encostou no azulejo, seu olhar me consumindo, me dominando. Sorri, porque eu o havia dominado também, tomado de prazer.

Mas logo o sorriso sumia e era substituído por um gemido entrecortado, enquanto ele abria minhas pernas e os lábios vaginais com os dedos, lambendo com tudo o clitóris. Minhas pernas ficaram bambas, espalmei as mãos no azulejo, ofegante.

Foi muito sedutor, e em poucos segundos eu tinha virado uma massa trêmula de sensações delirantes. Sua língua me saboreou em toda parte, abriu a boca e sugou forte, enquanto um dedo deslizava para dentro de mim. E foi assim que gozei, muito, até me sentir aniquilada de tanto prazer.

No sábado, o clima entre nós estava mais ameno. Tomamos café juntos, e fiquei no terraço, maravilhada com a visão dos belos pontos turísticos do Rio, como o Cristo Redentor e o Morro Dois Irmãos. Arthur perguntou se eu queria sair, disse que queria ir à praia, mas não tinha trazido biquíni.

Pegou o protetor solar e comprou um biquíni para mim em uma loja quase ao lado do prédio em que morava. E fomos para a praia. Ficamos em frente a um quiosque e alugamos duas cadeiras de praia e um guarda-sol.

Sentamos bem juntinhos, e o abracei pelo pescoço, dizendo baixinho:
— Obrigada.
— Pelo quê?
— Por ter me trazido à praia. Eu adoro, mas quase nunca venho.
— Eu costumo vir de vez em quando, mais para correr. Quer entrar na água?
— Quero.

Prendi meu cabelo em um coque e esperei que tirasse a roupa, admirando-o em uma sunga sexy, que deixava muito pouco à imaginação de seu corpo perfeito. Sorrimos um para o outro e fomos para o mar de mãos dadas.

A água estava supergelada. Arthur disse um palavrão quando ri e espirrei um pouco de água nele. Olhou-me de cara feia, o que só me fez rir ainda mais. Então correu em minha direção e mergulhei correndo. É claro que não escapei. Me agarrou pelo pé e logo me puxou para si, pela cintura. Eu ria muito, mas contive a respiração correndo quando afundou junto comigo.

Agarrei-o forte, pelos ombros. Quando nos levantou, era ele que ria. E já me puxava para beijar. Nós nos saboreamos sem pressa, agarrados, o desejo logo se fazendo presente. Senti seu membro enrijecer e afastei um pouco a cabeça, fitando seus olhos e dizendo baixinho:
— Como pode isso? Estamos parecendo coelhos.

Sua boca se ergueu em um sorriso lento.
— Por mim voltávamos ao apartamento para continuar de onde paramos.
— Você vai acabar comigo. Daqui a pouco não consigo nem mais andar — brinquei.

— Você gosta. — Seu olhar era pesado, sensual.

— Gosto muito.

Sorrimos e nos beijamos… de novo e de novo. Voltamos às nossas cadeiras. Conversamos um pouco, e Arthur foi ao quiosque comprar água de coco. Eu estava absorta, admirando o mar, pensando em minha felicidade avassaladora, quando ouvi uma voz máscula ao meu lado:

— Maiana?

Virei para olhar e me deparei com os olhos verdes de um homem lindo, alto e forte, sem camisa e de bermudas, parado ao meu lado. O vento despenteava seu cabelo loiro-escuro. Reconheci-o na hora.

— Matheus?

— Oi. Lembrou-se de mim. — Sorriu.

— Claro. — Sorri também, enquanto se inclinava e me dava um beijo no rosto. Fiquei um pouco sem graça quando seu olhar passou por meu corpo inteiro, não de maneira ostensiva, mas como se fosse um mero reflexo masculino.

Ele tinha um modo intenso de olhar, como se visse até a minha alma. Confesso que ficava um pouco encabulada, embora estivesse acostumada a receber olhares das pessoas.

— Está sozinha? — Fitou a cadeira a meu lado.

— Não. Arthur foi ao quiosque — expliquei.

Pareceu um tanto surpreso.

— Você e Arthur ainda estão juntos?

— Por que a surpresa? — Era a voz grossa de Arthur, chegando até nós com dois cocos na mão. Matheus virou-se para ele e sorriu.

— Você ainda pergunta, camarada?

— Somos namorados. Assim, pode recolher as suas garras — avisou, me entregando um coco.

Matheus apenas ergueu uma sobrancelha, exibindo em seu rosto certa ironia. Eu resolvi brincar para aliviar o ambiente cheio de testosterona:

— Pensei que fossem amigos.

— E somos — afirmou Arthur, sentando-se em sua cadeira.

— É que ele é um nojo mesmo. Sou um cara paciente, já tenho meu lugar reservado no céu por aturar esse cara desde a época da escola — resmungou Matheus, mas sorriu para mim e piscou um olho.

— Pare de dar em cima da Maiana — disse Arthur quase sem mover os lábios.

— Não falei? — provocou Matheus.

Eu estava um pouco sem graça, pois também tinha sentido o interesse do belo rapaz por mim. Mas nunca me desrespeitou nem ao amigo. Assim, Arthur estava exagerando em sua possessividade.

— Ia me oferecer para fazer um pouco mais de companhia, mas já vi que tem alguém aqui se roendo de ciúmes. Outra novidade. — Seu sorriso para mim era amplo, lindo. — Você é mesmo especial, Maiana. Esse cara nunca fica mais do que uma semana com uma garota. E nunca a apresenta como namorada.

— Sério? — Olhei dele para Arthur, curiosa. Este fez cara feia para o amigo, que na hora ergueu as duas mãos.

— Tá certo, não falo mais nada. Bom, Maiana, foi legal te reencontrar. Vamos nos ver por aí mais vezes, agora que você é *namorada* desse alguém aí. — Fez questão de frisar e acenou. — Até mais.

— Tchau, Matheus. — Sorri.

Arthur resmungou um tchau. Eu o fitei, achando graça de seu ciúme.

— Deixa de ser bobo.

— Ele está de olho em você.

— Que isso, é seu amigo.

— É. Nunca deu em cima de minhas mulheres. Mas vi o modo como te olha. — Nossos olhos se encontraram. — E como posso acusá-lo? É linda mesmo.

Fiquei corada.

— É verdade que nunca para com uma mulher?

— É.

— Por quê?

— Nunca senti vontade. — Deu de ombros.

Tomei um gole da água de coco, feliz por estar ali. Arthur mudou de assunto:

— Ver Matheus me lembrou de uma coisa. — Fitou-me. — Lembra do meu amigo Antônio e da noiva dele, Ludmila?

— Lembro.

— Eles se casam no sábado, no Copacabana Palace. Quer ir comigo?

A felicidade tomou conta de mim. Depois do estresse que rolou entre nós devido a situação da camisinha e logo depois ter sabido que não tinha namoradas, ele querer me levar ao casamento do amigo era uma grande coisa. Sorri e acariciei seu braço.

— Eu quero.

Seu semblante se suavizou um pouco mais.

E passamos uma manhã deliciosa.

# 10

## ARTHUR

Só levei Maiana para casa no domingo. Na volta, fui almoçar com a minha avó, a quem não visitava já havia um bom tempo, sentia-me culpado. Era a pessoa que eu mais amava no mundo e não gostava de me afastar tanto. Mas, na verdade, não me sentia preparado para responder às suas perguntas. No entanto, não dava para fugir.

Eu a encontrei no jardim dos fundos da mansão, onde almoçaríamos a uma impecável mesa de ferro branca, com tampo de vidro temperado. Era bem antiga, e lembro que minha avó gostava que fizéssemos algumas refeições ali, principalmente em dias especiais.

— Vovó... — Eu a abracei com carinho e fui logo me desculpando: — Fiquei atolado esses dias. Pode me perdoar?

— E quando não perdoei você? — Sorriu. Usava uma bela blusa branca, cordão e brincos de pérolas, elegante como sempre, seus curtos cabelos brancos bem penteados. Observou-me sentar na cadeira a seu lado. — Como vão as coisas?

— Bem. E com a senhora?

— Tudo na mesma. Na minha idade, já não há tantas novidades. — Bateu de leve sobre a minha mão na mesa. Percebi certo desânimo em seus gestos naquele dia e segurei sua mão com as minhas, acariciando-a, um pouco preocupado.

— O que houve? Parece triste.

— Triste? Não. Já tive muito tempo para me conformar. Nessa semana faz vinte e seis anos da morte de seu pai. Você irá até a capela comigo?

— Claro que sim.

Mesmo sendo durona, ela nunca se esquecia, e eu compreendia. Ele era seu filho único. Sorriu e mudou de assunto:

— Agora me diga, como ficou a história com a garota da Baixada Fluminense? Conseguiu o que queria?

O assunto que eu temia. Eu não tinha nenhuma vontade de falar de Maiana. Mas era minha avó, e nunca escondi nada dela. Optei por ser o mais superficial possível.

— Sim, consegui.

— Não tinha nenhuma dúvida disso. Já está de olho em outra, não é? — Sorriu.

— Nós... Ainda estou com ela.

— Está? — Pareceu realmente surpresa, analisando-me com o olhar. — Que cara é essa, Arthur?

— Como assim? — Eu olhei para ela e encontrei seus olhos soturnos fixos em mim.

— Está tentando esconder alguma coisa de mim?

— Claro que não, vó.

— Então me explique. Está gostando dessa moça?

— Gosto dela. Nós nos damos bem. — Inclinei um pouco a cabeça. — Nada impede que eu fique com ela um pouco mais.

— Um pouco mais? Quando é ficou quase dois meses com uma mulher?

— Ela é diferente.

— Sim, imagino. Está apaixonado por ela?

— Claro que não!

— Tem certeza disso?

Fiquei um tanto irritado, soltando sua mão e me recostando na cadeira.

— Não estou apaixonado por ninguém, vó. Só saindo com Maiana por um tempo.

— Sem traição?

— Eu andei com outras também, mas não ultimamente.

Ela suspirou e olhou para o jardim. Fiquei quieto, com raiva de mim mesmo por estar tão ligado em Maiana. De repente, minha avó disse:

— Essas boazinhas demais são as mais perigosas, meu reizinho. Sabe qual o maior golpe delas? O melhor? Deixam os homens tão doidos, impondo dificuldades, tentando, que quando conseguem algo acabam perdendo a cabeça. E então, quando menos esperam, vem o resultado: uma gravidez. Tudo o que planejaram desde o início. Mesmo que não consigam um pedido de casamento, o filho já lhes garante uma vida confortável e de luxo.

Fiquei imóvel, sentindo a pele empalidecer. Mesmo sem lembrar de nada do que acontecera na noite em que dormi na casa de Maiana, ela descrevia uma situação em que o homem perdia o controle... como eu perdi... e corria o risco de uma grave consequência: uma gravidez.

Seria eu tão idiota a ponto de estar sendo manipulado? Como aquele jeito honesto e puro de Maiana podia ser encenação?

— Foi assim com o Teodoro. Era esperto, vivido, mas sua mãe o deixou de quatro, sendo tão inocente, virgem, inalcançável. Parece que ainda o vejo, dizendo para mim, apaixonado, o quanto Joana era diferente. — Riu, sem vontade. — Realmente diferente. Pior do que a maioria. Deu um golpe tão bem dado que não roubou apenas o coração dele e um pedido de casamento, mas sua alma.

Era uma história que eu conhecia bem. Lembro-me de quando era pequeno e via meu pai pelos cantos, sem ânimo para nada. E ficava me perguntando por que minha mãe havia nos deixado. Uma vez quis saber da minha avó se a culpa foi minha, se fiz algo que a irritou e a fez ir embora.

Dantela havia me abraçado e garantido que não. Foi a primeira vez que me explicou que na vida havia dois tipos de pessoas: as que dominavam e as que se deixavam dominar. E que eu tinha que ser forte e ter o mundo aos meus pés, para nunca ser um dominado como seu filho.

Não entendi nada na época. Mas foi algo que martelou em minha mente enquanto eu crescia, principalmente depois que meu pai se matou. Eu me tornei um dominador nato, para orgulho de Dantela. Mas então, ali, ouvindo tudo aquilo, sentia um aperto no peito e... uma sensação extremamente perturbadora.

Na primeira oportunidade, tinha perdido o controle. E a desconfiança que sempre tive de todas as mulheres veio mais forte do que nunca, recaindo sobre Maiana. Por mais que fosse difícil acreditar, ela poderia ser mais esperta do que aparentava. E eu, a sua isca. O pato perfeito para dar a ela uma vida de luxo. Afinal, foi criada para isso. Sabia que seria assediada por homens ricos, exibindo a aparência que tinha. Era só uma questão de tempo até escolher seu alvo e investir, exatamente como minha mãe havia feito.

— Tempos depois de Teodoro ter casado com sua mãe, soube que, na mesma época que eles haviam se conhecido, outro ricaço estava de olho nela. Cozinhou ambos em banho-maria, até poder se decidir e escolher. — Continuou minha avó e então me olhou, seu semblante fechado. — Só quero que tome cuidado, Arthur.

— Eu sei.

— Fique atento, desconfie e não transe sem preservativo de modo algum. — Ela foi direta e objetiva. Suas palavras eram exclusivamente para mim, deixando-me a cada minuto mais preocupado. — Se observá-la bem, verá os sinais. É impossível esconder tudo. Talvez note que dá entrada a outros homens ricos também. Depois que deixa de ser virgem, mesmo se concentrando em pegar você, ela pode dar mole a outros homens para garantir uma segunda opção. Só observe.

Estava perturbado, mais desconfiado do que nunca. O que minha avó dizia poderia facilmente acontecer. E eu me surpreendia pelo fato de ela falar aquilo quando eu ainda não engolira aquela história de transar sem camisinha. Tinha estado tão bêbado que até sambei! E tão doido por Maiana a ponto de dormir naquele barraco que ela chamava de casa. Literalmente, havia perdido a cabeça por causa do álcool e do tesão. Mas e ela?

Maiana tinha me dado sua virgindade e depois me deixou quatro dias de molho, para que só pensasse naquilo. Depois me levou para sair, me deu cerveja. Me levou para sua cama. Ela, sempre tão responsável e centrada, não estava bêbada. Por que não se lembrou do preservativo, ainda mais sabendo que não usava outro método contraceptivo? Afinal de contas, parecia bem racional.

As dúvidas me assaltavam sem descanso. Analisando friamente e comparando o que aconteceu comigo com o que minha avó dizia, parecia tudo armação mesmo. Mas, quando me lembrava de Maiana, seu sorriso doce, seu olhar apaixonado e puro, sua entrega, ficava difícil imaginar que pudesse ser tão fria.

E tudo aquilo só me deixava mais nervoso porque me afetava. Não era uma mulher qualquer. Por algum motivo, estava me dominando mesmo contra minha vontade. E podia estar me cegando também. Fazendo-me cair na maior armadilha da minha vida.

— Meu reizinho... — Minha avó se inclinou para a frente, preocupada, segurando de novo a minha mão. Entrelacei meus dedos nos dela e ouvi, ligado. — Fique atento a essa mulher. Pode surpreender você. E outra coisa, se olhar bem à sua volta, vai achar outros a quem ela tenta usar. No final das contas, são espertas, mas sempre deixam pistas sobre o que fazem.

— E se Maiana for mesmo diferente?

— Bom para você. — Sorriu, triste. — Mas quer arriscar?

— Não.

— O que mais me preocupa é que nunca vi você assim.

— Não estou apaixonado, vó.

— Não mesmo? Pois acho que está envolvido. Se fosse uma moça da nossa classe social, eu ficaria mais tranquila. Mas, sendo uma pobretona, as chances de querer dar um golpe são grandes. Apenas fique atento. Mal não vai fazer.

Depois daquela conversa, passei o resto do dia perturbado. Em alguns momentos, me enchia de desconfianças, em outros me lembrava de Maiana e achava impossível que houvesse algo de falso nela. O problema era aquela situação da camisinha. Isso era o que eu não conseguia digerir.

Ao mesmo tempo, as palavras da minha avó martelaram em minha cabeça: "Pois acho que está envolvido", deixando-me agoniado, com uma sensação de que estava sem controle dos meus sentimentos e pensamentos. Queria me livrar daquela obsessão, me convencer de que ela não era importante, ainda mais agora, ainda mais desconfiado.

O problema era a forma como eu me sentia perto de Maiana. Eu a desejava furiosamente. Gostava de olhar para ela, ver seu sorriso, sentir o seu olhar. Gostava da sua companhia. Era muito mais do que já sentira por outra mulher. Sentimentos que não conhecia e que poderiam me dominar, se não fosse cuidadoso.

Saí da casa da minha avó como se tivesse ganhado um escudo, decidido a observar e me guardar, a me proteger acima de tudo. Pois uma coisa eu sabia: mulher nenhuma me teria nas mãos.

Na segunda-feira, apareci de repente na UERJ. Deixei meu carro no estacionamento do campus e permaneci dentro dele, de olho na entrada da universidade, até que que Maiana saísse. Não disse a ela que a buscaria. Mas passei o dia bem perturbado, com dúvidas me remoendo. Eu precisava vê-la.

E então ela saiu, rindo e conversando com um rapaz. Era alto, bem-apessoado e olhava para ela como se estivesse apaixonado. Dava para perceber que era pelo menos de classe média alta. Ele mexia nas chaves do carro. Pararam perto do estacionamento e ela ouvia atentamente o que ele dizia. Por fim, despediram-se com beijinhos no rosto.

Maiana acenou e já se virava, quando o rapaz a chamou e segurou sua mão. Disse algo daquele jeito meloso quando um homem quer convencer uma mulher a pular em sua cama, encarando-a como se fosse engoli-la viva. Delicadamente ela puxou a mão, sorriu, disse algo. Ele caiu na gargalhada.

Falaram mais um pouco, por fim Maiana se despediu e se afastou. O cara ficou parado, olhando para a bunda dela com ar de tarado. Então, seguiu para o outro lado.

Fiquei furioso. Possesso com a ceninha de risos, mãos dadas, charminhos. Saí do carro puto, sem entender a cólera que me envolvia, meus olhos fixos na figura dela, que se afastava. Apertei o passo, rangendo o maxilar, meu coração batendo tão forte que quase podia ouvi-lo. Antes que saísse do campus, eu a alcancei. Agarrei seu braço e a virei para mim.

Maiana tomou um susto e arregalou os olhos. Ao me ver, sorriu e levou a mão ao peito.

— Arthur! Quer me matar? — Seu sorriso se ampliou, os olhos claros e límpidos brilharam. — O que está fazendo aqui?

— Por que eu viria aqui, Maiana? — Meu tom seco de raiva contida a custo, ou meu olhar duro, a alertaram.

Observou-me com cuidado, o sorriso diminuindo.

— Aconteceu alguma coisa?

— Quem era aquele cara?

— Cara? Ah, o Frank? Meu amigo. Por quê?

— Amigo?

Eu a olhava ainda ferozmente, minha mão em seu braço trazendo-a para mais perto. Mordeu o lábio, encarando-me.

— Sim, meu amigo. O que você tem, Arthur? Está com ciúme? — E, ao dizer isso, sorriu de novo.

— Não é ciúme. — Meu tom era indiferente, desmentindo minha ira, minhas desconfianças. — Só quero saber com quem estou me metendo.

— Como assim? — Maiana puxou o braço, se irritando. — Você está maluco?

— Você estava dando mole para o cara — afirmei e não a deixei escapar. Segurei seus dois braços e a trouxe para bem perto, meus olhos consumindo os dela.

— Eu?! Quer me largar, por favor?

— Quero que fale o que estavam combinando.

— Combinando? Eu só estava me despedindo dele! Me ofereceu uma carona, mas recusei. Foi só isso! Veio aqui para me espionar? — acusou, bem séria.

— Vim aqui buscar você, mas não gostei da ceninha que vi.

Maiana ficou quieta, me observando, irritada. Então seus olhos percorreram meu rosto colérico, meu jeito de quem pode matar, e ela acabou sorrindo. Aproximou-se mais, colando o corpo ao meu, dizendo perto da minha boca:

— Você fica ainda mais lindo assim, cheio de ciúme.

Raiva e desejo me atingiram. Fiquei imóvel, não querendo ser distraído por sua beleza ou pela luxúria que despertava em mim. Ainda sorrindo, beijou suavemente meu queixo e tentou se soltar. Eu deixei. Então se colou toda em mim, abraçando-me pelo pescoço, deslizando os lábios até minha orelha e sussurrando:

— Seu bobo... Acha que posso olhar para qualquer outro homem tendo você comigo? Durmo e acordo pensando em você, Arthur. Vive comigo o tempo todo.

Não a abracei. Fiquei lá, imóvel, enquanto dizia aquelas coisas e espalhava beijos perto do meu ouvido. Parte da minha raiva se converteu em um desejo pesado, quente, que incendiou meu corpo. Mas consegui manter algo de racional funcionando.

O que era aquilo? Queria me seduzir para me cegar? Ou estava sendo sincera?

Antes que eu cedesse como um carneirinho, agarrei de novo seu braço e levei-a comigo em direção ao meu carro, dizendo:

— Vamos sair daqui.

Maiana foi, calada. Somente quando pus o Porsche na rua, dirigindo rápido, ela falou:

— Pare de bobeira, Arthur. Não fiz nada de mais, só conversei com um amigo.

Eu a ignorei. Estava difícil controlar a irritação que me consumia, e não era só por ter ficado possesso por ela ter conversado e trocando beijinhos com o rapaz que queria comê-la. Era por tudo. Pelas palavras da minha avó, que martelavam em minha cabeça. E pelo medo de que Maiana fosse falsa como minha mãe, que estivesse querendo me enganar com sua aparente falta de interesse.

Já eram quase 23h e as ruas estavam com pouco trânsito. Peguei uma via expressa e acelerei. O Porsche rugiu e ganhou velocidade rapidamente, como um carro de corrida. Na mesma hora, Maiana me olhou.

— Arthur...

Acelerei ainda mais. As luzes da cidade passavam por nós como flashes. Ela se assustou.

— Está correndo demais. Pare com isso, Arthur.

Eu a ignorei. Passei batido por outro carro, contornei um ônibus e deixei todos para trás, seguindo como uma bala.

— Não estou achando graça. — Olhava para mim fixamente. — Vá devagar!

— É um Porsche. Foi feito para correr. Alcança 277 quilômetros por hora.

— Nem quero saber! Pare esse carro!

— O que é, Maiana? Preferia estar num fusquinha a sessenta por hora? — Sorri com cinismo e ironia, a raiva me impulsionando.

— Preferia mil vezes! Ao menos estaria segura. Arthur, pare! Eu quero descer! — Aumentou o tom de voz, com um misto de raiva e medo.

Reduzi apenas para virar em outra rua, mais deserta, cortando caminho. E meti o pé no acelerador. 150. 160. 170. 180.

— Pare! — Maiana gritou, nervosa. — Arthur! Arthur!

Algo no tom dela, um desespero pungente, me despertou da raiva. Percebi que estava realmente exagerando e comecei a reduzir. Ela se recostou no banco, respirando fundo e lancei-lhe um olhar. Estava pálida, lívida, agarrando sua bolsa com força.

Virei o carro em uma rua menor, deserta e joguei para o acostamento, puxando o freio de mão. Um desejo violento, misturado à raiva, ao ciúme e ao arrependimento, explodia dentro de mim. Arranquei o meu cinto e o dela. Naquele momento, como se esperasse o ponto certo, uma música começou a tocar: "Kiss of Life", Sade.

Maiana me olhou furiosa e lutou quando a puxei para mim.

— Mc largue! Não toque em mim, seu maluco!

— Vem aqui e cale a boca... — disse rude, segurando-a firme e sentando-a em meu colo. Maiana me empurrou, realmente fora de si, brava.

— Quero ir para a minha casa!

Debateu-se e eu a virei sob mim, deitando-a meio no banco, meio encostada na porta. Fui para cima dela, bem mais forte, imobilizando sua cabeça pelos cabelos da nuca, saqueando a sua boca com fúria e paixão. Bateu em meus ombros, cerrou os lábios, fez jogo duro. Puxei sua blusa com força e os botões pularam fora. Ela gritou e foi o que eu precisava para enfiar a língua em sua boca e baixar bruscamente o sutiã, apertando seu seio nu, trazendo-a para mim, com as pernas abertas, a saia levantada, enquanto eu pressionava meu pau duro em sua vulva coberta pela calcinha.

Senti como o desejo a dominou, como estremeceu e ainda tentou impedir, mas era arrebatada por ele. Então a beijei com tudo, beliscando seu mamilo, ficando louco pelo tesão. Sua boca se moveu na minha e então gemeu, as mãos, que me empurravam, me segurando com força.

Comecei a despi-la, rasgando sua blusa, arrancando o sutiã, puxando a saia para baixo com a calcinha, enterrando dois dedos bem fundo em sua boceta toda molhada, enquanto sugava sua língua. Meu corpo se incendiava, febril, o coração galopava como louco no peito. Era um desespero tão grande e premente que todo o resto ficou ofuscado.

Maiana também parecia fora de si de tanto tesão. Arrancou minha camisa, abriu minha calça, desceu-a com cueca e tudo. Ficamos nus entre ofegos, afagos, beijos incendiários. Rasguei um preservativo e coloquei às pressas, mal acabando e já entrando nela, que se abriu toda, jogando a cabeça para trás e arquejando; eu enfiando as mãos sob seu corpo e a trazendo para mim, movendo os quadris e fodendo-a com meu pau inchado e em seu tamanho máximo, duro ao extremo.

Ela gritou e cravou as unhas em minhas costas, a boceta convulsionando ao redor do meu pau, seu quadril movendo-se contra o meu vertiginosamente, enquanto eu devorava sua boca e empurrava dentro e fundo, naquele prazer agonizante. Maiana gemeu e começou a gozar forte, rebolando. Eu fui logo depois, totalmente entregue e impetuoso, descontrolado.

Foi longo e gostoso, cheio de paixão descomedida, de tesão. Maiana ficou quietinha embaixo de mim, sua vagina ainda embainhando meu pau, tão deliciosa que eu não tinha coragem de sair dali. E mordi de leve seu queixo, roçando meu nariz em sua face, deliciando-me com seu cheiro e com a sensação de tê-la para mim. Senti suas mãos nas costas e, só com muito sacrifício, ergui os olhos e a fitei.

Estava corada, olhos brilhando como prata no carro escuro, rosto marcado por uma expressão lânguida. Inclinei a cabeça e beijei de novo sua boca, minha língua buscando a dela, querendo algo que latejava dentro de mim e me deixava inseguro, sem saber o que era.

A paixão cedeu espaço ao carinho. Mesmo assim, o desejo continuava lá, tão forte que doía. Penetrei-a mais um pouco e engoli seus gemidos baixinhos. Suas mãos enterraram-se em meu cabelo, beijando-me com emoção e entrega, deixando que a fodesse o quanto eu quisesse. E eu queria muito. Assim comecei com estocadas longas e lentas, mas logo meu pau a arreganhava toda e se tornava mais voraz, comendo-a duro.

Puxei-a sobre mim e sentei em meu banco. Montada, de pernas abertas, Maiana me cavalgou e se inclinou para trás, sobre o volante, quando desci a cabeça em seu peito e lambi seus seios. Tremeu, arfou, despenteou-me todo. E moveu a boceta, engolindo meu membro, enquanto eu enterrava os dedos em sua bunda e a trazia mais para mim, capturando um mamilo na boca e sugando fortemente o bico.

Ela se movia intensamente, pingando, suando, gemendo, seus cabelos se espalhando sobre o volante, sua boca aberta. E eu erguia os quadris, estocando fundo e forte, grunhindo como um animal.

Um farol alto incidiu sobre nós de um carro que vinha de trás e passou ao nosso lado. Maiana se assustou, me agarrou, mas nenhum de nós dois tentou parar, muito além de qualquer controle para conseguir. O carro se foi, e continuamos, agora nos olhando enquanto eu a comia, com a boca perto de seus lábios. Disse seco, agressivo:

— A quem você pertence?

Ela estremeceu, como que hipnotizada. Enterrei o pau todo, meus dedos escorregando para a fenda de sua bunda e forçando seu ânus, deixando-a ainda mais tensa e excitada.

— A você… — disse baixinho.

— Diga de novo.

— A você, Arthur.

— Nunca esqueça isso. Você é minha, Maiana, só minha.

— Sim… — Moveu-se, fora de si, agarrando meu rosto com as duas mãos, seu olhar consumido pelo meu, seu corpo febril.

— Somente eu vou entrar na sua bocetinha. — Agarrei seu cabelo com força e imobilizei sua cabeça, bem enterrado dentro dela, meu dedo do meio entrando em seu orifício, minha boca a milímetros da sua. — Só eu vou comer seu cuzinho e sua boca. Porque é minha, minha.

— Ah, meu Deus… — Ela perdeu o controle de vez. E, quando meu dedo entrou todo, choramingou e explodiu em um novo orgasmo, rebolando, sem poder deixar de me olhar.

E eu não perdi nada do seu gozo, deixando-a se mover livremente, convulsionar, arquejar, apertar meu pau com seus espasmos. Só então fui também, rouco, prazer quente e perverso me dobrando, me enlouquecendo. Esporrei dentro da camisinha com força, e Maiana beijou minha boca, sendo a sua vez de engolir meus gemidos.

Ficamos lá, até que outro carro passando na rua nos acordou da loucura de tudo aquilo. Sem dizer nada, nos soltamos e me livrei do preservativo. Nós nos vestimos e ela murmurou:

— Minha blusa está toda rasgada. Como vou chegar em casa assim?

— Quem disse que você vai para casa? — indaguei baixo, fechando minha calça.

Maiana ficou corada. E não disse nada.

## MAIANA

Na terça-feira, cheguei em casa pouco depois das 23h, depois de um dia cheio de trabalho e em que praticamente me arrastei para a faculdade. Estava exausta, morta, caindo de sono. Muito também graças à noite anterior, que passei no apartamento de Arthur e em que fizemos tudo, menos dormir.

Só de lembrar meu coração disparava. Ele era tão intenso em tudo! O modo como chegou à universidade sem avisar e ficou com ciúmes do meu amigo Frank, como me pegou e saiu louco com o carro, quase me matando do coração e depois... o desejo me dominava só de pensar em tudo o que fizemos. Dentro do carro e em seu apartamento.

Havia acordado naquela manhã e encontrado um buquê de flores ao meu lado na cama, lindas, frescas, rosadas, com caules longos. Fiquei maravilhada, emocionada. Me levantei abraçada ao meu buquê e vi na poltrona, ao lado, uma caixa retangular. Quando abri, era um conjunto de blusa e saia de linho cinza-pérola, lindo e de ótima qualidade.

Arthur tinha comprado para mim, pois rasgara minha roupa na noite anterior, e naquela manhã eu iria direto para o trabalho. Entrou no quarto vindo do banheiro, seus cabelos úmidos, usando um roupão preto. Eu deixei a caixa e as flores na poltrona e corri para ele, pulando em seu colo.

Riu, surpreso, e me segurou por detrás das pernas, com as quais envolvi sua cintura, enquanto beijava sua boca com paixão, sem me importar por estar toda descabelada, com cara de sono e usando apenas uma camisa dele.

Retribuiu o beijo e então afastei um pouco o rosto, acariciando a sua barba cerrada, dizendo com amor:

— Obrigada. Adorei acordar com as flores.

Ele apenas sorriu, caminhando comigo até a cama, seus dedos passando em minhas coxas nuas e na bunda.

— Gostou? — indagou rouco. — Que tal me mostrar como?

— Seu doido, temos que ir trabalhar!

— Dá tempo. Não pega no escritório às oito? Ainda são seis horas. E te levo de carro.

Eu sorri e me ocorreu algo, enquanto se sentava à beira da cama e eu ainda em seu colo.

— Como comprou as flores e a roupa a essa hora?

— Bastou um telefonema.

Meu sorriso se ampliou, pensando na simplicidade da resposta dele. No meu mundo, as coisas eram mais complicadas.

— Agora, vamos ao que interessa...

— É, ao trabalho. Já namoramos demais durante a noite — provoquei, pulando fora de seu colo e me levantando.

— Aonde você vai? — Puxou-me com força, e ri ao cair sentada à beira da cama à sua frente. Mas logo minha risada foi interrompida quando colou minhas costas em seu peito e sua mão se fechou em minha garganta, erguendo minha cabeça para trás em seu ombro e dizendo rouco: — Não me provoque.

— Ou o quê? — arquejei, já bombardeada pelo desejo.

— Ou dou umas palmadas na sua bunda. E te ponho de castigo, amarrada ao pé da mesa para eu te foder à vontade.

— Não... Você não faria isso...

— Vou fazer. E é uma promessa. — Sua voz era rascante enquanto me segurava firme. Eu tremia de tanto desejo. — Agora, abra a camisa. Quero acariciar seus seios.

— Arthur, eu não posso faltar ao trabalho — murmurei, mas já obedecia, tirando os botões das casas.

— Vou cumprir a promessa depois. Agora vou só te foder.

E, quando a camisa ficou toda aberta, continuou segurando firme minha garganta e mordeu o pescoço, cravando os dentes e depois percorrendo a língua. A outra mão já agarrava com força meu seio esquerdo, apertando e massageando, e estremeci, arrebatada, excitada ao extremo.

Girei a cabeça mais para trás e gemi, me encostando toda nele, que acariciou um seio de cada vez e depois desceu a mão por minha barriga, até chegar aos pelos púbicos. Ordenou:

— Abra as pernas. — E, enquanto eu o fazia, esfregava os dedos em meu clitóris, fazendo-me estremecer e sentir ondas e mais ondas de tesão percorrerem meu corpo. — Isso, menina obediente. É assim que eu gosto. Mas isso não vai livrar você da surra na bunda, na próxima vez que nos encontrarmos.

— Ai... — Mordi os lábios, agitada, agarrando seu pulso grosso quando enfiou dois dedos na minha vagina molhada e palpitante. Arreganhei mais as coxas, facilitando o acesso, gemendo abafado quando levantou dois dedos da mão em minha garganta e enfiou em minha boca.

— Chupe, sua gulosa... — Lambeu o lóbulo da minha orelha.

Fiquei fora de mim, excitada ao extremo, enquanto me fodia com dois dedos na boceta e dois na boca, seu corpo forte contra o meu por trás, sua língua me torturando. Pensei que fosse morrer de tanto tesão, o gozo já bem perto.

— Ainda não. — E tirou os dedos.

Senti-me abandonada, respirando irregularmente enquanto me fazia levantar e virava para ele. Ainda sentado, despiu o roupão, e com o corpo nu e musculoso, e com aquele membro grande e pesado, terminou de me impactar de vez. Luxúria e amor gritaram forte dentro de mim e me livrei da camisa. Gemi baixinho quando agarrou um punhado do meu cabelo na nuca e me forçou lentamente para baixo.

— Fique de joelhos e chupe meu pau, Maiana.

Caí ajoelhada no tapete, entre suas coxas, já agarrando seu pênis com as duas mãos. Segurando brutalmente meu cabelo, trouxe meu rosto para perto. Lambi a cabeça do seu pau, lascivamente, ansiosa. E então abri a boca e deslizei pelo comprimento.

— Isso, minha putinha, chupa... — Estava muito duro, pornográfico, suas palavras contribuindo para me enlouquecer. Esfomeada, eu o masturbava da metade para baixo com as duas mãos e chupava gulosamente a metade de cima até a cabeça. — Porra, que boca gostosa...

Eu me deliciei com seu pau. Arthur era todo uma tentação, e eu estava completamente apaixonada por ele, de quatro, encantada, maravilhada, cheia de tesão. Fartei-me com ele, até que me puxou para o alto. Reclamei quando me obrigou a afastar a boca do seu membro e me jogou deitada na cama.

Mas logo gritava quando erguia e abria meus joelhos, sua cabeça entre eles, enquanto me chupava firmemente com a boca aberta. Todo meu corpo latejou e ardeu, joguei a cabeça para trás gemendo e agarrei meus seios, acariciando os mamilos pontudos que doíam.

— Ai... ai, que gostoso... — dizia fora de mim, rebolando, despejando rios de lubrificação, que ele capturava com a língua e com a boca aberta, se fartando, chupando, sugando. Comecei a suplicar: — Por favor, Arthur... me fode...

Ele ergueu a cabeça, lambendo os lábios. Levantou-se, alto e grande, os cabelos pretos em desalinho, os olhos escuros cheios de fogo, aqueles ombros largos, peito musculoso e pau gigantesco deixando-o como um macho alfa de primeira, pronto para tomar sua fêmea da maneira que bem entendesse. Fiquei hipnotizada olhando-o, doida para lamber aquela pequena tatuagem em seu púbis, meter seu pau na boca, mas ao mesmo tempo tê-lo dentro da boceta, que escaldava. Eu o queria todo, em todo lugar, me devorando. Estava doida de tanto tesão, ansiosa, tremendo.

— Quer que eu foda você? — Seu olhar era devasso, luxurioso. Pegou o preservativo na mesinha de cabeceira e já o colocou. Quando voltou à cama, eu abri as pernas, oferecida, mordendo os lábios. Ele sorriu e veio para cima de mim.

Olhava meus olhos, apoiando-se nos braços musculosos, acomodando o quadril entre minhas coxas. Perdi o ar quando seu pau buscou a minha entrada e penetrou de uma vez, me esticando e me preenchendo com aquela carne toda, arrebatando-me.

Agarrei sua bunda, apoiei os pés na cama e levantei os quadris para sentir suas arremetidas mais fundo dentro de mim. Estocadas brutais e bárbaras que chegavam a doer, por ser tão grande e grosso, mas tão condenadamente gostoso que eu nem queria saber, e me remexia, ansiosa por mais.

— Ser fodida assim é bom? — exigiu saber, seus olhos queimando como uma fogueira sombria.

— Muito… Ah…

— Gosta de um pouco de violência… Eu também, Maiana. — Sua voz era pecado puro. Deitou-se mais sobre mim, apoiando o peso nos cotovelos, sem parar de dar as estocadas firmes, uma de suas mãos se enfiando sob as minhas costas e imobilizando-me pela nuca. A mão direita ficou livre e disse baixo: — Vou te dar um pouco mais. Vire um pouco o rosto.

Olhei-o, sem entender, mas perdida demais no tesão para negar alguma coisa. Ofereci minha face e sua mão grande a acariciou. Então a ergueu um pouco e, sem que eu esperasse, me deu uma leve bofetada. Arregalei os olhos, e seu pau se enterrou todo dentro de mim, seguido de mais outro tapa que esquentou meu rosto.

O tesão veio ainda mais avassalador, junto com o susto e um certo medo. Nunca imaginei que deixaria um homem bater na minha cara, mas ali, naquele momento, sendo tão duramente fodida, senti como se fosse dele, submissa, para usar, comer e bater à vontade. Minha vagina entrou em combustão e convulsionou em sua carne grossa, minha respiração ficou agitada, o coração batendo descompassado. Tomei outro tapa e gemi, fechando os olhos, pecaminosamente perto de gozar.

— Dê-me o outro lado — ordenou e virei o rosto, obediente, enquanto tomava uma bofetada apenas forte o bastante para esquentar, sem realmente machucar, mas o suficiente para ser decadente e cheia de tesão. — Isso, boa menina.

E me comeu com força, levou-me a patamares elevados de um prazer infinito, parando para acariciar meus seios, beliscar um mamilo e depois me dar outro tapa.

Eu nunca sabia o que vinha. E então comecei a chorar, lágrimas desceram pelos cantos dos olhos, pois era tão grandioso que ficava difícil aguentar. Gozei forte, suplicando, sendo fodida sem descanso até estalar e girar e me quebrar em diversos pedacinhos, desabando na cama.

Arthur então me manteve firme embaixo dele e abriu minha vulva várias e incontáveis vezes com seu pau, até se enterrar todo e grunhir rouco, grosso, tendo um orgasmo poderoso.

Muito tempo depois, quando estávamos vestidos e eu usava minha roupa nova, com um coque, bem-arrumada em seu carro, olhei-me no espelhinho da bolsa e não consegui acreditar que era a mesma mulher suada, descabelada que deixava Arthur fazer tudo o que quisesse e ainda pedia mais.

Minha vagina estava dolorida, inchada, sensível. Até andar me excitava, me lembrava do motivo de estar assim. Quando parou em frente ao prédio em que eu trabalhava, virou-se para me olhar, elegante em seu terno cinzento, parecendo muito controlado e frio. Mas eu sabia bem do que era capaz.

— Vem para minha casa depois da aula?

— Arthur, preciso passar em casa, dormir...

— Pode dormir comigo.

— Até parece! — Ri e acariciei sua barba. Adorava aquela textura macia. — Você está acabando comigo. Vou ficar toda assada. E preciso mesmo ir para casa. Mal parei lá desde sexta-feira.

— Então, isso é um não — resmungou.

— Vamos fazer assim. Quarta-feira você me pega na faculdade e passo a noite com você. Certo?

— Que jeito, né? Poderia largar o trabalho e a faculdade e vir ser minha concubina. — disse na maior cara limpa.

— Claro! Você ia adorar. — Acabei rindo de novo.

— Se ia. Olha, não esqueça do casamento do Antônio no sábado. Eu vou ser um dos padrinhos, mas quero que vá comigo.

— Irei, sim.

— Já tem roupa? — Olhou-me com atenção.

— Não. Mas um dia desses, na hora do almoço, vou procurar uma.

— Eu compro para você.

— Não, obrigada.

— Maiana...

— Não se preocupe, não vou envergonhar você. — Sorri, abrindo a porta do carro. Mas segurou meu pulso, sério.

— Eu não disse isso. Mas não tem necessidade de gastar com um vestido que...

— Eu sei, talvez nunca mais vá usar. Mas eu quero. Fique tranquilo, tá? Agora, preciso ir. — Beijei-o rapidamente e saí, antes que não resistisse e pedisse para me levar de volta para sua cama.

À noite, chegando em casa, só podia estar cansada e dolorida... E morta de sono. Minha mãe já havia se deitado, mas encontrei Juliane sentada à mesa da cozinha, de banho recém-tomado, fazendo um lanche.

— Oi — cumprimentei-a. — Chegou agora também?

— Sim, ainda há pouco. — Olhou-me de cima a baixo, um tanto fria. — Consegui um papel em um comercial de sandálias e gravei hoje. Levantei uma boa grana. Vai dar para pagar o Arthur de uma vez.

— Que bom, Ju! — Sorri, apoiando a mão no encosto de uma cadeira.

— Falando nele, a coisa entre vocês parece séria mesmo. Nem dormiu em casa. Passou outro final de semana fora.

Fiquei um tanto corada.

— É, nós estamos namorando.

— Sei. Quem diria! — Sorriu com ironia e tomou um gole do seu suco.

— O que quer dizer? — Observei-a.

— Ah, Maiana, Arthur é um safado, você sabe. — Deu de ombros.

— Um safado?

— É. Mulherengo.

— Mas...

— Não estou dizendo agora, que estão juntos. Falo antes. Sabe que transamos, não é? Algumas vezes.

Fiquei quieta, muito incomodada. Ela continuou, cortando seu sanduíche:

— E o encontrava por aí. Estava sempre com uma mulher diferente. Às vezes, mais de uma.

Arregalei um pouco os olhos, e Juliane riu.

— Ah, querida, você é tão inocente! Mas o que tem demais? Era solteiro, lindo, rico. As mulheres caíam matando mesmo. E vamos confessar, com aquele corpo e aquele pau, quem pode culpá-lo?

Eu estava sem voz, sentindo uma agonia estranha dentro de mim. Tudo o que tivemos, o sexo gostoso e intenso, pareceu só algo a mais para ele, acostumado a ter tantas mulheres e até a orgias.

— Até a Luana ele traçou. — Deu uma risada.

— A Luana?

— Aham... Mas, como eu disse, Arthur estava sozinho. Por isso acho legal vocês estarem se dando tão bem, né? Com certeza, ele sossegou. Mas, por favor, não vá dizer a ele que eu disse isso. Senão fica chateado comigo. — Sorriu docemente. — Quer um sanduíche?

— Não. — Parecia que algo travava minha garganta. Dei uns passos para trás. — Vou deitar.

— Certo. Boa noite.

— Boa noite.

Fui para meu quarto e encostei na porta fechada, agoniada. Arthur era tão safado assim? Tinha saído com Juliane e com Luana. As duas só saíam juntas. Teria ele ficado com ambas? Ao mesmo tempo? E sendo assim eu era só mais uma para a sua coleção?

Fechei os olhos, magoada, cheia de dúvidas. A pergunta principal era: estaria saindo apenas comigo no momento ou teria outras? Só de pensar naquilo, eu sentia minhas forças me abandonarem.

Mesmo exausta, soube que seria difícil dormir naquela noite. Eu sentia um medo abissal do que poderia descobrir.

# 11

## ARTHUR

Na quarta-feira de manhã, levei minha avó ao cemitério. Andamos entre as lápides até o jazigo da nossa família, sempre bem cuidado e com flores frescas. Dantela pagava para que fosse assim.

Era uma manhã bonita e de clima agradável, as folhas das árvores balançavam sobre as nossas cabeças, algumas voavam pelo chão. Dantela parou, olhando para a lápide onde estava o corpo de seu único filho, muito quieta. Pequena e magra, apoiava-se em meu braço, embora fosse forte e ereta. Mas a idade começava a cobrar o seu preço.

Ficamos quietos. Todo ano era a mesma coisa. Para falar a verdade, eu pouco me lembrava dele. Um homem quieto, introspectivo, distante. Da minha mãe então, quase nada. Minha família foi minha avó, que fez tudo para me proteger, me fortalecer e tentar suprir o que não tive dos meus pais. Ela me criou para ser forte, totalmente o contrário do filho.

Sabia que ela ainda sofria. Não era de chorar, mas, depois de anos de convivência, eu sabia quando estava triste. Reconhecíamos os sentimentos um do outro sem precisar de muito, só sentindo.

Depois de ficarmos lá um bom tempo, de pé, ela disse baixo:

— Dizem que o pior crime que uma pessoa pode cometer é o suicídio. Muitas religiões dizem que a alma não tem paz. Teodoro só queria isso, sabe. Paz. Era o tipo de homem romântico, para quem dinheiro nunca importou muito. E, quando se apaixonou, projetou todos os seus sonhos em Joana. Foi ela quem o destruiu.

Era uma história que eu ouvia há anos. O pai fraco e sonhador, a mãe interesseira e traiçoeira. E uma tragédia. Era estranho saber que nenhum dos meus pais se preocupou comigo, cada um mergulhado em suas próprias necessidades. Mas tive Dantela, e isso me bastava.

— Podemos ir — disse friamente, como se não suportasse mais tudo aquilo.

Acompanhei-a calmamente até o carro com motorista e voltamos para a mansão. Lá, ainda insistiu para que eu ficasse mais, e, apesar de estar cheio de trabalho, fiquei para almoçar com ela, pois a senti desanimada, apática.

Na hora de ir embora, me abraçou e beijou.

— Obrigada, meu reizinho. Sempre posso contar com você.

— Sempre, vó. — Sorri com carinho quando se afastou o suficiente para me olhar.

— Sei que às vezes me meto demais em sua vida, mas sempre com o objetivo de proteger você, querido. Prometi a mim mesma que nunca o deixaria sofrer. E, enquanto eu estiver viva, farei de tudo para evitar isso. Você é um rei. É rico, lindo, poderoso. Não precisa de ninguém que o prejudique. Pense nisso com calma. Principalmente nesse momento da sua vida.

— Vó, já disse...

— Eu sei, vai negar. Mas essa mulher está dominando você. Tome cuidado com ela. Não tenho bons pressentimentos.

Encarei seus olhos e percebi sua preocupação genuína.

— Fique tranquila. Está tudo sob controle.

— Está bem. Confio em você. — Sorriu, mas continuou um tanto abatida. — Só fique atento aos sinais. Em geral, estão com mais de um homem, tendo sempre uma segunda opção, caso a primeira não dê certo. Se observar bem, verá.

Passei o resto da tarde um tanto desanimado também, com vontade de ficar sozinho. Sempre que minha avó falava aquele tipo de coisa, ficava desconfiado. E ainda havia algo me remoendo, um desejo cada vez maior de estar com Maiana. Eu pensava nela noite e dia, eu a queria o tempo todo. E aquilo era, no mínimo, preocupante. Ainda mais levando em consideração os pressentimentos da minha avó.

Pensei em não ir buscá-la na faculdade, como tinha prometido. Poderia ir ao clube, ficar com outras mulheres, tentar reafirmar a mim mesmo que ela não era especial para mim. Afinal, desde o início era para ser assim.

No entanto, não sentia nenhum desejo de fazer aquilo. Desde o dia em que transei com a ruiva, sentia a diferença entre Maiana e as outras. Estava obcecado por ela. E, mesmo que fosse ao clube, seria ela a estar comigo o tempo todo. Não, o melhor era transar com Maiana até cansar, até enjoar dela. E só então seguir normalmente a minha vida.

Fui para casa, tomei banho, troquei de roupa, tomei uma dose de uísque. Encomendei um jantar em um restaurante ali perto, para entregarem um pouco depois que eu chegasse com ela. Então, li uns relatórios sobre a editora, para tentar me distrair. Finalmente, saí para buscá-la.

Às 22h, quando cheguei em frente à UERJ, ela já me esperava no portão. Estava linda como sempre, com sapatos de saltos altos pretos, um vestido até os joelhos de um grafite escuro e uma bolsa vermelha. Seu cabelo preso em um coque, expondo o rosto perfeito. Os outros estudantes que passavam por ela a olhavam, mas ela nem parecia se dar conta. Sua expressão era de preocupação.

Olhou quando parei o carro em frente e entrou logo, pois ali ficava na rua. Eu o pus em movimento e estranhei seu silêncio e o fato de não ter me cumprimentado ou dado um beijo.

— Oi. — Lancei um olhar a ela, enquanto dirigia.

— Oi. — Fitou-me, ainda fechada, estranha.

— O que houve, Maiana? — Franzi o cenho, estranhando tudo aquilo.

— Nada.

— Claro que há alguma coisa. Diga.

— Quero conversar com você.

Parei em um sinal e nos encaramos, eu, preocupado. Pensei na questão da camisinha, mas não havia nem uma semana, então não podia ser nenhuma novidade. Então o quê?

— Fale, Maiana.

— Vamos deixar para conversar no apartamento.

— Não, estou nervoso com esse suspense todo.

O sinal abriu e voltei a me concentrar na rua, mas esperando. Por fim, começou:

— Você gosta de mim, Arthur?

Eu não esperava aquela pergunta.

— Claro que gosto, ou não estaria com você — respondi, tentando entender aonde queria chegar.

— Você me respeita?

— Maiana...

— Só quero saber.

— Sim, eu respeito.

— Estamos namorando, não é?

Olhei-a, cada vez mais encafifado. Acenei com a cabeça, antes de virar para a frente.

— Sim.

— Só mais uma pergunta, Arthur: você me trai?

Fiquei muito quieto, nenhum músculo se moveu enquanto mantinha os olhos na rua em frente. Lembrei-me da ruiva e das outras, durante o primeiro mês de namoro. Sim, eu a traía. E, ao mesmo tempo, não. Eu havia tentado traí-la, mas no fundo nunca quis aquilo de verdade, pois o tempo todo ela estivera comigo.

Era complicado até para eu mesmo entender. Até mesmo pensei em deixá-la e ir ao clube, pegar qualquer mulher. Mas seria tão ruim, quando eu desejava tanto estar com ela, que desisti.

— Não, eu não traio você — consegui mentir, sem vacilar.

Senti seu olhar sobre mim. Virei o carro em uma curva e olhei para ela rapidamente quando seguimos em linha reta.

— O que significa isso tudo, Maiana?

— Não sei nada de você. Não sei se tem outras mulheres, nem o porquê de estar comigo.

— Estou com você porque gosto da sua companhia, tenho tesão, admiro você. Qual o problema? E você, por que está comigo? — indaguei secamente.

— Você sabe.

— Diga.

— Eu te amo, Arthur.

Disse de maneira tão simples, tão certa, como se não houvesse nenhuma dúvida. E eu acreditei. Mesmo tendo ainda minhas desconfianças, achava difícil fingir aqueles olhares de amor profundo para mim.

— E você me trai, Maiana?

— Nunca! — garantiu, firme. — É o único homem na minha vida.

— Então, por que tantas dúvidas assim de repente?

— Acho que você era muito mulherengo e tenho medo de ser só mais uma entre outras.

— Eu era mulherengo porque estava sozinho.

— Então admite?

— Sim. Mas agora estou com você. — Parei em outro sinal e nos encaramos, sérios. Eu havia desligado o som ambiente e o silêncio nos cercava, um tanto pesado.

Maiana parecia tentar ler minha alma. Por fim, disse baixo:

— Eu nunca perdoaria uma traição, Arthur. As pessoas costumam achar que sou boba, mas não é verdade. Eu confio até que me mostrem o contrário. Aí então excluo a pessoa da minha vida. Para sempre.

Por algum motivo, aquelas palavras me abalaram. Mas me mantive quieto. O sinal abriu e voltei a dirigir.

Fizemos o resto da viagem em silêncio. Eu a sentia mais fechada, como se estivesse chateada. Comecei a achar que alguém havia contado alguma coisa para ela. E aquela pessoa só podia ser Juliane.

— Não entendo por que está assim, Maiana. Alguém tentou envenenar você contra mim?

— Não — garantiu. — É que já vi as pessoas sofrerem muito por isso e fiquei com dúvidas. Mas agora está tudo bem. Eu acredito em você, Arthur.

— Acredita mesmo?

— Sim.

Relaxei, principalmente quando a olhei e sorriu para mim. Sorri de volta e tirei a mão direita do volante, acariciando seu rosto com carinho. Ela virou e beijou minha mão. Fiz o resto da viagem mais tranquilo.

Mal chegamos ao apartamento, nosso jantar chegou. Eu tinha planejado jantarmos juntos, tomarmos um banho e aí transarmos até cansar. Mas, quando a vi dentro da minha sala, com aquela roupa comportada de secretária e os saltos altos, o tesão me tomou como uma onda. Lembrei-me das sacanagens que havia prometido fazer com ela e meu sangue ferveu.

Maiana parou perto de uma mesa de canto, deixando ali sua bolsa vermelha. Passei os olhos em sua bunda linda modelada naquela saia e fiquei tarado por ela. Que tudo se danasse!

Andei decidido em sua direção e segurei seu braço ao passar ao seu lado, levando-a comigo. Fitou-me surpresa, mas logo sentiu a tensão sexual, percebeu o que eu queria. Entreabriu os lábios, corada.

Fui até uma cadeira da sala e me sentei, puxando-a de lado para se acomodar em meu colo. Na hora, segurei suas pernas longas e suas costas, inclinando-a para baixo, ordenando rouco:

— Segure-se.

— Arthur, o que...

— Quietinha.

Suas costas encostaram no chão enquanto segurei firme suas pernas e as ergui, deixando a bunda na altura das minhas coxas. A saia do vestido escorregou para baixo, expondo a calcinha. O tesão me golpeou duro e segurei a respiração, encostando suas pernas em meu ombro, minha mão já agarrando o tecido pequeno e puxando-o até o meio de suas coxas.

Observei a bunda nua e passei a mão livre por ela, a ponta dos meus dedos roçando seu ânus e sua vulva. Olhei-a, e Maiana estava com os olhos bem abertos, respiração alterada, cabelos ainda presos comportadamente.

— Sabe o que vou fazer?

Mordeu o lábio, incerta. Sorri com malícia. Então ergui a mão, sem tirar os olhos dos dela, dando uma bofetada firme numa das bandas redondas. Ofegou, corando violentamente, num leve sobressalto. Bati do outro lado. Estremeceu, arfando, seus braços firmes no chão, o resto do corpo levantado.

Dei mais um tapa, e outro e mais outro, todos firmes. Seu corpo tremia a cada golpe, suas bochechas vermelhas, os lábios inchados de tanto morder. Mas não me pediu para parar, tinha as feições contorcidas em um prazer pecaminoso.

Abri um pouco suas pernas, gostando de saber que continuava com os sapatos pretos. Meus olhos correram em sua bunda vermelha, com marcas dos meus dedos. E em sua vulva, com a carne fofinha, toda molhada, brilhando.

— Você gosta, não é? Gosta de ser minha... submissa. O que mais me deixaria fazer com você, Maiana? — Dei outra bofetada e ouvi seu arquejo entrecortado. Mais uma, mais forte, de mão aberta, estalada. Minha outra mão amparava suas pernas em meu ombro. Desci o dedo em sua boceta e a encontrei totalmente melada, quente como uma fornalha. Meti o dedo até o fundo.

— Ai, pare... Pare, Arthur...

— Parar? — Passei a tirar e enfiar o dedo, que veio cremoso, espalhando seus líquidos que escorriam. Maiana tremia sem controle, totalmente arrebatada, respirando pesadamente. — Mas estou apenas começando. Lembra o que eu disse que faria?

— Sim...

— Espancaria sua bunda. E depois amarraria você ao pé da mesa, indo te foder a qualquer hora. Gostaria disso? De ser usada por mim a noite toda?

— Arthur, por favor...

Eu sabia que ficava doida de tesão quando eu falava sacanagens. Tirei o dedo e o levei ao nariz, adorando seu cheiro, único. E seu gosto. Lambi o dedo enquanto ela olhava para mim fixamente. Então voltei a dar mais dois tapas em sua bunda.

— Ai, Deus... — Mexeu-se agoniada. Levantei mais sua perna e a abri um pouco. Gritou fora de si quando dei um tapinha direto na carne abundante dos lábios. Quase escapou, mas a mantive firme. — Não, não...

Bati de novo, mais forte, a mão fechada, pegando os lábios vaginais e o clitóris. Ela se debateu, entre agoniada e excitada ao extremo, sem controle dos espasmos que a acometiam.

Meu pau parecia a ponto de explodir na calça, o sangue corria rápido nas veias. Olhava-a cheio de luxúria e possessividade, moldando-a aos meus desejos. E a deixei arrebatada, variando nos golpes. Ora acertava sua bunda, ora a vulva. E enquanto estremecia e choramingava, suada, fora de si, meti um dedo e comi a boceta até escorrer mel para seu ânus. Quando senti que estava além do prazer, voltava a dar tapas.

— Não aguento — suplicou. E lágrimas de deleite desceram pelos cantos dos olhos. Então, quando vi que a bunda já tinha sido duramente castigada, passei a dar tapinhas apenas na vulva.

Tremia e ondulava. Jogou a cabeça para trás, expondo a garganta, fechando os olhos, gemidos delirantes escapando de seus lábios. Mantive o ritmo, até que a vi convulsionar e se contrair toda, tendo um orgasmo só com as leves bofetadas na boceta. Chorou, e foi uma delícia ver a sua entrega, o modo como estremecia e se perdia no próprio prazer.

Quase explodi na calça, mas me segurei. E quando acabou, puxei de volta a calcinha para o lugar e a trouxe para cima, sentando-a em meu colo. Estava bambeando, olhos lânguidos e úmidos, lábios vermelhos de tanto mordê-los.

— O que foi isso? — murmurou.

Sorri e levei a mão ao seu coque, soltando o cabelo, que caiu sedoso e em ondas por suas costas. Era linda demais, além da conta. Uma deusa.

— Está doendo, Maiana?

— Parece que tudo arde, Arthur. — Remexeu-se em meu colo, curiosa. — Como sabe tudo isso? Prática?

— Não dizem por aí que a prática leva à perfeição? — indaguei, cínico.

— E você ainda admite? — Empurrou meu ombro, e eu ri, segurando seus pulsos e a acomodando melhor no colo. Respirou, encontrando meu olhar. — O que mais você faz?

— Muitas coisas.

— Como o quê? Nunca imaginei que as velas dariam tanto prazer, nem os tapas… — Ficou corada, envergonhada. — Parece horrível falar isso, feministas me esfolariam viva, mas… eu gostei.

— Sei disso. E vai gostar cada vez mais.

Puxei-a para mim e me abraçou, beijando-me na boca. Provocadora, roçou a bunda em meu pau duro e gemeu, dolorida. Eu estava louco para fodê-la e afastei os lábios, dizendo baixo em seu ouvido:

— Levante-se e se dispa para mim.

Obedeceu. Afastou-se, parando perto das portas de correr que davam para o terraço e que estavam levemente abertas. A suave cortina branca e comprida que cobria as portas até o chão esvoaçava com o vento que vinha de fora e roçava em sua pele.

Maiana desceu o zíper do vestido nas costas e começou a tirá-lo, devagar. Seu olhar não saía do meu, ainda pesado pelo gozo recente, mas cheio de desejo. Aos poucos se desfez do sutiã, da calcinha e dos sapatos. Ficou completamente nua, e não acreditei em uma beleza tão pura e natural, tão perfeita.

Ela segurou o tecido transparente da cortina e passou pelo corpo, cobrindo uma parte dos seios, apenas modelando mais o contorno, tornando-se mais sensual.

— E agora? O que quer que eu faça?

Porra, estava tão doido pelo tesão, pelas sensações violentas que rebuliam dentro de mim, que fiquei um momento sem fala. Levantei e comecei a tirar minha roupa, até ficar só com a cueca boxer branca. Tirei algumas embalagens de camisinha e larguei no sofá. Olhei-a com pura fome sexual e então sussurrei:

— Vai me deixar comer você.

Maiana me observou, enquanto me recostei no sofá e disse em tom duro:

— Fique de quatro e venha até aqui assim. Tire a minha cueca.

Receber ordens minhas mexia realmente com ela. Mordeu os lábios, mas não se recusou. Ajoelhou-se e apoiou as mãos no chão. Veio engatinhando até mim, e meu pau quase arrebentou o tecido da cueca.

Quando parou à minha frente, deslizou os dedos por minhas coxas, para cima, até o cós da boxer branca. Eu a olhei enquanto a descia, erguendo apenas um pouco o quadril para poder despi-la. Não precisei mandar mais nada. Sua mão direita fechou em volta do meu membro e deslizou pelo comprimento, enquanto descia a boca para o saco e chupava uma bola.

Era delicioso, extremamente prazeroso. Inclinado no sofá, com um dos braços dobrados atrás da cabeça, eu a olhava e cerrava os dentes, muito quieto por fora, mas entrando em erupção por dentro. Foi até a outra e chupou também, sem deixar de acariciar o meu pau.

Ficou naquele joguinho, até passar a sugar meu pau com força e massagear meus testículos. Ela gostava de fazer aquilo, o rosto era de deleite, a beleza aumentada pelo prazer. Mas eu não queria esporrar em sua boca.

Rasguei a embalagem de um preservativo.

— Levante-se. Vire de costas para mim.

Ainda chupou um pouco mais. Só então fez o que eu disse.

Olhei seu corpo lindo e nu, a bunda ainda corada pelos tapas, enquanto me cobria com a camisinha. Segurei seu quadril com a mão esquerda. A direita foi da sua bunda até a vulva, ainda muito melada. Esfreguei os dedos ali e levei o lubrificante ao ânus, ainda intacto. Estremeceu, mas não se afastou enquanto eu forçava meu dedo.

Não quis demorar muito, pois meu pau já babava. Assim, continuei com a preparação, até ter três dedos girando em seu orifício lubrificado com seus próprios sucos. Só então os tirei e sentei melhor no sofá, segurei o pau pela base, bem ereto, e com a outra mão a trouxe para mim, ainda de costas. Murmurei com a voz engrossada ainda mais pela paixão, pela vontade de estar dentro dela:

— Quero comer esse cuzinho, Maiana. Senta aqui no meu pau.

Seus longos cabelos loiros balançaram quando abaixou o quadril, levemente trêmula, até a entrada parar encostada na cabeça do meu membro. Eu olhava, tendo uma visão privilegiada de tudo. Quando forçou para baixo e o buraquinho se esticou, quase gozei. Só muita força de vontade para me manter imóvel enquanto deslizava para baixo tremendo e gemendo, fazendo a cabeça grande sumir dentro do seu corpo.

— Isso. Mais um pouco.

— Ai… — choramingou. Apoiando as mãos para trás em minha barriga e descendo. Meu pau foi se enterrando no seu cuzinho, até que sentou e ele estava todo dentro dela.

— Venha aqui. Assim. — Segurei-a firme, fazendo-a pôr os pés sobre as minhas coxas, sentada de pernas abertas, rebolando, suando. — Agora, mexe essa bundinha.

Maiana tremia demais, mas moveu os quadris, e deixei que ditasse o ritmo. Começou devagar, acostumando-se com meu tamanho e largura, até que o desejo a golpeou mais forte e foi acelerando, subindo e descendo a bunda, devorando meu pênis.

Era delicioso, quente e apertado. Deslizei uma das mãos em seus seios, apertando-os, a outra descendo pela barriga, esfregando o clitóris. Ela perdeu a cabeça e gemeu alto, enlouquecida, alucinada.

O tesão acumulado vinha de dentro de mim, subia por meu membro, se concentrava ali. Não ia aguentar mais tanto tempo. Deslizei a mão para baixo e meti dois dedos na sua boceta, toda encharcada, aí sim arrebatando-a de vez, comendo-a nos dois lugares.

Maiana gritou e gozou, delirando. E então eu a segui, passando a erguer o quadril e estocar firme em sua bunda, rouco, golpeado pelo tesão devasso, intenso.

Ela desabou sobre mim. E eu beijei seu pescoço, correndo as mãos em seus seios, ambos satisfeitos, abandonados, entregues.


**MAIANA**

Eu me olhei no espelho de novo e, através dele, fitei Virgínia, atrás de mim.

— Estou bem mesmo?

— Nana, você não está bem. Você está lindíssima, um sonho! Já é a mulher mais linda que já vi e agora então… — Acenou com a cabeça, impressionada. — Menina, você vai arrasar. Vai deixar o Arthur sem fala!

— Que exagero! — Ri. — Mas o que você fez no meu cabelo e na maquiagem ficou perfeito, amiga. Obrigada.

— Está nervosa?

— Claro! Nunca entrei no Copacabana Palace. — Passei novamente os olhos pelo vestido longo, que havia comprado no dia anterior. Ainda gemia de desespero só de lembrar o preço, mas parcelei no cartão. Ao menos achava que não faria Arthur se envergonhar, pois estaria entre seus amigos abastados.

Eu o achei lindo, assim que o vi. Era longo, feito com um tecido mole e rendado, da cor da minha pele, com apliques vermelhos de uma delicadeza intrincada, parecendo miolos de flor. Ele franzia um pouco na cintura e no peito, tinha mangas rendadas curtas e caía até meus pés, em delicadas sandálias de saltos altos, da mesma cor. Meus cabelos caíam soltos e a maquiagem era suave, com destaque para a boca, no mesmo tom vermelho dos detalhes do vestido.

— Maravilhosa, Nana. Com certeza está mais bonita que a noiva.

— Não fale isso nem brincando! — Ri, pegando a bolsinha de mão.

Saímos do quarto conversando, e minha mãe até largou a televisão quando me viu.

— Como está linda! Parece uma princesa! Não é, Ju?

— É. — Juliane, que passava hidratante nas pernas, parou um pouco e me fitou de cima a baixo. — Presente do Arthur?

— Não, eu comprei.

— Mas deve ter gastado uma fortuna! — Minha mãe balançou a cabeça. — Por que não deixou que ele pagasse?

Eu nem me dei ao trabalho de explicar. Virgínia virou-se para mim e beijou meu rosto.

— Boa sorte, Nana. E aproveite. O ambiente pode ser requintado, mas é só um lugar como outro qualquer. E você não vai fazer feio.

— Deus te ouça. — Apertei-a contra mim. — E obrigada por ajeitar meu cabelo e me maquiar.

— Conte comigo sempre que precisar.

— Ok. — Sorrimos uma para outra.

— Tchau, dona Tereza, Juliane.

— Tchau — minha mãe disse de má vontade, já se ligando em sua novela. Juliane nem respondeu.

Depois que Virgínia saiu, respirei fundo, procurando me acalmar. Minha irmã, ainda de olho em mim, comentou:

— Você está ficando chique, hein, Maiana? Copacabana Palace?

— Pois é. — Sorri. — Nunca entrei lá.

— É o que sempre digo — interferiu Tereza. — Se ficar se relacionando só com as pessoas do seu mundinho, nunca sai daqui. Mas você, minha filha, se mostrou mais esperta do que o esperado. Nem acredito que finalmente abriu os olhos.

Agora, só falta deixar de ser um pouco orgulhosa e aceitar os presentes de Arthur. Por falar em presente, será que ele ainda tem a televisão?

— Mãe, a senhora nem ouse falar nisso com ele. — Olhei séria para ela.

— Tá, mas...

— Sem mas. Esse assunto já foi resolvido. Por falar nisso, Juliane, e quanto a...

— Já depositei o dinheiro do implante na conta do Arthur. Não devemos mais nada.

Eu sorri para ela, aliviada. Finalmente, estava tomando juízo.

— Já tem mais alguma coisa em vista? — perguntei.

— Tenho. Vou fazer uns testes aí, mas tem outras coisas certas.

Naquele momento tocaram a campainha, e fiquei nervosa. Olhei para elas.

— Estou bem mesmo?

— Linda! — exclamou mamãe.

— É, dá para o gasto — debochou Juliane.

— Bem, vou indo. Não esperem por mim, não sei que horas voltarei.

— Ou se volta hoje — completou minha irmã. Ultimamente ficava com piadinhas e comentários irônicos. Não retruquei. Acenei e saí.

Arthur estava lindíssimo em um terno preto listrado, com camisa e gravata em um tom champanhe. Seu cabelo estava bem modelado com gel e a barba aparada, certinha. Sorri para ele, apaixonada, enquanto levantava a barra do vestido um pouquinho e passava pelo portão. Quando cheguei à calçada, seus olhos pretos estavam fixos em mim, passando por cada detalhe meu.

Ele estava imóvel e parei, um pouco insegura. No entanto, seu olhar de franca admiração, penetrante e cheio de desejo, me acalmou.

— Como estou, Arthur?

— Linda. Impressionante. Perfeita. — Sua voz saiu rouca. Segurou minha mão e a levou aos lábios, beijando-a galantemente. Parecia mesmo impressionado, e me enchi de alegria. — Já sinto até pena das outras mulheres da festa.

— Ah, pare com isso. Você está lindo! — Aproximei-me um pouco mais e acariciei sua barba, cheia de carinho.

— E você se superou, Maiana. — Parecia não conseguir tirar os olhos de mim, ainda segurando a minha mão. — Não vou te soltar a noite toda. Mato quem ousar se aproximar de você.

— Ah, não comece. — Dei uma risada. — Vamos?

— Sim, vamos.

Como sempre cavalheiro, abriu a porta para mim e esperou que eu me acomodasse, para dar a volta e ocupar o seu lugar. Senti-me como uma princesa de contos de fadas, indo a uma bela festa com seu príncipe encantado na carruagem dos sonhos.

Antes de sair com o carro, Arthur virou-se para mim e afastou de leve meu cabelo, fitando minha orelha, com um simples brinco de ouro, pequenininho. Então me estendeu algo e vi uma pequena caixinha preta de veludo em sua mão.

— O que é isso? — Ergui os olhos para ele.

— Abra.

Fiquei um tanto sem graça. Peguei a caixinha e, sob seu olhar, eu a abri. Havia um pequeno par de brincos de ouro com diamantes pendurados, que capturava luz e a refletia lindamente. Era um trabalho fino e delicado, de extremo bom gosto. Ergui o olhar e estendi-lhe a caixinha, sacudindo a cabeça.

— Não posso aceitar.

— Vai aceitar. São seus.

— Não. Isso é caro demais e...

— Maiana, eu sou rico. Queria te dar um presente. Se fossem bijuterias, você aceitaria?

— Mas é que são diamantes. — Estava surpresa.

— Para você deve ser o melhor. Agora pare de besteira ou vou ficar chateado.

Encarei seus olhos sérios e pensei nos conselhos de minha mãe, de arrancar tudo o que pudesse dos homens. Eu optava pelo contrário e não queria que Arthur pensasse que estava com ele por interesse. Mas, ao mesmo tempo, como recusar sem magoá-lo?

— Arthur, não vou me sentir bem usando algo tão caro.

— Vai se acostumar. Agora, tire seus brincos e ponha esses. Vai ficar lindo com a sua roupa. — Seu tom não admitia recusas. Acabei cedendo, deixando o orgulho de lado.

— Obrigada. Não precisava, mas... são lindos. — Sorri e coloquei meus brincos novos, guardando os antigos na caixinha.

— Linda. Ficaram perfeitos em você, Maiana.

E então, o conto de fadas estava completo. Sorri novamente, e, quando o carro se pôs em movimento, a ideia de príncipes e princesas me fez pensar na tatuagem dele de coroa, no braço. Sempre quis perguntar, mas acabávamos fazendo e falando outras coisas.

— Por que escolheu a tatuagem de coroa e de infinito? — Virei um pouco para olhar para ele, mais uma vez maravilhada por ser tão másculo e bonito.

Como sempre, começou a tocar uma música baixinho no carro, uma que eu adorava de Victor e Leo, chamada "Na linha do tempo".

— Minha avó me chama de reizinho desde que eu era pequeno. Ela acha que sou tudo de bom, quem pode culpá-la? — Sorriu cínico.

Eu dei uma risada. E não é que ela tinha razão? Isso me fez pensar que Arthur nunca havia sugerido me apresentar a ela, o que fez meu coração se apertar um pouco. Eu o entendia, nosso relacionamento ainda era recente. Mas isso talvez demonstrasse que não tinha certeza de que o queria levar adiante.

Afastei os pensamentos desanimadores. Ouvia a letra da música e pensava que ela parecia ter sido feita para mim, para o que eu pensava e sentia. Amava tanto Arthur que achava que era destino. Ele estava escrito para aparecer na minha vida, para me marcar para sempre. Com ele, eu me sentia completa por onde fosse, porque o amava incondicionalmente, mais do que tudo.

Suspirei e tentei não ficar tão sensível. Concentrei-me na conversa:

— E a tatuagem de infinito?

— Gosto da ideia de infinito. De coisas que não podem ser medidas e seguem em frente, sempre em frente. — Ficou um momento em silêncio, então me lançou um olhar. — Nunca quis fazer uma tatuagem?

— Não. Eu tenho medo.

— Verdade? — Sorriu.

— Sim, pavor de agulha.

Enquanto conversávamos, recostei no banco do carro e me dei conta do quanto era feliz. Aquele ano tinha começado bem para mim. Tornei-me secretária oficial do dono do escritório de advocacia em que eu trabalhava, pois Adelaide, de fato, se aposentara.

Meu salário havia dobrado, mas nem mencionei isso em casa. Continuei com as despesas normais e estava guardando o resto, talvez para dar uma reformada na casa mais para a frente, já que estava caindo aos pedaços.

Era também meu último ano na faculdade e pensava em talvez emendar logo em um mestrado, pois ganharia muito mais sendo professora universitária do que de ensino médio. Mas a grande alegria do ano foi, sem dúvida, conhecer e namorar Arthur. Ele tinha me mostrado um mundo de felicidade suprema, única, inigualável. Eu não conseguia mais imaginar meu mundo sem ele.

Chegamos ao Copacabana Palace, e Arthur parou o carro. Na mesma hora um manobrista uniformizado se aproximou e abriu a porta para mim, enquanto outro dava a volta e ia pegar as chaves com Arthur. Agradeci e ergui os olhos para o belíssimo hotel, sem dúvida um dos mais importantes estabelecimentos do Brasil, onde grandes celebridades nacionais e internacionais já haviam se hospedado.

— Vamos? — Arthur segurou meu braço, e eu sorri, acompanhando-o para dentro.

Já tinha passado diversas vezes ali em frente e, de longe, sempre admirei o hotel, por sua beleza clássica e luxuosa e seus cem anos de história. Este hotel serviu de tema para o musical em que Fred Astaire e Ginger Rogers dançaram juntos pela primeira vez, *Flying Down to Rio*, de 1933. E, mal podia acreditar, eu estava ali... com Arthur.

Funcionários de terno nos receberam com cumprimentos enquanto subíamos a escadaria de mármore carrara do enorme e luxuoso hall de entrada. Olhei com admiração, observando outros convidados e hóspedes que chegavam, todos muito bem-vestidos e elegantes, combinando com aquele ambiente luxuoso.

Arthur entregou o convite a uma moça com um longo preto, que nos recebeu com sorrisos e indicou os salões nobres e o Golden Room, no segundo andar.

A visão de tudo aquilo era deslumbrante. Os salões foram divididos para a cerimônia, a recepção com o jantar e a pista de dança. Havia um toque inconfundível de realeza em tanto luxo e bom gosto, com uma abóbada dourada no primeiro salão, recebendo também uma iluminação no mesmo tom por todo o ambiente.

O piso era de mármore, colunas grandiosas e lustres belíssimos de cristal davam um tom de alta classe. A vista era deslumbrante em qualquer direção, com amplas janelas e portas que davam acesso à praia de Copacabana, bem em frente.

Tudo era imponente... cúpula dourada. Havia um palco com chão iluminado em frente, como uma pista de dança. Lá, um DJ já esquentava o ambiente com uma música suave, enquanto os convidados chegavam e seguiam para o belíssimo salão onde ocorreria a cerimônia, com um grande tapete creme ao longo do caminho até o altar, tudo iluminado em tons dourados, as fileiras de cadeiras laterais ladeadas por grandes jarros com plantas e palmeiras.

Olhei apaixonada para a decoração creme, dourada e laranja dos salões de recepção e de jantar, de extremo bom gosto. Várias pessoas circulavam por ali e muitas cumprimentaram Arthur e sorriram para mim. Diante de algumas pessoas, ele parou e me apresentou. Todos foram unânimes em elogiar a minha beleza.

— Eu sou um dos padrinhos e vou ficar no altar. Ficará bem sozinha? Posso apresentar você a outras pessoas.

— Não, está tudo bem — garanti.

Circulamos e fomos até um grupinho que cercava o noivo. Antônio conversava, muito elegante em seu fraque, mas parecia nervoso. Ficou feliz em nos ver, mas percebi que algo o preocupava, até parecia deixá-lo sério demais. Deu-me um beijo no rosto e abraçou Arthur, dizendo:

— Quem me obrigou a fazer uma loucura dessas? — Talvez fosse para parecer uma brincadeira, mas Antônio não sorria. Indaguei-me se ele falava sério, pois não parecia muito feliz.

— Conhecendo a Ludmila, diria que não há para onde escapar. Ela o caçaria até no inferno. — Arthur sorriu.

— É bem provável. Maiana, que bom você ter vindo. Está ainda mais bonita, se é que é possível.

— Obrigada. — Sorri para Antônio.

Ele era lindo, com aqueles acesos olhos azuis, mas havia algo de distante e triste ali. Perguntei a mim mesma se ele queria se casar. Mas, como não o conhecia direito, pensei que talvez fosse só o jeito dele, mais apático e contido que Arthur.

— Olá. — Uma bela mulher se aproximou em um vestido champanhe longo e lindo, cabelos presos, bem maquiada e com joias faiscantes. Estava com uma amiga igualmente bonita e elegante. — Como vai, Arthur? Sabe que será meu par, não é?

— Como padrinhos, sei, sim. Como vai, Fabrícia? — Cumprimentou-a e fez o mesmo com a outra. Percebi que ambas o encaravam sem disfarçar o interesse.

— Vou bem. Confesso que senti sua falta. Já tem um bom tempo que não nos vemos, não é?

— Sim, é verdade — disse, educado.

Percebi logo que já havia ocorrido algo entre eles. A mulher nem disfarçava o desejo de que ocorresse de novo. Olhou para mim com um sorriso falso, de cima a baixo. Enchi-me de ciúme, ainda mais por saber que faria par com ela como padrinho.

— Lembra da minha amiga Taís? — Fabrícia apontou para a outra ao seu lado. — Fomos a uma boate uma vez juntos, nós três. Noite inesquecível.

— É verdade — emendou Taís, fitando-o com um sorriso mais do que sugestivo.

Eu também olhei para ele, séria, incomodada, enciumada, mas tentando me controlar. Arthur parecia um tanto constrangido e olhou para mim. Antônio sorriu da saia justa, bateu no ombro dele e se afastou. As moças pareciam estar dispostas a continuar ali, relembrando os velhos tempos, mas Arthur segurou meu braço e disse educadamente:

— Com licença. — Já me levando para longe.

Eu não disse nada, até porque fomos abordados por outro grupo de conhecidos, e Arthur me apresentou. Sorri e conversei, embora o mal-estar continuasse. As pessoas já se espalhavam para sentar e aguardar o início da cerimônia. Um pianista a um canto, ao lado do altar, também já se arrumava. Fotógrafos e cerimonialistas ocupavam seus lugares.

Quando ficamos sozinhos, Arthur parou à minha frente e fitou-me nos olhos, como se quisesse ler a minha alma.

— Tudo bem, Maiana?

— Claro. Por que não estaria?

— Olha, quanto à Fabrícia e...
— Não precisa explicar nada. Eu já entendi.
— Mas é passado.
— Eu sei. E vamos encontrar mais do seu passado por aqui?
Olhou em volta meio preocupado e me fitou de novo.
— Provavelmente.
Foi até engraçado, mas, ao mesmo tempo, o ciúme não me deixava rir. Disse baixinho:
— Estou chegando à conclusão de que você é um galinha.
Arthur sorriu.
— É, já tive minhas farras por aí.
— E que farras! Duas de uma vez! Impressionante — falei secamente.
— Sabe que dou conta. — Aproximou-se um pouco mais e murmurou no meu ouvido: — Mais novo então, precisava de duas ou três para me segurar.
— Três? — Olhei-o, irritada.
— No passado, meu bem. Agora, você me basta. — Sorriu daquele seu jeito sensual, e fui atacada pelas dúvidas cruéis. Será?
Sentia vários olhares sobre nós, de muitas mulheres sobre Arthur. Imaginei quantas daquelas não teriam passado pela cama dele e fiquei com a sensação indesejada de ser apenas mais uma. Mas muitas pessoas me olhavam também com admiração, tanto mulheres quanto homens. Até Arthur notou e comentou:
— Você está fazendo sucesso, Maiana. — Estava um tanto sério, e me alegrei ao ver que sentia ciúmes também. — E quem pode culpá-los? É, sem dúvida, a mulher mais linda aqui.
— Você acha?
— Eu tenho certeza.
Acabamos sorrindo um para o outro, e ele acariciou meu rosto. Senti seu olhar de desejo e o retribuí. Murmurou baixinho:
— Não vejo a hora de isso tudo terminar logo e levar você para o meu apartamento.
— Eu também — confessei. Começava a arder só em imaginar ser dele de novo, deixar que fizesse tudo o que quisesse comigo.
— Melhor mudarmos de assunto ou vou passar vergonha aqui. — Ajeitou o paletó sobre a frente da calça, e dei uma risada.
Naquele momento, Matheus chegou e cumprimentou algumas pessoas ao nosso lado. Estava lindo como sempre, de terno, os cabelos loiros bem penteados, um sorriso grande no rosto. Havia algo doce nele, mesmo sendo um homem másculo.
Arthur o viu e suspirou.

— Lá vem o Don Juan.

— Duvido que ele seja mais do que você, pelo que vi até agora.

Ele apenas sorriu. Matheus ia passando por nós apressado, mas então nos viu e parou. Seu olhar brilhou para mim e seu sorriso se expandiu. Então, fitou Arthur e apertou a mão dele, dizendo:

— Quase que chego mais atrasado do que a noiva. E aí, cara, tudo bem?

— Tudo certo. — Arthur o cumprimentou.

— Maiana. Mais linda do que nunca. Entendo cada vez mais porque meu amigo aqui resolveu renunciar à liberdade. Tudo bem? — Segurou minha mão e a beijou, galante.

— Tudo bem. — Sorri também. — E obrigada.

— Ele lamenta, porque vi você primeiro — explicou Arthur, atento ao amigo.

— E lamento mesmo. Mas o que me resta agora, a não ser me conformar? — brincou. — No entanto, se as coisas não derem certo por aqui, lembre-se de mim com carinho.

— Você está dando em cima da minha namorada na minha frente? — Arthur franziu a testa.

Matheus deu uma gargalhada gostosa, e acabei sorrindo também, um pouco corada.

— Cara, você é muito possessivo. É só uma brincadeira.

— Sei — resmungou.

— Bom, vou deixar vocês em paz. Ainda tenho que procurar a Maria Helena, que vai ser madrinha e meu par no altar. Pelo menos cheguei a tempo. A gente se vê por aí. — Sorriu para mim, acenou para Arthur e se afastou.

— O Matheus está querendo ganhar uma surra.

— Deixe de besteira. Só provoca você.

— Sei disso. Mas ficou caidinho desde a primeira vez que te viu. Duvido que não esteja na fila de espera mesmo.

Eu apenas sorri.

Quando se avisou que a noiva havia chegado, eu e Arthur nos despedimos com um selinho. Fui me sentar em uma das cadeiras de frente para o altar, enquanto ele foi se ajeitar na fila dos padrinhos com a odiosa da Fabrícia.

Um senhor por volta de sessenta anos, bem-apessoado e com quase todos os cabelos brancos, acomodou-se ao meu lado, pedindo licença. Eu sorri para ele e percebi que me fitava atentamente. Falou:

— Desculpe perguntar, mas você é uma das garotas da capa da revista do Arthur?

Fiquei sem graça ao pensar que imaginava que eu sairia nua.

— Não, sou namorada dele.

— Ah, sim. Mas é modelo?

— Não.

— Tem certeza? Com essa aparência? Desculpe, deixe que eu me apresente. Leon Aguiar a seu dispor.

— Maiana Apolinário.

— Prazer, bela Maiana. — Sorriu para mim. — Conheço Arthur há muitos anos. Ele sempre teve bom gosto com as mulheres, mas dessa vez ele se superou. Mas me diga, Maiana? Em que você trabalha?

— Sou secretária em um escritório de advocacia.

— Entendi. Mas por que não seguiu a carreira de modelo? Teria muito sucesso.

— Não era bem o que eu queria. — Sorri.

Era um senhor agradável, e em sua conversa não havia nada de sexual. Parecia genuinamente interessado.

— Sabe, Maiana, sou dono da indústria de cosméticos Bella. Já ouviu falar?

— Claro. Os produtos são excelentes.

— Obrigado. Essa é a nossa marca registrada. Sou um empresário das antigas, sabe, do tipo que gosta de saber tudo o que se passa nas minhas empresas e participar de decisões. Ultimamente estamos escolhendo uma modelo para ser a cara de nossos produtos, mas não aprovei nenhuma das que me foram apresentadas. — Observava-me atentamente. — Mas, assim que te vi, notei que seria perfeita para a campanha. Seu rosto, além de lindo, é doce e expressivo. Tem uma bela pele e cabelo. Estaria interessada em fazer um teste fotográfico?

Eu estava surpresa com a proposta.

— Bem, eu... como disse, não sou modelo.

— Mas isso não a impediria de estrelar nossa campanha. O pagamento é excelente e, se for bem aceita no mercado, outras portas se abrirão.

— É que quase não tenho tempo. Trabalho e ainda faço faculdade.

— Poderíamos dar um jeito. Fazer as fotos em um fim de semana, talvez. — Parecia mesmo interessado. — Quanto mais a observo, mais chego à conclusão de que é perfeita. Vou te dar meu cartão. Converse com Arthur, ele lhe falará de minha idoneidade. E marcaremos o teste fotográfico, só do seu rosto. Não irá se arrepender.

— Está bem. Obrigada. — Peguei o cartão e o pus na bolsinha.

Foi quando o pianista começou a tocar uma suave música clássica e teve início a cerimônia. O noivo entrou com a mãe, familiares e padrinhos dele e da noiva seguindo uns atrás dos outros. Arthur me lançou um olhar penetrante ao passar ao meu lado e sorri, admirando-o. A única coisa que diminuiu a minha alegria foi aquela mulher estar ao lado dele. Isso me deixava enciumada por ser uma ex-amante, que parecia querer repetir a dose.

O padre já estava preparado na frente do altar e todos ocuparam seus lugares lá. Arthur e Matheus estavam do mesmo lado, o dos padrinhos, ambos lindos e elegantes, um de cabelos negros e um loiro. Imaginei o que aqueles dois já não teriam aprontado juntos quando eram mais novos e sorri comigo mesma.

Quando a noiva entrou, lindíssima, todos se levantaram, admirando-a enquanto passava pelo corredor. Foi entregue pelo pai ao noivo e subiram juntos até o altar.

A cerimônia prosseguiu bonita e emocionante, até que terminou com um beijo um tanto insosso, que não causou muita emoção. Fizeram o percurso de volta pelo corredor, dali em diante casados, seguindo para o salão de recepção enquanto os convidados se levantavam.

Sorri para Leon Aguiar, que fez questão de segurar o meu braço e me conduzir ao corredor. Arthur veio e nos encontrou no meio do caminho.

— Leon. — Apertou a mão do senhor mais velho.

— Olá, Arthur. Conheci sua bela namorada. Parabéns pelo bom gosto, não apenas pela aparência dela, mas por sua personalidade.

Sorri agradecida, e Arthur entrelaçou seus dedos nos meus.

— Você está certo, Leon.

— Pensei que fosse uma das modelos de sua revista, mas Maiana já me explicou que não. No entanto, acho que seria perfeita para a propaganda dos novos cosméticos faciais que vamos lançar. Deixei meu cartão com ela. Espero que não se importe.

— Não, claro que não. — Olhou-me, sério. — Você se interessou, Maiana?

— Não sei, nunca pensei em ser modelo.

— O pagamento é excelente, e mal não faz. — O senhor sorriu. — Pense com carinho. Nós nos falaremos em breve. Arthur, Maiana.

Depois que se afastou, ele me olhou.

— Parece que você está fazendo sucesso mesmo.

— Nem acreditei quando falou comigo. Parece um senhor honesto.

— Isso ele é. Muito. E você ganharia em uma campanha muito mais do que ganha em um ano sendo secretária. Vale a pena pensar.

— Eu sei.

Seguimos para o salão de recepção, onde havia duas mesas enormes e compridas, prontas para que todos os convidados se sentassem para jantar, os lugares marcados com uma plaquinha.

— Droga, odeio isso — resmungou.

— O quê?

— Colocam os pares separados. Com certeza estou longe de você. Vou ter que aturar outras pessoas ao meu lado o jantar inteiro.

— Ah, não vai demorar. Logo vamos para outro salão juntos. — Tentei acalmá-lo, embora isso também me chateasse. Achei meu lugar em uma ponta e Arthur, em outra. Puxou uma cadeira para mim e afastou-se irritado. Só me restava esperar, pois várias pessoas se acomodavam.

No entanto, eu é que fiquei com ciúmes quando vi quem se sentou ao lado de Arthur. De um lado Fabrícia e de outro Taís, as duas amigas da noiva. Ficou claro que havia armação ali. Ambas falavam com ele e se sentaram sorrindo sensualmente.

Desviei o olhar, irritada. Uma senhora de aproximadamente sessenta e poucos anos sentou-se ao meu lado direito e nos cumprimentamos. E então alguém puxou a cadeira à minha esquerda. Ergui os olhos e encontrei os olhos verdes de Matheus, que sorria e dizia brincando:

— Sei de alguém que vai surtar ao me ver aqui ao seu lado. Mas adorei a coincidência.

— Oi, Matheus.

Acomodou-se e senti seu perfume gostoso. Ao menos, era alguém conhecido. Foi muito bom saber que eu não seria a única a passar a noite com ciúme.

Voltei meu olhar para Arthur. Ele nos encarava fixamente, seu semblante frio, mas seus olhos ardendo. Sorri, sabendo como se sentia. Mas não sorriu de volta.

O jantar começou a ser servido, regado a vinhos, coquetéis e água. Vieram as entradas, à base de uma deliciosa salada com queijo roquefort, peras assadas, nozes, tomatinho e folhas.

Fomos servidos, e ele conversava com Fabrícia, se esquecendo de mim, entretido. O ciúme me roía por dentro. Matheus comentou ao meu lado:

— Quer que eu troque de lugar com ele?

Eu o fitei e sacudi a cabeça.

— Não, claro que não.

— Não se incomode com Fabrícia. Arthur nunca deu atenção para ela e não vai dar agora, que está com você.

— Eles parecem estar se dando bem.

— Pois eu aposto que Arthur está morrendo de ciúme me vendo aqui ao seu lado e vai tentar provocar o mesmo em você. — Tomou um gole de vinho.

Acabei sorrindo.

— Será?

— Pode apostar. E, embora eu esteja doido para conversar com você, vou ficar quieto o resto do jantar para não causar problemas.

Encarei seus olhos verdes e sacudi a cabeça.

— Não precisa. Ele e eu não somos crianças. Não vamos ficar de birra um com o outro.

— Tem certeza? — Ergueu uma sobrancelha.

— Tenho. — Provei um pouco da salada deliciosa, meus olhos voltando automaticamente para ele. Fabrícia parecia próxima demais, logo sentaria no colo dele. E Arthur comia, não fazendo nada para impedi-la de falar quase no seu pescoço. Irritada, resolvi ignorá-los. — Vocês são amigos há muito tempo, Matheus?

— Sim, desde a época da escola. Meus avós são amigos de Dantela, a avó de Arthur — explicou. — Já a conheceu?

— Não.

— Mas vai acabar conhecendo. Do jeito que a coisa parece séria entre vocês. — Deixou sua taça na mesa.

— Você acha isso? — indaguei, percebendo, chateada, que Arthur dava toda sua atenção às duas víboras que o cercavam.

— Tenho certeza. Nunca o vi assim.

— Assim como? — Olhei para Matheus.

— Apaixonado. — Fitou meus olhos, sério.

— Eu não acho que seja isso.

— Eu tenho certeza. — Deu de ombros. Sorriu. — Mas quem pode culpá-lo?

Fiquei corada e voltei a comer minha salada. Matheus ficou em silêncio, como se temesse me prejudicar. E eu não tirei os olhos de Arthur, que parecia me ignorar de propósito. A cada segundo minha raiva aumentava. Falava com a mulher, dava atenção a ela, que só faltava babar em cima dele de tão perto estavam. Ela nem comia, só bebia vinho e jogava charme.

A raiva foi tanta que me deixou cega. Tive vontade de me levantar e ir embora. Bebi um pouco de vinho também, tentando me acalmar. E então resolvi ignorá-lo mesmo. Não ficaria ali, quieta e sozinha, enquanto parecia se divertir com sua ex-amante.

Não queria despertar ciúme nele. Só não me privaria da presença de ninguém para não incomodar o reizinho, que não estava nem aí para mim. Puxei assunto com Matheus:

— Em que você trabalha?

— Eu administro as empresas de turismo da minha família.

— Turismo? Deve ser legal. Viaja muito?

— Muito.

E passamos um jantar agradável, falando sobre diversos assuntos. Gostei muito da companhia dele. Além de ser muito bonito e charmoso, era inteligente, e percebemos várias coisas em comum em nossos gostos. Foi bom para mim, pois parei de ficar policiando Arthur e me sentindo mal. Embora o ciúme e a irritação permanecessem.

## ARTHUR

Eu estava furioso. Fingia não notar Maiana ao lado de Matheus em uma conversa bem animada, mas desde o primeiro momento tinha sido nocauteado pelo ciúme. Para provar que não estava nem aí, deixei a mulher chata ao meu lado falar sem parar e se roçar em mim a cada oportunidade. Pensei que Maiana ficaria preocupada, mas ela nem parecia se dar conta, só tinha olhos para Matheus.

Que amigo! Doido para tomar minha mulher. O que me deixava mais puto é que eu sabia que ele não era assim. Conhecia-o há muitos anos e o achava romântico demais para o próprio bem. Não era bobo, apenas sentimental. E podia jurar que estava de quatro por Maiana, mesmo contra sua vontade. O modo como olhava para ela dava vontade de matar!

Sem contar os outros homens da festa. Vi como a olhavam, como se quisessem comê-la inteira. Além de linda, havia algo nela que parecia atrair as pessoas. Era assim comigo também, a ponto de me sentir obcecado, fora de mim.

Pensei em minha avó dizendo para que eu a observasse, pois tinha um pressentimento ruim sobre ela. E que poderia dar em cima de outros homens, para ter uma segunda opção. Seria isso? Matheus era a segunda opção dela, tão rico quanto eu? Ou o cara da faculdade?

O ciúme me deixava louco, irracional, cheio de dúvidas. Pensamentos terríveis me assolaram... Odiava me sentir daquele jeito e lutei contra aquele sentimento. Se Maiana queria me fazer de bobo, ia se dar mal. Eu não era o cordeirinho que ela pensava. E por isso, quando a mão de Fabrícia escorregou em minha coxa por baixo da mesa, eu deixei. Mesmo não sentindo um pingo de desejo por ela naquele momento.

Racional e emocionalmente, era difícil acreditar que Maiana fosse interesseira. Nunca me deu nenhum sinal disso, pelo contrário. Só o evento da camisinha e então a confiança que dava para Matheus. Mas nunca confiei em mulher nenhuma e me manteria ligado, até ter certeza de quem ela era de verdade.

Fabrícia passou os dedos no meu pau. Era automático, ele enrijeceu mesmo sem eu ter interesse nela. Sorriu e murmurou:

— Saudades dos velhos tempos, querido.

Não falei uma palavra nem a olhei. Lancei um olhar à Maiana. Ela dizia algo, balançando a mão. Matheus a fitava com toda atenção, como se não visse mais nada pela frente. Puta que pariu! Caralho! Tive vontade de ir lá e acabar com aquela palhaçada.

Mas enquanto eles só falavam, a mão de Fabrícia movia-se sobre meu pau embaixo da mesa. Não senti tesão. Fiquei revoltado ao perceber que sentia asco. Dela e de mim mesmo. Segurei seu pulso com firmeza e a afastei, sem fazer alarde.

— Querido, deixa...

— Não — cortei, seco e bruto.

Ela me olhou, um pouco pálida. Então, vendo que eu não voltaria atrás, recostou-se em sua cadeira e me deixou em paz.

Tomei meu vinho sem vontade. Aquela falta de tesão por outras mulheres me preocupava. Não queria ficar nas mãos de Maiana, submisso a ela. Nem queria aquela obsessão que me dominava cada vez mais. Eu era livre, dono das minhas vontades. E ela, mesmo tendo minhas dúvidas, poderia ser mais esperta do que aparentava. Afinal, não foi assim que minha mãe acabou com a vida do meu pai? Enganando, fazendo-o acreditar que era a mais pura das mulheres?

Ficava cada vez mais revoltado e desconfiado, sendo dominado pelo ciúme quase doentio. Só de imaginar que outro homem pudesse encostar em Maiana, eu tinha vontade de matar. Mas, ao mesmo tempo, esse sentimento me enraivecia, pois não confiava totalmente nela. Não queria aceitar tudo o que despertava em mim.

Finalmente, o bendito jantar acabou. Levantei, cerrando os dentes, controlando meu mau gênio. Na mesma hora fui em direção a ela, que se erguia após Matheus puxar a sua cadeira. Olhei para meu amigo com raiva, e ele percebeu logo. Não disse nada. Não sorriu. E foi pior notar que não fazia de propósito nem queria me provocar. Parecia chateado por desejá-la.

— Obrigado por tomar conta da minha mulher — resmunguei.

Matheus me encarou, irritado também.

— Foi um prazer. — Virou-se para Maiana. — Gostei muito de conversar com você. Espero que dê tudo certo com o teste fotográfico.

— Obrigada.

Ele acenou com a cabeça e se afastou. Encarei Maiana, parada à minha frente. Fitou-me, claramente aborrecida.

— Se divertiu? — indaguei, puto da vida.

— Muito. E você? — rebateu no mesmo tom.

— Até que a companhia foi agradável.

— Então por que não volta para lá?

Acostumado como eu estava com a sua doçura, estranhei sua agressividade. Parecia estar mesmo com raiva. E então me dei conta. Estava tão possessa de ciúme quanto eu.

Ficamos lá, nos olhando, até que me deu as costas e se afastou pelo salão. Não acreditei quando a vi caminhando sozinha. Quase a deixei por conta própria. Mas vi como os homens a olhavam ao passar e soube que era questão de minutos até um deles tentar a sorte. A fúria voltou, e fui atrás dela. Segurei seu braço discretamente e a virei para mim. Seus olhos cinzentos estavam em chamas.

— Não gosto de ser deixado sozinho.

— E eu não gosto de que me provoquem.

Antes que eu dissesse algo, um grupo de conhecidas passou por nós e uma delas parou perto, sorrindo.

— Oi, Arthur. Quanto tempo.

Eu a olhei. Nem lembrava o nome. Era uma amiga de Antônio que eu já havia comido.

— Oi — falei, seco.

Ela olhou para Maiana, tentando disfarçar a inveja. Disse na maior cara de pau:

— Até hoje espero aquele telefonema. Sei que agora está… ocupado, mas, se um dia estiver livre, não esqueça de mim.

Eu não disse nada. Ficamos olhando para ela, que enfim se tocou, sorriu e voltou para as amigas.

— Meu Deus, você transou com todas as mulheres dessa festa? — Maiana estava corada, realmente raivosa. — Se eu soubesse, não teria vindo.

— Deixa de besteira.

— Queria ver se fosse eu, cercada de ex-amantes, o que você acharia.

— Disse certo. Ex, passado.

— Passado, mas você bem que estava gostando da atenção na mesa.

— E você, não?

— Eu só conversei com Matheus, não sentei no colo dele.

— Mas ela não…

— Só faltou isso.

O clima entre nós estava horrível. Para mim, aquela festa já tinha dado o que tinha que dar. Segurei sua mão e fui levando-a para a saída.

— Aonde você vai?

— Embora.

— Mas você é o padrinho!

— Depois falo com Antônio.

Acho que se arrependeu, pois disse, mais calma, ao chegarmos às escadas:

— Arthur, estamos parecendo crianças. Vamos parar com isso e voltar para a festa.

— Deixa pra lá.

Saí com ela e entreguei o cartão ao manobrista, que foi buscar meu carro. Maiana parecia chateada, e era como eu me sentia. Por fim, entramos no Porsche, e eu peguei a avenida, um silêncio tenso pesava entre nós e só foi interrompido quando uma música clássica começou a tocar.

Eu ainda estava com raiva. Por ter me feito ciúmes com Matheus, porque eu não quis uma sacanagem com Fabrícia, quando, em outra época, teria me enfiado em qualquer banheiro com ela e dado uma rapidinha, pelas desconfianças que tinha, por estar tão ligado a Maiana sem querer aquilo. Era muita coisa me perturbando, e eu sabia que não aguentaria aquela pressão muito tempo. Teria que dar um jeito.

No entanto, naquele momento, eu só conseguia sentir raiva e ciúme. E foi assim que dirigi em direção ao meu apartamento.

— Eu quero ir para casa — disse Maiana, baixo.

Nem respondi. Ela se mexeu, incomodada.

— Arthur, não quero ir para o seu apartamento.

— Mas vai — disse baixo, quase a rosnar.

— Mas eu não quero!

Eu a ignorei. Ficou furiosa.

— Me leve para casa. Ou vou descer do carro assim que você parar e pegar um táxi. Arthur, está me ouvindo? Arthur!

Continuei a dirigir, também puto. Sabia que ia cumprir o que dizia. E avisei:

— Se fizer isso, eu jogo você nas costas e te levo à força.

— Você não faria isso.

— Quer pagar pra ver?

Respirou fundo.

— Olha, acho melhor a gente ficar separado hoje. Não estamos bem, vamos brigar e...

— Nós não vamos brigar. Vamos foder — falei seco.

— Acha que é assim que se resolve tudo? — Olhava para mim.

— Não. Mas aposto que depois estaremos bem mais calmos para conversar.

Não disse nada. E segui em frente.

# 12

## MAIANA

Eu ia me manter firme e ir embora. Mas, quando ele parou o carro no estacionamento do prédio, saí em silêncio. Sentia o clima pesado entre nós e resolvi não fugir, mas ver como resolver. E, assim, fomos para o apartamento.

Mal entramos, ele me agarrou. Foi bruto; eu sabia que estava com raiva e ciúme, e com mais alguma coisa que o perturbava. Beijou-me com força, tirando meus pés do chão, andando assim comigo até o sofá. Parou, seus braços firmes em volta de minha cintura, sua boca explorando a minha, a barba roçando a minha pele. Eu o abraçava pelo pescoço, amando-o e desejando-o tanto que doía.

Soltou-me de repente e tive que me segurar nele, pois estava tonta pela paixão. Com olhar duro, tirou o paletó e desfez o nó da gravata. Largou tudo no chão, enquanto abria a camisa. Em segundos havia tirado os sapatos, as meias e a calça. Eu o observava.

Veio mais perto e segurou a saia do meu vestido. Começou a puxá-lo para cima, ordenando:

— Erga os braços.

Eu o fiz e tirou meu vestido, largando sobre suas roupas. Olhou a pequena combinação bege que eu usava. Quando deu mais um passo para perto, me fez sentar no sofá, inclinando-se sobre mim. Segurei a aba aberta de sua camisa, enquanto ele erguia minha perna um pouco, se ajoelhando na beirada do assento.

Nós nos olhamos nos olhos, até que seus lábios tocaram os meus, abrindo-os para enfiar sua língua e saborear a minha. Meti as duas mãos dentro da sua camisa e acariciei seu peito, ansiando por mais, toda minha irritação de antes substituída pelo desejo. Gemi, ansiosa, querendo mais.

Acho que todo o estresse daquele dia me deixou mais consciente de como estava louca por Arthur. Senti um medo tão grande de perdê-lo, que naquele instante tinha até vontade de chorar. Mas me contive, extravasando na paixão, arriando a cueca boxer e agarrando seu pau com força, tomando sua língua furiosamente.

Ele também parecia esfomeado, abaixando a alça da combinação, sua boca indo em meu mamilo e chupando com força. Rebolei e arfei, apertando sofregamente seu pau enquanto ele arrancava minha calcinha. Segurou-me firme e me arrastou para o braço do sofá, fazendo-me recostar sobre ele. Masturbei-o enquanto gemia e me remexia, meu mamilo doendo da sucção forte, meu corpo se incendiando.

De repente me soltou, saiu de cima de mim e fiquei lá, deleitada. Seus olhos queimavam quando terminou de se livrar da cueca e da camisa e puxou minha combinação, até que estávamos os dois nus.

Veio por trás do braço do sofá e tive que pendurar minha cabeça para fora, para vê-lo atrás de mim. Acho que era isso que Arthur queria. Segurou o membro grande e grosso e passou a ponta em minha boca. Eu a abri na hora e seu pau mergulhou até minha garganta. Prendi a respiração, o senti até o fundo, me enchendo toda. Então saiu e entrou de novo.

Devassa, lasciva, chupei-o forte e ele foi se deitando ao contrário sobre mim, abrindo minhas coxas e lambendo meu clitóris. O pau enterrou-se mais e lutei para conseguir sugá-lo, engolindo quase tudo. Arthur moveu o quadril devagar, penetrando minha boca enquanto me chupava com força.

Estremeci, rebolei, agarrando suas bolas e acariciando-as enquanto mexia minha cabeça e tomava aquele membro tão robusto, tão gostoso. Tremores de pura excitação corriam pelo meu corpo, minha vulva latejava sendo sugada, o clitóris doendo.

Passei a rebolar sem controle e quase engasguei quando enfiou dois dedos até o fundo na minha vagina, enquanto prendia o mamilo e me chupava fazendo pressão. O tesão veio num rojão, e comecei a gozar, gemendo com a boca toda babada, cheia com seu membro. Apertei suas bolas e então Arthur se retesou, despejando um jato quente de esperma em minha garganta. Suguei tudo, alucinada, fora de mim. E veio mais um jato, e eu mamei com vontade, me deliciando a cada gota.

Ele ainda lambeu um pouco, mas afastou a boca e se levantou. Ergueu-se e segurou o membro, puxando-o dos meus lábios. Olhou-me, seus olhos sombrios pesados, ainda duros, como se nem o tesão o tivesse aliviado do que o perturbava. Eu fiquei lá na mesma posição, aberta e lânguida, sem poder deixar de olhar para ele.

Era tão másculo e bonito, que mesmo satisfeita eu não conseguia deixar de querê-lo. Observei-o, tentando entender o porquê de tanta raiva retida, se quem tinha mais motivos para aquele sentimento era eu, que o vi cercado por ex-amantes.

Sentei devagar no sofá, afastando o cabelo do rosto, pronta para baixar a guarda e conversar com ele. Quando Arthur veio para perto de mim, pensei que me abraçaria e beijaria, mas o que fez foi pegar nossas roupas espalhadas no chão. Entregou-me as minhas.

— Para que isso? — Segurei tudo e olhei para ele.

— Vista-se. Vamos sair.

— Mas acabamos de chegar.

— Ainda é cedo. Pensei em levar você em um lugar. Acho que vai gostar. — Não me olhava, enquanto se afastava. — Vou ao banheiro e já volto.

Mas o que estava acontecendo com Arthur? Minha sensação era a de que continuava com raiva. Pensei que o melhor era ir embora.

Voltei a me vestir. Usei o banheiro que tinha em outro corredor. Quando retornei à sala, ele usava uma camisa preta e jeans escuro. Tinha acabado de tomar uma dose de uísque.

— Podemos conversar? — Fitei-o.

— Sobre o quê? — Deixou o copo no tampo do bar e se virou para me olhar.

— Por que está assim? Parece que... me odeia.

— Não diga besteira, Maiana.

— Então...

— Então, nada.

— Tudo isso porque conversei com Matheus? Não acha que está exagerando?

Seus olhos pretos fixaram-se nos meus. Havia uma aura pesada em volta dele. Algo parecia querer sair, mas Arthur se continha. Cheguei um pouco mais perto, preocupada, querendo compreeendê-lo.

— Arthur, não há motivos para tudo isso.

— Não há mesmo, Maiana? — Também se aproximou mais, até parar na minha frente e erguer meu rosto para ele.

— Como assim?

— O que você quer de mim?

Eu franzi o cenho, sem entender. Segurei sua mão em meu queixo e indaguei:

— Por que não me explica tudo? Por que está tão perturbado?

— Eu quero respostas. E ao mesmo tempo não quero — disse baixo.

— E eu não estou entendendo nada. — Cansada de tudo aquilo, simplesmente o abracei forte. Murmurei: — Vamos ficar aqui juntos e resolver tudo. Conversar.

Ficou muito quieto. Beijei seu peito, agoniada. Por fim, levantei a cabeça, buscando seu olhar.

— Vamos sair — insistiu, um tanto frio. A sensação era a de que estava o perdendo. E não conseguia aceitar ou atinar com o motivo. Em que momento Arthur mudara tanto?

— Tudo bem — concordei, cansada, com medo, preocupada.

Não me tocou enquanto saíamos do apartamento. Parecia haver um mundo entre nós dois. Entramos no carro e nem perguntei para onde me levava. Fiquei mergulhada em meus pensamentos, analisando os fatos daquela noite, em busca de respostas.

Parou em frente a um local, era uma casa grande e antiga, cercada de muros altos, onde estava escrito: Clube Catana. Algumas pessoas entravam e saíam. Olhei, desconfiada, ainda sem entender. Arthur deu a volta e abriu a porta para mim.

— Que clube é esse?

— Você vai ver.

Segurou a minha mão. Ao contrário de outras pessoas, que compravam ingressos, passou direto, e os seguranças abriram as portas para ele.

Entramos em um ambiente escuro, onde uma batida sensual servia como música. Parecia uma boate, só que maior, e havia pessoas pelo bar e na pista de dança, em sofás bem juntinhos. Mulheres seminuas com bustiê e short de couro passavam de um lado para outro. Já era quase uma hora da manhã e estava bem cheio.

Estranhei o lugar e entrelacei mais meus dedos nos dele, reparando que havia gente se acariciando pelos cantos, alguns seminus. Em uma mesa, vi um homem gordo recostado enquanto uma daquelas garotas de couro pagava boquete nele. Aproximei-me de Arthur, chocada.

— Que lugar é esse?

— Um clube. — Foi quase um resmungo.

— De sexo?

— O que você acha? — Parou perto de uma mesa vazia. Seus olhos brilhavam, muito sombrios.

Fiquei olhando-o, surpresa, ainda mais confusa.

— Por que me trouxe aqui?

— Para você conhecer. Sente-se.

Ele puxou uma cadeira para mim. Sentei, mas continuei parada, examinando em volta, incomodada, assustada, um aperto dentro do meu peito. Vi um homem passar ao meu lado com uma coleira no pescoço, andando de cabeça baixa atrás de uma loira robusta, toda vestida de preto. E, em outra mesa, dois homens de terno acariciavam uma linda mulher de pele escura, sentada no colo deles.

Era tudo tão gritantemente pornográfico e ao mesmo tempo… frígido. Desde que perdi a minha virgindade, adorei tudo que Arthur fez comigo, por mais pesado que fosse. Mas aquilo era diferente. Não havia sentimento envolvido. E não me excitei nem um pouco. Me senti muito mal.

Olhei para ele, sentado ao meu lado, observando-me calado. Parecia compenetrado, aquela energia escura ainda vindo em ondas.

— Não quero ficar aqui — murmurei.

— Maiana, não precisa ficar tímida. Sei que gosta de sexo. E aqui tem de tudo, você pode escolher.

— Está dizendo para transarmos na frente de outras pessoas?

— Por que não? Tem as salas de BDSM também, posso apresentar alguns objetos para você. Aposto que adoraria, como gostou dos tapas e das velas.

— Você costuma vir aqui? — Eu me sentia cada vez pior, não conseguia reconhecê-lo naquele homem tão insensível e cínico.

— Sou sócio do clube.

Estava muito confusa e perturbada. Mordi os lábios, e Arthur completou:

— Agora, se prefere troca de casais, podemos tentar. Já pensou nisso, Maiana? Não precisa ter vergonha. Acaba se acostumando. — Parecia fazer o possível para me atingir, aquela raiva ainda presente dentro dele. — Pense bem sobre o que você quer. A noite é uma criança.

— Você só pode estar brincando, Arthur. — Era inacreditável.

— Escolha. Vou levar você em outras salas para assistir. Veja o que mais a agrada.

— Não acredito que está falando em colocar outras pessoas para transar com a gente. Ficou louco? — Pisquei, agoniada, com repulsa. Senti-me nojenta, nem um pingo de tesão no corpo.

— Pense. Vou pegar uma bebida para você ficar mais à vontade. — Levantou-se e sumiu em direção ao bar.

Lágrimas quentes vieram aos meus olhos. A dor em meu peito era horrível, misturava-se com raiva e decepção. Quem era aquele homem? Como eu nunca tinha percebido que poderia ser tão desalmado e arrogante, tão baixo?

Ergui-me, limpando as lágrimas, borrando parte da maquiagem sem perceber. Ainda usando meu vestido longo do casamento, que havia escolhido com tanto carinho e que ainda pagaria em parcelas. Pensando, no dia em que o comprei, que teria uma linda noite com Arthur…

Então, andei apressada em direção à saída. A agonia aumentava dentro de mim, a ponto de explodir. Saí cega, só querendo fugir daquele lugar infernal, de tudo aquilo que desabava sobre minha cabeça.

Passei pelos seguranças, desci os degraus do casarão e olhei para o caminho de cascalho até os portões de garagem na frente. Havia alguns trocados na minha bolsinha de mão, e eu só pensava em conseguir um táxi que me levasse para bem longe dali. Só então eu poderia respirar e me acalmar.

— Maiana? — Uma voz masculina familiar, ao meu lado, penetrou meu subconsciente em meio à agonia e ao desespero que me envolviam.

Confusa, me virei, sem acreditar que era mesmo Matheus ali. Ele também parecia surpreso e, ao ver meu estado, se aproximou mais.

— O que está fazendo aqui? — Olhou em volta e depois novamente para mim, preocupado. — Onde está o Arthur?

Falar nele me assustou. Eu me dei conta de que logo apareceria ali. Desci os degraus, já pronta para sumir. Matheus me acompanhou e segurou minha mão.

— Maiana...

— Ele me trouxe para esse lugar... — Novas lágrimas surgiram nos meus olhos. — Quero ir embora.

— Calma. Onde ele está?

— Lá dentro. Não quero ficar aqui.

— Venha comigo. Vou levar você para casa.

— Não, eu vou pegar um táxi.

— Venha, Maiana.

Vi seus olhos verdes, preocupados. E concordei, querendo sumir e logo. Acompanhei-o até seu carro, estacionado quase em frente. Era grande e prateado, tipo Ranger, e Matheus me ajudou a subir. Fiquei quieta, enquanto ele dirigia para longe dali.

— Você sabia como era o clube, Maiana?

— Não. — Sacudi a cabeça, ainda muito chateada. — Arthur frequenta um lugar assim?

Então percebi que Matheus estava entrando lá. Olhei-o na hora.

— Você também...

— É, eu também. Mas, porra, ele é louco de trazer você aqui! Não é lugar que se traga a namorada. Devia ao menos ter perguntado se você queria vir. — Estava irritado. — Vou dizer umas verdades para ele.

— Eu não entendo... — Estava tão agoniada, que precisava desabafar. — Ficou esquisito, parecia que estava com raiva de mim e aí quis vir aqui, falou umas coisas... Me senti suja.

— Filho da... — Calou-se, com raiva. — Acalme-se. Depois você conversa com Arthur, pede explicações.

— Só quero ir para longe!

Novas lágrimas surgiram nos meus olhos. Não era o fato em si de me levar a um clube de sexo. Se estivéssemos bem, tivéssemos conversado e concordado, seria uma coisa. Mas ele ficou estranho e me levou lá sem mais nem menos, dizendo aquelas barbaridades como se eu fosse uma puta.

Não dava para entender. Como podia ter ficado com tanto ciúme de Matheus só porque conversamos e então querer me compartilhar com casais? O que havia acontecido?

Meu celular começou a tocar. Nervosa, vi que era Arthur. Na mesma hora o desliguei e enfiei na bolsa, tremendo, meu peito doendo. Logo era o de Matheus que tocava. Olhou e o guardou de volta, colocando no silencioso.

— É ele — avisou. — Deve saber que está comigo.

— Mas como?

— Não sei. Alguém pode ter visto você sair comigo.

Fechei os olhos. Depois disso, sim, ele ficaria revoltado de vez. Mas que se danasse!

Expliquei a Matheus onde eu morava. Quase não falei mais nada durante o percurso, querendo muito ficar quieta, tentar me recuperar. Entrou com o carro em minha rua e parou em frente à minha casa, olhando em volta. Então se virou para mim, seus olhos passando por meu rosto.

— Precisa de alguma coisa, Maiana?

— Não. Obrigada por me trazer. Acho que acabei criando problemas entre vocês.

— Não se preocupe, depois me entendo com ele. Procure se acalmar. Com o tempo, tudo se resolve.

Virei para ele, agradecida. Concordei com a cabeça. Depois, desci do carro e fui abrir meu portão. Acenei e entrei. Só então ele foi embora.

Fui para meu quarto sem fazer barulho. Joguei-me na cama e comecei a chorar.


## ARTHUR

Eu estava possesso. Quando voltei com as bebidas e vi a mesa vazia, ainda demorei para acreditar que Maiana tinha me deixado sozinho. Olhei em volta e então larguei as bebidas lá, irritado. Saí logo, sabendo que a pé ela só teria como ir até os táxis do lado de fora.

Parei perto dos seguranças e perguntei a um deles, o mais antigo dali:

— Viu uma loira bonita com vestido longo saindo daqui, ainda há pouco?

— Sim, senhor. Ela já foi.

— Já foi?

— Sim.

— Para a rua?

— Não, saiu com o senhor Matheus.

— O quê? — Fiquei imóvel, olhando para o homem. Ele continuou do mesmo jeito e repetiu:

— Ela encontrou o senhor Matheus aqui e saiu com ele.

Foi como baixar um manto vermelho sobre os meus olhos. Desci os degraus e fui em direção ao estacionamento, furioso, já sacando meu celular. Ela não atendeu e depois estava desligado.

— Porra! — Chutei o pneu do meu carro e então abri a porta com um safanão. Ali mesmo, de pé, liguei para Matheus, mas o desgraçado não atendeu. — Puta que pariu! Filho da puta!

O ódio e o ciúme triplicaram. Tudo o que parecia ferver dentro de mim estava a ponto de explodir violentamente. Entrei no carro e bati a porta, tentando respirar fundo, conseguir um resto de controle, mas estava difícil. Eu sentia tudo na superfície, querendo sair.

Agarrei o volante com força. Liguei o carro, e o motor roncou, potente. Respirei pesadamente, a cólera tão presente que primeiro tive que esperar parte do meu controle retornar para então conseguir me manter lúcido o suficiente para dirigir. Antes de sair, tentei ligar para eles novamente, mas nenhum dos dois atendia. Para ambos, a ligação indicava que os celulares estavam fora de área ou desligado.

Liguei o carro e saí. Na estrada, acelerei, e o Porsche avançou como uma bala, enquanto eu me remoía com tudo o que havia me consumido naquela noite. Foi como uma avalanche, se formando aos poucos, ganhando massa e velocidade, até se tornar incontrolável. Era assim que eu me sentia.

As dúvidas e os sentimentos que eu tinha por Maiana pareciam incontroláveis. Já era uma semana ruim para mim, fui ao cemitério, relembrei toda a tragédia do meu pai e vi minha avó tão arrasada. Depois vieram as palavras dela, suas desconfianças e pressentimentos, então, tudo aquilo que me dominava, que eu sentia por Maiana. E, por fim, o maldito ciúme, que me corroía sem controle.

Entre tantas coisas, lembrava o fato de Fabrícia ter deixado claro que transaria comigo, assim como Taís e tantas outras mulheres; no entanto, nenhuma delas me tentava. Aquele poder que Maiana tinha sobre mim era como uma garra, se estendendo e me atingindo nos órgãos vitais. Era uma ameaça, uma fraqueza, uma prova de que ela estava me envolvendo mais do que deveria, me deixando descontrolado.

Mais do que nunca, temi me tornar o homem cego que foi meu pai. Depois de todo esforço de Dantela, de seus alertas e pressentimentos, eu seguia exatamente por aquele caminho, cada vez mais tonto e dependente de uma mulher que poderia ser um anjo ou um demônio.

Quem era Maiana? A moça lutadora, apaixonada e cheia de valores que eu conhecia? Ou uma falsa, que aprendeu com a mãe a tática perfeita de pegar um homem rico, fingindo-se de santa e inocente, enquanto tentava engravidar e seduzir outros homens para se garantir? Afinal, não era exatamente como minha avó falara? Primeiro, tentaria o golpe da barriga, e o havia feito, ao me deixar transar com ela sem camisinha, quando estava bêbado. Depois, tentaria se garantir seduzindo uma segunda opção. E ela tinha Matheus a seus pés, tão apaixonado que na certa casaria com ela sem vacilar. Era muito mais romântico e menos desconfiado do que eu.

Minha mente trabalhava, incansável. A palavra "apaixonado" martelou em minha cabeça e me assustou. Era esse o poder que Maiana tinha sobre os homens. Se ela quisesse, poderia fazer um deles comer em sua mão. Mas não eu. Lutaria com unhas e dentes contra aquele poder. Não ficaria cego e tolo. Não seria como meu pai.

Enquanto dirigia, tentava ser analítico, revendo tudo. Minha perturbação e os sentimentos incontroláveis que me dominaram desde que a tinha visto pela primeira vez naquela noite. Deslumbrado seria a palavra certa para me descrever. Submisso à sua aparência, seu sorriso, sua feminilidade.

Então eu já tentara me resguardar. Mas algo me transtornava, algo profundo e quente despertava em mim e me deixava trêmulo e fraco. Não quis analisar nem admitir, mas naquele momento, ali, no silêncio do meu carro, pensei claramente sobre ele e me dei conta do porquê estava tão amedrontado. Maiana havia conseguido. Eu estava apaixonado por ela.

Sabia que era perigoso, uma fraqueza. Ainda mais porque achava que havia algo muito errado naquela história. Ela era lindíssima, inteligente, apaixonada na cama. Foi criada para ser uma caçadora. Tinha todo o potencial. Mas se guardara e se entregara a mim. E se eu fosse seu alvo? O homem muito rico com quem se dava bem na cama? O homem para quem se guardou e apostou todas as suas fichas em um golpe certeiro?

Se fosse assim, havia escolhido mal. Pois acertou em alguém cascudo, que não entregaria o jogo sem lutar e confirmar tudo. Eu fui criado para ser desconfiado, forte… um rei, não um babaca.

Transar sem camisinha havia sido uma tacada. Poderia ou não dar certo. Enquanto isso, penetrava cada vez mais as minhas defesas, entrava em meu mundo e conhecia meus amigos, jogava inocentemente charme para um deles até deixá-lo apaixonado. A segunda opção. E, de quebra, ainda ganhava um contrato fotográfico em uma das maiores empresas de cosméticos do país. Era ou não uma conquista para a pobre e lutadora garota de Nova Iguaçu com sonho de ser professora?

Tudo passava pela minha mente, as desconfianças aumentadas pelo ciúme e pelo medo que eu tinha de assumir meus sentimentos. Podia até confessar, já que estava apaixonado por ela, que não desejava outra mulher, mas isso só me deixava ainda mais perturbado. E nunca admitiria a ela, ou passaria a ser um idiota por isso. Pelo contrário, eu iria fundo naquela história e descobriria quem era Maiana de verdade.

Cheguei em frente à casa dela e a rua estava deserta, tudo silencioso, todos dormiam. Dentro do carro, liguei de novo para ela e para Matheus. Nenhum dos dois atendeu. Pensei em Maiana sendo confortada pelo cavaleiro de armadura brilhante em algum lugar íntimo, ambos se achegando, até que a atração os envolvesse e acabassem na cama. Então ela choraria, se mostraria arrependida, e Matheus estaria tão loucamente apaixonado que faria qualquer coisa por ela.

O ódio veio violento. Saí do carro e bati a porta. Respirava irregularmente, fora de mim, quando toquei a campainha, enfiando o dedo sem parar nela. Eu não sairia dali até ter respostas.

Mas quem acendeu a luz da varanda e apareceu, toda descabelada, foi Tereza. Deu uns passos até os degraus, confusa, olhando para mim e segurando uma camisola grande e disforme.

— Arthur?

— Quero falar com a Maiana.

Apertou os olhos, aproximando-se um pouco mais.

— Mas... Maiana não está com você?

— Não. Quero falar com ela, Tereza — exigi.

— Mas ela não está aqui. Pensei que estivesse com você!

— Não. Tem certeza de que ela não está em casa?

— Absoluta. Fiquei acordada até ainda há pouco, esperando Juliane sair. Mas agora fiquei preocupada. Onde ela está?

"Com Matheus" era a resposta certa. Cerrei o maxilar, ódio percorrendo o meu corpo como ondas, deixando-me furioso, à beira de um descontrole.

— Quer entrar? Posso tentar ligar para ela e...

— Não. Obrigado. — Contornei o carro. — Se ela chegar, diz que quero falar com ela.

— Sim. Mas...

Ignorei-a. Entrei no carro e saí da rua como um doido. Peguei a estrada, tremendo. Então era isso. Os pombinhos estavam em algum lugar, com certeza Matheus fazendo de tudo para consolar Maiana. Aonde? Em algum lugar romântico? Dentro do carro? No apartamento dele?

Foi como tomar um soco. Um calafrio percorreu meu corpo ao imaginar Maiana se entregando a ele do jeito que fazia comigo, dando tudo o que me pertencia. Uma dor atroz, descontrolada, surgiu dentro de mim.

Pensei em caçá-los, furioso, alucinado de ciúme e de raiva. Mas, então, algo me alertou e vi que estava sendo um idiota, caindo em armadilhas que poderiam ter sido bem talhadas. Se Maiana pensava que me teria na mão, desesperado atrás dela, estava enganada.

Eu era Arthur Moreno, um rei em meu mundo. Ditava minhas próprias regras e não era dominado por ninguém. E não seria uma mulher a me dobrar agora.

Antes, eu provaria do que era capaz. Eu sobreviveria muito bem sem ela. Sendo o que sempre fui, eu mesmo.

Lembrei-me de uma festa na casa do meu amigo de sessenta e oito anos que gostava de jovens de dezoito, o Alberto Gaspar. Àquela hora, a orgia já devia ter começado. Era o que eu precisava. Logo Maiana seria esquecida e relegada a um segundo plano. Sem pensar mais uma vez, segui para lá.

## MAIANA

No quarto, apenas fiquei quieta na cama, encolhida sob as cobertas, o rosto inchado de tanto chorar, a cabeça explodindo. Não conseguia dormir nem me livrar dos acontecimentos daquela noite, nem da expressão de raiva de Arthur, ou de sua frieza assustadora. Era outro homem. Irreconhecível.

Quando a campainha tocou estridente, eu me assustei, sabia que era ele. Senti medo. Por um momento mantive-me imóvel, sem saber o que fazer. Não queria vê-lo nem conversar. Não naquele instante.

Ouvi passos no corredor e calculei que fosse minha mãe ou Juliane. Eu me preparei para a possibilidade de ele conseguir entrar ali. Mas pouco tempo depois ouvia passos de novo, minha mãe abria a porta e acendia a luz. Ficou surpresa ao me ver.

— Opa, eu falei para o Arthur que você não estava em casa, Maiana! Nem ouvi você chegar.

— Melhor assim — murmurei. — Ele foi embora?

— Foi. Parecia nervoso. Vocês brigaram? — quis saber, curiosa.

— Mais ou menos.

— Ah, coisinha de namorado. — Sorriu e aconselhou: — Não seja boba de perder um partidão daqueles, querida. Olha lá!

— Estou com sono, mãe.

— Tá bom. Vou deixar você dormir.

— Juliane está em casa?

— Não. Saiu com Luana. Até amanhã.

— Até amanhã.

Pensei em Juliane e suas saídas de madrugada, que voltaram a acontecer. Fiquei preocupada, mas nem tive condições de divagar muito sobre aquilo. Estava tão mal que só queria dormir e esquecer tudo. O problema era: conseguiria?

## ARTHUR

A mansão de Alberto ficava na Gávea e estava cheia de convidados naquela madrugada. O salão amplo, cheio de sofás, pufes e recamiers havia virado palco de orgias. Pessoas nuas e seminuas, transando, sorrindo, se beijando, conversando e usando drogas, se espalhavam por todo canto. Passei entre elas, cumprimentei alguns conhecidos e fui até Alberto.

Usando apenas um robe de seda, o sexagenário estava abraçado a uma ninfeta e conversava animadamente com um casal. Mas, ao me ver, ficou feliz da vida e veio me cumprimentar com um abraço e um aperto de mão.

— Chegou quem faltava! Meu amigo sumido! Finalmente!

— Como está a festa?

— Uma maravilha! Garçom! Uísque aqui para o meu amigo!

Peguei o copo de uísque, virei a dose toda de uma vez. Deixei o copo vazio na bandeja do rapaz e peguei outro, cheio. Só então o dispensei. Alberto sorriu.

— Pelo visto, chegou com tudo. Você já é de casa. Faça tudo o que quiser, sabe que aqui não temos controles nem pudores. — Riu, animado.

— Pode deixar.

Circulei e conversei com conhecidos. Bebi bastante. Muitas mulheres me olharam e se aproximaram de mim. Joguei conversa fora. Havia um lado meu que não se concentrava, que se mantinha quieto num canto, só observando. Um lado que parecia ter se separado do resto de mim. E que não existia antes.

Senti falta do homem que chegava e fazia tudo o que queria, sem se importar com nada além de seus desejos. Um rei perante a sua corte. Agora algo me travava, me dava um nó na garganta. E isso era revoltante e apavorante.

Bebi muito. Fui para o sofá e me sentei. Logo uma bela mulher, tipo modelo, de pele escura, alta e com cabelos crespos e pretos bem cheios, sentava ao meu lado e dizia em meu ouvido:

— Quer companhia, gostoso?

Olhei para ela. Estava com os seios à mostra, empinados e com mamilos marrons. Sua pele era lisa e linda. Usava apenas uma calcinha rosa de lacinho, minúscula, e sapatos de saltos altíssimos.

Não respondi. Bebi, pois queria parar de me sentir morto. Uma loirinha de cabelos com marias-chiquinhas, vestida de colegial, também se aproximou. Acariciou as costas da outra mulher, sorrindo:

— Quer uma ajudinha aqui, Marisa? Oi, gato. Saquei você desde que chegou.

— Acho que é tímido, Pat. — Marisa se inclinou, roçando o nariz em meu pescoço. — Mas é cheiroso e lindo.

— E então, amor? — Pat se ajoelhou entre minhas pernas, sem nenhum pudor, passando a mão sobre meu pau por dentro da calça e arregalando os olhos. — Hum... Tudo isso é seu? Posso ver?

— Fique à vontade — resmunguei.

Ela sorriu. Começou a abrir a minha calça. Marisa se encarregou da camisa e então pôs um mamilo meu na boca, chupando docemente. A loirinha já segurava meu pau e se divertia com ele, enfiando-o na boca como uma verdadeira profissional.

Fiquei totalmente ereto, e ela conseguiu me chupar até o fundo da garganta, suas marias-chiquinhas balançando enquanto mexia a cabeça. Senti meu corpo reagir, o desejo vindo, me percorrendo. Tomei todo o uísque do copo e estendi para um garçom encher mais.

Era disso que eu precisava. Sexo puro e bem sujo, bebida boa, estar sendo adorado e mimado por garotas experientes, bonecas descartáveis. Sorri e acariciei a cabeça de Marisa, fazendo-a escorregar para baixo com a amiga. Elas tiraram minha calça, cueca e sapatos. Fiquei só com a camisa aberta. Pat passou a chupar meu testículo enquanto Marisa engolia meu pau.

Eu as olhava. Quando a imagem de Maiana veio em minha mente, afastei-a às pressas, com raiva. Peguei minha calça e tirei uns preservativos da carteira, disposto a fazer tudo a que eu tinha direito naquela noite.

Só o fato de imaginar que Maiana podia estar com Matheus me deixava doente. Mas ela que se ferrasse para lá e exibisse suas garras para ele. Que o desgraçado se tornasse sua primeira opção, pois eu não cairia no seu canto de sereia. Eu era muito mais cascudo do que ela podia imaginar. Não dependia de Maiana para nada. E não seria dominado por ela, nunca.

Uma mulher parou ao meu lado. E disse com ironia:

— Olha só quem está se divertindo por aqui.

Ergui os olhos para Juliane, que usava um vestido minúsculo e decotado. Sorriu para mim e se sentou ao meu lado.

— Que garoto levado! Minha irmã sabe de suas brincadeirinhas? — Seus olhos passaram por mim, até onde as duas garotas me chupavam.

Só me faltava aquela! Enchi-me de asco ao ver Juliane. Por ser uma puta de primeira, que já vinha me irritando, e por me lembrar ainda mais de Maiana. Fui ríspido:

— Por que não vai tomar conta da sua vida?

— Ei, calma. Somos amigos, lembra? E parceiros. Ou esqueceu que temos um acordo?

— Saia daqui, Juliane.

— Que isso, Arthur? Meu querido, gosto tanto de você... — Aproximou-se mais e mordiscou meu pescoço, dizendo perto da minha orelha: — Eu sabia que aquela chata da minha irmã não era mulher o suficiente para você. Quando vai se convencer de que eu sou? Faço tudo o que você quiser. É só mandar, querido.

Ela me dava nojo. De todas as mulheres possíveis, a irmã de Maiana não me atraía em nada. Talvez devesse, para provar a mim mesmo que não me importava. Mas ainda tinha algum escrúpulo dentro de mim. Mesmo que Maiana não fosse quem eu pensava, ela gostava da irmã e se preocupava com ela. Que retribuía sendo uma verdadeira filha da puta.

— Já disse para você sair daqui. — Olhei-a friamente. — Qual foi a parte que você não entendeu?

Juliane empalideceu, como se visse o desprezo dentro dos meus olhos. Sentou-se ereta, com raiva, e perguntou:

— E a capa da revista? Disse que nunca quebra uma promessa.

— Você a terá.

— Quando?

— Quando eu achar que é a hora.

As garotas continuavam empenhadas em me chupar, revezando-se. Apesar de estar duro, meu desejo era bem controlado, nem arranhava a superfície.

— Mas estou esperando e você só me enrolando! Eu...

— Saia daqui. Agora! — A cólera me invadia e a olhei fixamente. — E, quando eu quiser, a chamo para fazer a capa.

Ela se levantou, tremendo de raiva, erguendo o queixo.

— Melhor não me fazer esperar muito — disse em tom ameaçador, despeitado. E se afastou.

— Puta — resmunguei, possesso, querendo extravasar tudo de ruim que me queimava por dentro.

Fiquei bêbado. Nu. Coloquei a camisinha, deitei uma no sofá e a fodi com brutalidade. A loirinha veio por trás e ficou chupando meu saco enquanto eu metia o pau na outra. Depois me voltei para a loirinha e a peguei de quatro, segurando suas marias-chiquinhas e mandando ver em sua boceta.

Algumas pessoas se aproximaram. Uma mulher me beijou e chupou meu pau enquanto seu parceiro a fodia por trás. Depois ela montou nele no sofá, ele a comia na boceta, e eu fui por trás e enfiei o pau em seu cu.

Estava tonto... e não parei de beber, mas isso não me enfraqueceu. Só me deixou mais mecânico e cheio de gás... uma máquina sem controle. Não sei quantas mulheres peguei. Elas vinham e eu as jogava no chão, na mesa, no sofá ou na parede. Comi e meti... sem gozar. Parava, bebia mais, ria de algo que nem sabia ao certo o que era. E então sentia aquele incômodo, aquela coisa ruim por dentro. Pensava em Maiana e voltava à orgia, começando tudo de novo.

Em alguns momentos, me vi pensando: onde ela estaria? Em minha mente, a via embaixo de Matheus, gemendo, olhando-o daquele jeito apaixonado que olhava para mim, e o ódio me consumia voraz, derradeiro, avassalador. Dizia a mim mesmo que não queria saber, que mulher nenhuma me dominaria, e continuava na perversão, incontrolável, angustiado.

Transei até quase perder as forças. Não sei em qual das mulheres gozei, nem como. Alberto veio perto, me amparou, falou alguma coisa, mas, de tão bêbado que eu estava, só entendi a palavra "descansar". E não lutei quando me levou para um dos quartos da mansão e me deixou lá na cama, saindo e fechando a porta em seguida.

Olhei para a parede, mas tudo girava à minha volta. Estava enjoado. Meu estômago doía.

Fechei os olhos, mas a tontura não passou. Vi Maiana sorrindo para mim. Seu rosto veio nítido, deitada ao meu lado na cama, me fitando.

Algo se apertou dentro de mim. Uma dor angustiante, um ódio sem igual. O ciúme me corroeu e mais uma vez lutei ferozmente contra a paixão que me destroçava, contra as dúvidas que não me abandonavam. Queria um alívio para tudo aquilo, sentir paz, mas o desespero só aumentou, a ponto de doer de verdade.

E, em meio a todo aquele caos, o alívio veio em forma de sono.

## MAIANA

Passei o domingo sozinha. Não quis falar com ninguém e me sentia mal, com vontade de chorar. Fiquei em meu quarto, ouvindo o rádio, baixinho, tentando estudar para as provas da faculdade. Mas não conseguia me concentrar. Fechei os olhos, ouvindo a música que tocava, minha mente toda preenchida por Arthur.

Ainda estava confusa, perdida com tudo o que havia acontecido, sem entender o que se passou com ele. E pior, o que seria da gente dali para a frente? Estava desesperada por respostas, e esperei que ele viesse me procurar, mas o dia passou e ele não me telefonou.

Conheci a felicidade plena em sua companhia. Estava tão apaixonada, amava-o tanto que agora não sabia dar mais um passo sem pensar nele. Tinha se convertido no meu mundo. E sua mudança brusca, o modo como havia me olhado e agido, tudo aquilo parecia tão discrepante de todo o resto que tivemos, que eu não entendia nada. Não sabia o que esperar.

Rezei para que viesse falar comigo, se desculpasse e explicasse o que havia acontecido, voltasse a ser o mesmo homem que eu amava. Porque eu não sabia mais seguir sem ele. Precisava de sua presença como precisava de comida para sobreviver. Sem ele, não saberia mais quem eu era.

Mas Arthur não veio.

## ARTHUR

Saí da casa de Alberto pela manhã, descabelado, amarrotado, cansado, a cabeça explodindo. Nem os dois analgésicos e o café quente que tomei resolveram o problema. Sentia um gosto ruim na boca, estava enjoado, uma ressaca horrível, um mal-estar de primeira.

Entrei no carro, fui dirigindo e, quando percebi, estava indo em direção ao apartamento de Matheus, em Ipanema. Só pensava em tirar satisfações com ele, saber se Maiana estava lá ou se eles tinham passado a noite em outro lugar. Mas mudei o curso e fui para casa. Não me rebaixaria nem me humilharia pedindo satisfações.

Ela tinha feito as escolhas dela, e eu, as minhas. Estava decidido a seguir com minha vida, a me livrar daquela relação que me sugava e mexia comigo, mais do que eu podia suportar. Seria difícil no início, ainda estava muito ligado a ela. Mas era o melhor a fazer. Eu não sabia mais como lidar com aquela situação.

Assim, fui para meu apartamento, mesmo quando uma parte de mim tentava me alertar que era o caminho errado, que eu devia procurar Maiana e resolver tudo. Meu orgulho e meu medo levaram a melhor. Deixar tudo para trás e seguir em frente era a melhor opção.

E foi o que tentei fazer.

## MAIANA

— Algum problema, Maiana?

Parei com as anotações para olhar para meu chefe, o advogado José Paulo Camargo. Estávamos em reunião, e eu anotava os assuntos em pauta, quando, sem me dar conta, me distraí e saí de órbita. Na mesma hora, ajeitei-me na cadeira, corando.

— Desculpe, doutor Camargo. O que o senhor disse?

Ele me observou, um pouco preocupado. Eu era sempre eficiente, e, naquele dia, estava muito dispersa, sem poder me concentrar em nada.

— Tudo bem, Maiana? Você está pálida e abatida. Está se sentindo mal?

— Não, está tudo bem — garanti com um sorriso forçado.
— Tem certeza?
— Sim, obrigada. Estou bem. O que o senhor havia dito?

Ele repetiu e anotei, lutando contra o nervosismo e todos os pensamentos e sentimentos que se embaralhavam dentro de mim. Não via a hora de chegar logo o fim do expediente para eu sair correndo, ansiosa, preocupada.

Quando deu meu horário, praticamente fugi do escritório e fui a pé até o laboratório, em outra quadra. A menina da recepção havia me dito que o resultado só saía às 17h. E que eles fechavam às 17h30.

Naquela manhã de terça-feira, fui fazer o teste de gravidez antes de ir para o trabalho. Já haviam se passado quase duas semanas desde a transa sem camisinha e, apesar de ter convicção de que não estava grávida, não sentindo nada, eu quis ter certeza absoluta. Pois estava pensando em procurar Arthur e não queria nenhuma dúvida entre nós.

Ele tinha sumido. Desde a madrugada de sábado para domingo não me procurava nem ligava. Esperei, contei cada segundo, chorei e me desesperei. Mas ele simplesmente me ignorou. E comecei a me assustar. Era o fim? Parava de me ver e pronto. Sem sequer uma palavra de despedida ou de rompimento?

Não aguentava tantas dúvidas e tanta saudade, passar cada minuto do meu dia alerta, esperando por ele. Isso não era vida. Então resolvi procurá-lo, olhar dentro de seus olhos e ouvir de sua boca o que tinha acabado. Ia sofrer, como vinha sofrendo aqueles dias, mas ao menos teria uma certeza. E talvez pudesse entender o que foi que deu errado, por que mudou tão bruscamente comigo.

Entrei no laboratório, nervosa. Cumprimentei a moça da recepção e entreguei o papel do pedido. Buscou o exame dentro de um envelope e me entregou. Agradeci mecanicamente, minha barriga gelada, se contorcendo, o coração batendo com força. Sentei em uma cadeira e respirei fundo.

Era negativo, mas eu precisava ter certeza. Criando coragem, abri o envelope e li. Fiquei imobilizada, vendo aquela palavra:

*Positivo*

Não acreditei. Li de novo meu nome no alto do papel e então o resultado. *Positivo*. Grávida. Eu estava grávida de Arthur.

Fiquei sem ação. Pisquei, lambi os lábios, senti que o nervosismo vinha lento, crescendo, corroendo. Meus olhos encheram-se de lágrimas. Em nenhum momento acreditei naquela possibilidade. E, no entanto, eu ia ter um filho dele.

Fechei o envelope e o coloquei na bolsa. Respirei fundo, enxugando os olhos. Sentia como se estivesse em transe, sem saber ao certo como reagir, o que pensar.

Levantei e saí, andando pela rua sem ver nem ouvir nada, minha mente parecia estranhamente vazia, sem foco.

— Ei, cuidado! — uma senhora reclamou quando esbarrei nela.

— Desculpe.

Parei perto de um poste, tentando agir, pensar, reagir. Eu ia ter um filho. Eu, aos vinte e um anos, morando naquela casa pobre e apertada, trabalhando e estudando, ia ter um filho. E Arthur nem estava mais comigo. Tinha virado as costas para mim e saído da minha vida sem nem uma palavra, como se eu não merecesse nada.

Tinha pensado em procurar por ele, pôr as cartas na mesa, mostrar o exame negativo e ter forças de seguir em frente. Mas agora... agora eu teria que dizer que estava grávida e ele pensaria que foi planejado. Ficaria com raiva, pois teria um laço permanente comigo.

Vacilei, sem coragem, perdida. Não sabia o que fazer. Mas não tinha muitas opções. Era responsabilidade minha e dele. E Arthur precisava saber.

Caminhei até o ponto de ônibus. Parecia prestes a desmaiar, tonta e nervosa. Então decidi resolver tudo de uma vez. E foi o que fiz.

## ARTHUR

Eu tinha acabado de chegar em casa. Tomei banho, vesti um jeans confortável, uma blusa de malha e fui pôr meu jantar no micro-ondas. A senhora que cuidava do meu apartamento deixava refeições prontas para a noite. Foi quando o interfone tocou.

— Senhor Moreno, há uma moça aqui que deseja falar com o senhor.

A imagem de Maiana veio à minha mente. Senti um misto de saudade e dor. Estava sendo uma luta, um inferno ficar longe dela. E todo dia tinha que me policiar para não procurá-la. Havia imaginado que acabaria vindo atrás de mim.

— Quem é?

— O nome dela é Juliane.

Foi como tomar um banho de água fria. Fiquei irritado e quase disse para mandá-la embora. Sabia por que estava ali, para cobrar a maldita capa. Mas, então, pensei que poderia ter notícias de Maiana. E resolveria logo aquele assunto.

— Pode mandar subir.

Quando a campainha tocou, me deparei com ela sorrindo, toda arrumada e maquiada, em um curto vestido rajado de preto e branco como uma zebra.

— Oi, querido. Que bom que pôde me receber.

— Entre — disse frio, abrindo a porta. Passou por mim, toda sensual.

Paramos no meio da sala e fui direto:

— O que você quer?

— Nossa! Nem me convida para sentar ou me oferece um drinque?

— Estou sem paciência, Juliane.

— Calma! Só vim aqui saber se nosso acordo continua de pé.

— Continua.

— Para quando? Meu dinheiro está acabando e… Bem, agora que não está mais com Maiana, não vejo por que temos que adiar. — Sorriu.

— Quem disse que não estou mais com ela?

O sorriso sumiu. Olhou-me, desconfiada.

— Não apareceu mais. E ela anda perdida, pelos cantos. Pensei…

— Perdida, pelos cantos, como?

— Esquisita, triste, quase não fala.

Aquilo mexeu comigo. E percebi o quanto sentia falta do seu sorriso. Fiquei irritado. Juliane continuou:

— Então quando, Arthur?

— Preciso ver. Tem umas meninas com contrato fechado para as próximas edições. Vou mandar o diretor da *Macho* separar uma data para você.

— Estou sendo enrolada aqui! — reclamou, com raiva. — Você me prometeu!

— Chega dessa conversa, Juliane. Era só isso?

Respirou fundo e vi o ódio se espelhar em seu olhar. Abriu a bolsa, pegou um envelope e me deu.

— O que é isso?

— Se não estiver mais com a minha irmã, isso não é nada. Mas, se estiver, pode fazer a diferença. Talvez o anime a ter mais boa vontade comigo.

Abri o envelope. Eram várias fotos minhas na orgia na casa de Alberto, fodendo várias mulheres em diversos orifícios e posições diferentes. Senti certo nojo de mim mesmo ao ver aquilo. E soube que não queria que Maiana tivesse acesso àquele material. Mas sorri friamente e entreguei o envelope a ela.

— Acha que tenho medo dessa chantagem de puta iniciante? Pegue suas fotos e use como quiser. Já disse e repito: vou chamar você para fazer a capa quando puder, quando eu estipular a data, não você.

Estava lívida e ia retrucar, mas o interfone tocou naquele momento, logo seguido pela campainha. Fiquei surpreso por haver alguém em minha porta. Atendi o interfone.

— Senhor Moreno, o Camargo aqui deixou sua namorada subir sem interfonar antes. Mas eu…

— Que namorada?

— A loira bonita, com todo respeito. Ela…

Desliguei e olhei para Juliane, um alerta disparando dentro de mim.

— É a Maiana.

— Droga! — Então algo lhe ocorreu e ela sorriu, fria. — Talvez seja bom. Assim a gente resolve tudo de uma vez.

— Escute o que vou te dizer. — Caminhei até ela furioso, ameaçador. — Não brinque comigo. Não sou um garotinho que você pode manipular. Posso fechar todas as portas para você, tornar a sua vida um inferno. Agarre a porra da capa, que ainda penso em te dar, ou vai se foder. Entendeu bem?

A campainha tocou de novo. Mesmo com raiva, Juliane concordou com a cabeça.

— Vá para o quarto e fique lá, quietinha. Só saia quando eu mandar. Você ouviu, Juliane?

— Ouvi — resmungou. Deu-me as costas e se afastou.

Quando vi que estava tudo certo, sem sinal da presença dela, fui até porta. Parei com a mão na maçaneta, percebendo que tremia. Estava nervoso, cheio de saudade. Um nó se formava dentro de mim. E me enfureci por Maiana ter todo aquele poder, mesmo com minha luta diária para esquecê-la.

## MAIANA

Fitei os olhos pretos de Arthur e fui invadida pelo amor supremo e uma saudade aterrorizante. Meu coração disparou, a garganta ficou seca, meus olhos se encheram, sôfregos da sua imagem máscula, da falta que senti de olhar para ele, ver seu corpo, seu rosto, sua barba, seu cabelo, ele todo. Todo meu ser se concentrou em sua presença, no desejo absurdo de abraçá-lo e beijá-lo, de implorar que ficasse comigo e nunca mais me deixasse. Eu gritava por dentro. Mas tudo o que consegui fazer foi fitá-lo e dizer baixinho:

— Oi.

— Oi, Maiana. — Sua voz grossa abalou minhas estruturas.

Engoli em seco, trêmula, nervosa.

— Posso entrar?

— Entre.

Passei ao seu lado e ele fechou a porta. Andei até o meio da sala, tudo me lembrando nós dois, as vezes que nos amamos ali, a paixão ardente, o desejo avassalador. Respirei fundo, lembrando o motivo de estar ali, sabendo que teria que ser forte.

Esperei Arthur se aproximar e parar a certa distância. Era impossível dizer o que pensava. Estava sério, olhando-me fixamente.

— Precisamos conversar. Sei que as coisas não terminaram bem entre a gente. — Ele não disse nada, e continuei: — Nem sei ao certo o que deu errado. Mas... mas...

Respirei fundo de novo. Tentava manter o controle, mas estava difícil. Abri a bolsa e peguei o envelope. Arthur observava, atento. Ergui o olhar, fui mais firme,

— Eu ia procurar você de qualquer jeito. E por isso fui ao laboratório e fiz o exame de gravidez, só para descartar qualquer possibilidade.

Vi que ficou mais alerta. Estendi o envelope a ele.

— Deu negativo? — Sua voz saiu baixa e grossa.

— Veja — murmurei.

— Diga de uma vez, Maiana! — Seu tom irritado me surpreendeu. Continuei com o braço estendido e sussurrei:

— Positivo.

Arthur empalideceu. Agarrou o envelope, quase rasgando-o.

— Só pode estar de brincadeira! — E leu. Na mesma hora, amassou o papel entre os dedos e me olhou acusadoramente, seus olhos chispando. — Parabéns! Seguiu direitinho os ensinamentos da mamãe! Conseguiu a sua mina de ouro com o babaca aqui!

Foi como tomar um soco. Esperei que ficasse desconfiado, mas não com aquele ódio todo, aquelas palavras agressivas. Ergui o queixo.

— Não fale assim comigo. Nunca quis dar golpe nenhum. E se estou grávida é porque fomos dois irresponsáveis, eu e *você*!

— Não, Maiana. — Aproximou-se até parar bem na minha frente, cheio de cólera, irreconhecível. — Se está grávida é porque se aproveitou que eu estava bêbado e deixou acontecer sem camisinha. Você planejou tudo!

— Está maluco! — Perdi a cabeça, furiosa, magoada. — Não planejei nada e sabe disso! Eu só tenho vinte e um anos, não quero essa gravidez!

— Então, faça um aborto!

— Não! — Olhei-o, abismada. — Como pode dizer isso? É seu filho!

— Meu? Tem certeza? — Sorriu sem vontade, agarrando meu braço com força. — Quem sabe não é do coleguinha da faculdade? Ou do Matheus?

— O quê? — Arregalei os olhos, sem acreditar.

— Quem garante que não trepa por aí às minhas costas? Sábado mesmo, saiu do clube com Matheus e não voltou para casa. Ficou fazendo o quê? Trocando figurinhas?

Puxei o braço e andei para trás, com a respiração alterada, um ódio cego me consumindo.

— Eu estava em casa! — gritei. — Ouvi quando minha mãe falou com você!

— Ela disse que não tinha chegado — rosnou.

— Mas eu tinha! Ela que não sabia! Matheus só me tirou daquele lugar, ele nunca encostou um dedo em mim! Nem ele nem mais ninguém. Só você! — Estava tão descontrolada que lágrimas desceram pelo meu rosto sem que eu percebesse.

— Ah, agora vai chorar, para completar o teatro! Chega, Maiana! Não sou a porra de um babaca!

Fiquei imóvel, sem poder acreditar naquele pesadelo. Por fim, minha voz saiu trêmula, magoada.

— Nunca dei motivos para você desconfiar de mim. Se não quer esse filho, diga de uma vez. Não arrume desculpas sujas nem diga mentiras a meu respeito.

— Ah, desculpe. Esqueci que estava falando com a santa Maiana. — Sorriu gelidamente, enquanto os olhos ardiam. — A bela virgem que me escolheu como o idiota que sou para entregar seu tesouro e ser o cara que vai te sustentar pelo resto da vida com uma pensão gorda. Parabéns! Foi esperta. Conseguiu o que queria. Só fique preparada, porque eu quero um exame de DNA.

Eu tremia muito. Enxuguei as lágrimas, sem suportar mais ouvir tudo aquilo, o ódio dele, suas acusações sem sentido. Estava acabada, no chão, mais arrasada do que pensei que ficaria. Minha vontade era me encolher em um canto e chorar. Mas não o faria na frente dele.

— Pode pegar seu exame de DNA e enfiar naquele lugar! Não quero nada de você. Nada!

— Tá bom, Maiana, acredito — disse, cínico.

Antes que eu pudesse dizer algo ou sair dali, ouvi um barulho alto no apartamento. Vinha do corredor onde ficavam os quartos. Encontrei os olhos de Arthur e notei certo temor neles, algo como susto. Meu coração falhou uma batida.

— Você está com outra pessoa?

Ele não disse nada, nem piscou.

A dor me consumiu, apesar de tudo.

— Nem terminou comigo e já está com outra pessoa, Arthur? — Eu lutava contra as lágrimas e o sofrimento atroz. Então algo me ocorreu: — Ou nunca deixou de estar?

— É melhor você ir embora, Maiana — disse baixo, impassível.

Eu dei um passo para a frente, arrasada, desesperada. Mas eu precisava saber. Virei e andei rápido em direção ao corredor.

— Aonde você vai? Venha aqui, Maiana!

Não sei o que me deu. Saí correndo e o senti atrás de mim. Entrei no quarto dele como uma bala e parei estupefata ao ver Juliane deitada na cama em um vestido decotado, como se estivesse bem satisfeita. Sentou-se, passando as mãos nos cabelos, estampando um ar triste.

— Ah, querida, desculpe... — lamentou.

Eu estava imóvel. E então vieram: a dor lancinante, o desespero, a decepção, o horror. Não bastasse ter ouvido todas as acusações infundadas de Arthur, saber agora que transava com minha irmã, pelas minhas costas, talvez todo aquele tempo, foi o golpe fatal. Pensei que fosse morrer. Quis morrer. Perdi o ar, senti que poderia desmaiar a qualquer momento.

Apoiei a mão na parede, pálida, toda dormente. Arthur disse com frieza:

— Pare de teatro, Juliane. Não tenho nada com ela, Maiana.

— Não mesmo? — Ela se levantou e pegou sua bolsa. — Ah, querido... E o que estou fazendo aqui no seu apartamento, no seu quarto?

Eu queria reagir, queria dizer alguma coisa, mas não conseguia. Me sentia paralisada, incapaz de qualquer reação.

— Saia daqui, Juliane. Agora — ordenou, seco. Sentia seus olhos sobre mim.

— Está bem, vou confessar, Maiana. Estou aqui por negócios. Eu e Arthur temos um acordo e vim cobrar a minha parte.

— Juliane... — disse ameaçador, mas ela continuou, venenosa:

— Ele me prometeu a capa da revista *Macho*, desde que eu colocasse você nas mãos dele. Um acordozinho básico, sabe? Estava tarado para comer você, maninha, ser o primeiro a te foder. E vamos combinar, isso ele faz muito bem, não é, querido? Aposto que não foi nenhum sacrifício. No final, estamos todos satisfeitos!

Pisquei, sem acreditar no que tinha ouvido. Olhei horrorizada para Arthur, sem reconhecê-lo naquele monstro.

— Não. — Sacudi a cabeça. — É mentira.

Mas ele ficou apenas me olhando, dentes cerrados, olhos duros. A culpa em seus olhos. Algo se partiu dentro de mim. Abracei meu próprio corpo, quase me dobrando em duas, tentando conter as ânsias.

— Não...

— Desculpe, maninha, mas estava na hora de saber a verdade.

— Cale a boca, sua puta! — Furioso, Arthur foi até Juliane e agarrou seu braço. Arrastou-a para fora do quarto, mas ela tirou algo da bolsa e jogou aos meus pés.

— Você nunca foi importante! Ele fodia tudo quanto era mulher por aí! Só foi mais uma! — gritou com tanta raiva, que parecia me odiar. Berrou mais ainda quando Arthur a levou com ele. E eu olhei para as fotos espalhadas aos meus pés.

Várias delas. Com a roupa com que tinha me levado ao clube no sábado e nu, transando com mulheres diferentes, fazendo de tudo. Era como uma faca me rasgando por dentro. As lágrimas pingavam nas fotos. A dor atroz me prostrava. Senti que algo dentro de mim se rompia para sempre, sem volta.

Arthur voltou ao quarto e veio até mim, cauteloso. Parou perto. Sua voz, pela primeira vez naquela noite, foi sem ódio ou cinismo. Saiu preocupada:

— Não foi assim como ela falou. No começo foi, mas depois... Maiana...

Eu ergui os olhos. Fitei aquele homem, que amei mais do que tudo na vida, que me ensinou o que era a verdadeira felicidade... que seria o pai do meu filho. Entendi que tudo havia sido apenas uma ilusão. Os sentimentos existiam só da minha parte. E pior, aquele homem que amei agora me acusava de aplicar-lhe um golpe, quando o tempo todo era ele que me usava e traía... Aquele homem, agora, me jogava no inferno. Ali eu soube que ele acabou com todos os meus sonhos e com o melhor de mim. Ele me destruiu.

Pisei nas fotos. Ajeitei minha bolsa nos ombros e me dirigi à porta, concentrada, um passo de cada vez.

— Maiana...

Veio atrás de mim, passando a mão pelo cabelo. Fez menção de segurar meu braço, mas dei um pulo para o lado e o encarei com ódio mortal. Avisei baixo:

— Nunca mais toque em mim.

Pareceu chocado com o que viu em meu rosto ou no meu olhar. Tentou:

— Precisa me ouvir. Não foi daquele jeito. Eu gostei de você. Tudo o que tivemos foi verdadeiro, não foi fingimento.

Eu o ignorei. Não corri. Só andei até a porta. Tudo o que precisava era sair dali, mais do que até respirar.

— Não pode sair assim. Deixe só eu te levar em casa, Maiana.

Abri a porta e saí para o corredor. Arthur veio atrás, sem saber o que fazer. Disse com certo desespero:

— Eu mereço tudo isso, mas não vá assim.

Entrei no elevador e apertei o botão para descer. Quando fez menção de entrar, eu o olhei cheia de ódio. Parou, surpreso, a culpa espelhada em seu rosto.

— Maiana...

As portas se fecharam. Permaneci imóvel, mas por dentro sentia que ia morrer.

Não sei como cheguei em casa. Tudo foi automático. Os ônibus que peguei, o caminho que fiz. Parecia que não era mais eu. Que outra pessoa me empurrava para o canto e ocupava meu lugar.

Entrei e vi Juliane na sala com minha mãe. As duas agitadas. Minha irmã levantou de um pulo, olhando-me atrevidamente. Eu a fitei, vendo-a pela primeira vez. Suja e nojenta como ela era. Minha mãe se meteu entre nós e disse rapidamente:

— Já sei mais ou menos o que aconteceu. Olha, Maiana, vocês são irmãs. Vivem na mesma casa. Precisam arrumar um jeito de se entender. Ainda mais agora... — Seus olhos brilhavam. — Ela ouviu a conversa de vocês e me contou.

Filha, você está grávida do Arthur! Não vê o que isso significa? Não precisa mais dele! Vai ter uma pensão de trinta por cento de tudo o que ele ganha! Vai ter um apartamento, carro. Meu neto vai ser o grande herdeiro dele! Meu Deus... Será que não vê? Como foi esperta! Eu achando que você era boba e...

— Aaah! — comecei a gritar, fora de mim. Minha mãe pulou para trás, assustada. Avancei para a televisão, de que ela tanto gostava, a peguei no colo e a joguei no chão com o tubo de imagem voltado para baixo, quebrando-o. O som velho teve o mesmo destino.

— Pare com isso! Meu Deus! — ela berrou.

— É isso o que você quer? É a isso que dá valor? — eu gritava, sem perceber que chorava, jogando tudo da estante no chão. — Coisas materiais, dinheiro... Faça bom proveito! Engula!

— Maiana... — começou Juliane.

Minha mãe arregalou os olhos quando avancei para cima dela.

— Ai, meu Deus!

Eu a empurrei no sofá, tirando-a do meu caminho. E fui cega para cima de Juliane.

— O quê...

Agarrei seu cabelo e a derrubei no sofá, enquanto se debatia e tentava escapar. Praticamente ajoelhei sobre ela, com tanto ódio que poderia matá-la. Dei-lhe um tapa violento no rosto, gritando:

— Isso é pelas vezes que me preocupei com você! — Dei outro tapa e outro, com toda minha força, fora de mim. — Por ter me enganado e traído, quando só o que fiz foi amar você! Por ter me vendido! Por ter sido uma puta! Sua desgraçada!

— Ai, me larga! Mãe! Mãe, me ajuda! — berrava, sem conseguir fugir, tentando se proteger.

— Jesus, Maria e José! Maiana! — Minha mãe me agarrou pela cintura, me puxando desesperadamente. — Pare com isso! Olha o bebê!

Empurrei Juliane com nojo e me soltei da minha mãe, olhando-a com raiva.

— Até parece que se preocupa com o bebê! Quer saber o lucro que vai ter com ele, não é? Pois deixe-me falar uma coisinha para vocês. Não vão pôr os olhos nem as garras no meu filho. Ele vai crescer longe do veneno de vocês. Cansei! *Cansei!* Estou saindo daqui! Se querem comer, que trabalhem! Ou que Juliane sustente a casa sendo a puta que é!

— Minha filha, se acalme...

— Chega! — gritei, tremendo. — Acabou. Nunca mais quero ver vocês. Nunca mais!

— Maiana...

Corri para o meu quarto. Em meio às lágrimas, comecei a soluçar e a tirar minhas coisas do guarda-roupa. Não via o que fazia. Enfiei tudo o que eu pude em bolsas e sacos. Peguei roupas, sapatos, objetos, coisas da faculdade, o notebook, tudo o que vi pela frente. O resto eu pegaria depois. Saí de lá cheia de coisas, o rosto inchado, o coração sangrando.

Juliane reclamava alto na sala, histérica, enquanto Tereza chorava, ajoelhada diante da televisão, tentando salvar os restos. Então parou, suplicando:

— Maiana, pelo amor de Deus, não faça isso.

— Adeus. — Foi tudo o que falei.

Eu ia dar meu jeito. Mas longe de tudo o que me fez mal.

No dia seguinte pensaria com calma, procuraria um lugar para morar. Mas, por enquanto, segui para um lugar onde eu tinha certeza de que era amada e seria acolhida, onde eu receberia um abraço para chorar tudo o que eu precisava: a casa de Virgínia.

# 13

## ARTHUR

Fui dirigindo até Ipanema e deixei o carro em frente ao prédio em que Matheus morava. Subi direto, os porteiros me conheciam, pois frequentava o lugar havia muitos anos. Toquei a campainha, e quando ele abriu, sonolento, entrei o empurrando.

— Você transou com ela?

— Tá maluco, porra? — Matheus se voltou para mim, furioso. — Fora daqui, Arthur.

Eu me virei, com tanto ódio que, se encostasse nele, o mataria de tanta porrada.

— Maiana passou a noite aqui no domingo?

Matheus encarou-me friamente.

— Você devia saber a resposta.

— Não brinque comigo, Matheus. Eu estou por um fio!

— Foda-se!

— Ela dormiu aqui ou não? — Fechei os punhos, minha voz cortante como navalha.

— A namorada é sua e ainda não a conhece? Eu, que a vi poucas vezes, já saquei que não é o tipo que namora um e dorme com outro. Está cego e burro?

— Ela saiu com você.

— Eu a deixei em casa.

— Mentira. Fui lá e não estava.

— Eu a deixei em casa — Matheus repetiu. — Em Nova Iguaçu, uma casa bem pobre. Eu a vi entrar e só então fui embora.

— Eu fui até lá. A mãe dela disse que Maiana não estava.

— Devia estar dormindo e não sabia ou não quis ver você.

Eu o olhei, tentando ver se mentia. Matheus sempre foi péssimo mentiroso. Mas me encarava de volta, irritado. E Maiana havia dito a mesma coisa.

Então me dei conta do que já sabia o tempo todo. É claro que ela não tinha dormido com Matheus e mais ninguém. Só comigo.

Senti a culpa me rasgar por dentro ao me lembrar do que fiz, de como a tratei, de como ficou quando desprezei a gravidez, de quando mandei abortar e a acusei de tentar me dar um golpe e, ainda pior, de quando viu Juliane no quarto e descobriu tudo. A única coisa ali da qual eu era inocente era a acusação de ter transado com Juliane enquanto estava com ela.

Passei as mãos pelo rosto e sentei no sofá, nervoso. As lágrimas dela, o modo arrasado como saiu do meu apartamento, o olhar, não saíam da minha cabeça. Eu não conseguia mais pensar ou ver nada na minha frente. Estava agoniado, nervoso, culpado.

— Que merda você fez agora? Além de levar a menina no clube? — Matheus foi até o bar e preparou duas doses de uísque. Me entregou uma. Eu precisava mesmo.

Tomei de um gole. Ele sentou em outro sofá, me observando.

— Fui um babaca.

— Até aí, novidade nenhuma.

Eu o encarei.

— Fiquei com ciúme dela com você. Meti na cabeça que é uma interesseira, mesmo que nunca tenha me dado motivos de pensar isso.

— Você está confundindo Maiana com essas putas que vive pegando.

— É, foi isso mesmo. Mas a situação é mais complicada.

— Vá atrás dela e peça desculpas.

— Não dá. A cagada foi grande demais. — Encarei-o. — Na madrugada de domingo fui para uma orgia e ela descobriu tudo. Viu fotos.

— Que merda... — Balançou a cabeça.

— Hoje pegou a irmã no meu quarto.

Matheus me encarou, sério.

— Descobriu que fiz um acordo com a irmã, para me aproximar dela com mais facilidade, porque fazia jogo duro. Eu queria tirar a virgindade dela.

— Ela era virgem e você ainda achou que estava dormindo comigo?

— Sei lá, fiquei cego.

— Não, Arthur, você julga os outros pelo seu modo de viver, acha que todos agem como você. Tá acostumado a ser um galinha, a viver em orgias e esperou o mesmo dela.

— Porra, eu só fiz burrada. — Esfreguei o rosto.

— Agora aguenta. Eu não sei, mas Maiana me pareceu uma moça centrada, séria, honesta. Se não viu isso, não pode acusá-la de nada.

— Já acusei de tudo.

— Fica difícil perdoar tanta coisa. — Deu de ombros.

— Mas está esperando um filho meu!

Matheus ficou imóvel, me olhando. Indagou baixo:

— Ela está grávida?

— Está. Acabei de saber.

— E o que fez?

Eu me levantei, tenso.

— O que eu fiz? Eu disse que foi um golpe porque sou rico. Depois mandei fazer um aborto e então perguntei se o filho era seu.

— Meu? Puta merda, você é incrível! De onde saem essas ideias? Só pode ser de uma cabeça suja — falou, irritado. — Merece que ela nunca mais olhe na sua cara, grávida ou não.

— O jeito que ela ficou… — Sacudi a cabeça, nervoso, não aguentando nem me lembrar dela de pé no quarto, pálida, as lágrimas pingando nas fotos. E a forma como me olhou…

— Eu sou seu amigo e estou com vontade de te dar uma surra. Imagino ela.

— Eu vou reverter isso — falei, decidido. — Sei que errei feio, mas estava confuso, me deixei levar pelo ciúme. Porra, nem estava a fim de transar com outras mulheres!

— E por que transou?

— Fiquei com medo de me envolver demais com Maiana. Nem eu mesmo me entendo.

— Não me leve a mal, Arthur, mas você não merece essa mulher.

Apesar de saber que era verdade, eu o olhei com raiva.

— E quem é que merece? Você?

— Se eu a tivesse visto primeiro, nem deixaria você chegar perto dela. — Levantou-se, sua expressão fechada. — E com certeza não a faria sofrer desse jeito.

— Só falta me dizer que está apaixonado.

Quando ele não respondeu, eu semicerrei os olhos, fitando-o com dureza.

— Você mal a conhece.

— Mas gostei do que vi.

— Que porra é essa, Matheus? Maiana é minha.

— Depois disso tudo? Ela não é sua. E digo mais, gravidez não obriga uma mulher a aturar um cara safado, que a trai com a primeira que aparece. Não fique se garantindo que vai tê-la na mão porque vai ter um filho seu.

— Vamos ver — disse, seco, e ameacei, irritado. — Só um aviso: fique fora do meu caminho. Essa história não é sua.

— Você não me dá ordens. Respeitei você e Maiana enquanto estavam juntos. Porém agora, que estão separados, não devo nada a ninguém.

Minha vontade era sair na porrada com ele. O clima entre nós ficou tenso, pesado. E seu olhar dizia que falava sério. Estava a fim de Maiana.

— Que seja — disse, puto. — Mas ela me ama e vai ficar comigo.

— Se isso acontecer, espero que deixe de ser esse babaca presunçoso e dê a ela o valor que merece.

— Cuide da sua vida. — Fui em direção à porta, antes que o clima entre nós piorasse. Saí puto, sem me despedir.

Fui parar na mansão da minha avó, sem conseguir parar de pensar em Maiana nem de me sentir culpado. Minha cabeça girava, meu peito doía. Estava sem rumo, perdido como uma criança que não sabia dar os primeiros passos.

Ela já estava em seu quarto, recolhida para dormir. Mas me recebeu, preocupada, enquanto nos sentávamos à beira da cama.

— O que houve, Arthur?

— Maiana está grávida.

Ficou sem palavras, empalidecendo.

— O quê?

— Teve um dia que bebi demais e não usei preservativo.

— Arthur!

— Eu sei. Foi uma burrada. Mas agora está feito.

— Não acredito. Eu te falei tanto para tomar cuidado! — Estava lívida. — E tem certeza de que o filho é seu?

— Tenho — falei, cansado. Não conseguia parar de pensar, sem ter paz, minha consciência pesando.

— Mesmo assim, precisa de um teste de DNA. — Balançou a cabeça, desolada. — Eu não falei que ela estava só esperando para dar um golpe?

Eu a fitei. Percebi sua preocupação, entendia seus motivos. Passou a vida se lamentando por não ter impedido os acontecimentos que levaram meu pai a se matar, sabendo que a culpa era da minha mãe. E agora tinha medo de que uma mulher tentasse fazer o mesmo comigo. Mas não concordei com ela.

— Não foi um golpe, vó.

— Claro que foi! Ela é esperta. O que você fez quando contou da gravidez?

Estava tão cansado, tão perturbado com tudo aquilo, que caí para trás na cama e fiquei lá. Minha avó, como se soubesse que eu precisava de mais do que críticas, acariciou com carinho o meu cabelo. Disse baixinho:

— Quando você era garoto, achava que tinha fantasmas aqui. Aparecia de madrugada e vinha se deitar na minha cama. Lembra disso?

— Lembro. E a senhora sempre me deixava ficar.

— Claro que deixava. Era tão pequeno ainda e, além disso, só tinha a mim. Então acabava fazendo as suas vontades. — Os dedos, levemente tortos pela artrose, continuavam em meu cabelo. — Nunca gostei que sofresse e acho que por isso dificilmente eu lhe dizia não... não importava para o que fosse.

Era verdade. Eu era o reizinho da casa. Cresci mimado, acostumado a ter as coisas à minha maneira. Para mim, nada era impossível. Sempre dei meu jeito de conseguir o que queria e com Maiana não havia sido diferente. Eu consegui tudo, para jogar tudo fora.

— Está apaixonado por ela? — Dantela perguntou, de repente.

Eu não queria saber da resposta. Sabia que sim, mas ao mesmo tempo era algo contra o qual sempre tinha lutado. E agora eu não entendia... como tinha conseguido fazer tanta besteira.

— Eu gosto de Maiana.

— Gosta ou ama?

Minha garganta estava travada.

— Gosto. — Não admiti que era mais do que isso.

— O que pretende fazer?

— Tenho que me sentar com ela e conversar.

— Vocês ainda estão juntos?

— Não.

— Que surpresa! É que você está parecendo triste. Aconteceu mais alguma coisa?

E então eu desabafei. Contei tudo o que havia acontecido, desde a festa de casamento, no sábado, até aquela noite. Ela ficou quieta, escutando. Por fim, continuei deitado, um pouco mais aliviado por ter extravasado meus sentimentos.

— Você estava se protegendo. Não sabe ao certo como essa menina é.

— Não, eu peguei pesado demais. E sei que ela não merece. — Fechei os olhos, com aquele aperto horrível que não deixava o peito. A imagem de Maiana no quarto, arrasada, seus olhos desolados e chocados, não saía da minha mente. A culpa era tanta... achei que fosse implodir.

— Ainda acho que engravidou de propósito. — Minha avó desceu a mão do meu cabelo até meu rosto. — Mas não fique assim. Agora não adianta chorar sobre o leite derramado.

Era verdade. Eu não podia voltar atrás em tudo o que havia feito, e isso era o pior, o remorso me corroendo, saber que a tinha magoado de propósito. Sentei na cama, suspirando, minha mente trabalhando o tempo todo, buscando uma maneira de diminuir os danos.

— Escute, Arthur. — Me virei para minha avó, que me observava, séria. — As pessoas não entendem, grande parte acha que nós, ricos, somos frios. Mas, quando se tem bastante dinheiro, é preciso desconfiar de tudo. Porque muitos se aproximam só por interesse. É difícil saber quem gosta realmente de nós.

— Eu sei disso.

Ela acenou com a cabeça.

— O que aconteceu foi isso. Não sabia quem ela era. Se podia confiar realmente ou não. Não agiu errado.

— Vó, eu transei com tantas mulheres naquela festa que perdi a conta. E com outras, no clube e em casa. E já estava em um relacionamento sério com Maiana. Com nenhuma delas eu quis realmente ficar. Dispensaria cada uma por ela. Não fui levado nem pelo desejo nem pela paixão. Fui quase que me obrigando. Sabe por quê?

— Por insegurança?

— É. Por medo de estar sendo um bobo apaixonado, medo de me entregar e ficar nas mãos dela. Como meu pai. Só pensei em mim, não no que eu queria, pois nenhuma daquelas mulheres me fez falta. E não foi só isso. Usei meu ciúme e minha desconfiança como arma. Fiz tudo de propósito.

— É o que estou dizendo. Fica difícil saber quem nos ama de verdade e quem só se aproxima por interesse. — Ela balançou a cabeça. — O pior de tudo foi o acordo com a irmã dela.

— Eu nem sei. — Levantei, passando as mãos pelo cabelo. Inclinei-me e beijei seu rosto, muito perturbado, precisando de algo que eu não conseguia: paz. Em seu lugar, só a culpa me remoía. — Vou para casa.

— Por que não dorme aqui hoje?

— Não. Prefiro ir. Cuide-se, vó. E obrigado por me ouvir.

— Venha sempre que precisar. Mas, meu filho, não se sinta tão culpado. Afinal, ainda acho que ela pode ser uma interesseira. Faça o teste de DNA e fique de olhos abertos.

Eu estava cansado. Não aguentava mais falar sobre aquilo.

Quando saí da casa de minha avó, dirigi pelas ruas quase desertas com Maiana na cabeça.

Estava preocupado, imaginando como ela deveria estar, como tinha chegado em casa. E como ficaria lá, sob o mesmo teto que a irmã, depois de tudo. Aqueles olhos não saíam da minha mente. Sem a vida e o brilho todo de antes. Não parecia mais ela. Era como se tivesse deixado uma parte sua morta naquele quarto. E eu me sentia um assassino.

Apertei o volante com força, emoções fortes me corroíam, coisas que nunca senti antes me golpeavam. Percebi o quão baixo eu havia chegado e, finalmente, conseguido o que tanto queria: afastar a ameaça que Maiana era para mim. Agora eu não precisava mais ter medo de ficar nas mãos dela. Tinha estragado tudo.

Queria vê-la tão desesperadamente que doía. Queria dizer que lamentava e pedir perdão. Mas, ao mesmo tempo, me sentia ainda prisioneiro de mim mesmo, dos meus medos e do meu orgulho. Sem as desculpas esfarrapadas que arranjei para meu comportamento, eu me enxergava a olho nu e me envergonhava de quem era.

Via e revia todas as cenas desde que Maiana chegara ao meu apartamento, sem conseguir impedir. E a cada vez que a culpa aumentava, eu pensava no seu sofrimento e me preocupava em como estaria.

Seu sorriso tão aberto e os olhos apaixonados para mim eram um lembrete de como havia sido e de como estava ao sair do meu apartamento, destruída. Algo parecia rasgar meu peito e dei uma porrada no volante, com ódio.

— Porra!

Respirei irregularmente, sentia tanta dor e culpa que não sabia mais o que fazer para aliviar aquilo. Eu tinha que procurar Maiana, tentar reverter um pouco daquele mal, mesmo sabendo quão grande tinha sido o estrago.

Mas naquela noite seria em vão. Então fui para minha casa e tentei dormir. Tentei, pois tudo o que fiz foi rolar nos lençóis pensando nela, agoniado. O desespero martelando no fundo de mim.

## MAIANA

José Paulo Camargo me olhou atentamente quando entrei na manhã seguinte em sua sala. Cumprimentei-o, colocando sobre sua mesa alguns processos, tomando coragem para conversar com ele.

Sabia que notara minha aparência, que não era das melhores. Mesmo tendo me maquiado e tentado disfarçar, a noite insone, chorando sem parar, tinha cobrado seu preço. Olhos inchados, olheiras e palidez ainda estavam ali, denunciando como eu me sentia.

Havia chorado tanto nos braços de Virgínia que pensei que fosse morrer. Dona Lilian, a mãe dela, fez chá para mim e também tentou me consolar, ambas me amparando no pior momento da minha vida. Por fim, consegui me controlar, tomei um banho e deitei no quarto de Virgínia. Ela não me deixou dormir no colchão que pôs no chão, me fez deitar na própria cama. Ficou no colchão e segurou a minha mão, para eu saber que não estava sozinha.

Depois que dormiu, ajeitei seu braço e continuei acordada, tudo sendo repassado na minha mente como um filme que, ao chegar ao final, se repetia. Não conseguia parar de fazer aquilo, e lágrimas desciam sem controle, mesmo sem aguentar mais chorar.

Tentava me acalmar, pensando que tudo aquilo devia fazer mal ao bebê. Tadinho, só tinha duas semanas de vida e já padecia daquele jeito.

Mesmo assim, era muito difícil conter o que eu sentia. Toda decepção e dor latejavam sem controle, como um tumor gigantesco dentro de mim. Eu não tinha me preparado para um golpe daqueles. Nem em meus piores pesadelos poderia ter imaginado tudo o que me esperava ao entrar no apartamento de Arthur.

Pensar nele era o pior de tudo. Era uma sensação terrível de desilusão, de saber que tudo o que vivi foi uma farsa. Nada foi do jeito que vi, através dos meus óculos cor-de-rosa. Desde o início, eu fui objeto de troca. Fui vista como uma coisa pelo que se faz uma oferta, leva, usa e depois devolve quando não interessa mais. Ele me comercializou com Juliane, foi frio e metódico, fez um negócio.

Quando fomos a Itaipava e rimos juntos nas corredeiras, Arthur estava maquinando, trabalhando para que tudo culminasse no êxito do seu plano inicial: tirar a minha virgindade. E cada vez que veio depois, que sorriu para mim, que me acariciou ou penetrou, ele sabia que estava apenas me usando pelo tempo que quisesse. Tudo o que achei que vi, seu desejo, seu carinho, seu olhar de felicidade, não existira.

O tempo todo me usou e pensou o pior de mim, que eu fosse tão fria quanto ele. Que eu estava tentando lhe dar um golpe. E, enquanto isso, participava de orgias, continuava sua vida como se eu fosse apenas um brinquedinho a mais, descartável.

Tudo o que vivi foi uma ilusão. Tudo. E aquilo era o que mais doía, ter amado e me entregado tanto a uma farsa, a algo que nunca existiu de fato. Como não notei nada? Como fui tão cega?

Eu não sabia. Ainda estava abalada demais para conseguir pensar com clareza. A dor era horrível, rasgava e atrapalhava o raciocínio. Só conseguia sentir e chorar.

Virgínia me aconselhou a não trabalhar no dia seguinte, mas me forcei a levantar e tentar disfarçar o estrago. E lá estava eu, na sala do meu chefe.

— O que houve, Maiana? Você está com algum problema?

José Paulo Camargo prestava atenção em mim.

Sentia-me muito mal. Queria ficar sozinha num canto, isolada de tudo e de todos. Mas tinha uma vida e responsabilidades. Mais do que nunca, precisava ser forte e encarar o que ainda teria pela frente.

— Eu preciso conversar com o senhor — falei baixo.

— Sim. Pode dizer. Por que não senta?

Acenei com a cabeça e foi o que fiz, pois me sentia trêmula, fraca. Encarei-o.

— Estou grávida.

Ele se surpreendeu. Continuei:

— Quero ser honesta desde o princípio. Sei que sou nova no cargo. Farei de tudo para que isso não atrapalhe meu trabalho, mas vai chegar uma hora em que precisarei me afastar para ter o bebê, e o senhor precisará encontrar alguém para me substituir.

— Entendo. — Recostado à cadeira, ele me avaliava pensativo. Era um senhor sério, educado, sempre cortês. Nunca falamos sobre nada pessoal, e eu me sentia muito envergonhada. Mas era uma conversa necessária. — Pelo que estou vendo, não foi uma gravidez planejada.

— Não.

— Está com o pai da criança?

Sua pergunta me pegou de surpresa. Mas balancei a cabeça.

— Foi o que imaginei, pela sua aparência.

A vergonha me invadiu e baixei os olhos. Sua voz foi paciente.

— Não precisa ficar assim, Maiana. Já percebi que é uma moça responsável. Costumo até conversar com minha esposa sobre você.

Eu o fitei. Observava-me atentamente.

— Não é comum vermos jovens assim hoje, dedicadas ao trabalho e ao estudo. Poderia ter usado sua aparência para subir na vida, mas não o fez. Adelaide sempre elogiou você, assim como todos na empresa. Por isso, não precisa se envergonhar agora porque vai ser mãe solteira. Tenho certeza de que tem seus motivos para isso.

Seu tom tranquilo, sincero e preocupado mexeu comigo. Falávamos apenas de trabalho, e saber que me admirava, mesmo naquele momento, me trouxe lágrimas aos olhos. Tentei me conter, mas minhas emoções estavam à flor da pele.

— O pai da criança vai apoiar você?

— Não.

— E sua família?

— Também não.

José Paulo perguntou, sério:

— Quer me contar o que está acontecendo?

— Não, não se preocupe. Está tudo sob controle.

— Minha esposa e eu tivemos uma filha. Nasceu com problemas de saúde e só sobreviveu por um mês. Ela teria sua idade hoje. E penso que eu teria orgulho se ela fosse como você.

Meu queixo tremeu. Sem que eu pudesse evitar, lágrimas saltaram dos olhos.

— Desculpe… — balbuciei, emocionada.

— Aqui. — Estendeu-me seu lenço e agradeci.

— Há algo que eu possa fazer?

— Não, senhor Camargo, obrigada. — Enxuguei os olhos, respirando fundo, envergonhada.

— Se precisar, não pense duas vezes em me dizer.

— Sim, senhor.

Pelo resto do dia fiquei tendo crises de choro. Tentava me controlar, ia ao banheiro, lavava o rosto, mas elas voltavam quando menos eu esperava. Um pensamento, uma lembrança e lá estava o sofrimento latente, impedindo-me até de respirar. No entanto, foi bom ter ido trabalhar. Se ficasse sem fazer nada, mergulharia no desespero.

Ao final do expediente, eu tinha muita dor de cabeça e nenhuma condição de ir para a faculdade. Tinha prova naquele dia, mas de qualquer forma tiraria zero. Não conseguia me concentrar, e a dor havia virado uma enxaqueca. Até pisar no chão e dar um passo faziam com que a cabeça latejasse.

Saí do escritório cerrando os dentes, sabendo que passaria por uma tortura até chegar em casa. Ou melhor, na casa de Virgínia. Havia combinado de ficar lá até aquela sexta-feira, e no sábado eu veria algo para mim. Tinha o dinheiro que estava juntando para reformar a casa. Não era muito, mas daria para um aluguel barato.

Não quis tomar nenhum remédio devido ao bebê. Tinha que marcar uma consulta, saber com o médico o que eu podia ou não podia fazer. Felizmente, tinha um bom plano de saúde pela empresa. No dia seguinte, marcaria uma consulta.

A primeira coisa que vi ao sair do prédio, apesar dos olhos quase fechados de tanta enxaqueca, foi Arthur. Parei abruptamente, como tivesse levado um golpe. Tudo subiu por minha garganta, a ânsia, o desespero, a decepção, a mágoa, a dor, o ódio. Senti-me tonta e enjoada.

Ele estava encostado em seu carro, e eu, reagindo instintivamente, virei à minha esquerda e comecei a andar, cada passo uma tortura. Tremia. Emoções violentas me bombardeavam sem pena.

— Maiana... — Ele correu para meu lado, acompanhando-me, olhando para mim. — Preciso conversar com você.

Fingi que não ouvi. Parei, pois precisava atravessar a rua e o sinal estava aberto. Uma buzina estridente pareceu fazer algo explodir na minha cabeça e perdi o ar de tanta dor. Arthur parou ao meu lado.

— Sei que está com ódio de mim. Tem todo o direito. Mas precisamos conversar. Sobre tudo. Sobre a gravidez.

O sinal fechou. Olhando para a frente, cerrando os dentes a cada passo, atravessei a rua. Pessoas iam e vinham. Já começava a escurecer. O trânsito da hora do rush era pesado. Cada um seguindo sua vida. Como eu tentava fazer.

Arthur caminhou ao meu lado. Vê-lo era um sacrifício a mais. Lembrava-me vividamente de tudo, de como o amei e de como o odiava agora. No entanto, tudo era recente demais e se misturava. Eu só o queria longe de mim. Não suportava nem mesmo olhar para ele.

Chegamos à calçada e segui meu caminho. Em determinado ponto, ele se colocou na minha frente e barrou a minha passagem. Disse, preocupado:

— Não pode fingir que não existo. Vamos ter um filho.

Meus olhos estavam inchados e até a luz do fim de tarde causava pontadas de dor, então eu mal os abria. Mas nada se comparava ao que sentia ao vê-lo. Era uma angústia e um ódio tão grandes que tinha vontade de bater nele, de gritar e atacar, de socá-lo até extravasar todos os sentimentos ruins. Mas simplesmente o contornei e segui em frente.

— Maiana, por favor... — disse baixo, me acompanhando. — Só me escute.

Eu parei no ponto do ônibus, cheio de gente.

— Deixe-me levar você para casa. Conversamos durante a viagem. — Parado ao meu lado, fitava-me com insistência, mas eu olhava para a frente, como se não estivesse ali. Disse baixo: — Você parece doente. Está sentindo dor?

Eu queria morrer. O coração batia forte, a agonia se emaranhava com a raiva gigantesca dentro de mim. Ao mesmo tempo, faltava algo, como se houvesse um buraco, como se eu estivesse oca. Aquela era a pior sensação, perceber que perdera uma parte de mim. Aquela mais inocente e esperançosa, que via a vida com um sorriso, e que agora deixava um espaço vazio.

— Por favor, Maiana. — Parecia difícil para Arthur dizer aquelas palavras, pedir. Mas eu não queria saber. Só queria que ele sumisse, que nunca mais aparecesse. Começou a ficar desesperado. — Sei que está magoada, mas só peço um minuto. Por favor.

Um ônibus parou no ponto e muitas pessoas embarcaram. Continuei lá, imóvel, quase desmaiando de tanta enxaqueca, tremendo porque Arthur estava perto de mim. E então, como se não suportasse mais ser ignorado, segurou meu braço, virando-me para ele. Só então reagi.

— Não toque em mim! — gritei, furiosa, puxando o braço, pulando para trás. Senti pontadas na cabeça que quase me fizeram desmaiar. As pessoas no ponto olharam para nós, curiosas. Arthur me observava, surpreso com tanto ódio, com o desprezo com que proferi cada palavra.

— Eu só quero falar com você. — Tinha um olhar preocupado, parecia agoniado. Passou a mão pelo cabelo em um gesto nervoso. — Eu preciso. Por favor, apenas me escute.

— Não.

— Maiana...

— Fique longe de mim — praticamente rosnei. Tonteei um pouco, de tanta dor e desespero.

Arthur fez menção de me segurar, mas o encarei com tanto ódio que parou com a mão no ar.

— Você está passando mal — afirmou, angustiado. — Me deixa te levar em casa.

— Só saia daqui. Você me faz mal.

Foi a vez de ele empalidecer. Fitou-me, como se só então se desse conta do estrago todo. Dei-lhe as costas e vi que vinha meu ônibus. Fui para a beira da calçada.

— Maiana, por favor. Vamos ter um filho.

Ignorei-o. Quando minha condução parou, subi rapidamente, sem olhar para trás. Ele se pôs em movimento. Passei pela roleta e fui para o fundo, ficando em pé, segurando-me no ferro. A cada sacolejada, a dor aumentava horrores. Mordi os lábios. O peito doía também, mas de outra dor, a de um amor estraçalhado, pisado e humilhado.

Tentei afastar a imagem de Arthur da minha mente, mas ele teimava em ficar lá, como marcado a ferro. Lágrimas desceram pelo o rosto, mesmo sem querer. Tentei me conter. Mas era muita coisa para suportar. Muito mais do que eu conseguia.

Então lembrei que havia uma vida inocente se formando dentro de mim. E lutei com mais afinco para aguentar e seguir em frente. Sabia que aquele filho seria uma ligação indesejada com Arthur, quando tudo o que eu queria era nunca mais vê-lo. Teria que conversar com ele em algum momento. Mas não por enquanto. Primeiro, eu precisava me fortalecer.

Virgínia e dona Lilian pediram que eu morasse com elas, mas eu não podia. Não seria um estorvo para ambas, ainda mais estando grávida, e nem queria continuar na mesma rua que minha mãe e Juliane. Eu queria distância e um recomeço. Longe do que me fazia mal.

Durante a semana, pesquisei casas para alugar, quitinetes no Rio, mais perto do trabalho. Liguei para algumas, e no sábado Virgínia foi cedo comigo visitá-las. Acabei conseguindo uma casa no Engenho de Dentro, próxima ao Méier e à estação de trem. Era pequena, ficava em uma vila com outras casas iguais, mas o preço era bom, e o local parecia tranquilo. Dali para o trabalho e a faculdade seria bem mais rápido.

Fiz o contrato de aluguel, paguei e pedi para me mudar naquele dia, e a proprietária aceitou. Voltei com Virgínia para pegar as minhas coisas, e ela indagou:

— Como vai morar lá, sem nada?

— Vou comprar um colchão e um fogão. O resto eu vejo, comerei fora por enquanto.

— Nana, fique lá em casa. Sabe que é bem-vinda. Aqui está longe e sozinha. E se passar mal?

— Vou ficar bem. É melhor assim.

Rodrigo foi nos buscar e ajudar a levar minhas coisas de carro. Voltei para a minha casa. Não vi Juliane, mas minha mãe veio correndo e me seguiu até o quarto.

— Filha, diga que se acalmou e que vai ficar. Eu não fiz nada! Foi a Juliane que...

— Com licença. — Passei por ela e fui pegando minhas coisas, que não eram muitas.

— Como vou sobreviver? A comida vai acabar, as contas vão chegar, não tenho nem uma televisão... — Começou a chorar.

— Talvez agora possa se preocupar em trabalhar — falei friamente.

— Mas sou idosa! E doente!

— Não é nada disso quando é para se empanturrar de chocolate. Tem só cinquenta anos. Ponha uma barraquinha aí fora e venda balas. — Encarei-a. — Ou, então, viva à custa de Juliane. Ela pode fazer aquilo para o qual nos criou: ser a puta de homens ricos.

— Mas eu... eu... Você vai me abandonar assim?

— Você já me abandonou há muito tempo. — Fui levando minhas coisas para fora.

— Maiana, agora você vai ser rica! Sempre quis o melhor para você, filha. Não pode me virar as costas.

Deixei os sacos no portão, e Rodrigo e Virgínia começaram a guardá-los no carro. Minha amiga perguntou:

— Tem mais alguma coisa? Quer ajuda?

— Não, só vou pegar mais uma bolsa.

Voltei e minha mãe foi atrás, falando:

— Não precisa de tudo isso. Posso ajudar a tomar conta do neném, enquanto trabalha. Com certeza Arthur vai querer lhe dar uma bela casa e...

Eu a ignorava. Olhei para o quarto onde vivi boa parte da minha vida, onde cresci basicamente sozinha. E não senti saudade. Senti alívio, pois me livraria de tantas preocupações que me acompanharam todos aqueles anos.

Virei para minha mãe chorosa e interesseira. Disse friamente:

— Não vou viver à custa daquele homem. Nem vou voltar para essa casa. Sei que não me ama e o que tem é interesse. Saiba que a partir de agora não vou mais sustentar vocês. Nem agora nem nunca mais. E não pense que vou voltar atrás.

— Maiana...

— Boa sorte. — Quando me afastei, gritou às minhas costas:

— Filha ingrata! Se pensa que vou implorar, está enganada! Juliane vai se dar bem na vida, sempre foi mais esperta que você! Talvez até fique com Arthur, segure o homem, coisa que você não soube fazer!

Saí, angustiada. Dona Lilian e Virgínia ajudavam Rodrigo a pôr um colchonete, que iam me emprestar, enrolado no porta-malas. A senhora baixinha de pele escura me abraçou forte.

— Cuide-se, minha filha. E você sabe, é sempre bem-vinda em minha casa.

— Eu sei. Obrigada.

Saí de lá com lágrimas nos olhos, sentada no banco de trás do carro, enquanto Rodrigo e Virgínia iam na frente.

Olhei para minha casa velha, com pintura rosa descascada, e soube que uma fase da minha vida havia se acabado. Outra começava. Não sentia muitas esperanças, pois ainda estava abalada demais, sofrida, arrasada, tentando seguir um dia de cada vez. Mas ao menos estava dando os primeiros passos.

Compramos quentinhas e almoçamos sentados no chão da sala pequena e vazia. O dinheiro que eu estava juntando para reformar a casa tinha acabado com os três meses de aluguel adiantados, com a compra de um pequeno fogão barato e um frigobar usado, que gelava em um canto. O colchonete emprestado completava a decoração da casa. Mas era só o começo.

— Vai ficar legal, depois de tudo arrumadinho. — Virgínia sorriu, deixando a embalagem de sua quentinha vazia no chão ao seu lado. Ela e a mãe tinham me dado alguns talheres, copos e pratos da casa delas, para quebrar um galho por enquanto. Lençóis, coberta e travesseiro, eu trouxe os meus. — Quero dizer, depois que for comprando os móveis e pondo no lugar.

— É, eu sei.

— Nana… — Ela me fitou. — Sei que agora não suporta falar nisso, mas Arthur é pai da criança. Ele vai ter que ajudar.

— Não quero nada dele.

— Mas vai privar seu filho de um conforto, de algo melhor, quando é obrigação de Arthur?

— Virgínia tem razão, Nana — concordou Rodrigo. — Os caras pensam que é só ir lá, dar umazinha e depois cair fora. A responsabilidade é dele também.

— Sei disso, mas por enquanto não suporto nem ouvir o nome dele. Talvez, quando o bebê nascer, eu consiga pensar. Mas, por agora, não — disse com ódio e repulsa. — Tenho meu salário, e vai ser o bastante para mim. Aos poucos, vou comprando o que preciso.

— E contando com a gente. Sabe disso. — Ela sorriu.

— Sei, claro que sei. — Sorri de volta. — Se não fossem vocês, nem estaria aqui hoje.

— Amigos são para isso — disse Virgínia. — E somos irmãs.

— Eu sei.

E agradeci a Deus por ter ao menos isso.

## ARTHUR

Foram dias infernais. No final de semana, estava possesso, andando de um lado para outro como um animal enjaulado. Não comia nem dormia direito. Maiana não saía da minha cabeça. Seu desprezo e seu ódio me deixando quase louco. Estava perdido, doido para correr atrás dela, mas sem saber como alcançá-la. Resolvi deixar passar alguns dias para ver se ela se acalmava e me ouvia. Mas quase morri de saudade e preocupação.

No dia em que a cerquei depois do trabalho e vi seu estado, tive vontade de socar a mim mesmo. Estava pálida, abatida, olhos inchados, aparência de quem sofria e sentia dores. Não havia seu brilho, sua alegria interior, aquela aura de jovialidade. Estava opaca, fria. Como se não fosse mais a mesma.

Fiquei angustiado e culpado, sabendo que eu a deixara daquele jeito. Era uma sensação horrível, e não soube o que fazer. Se eu pudesse, faria tudo diferente, enxergaria as coisas com outros olhos, sem toda a minha arrogância e prepotência. Mas o tempo não voltava atrás, e o estrago estava feito.

No sábado, não aguentei mais e fui procurá-la. Teria que me ver de qualquer jeito, nem que fosse para me xingar e agredir com aquele ódio todo. Eu merecia. Ao menos veria se tinha melhorado, se estava se cuidando. Eu a veria…

Cheguei à sua rua quando já escurecia e toquei a campainha. Tereza veio atender e seus olhos se iluminaram ao me ver.

— Arthur! Entre.

Estranhei sua euforia, dadas as circunstâncias.

— Maiana está?

— Não. Mas entre. É sobre isso que quero falar.

Paramos na sala, e ela apontou para os cacarecos pendurados na estante, uma televisão quebrada, restos de aparelho de som. Começou a falar, com tom choroso:

— Ela quebrou tudo dentro de casa! Bateu em Juliane! E foi embora.

— Foi embora? — Era difícil imaginar Maiana reagindo daquela maneira. Mas, quando Juliane entrou na sala, eu mesmo me enchi de vontade de dar umas porradas nela.

— É, Arthur, ela se mandou. — Fitou-me de queixo erguido. — Como se precisássemos dela.

— Para onde ela foi? — Olhei para Tereza.

— Não sei, não disse. Pegou as coisas dela e saiu de casa. Virgínia e Rodrigo sabem, eles a levaram. — Olhou-me, suplicante. — Estou arrasada! E fiquei pensando... Já que Maiana não está mais aqui e foi ela quem quebrou a televisão, bem... talvez você possa mandar de volta aquela que tinha me dado, lembra?

Eu fiquei encarando-a. Por fim, falei friamente:

— A senhora está arrasada porque está sem televisão e não porque sua filha saiu de casa, grávida e sozinha?

— Não, por isso também... — Tentou sorrir. — Mas entenda, meu filho, sou velha e doente. Ficar aqui sem fazer nada... E Maiana? Ah, que filha mal-agradecida! Era ela que pagava tudo e botava dinheiro em casa. E agora? Quem vai pagar nossas contas? Como vamos sobreviver?

Na certa queria que eu me oferecesse, mas a fitei com asco. Pela primeira vez me dei conta realmente de como Maiana tinha sido responsável, assumindo sozinha a casa e a família, trabalhando e estudando. Com apenas vinte e um anos. Eu sabia, mas nunca tinha me importado muito. No entanto, aquilo me surpreendeu. Como eu pude ser tão cego? Ter uma mãe como aquela? Uma sanguessuga que só se importava com dinheiro. Devia ter sido insuportável para Maiana aguentá-la com tudo o que estava passando.

— E como ficamos sobre o assunto da capa da revista? — Juliane indagou.

Eu a olhei bem sério.

— Você ainda acha que vai sair na minha revista?

— Mas você prometeu!

— Se soubesse como me arrependo disso.

— Eu cumpri com a minha parte, eu...

— Teve um grande prazer em humilhar a irmã, não é, Juliane? Fez barulho de propósito para atraí-la, vê-la no chão. Por quê?

— Não acha que estava na hora dela parar de ser burra? — Pôs as mãos na cintura, com raiva e deboche. — Fiz um favor! Caso contrário, ainda seria seu capacho!

— Não, você fez por inveja e despeito. Porque na festa eu não quis nada com você. Porque sabe que Maiana é linda, honesta, muito melhor do que você é e poderia ser.

— Pois é, tão perfeita que você a chifrou com todas as mulheres da festa! — gritou.

— Não com você — falei friamente.

Ficou furiosa. Bateu o pé.

— Temos um acordo!

— Sabe o que pode fazer com seu acordo? E tem mais, não é só da capa da *Macho* que você está fora. Vou me encarregar de fechar outras portas também. Pode trepar com quem quiser, no que depender de mim, só arruma trabalho como faxineira.

— Arthur! — gritou quando me encaminhei à porta.

— E a televisão? — indagou Tereza, agoniada. — Por favor, Arthur!

— Volte aqui, Arthur!

Elas vieram atrás de mim, mas saí, ignorando as duas, furioso.

Sentia-me um lixo, igualando-me a elas. Meu peito doeu. Como pude ser tão sujo? Olhando aquelas duas, eu me espelhei. Como elas, eu tinha usado e humilhado Maiana além da conta. E aquilo me arrasou.

Fui até a casa de Virgínia e toquei a campainha. Rodrigo apareceu e ficou surpreso ao me ver. Aproximou-se, cauteloso, abrindo o portão.

— Oi, Rodrigo.

— Oi, Arthur. Cara, se eu fosse você, caía fora daqui. Sua batata tá assando.

— Virgínia está com muita raiva de mim?

— O que acha? Você vacilou feio. A Nana não merecia isso.

— Eu sei que não — falei baixo.

— Ela está muito mal, cara. Muito mal.

— Não sabe como me arrependo. Sei que vai ser difícil me perdoar...

— Impossível — ele completou, olhando para trás, esperando ver a noiva a qualquer momento.

— Mas está grávida de mim. Preciso conversar com ela.

— É, hoje mesmo dissemos a ela que você tem que participar, que fez o filho também.

— E Maiana? — eu precisava saber.

— Não quer nem ouvir o seu nome.

Apesar de já saber disso, era duro escutar. Respirei fundo.

— Onde ela está?

— Não posso dizer.

— Não vou fazer mal a ela. Só preciso conversar, pedir desculpas.

— Mas não posso. Ela não quer dar o endereço para ninguém.

— Por favor, Rodrigo.

Olhou-me, na dúvida.

— Cara, se eu contar, a Virgínia me mata.

— Não direi que foi você.

— Mas ela vai saber. — Suspirou. — Acho mesmo que vocês deviam conversar.

— Prometo que é para o bem de Maiana.

— Ah, droga. Tá bem. — Ele me deu o endereço e depois completou: — Tô ferrado!

— Obrigado. Não sei como agradecer. — Apertei a mão dele.

E não sabia mesmo. Fui em direção à casa dela, de noite, imerso em meus pensamentos. Não foi difícil achar. Deixei o carro do outro lado da rua e, enquanto seguia para a pequena ruela sem saída em que Maiana morava, várias pessoas por ali paravam para olhar meu Porsche e a mim. Cumprimentei-os com um gesto de cabeça.

A casinha dela era a última do lado esquerdo, colada no muro dos fundos. Uma porta e uma janela de vidro e com grades de ferro davam direto para a rua. Era pintada de amarelo, como todas as outras, iguais. Não havia campainha, então bati na porta.

Maiana apareceu, de short, camiseta, os cabelos soltos. Tomou um susto ao me ver e empalideceu. Na hora tentou fechar a porta, mas pus o pé no caminho e impedi.

— Saia daqui! — gritou furiosa, mas eu era mais forte e forcei a porta para dentro. Entrei e a bati atrás de mim. Ela tremia de raiva, os olhos com ódio puro. Ao menos não estava com a aparência de doente como da última vez, apesar de ter emagrecido e parecer mais abatida.

— Não saio daqui até você me ouvir.

— Como me encontrou aqui?

— Tenho meus meios.

— Saia ou vou começar a gritar — ameaçou.

— Faça isso. Não vou desistir, Maiana. Vou voltar quantas vezes for preciso, até você me ouvir. — Olhava-a decidido.

— Não quero ouvir nada! Nada!

— Mas vai escutar.

Ergueu o queixo, com desprezo. Seu olhar me abalou. Senti tanta falta dela que, ao vê-la ali, tão perto, tive vontade de cair aos seus pés e abraçá-la. Aquilo me surpreendeu. Eu estava a ponto de suplicar.

Respirei fundo.

— Apenas me escute. Por favor.

— Então fala logo de uma vez. E depois saia daqui.

Era muita raiva, tanta que ela tremia.

Olhei em volta e vi a sala pequena, completamente vazia, sem sequer uma cadeira para sentar. Fiquei preocupado.

— Como está morando numa casa assim, sem nada?

— Isso é problema meu. Era só isso? Pode ir agora.

Comecei a me irritar. Dei um passo em sua direção e, na mesma hora, ela recuou, alerta, feroz.

— Vamos ser práticos, Maiana. Você está esperando um filho meu.

— Pelo que me lembro, o filho pode ser do meu amigo da faculdade ou do Matheus — ironizou.

Eu sabia que merecia. Falei o mais calmo possível:

— Sei que é meu. Nem preciso de um exame de DNA.

— Nem eu. Porque quero você longe do meu filho.

Estava difícil. Maiana não facilitaria em nada.

Passei a mão pelo cabelo, buscando as palavras.

— Sei que sou um filho da puta. Magoei e traí você. Fui baixo e perverso. Coloquei na minha cabeça que armou para mim, que também me traía. Mesmo sentindo, sabendo que não era verdade.

Ela me encarava fixamente, gelada.

— Realmente ofereci a capa da revista à Juliane, para que ela a convencesse de que não queria nada comigo, que éramos somente amigos. Mas não dormi com ela desde que fiquei com você. Juliane tinha ido lá cobrar a capa e me chantagear com as fotos que tirou da orgia.

— Meu Deus... — Balançou a cabeça, com nojo.

Seu olhar fez com que eu me sentisse mais sujo. Mas continuei firme:

— Gostei de você desde o início. Nunca fiquei com uma mulher mais do que umas transas. E era o que eu queria fazer, tirar sua virgindade, aproveitar um pouco e cair fora. Mas não consegui. Quanto mais te conhecia, mais eu queria ficar perto, mais eu gostava de você.

— Gostava tanto que ia para orgias — disse baixo, com os lábios tremendo.

— Fiz isso achando que você estava com Matheus. Saiu com ele, fui até sua casa e sua mãe disse que você não estava... Fiquei louco!

— Boa desculpa — ironizou.

— Sei que não tem justificativa, mas é complicado, Maiana. O tempo todo eu lutei contra o que sentia por você. Era uma maneira de provar que não era importante, que não ia me entregar nem deixar que me enganasse. Sei que parece ridículo, mas foi assim. Criei um monte de loucuras na minha cabeça.

— Por que não admite logo que é um safado? Que usa as mulheres, que as trata como objetos? Que se diverte vendo elas sofrerem por você?

— Não é isso.

— É isso, sim! — falou alto, nervosa, respirando irregularmente. — Era sempre dessa maneira? Eu saía e você corria para transar com outras? Com quantas foi? Tantas que perdeu a conta?

— Maiana…

— E aquele dia, quando perguntei se me traía, mentiu na maior cara de pau! E mesmo todo errado e sujo, teve coragem de achar que eu era a traidora? Que eu te enganava e mentia? Meu Deus, o que mais quer falar depois disso?

— Estou assumindo tudo. Não há justificativas. Mas precisa entender que me arrependo. Que me sinto um lixo. Que não queria fazer você sofrer e que isso está acabando comigo — falei, angustiado, olhando para ela.

— Eu não quero saber. Fique com a sua consciência. O que fez não tem perdão. Tudo o que quero agora é esquecer que um dia conheci você.

— Não pode esquecer isso.

— Posso e vou!

— Vamos ter um filho.

— Suma da minha vida! E da vida do meu filho!

— Não.

— Sim! — Respirava irregularmente, fora de si. Eu também estava nervoso e me aproximei, foi andando para trás. — Sai de perto de mim!

— Não pode me impedir de ver o meu filho, de participar da vida dele. Tenho meus direitos e tenho condições de dar o melhor para ele. Acha que vou deixar vocês viverem aqui, sem nada? Está maluca?

— Entre na Justiça então, porque, no que depender de mim, nunca mais vou pôr os olhos em você! E, até ele nascer, não pode me obrigar a nada! Agora, fora daqui!

— Porra, Maiana…

Eu a agarrei e a encostei na parede. Ela gritou e lutou, esperneando. Pressionei-a com meu corpo, segurando firme seus pulsos contra a parede, ardendo de desejo, saudade, paixão e muito mais. O desespero me dominava, junto com o medo real de perdê-la de vez.

— Não vou desistir de você… — murmurei perto de sua boca, emocionado, angustiado. — Pode me xingar, me bater, fazer o que quiser, mas deixe-me provar que estou arrependido, Maiana.

— Me solte… — Olhava dentro dos meus olhos, tremendo muito, parando de lutar.

— Sou louco por você. Estou no inferno. Por favor, vou mostrar que mudei, vou cuidar de você e de nosso filho. — Aproximei o rosto, esfreguei suavemente meus lábios nos dela, violentamente atingido pelo arrependimento e por tudo o que despertava em mim. Meu corpo vibrava, vivo pela primeira vez naqueles dias. — Aceito qualquer castigo, mas me perdoe.

— Nunca — disse baixo, fria. Não afastou a cabeça. Olhava-me como se eu fosse um inseto, como se não despertasse mais nenhum sentimento nela. Senti um baque por dentro, um medo que me paralisou. — A única coisa que sinto por você é nojo.

Suas palavras cheias de desprezo me deixaram gelado.

— Sinto nojo ao imaginar que me toca com suas mãos sujas. Se me beijar, eu vou vomitar. Nunca mais vai encostar em mim. Eu não quero. Eu não deixo. Se o fizer, vou na delegacia e dou parte como agressão. Agora, me solte. Me solte!

Eu estava imobilizado. Não acreditava naquilo. Tentei pensar em uma saída, um meio, mas seu olhar e suas palavras eram bem firmes, não deixavam nenhuma brecha.

Soltei-a devagar. Na mesma hora, afastou-se, foi até a porta e a abriu.

— Esqueça que eu existo. Pois, para mim, você já morreu.

Fechei os olhos por um momento. A dor dentro de mim era atroz. Naquele momento foi como ser atingido por um balde de água fria. Havia acabado. Eu tinha realmente fodido com tudo.

Abri os olhos e virei devagar. Olhar para ela, quando me odiava e desprezava tanto, foi um custo. Falei baixo:

— Você disse que me amava.

— Eu não sabia quem você era. Foi tudo uma ilusão. Acabou. Agora, me deixa em paz.

— Não posso. E o bebê?

— Quando ele nascer, veremos. — Abriu mais a porta, sem desviar o olhar duro. — Adeus.

— Maiana...

— Saia daqui! — exclamou, nervosa.

Senti-me completamente perdido, sem saber o que fazer. Nada que eu fizesse ou dissesse ia mudar o fato de que ela me odiava e eu a tinha perdido. Andei até a porta, a cada passo suplicando que um milagre acontecesse e ela me perdoasse. Mas isso não aconteceu.

Não havia mais o que fazer, então saí, sem conseguir respirar, o peito doendo. O desespero vinha lento, pois não sabia como conseguiria viver sem ela.

Maiana bateu a porta atrás de mim.

# 14

## MAIANA

Eu estava na cama, Arthur ajoelhou-se nela e segurou o meu pé. Sorriu de modo safado, com aqueles olhos escuros brilhando, então o ergueu até os lábios e deu uma leve mordidinha na parte carnuda da sola. Arrepios me percorreram a perna e se concentraram na vagina, fazendo-a latejar.

Mas algo tentava me avisar que eu devia lutar contra o desejo. Por quê? Era tão bom! Eu adorava quando ele fazia isso, ia subindo a boca pela panturrilha, pela parte de trás do joelho, pelo interior da coxa. Eu perdia o ar e ardia, até que ele chegava onde queria e então lambia devagarzinho o meu clitóris.

Eu gemia e estremecia sob sua boca, fechando os olhos, jogando a cabeça para trás e agarrando os lençóis, enquanto ele abria bem as minhas coxas e me levava à loucura só com as lambidas certeiras em meu ponto sensível, fazendo-o crescer e ficar durinho.

*Não*. Uma palavra pequena, penetrando na névoa do meu prazer. Ignorei-a, tonta demais pelo desejo para conseguir me concentrar. Dois dedos longos deslizaram para dentro de mim. Arthur adorava fazer aquilo, me chupar e meter fortemente os dedos, deixando-me doida, enlouquecida.

Estava a ponto de gozar. Mas esbarrei em algo na cama, ao meu lado. Abri as pálpebras pesadas e me assustei ao ver uma mulher nua engatinhando na cama, indo na direção de Arthur. Ela erguia a mão e acariciava seu cabelo. Na mesma hora ele a fitou e se afastou do meu clitóris, indo beijá-la na boca.

— Arthur... — exclamei chocada. E então vi surgir outra mulher nua no chão, subindo na cama como uma cobra, indo atrás dele, cheirando a sua nuca, passando as mãos em seus ombros.

Arrastei-me para trás, desesperada, gritando:

— Arthur! Arthur!

Ele me ignorou. Abraçou as duas, os três nus e ajoelhados na cama, beijando-se. Não sei de onde, outra mulher chegou e já foi abocanhando seu membro, chupando-o com volúpia. A dor dentro de mim era atroz. Queria sair daquele lugar, fugir, mas estava imobilizada.

— Arthur! — chamei de novo, mas ele não parecia me ouvir. E então, em meio àquilo tudo, ouvi o choro de um bebê. Vi o bercinho ali no canto do quarto. Só então me dei conta de que era meu filho.

Deus, ele estava ali, no meio daquele antro, daquela orgia toda! Quis levantar correndo, mas então percebi que meus pulsos estavam presos na cabeceira da cama. Fiquei enlouquecida, desesperada, enquanto o neném chorava.

— Me solte! Arthur, me solte!

Só então ele parou de beijar as mulheres e olhou para mim. Sorriu e afastou-se delas, levantando-se. Foi até o berço e pegou o bebê, que não passava de uma trouxinha enrolada em um manto branco. E começou a caminhar para a porta com ele.

— Volte aqui! Quero meu filho!

Olhou para trás e disse baixo, num tom cínico:

— Ele é meu. Meu filho.

— Arthur! — gritei, me debatendo nas algemas enquanto saía do quarto. — *Arthuuur...*

Acordei chorando e chamando o nome dele. Contorci-me de desespero e terror, debatendo-me nos lençóis, agoniada. Consegui sentar no colchonete, soluçando, o pesadelo ainda vívido em minha mente. Então enfiei o rosto nas mãos e desabei, sem conseguir me controlar, toda a tensão e o sofrimento dos últimos dias vindo como rojão, me desequilibrando.

Meu corpo todo tremia, sentimentos violentos o faziam sofrer de desejo não satisfeito, medo, ódio, raiva, decepção. Lágrimas desciam grossas enquanto eu relembrava o sonho, cada sensação, cada imagem.

Era difícil esquecer tudo tão de repente. Mesmo com toda traição e infidelidade, eu tinha amado Arthur com todas as forças, como jamais amei na minha vida. Ele tinha me mostrado o céu e o inferno, e agora eu me sentia no limbo. Eu carregava o filho dele no ventre. Marcou minha vida de forma indelével e permanente, sem meios-termos.

O que mais me enfurecia era que, mesmo sabendo que eu nunca o perdoaria, nunca mesmo, naquele sonho eu senti um prazer indescritível. Meu corpo, ignorante, ainda sentia falta do dele. Conscientemente, minha raiva suplantava tudo, mas, quando eu relaxava e meu subconsciente assumia, aquilo voltava com toda força. E era enlouquecedor, pois eu não queria sentir mais nada. Só nojo.

Cada vez que eu pensava que ele tinha me beijado com lábios que beijavam outras, que tinha me penetrado quando antes, ou depois, entrava em outra mulher, parecia me rasgar por dentro e chegava a me deixar sem fôlego, de tanto ódio e asco. E não apenas uma mulher, várias, como naquelas orgias que vi nas fotos.

As imagens pareciam gravadas a ferro em minha mente. O modo como estava em cima de uma, penetrando-a, enquanto fazia sexo oral em outra, com dois dedos dentro dela. Como fazia comigo, como fizera no sonho. Eu e todas elas fazíamos apenas parte de um pacote que Arthur usava até cansar e perder o interesse. Por isso tinha ficado tão furioso com a gravidez. Porque seria um laço, e ele vivia de momentos de perversão.

Passei as mãos pelo rosto, tentando parar de chorar, mas as lágrimas continuavam a jorrar; a dor vinha tão de dentro, de um lugar tão profundo, que parecia não ter fim. Mas lutei para que tivesse. Um dia ele sairia em definitivo do meu corpo e da minha mente e eu não sentiria mais nada, só indiferença. Nesse momento eu seria feliz.

Nunca mais deixaria que tocasse em mim. Eu o odiava e desprezava com todas as forças. E, com o tempo, os sonhos acabariam, e aquele desejo que existia quando eu não queria também. Tudo havia sido intenso demais, e eu sabia que doía tanto, mas tanto, porque eu o amava. Ou melhor, eu tinha amado uma imagem idealizada de alguém que não era real.

Eu duvidava que um dia amaria assim novamente ou sequer confiaria em outro homem. Mesmo sabendo que nem todos eram iguais, agora eu só pensava em me estabelecer, dar o melhor para o meu filho e ter paz.

Sozinha, enxuguei os olhos com a ponta do lençol, sentindo a cabeça latejar. Não podia ficar chorando e sofrendo todo dia. Precisava pensar no bebê. Ele era ainda tão novinho para já iniciar a vida em uma guerra. Tão diferente de tudo o que imaginei. Em meus sonhos desde garota esperava encontrar o homem da minha vida, casar, ser feliz, ter filhos. E olha o que havia acontecido! Toda aquela confusão e um serzinho inocente no meio. Eu tinha que pensar nele, acima de tudo.

Isso me fez lembrar de parte do sonho: Arthur pegando o bebê e levando-o embora. Poderia ser um aviso? Mesmo dizendo que não queria filho, ele tinha dito por último que nem precisava de DNA e tinha falado em "nosso filho". E se mudasse de ideia e lutasse comigo pela guarda do bebê? Era rico, poderoso, devia ser influente.

Um medo atroz me fez levar a mão à barriga ainda lisa, como que a protegendo. Olhei em volta, para a quitinete vazia. Pensei na vida nova que precisaria iniciar. Precisaria trancar o último período da faculdade para ter o bebê e só Deus sabia quando eu terminaria... De mais dinheiro para suprir as necessidades dele... De alguém de confiança com quem deixá-lo quando fosse trabalhar... Eram coisas que eu faria sem pestanejar, mas que em um tribunal poderiam ser usadas contra mim.

Minha mente trabalhou em busca de outras soluções e então me lembrei de um fato que, diante daquela confusão toda, eu havia esquecido. O encontro com Leon Aguiar na festa de casamento de Antônio e sua proposta do teste para ser o rosto da nova campanha dos cosméticos Bella. Poderia ser uma chance de conseguir um dinheiro a mais, que com certeza agora seria útil. Talvez me dispensasse ao saber da gravidez, mas era uma opção.

Levantei, limpando o nariz e fungando. Fui até a minha bolsa em um canto e acendi a luz. Procurei até encontrar o cartão que ele havia me dado e deixei sobre a bolsa, disposta a ligar para Leon no dia seguinte e conversar com ele.

Na manhã seguinte, mesmo sendo um domingo, liguei para Leon Aguiar. Quando atendeu, expliquei um pouco nervosa quem era e ele de imediato se lembrou de mim. Pareceu animado porque entrei em contato, e acabamos marcando de nos encontrar segunda-feira, na hora do almoço.

A sede da Cosmétiques Bella era no centro da cidade, não muito longe de onde eu trabalhava. Comi um sanduíche, tomei um iogurte rápido e fui até lá, como havia acertado. Leon me recebeu em sua linda sala de maneira cortês e educada, como no casamento. Ele me fez ficar à vontade, e então falei que não poderia demorar, pois tinha que voltar ao trabalho.

— E que dia é melhor para você fazer o teste fotográfico, Maiana?

— Nós temos que conversar primeiro. — Fitei-o nos olhos, segurando a bolsa em meu colo com força. — Essa campanha, seria uma só?

— Estamos procurando um rosto para testar no mercado. Se der tudo certo e for bem aceita, continuaremos e ampliaremos a oferta. Caso contrário, conta apenas essa. Por quê?

— Eu tenho que ser sincera com o senhor e prefiro falar pessoalmente. Vou entender se achar melhor pararmos por aqui mesmo.

— O que houve? — Olhava para mim atentamente.

— Eu estou grávida, quase três semanas de gestação.

Leon ficou em silêncio um momento, observando-me. Tive certeza de que me dispensaria, mas indagou:

— Arthur sabe?

— Sim.

— E não se importa que faça a campanha?

— Não estamos mais juntos.

— Entendo. — Ele acenou com a cabeça, como se aquilo já fosse previsível. Corei, ao imaginar que todo mundo que o conhecia devia saber que era um galinha e que só usava as mulheres. Deviam ter pensado que, ao me ver com ele, era só mais uma entre tantas. E não estavam errados.

Engoli em seco, com um misto de raiva e vergonha. Mas não abaixei o rosto. Ajeitei minha bolsa no ombro e fiz menção de levantar.

— Aonde você vai?

— Acho que eu nem deveria ter vindo. Fiz o senhor perder o seu tempo.

— Por favor, Maiana, sente-se. — Sorriu, com aquele seu jeito de lorde, os cabelos brancos bem assentados, um olhar suave.

Eu me acomodei novamente. Estava muito sensível, qualquer ínfima coisa já me dava vontade de chorar. Era um custo aparentar serenidade.

— Vamos fazer o teste. Como eu disse, precisaremos do seu rosto e cabelos para a campanha. Tenho certeza absoluta de que será um sucesso. Além de linda, você tem algo que transmite uma sensação boa, de honestidade, coisas que podem atrair ainda mais as pessoas. Se passar no teste, faremos um contrato curto e veremos como a coisa vai ficar. O que me diz?

— Tudo bem. Obrigada — falei baixinho.

— Ótimo.

Marcamos para sábado em um estúdio em Copacabana, na parte da manhã. Nós nos despedimos com cordialidade, e Leon disse, enquanto me levava até a porta:

— E parabéns pela gravidez. Tenho três filhos e eles são a alegria da minha vida. Os netos então, nem se fala. — Sorriu. — Mesmo que no momento pareça muito confuso e que você não esteja mais com o Arthur, tenho certeza de que o bebê virá para iluminar sua vida.

— Obrigada — falei baixo, o choro querendo subir e embargar a minha voz. Lutei e consegui sorrir, apertando a mão dele.

Nós nos despedimos e saí, voltando ao trabalho, tendo esperança de que as coisas melhorariam aos poucos. A solução era perseverar e seguir em frente. Como todos diziam, "o tempo colocava tudo em seu lugar".

À noite fui para a faculdade, cansada e desanimada, mas disposta a terminar pelo menos aquele período em julho, quando eu estaria com seis meses de gravidez. Cheguei um pouco antes das 18h, e a aula começava às 18h30. Atravessava o campus quando alguém se aproximou.

— Maiana.

Eu parei surpresa ao me deparar com o homem alto de belos olhos verdes um pouco acastanhados, com cabelos claros, muito bonito.

— Matheus...

— Oi. — Ele sorriu, de frente para mim.

— O que está fazendo aqui?

— Soube que faz faculdade na UERJ à noite. Fiquei aqui, esperando você chegar.

— Por quê? — Olhava-o, um pouco confusa.

— Queria saber como você está. Depois daquele dia que a levei para casa, não nos falamos mais. E não tenho seu número. — Parecia um pouco preocupado. — Desculpe aparecer assim. Mas foi o único jeito.

— Eu… Obrigada por se preocupar. — Fiquei sem saber o que dizer.

— Tem um tempinho? Podemos tomar um café?

— Tenho meia hora até a aula começar.

— Vamos, então?

— Sim. Aqui no térreo tem um restaurante.

Caminhamos lado a lado, eu um pouco envergonhada. Não o conhecia tão bem assim e sabia que era amigo de Arthur. Então uma ideia me ocorreu.

— Foi Arthur que mandou você aqui?

— Não. Ele nunca faria isso. Acho que até ia arrumar briga se soubesse. — Fitou-me meio de lado, com um sorriso.

Eu não disse nada e nos sentamos. Pedimos dois cafés e sanduíches. Prometi a mim mesma que no dia seguinte comeria melhor.

Matheus me observava, atento. E eu fui direta.

— Já sabe do que aconteceu?

— Sim. Ele foi ao meu apartamento, querendo saber se eu dormi com você naquela noite em que a levei para sua casa.

— Desgraçado — murmurei, irritada. Tomei um gole do café quente, para tentar me acalmar. — Pensa que todo mundo é como ele.

— E como você está, Maiana?

— Estou bem — menti.

Nós nos encaramos, e é claro que ele não acreditou.

— E o bebê?

— Bem. Amanhã vou marcar um médico e começar a fazer um acompanhamento melhor.

— Entendo. Você e Arthur se entenderam?

— Tudo o que quero de Arthur é distância. — Pus a xícara no pires, nervosa.

— Ele me contou o que aconteceu.

— Contou? — Sorri sem vontade, irritada. — É muito cara de pau mesmo!

— Parecia arrependido, Maiana.

— Matheus, se veio aqui para defender aquele…

— Não, calma. — O olhar tinha algo de doce, passava uma coisa boa, diferente. Acabei me acalmando de fato. — É que realmente fiquei preocupado.

Nós nos encaramos. Fiquei um pouco sem graça. Não era a primeira vez que notava o modo com que olhava para mim, como se gostasse realmente do que via. Fui bem sincera, sem ser grosseira.

— Eu agradeço, Matheus. Por tudo. Por ter me levado para casa naquela noite em que saí desnorteada do clube. Por ter sido sempre simpático comigo. E por se preocupar agora. Mas...

— Mas? — Ergueu uma das sobrancelhas.

— Estou grávida.

— E?

— E se, por acaso, tem alguma intenção, se acha que eu...

— Não, Maiana. Não vim aqui com nenhuma intenção.

— Desculpe. Não quero que pense que estou incentivando você ou algo assim. — Fitava-o bem dentro dos olhos. — Tudo o que quero agora é distância de homens. Só penso em meu filho.

— Maiana... — Ele se inclinou na mesa, apoiando os braços, bem atento a mim. — Vou ser sincero com você. Desde a primeira vez que a vi, soube que era diferente, especial. Fiquei realmente encantado e não apenas por sua beleza. É esse algo a mais que você traz no olhar. Mas então soube que era namorada do Arthur e fiquei na minha. Sei que agora está grávida e magoada com tudo o que aconteceu. Sei que percebeu meu interesse. Mas, acredite, não estou aqui com nenhuma outra intenção além de realmente ter certeza de que está bem.

Fiquei quieta, sem saber o que dizer ou como me portar. Nem mesmo se devia acreditar, mesmo com seu olhar doce. Afinal, eu também havia acreditado em Arthur e estava pagando um preço alto.

— Não quero perturbar você mais do que já está perturbada. Só quero que saiba que tem em mim um amigo com quem pode contar para o que precisar.

— Você é amigo do Arthur — falei baixo.

— Sou. Embora não me orgulhe muito disso no momento. — Seu sorriso se ampliou. — Mas isso não impede que seja seu amigo também. Apenas amigo, Maiana.

— Tudo bem. — Consegui sorrir. Por algum motivo, acreditava nele. — Mas preciso ir, minha aula vai começar.

— Coma primeiro. Agora precisa se alimentar direitinho.

— É verdade. — Achei engraçado ele se preocupar e comecei a comer meu sanduíche.

Ainda falamos um pouco mais sobre a faculdade. Fiquei sabendo que estudou administração de empresas, era vice-presidente do conglomerado de agências de turismo da família e trabalhava com o pai, que era presidente. Era tão fácil conversar com Matheus, parecíamos amigos de longa data. Eu conseguia relaxar e aproveitar a sua presença.

Quando acabamos, fez questão de me acompanhar até o nono andar, onde ficavam as salas do curso de História. Então, paramos frente a frente.

— Obrigada, Matheus.

— Minhas amigas me chamam de Matt. — Sorriu suavemente. — Pode me chamar assim, também.

— Ah, sim. Mas por que só as amigas e não os amigos?

— Os caras acham Matt muito cheio de frescuras. — Piscou para mim. — Mas eu gosto.

— Tá bom. — Sorri.

— Vamos trocar números de telefone? Assim posso ligar de vez em quando para saber como você está. E, se precisar de alguma coisa, pode me ligar também.

— Tudo bem.

Assim fizemos. Então se aproximou e, sem que eu esperasse, me deu um beijo no rosto. Afastou-se, fitou-me de maneira lenta e acenou com a cabeça.

— Cuide-se, Maiana.

— Obrigada. Você também.

Observei Matheus ir embora, tão lindo que algumas garotas que passavam se viraram para olhar para ele, agitadas.

Não soube ao certo o que pensar sobre aquela nova amizade. Gostei muito da companhia dele, mas não queria que pensasse que poderia virar algo mais. Pois não viraria. Estava traumatizada com os homens. Demoraria muito até eu confiar em outro novamente.

Virei e segui o meu caminho.


## ARTHUR

Era quarta-feira, meio da semana, mas saí mais cedo do trabalho. Estava impossível prestar atenção em qualquer coisa. As pessoas falavam e eu não ouvia. Lia contratos, mas não entendia. Estava tão desligado de tudo, tão perturbado, que para fazer uma grande burrada nos negócios não faltava muito. Então fiquei até as 15h e desisti. Saí e fui para casa.

Mesmo lá, não me sentia em paz. Havia algo dentro de mim me remoendo, latejando, doendo. Maiana não saía da minha cabeça. Principalmente seu ódio e nojo no último encontro. O que vi ali, nos olhos dela, me deixou chocado. Perdido. Com medo.

Saí de casa e fui caminhar na praia. Andei por lá, sem rumo, carregando meus tênis na mão, pisando na água fria. Pensando. O que eu mais fazia ultimamente.

Tentei dar um tempo e seguir minha vida, para depois tentar falar com ela com mais calma. Mas, a cada dia que passava, aquele buraco no peito aumentava, assim como a certeza de que teria que me esforçar muito para que um dia ela me perdoasse. Isso ficou claro com seu ódio.

Uma parte de mim se rebelava. Queria gritar que não estava nem aí e seguir minha vida. Pensei em sair, me divertir, cair na farra. Isso me faria esquecer. Talvez o que precisava era me desligar de vez de Maiana e só me aproximar quando fosse para fazer o teste de DNA e decidir sobre nosso filho. Assim eu a esqueceria, a tiraria do meu sangue e da minha cabeça. E voltaria a ser eu mesmo.

Mas outra parte de mim, maior, mais nova e estranhamente mais presente naqueles dias, gritava o contrário. Parecia imobilizar a minha rebeldia e me segurar pelo pescoço, tirando meu chão, minha base. Essa não me deixava tirar Maiana da cabeça e gritava *burro*, *burro*, *burro*, várias vezes sem conta. Abria os olhos e o que eu via dava vergonha. Vergonha e raiva de mim mesmo.

Ainda era difícil admitir o quanto gostava de Maiana e o quanto ainda a queria. Tudo era difícil, mas começava a enxergar o que fiz com outros olhos, e o que mais me desesperava era que, em nenhuma das vezes que a traí, senti prazer tão grande quanto o que senti com ela. Foi mecânico, sem sentimento, sem paixão. Para provar a mim mesmo que podia e que Maiana não me tinha nas mãos. E de que valera tudo aquilo, se agora eu percebia que esse era exatamente o caso? Que, lutando ou não, eu estava nas mãos dela?

Pisei na areia molhada e fitei o mar, sem realmente prestar atenção. Sentia como se uma venda fosse tirada dos meus olhos, desvendando novos sentimentos dentro de mim, desvendando alguém que eu era ou havia me tornado e ainda não conhecia. Um Arthur estranho e novo para mim.

Afastei-me da água e sentei na areia, largando os tênis ao lado, apoiando os braços nos joelhos e pensando em Maiana. Acho que, pela primeira vez desde que a conheci, deixei minhas defesas caírem e fui sincero comigo mesmo. Eu tive uma mulher que me amava e por quem eu estava louco e estraguei tudo por orgulho e por medo de me envolver. Não fui ignorante. Fiz de propósito, para me convencer de que não a queria.

E agora me dava conta de que a queria demais, de que não sabia que rumo tomar sem ela. O que seria da minha vida? Aquela coisa fria de sempre, usando pessoas e sendo usado? Como, se eu tinha provado do amor e me enfeitiçado? Como, se aprendi que sexo poderia ser mais do que apenas desejo satisfeito, e sim entrega, carinho, troca, ligação? O que eu faria da minha vida sem Maiana? Sem seu sorriso, sem seu olhar, sem estar perto dela?

Imagens de nós dois juntos naquela praia vieram à minha mente. E perguntei a mim mesmo como uma pessoa poderia ser tão feliz sem saber? O que não me deixou enxergar e aceitar a felicidade?

Tinha sido uma vida inteira me sentindo superior. O mais rico, o mais inteligente, o mais bonito. Um rei em meu mundo. Se ninguém podia comigo, para que me rebaixar? E, no entanto, era muito mais fraco do que os outros. Era medroso. Eu me escondia em meu mundinho seguro, onde ninguém se aproximava demais e era sempre eu a descartar o que não queria, a usar e ganhar.

E naquele momento eu não tinha nada. Nada que realmente me importasse. E o futuro parecia vazio. Oco.

Fechei os olhos por um instante e vi Maiana à minha frente, tão perto que eu poderia tocá-la e beijá-la. O desespero me envolveu quando me dei conta de que corria um risco sério de que aquilo nunca mais acontecesse.

Suspirei, cansado, exausto de passar dias assim, pensando, sozinho, perdido. Poderia estar comemorando minha liberdade. Poderia estar com qualquer mulher ou em orgias. Mas ia do trabalho para casa e estava ali. Sozinho. E com ela.

Maiana ia ter um filho meu. Ainda não conseguia assimilar aquilo direito. Era estranho e perturbador imaginar que eu seria responsável por outra pessoa, alguém com quem teria uma ligação pelo resto da vida. Alguém que seria uma parte minha e uma parte dela. Era um misto de sensações novas com as quais não sabia ao certo como lidar.

A agonia dentro de mim aumentava, e abri os olhos, olhando o mar. Não sei em que momento foi, mas fiquei bem calmo quando entendi por que os dias pareciam tão sombrios sem Maiana, porque seu desprezo doía tanto e eu me sentia apático, sem ânimo para nada. Não tinha sido só sexo, nem só paixão e admiração. A loucura que despertava em mim não era passageira. Eu estava irremediavelmente apaixonado. E mais: pela primeira vez na minha vida, eu amava uma mulher. Eu amava Maiana.

Foi contra isso que lutei tanto. E de que adiantou? Consegui tirá-la da minha vida, como sempre planejei. Mas para me sentir desse jeito? Um lixo? Um nada?

Levantei, com certo desespero dentro de mim ao me dar conta dos riscos que corria. Decidi que não ficaria ali me lamentando. Aquele não era eu. Tinha me perdido, tinha vacilado, feito um monte de burradas. Ainda tinha medo. Fui ensinado a não confiar e não amar, sabia dos perigos. Mas agora eu faria de tudo para reconquistar Maiana e não perdê-la mais. Ela teria que me ouvir. Ela me veria tão presente em sua vida que não teria mais como evitar. Eu provaria meu arrependimento.

Caminhei decidido em direção ao meu carro.

Vi quando Maiana virou a rua e veio andando pela calçada, de cabeça baixa, com sua bolsa vermelha pendurada no ombro e abraçando uma pasta contra o peito. Seus cabelos longos balançavam soltos atrás dela, como se tivessem vida própria, naquela rica cor clara e brilhante.

Lembrei-me deles grudados na minha pele suada enquanto eu a penetrava, de como gostava de enterrar meus dedos nos fios sedosos perto da nuca e como me olhava entregue quando fazia isso. Meu corpo doeu pela falta de sexo, pelo desejo latente de estar novamente com ela embaixo de mim, tomando-me todo, gemendo.

Contive os pensamentos. Estava nervoso, sabia bem as dificuldades que teria pela frente. Aquele era apenas o começo da luta para que me perdoasse e me desse uma nova chance.

Desencostei do carro em frente à avenida de casas em que morava. Já era quase meia-noite, e a rua estava deserta. Fiquei preocupado, chegando tão tarde naquele lugar, sozinha. E foi naquele momento, chegando perto, que Maiana ergueu o rosto e me viu. Empalideceu na hora. Na expressão não transpareceu nenhum vislumbre do amor que um dia eu vira. Somente raiva. Desprezo.

Apressou o passo, mas, antes que chegasse à entrada da avenida, eu bloqueei o seu caminho. Olhou ferozmente para o buquê de rosas vermelhas ainda em botão nos meus braços e depois para meus olhos, dizendo friamente:

— Quer sair da minha frente?

— Só vim lhe trazer isso. E saber como você está — falei baixo. Era impossível não me sentir abalado diante de tanto asco, tanto ódio explícito.

— Estou ótima. E não quero "isso" — disse com desprezo. Ia me contornar, mas a impedi de novo. Ficou impaciente. — Eu já disse que não quero falar com você. Sei que respeito é algo que você desconhece, mas quero que respeite a minha vontade. Saia do meu caminho e da minha vida.

— Eu entendo, Maiana. Fui o pior cafajeste que um homem poderia ser. Mas estou pedindo só uma chance de provar que me arrependi.

— Saia — disse quase sem mover os lábios, realmente furiosa.

— Escute, só escute um pouco. Eu sou um babaca, um desgraçado, tudo de que você quiser me acusar. Me sinto um lixo. — Observava seus olhos, controlando-me para não a abraçar, não a beijar, quando a saudade doía tanto. E quando sabia que isso só a afastaria ainda mais de mim. — Mas me deixe só ficar por perto. Saber de você e do nosso filho. Ajudar você. Olha esse lugar, Maiana. É perigoso chegar aqui a uma hora dessas, aqui atrás tem uma favela…

— Obrigada por sua preocupação, mas o único perigo para mim aqui é você. Estou cansada. Quero um pouco de paz. Se quer me ajudar, saia da minha frente e me esqueça. Porque me sinto mal quando está perto de mim. E, se pensa que vou cair em seus braços porque vem aqui com palavras doces e um buquê de rosas na mão, está enganado. Eu nunca vou perdoar o que fez! Nunca!

A certeza dela era tão grande, seu ódio tão evidente, que vacilei. Mordi o lábio inferior, sem saber mais o que dizer, sem controle nenhum da situação.

— Eu entendo seu ódio. Mas não posso ficar longe, Maiana — falei baixo, sincero, sem vacilar.

— Não pode? — Sorriu, sem vontade, com ironia. — Engraçado, quando estávamos juntos você conseguia muito bem ficar longe. E melhor, longe de mim e perto de outras mulheres. Bem perto. Conseguia ficar longe de mim e armar com minha irmã pelas minhas costas. O que é? Sente falta de se divertir à minha custa?

Senti vergonha e culpa. Apertei as flores nas mãos e lamentei não terem espinhos. Preferia mil vezes sangrar a me sentir daquele jeito, um crápula, um traidor fodido que destruiu os sonhos de uma mulher como Maiana.

— Eu me arrependo. É o que estou dizendo.

— E eu não quero ouvir — disse friamente. — É o que estou dizendo.

Nós nos olhamos e soube que ia ser bem mais difícil do que eu havia imaginado. Estava realmente determinada a não me perdoar e com uma raiva tão grande que com certeza não fazia bem nem a ela nem ao bebê. Achei melhor recuar. Não conseguiria nada me impondo, só aumentar mais o seu ódio. Mas não era desistir. Era adiar.

— Tudo bem, eu vou embora. Mas… só aceite as flores. Por favor.

Maiana baixou os olhos para mim e para o buquê. Não acreditei quando estendeu o braço e o pegou. Senti a esperança renascer, e, antes que sequer pudesse sentir um gostinho dela, Maiana atirou o buquê de rosas na rua, na frente do meu carro. Fitou meus olhos com desprezo.

— Isso é o que faço com suas flores. E com tudo o que vem de você. — Contornou meu corpo imóvel e se afastou rapidamente pela vila.

Demorei até conseguir reagir. Olhei para as flores e depois para a vila. Ela já tinha sumido de vista, entrado em sua casa.

Fui como um autômato até o meu carro, tendo certeza de uma coisa: não seria difícil reconquistá-la. Seria impossível.

E voltei para casa mais arrasado do que quando havia saído.

# 15

## ARTHUR

Fiquei muito mal de quarta até sexta-feira. Pela primeira vez na minha vida sentia que não tinha chão. Saía do trabalho e não tinha vontade de fazer nada. Nem sair, conversar ou me divertir. Ir para casa também não era opção, porque tudo me lembrava Maiana. Parecia até que ainda sentia o cheiro dela em cada canto. Assim, saí do trabalho e fui para o único lugar que era uma referência para mim, a casa onde fui criado com minha avó.

Liguei avisando, e Dantela me esperou para jantar. Quando cheguei, com a gravata do terno solta, desanimado e cabisbaixo, ela me fitou horrorizada.

— O que é isso? Que aparência é essa?

— Estou cansado. — Aproximei-me de onde estava, de pé entre as portas abertas dos fundos, observando o jardim. Beijei o alto de sua cabeça.

Ela segurou meu rosto entre as mãos e passeou os olhos por ele. Por fim, disse com raiva:

— Diga que é mentira!

— O quê, vó?

— Olhe para si mesmo! Você está... Está igual ao seu pai! Meu Deus, eu fiz de tudo para que isso não acontecesse. Não posso acreditar.

Suspirei. Terminei de me desfazer da gravata e segui até as cadeiras no jardim, olhando para a bela noite. Ela veio e ficou ao meu lado, ainda muito irritada e inconformada.

— Eu sabia que essa garota traria problemas. Desde o início ficou obcecado por ela!

— Vó...

— Ela é como Joana, igualzinha. Mas que sina a minha! Meu filho e meu neto... Assim é demais!

— Maiana não é como a minha mãe. E não quero falar sobre isso. Vim aqui para ter uma noite de paz.

— Olhe para você. — Virou meu rosto para si, balançando a cabeça, agoniada. — Está triste!

— Vó, é impossível ser feliz o tempo todo. Ninguém consegue.

— Você conseguia!

— Não, eu nunca soube o que era felicidade, até encontrar Maiana — falei baixo. — Nunca vivi de verdade. Fui o reizinho, lembra? Olhava tudo do alto.

— Você é um rei, meu querido. Não é como esses seres sem mente, manipuláveis, que só obedecem. E essa mulher tramou para te desestabilizar. Ela deu o golpe perfeito. Vai fazer jogo duro porque quer mais. Tem o trunfo da gravidez, agora vai te tentar até conseguir o maior: um pedido de casamento.

Eu sorri sem vontade.

— A senhora não sabe o que está dizendo. Não conhece Maiana. Acho que, se pudesse, ela me mataria.

— Mataria nada! Isso é teatro, para causar culpa, fazer você se sentir mal até comer na mão dela. — Estava furiosa.

Eu a entendia. Temia que eu tivesse o mesmo destino do meu pai, daí seu desespero. Mas estava cansado daquelas comparações, de toda hora ouvir a mesma história, como um disco quebrado. Eu não era meu pai, e Maiana não era minha mãe. Queria ter minha própria história.

— Vó, podemos mudar de assunto? Hoje quero ficar em paz e me distrair, só isso.

— E por que não saiu com alguns amigos ou algumas mulheres? Precisa disso, se desligar de tudo e curtir sua vida.

— Tudo bem. Mas realmente só quero ficar em paz aqui, jantar, falar de outras coisas. Podemos fazer isso?

— Claro, reizinho. — Veio mais para perto de mim, pequena e magrinha, abraçando-me. Fechei os olhos por um momento, carente de afeto. — Vamos passar uma noite agradável.

Jantamos e conversamos banalidades. Eu não consegui esquecer Maiana por um minuto sequer, sua raiva, o momento em que jogou as flores na rua. Mas tentei.

O tempo todo minha avó me observava, como se soubesse que eu não estava ali por inteiro. E, por fim, desisti. Achei melhor ir embora.

Mas, enquanto eu me despedia dela e depois saía para pegar o carro, Dantela ficou imóvel na sala, acreditando que tinha chegado a hora de intervir. Com algumas informações que eu havia lhe dado anteriormente, havia pedido que uma pessoa de confiança descobrisse onde exatamente Maiana trabalhava e morava.

Guardava as informações para si, para quando fosse necessário agir. E foi o que decidiu fazer no dia seguinte.

## MAIANA

Consegui marcar consulta com uma médica ginecologista e obstetra para sábado, no Méier, bem pertinho de onde eu estava morando. Apesar de ser sábado, dia em que o salão onde trabalhava tinha bastante movimento, Virgínia conseguiu uma folga pela manhã para ir comigo.

Pegamos um ônibus e seguimos juntas para lá cedo, conversando durante o trajeto.

— Está nervosa, Nana?

— Estou. Hoje será minha primeira consulta como mãe. — Sorri. — Quase um mês de gravidez.

— E pensar que ainda vai esperar mais oito meses! Meu Deus! — Ela apertou minha mão. — Como é a sensação?

— É engraçado, pois a única coisa diferente que comecei a sentir agora são os seios doloridos. Não tenho enjoo, fome, desmaios, nada disso. No entanto, não sei se é psicológico, mas já sinto o bebê dentro de mim.

— Mexendo? — Fitou-me surpresa.

— Não! — Eu ri. — Sinto algo diferente e sei que é ele. Parece que me faz ficar mais forte também.

— É o instinto materno. — Ela brincou. — Já pensou em nomes?

— Alguns. Às vezes fico acordada à noite imaginando se é menina ou menino. Mas tem uma coisa que já decidi.

— O quê?

Segurei sua mão e a apertei. Sentada no banco do canto no ônibus, virei um pouco para olhar para ela.

— Queria saber se você e o Rodrigo aceitam ser os padrinhos dele.

Virgínia me olhava fixamente. Murmurou:

— Tem certeza?

— Quem mais poderia ser? Quem é minha amiga e minha irmã? Claro que tenho certeza!

— Nana! — disse alto, eufórica, me agarrando e enchendo de beijos, enquanto algumas pessoas no ônibus nos olhavam e eu ria. — É claro que quero! Meu Deus, vou ser uma dinda! Rodrigo vai amar!

Ficamos fazendo planos e então descemos do ônibus. Enquanto caminhávamos lado a lado, seguindo para o consultório, eu tive que perguntar:

— Tem notícias da minha mãe? E daquela... daquela outra?

Para mim ainda era difícil falar delas. Depois de uma vida inteira aturando tudo o que se podia imaginar das duas e lutando para mudá-las, eu tinha me dado conta de que as escolhas eram nossas, ninguém mudava ninguém. E eu escolhi não ser mais capacho, não ser mais usada como empregada e provedora, não perder minha vida em função de uma mãe interesseira, que se preocupava mais com uma televisão do que com uma filha, e uma irmã traidora, que parecia me odiar.

— Estão do jeito que você sabe que são, Nana. — Virgínia deu de ombros. — Juliane vive saindo toda arrumada, sem cumprimentar ninguém, como se tivesse o rei na barriga. Sua mãe andou falando para os vizinhos que você é ingrata e as abandonou na rua da amargura, mas ninguém deu ouvidos a ela. Conhecem você. Muita gente me pediu para mandar um beijo, se eu a encontrasse. A dona Dinorah, a Maíra, o seu Benedito e a Carmen, todo mundo mandou lembranças.

Eram vizinhos de uma vida inteira, que tinham me visto crescer. Eu sorri, um pouco triste.

— Mande um beijo para eles. Virgínia, o pessoal lá sabe que estou grávida?

— Sua mãe fez questão de dizer. Mas ninguém se importa com isso. Todos gostam de você. Mas é isso. E anteontem a Juliane chegou de táxi e fez questão de que todo mundo visse o rapaz levando para dentro de casa uma televisão novinha, dessas finas e grandes, e outras coisas em caixas. A dona Tereza sorria de orelha a orelha. — Suspirou e balançou a cabeça. — Sabe como a Juliane arrumou dinheiro, né? Na certa, saindo com homens ricos.

— Ou posando para capa da revista como a do... daquele homem.

— Arthur — ela disse. — Não adianta evitar proferir o nome dele. É o pai do seu filho. Em algum momento vão precisar conversar, fazer acordos.

— Eu só quero que ele fique longe. Prefiro que me esqueça e suma, que me deixe criar o bebê sozinha. Eu não aguento nem olhar para ele.

— Isso vai passar, Nana.

— Nunca! — exclamei, com convicção. Era só pensar e falar nele para me encher de raiva.

— Nana, sei que o que ele fez foi horrível. Mas, se ele quiser mesmo assumir o filho, não vai ter nada que você possa fazer.

— Eu sei disso. Mas o bebê ainda não nasceu e, durante a gravidez, não pode me obrigar a nada. Quero que desista e, quando meu filho nascer, esqueça que existimos.

Vigínia não disse mais nada.

O consultório ficava no terceiro andar de um prédio grande e novo. Era bonito, agradável, e vi duas grávidas de gestação avançada, perto de outras mulheres que aguardavam a consulta. Senti um misto de emoção e ansiedade ao saber que logo eu estaria da mesma forma, sentindo meu filho se mexer dentro de mim.

Apresentei os documentos à recepcionista, que depois nos mandou esperar até ser chamada. Uma das grávidas entrou com a mãe e saiu toda sorridente. Ouvi quando disse à recepcionista:

— Até semana que vem, meu bebê está nascendo.

— É mesmo? — A moça sorriu. — Parabéns! E é menino mesmo?

— Sim, Arthur.

Eu olhei para Virgínia e ela para mim. Sacudi a cabeça e murmurei:

— Até aqui?

Acabou sorrindo.

— Até aqui, amiga.

— Maiana Apolinário. — A médica apareceu na porta. Era bonita com cabelos escuros até os ombros, entre quarenta e cinco e cinquenta anos. Usava um jaleco branco e tinha um olhar firme, seguro. Olhou-me quando me aproximei com Virgínia, apertou minha mão com firmeza e depois a dela.

Depois que fechou a porta e sentamos, ela começou:

— E então, Maiana, em que posso ajudá-la?

— Eu estou grávida — falei em voz baixa. Era engraçado o fato de revelar assim, na frente de uma médica, parecia tornar tudo oficial. Uma emoção indescritível me envolveu. E percebi que, apesar de tudo, estava feliz com a gravidez. Era incrível como já sentia aquela vida se formando dentro de mim, inseparável da minha.

Peguei o resultado do exame de sangue dentro da bolsa e entreguei a ela. Era uma cópia que fui buscar no laboratório, pois o primeiro Arthur tinha amassado quando soube da notícia naquele dia fatídico. Desviei o pensamento. Não queria me lembrar dele.

A médica olhou o exame e ergueu os olhos, sorrindo para mim.

— Meus parabéns.

— Obrigada. — Sorri de volta, estabelecendo na hora uma relação com aquela mulher, sem nem entender direito como. Era uma daquelas coisas que sentimos na vida por uma pessoa, sem explicação, seja simpatia ou antipatia. E eu gostei dela de imediato.

— E eu sou a madrinha — brincou Virgínia.

— Parabéns também, madrinha orgulhosa. — Sorriu. — Bem, tem ideia de há quanto tempo está grávida?

— Sei exatamente. Tem quatro semanas.

— Ok. Uma ultrassonografia agora não é necessária, mas vou pedir alguns outros exames, prescrever ácido fólico e algumas vitaminas. E explicar tudinho.

Ao final, foi constatado que eu estava bem, com a pressão arterial normal, em uma gravidez aparentemente saudável. A médica explicou-me como funcionava o desenvolvimento do bebê, as coisas que eu poderia sentir, o que era e o que não normal. E, de acordo com a data que dei e tudo mais, calculou que a data provável para o parto do meu filho ou filha seria entre 23 e 30 de outubro.

Senti-me amparada e protegida, podendo fazer perguntas e entender melhor tudo o que aconteceria com meu corpo. Trocamos um aperto de mãos e saí de lá sorrindo. Tinha exames para fazer, receitas na bolsa, marquei o retorno para dali a três semanas, quando teria tudo pronto, inclusive a ultrassonografia, que só poderia fazer quando completasse seis semanas.

— Gostei dela — disse a Virgínia.

— Eu também. Foi indicação de alguém?

— Sim, de uma colega do trabalho. Só se trata com a doutora Rosana e teve filho com ela, disse que é ótima.

— Perfeito, então.

Virgínia teve que voltar para o trabalho no salão. Continuou no ônibus, enquanto eu desci em Engenho de Dentro e fui andando até a vila em que morava agora. A primeira coisa que vi ao chegar foi um belíssimo e importado sedã preto, com um motorista uniformizado de pé ao lado da janela traseira. Ele me encarou e na hora pensei que aquilo deveria ser coisa do Arthur.

O homem abriu a porta de trás, e fiquei esperando que o próprio saísse lá de dentro, já preparada para ignorá-lo e entrar em casa. Mas o motorista deixou a porta aberta e disse para mim:

— Senhorita Maiana Apolinário?

— Quem quer saber? — indaguei, desconfiada, parando a alguns passos de distância.

— A senhora Dantela Moreno gostaria de falar com a senhorita, se não se importa — disse o homem de meia-idade, pomposo.

O sobrenome Moreno me fez pensar na avó de Arthur. Eu não queria nada com ele nem com a família dele. Mas então, uma senhora idosa inclinou a cabeça para fora e me fitou. Tinha olhos escuros e, apesar da idade, não eram nublados nem foscos. Eram diretos e penetrantes, como os do neto.

— Podemos conversar? — perguntou em um tom sério, sem nem ao menos piscar.

Quis dizer que não, mas então me dei conta de que a senhora não tinha culpa pelos erros do neto. Mesmo contra a vontade, me aproximei do carro. Ela chegou para o lado, dizendo:

— Sente-se aqui.

Depois que entrei e sentei, o motorista bateu a porta e ficou do lado de fora. Parecíamos isoladas do mundo, ali, naquele ambiente fechado e luxuoso, com o ar-condicionado ligado. Nós nos encaramos em silêncio.

Era elegante, apesar da idade e da estatura diminuta. Usava uma blusa de seda perolada, cordão e brincos de ouro, saia azul-marinho reta. E estava maquiada, com blush e batom de um tom rosado. Mas, enquanto sua aparência era de uma pessoa frágil, seu olhar era duro, analítico. Senti-me estranhamente observada.

— Você é mesmo muito bonita. Mais do que imaginei.

Não agradeci, pois algo no tom dela soava depreciativo, como se minha beleza a incomodasse. Aguardei, calada.

— Estou sabendo de tudo, meu neto me contou. Vim aqui negociar com você.

— Negociar? — Eu franzi a testa, encarando-a.

— No início pensei que o filho que você espera poderia não ser de Arthur. Mas então percebi que não seria tão burra, ainda mais hoje em dia, com tantos exames para provar. É claro que faremos o exame de DNA, mas acredito que será positivo.

Senti o sangue ferver. Mas, antes que pudesse me manifestar, continuou:

— Sou uma mulher vivida, Maiana. Já encontrei uma pessoa assim como você pelo meu caminho uma vez.

— Assim, como?

— Esperta, sagaz, paciente. Aposto que foi tudo de caso pensado, não? Bem, isso não importa mais. Meu neto não casará com você, mesmo estando grávida. Mas não penso em deixar meu bisneto na lama. Pagaremos uma boa pensão, ele terá de tudo. Diga o seu preço. Quanto quer para desistir de Arthur e o deixar em paz?

Eu estava tremendo quando Dantela terminou de falar. Olhei para ela, naquele carro luxuoso, e me lembrei do Porsche e do apartamento de Arthur. Tudo banhado a muito dinheiro.

Então pensei na casa pobre em que cresci e na que eu vivia agora, quase vazia. Apesar da raiva que me consumiu naquele momento, consegui dizer friamente:

— A senhora pode pensar o que quiser. Mas deixe-me dizer uma coisa, ouça e aproveite para contar para seu neto também: nem eu nem o meu filho estamos à venda. Nada, nenhum bem ou dinheiro, me fará aceitar aquele maldito de novo na minha vida. Então, não precisa se preocupar. Feche a sua carteira, pegue o seu carro com motorista e volte para o lugar de onde veio. Porque, mesmo sendo pobre e morando em uma casa simples, eu tenho muito mais a oferecer ao meu filho do que vocês.

— Belo discurso. Eu sabia que o faria. Mas vamos aos fatos, chega de tanta enrolação: o que você quer, menina?

— Quero a senhora e seu neto longe. Para sempre. Estamos entendidas ou gostaria de falar mais alguma coisa?

— Você é muito impertinente! — Olhou-me de cima a baixo com superioridade.

— Ah, sou? Eu estou a caminho de casa, em paz, quando sou abordada por uma senhora desconhecida, arrogante e prepotente, que me faz uma proposta ultrajante, como se eu fosse uma prostituta, e eu é que sou impertinente? — Pus a mão na maçaneta da porta. — Acho que já terminamos a nossa conversa.

— Eu ainda não acabei. — Vendo que eu ia abrir a porta, agarrou meu braço, sendo bem mais forte do que aparentava. Seus olhos sombrios ardiam, sem nenhuma preocupação em disfarçar sua cólera. — Por que não para de teatro? Vamos, diga, Joana, quanto você quer para deixar meu neto em paz? Casas? Fortuna? O quê?

— Eu não me chamo Joana. Meu nome é Maiana — corrigi secamente. — E já disse, se é para fazer um pedido, que seja para que a senhora e seu neto fiquem longe de mim e do meu filho. Garanto que nunca mais me verão pela frente.

Abri a porta e, de imediato, o motorista veio segurá-la.

— Se for provado que essa criança é um Moreno de Albuquerque, eu vou tirá-lo de você. Mostrarei a boa puta que é, e essa criança será criada por pessoas dignas. Não verá nem a cor do meu dinheiro nem o do meu reizinho.

Virei para ela antes de sair, tremendo de raiva, mas tentando me controlar.

— Seu reizinho? — Ri, sem vontade. — Agora entendo por que Arthur é tão arrogante e usa as pessoas, achando que o mundo é dele. Aprendeu com a senhora. Lamento por ele, que perdeu os pais cedo e caiu em suas mãos. E nunca fui puta na minha vida, nem serei, por isso esqueça essa ideia de me comprar. Meu filho vai ser criado por mim. Posso morrer, mas nunca deixarei que seja como vocês.

Saí do carro.

— Você vai se arrepender, Maiana — falou baixo, ameaçando.

— Eu me arrependo de muita coisa. De ter conhecido o seu reizinho. E de ter entrado nesse carro, sabendo bem de quem é avó. Nem a idade ensinou à senhora certas coisas. Mas espero que ensine a Arthur.

E me afastei pela calçada, sem olhar para trás. Escutei quando o carro se afastou. Praticamente corri para minha casa e só me senti segura quando cheguei lá dentro e tranquei a porta. Abracei minha barriga e comecei a chorar, de raiva e humilhação, assim como de medo.

Eles podiam ser ricos e poderosos, mas nunca tirariam meu filho de mim. Nunca!

Que mulher horrível! Como eu poderia esperar algum sentimento humano de Arthur tendo sido criado por aquele monstro? Uma mulher que achava que tudo girava em torno de seu dinheiro e que não tinha escrúpulos em tentar comprar as pessoas, como se não passassem de objetos ou seres inferiores.

Eu estava desesperada, soluçando, furiosa. Minha vontade era a de procurar por Arthur, socá-lo, xingá-lo, saber se havia sido ele que a mandara ali, para terminar de fazer seu trabalho sujo. Mas eu nunca o procuraria. Eu tinha ódio dele! E ódio daquela sua avó também, dois arrogantes e prepotentes, metidos a superiores e melhores do que os outros.

Em meio à minha crise de choro, o celular começou a tocar. Pensei em não atender, mas ao mesmo tempo quis falar desesperadamente com alguém, desabafar para não fazer mal ao bebê. Abri a bolsa e peguei o aparelho, nem olhando quem era.

— Alô. — Minha voz saiu embargada, desestruturada. Respirei fundo, tentando me controlar.

— Maiana? — A voz máscula de Matheus soou em meus ouvidos. — O que aconteceu?

Como ele podia me conhecer tão bem, em tão pouco tempo? Ouvir sua voz era tudo de que eu precisava para desabar de vez. Voltei a chorar, sem conseguir responder.

— Maiana? — Havia certo pânico em sua voz. — Está passando mal? É algo com o bebê?

— Não — consegui balbuciar, passando a mão no rosto, escorregando para o chão, ainda encostada na porta. Confessei baixo: — Eu não aguento mais.

— Não aguenta o quê? Diz para mim que não está fazendo nenhuma besteira? Já saí de casa e estou indo aí. Me dê o seu endereço. — Estava nervoso.

— Não, não estou fazendo besteira. — Funguei, recobrando um pouco do autocontrole, sabendo que se preocupava de verdade. Fechei os olhos. — Aquela mulher veio aqui e falou um monte de coisas. Ela é horrível, Matheus!

— Que mulher?

— A avó do Arthur.

— Dantela? — Suspirou. — Ela foi até aí?

— Sim.

— E o que disse?

— Perguntou quanto eu queria para deixar Arthur em paz. Me chamou de interesseira e... Ai, eu me senti um lixo! O tempo todo me olhando como se eu fosse um nada, uma qualquer. *Deixar o reizinho em paz!* Como se o que eu mais quisesse não fosse exatamente isso, nunca mais olhar para ele.

— Calma, não fique assim nervosa, não vai fazer bem para você. Agora me diz onde você mora. Já estou a caminho.

— Não, não precisa. Eu já estou melhor. E daqui a pouco vou sair, tenho um teste fotográfico para fazer às 15h30. Ia ser de manhã, mas trocaram o horário — consegui falar, mais recuperada.

— É aquele para a marca do Leon, que me contou na festa?

— Sim.

— Mais um motivo para eu ir aí. Vamos almoçar juntos e depois levo você para o teste.

— Não, Matheus.

— Matt, lembra? — Sua voz era sedutora. — Você é minha amiga.

Acabei sorrindo, enxugando os olhos com a ponta da camisa.

— Sim, eu lembro. Mas olha, está tudo bem. E eu… eu não quero que pense que estou incentivando você. Olha, estou grávida, minha vida está de pernas para o ar e…

— Maiana, já falamos sobre isso. Sem pressão. Somos amigos. E já estou a caminho. Agora, me dê o endereço.

Mordi os lábios, na dúvida. Gostava mesmo dele. E não queria envolvê-lo na loucura que estava a minha vida.

— Matheus…

— Matt.

— Matt. — Sorri um pouco mais. — Melhor não, de verdade.

— Se não der o endereço, vou até cada casa de Engenho de Dentro, mesmo não conhecendo nada por aí.

— Como sabe que é em Engenho de Dentro?

— Você me disse, quando conversamos na faculdade.

— É verdade.

— E então?

Era difícil resistir. Ainda mais quando me sentia tão sozinha e fragilizada. Não queria me aproveitar dele nem que se sentisse enganado depois, quando percebesse que eu realmente não queria mais saber de homem nenhum.

— Estou chegando — brincou.

— Mas não sabe onde é.

— Isso não me impediria. Sou muito mais persistente do que imagina.

— Estou vendo.

— Endereço?

— Ah, tá. Você venceu. — E lhe disse onde morava.

— Daqui a pouco chego aí. E não coma nada. Vamos almoçar juntos.

— Está bem. Obrigada. Não sei como agradecer.
— Me chame de Matt.
— Matt.
Acabamos rindo.
— Gostei. Até mais, meu bem.
— Até. — Desliguei bem mais aliviada e tranquila. Matheus... Matt havia tido o poder de me ajudar. E agradeci intimamente por isso.

Depois de uma porrada atrás de outra, eu precisava desesperadamente de um porto seguro, de um amigo. Como Virgínia. Como Matt.

## ARTHUR

— Você fez o quê, vó? — indaguei, alterado, parando de andar na sala do meu apartamento.

— Eu venho da casa daquela sonsa. Fui ter uma conversa definitiva com ela. Que garota insolente! Mas quero que saiba uma coisa, já acionei os advogados da família. Vamos pedir o teste de DNA assim que o bebê nascer. Enquanto isso, mandarei um investigador guardar tudo o que puder para usarmos contra ela daqui a oito meses. Com nosso poder e as besteiras que ela com certeza vai fazer, teremos a guarda do seu filho.

Eu escutava, embasbacado.

— Mas do que diabos está falando? Como foi falar com Maiana sem me dizer nada? O que foi que...

— Procurei saber quanto queria para deixar você em paz. Estava disposta a dar tudo! Não suportei ver como estava abatido, sabendo que está jogando com você e...

— Não era para você se meter! — Perdi a paciência, segurando o telefone com força. — Desde o início está se metendo nessa história, me falando coisas que só me fizeram cometer mais burradas. Repetindo e repetindo a história dos meus pais. Já disse para não falar mais disso! E ainda foi atrás dela oferecer dinheiro? Agora é que Maiana vai me odiar ainda mais e nem me deixar chegar perto dela!

— Mas é um jogo dessa mulher! — Sua voz, sempre tão modulada, também estava alterada ao telefone. — E você não tem que se rastejar para essa... essa dissimulada! É o que estou dizendo. Com o detetive e os advogados, quando o bebê nascer...

— Não quero detetives nem advogados, vó! Isso é assunto meu! Não se meta mais nisso! — Estava possesso.

— Não acredito que esteja falando desse jeito comigo.
— A senhora não tinha que se meter!
— Mas você é meu neto! Estou fazendo o mesmo que fiz com seu pai!
— É, e adiantou grande coisa! — explodi.
Dantela ficou quieta. Depois, disse baixo:
— Ao menos eu tentei. E tudo o que fiz foi para salvar Teodoro. E, agora, para salvar você. Está vivendo em função dessa mulher, será que não percebeu isso?
— Estou vivendo em função da burrada que fiz. Maiana não tem culpa de nada. Entendo seus motivos, vó. Mas estou dizendo e repetindo: eu resolvo isso. Não quero que se meta.
— Se é assim — disse fria. — Depois, não diga que não avisei.
Desligou. Suspirei, guardando o celular no bolso e correndo os dedos por entre os cabelos. Sabia que estava magoada comigo, mas precisava de uma trava. Aquela história era minha. Meti os pés pelas mãos, eu que tinha que resolver.

E aquela agora. Maiana devia estar furiosa. Ou arrasada. Não bastasse tudo o que fiz, minha avó ia lá completar o serviço.

Sabendo que não conseguiria ficar ali, peguei minha carteira, as chaves do carro e saí.

Já era pouco mais de meio-dia quando virei em frente à rua em que Maiana morava, ansioso para vê-la. Falar com ela, tentar explicar o que parecia não ter explicação, mas ao menos mostrar que não estava de acordo com o que Dantela havia feito.

No entanto, vi a Ranger de Matheus estacionada mais à frente e ele com Maiana na calçada, segurando a porta para ela, espalmando as mãos em suas costas para ajudá-la a subir. Na hora eu fui invadido por uma onda violenta de raiva e ciúme. Mas o que me desequilibrou de vez foi ver o modo como ela sorriu para ele antes de entrar no carro. Do mesmo modo com que costumava sorrir para mim quando ainda éramos amantes.

Matheus bateu a porta, deu a volta e se acomodou no lado do motorista. Seu carro se pôs em movimento no exato momento em que o meu se aproximava. Enraivecido, fora de mim, eu acelerei e o segui de perto, o motor do Porsche roncando.

Quase encostei em seu para-choque traseiro. Vi seu olhar sério e irritado pelo espelho retrovisor, com certeza reconhecendo meu carro. Não parou. Acelerou mais, e eu também.

Minha vontade era dar uma batida nele. Se Maiana não estivesse lá dentro, era o que eu faria. Um véu vermelho parecia ter descido sobre meus olhos, e eu tremia de raiva, de vontade de fazer o carro dele rodar, ir lá, pegar Maiana e jogá-la dentro do meu carro. E sumir com ela.

Desgraçado! Traidor! Estava se aproveitando de nossa briga para se aproximar, dar o bote como sempre quis. Nem o fato de ela estar grávida de mim o impediu. Aquele amigo da onça, filho da puta!

O ódio me consumia e cegava. O ciúme me deixava doente. Cortei a Ranger e emparelhei ao lado dele, descendo o vidro, encarando-o, muito puto. Matheus me olhou, igualmente furioso.

— Está maluco, porra?

— Pare o carro! — ordenei, mal olhando para a frente, tão colérico eu estava.

— Sai daqui, Arthur! Vai provocar um acidente! Está na mão contrária!

— Foda-se! Pare o carro!

Um automóvel, vindo na minha direção, buzinou fortemente. Por um milésimo de segundo, quase permaneci ali, pouco me importando se bateria de frente no outro. Talvez fosse até um livramento. Mas, no último segundo, eu reduzi a velocidade, me lancei para trás da Ranger, e o outro carro passou com o motorista gritando e xingando.

Cego, acelerei de novo e emparelhei.

— Maluco, filho da puta! — rosnou Matheus, vendo que eu não desistiria. Havia um estacionamento de um restaurante na calçada à sua esquerda e ele parou ali. Na mesma hora pulei do meu carro, que larguei de qualquer jeito atrás do dele.

Matheus saiu furioso. Maiana também desceu do seu lado, pálida, fitando-me com raiva. Mas eu mal a vi. Estava além de qualquer raciocínio lógico. Investi contra meu amigo e lhe dei um soco tão violento no rosto, que ele caiu sobre o capô do carro.

— Não! Pare! — gritou Maiana, correndo para nós.

Naquele instante Matheus voltou como um touro enraivecido e me pegou desprevenido, distraído por Maiana. Acertou um direto no meu queixo e na minha boca, partindo o lábio e jorrando sangue. Vociferei e avancei. Íamos nos engalfinhar como dois moleques de briga, mas Maiana se meteu perigosamente no meio.

— Pare com isso! Arthur!

Eu parei, o punho já preparado para o próximo soco. Atrás dela, Matheus estava do mesmo jeito, respirando irregularmente, pronto para continuar a briga. O clima era pesado e violento. Seu rosto inchava do lado esquerdo e o sangue pingava da minha boca, que esfreguei com as costas das mãos.

— Você está maluco? — Maiana gritou para mim, pálida e com tanta raiva que parecia chegar em mim jorrando. — Suma da minha vida! Desapareça! Eu odeio você! Odeio!

— Você não tinha que estar com ele! — acusei, apontando para meu ex-amigo.

— Eu fico e saio com quem eu quiser!

— Está esperando um filho meu!

— Dane-se! Você não manda em mim! — gritou.

Matheus segurou o ombro dela, como que para acalmá-la, e isso bastou para que eu perdesse a cabeça de vez. Eu me aproximei e dei uma porrada no braço dele, rosnando:

— Tire as mãos dela!

— Ah! — Maiana gritou e empurrou meu peito para trás com as duas mãos, começando a me socar, furiosa. — Desgraçado! Nojento! Eu te odeio! Me deixa em paz! Sai daqui!

— Não vou sair! — Deixei que me batesse, acertando meu peito, meu ombro, minha boca machucada, de onde jorrou mais sangue. Ela estava fora de si, mas ao menos me tocava, reagia. — Não posso te deixar, Maiana. Você é minha!

— Não sou! Odeio você! Vá embora!

— Não vou. — Socou meu queixo e doeu. Eu a olhava fixamente, meus braços ao lado do corpo, deixando que me golpeasse com toda sua raiva. Falei baixinho:

— Eu te amo.

— Mentiroso! Falso! — berrou, raivosa, e avançou mais.

Matheus a agarrou pela cintura por trás, puxando-a, tentando acalmá-la. Eu já partia para afastá-la dele, quando disse, preocupado:

— Maiana, se acalme. Pense no bebê.

Isso a fez se conter, e a mim também. Parei, me dando conta de como perdi a cabeça e esqueci, por um momento, de que ela estava grávida. Respirou pesadamente, recostada nele. Encontrei os olhos furiosos de Matheus, mas que nem chegavam perto da minha raiva e cólera por estar com Maiana nos braços. Rosnei baixo:

— Solte-a.

— Ele não vai me soltar. — Maiana ergueu o queixo, seu desprezo doendo mais do que sua raiva. Respirava irregularmente e nos encaramos. Senti o sangue pingar na camisa. — Porque não tenho nada com você e saio com quem eu quiser.

— Está transando com ele?

— Isso é problema meu.

— Você se entregou a mim depois de se guardar por anos. Disse que me amava. E agora, mesmo grávida de mim, está trepando com ele? — Apontei furiosamente para Matheus, que me encarava sério. O ódio me consumia, me corroía por dentro.

— Faço o que quiser da minha vida. Agora, saia daqui. E nunca mais apareça!

Olhei-a fixamente. Vi como o tocava, como ele a segurava protetoramente contra si. Lembrei-me de seu olhar e seu sorriso para Matheus ao entrarem no carro, vindos da casa dela. Talvez depois de transarem.

A dor que me possuiu foi violenta. Preferia desmaiar de tanto apanhar a sentir aquilo, o desespero latente, a sensação horrível de perda, o ciúme aterrador. Fiquei um momento imóvel, sem poder crer que Maiana já não era minha. Que talvez eu a tivesse entregado de bandeja a outro homem.

E então o ódio veio maior que tudo, mascarando a dor e a decepção, escondendo o ciúme. Protegendo-me de um sofrimento que estava além de minha resistência. Reagi como eu sabia, com meu orgulho.

— Eu vim me desculpar pelas coisas que minha avó disse, mas agora vejo que ela tinha razão. Você não é como eu pensei, Maiana.

— Que bom. Porque você também não é o que eu pensava — disse friamente.

— Aproveite. Não venho mais atrapalhar o casal. Mas não estou desistindo do meu filho — avisei, retribuindo a frieza.

Ela não disse mais nada. Dei um último olhar a eles e voltei ao meu carro. Saí dirigindo como um louco.

Limpei o sangue dos lábios com um lenço. Apenas uma parte de mim funcionava, enquanto me afastava sem nem saber para onde seguia.

A decepção por saber que Maiana se jogara nos braços de Matheus tão rápido era pior que tudo. Mesmo magoada e sem querer me ver pela frente, se tivesse me amado de verdade, se fosse como eu pensei, teria se guardado, por pelo menos mais um tempo.

Eu era mesmo um idiota. Duas semanas me sentindo culpado, lamentando, não vivendo, apenas sobrevivendo sem ela, para quê? Para Maiana se jogar, grávida de mim, na cama de outro?

Eu, que nunca consegui viver sem sexo, estava todo aquele tempo sem olhar para mulher nenhuma. Quando não suportava a falta de Maiana, me masturbava na cama ou no chuveiro, relembrando seu gosto e seu sorriso, seus gemidos e seu corpo, em uma agonia que não aliviava, só crescia.

Sim, eu tinha errado. Tinha sido um traidor, um safado, um animal. Mas estava arrependido. E ela me amava tanto que já estava com outro homem. Com meu amigo. Meu ex-amigo.

— Chega! — disse a mim mesmo, cansado daquele sofrimento, cansado de tentar mudar quem eu havia sido a vida inteira. Era um cafajeste? Que fosse, então. Era assim que eu ia viver.

Segui para o clube Catana, que nos sábados abria cedo. Deixei o carro no estacionamento e entrei sem me importar com o lábio machucado ou com o sangue na frente da camisa.

Estava com poucos frequentadores. Fui direto ao bar e pedi um uísque com gelo. Tomei a dose de uma vez, pus a pedra de gelo em um guardanapo e a encostei na boca. Doeu, mas aguentei e pedi outra dose.

O barman me conhecia, viu meu estado... mas não disse nada. Tomei quatro doses seguidas, até me sentir anestesiado e um pouco menos estressado. Larguei tudo no bar, paguei e me levantei.

Em um dos sofás havia três das garotas exclusivas da casa, conversando, prontas à espera de clientes. Sorriram ao me ver, e uma delas perguntou:

— Quer se sentar com a gente, querido?

— Claro.

Abriram espaço e me sentei entre duas delas. A do meu lado direito passou a mão pelo meu queixo e murmurou:

— Temos um brigão aqui? O outro ficou pior?

Pensei em Matheus, com Maiana nos braços. Recostei a cabeça no encosto do sofá e fechei os olhos. Não, o outro não tinha ficado pior.

Uma tristeza horrível se espalhou dentro de mim. Senti a raiva ceder, mas o que restou era pior. Era um desânimo, uma sensação de desistência, de finitude. Uma delas passou a acariciar meu pau por cima da calça. A outra abriu dois botões da minha camisa, percorrendo a mão pelo peito.

Não senti nada. Desejo, raiva, ódio, nada. Só aquele vazio. Como se eu não fosse mais eu, não soubesse mais que rumo tomar, parado em frente a um caminho bifurcado, sem saber para onde seguir.

Abri os olhos. Não tive ereção. Nem um pingo de vontade de continuar com aquilo. Afastei a mão dela do meu pênis. A outra do meu peito. Levantei. Falei baixo:

— Desculpe. Preciso ir embora.

— Fique, querido. Cuidaremos direitinho de você.

Apenas balancei a cabeça.

Saí de lá e entrei em meu carro. Percebi que ainda não havia comido nada naquele dia. Meu estômago queimava com as doses de uísque. Meus olhos ardiam e eu não conseguia controlar. Dirigi, apático, só querendo voltar para casa.

Para o vazio que Maiana deixara lá.

# 16

## MAIANA

Matt me levou a um restaurante perto da praia de Ipanema, embora nenhum de nós dois tivesse apetite após o episódio com Arthur. Eu ainda estava lívida, tremendo, mas fiquei calada o resto da viagem, a imagem dele furioso e com sangue pingando da boca não saía da minha mente.

Como uma pessoa podia ter amado tanto outra e depois odiá-la com a mesma força? Eu não o perdoava, não acreditava nele, não sentia pena. Talvez fosse mais vingativa e rancorosa do que pensava, pois queria que sentisse a mesma dor que eu, que soubesse o que era arrasar o coração de uma pessoa, pisar e machucar.

Eu te amo. Aquelas palavras sussurradas enquanto eu estava fora de mim estavam gravadas em minha mente, e Arthur me olhava, como se realmente me amasse. Como desejei ouvir aquilo! Antes de descobrir toda a traição, aquela declaração seria a maior felicidade da minha vida. Mas, agora, eram palavras vazias, proferidas por um homem que não gostava de perder.

Arthur não me amava. Ele estava com raiva porque não o aceitei mesmo se desculpando e porque achava que estava saindo com Matheus. Era seu orgulho de macho ferido. Se eu acreditasse, o que nunca aconteceria, tão logo se sentisse seguro e dono da situação, ele repetiria a traição.

E eu não o perdoaria. Nunca mais confiaria nele. Mesmo que mudasse de verdade, e isso eu duvidava. O que fez continuaria marcado dentro de mim.

Nós nos acomodamos em uma mesa perto da janela e ouvi Matt dizer, enquanto me observava:

— Como você está?

— Bem. E seu rosto? Não é melhor pedir gelo?

— Não, tudo certo. — Estava um pouco inchado, mas não sangrava como o de Arthur.

O garçom se aproximou com o menu. Pedi que Matt escolhesse para mim e, enquanto o fazia, fiquei quieta, olhando para a praia, do outro lado da rua. A voz profunda de Matt me fez sair dos meus pensamentos.

— Ele te ama mesmo, Maiana.

Eu o fitei na hora. Falei com ironia:

— Ama? Deus me livre ser amada dessa maneira!

— Sei que Arthur fez um monte de burradas. Ele sempre foi arrogante e sempre disse que mulher nenhuma o ganharia. Mas com você foi diferente desde o início. — Seus olhos, que ficavam ora com um tom mel-esverdeado, ora verdes bem claros, estavam fixos em mim. — Apresentou você como namorada.

— Claro, Matt. Eu fiz jogo duro com ele. Teve que fingir para me levar no papo — retruquei, magoada.

— Mas não é só isso. O modo com que ele te olhava e tinha ciúmes…

— Sentimento de posse.

— Dá para ver que está arrasado, Maiana. Está sofrendo tanto quanto você.

— Duvido! — A irritação tomou conta de mim. — Arthur não sabe o que é se importar com outra pessoa. Ele está é furioso, pois tudo escapou do seu controle. Eu engravidei e me afastei. Ele gostaria que eu estivesse submissa, chorando, comprada, em um apartamento, esperando meu filho nascer. E, enquanto isso, continuaria nas suas orgias, indo lá de vez em quando matar saudade.

— Calma, não se altere assim.

— Mas não aguento! Uma pessoa não pode ser tão cínica e prepotente! Não pode usar e abusar assim das outras!

— Eu conheço os defeitos dele, nos conhecemos há muitos anos. Mas conheço suas qualidades também. Sempre foi um homem forte, trabalhou muito para ampliar os negócios da família, cuida da avó muito bem. O que eu acho é que ele gostou mesmo de você e fez essas burradas, pois era o que estava acostumado a fazer.

— E eu tenho que aturar?

— Não é aturar. Talvez só tentar entender. Ele pode estar se dando conta de que ama você de verdade. Nunca o vi tão desesperado, Maiana. Nunca pensei que ouviria Arthur dizer que ama uma mulher, e sendo sincero.

Nós nos olhamos. Percebi que Matt queria ser honesto, realmente pensava aquilo. Mas eu não.

— Para mim, Arthur está apostando todas as fichas para não sair perdendo. É questão de honra para ele. Eu disse não, e isso mexeu com seu orgulho.

— Maiana…

— Não quero mais falar nisso. Não acredito nele e não quero nem saber de nada. Se está sofrendo ou não, problema dele. Eu tenho que me preocupar comigo e com meu filho. — Suspirei e tomei a água que o garçom tinha trazido. — Só lamento que vocês tenham brigado, sendo amigos há tanto tempo. Não queria ter provocado isso. E peço desculpas por ter fingido que tínhamos alguma coisa. Na hora, eu só quis atingi-lo, mostrar que não me importo com ele.

— Mas se importa — afirmou, sereno.

— Não. Não me importo nem um pouco. Ficaria feliz se não o visse nunca mais e se não soubesse mais nada dele.

O garçom veio com os pratos e o suco. Eu ainda estava nervosa para saborear a comida. Tinha sido um dia duro, com a visita da avó de Arthur e com sua explosão, saindo de carro, nos perseguindo como um louco.

No entanto, me forcei a comer, pois agora não havia mais aquilo de pular refeições. Precisava pensar primeiro no bebê.

Acabei conseguindo me acalmar e apreciar a comida, graças principalmente a Matt. Ele puxou assunto, me deixou à vontade, foi me fazendo relaxar em sua companhia charmosa e agradável. Era como um bálsamo depois de tanto estresse.

Depois me levou ao estúdio em Copacabana e aguardou enquanto eu era preparada por uma cabeleireira e uma maquiadora. Mesmo que a campanha fosse ter fotos só de rosto, tive que colocar um esvoaçante vestido branco.

No início, fiquei sem graça diante da câmera do fotógrafo. Passei a vida inteira ouvindo que devia ser modelo, mas fugindo de usar minha aparência para alguma coisa, traumatizada com as coisas que minha mãe dizia. Mas agora era um caso de necessidade. E não seria nada sexual. Pelo contrário.

Aos poucos comecei a me soltar, incentivada pelo fotógrafo, um homem simpático e sorridente. Fez diversas fotos minhas: séria, sorrindo, sentada, de pé, de perfil, até ficar satisfeito. Ele me elogiou muito e conversamos um pouco, até que fui dispensada. Disseram que entrariam em contato comigo ainda na semana seguinte.

Saí de lá mais animada, conversando com Matt. Era fim de tarde e resolvemos dar uma volta no calçadão de Copacabana. Falávamos de tudo. Era fácil conversar com ele. Era um homem inteligente, que gostava de sorrir, e tinha um olhar diferente, algo entre o doce e o profundo, o meigo e o intenso. Ele me lembrava um velho ditado: "As águas calmas são as mais profundas."

Fiquei curiosa sobre quem seria Matt de verdade. Por que um homem como ele frequentaria o clube Catana? Teria desejos e prazeres diferentes, disfarçados por sua aparência calma? O que chamaria a atenção dele naquele lugar? Fiquei curiosa, mas era um assunto muito íntimo para questioná-lo.

Andamos na areia, e ele perguntou se eu estava com sede. Enquanto se afastava para comprar uma água de coco, sentei na areia macia, tirei as sandálias e passei a mão entre os grãos. Sem querer, a imagem de Arthur voltou à minha mente.

Imaginei as atrocidades que ele não faria naquele clube. Devia ser bem conhecido e pegar todas as mulheres de lá. Fiquei com nojo, mas não pude impedir que algumas lembranças retornassem.

Ele beijava as outras mulheres como fazia comigo, me segurando firme pela nuca, explorando a boca como se fosse a coisa mais deliciosa e irresistível do mundo? Era tão intenso ao penetrar, tomando tudo, como se fosse dele, exigindo paixão e entrega?

Irritei-me ao pensar naquilo. Não queria saber. Tinha nojo dele, de imaginar quantas vezes devia ter me tocado depois de ter estado com outra, quantas orgias deve ter feito enquanto eu sonhava com ele como uma tola. Eu queria esquecer cada uma das vezes em que estive com ele. Sabia que seria difícil, mas com o tempo se esfumaçariam. E aí talvez eu pudesse refazer a minha vida.

Matt voltou e ficamos lado a lado, conversando, tomando água de coco e olhando o mar. E pensei comigo mesma... por que não havia me apaixonado por um homem como ele?

## ARTHUR

Acordei no domingo com a campainha tocando. Fiquei um pouco perdido, até me dar conta de que passava das 10h. Não costumava dormir até tarde, mas tinha praticamente passado a noite em claro.

Sentei na cama e, ao bocejar, soltei um palavrão quando o lábio inferior partido doeu. A campainha tocou de novo. Afastei as cobertas e me levantei, nu. Catei uma bermuda, esfreguei os olhos e fui para a sala, todo descabelado e descalço, sabendo que só poderia ser uma pessoa bem íntima para o porteiro ter deixado subir direto.

Abri a porta e dei de cara com Matheus. O ódio veio violento e cerrei o punho, ansiando terminar o que não tínhamos concluído no dia anterior. Em vinte anos de amizade nunca tínhamos brigado ao ponto de nos socar, mas agora era só o que eu tinha vontade de fazer.

— O que está fazendo aqui? — resmunguei.

— Vim conversar, e não brigar. Posso entrar?

Minha vontade foi escorraçá-lo. Mas escancarei a porta. Depois que passou, a fechei. Seguimos para a sala, e Matheus sentou no sofá. Eu ia permanecer de pé, mas, na tarde anterior, depois de chegar em casa vindo do clube, fiquei bebendo até de madrugada. Ainda estava tonto, com um gosto horrível na boca. Sentei em uma poltrona.

— O que é?

Matheus me observou com atenção.

— Você está horrível, cara.

— Veio aqui para isso? — indaguei irritado.

— Você gosta de Maiana de verdade.

— Não vou ficar aqui falando disso para um traíra como você. — Nossos olhares se encontraram, e o meu era de puro ódio.

— Traíra por quê? Nunca dei em cima dela. Nem quando estavam juntos.

— Não? *Eu* que dei em cima dela? Faça-me o favor, Matheus. Ficou louco por Maiana assim que a viu!

— E fiquei mesmo. Sabe que não sou cínico como você e não saio por aí usando todas as mulheres. É uma de cada vez, e são tratadas bem, sem traição nem mentira.

— Sim, são tratadas muito bem. Com seu chicote e seus objetos de sadomasoquista filho da puta! — resmunguei. — Maiana sabe que o senhor perfeitinho gosta de submeter as mulheres e chicoteá-las?

A raiva me consumia, a ponto de atrapalhar minha respiração. Só de imaginar Matheus tocando em Maiana ou a levando ao clube e a algemando em uma Cruz de Santo André, submetendo-a, eu ficava doente.

— Ela está grávida de mim. Se eu souber que encostou a porra de um chicote nela, eu te mato!

— Eu nunca transei com Maiana. Cale a boca e escute. — Irritou-se também.

O alívio veio na hora, mais forte do que imaginei. Por isso, fiquei quieto. Conhecia Matheus e sabia que não era mentiroso.

— Eu sei que essa história não é minha — disse baixo, olhos fixos em mim. — Talvez eu devesse mesmo me manter longe. Mas está sendo um pouco difícil.

Eu não disse nada, esperando que ele continuasse.

— Apesar de estar certo sobre meus desejos de dominação, isso é apenas um lado meu, que satisfaço em locais onde me sinta confortável para fazê-lo. E não espanco as mulheres. Todas são parceiras que gostam das mesmas coisas que eu e concordam. Nenhuma delas é seduzida ou enganada.

— Como eu fiz com Maiana. Entendi o recado. E aí?

— Estou com trinta e dois anos e nunca senti por mulher nenhuma o que senti quando vi Maiana pela primeira vez, sentada naquela boate, linda como uma deusa. Quando olhou para mim e sorriu, eu soube que era ela. Para você pode parecer piegas, até ridículo, mas foi amor à primeira vista.

Eu quis debochar. Matheus era como uma moeda, tinha dois lados bem distintos. De um lado, era o cavalheiro perfeito, responsável, sério, romântico. Não tinha vergonha em dizer que queria se apaixonar e casar um dia. E sempre debochei dele por isso. Mas, por outro lado, possuía uma personalidade forte, que as pessoas só conheciam com o tempo. E desejos de dominação, que extravasava no clube e com parceiras que gostavam de ser submissas.

No entanto, não consegui dizer nada. Porque eu mesmo fiquei encantado por Maiana desde a primeira vez que a vi, na minha porta. Na hora, achei que era só sexo. Mas, agora, me dava conta de que ela tinha me pegado ali. Não era apenas sua beleza excepcional, e sim aquele algo a mais que a envolvia, um toque de doçura e feminilidade, algo inexplicável, que a tornava única.

— Foi um choque quando você disse que era a sua namorada — Matheus continuou, bem sério. — E o pior, Arthur, foi saber que ela sairia machucada dessa história, pois é sempre assim que você faz, passa como um rolo compressor por cima de tudo.

— Mesmo assim, você não devia ter se metido.

— E não me meti.

— Olhava para ela como se a quisesse inteira para você. Eu vi no casamento de Antônio. Ficava sempre rondando.

— Sempre? Encontrei com vocês na praia por coincidência e, pelo tempo, julguei que nem estivessem mais juntos. E sentar ao lado dela no casamento não foi culpa minha, como não foi encontrá-la no clube. Mas isso deveria ser previsível, já que frequentamos quase os mesmos lugares.

— Mas não disfarçou que a queria.

— Claro que disfarcei. Não posso impedir de desejá-la. É mais forte do que eu, e você sabe que não desisto fácil das coisas. — Ele suspirou, um pouco irritado. — Maiana não sai da minha cabeça. Ainda mais agora, vendo como está fragilizada e sofrendo. Você fez pior do que pensei, fez uma cagada completa, arrasou a mulher de tudo quanto foi jeito.

— E você está doido para juntar os caquinhos — acusei, furioso.

— Não, estou doido para fazê-la sorrir de novo. Para vê-la voltar a ser doce e esperançosa como antes de você magoá-la desse jeito. Ela perdeu tudo, cara. Casa, família, o amor que tinha pela irmã, a crença em você, e ainda de quebra a deixou grávida, tendo que enfrentar seus ciúmes e os preconceitos da sua avó. E eu, vendo tudo, devo me manter afastado, quando o que mais quero é estar perto dela? Por quê?

— Porque era meu amigo. Porque essa história é minha e quero consertar a burrada que fiz. Porque está tentando tomar a minha mulher!

Fiquei lívido, furioso. Levantei, passando a mão pelo cabelo.

— Eu quero Maiana para mim. — Matheus também se levantou, mas ficou no mesmo lugar. Sustentou meu olhar colérico. — Tenho certeza de que a faria feliz. Muito mais feliz do que a sua arrogância permite. Mas vi seu estado ontem, acreditei em seu arrependimento.

— E o que veio fazer aqui? Me afrontar?

— Não. Vim dizer que não vou forçar nenhuma barra. Não tocarei nela como um homem toca uma mulher por quem está apaixonado. Vou apenas oferecer minha amizade, que é o que Maiana precisa nesse momento. Ao contrário das acusações que fez ontem, ela nunca me deu nenhuma entrada. Você sabe que posso tentar, posso convencê-la aos poucos, mas não farei isso.

Mantive-me em silêncio, apenas observando-o.

— Só vim aqui para esclarecer as coisas. Estou me abstendo de tentar qualquer coisa com Maiana. Como você disse, a história é sua e vou observar de longe. Mas se você vacilar, ou se Maiana não quiser mais nada mesmo com você, não vou ficar quieto para sempre. Vou entrar na briga.

— Veio aqui me dar um tempo para reconquistar a minha mulher? Quem você acha que é para isso?

— Sou um homem apaixonado, Arthur. Se você fosse outro cara, eu já estaria fazendo de tudo para que Maiana o esquecesse. Mas é meu amigo. E não estou te dando um tempo. Estou dando um tempo a mim mesmo. Quando eu a tiver, vai ser sem culpa.

— Quando? — ironizei, com raiva. — Faz um favor, Matheus. Caia fora daqui. O inferno está cheio de bonzinhos como você, com boas intenções.

— Sim, eu vou. Já disse o que eu queria. — Ele se dirigiu à porta, e nunca o odiei tanto como naquele momento.

— Pode ser o amigo que quiser, tentar de todas as formas conquistar Maiana. Mas ela me ama e eu a amo. E, no final, é isso que vai importar — avisei.

— Que seja. — Deu de ombros, abriu a porta e saiu.

Fui para o banheiro, nervoso, mais apavorado do que nunca. Era pior do que eu havia imaginado. Não era só sexo. Para Matheus era tão importante quanto para mim e ele não sairia da briga, pairaria sobre nós como uma sombra, esperando o momento certo de dar o bote. Desgraçado filho da puta!

Fiquei sem saber o que fazer. Era como uma bomba prestes a explodir em minhas mãos. Maiana não queria me ver nem escutar o que eu tinha a dizer. Como poderia fazê-la acreditar em mim, em meu arrependimento? E fazer isso como se existisse uma maldita contagem de tempo? Precisaria resolver logo. Ou Matheus avançaria e, com sua presença amiga, poderia ter muito mais sucesso do que eu.

Resolvi tentar. Não havia mais nada a perder. E mesmo ouvindo nãos, recebendo socos ou sendo ofendido, ao menos eu a veria, ouviria a sua voz e perderia um pouco daquele vazio cada vez maior dentro de mim. Qualquer migalha era melhor do que nada.

\*\*\*

Estava chegando perto da sua casa quando a vi sair pela avenida conversando com um garoto de uns nove anos. Parei o carro no final da esquina, atrás de outro, e fiquei olhando-a de longe. Eles pararam na porta de entrada da vila e Maiana sorria para ele, dizendo algo.

O menino ouvia, encantado, sorrindo como um bobo. Devia estar apaixonado, uma mulher linda daquelas lhe dando atenção.

E como era linda. Parecia ainda mais bela. Seus cabelos caíam soltos pelos ombros e costas, refletindo a luz do dia. Usava sandálias rasteiras, jeans claro modelando suas curvas, uma simples camiseta branca. Mas para que mais enfeite para tanta beleza? A simplicidade só parecia torná-la mais exuberante.

Terminou de falar com o menino e passou a mão no cabelo dele com carinho. O garoto só faltou se derreter todo. Olhando-os, tive certeza de que seria uma mãe maravilhosa. Daquelas que beijam e acariciam, são carinhosas e preocupadas, amam sem vergonha nem limites. Imaginei-a com nosso bebê no colo, amamentando, sorrindo ao ver seus primeiros passos, comentando a gracinha do dia. Mas eu não estaria com ela vendo tudo aquilo.

Fui engolfado pela dor, pelo medo de que o pesadelo se tornasse realidade. Não sabia mais o que fazer. Então me dei conta de que realmente não havia como apressar as coisas nem querer que saíssem conforme o meu desejo. Seria uma luta, provavelmente, inglória. E isso, além de me desanimar ainda mais, também serviu para me acalmar.

Maiana ajeitou a bolsa no ombro, despediu-se do menino e se afastou. Foi até o ponto do ônibus na calçada da outra rua transversal e ficou lá, esperando. E eu sozinho no carro, olhando-a de longe.

Quase não pisquei. Senti uma saudade quase palpável de estar com ela, de abraçá-la e sentir seu cheiro, de ouvir a sua voz. Saudade do modo como me olhava e como gostava de acariciar a minha barba. Nunca tinha me sentido tão sozinho e triste como agora. E saber que havia tido tudo e jogado fora, por arrogância e ignorância, era pior do que qualquer coisa.

Veio um ônibus azul e branco e, quando se afastou, Maiana não estava mais no ponto. Liguei o carro e o segui, a uma distância segura.

Depois de uns quinze minutos, ela desceu no Norte Shopping, que ficava ali perto. Enquanto atravessava a rua e seguia em frente, fiz o contorno e fui para o estacionamento, em uma rua lateral. Prossegui o mais rápido possível.

Depois que deixei o carro e enfiei o cartão do estacionamento no bolso, entrei logo, olhando em volta. Eu a vi ao final de um longo corredor em frente, observando a vitrine de uma loja.

Respirei fundo e me mantive longe, mas com o olhar fixo nela. Como era domingo, havia muita gente ali circulando entre nós. Quando Maiana seguiu em frente, me pus a andar também, sempre mantendo uma distância segura.

Passei em frente à loja que estivera olhando. Era de coisas para casa, lençóis, toalhas etc. Lembrei-me de sua casinha quase toda vazia e senti um aperto por dentro, uma raiva absurda de mim mesmo pelo que a estava fazendo passar.

De vez em quando, Maiana parava, olhava alguma coisa, sem entrar. Mas então sorriu e entrou em uma loja. Eu me aproximei, cauteloso, com medo de que saísse de repente e me visse. Parei a um canto. Era uma loja de artigos de bebê e tinha tudo o que se pudesse imaginar, desde berços até roupinhas.

Ela circulava por lá, olhando tudo com um sorriso, dizendo algo à vendedora que a acompanhava. Pegou uma roupinha branca e a cheirou, emocionada. Meu Deus, que vontade de ir lá, envolvê-la pela cintura, beijar seu cabelo, sorrir também como um bobo! Escolheríamos juntos o enxoval do nosso filho.

Fiquei pálido, dolorido, senti lágrimas vindo aos olhos e me horrorizei com as emoções violentas e descontroladas que me assediaram. Tive medo de chorar ali, sem me lembrar de ter chorado um dia, nem quando era criança. Nem quando minha mãe foi embora, e eu era bem pequeno, nem quando meu pai se matou, pois sempre foi distante, mergulhado em sua própria dor.

E agora eu sentia as lágrimas arderem. Por ter jogado fora a maior felicidade que poderia ter na minha vida. Por saber que só um milagre faria Maiana me deixar voltar. Por correr um sério risco de nunca mais amar como eu a amava, só de imaginar minha vida longe dela, longe de tudo o que tivemos, a dor vinha abissal, terrível.

Observei-a do lado de fora, pelo vidro, como um cachorro faminto diante de uma refeição. Nunca me senti tão sozinho, tão triste e perdido. Maiana olhava para a roupinha como se a quisesse, mas a devolveu à vendedora e continuou a andar por ali. Mexeu em várias coisas, pegou bichinhos de pelúcia, olhou berços e tudo o mais. Então pegou uma roupinha verde-água, dois pares de meia e um sapatinho minúsculo. Sorrindo e falando com a vendedora, pagou e já pegava a sacola com as compras.

Saí do meu estado de paralisia e dor. Entrei na loja ao lado e dei um tempo lá. Quando olhei, ela já caminhava pelo corredor. Não a segui. Entrei na loja de bebês e me dirigi à vendedora que a atendeu.

— Bom dia.

— Bom dia. — Sorriu para mim, corando.

— A moça loira que acabou de sair. Vi que gostou daquela roupinha branca.

— Ah, sim. Faz parte de um enxoval com manta, touquinha, meia, luvas e sapatinho para sair do hospital. Ela disse que depois volta para comprar.

— Eu quero. Pode me mostrar?

— Claro.

Quando peguei a roupinha macia e branca como algodão, fiz como Maiana: levei-a ao nariz e cheirei. Fitei aquela coisa tão minúscula em minhas mãos grandes e fui tomado pela emoção.

Eu, que nunca me imaginei como pai, agora me derretia como um bobo. E sorri para a vendedora.

— Pode embrulhar tudo para mim?

— Sim, senhor.

Saí de lá e busquei por Maiana rapidamente, meus olhos varrendo todos os corredores. Fui encontrá-la no andar superior, indo até uma das mesas no salão de refeições com um copo grande de vitamina de morango. Sentou-se, deixando o pacote a seu lado.

Eu me aproximei, sabendo que atrapalharia seu dia, seu conforto e tranquilidade. E, mesmo querendo muito estar perto dela, me senti mal por isso.

Arregalou os olhos ao me ver sentar à sua frente. Na mesma hora a raiva tingiu suas feições e já ia se levantar, mas eu disse baixo:

— Por favor, não vou demorar. Não precisa sair.

Algo em minha voz ou em meu olhar a fez vacilar. Acho que eu estava tão mal, tão arrasado, que ela teve piedade. Falei logo:

— Não vim brigar nem perturbar você. Só vim pedir desculpas por ontem.

— Como me achou aqui? — perguntou friamente, sentada na ponta da cadeira, como se estivesse pronta para fugir na primeira oportunidade.

Encarei seus olhos prateados duros e raivosos, senti a tensão que a envolvia e vi a diferença de como estava antes e como estava agora. Eu fazia mal a ela. E, consequentemente, ao nosso bebê. E perceber isso foi pior que toda a tristeza que senti até aquele momento.

— Fui até a sua casa, conversar. Então a vi pegar o ônibus e a segui.

— Como ontem. Vai ficar assim agora, me seguindo em todo lugar? O que preciso fazer para que você entenda que não quero mais ver você?

— Nada. Eu já entendi — falei baixo. Não desviei o olhar. — Isso não vai mais acontecer. Vou deixar vocês em paz.

Encarava-me, muito séria, seu desgosto e seu desprezo sendo duro de aguentar. Sentia-me fraco, sensível, prestes a desabar. Mas continuei:

— Sei que não vai adiantar, mas peço que me perdoe por tudo o que fiz. Por ter feito você sofrer, por ter atrapalhado sua vida. Por cada coisa. Me perdoe pelas acusações de ontem. Eu, mais do que ninguém, deveria saber o quanto é honesta e responsável. Está sozinha e livre para fazer as escolhas que quiser. E prometo que não vou interferir.

Continuava quieta. Era difícil saber se alguma coisa do que eu disse penetrou sua capa de raiva e frieza.

— Eu só queria pedir uma coisa, Maiana. Que me deixe participar da vida do meu filho.

— Ou o quê? Vai tentar tirá-lo de mim?

— Nunca. Sei que ele não poderia ter uma mãe melhor. Eu só queria vê-lo se desenvolvendo, ser informado sobre sua gravidez, ir ao médico ao menos uma vez com você, ajudar no que puder.

— Não, Arthur. O que você quer é continuar no controle — disse levemente trêmula, sem piscar. — Quer estar perto, se fingindo de bonzinho, mudando de tática.

— Não é isso.

— É isso, sim!

Suspirei, exasperado. Nem podia acusá-la por pensar o pior de mim, eu lhe dera todos os motivos para isso.

— Maiana, é meu filho também. Só quero acompanhar. Ele terá trinta por cento do que...

— Eu não quero nada! — interrompeu-me na hora.

— É um direito dele. Não tem por que ser orgulhosa agora, eu também sou pai e posso ajudar.

— Eu não quero — repetiu, intransigente.

Ficamos nos olhando. Percebi que estava nervosa, que seria difícil convencê-la.

— Então me deixe pelo menos acompanhar a gravidez.

— Não. Nenhuma lei pode me obrigar a isso. Quando o bebê nascer, você pode correr atrás dos seus direitos. Mas, enquanto estiver dentro de mim, ele é meu. E quero você longe.

Foi um golpe duro. Tentei me convencer de que, com o tempo, a raiva cederia e eu poderia tentar novamente. Mas o ódio dela parecia ser tão grande que não acabaria nunca. Senti um desânimo tão profundo, que um cansaço estranho caiu sobre meus ombros. Insistir seria em vão, só a irritaria ainda mais.

— Eu vou embora. Não vou mais seguir nem perturbar você. Repito e peço para me procurar se precisar de qualquer coisa. Não sabe como estou arrependido de tudo que fiz, mas vou respeitar seu desejo. Cuide-se bem, Maiana. E cuide do nosso filho. — Levantei e depositei a sacola com o kit do bebê sobre a mesa, à sua frente. — Aceite pelo menos esse presente para ele.

A dor era tanta que tive medo de fraquejar na sua frente. Agora, era realmente uma despedida para mim. Eu a estava deixando ir.

— Adeus, Maiana.

Não disse nada, olhando-me fixamente.

E eu fui, sem olhar para trás.

# Parte 3

Quatro meses depois (junho)

# 17

## MAIANA

Eu tinha acabado de tomar banho e ido até o quarto para vestir uma calcinha quando senti o chute. Parei e encostei na parede, olhos arregalados, uma das mãos sobre os seios inchados, a outra, imóvel na barriga. E então veio de novo. O segundo chute do meu bebê.

Ri sozinha, os olhos se enchendo de lágrimas. Desde que tinha completado cinco meses de gravidez, eu sentia como se o bebê fizesse cosquinhas por dentro, como asinhas de borboletas batendo. Às vezes era mais intenso. E aquele foi o primeiro movimento realmente brusco.

Passei a mão na barriga, murmurando com carinho:

— Oi, bebê. Tá ouvindo a mamãe? Dá um chute para dizer que sim.

E, quando senti um movimento brusco do lado direito, comecei a rir como uma boba. Continuei lá, aproveitando, até que se cansou e ficou quietinho. Só então, ainda toda feliz, fui colocar meu vestido e me preparar.

Era dia de fazer a ultrassonografia, e eu estava ansiosa, pois nas anteriores não houvera jeito de ver o sexo do bebê. Ele estava forte e saudável, mas não abria as perninhas por nada. Eu tinha esperanças conseguir descobrir daquela vez.

Já pronta, me dirigi à sala do apartamento de dois quartos no Recreio dos Bandeirantes, pegando a minha bolsa. Meu celular começou a tocar e atendi, sentando no sofá cor de café.

— E aí, já saiu? — Era Virgínia.

— Não, amiga, estou esperando o Matt.

— Ah, eu queria tanto ir! Mas o salão está um inferno hoje, temos duas noivas para atender.

— Não se preocupe, ele vai comigo. E, se eu tiver novidades, te ligo avisando.

— Sorri, animada.

— Aposto que é menina e vou ganhar a aposta que fiz com o Rodrigo. Tá bom, Nana, depois a gente se fala. Mas não esquece de me ligar mesmo!

— Pode deixar. Beijos.

— Beijos.

Desliguei e me recostei, esperando Matt chegar. Acariciei a barriga, pensando que poderia mexer só mais um pouquinho, mas acho que o bebê tirava um cochilo.

Passei os olhos em volta e me dei conta de como as coisas haviam mudado em quatro meses. Agora eu não morava mais em Engenho de Dentro, em uma casinha vazia. Eu tinha conseguido comprar aquele apartamento no Recreio, a duas quadras da praia. Todo final de semana caminhava cedinho no calçadão, tomava banho de mar, pegava o sol da manhã. Era uma vida plácida e feliz.

Tudo graças à campanha publicitária dos cosméticos Bella. Desde o lançamento, foi um sucesso absoluto. Meu rosto estampou todas as revistas, propagandas na internet, outdoors espalhados pela cidade, comerciais de televisão. Fui convidada a fazer outras campanhas depois que descobriram que eu estava grávida. Na semana seguinte ia tirar umas fotos para uma revista de gestantes e bebês.

Não acreditei em como o dinheiro entrou rápido. Pude guardar uma boa parte, comprar o apartamento, mobiliar, montar aos poucos o quartinho do meu filho. E continuava entrando, pois eu havia me tornado modelo exclusiva daquela linha de cosméticos.

Devia muito a Leon Aguiar, que virou um amigo. Era tratada com todo cuidado, minhas necessidades prontamente atendidas. Ele fechou um contrato comigo por mais dois anos, o que me garantia conforto, estabilidade e mais dinheiro guardado, além de novas oportunidades.

Conheci a esposa dele e gostei muito dela. Eu e Matt já tínhamos saído com eles mais de uma vez para jantar. Naquela noite mesmo haveria uma festinha na casa deles para comemorar o aniversário de Leon, e nós iríamos.

Tudo seguia bem. Ou quase tudo.

Eu nunca mais tinha visto o Arthur. Como havia prometido aquele dia no shopping, ele não me procurou mais. É claro que sabia da minha vida, havia fotos minhas nas revistas dele. E Virgínia me dissera que uma vez a procurara em sua casa só para saber se estava tudo bem comigo e o bebê, uns três meses antes.

Ela o tratou com frieza, mas me contou que ficou com pena, pois parecia abatido e realmente preocupado. E falou que estava tudo bem, que os exames todos deram certinho, não havia com que se preocupar. Cerca de um mês e meio atrás, ele ligara para ela em busca de novas informações e recebeu a mesma resposta: tudo ok. Perguntara também se já sabia o sexo do bebê, e ela disse que não.

Depois disso, cerca de um mês atrás, eu e Matt conversamos sobre Arthur. Estávamos jantando, e ele disse que o havia encontrado. E que tinha ficado um pouco preocupado, pois o achou muito diferente.

— Diferente como? — eu quis saber.

— Muito abatido, calado. Não frequenta mais os lugares de antes — explicou. — Antônio também reparou. Parece que virou um eremita. Ninguém mais sabe dele.

Eu não disse nada e me concentrei em comer.

— Maiana... — Matt me chamou.

Ergui os olhos, e ele continuou, sério, compenetrado:

— Não acha que já o castigou demais?

— Quem disse que é um castigo? — Ainda havia raiva em minha voz e dentro de mim. — Eu só não o quero na minha vida.

— Ele vai ser pai. Tem ao menos o direito de saber do filho.

— Quando nascer, que corra atrás dos direitos. Arthur foi o primeiro a me mandar fazer um aborto e me acusar de engravidar para dar um golpe.

— Mas já passou. Ele parece mesmo arrependido.

— Que seja! Melhor para ele!

— Esse ódio nunca vai passar?

— Nunca! — falei com firmeza, e era verdade. Tudo na minha vida havia melhorado. Mas aquele sentimento e aquela mágoa permaneciam inalterados.

Matt tinha parado de comer e me observava com toda a atenção.

— O que foi? Acha que sou a vilã da história agora?

— Não. Sei como tudo isso a magoou. Já repetiu várias vezes que não perdoa o Arthur. Mas já parou para pensar... por que tanto ódio?

— Claro que sim. Porque fui usada e humilhada.

— Não estou falando em voltar para ele. Estou dizendo em perdoar e deixar que tenha notícias do próprio filho.

— Ele pode perguntar a quem quiser, como fez com Virgínia. Mas quero que fique longe de mim. — Tomei um gole de água, nervosa.

— Sim, o quer longe para não correr o risco de fraquejar.

— O quê? — Eu o olhei na hora. Fiquei bem irritada. — Acha que ainda o amo?

— Eu tenho certeza — falou calmamente, embora seu olhar fosse duro.

— Faça-me o favor! Esse homem destruiu todos os meus sonhos românticos. Me fez comer o pão que o diabo amassou. É o pior cafajeste que já vi na minha vida! E você vem dizer que eu amo isso?

— Você não quer e luta contra isso, mas sabe que é verdade.

— Não é verdade — neguei veementemente. — Não sinto nada por ele.

— Nada. Só esse ódio apaixonado.

— Não quero mais falar sobre isso. Respeito sua opinião, mas não falo mais de Arthur. É um assunto morto e enterrado.

— Impossível, Maiana. Quando o bebê nascer, vocês vão ter que conversar.

— Até lá, não. Por favor, respeite a minha vontade. Perdi até o apetite.

E Matt não levantou mais o assunto. Nem Virgínia. No entanto, era impossível ver minha barriga crescer, sentir a gravidez evoluir e não pensar nele. Era o pai do meu filho.

Às vezes sonhava com ele. Como ser humano, aprendi a perdoar a mim mesma por aquela fraqueza. Talvez fosse o fato de ficar tanto tempo sem sexo, depois de descobrir como era apaixonada. Tudo piorava com os hormônios alterados da gravidez. Então acontecia de dormir e ter sonhos eróticos com Arthur. Alguns eram novos, e eu já estava grávida. Outros eram lembranças.

Acordava quente, febril, o corpo tenso e excitado. Algumas vezes não resistia e me tocava até gozar. E, nessas horas, por mais que eu lutasse contra, pensava nele. Sentia seu beijo, sua boca, seu cheiro, seu corpo, seu membro duro dentro de mim, em todo lugar. Era tão real que nem parecia que estávamos tanto tempo separados. Como se o tempo não fosse nada.

No entanto, eu me recuperava e sentia raiva de mim mesma por me permitir aquilo, mesmo no segredo do quarto. Ainda me sentia muito abalada por Arthur, muito magoada por tudo. E não conseguia perdoar. Por mais que eu desse risada, fosse feliz e tivesse esperanças no futuro, havia algo mais em meu peito, sempre, pesando como uma pedra. Um ódio e um rancor que não tinham tamanho, mas que já faziam parte de mim.

Tentei esquecê-lo e pensei em Matt. Ele havia sido a melhor coisa que acontecera em minha vida depois da descoberta da gravidez. Um amigo para toda hora, um companheiro maravilhoso, uma pessoa presente, para quem podia correr, com quem contava sem limites.

Muitas vezes temia estar usando-o, sendo egoísta. Sentia que gostava de verdade de mim, embora nunca tivesse me feito nenhuma proposta. Mas às vezes me olhava de um jeito... Acariciava meu cabelo ou simplesmente segurava a minha mão ou acariciava a minha barriga, com tantos sentimentos profundos e guardados, que me deixava sem ar. Vez ou outra o pegava me admirando ou fitando minha boca como se só pensasse em me beijar. Eu disfarçava e fingia não notar.

Não podia negar que me sentia atraída por ele. Era lindo de morrer, alto e musculoso, com ombros largos, olhos lindos e um sorriso sensual. Havia algo de doce em seu olhar, mas às vezes notava algo de mandão em seus trejeitos, e já tinha brincado sobre isso com ele, que era um dominador disfarçado. Tinha opiniões bem definidas sobre tudo, mas era maleável. Não se achava o dono da verdade.

Eu não fazia nada quanto à atração que havia entre nós, Matt tampouco. Não entendia os motivos dele para se manter sempre só na amizade, talvez por saber que eu não estava preparada, talvez por estar grávida ou ainda por algum sentimento de lealdade para com Arthur. Eu não sabia, mas preferia assim.

Não me sentia pronta para nenhum homem, por mais que muitas vezes o desejo gritasse dentro de mim. Quando via Matt na piscina só de sunga, ou na praia, eu bebia sua imagem e o admirava em silêncio, mas era só. Além da imagem de Arthur ser ainda muito vívida e o fato de eu não estar preparada, não magoaria Matt. Nunca.

Apesar de amá-lo como amigo e admirá-lo por ser tão íntegro, sincero, companheiro, verdadeiro... nossa! Quantos adjetivos mais eu poderia pensar? Ele era um homem a quem caberiam muitos mais... Mas eu não sentia por ele aquela louca paixão que Arthur tinha despertado em mim. E duvidava que um dia fosse sentir o mesmo por qualquer outra pessoa na vida. E nem queria. Talvez no futuro, quando estivesse com meu filho crescido e com as feridas mais cicatrizadas, eu pudesse me abrir para um novo amor. Um seguro e bom como com Matt, com desejo, companheirismo e respeito. Mas só com o tempo.

A campainha tocou e me tirou dos meus devaneios. Levantei com um pouco de dificuldade e peguei minha bolsa. Era sábado de manhã, e eu sempre marcava as consultas e os exames para aquele dia, porque ainda estava trabalhando no escritório de advocacia e fazendo faculdade. Ficava cada vez mais difícil manter o ritmo, mas no mês seguinte eu trancaria a faculdade, faltando apenas um período para a conclusão. E já havia conversado com José Paulo Camargo e conversado sobre minha demissão. Estava preparando outra moça para ficar em meu lugar.

Precisaria de tempo após o parto, e precisava fazer a campanha. Se no futuro essa carreira não desse certo, teria uma quantia guardada e procuraria outro trabalho com calma.

— Oi. — Matt sorriu, quando abri a porta. — Preparada para saber o sexo do bebê? Aposto que é um menino.

— Será? — Eu preferia não arriscar. Adoraria qualquer um. Sorri de volta. — Quer entrar um pouco?

— Não, ou vamos nos atrasar.

Saímos juntos, conversando. Sempre tínhamos assunto e, em geral, nossas conversas eram longas e agradáveis. Era um homem inteligente, fácil de conviver.

Entrou comigo na hora do exame e segurou a minha mão enquanto o médico espalhava o gel em minha barriga e começava o ultrassom. Ficamos os dois vidrados na tela. Era a primeira vez que Matt vinha comigo; das outras, Virgínia me acompanhara.

— É um bebê grande para a idade gestacional — disse o médico.

— É verdade, minha obstetra disse isso — concordei.

— Talvez tenha que fazer uma cesariana, se continuar crescendo assim. Mas está saudável, forte. Estão ouvindo o coração?

— Sim — eu e Matt dissemos juntos e sorrimos como bobos.

Apertei mais a mão dele e perguntei:

— Dá para ver o sexo?

— Sim.

Senti meu coração disparar. Ansiosa, murmurei:

— E é o quê?

— Vocês têm preferência?

— Não. — Balancei a cabeça.

— É uma menina.

Meus olhos se encheram de lágrimas. Uma menina! Uma garotinha para ser minha companheira e estar comigo, para crescer e ser feliz. Fiquei emocionada e sorri para Matt, que sorria de volta e dizia:

— Perdi a aposta.

— Geralmente é assim — disse o médico, simpático. — A mãe quer uma menina, e o pai, um menino.

Não comentamos que Matt não era o pai. Mas na hora pensei em Arthur. O que ele ia preferir? Afastei o pensamento, com força. Aquilo não me interessava.

— Agora vou pensar em um nome bem bonito — murmurei.

Ao sairmos do consultório, fiz questão de parar e comprar algumas roupinhas e enfeites cor-de-rosa. Matt comprou dois vestidinhos lindos, e fomos almoçar juntos. Depois me deixou em casa, prometendo que me buscaria à noite para a festa de Leon em sua mansão, ali perto do Recreio, na Barra da Tijuca.

Liguei para Virgínia e comemoramos juntas, enquanto ela sugeria um monte de nomes. Estava almoçando e tinha mais tempo para conversar. E então, em determinado momento, ela indagou:

— Vai avisar a sua mãe, Nana?

— Não.

Desde que saíra de casa, nunca mais tinha visto nem minha mãe nem Juliane. O que sabia era através de Virgínia. Mas, quando comecei a aparecer nas revistas e propagandas, minha mãe ligou para mim cheia de conversa fiada, elogiando meu sucesso, querendo me ver, alegando estar cheia de saudade.

Mas eu sabia que era só interesse. E não estava preparada para me magoar mais com aquilo. Não conseguia entender como alguém podia ser assim. O que levava uma mãe a ser tão relapsa com as filhas, tão ligada em bens materiais? Ela tinha passado por muitas dificuldades na vida, até fome. Mas não era motivo para ser tão fria. Só me cabia crer que era seu jeito mesmo, seu caráter. Simplesmente não sabia ser diferente.

Falou que Juliane estava namorando um milionário e havia ficado noiva. E que ele as tiraria daquele barraco, pois já as enchia de presentes, inclusive presenteara minha irmã com um carro. Virgínia me contou que ela estava toda metida com seu carro novo e que minha mãe não cabia em si de tamanho orgulho. O noivo era um senhor de setenta e um anos. Mas eu não queria saber delas, só me interessava seguir em frente. E foi o que fiz.

Depois que desliguei o telefone, acariciei minha barriga e falei baixinho:

— Vou ser a melhor mãe do mundo, filha. Muito diferente do que minha mãe foi para mim.

E era verdade. Minha filha seria criada com amor, e eu faria de tudo para que se tornasse um ser humano decente, com valores sólidos.

A festa de Leon era uma reunião para os amigos, feita no jardim da mansão. Circulei entre alguns conhecidos e acabei parando em um grupinho com Matt, a esposa de Leon, Agnes, e mais dois casais, que conhecemos naquela noite.

Eu estava animada falando com uma das moças sobre a gravidez, quando um movimento na entrada chamou a minha atenção. Meu coração disparou como louco em meu peito ao encontrar os olhos escuros e penetrantes de Arthur.

Minha primeira reação não foi racional. Depois de meses sem vê-lo, senti um misto de dor e saudade tão premente, tão forte, que parecia algo físico. Engoli em seco e, como se soubesse como eu estava abalada ou como se sentisse a presença do pai, minha filha deu um salto forte dentro da barriga.

Ele estava lindo como sempre. Mais magro, o rosto mais fino, o olhar mais fundo. Lembrei-me de Matt e Virgínia dizendo que o acharam abatido, e isso ficou evidente. Fui envolvida por uma preocupação, um sentimento estranho de dor, de emoção. Mas então me lembrei daquelas fotos, do acordo com a minha irmã, de ele ter transado com todas aquelas mulheres, e a revolta veio com força, redobrada.

Tive raiva de mim mesma por ter vacilado um momento e tentei me acalmar, me recompor.

Foi quando Arthur veio em minha direção.

# ARTHUR

Aqueles foram os piores meses da minha vida. E, ao mesmo tempo, um aprendizado. Diziam que uma pessoa só aprende de verdade com o amor ou com a dor. No meu caso, foram as duas coisas.

Logo após o último encontro com Maiana no shopping, resolvi deixá-la em paz, vendo o mal que estava fazendo a ela e ao bebê. Também a mim. Acostumado a sempre me dar bem e ter as coisas do meu jeito, isso foi muito difícil. Exigiu muita força de vontade e desprendimento da minha parte.

Todo dia eu acordava querendo vê-la e convencê-la do meu arrependimento. Todo dia tinha que lutar para me conter e fazer as coisas normalmente, como ir trabalhar, comer, visitar a minha avó. E sempre, sempre com aquela agonia, aquela saudade e aquela preocupação dentro de mim.

É claro que não resisti. Eu precisava conferir que estava tudo bem. Então passei a me aproximar, mas não tanto. A ver as coisas de longe. A acompanhá-la como um maldito stalker, escondido, só observando.

Às vezes era quando saía do trabalho, ou quando chegava e saía da faculdade, ou ainda entrando em casa. Eu admirava sua beleza, seu sorriso, sua expressão preocupada. Fazendo parte, à distância, de pequenos momentos da sua vida. Era uma tortura, e comecei a viver sob os efeitos dela.

Saber que Maiana esperava um filho meu, que eu a amava e que não podia me aproximar, por culpa minha, era a pior coisa. Como eu queria estar lá, participando de tudo, recebendo seus olhares, provando que a queria para mim! Mas quem fazia aquele papel não era eu. E sim Matheus.

Eu sentia muito ciúme, me rasgava a cada vez que o via perto dela, Maiana entrando ou saindo do seu carro, o modo como ficava à vontade com ele, olhava-o com carinho e sorria sem reservas. Nunca os vi de mãos dadas, abraçados ou dando beijos. Mesmo assim doía, pois ele estava lá, e eu não.

Foram dias e semanas de tanta dor que a vida ficou sem graça. Eu me forçava a trabalhar todo dia, e isso acabou se tornando minha tábua de salvação. Despendi todas as energias na editora e nas revistas, me dedicando ainda mais do que antes, trabalhando como um condenado para chegar em casa exausto e não conseguir pensar. Mesmo assim, eu pensava. E muito.

Revi tantos valores... Não apenas do meu relacionamento com as mulheres, mas com as pessoas à minha volta e com o mundo. Tudo aquilo fez com que eu enxergasse melhor meus defeitos, minha arrogância, a mania de me achar melhor que os outros. Continuei exigente no trabalho como sempre fui, o que garantia o sucesso das empresas da família, mas passei a reparar melhor nas pessoas, a deixar muitos preconceitos de lado.

As mulheres estavam lá, como de costume, me cercando aonde quer que eu fosse. Mas nenhuma me atraiu. Porque minha mente estava tão cheia de Maiana, minha alma tão torturada pela culpa, pelo ciúme e pela dor, que meus desejos carnais também se tornavam vítimas desses sentimentos. Foram meses de autoconhecimento, privação e redenção.

Eu poderia ter transado só por um alívio ou uma busca de contato, de carinho. Meu corpo não estava morto. Eu era livre e desimpedido. Mas não queria. Não conseguia fazer sexo por fazer, penetrar em uma mulher como uma máquina desgovernada, levado apenas por meus instintos animais. Não quando eu passava as noites ardendo com tanta saudade de Maiana. Ela estava tão dentro de mim que não sobrava espaço para mais nada. Nem para o tesão sem sentido.

Não tinha tesão por outras mulheres. Tinha tesão. Mas queria apenas a minha mulher ao meu lado, aquela que eu amava e que seria a mãe do meu filho. O meu corpo sentia falta, é claro. Foram anos e anos fodendo livremente, vivendo em orgias, usando e sendo usado. Mas eu tinha chegado a um ponto que nem eu mesmo entendia... de sublimação, de controle, de espera.

Acho que nunca me masturbei tanto na vida. De madrugada ou de manhã, quando acordava tão ereto que doía, muitas vezes depois de sonhar com Maiana, eu acabava me satisfazendo sozinho, de olhos fechados, mergulhado em lembranças. Nunca era o bastante. Eu não tocava a sua pele nem sentia o seu cheiro. Eu não entrava em seu corpo nem beijava a sua boca. Mas era o que eu podia ter.

Mesmo odiando saber que Matheus estava perto de Maiana tomando o meu lugar, aquilo me tranquilizava em um ponto. Ele não deixaria faltar nada a ela. Cuidaria para que estivesse bem, coisa que de longe eu não poderia fazer, e ela também não aceitaria nada de mim. Era uma dor absurda saber que meu amigo de uma vida toda agora era mais importante para ela do que eu, o homem a quem havia amado e de quem teria um filho. Mas a quem culpar, senão a mim mesmo?

Não acreditei quando, há alguns meses, enquanto analisava um dos exemplares da revista *Vida*, uma das que mais vendiam do meu conglomerado, deparei-me com uma foto de Maiana. Primeiro achei que estava tão obcecado que a via em todo lugar, delirando, depois me dei conta de que era ela mesmo. Linda demais em uma campanha dos cosméticos Bella. E me lembrei da proposta de Leon. Maiana, então, havia aceitado.

Eu tinha um acordo de negócios com Leon e várias outras marcas famosas de anunciá-las em minhas revistas. Na mesma hora peguei o telefone, liguei para ele e combinei um almoço. Lá ele me contou sobre o contrato com Maiana, cujo rosto se tornaria a marca daquela linha de cosméticos.

Fiquei muito feliz em saber que ela teria aquela opção, o que lhe garantiria com certeza uma vida melhor. E, para que isso acontecesse mais rapidamente, ofereci a ele a propaganda em minhas outras revistas e material de editoração também, sem cobrar. Desde que parte do lucro com o aumento das vendas fosse repassado à Maiana.

Leon não acreditou. Eu era esperto e sagaz na hora de fechar negócios, nunca saía sem lucrar com alguma coisa. E abrir mão assim daquele lucro em especial, ser generoso, o levou a me olhar com outros olhos e dizer em meu escritório:

— Maiana sabe que você a ama desse jeito?

— Ela não acredita. — Sorri, mas sem vontade. — Mas não quero que ela saiba de nada. Só queria pedir um favor em troca.

— Claro. Diga. — Observava-me.

— Essas fotos que ela fez. Poderia me dar uma delas para ampliar? Gostaria de fazer um quadro para mim.

— É sua, rapaz. Escolha a que quiser e o tamanho do quadro, meu estúdio fará e entrega em sua casa. Vou mandar que tragam as fotos para você escolher.

— Tudo bem.

Ao final da reunião, quando nos despedimos na porta com um aperto de mão, Leon pôs a mão em meu ombro e fitou meus olhos, dizendo:

— Faça Maiana saber que você mudou.

— Ela não acredita.

— Faça-a acreditar.

Eu não disse nada. Simplesmente não sabia como.

Observando-a de longe, vi quando foi com Virgínia em uma clínica de exames e saiu de lá rindo, com o resultado do que supus ser uma ultrassonografia na mão. Senti um misto de tristeza e mal-estar sabendo que eu teria gostado de ficar ao seu lado e ver as imagens do nosso filho pela primeira vez.

E procurei Virgínia em busca de informações. No início, ela nem quis me receber. Depois, foi fria e seca, mas acabou me dizendo que estava tudo bem com a gravidez e com Maiana e que era muito cedo ainda para saber o sexo do bebê.

Há pouco tempo, liguei para ela de novo em busca de informações e repetiu a mesma coisa. Tudo bem e sem novidades. Coisa que Matheus também me disse quando nos encontramos por acaso em um restaurante. Havia uma distância e uma polidez entre nós, mas nos cumprimentamos e perguntei por Maiana. Ele informou de boa vontade e me observou o tempo todo. Ao final, emendou:

— Você mudou de verdade, Arthur.

— E o que isso significa? Que vai desistir de Maiana? — O ciúme era o pior, o mais difícil de controlar.

— Somos apenas amigos — garantiu.

Eu estava irritado, mas não disse mais nada. Dei um jeito de ir embora logo.

De longe, vi sua barriga crescer. Parecia impossível, mas Maiana ficou ainda mais linda. A pele reluzia, os cabelos brilhavam, havia um sorriso diferente em seus lábios. Não ficou inchada nem cansada. Era a imagem da beleza e da saúde, a barriga grande abrigando nosso filho, a felicidade explícita em seu rosto.

Percebi que eu não fazia nenhuma falta e vislumbrei o futuro. Quando tivesse o bebê e passasse um tempo, ela ia refazer sua vida. Na certa, com Matheus. Eu poderia ver a criança de acordo com visitas estipuladas pela Justiça e seria obrigado a ser praticamente um estranho na vida do meu filho, enquanto via a mulher que eu amava ser feliz com outro homem.

A dor que eu sentia parecia não ter fim. E talvez explicasse minha falta de ânimo para tudo. O que ainda me sustentava era o trabalho. De resto, eu ficava em casa, me fechava e me conhecia um pouco mais a cada dia.

Minha avó tentava me forçar a ser como antes. Ligava para saber se eu estava comendo, se desesperava quando me via, reclamava do meu abatimento, do meu jeito mais silencioso e compenetrado. Eu garantia que estava tudo bem. Mas percebia que não acreditava e que ficava nervosa. Felizmente, respeitou a minha vontade de não se meter mais em minha vida e não procurou mais Maiana.

Eram quatro meses vendo "minha mulher" só de longe. Quatro meses sendo um novo homem. Mas tudo isso cobrava seu preço, e eu sentia que a cada dia aquela distância se tornava mais insuportável. Tudo o que eu queria era participar da gravidez, estar ao lado dela, receber o seu perdão. E, quando Leon me convidou para a sua festa, eu soube que era a oportunidade de estar com Maiana no mesmo ambiente, sem ir diretamente procurá-la.

Naquela noite, enquanto me vestia para ir para a festa, eu contemplava seu quadro, na parede do meu quarto. Era só o seu rosto, em preto e branco e tons de cinza. Tomava quase uma parede inteira e era a primeira coisa que eu via ao acordar e a última ao me deitar.

Tinha se tornado a minha companhia. Um reflexo do que tive e joguei fora. Um marco em minha vida. Aquela que me mostrou o paraíso e agora me deixou mergulhar no inferno.

Vezes sem conta me relembrava dela no episódio em meu apartamento, seu susto ao ver Juliane em minha cama, seus olhos como poços de dor, as lágrimas pingando sobre as fotos das minhas depravações. Saber que eu causara tudo aquilo me dava forças para suportar a dor e a saudade. Eu merecia.

Fui para a festa com um nervosismo que só aumentava conforme eu me aproximava da casa de Leon. Era como se toda minha vida se encaminhasse para aquele momento. Meus sonhos e desejos, meu amor, tudo se concentrava no único objetivo de estar perto de Maiana novamente. E do nosso filho. Eu já nem pedia mais perdão. Eu queria qualquer migalha.

Eu a vi de imediato quando cheguei à entrada do jardim dos fundos. E parei, emocionado, sem ar, sentindo o coração bater tão forte que doía. Ela ria, lindíssima em um longo vestido creme com alças grossas, que caía suavemente modelando os seios mais cheios e a barriga arredondada. Seu cabelo caía em ondas suaves e douradas até o meio das costas. Parecia uma deusa de luz e beleza.

A gravidez aumentara aquela aura de suavidade em volta dela, de feminilidade. Seu sorriso era mais lindo e verdadeiro do que eu me lembrava, e senti dor por dentro, imaginando que nunca mais sorriria daquele jeito para mim. Eu me senti massacrado, todo sofrimento e saudade daqueles meses parecendo pesar de uma vez sobre meus ombros, me fazendo padecer como um condenado, de culpa e arrependimento, de angústia e raiva de mim mesmo.

E foi naquele momento que Maiana me avistou. De repente, virou a cabeça e lá estavam seus olhos prateados nos meus, um sobressalto em suas feições. E naquela fração de segundo em que não pôde disfarçar, eu vi... vi um espelho da minha alma e da minha dor, dos meus sentimentos... vi saudade e amor, e uma felicidade exposta. E senti um baque por dentro, uma adrenalina de paixão e esperança, uma chama no meio da escuridão, que eu já havia desistido de encontrar.

Então ela também percebeu. Piscou, e suas feições endureceram. Seus olhos se tornaram raivosos, seus lábios se apertaram. Mas o que não sabia é que já era tarde demais. Eu tinha visto. E fui até ela, todas as minhas defesas no chão, vaidade e arrogância esquecidas em uma realidade que não era mais minha. Fui movido apenas por dois sentimentos: esperança e amor. Não sabia se eles me bastariam, mas era o que eu tinha para me apoiar.

Maiana pareceu se assustar, querer fugir. Murmurou algo para Matheus, ao seu lado, que a olhou de cenho franzido e então me viu. Ficou quieto, imóvel. Ela passou por ele e se afastou, o vestido leve esvoaçando entre suas pernas, que a levavam para longe de mim. Se o objetivo era que eu desistisse, não o alcançou. Eu segui em frente, mais decidido do que nunca.

Passei por todos e não cumprimentei ninguém. Nem vi que Leon estava à minha frente, observando-me. Eu só observava Maiana virando pela lateral da casa, com certeza buscando a entrada dos fundos para se refugiar em algum banheiro. E o fato de ela não ter condições de me encarar me deu mais esperanças. Seria pior se me desprezasse com frieza.

Virei também, seguindo seu caminho. Era um local tranquilo e vazio, cercado de belas plantas que balançavam na brisa da noite. Apressei o passo e a alcancei antes que conseguisse entrar na casa. Eu segurei seu braço e a voltei para mim.

Maiana me olhou sobressaltada e com raiva. Puxou o braço e se encostou na parede atrás dela, ao lado de um caramanchão. Naquele momento, nem pude me incomodar com seu ódio. Eu estava ocupado demais me desmanchando na felicidade plena de vê-la tão perto, de sentir seu perfume e poder olhar sua barriga linda, a poucos palmos da minha mão.

Não consegui resistir. Ergui a mão direita, doido para tocar nosso filho através de sua barriga, senti-lo ali, mas sua voz baixa e cortante me paralisou.

— Não.

Encarei seus olhos. Não havia amor nem nada do que me deixou ver naqueles segundos. Só aquela mágoa, a raiva, o desprezo que pareciam ter se enraizado dentro dela.

— Você está linda — falei baixinho.

Ergueu um pouco o queixo, sem tirar os olhos dos meus.

— Está bem? — indaguei. Meu peito ardia. Minha vontade era abraçá-la e beijá-la, pegá-la no colo e sumir para um lugar onde só estivéssemos nós dois, de onde nunca mais a deixaria escapar.

— Ótima. Desculpe, mas preciso ir ao banheiro.

— Espere. Por favor. — Algo em meu tom a fez ficar lá, mal respirando. Passei o olhar pelos seios, tão mais cheios que antes, e a barriga redonda. Uma emoção indescritível me bombardeou e senti os olhos arderem. Indaguei baixo e rouco:

— E o nosso filho?

— Filha.

Encarei seus olhos na mesma hora. Um sorriso bobo veio de imediato aos meus lábios.

— Filha? — murmurei.

— Soube hoje. É uma menina.

Eu não consegui dizer nada, emocionado. Fiquei lá, a olhando e lutando para não chorar, coisa que tinha aprendido a fazer bem nos últimos tempos. Por fim, sussurrei:

— Eu queria ter estado lá.

— Não foi preciso. Matheus foi comigo.

Suas palavras cruéis, com o intuito de machucar, atingiram o alvo. Foi pior do que tomar um soco. Senti o ar escapar dos pulmões e uma dor no peito. Uma dor horrível e dilacerante.

O que eu havia perdido? Tanta coisa da qual estava sendo privado, castigado duramente, mas por merecimento. Por culpa minha. Mesmo assim, doía demais. Latejava e sangrava.

— Me perdoe, Maiana. Eu não suporto mais ficar longe de você e da nossa filha.

— Nunca — disse bem fria.

— Então me deixe ao menos ir à próxima consulta, ajudar a escolher o nome dela...

— Não.

— Vai me castigar pelo resto da vida?

— Eu não quero você perto dela. Por que não esquece que existimos?

— Como? — indaguei, sentindo raiva. — Como, se penso em vocês a cada minuto do meu dia? Se como e respiro com você na minha mente, doente de saudade? Se nada mais na minha vida importa sem vocês?

— Não vai me convencer com suas mentiras. — Quase cuspiu as palavras, com ódio.

— Não são mentiras! — Perdi qualquer controle, as emoções vieram à tona, todas lá, expostas com meu desespero. Agarrei seus braços, me aproximando, enquanto arregalava os olhos. — Eu fui sujo, menti, enganei, mas aprendi! Eu me culpo todos os dias, Maiana! E tudo isso me fez mudar, fez com que eu me tornasse um homem melhor. Não aguento mais sentir tanta saudade, querida. Eu te amo muito! Eu amo nossa filha. Por favor, olhe para mim. Veja como estou dizendo a verdade!

— Não! — Tentou se soltar, mas não deixei, com medo de que fugisse. — O que vejo é um homem falso! Assim que conseguir o que quer, vai voltar a enganar, como sempre fez. Porque esse é você, Arthur. E não quero nunca mais sentir a dor que me causou. Nunca mais!

— Vou passar a vida provando que te amo! Acredite em mim! Pelo menos me dê uma chance de provar, Maiana... — Não aguentava mais, e lágrimas desceram dos meus olhos, a dor rasgando, me tomando por dentro. Puxei-a para dentro dos meus braços, sem noção de mais nada, tão necessitado dela que era desesperador. — Eu te amo. Eu te amo.

Enfiei os dedos em seus cabelos e beijei sua boca. Ela se assustou, fez como se fosse gritar, empurrou meus ombros. Mas eu me mantive firme e enfiei a língua entre seus lábios, gemendo rouco, buscando a língua dela. Fiquei inebriado por seu cheiro e seu sabor, por sua textura, enquanto a beijava com tudo de mim, com amor e saudade, com uma paixão que latejava e extravasava.

E então Maiana cedeu. Seus dedos apertaram meus ombros, a boca se abriu sôfrega sob a minha, sua língua duelou ferozmente com minha e nós nos agarramos e beijamos em uma explosão de sentimentos reprimidos por tanto tempo, apaixonados e violentos, como se o mundo e o tempo parassem para aquele momento.

Espalmei a mão em sua barriga esticada e redonda, beijei-a, enquanto as lágrimas desciam e eu não me importava, nem me dava conta, meus dedos enterrados em seu cabelo na nuca, minha boca sugando a dela sem controle, desesperadamente, enquanto eu vivia e renascia ali.

Passei a mão, acariciando nossa filha, tão emocionado e feliz que pensei que fosse morrer, meu coração batia furioso, corpo e alma fundidos em um só, concentrados naquele momento. E então, sem que eu esperasse, Maiana me empurrou, interrompendo o beijo, encostando-se na parede com olhos arregalados e respiração pesada. Vi pavor e raiva ali, enquanto tremia e dizia asperamente:

— Nunca mais toque em mim! Não vai me enganar nunca mais!

Ia fugir desesperada, mas a segurei, o medo me envolvendo, sentindo-me gelado.

— Maiana, eu não…

— Me larga! Eu não quero!

Começou a se debater, furiosa, e eu senti todas as minhas esperanças serem destruídas. Depois daquele beijo, eu sabia que não aguentaria mais voltar para minha vida vazia, ficar sem ela. Perdi a razão, o orgulho, tudo. Simplesmente caí de joelhos aos seus pés e abracei-a, beijei sua barriga, supliquei com voz embargada:

— Me perdoe. Vou provar que mudei, Maiana. Acredite no meu amor.

Ela ficou imóvel. Ergui meus olhos, que não disfarçavam nada e me expunham completamente.

— Eu amo você — falei baixinho.

— Pois eu não te amo mais. Nem quero você na minha vida. — Tremia. Empurrou meus braços, e eu não forcei mais nada. Fiquei completamente no chão, sem voz, sem ar, sem mim mesmo. E perdi tudo, quando andou para o lado e deu o golpe final: — Nunca mais quero ver você. Eu amo o Matheus.

E se foi.

Continuei de joelhos no chão, sozinho, humilhado.

Tinha me enchido de esperança e felicidade. Mas agora estava no inferno. De onde não sairia nunca mais.

Eu me levantei devagar. Não me importei em tirar a terra e a grama da minha calça. Nem voltei para a festa. Entrei, atravessei a casa como um robô e saí pela frente. Não sabia mais para onde ir e o que fazer da minha vida.

Saí sem destino. Nada mais importava.

Eu tinha parado em um bar. O primeiro que vi no caminho. Não suportava mais conviver comigo mesmo, com a culpa, com a dor. Nada parecia o suficiente para suplantar aquilo, nem todo meu dinheiro, nem as mulheres mais lindas do mundo. Nada. Eu só queria esquecer um pouco quem eu era e o que me martirizava tanto que não dava para suportar.

Pedi um uísque. Era barato, vagabundo, de uma marca ruim. Tomei assim mesmo. Foram várias doses, uma atrás da outra. Então comprei a garrafa e fui para uma mesa de canto, toda rabiscada, naquele pé-sujo. Virei o copo, mal parando para respirar. Até que o álcool começou a me deixar anestesiado.

Uma garçonete que servia as outras mesas, de meia-idade e toda maquiada, parou ao meu lado e balançou a cabeça, penalizada.

— O que um homem como você pode estar passando de tão ruim assim?

— Perdi a minha mulher... — As palavras se embolavam em minha língua. — E a minha filha.

— Ah, meu Deus! Coitadinho. — Balançou a cabeça, compadecida. — Mas não pode ficar aqui sozinho, enchendo a cara. Por que não vai para casa?

— Não. — Sacudi a cabeça, que latejou. Senti vertigem, quase tive ânsias de vômito. E virei mais uma dose.

Ela suspirou e se afastou. Depois que eu quase havia terminado com a garrafa toda e caí sobre a mesa, totalmente bêbado, ela voltou. Sentou ao meu lado e mexeu no meu bolso. Pegou minha carteira e a olhei, sem fazer nada. Dei de ombros.

— Pode... pode levar tudo — disse enrolado.

— Não, querido. Não quero roubar nada. — Abriu, pegou minha identidade e leu. — Arthur Moreno. Hum... Arthur é nome de rei.

— Minha avó... — Solucei, desabando com a cabeça sobre meus braços na mesa. — Ela acha que sou um reizinho... Reizinho de merda...

Tentei rir, mas lágrimas pularam dos meus olhos. Ela guardou a carteira de volta em meu bolso e revistou os outros até achar o celular.

— Qual o nome da sua avó?

— Dantela.

— Está bem.

Muito tonto, consegui manter um olho sobre ela. Vi que falava com alguém ao telefone. Pesquei parte das palavras com minha mente entorpecida:

— Sim, no bar... bêbado... a filha... perigoso... Espero.

Então comecei a cochilar, mas ela me acordou, devolvendo o celular ao bolso, passando a mão em meu cabelo.

— Fique tranquilo. Sua avó vem te buscar. Vai ficar tudo bem.

— Não quero ir embora. Me dá mais uma dose.

— Nada disso, reizinho Arthur. Fique calmo aí.

Acho que dormi. Acordei com vozes femininas e alguém me balançando. Fitei Alcântara, o motorista da minha avó, tentando me levantar.

— Cara... vamos beber — convidei.

— Não, sr. Arthur. Vamos lá, o carro está aqui em frente, ajudo o senhor.

— Não quero...

— Arthur. — Minha avó estava na minha frente, parecendo desesperada. — Venha, querido. Vamos embora.

— Tô bem aqui, vó.

Ela se virou para a garçonete, entregando-lhe notas de dinheiro.

— Obrigada por ter nos chamado.

— Não, não precisa disso. Pode ficar tranquila.

— Eu insisto, por favor. Por favor.

— Se é assim. — Ela aceitou.

— Vamos, Arthur.

Eu não conseguia nem ficar de pé. Alcântara e o dono do bar praticamente me arrastaram até o carro da minha avó, onde me colocaram deitado, com a cabeça no colo dela. Fechei os olhos enquanto nos afastávamos, e Dantela acariciou meu cabelo.

— O que foi fazer, querido? Não aguento mais ver esse sofrimento todo.

Tentei me concentrar em suas palavras. Lambi os lábios secos. Expliquei com voz grogue:

— Vou ter uma... filha.

Ela parou com a mão em meu cabelo.

— É menina? — murmurou.

— É. E nunca, nunca vou poder criar minha filha. Nem ver...

— Claro que vai!

— Ela vai me odiar... Igual a Maiana. — Funguei e comecei a chorar como um bebê. — Acabou... Acabou tudo...

— Arthur... — Ela me apertou forte e parecia chorar também.

Desabei nos braços da minha avó.

# 18

## MAIANA

Não demoramos muito na festa. Eu estava abalada, nervosa, sem condições de ficar lá. Busquei Arthur com os olhos, mas ele tinha sumido. Então pedi para Matt me levar para casa, e agora entrávamos em meu apartamento vazio e silencioso.

O tempo todo Matt se manteve calado, sério, apenas me observando. Mas, quando entramos, ele parou perto da porta fechada enquanto eu largava as chaves no aparador, e indagou:

— Quanto tempo mais você vai continuar com isso?

— Isso o quê? — Fiz-me de desentendida, ainda muito insegura, agitada, com raiva de mim mesma.

— Olhe para mim, Maiana.

Eu olhei. Surpreendi-me mais uma vez, como era másculo e bonito, como seu olhar era profundo e seus lábios lindos, carnudos. Por que eu não o amava como amava Arthur? Por quê?

— O que aconteceu lá, Maiana?

— O de sempre. Ele veio com desculpas esfarrapadas e...

— Eu vi o estado do Arthur. Não parecia ter desculpas esfarrapadas. Estava abatido e arrasado. Triste. Será que não notou isso?

— Fingimento. Ele não gosta de perder. — Me virei totalmente de frente para ele, encarando-o. A agonia dentro de mim era insuportável. — Se eu fraquejar, fará tudo de novo.

— Como você sabe?

— Não está na cara? Não é o que ele fez a vida toda?

— Sabe o que está na cara, Maiana? Que vocês se amam e que você está cheia de medo. Medo de acreditar e se magoar novamente.

— Pode ser. Mas não o quero mais. Nunca mais.

— Não precisa mentir para mim.

Encarei seus olhos castanho-esverdeados. Confiava nele. Matt me mostrou que eu podia acreditar de novo em um homem, mas não em Arthur. Senti o desespero tomar conta de mim e me aproximei dele.

— Eu quero refazer minha vida. Sem dor, sem sofrimento. Me ajude a esquecer, Matt — supliquei, indo cada vez mais perto.

Percebi que ficou alerta. Suas pupilas se dilataram, as narinas se abriram levemente, como se sentisse meu cheiro. Senti como o desejo o invadiu e o transformou. Aquela calma em seu olhar virou uma tempestade densa, perigosa.

Era lindo e másculo. Eu gostava dele, o admirava. Por que não? Talvez me ajudasse a esquecer Arthur, a tirar aquele desespero do meu peito, aquela dor que latejava e se espalhava.

Apoiei as mãos sobre os músculos do seu peito, ergui os olhos para os dele e implorei:

— Me beije, Matt. Preciso tanto de você.

Ficou imóvel, como se lutasse consigo mesmo. Seus olhos perfuravam os meus, o coração batia muito forte contra minha mão. Pensei nos olhos escuros de Arthur com dor e lágrimas, como ele quase havia me convencido. Como eu quase caí em suas mentiras novamente. E solucei, arrasada, sentindo lágrimas virem em meus olhos.

— Me beije... — supliquei.

Matt respirou fundo. Suas mãos subiram até meus ombros e me puxaram para si, apoiando minha cabeça em seu peito, beijando suavemente meu cabelo e dizendo baixinho:

— Não seria justo com ninguém. Se eu te beijasse, talvez não conseguisse mais parar. E seria só um substituto nesse momento de dor. Não é isso que você quer, Maiana.

— É, sim. — Agarrei seu paletó, lágrimas descendo dos olhos. — Você pode me fazer te amar.

— Ninguém pode fazer isso. É uma coisa que acontece independentemente da nossa vontade. — Afastou-se um pouco e segurou meu rosto entre s mãos. Seu rosto estava duro, os olhos transtornados. — Eu amo você, Maiana. Desde a primeira vez que a vi. Mas essa história não é minha. Esperei para ver como as coisas se resolveriam, e porque sou seu amigo. Sempre serei. Mas seria um grande erro começar algo que não vamos terminar. Todos se machucariam ainda mais.

— A gente poderia tentar... — Estava agoniada e solucei.

— Não. Escute o que vou dizer. Esse rancor todo vai fazer mal a você e à sua princesinha. Escute seu coração, Maiana. Olhe para Arthur de verdade, sem ódio. E vai ver que ele mudou, que ele te ama tanto quanto você a ele.

— Não...

— Pense. Sinta. E terá suas respostas.

— Desculpe. Não queria usar você, Matt. É que eu...

— Eu entendo.

Abracei-o e solucei, sem conseguir parar de chorar. Matt deixou que eu desabafasse e ficou comigo.

Somente depois que me recuperei e ele teve certeza de que eu estava bem, é que foi embora.

Só então fui para meu quarto, arrasada, perdida, com muito medo. Deitei na cama e fitei o nada, acariciando minha barriga. Minha filha estava quietinha.

Pensei em Arthur, no modo como me beijou, em como acariciou minha barriga, as lágrimas em seus olhos, sua expressão sem nenhum tipo de arrogância. Seu desespero ao cair aos meus pés de joelhos, implorando. Que provas mais eu poderia querer? Por que aquela dor horrível não passava ou abrandava?

Eu não confiava nele. Eu não conseguia esquecer aquelas fotos. Estava corroída pela raiva e pelo ciúme. Aquele peso em meu peito não diminuía, não me deixava esquecer. Acho que nunca conseguiria perdoá-lo, nunca.

Fechei os olhos, muito sozinha, sabendo que seria difícil seguir com tantas dúvidas, mas não tendo opção.

Acordei cansada. Depois de tomar banho, pus um roupão e tomei um suco sem vontade, só porque precisava me hidratar. Sorri quando a bebezinha deu um salto e um chute, acariciando a barriga. Estava terminando de lavar o copo quando o interfone tocou. Deixei-o sobre a pia.

— Maiana, bom dia.

— Bom dia, Leandro.

— Tem uma senhora aqui querendo falar com você.

— Uma senhora? Quem?

— Dantela Moreno de Albuquerque.

Eu fiquei imóvel. Já ia dizer que não podia recebê-la, quando o porteiro completou:

— Ela disse que veio em paz. E pede gentilmente que a receba. Palavras dela.

Fiquei na dúvida, lembrando-me de como a avó de Arthur havia me ofendido, arrogante e prepotente. Eu não estava bem, nem preparada para aquilo. Mas acabei dizendo:

— Tudo bem, Leandro. Pode deixá-la subir.

— Ok.

Desliguei e voltei à sala, perturbada. Esperei até a campainha tocar. Então me preparei e abri a porta. Encarei a senhora pequena, enrugada e muito elegante, que também me encarou de volta.

— Maiana. Obrigada por me receber.

— Como vai? — Fui educada. — Entre, por favor.

— Obrigada.

Fechei a porta e a segui até o sofá, indicando para que se sentasse. Ambas nos acomodamos no sofá, o lugar do meio nos separando. E nos olhamos.

— Parabéns pelo seu sucesso. Já vi sua imagem em todos os lugares da cidade. E nas revistas do meu neto, também.

— Obrigada. — Eu sabia que provavelmente haveria propaganda dos cosméticos Bella em alguma das revistas dele, mas nunca procurei saber mais detalhes.

Ela alisou a saia de linho em tom nata, que não tinha nenhum amarrotado. Seus olhos escuros se fixaram em minha barriga. Parecia mais branda do que na última vez em que nos vimos.

— É uma menina, não é?

— Sim.

— Na minha família, eu fui a única menina. Antes e depois só vieram homens — explicou e me olhou profundamente. — Vim pedir desculpas pelo modo como a tratei quando nos vimos pela primeira vez. Não há o que dizer a meu favor, a não ser que agi pensando que defendia meu neto.

Eu a ouvi, calada. Imaginei que, para uma senhora tão pomposa e arrogante, pedir desculpas era um feito e tanto. Ela continuou:

— Lembra de quando a chamei de Joana?

— Sim, eu lembro.

— Estava tão fora de mim que troquei os nomes. Joana é o nome da mãe do Arthur. Ela foi um drama em nossas vidas, e acho que fiquei tão traumatizada que tive medo de que você fosse igual a ela. — Dantela estava tensa, sentada na beira do sofá. Seus olhos fixos nos meus. — Parecia uma moça doce, inocente, pura. Meu único filho ficou louco por ela. Era pobre e fui contra. Sabe como é? Queremos sempre manter a família com pessoas de nossa classe social. Costume, besteira.

Deixei que falasse, pois parecia precisar desabafar. E eu não sabia praticamente nada sobre a vida de Arthur.

— Teodoro, meu filho, sempre foi um romântico sonhador. Sinto culpa, pois na época meu marido e eu éramos praticamente estranhos, casamos por conveniência e cada um tinha sua própria vida. Eu vivia enrabichada por outro homem e deixava meu menino muito sozinho. As babás cuidavam dele mais do que eu. Elas o criaram. Ele se apaixonou por Joana de uma maneira louca, obsessiva. E então ela mostrou quem realmente era. Engravidou e teve Arthur para se garantir, e então começou a gastar sem limites e a trair o meu filho. Fiz de tudo para que visse, mas ele se recusava a enxergar. E nenhum dos dois ligava para Arthur. Fiz por meu neto o que não tinha feito por meu filho. Eu o pus sob minhas asas protetoras e o criei e protegi.

Dantela calou-se. Abriu a bolsa, pegou um lenço e o segurou firme. Os cantos de seus olhos estavam molhados. Eu a observava com pena e pensava em Arthur quando criança.

— Aquela mulher era um demônio. Fez de nossas vidas um inferno. Virou Teodoro contra mim. E, quando vi que os dois estavam sem limites, eu os controlei. Era dona de tudo e passei a liberar para eles apenas o suficiente para viverem com conforto. Mas Joana se revoltou. Queria mais. E, quando um conde italiano rico se apaixonou por ela, foi embora com ele sem pensar duas vezes. Largou meu filho e Arthur, com apenas quatro anos.

Como era possível uma coisa daquelas? Envolvi minha barriga protetoramente com as mãos, sem conseguir imaginar como uma mulher tem coragem de abandonar o próprio filho. Doeu por dentro que Arthur tivesse sido vítima da própria mãe.

— Teodoro não suportou. Depois de um ano sem ânimo para nada, ele se matou tomando muitos remédios. Eu o encontrei no quarto, já sem vida. Joana não voltou para o enterro nem para ver como estava o filho. Poucos anos depois faleceu também, em um acidente de esqui. E ficamos só Arthur e eu. — Passou o lenço nos cantos dos olhos, secando as lágrimas. Eu sentia meus olhos arderem também. Então me fitou. — Fiz de tudo para que ele não seguisse os mesmos passos do pai. Participei da criação dele, decidida a torná-lo um homem forte, que nenhuma mulher pudesse o dominar. Em minha arrogância, eu o fiz acreditar que era melhor do que os outros, que ninguém nunca estaria à sua altura. Era o meu reizinho, um soberano em seu mundo. Mas esqueci de uma coisa, Maiana. Que ninguém pode viver num mundo à parte. Quando... quando ele se apaixonou por você, lutou com unhas e dentes contra o controle que você tinha sobre ele. E eu incentivei.

A cada vez que me falava de você, eu o lembrava de seus pais, eu dizia que era falsa e interesseira como Joana.

— Dantela...

— Não, por favor, me deixe continuar. Não estou tirando a culpa dele pelo que fez. Mas, se no mundo dele era um mestre, no seu era apenas um aluno ignorante e perdido. Tentou se proteger da maneira que sabia. E eu ajudei. — Seus olhos estavam cheios de lágrimas novamente. Aproximou-se e segurou minha mão, nervosa. — Mas não aguento mais vê-lo assim. Passou meses só indo do trabalho para casa, sem viver, abatido, sofrido. Ontem o tirei de um bar, bêbado, chorando como uma criança...

Eu fiquei imóvel, meu peito doendo, meus olhos ardendo. A senhora chorou, apertando meus dedos:

— Peço perdão por mim e por ele. Até investigadores pus atrás de você, para depois usar suas sujeiras e pegar minha bisneta, mas eles não acharam nada. Eu errei. Arthur errou, mas, mesmo que não o aceite mais, não o castigue desse jeito! Não o deixe longe da filha, sem poder acompanhar sua gravidez... Por favor, estou perdendo meu neto como perdi meu filho! E não suporto isso... Pode me xingar, me humilhar, mas eu peço, Maiana...

A senhora idosa já ia cair de joelhos, mas eu a agarrei antes disso e me comovi com seu desespero. Abracei-a, e ela se agarrou em mim, tão pequena e frágil, tão idosa, anos de dor reprimida vindo à tona. Comecei a chorar também, sentindo parte daquela dor e da minha própria, por tudo o que dera errado, por Arthur e por mim.

Quando conseguiu se acalmar, afastou-se um pouco e enxugou os olhos com o lenço, envergonhada. Eu também limpei meu rosto com os dedos e, em meio a todas aquelas emoções e confissões, minha filha se revirou dentro da barriga. Acabei dando um sorriso, e a senhora percebeu.

Segurei sua mão enrugada e cheia de veias azuladas e a pus sobre minha barriga. Dantela ficou quieta e então seu rosto se iluminou quando sentiu a bebê chutar.

— Ah! Há quanto tempo não sinto isso... Desde a minha gravidez. É tão gostoso, não é? — Passou a mão suavemente e me fitou nos olhos, dizendo baixinho: — Obrigada.

— É sua bisneta — falei simplesmente, e ela sorriu sem reservas, sem a frieza e a pompa de antes.

— Você... você pode nos perdoar?

Eu não fingiria nada. E fui completamente sincera.

— O que Arthur fez comigo continua doendo. Eu me lembro todos os dias. E não sei se conseguirei esquecer. Mas vou deixar que participe, que se aproxime mais, que vá comigo ao próximo exame, se é isso que ele quer.

— Sim, com certeza é. E é também um começo, Maiana. Talvez com o tempo possa perdoá-lo e vocês...

— Não. Mas a filha não é só minha. Escolheremos o nome juntos. E a senhora também pode participar de tudo.

— Obrigada — disse, baixo, sua mão indo para a minha. — A vida é engraçada. Sempre temos algo a aprender.

— É verdade.

Naquele momento, o celular de Dantela começou a tocar. Ela abriu a bolsa de couro e o pegou.

— Com licença. — Atendeu. — Sim, Regina. Estou longe de casa. Não sei se vou demorar. Por quê?

Ouviu, atenta. Eu pensava em levantar, oferecer uma água ou um café. Mas então vi quando ficou pálida, uma expressão de choque em seu rosto. Tonteou e pensei que fosse desmaiar.

— Não... — murmurou, fora de si, como se sentisse dor.

— O que foi? — Eu a amparei.

Nunca vi tanto desespero no rosto de alguém. Na mesma hora pensei em Arthur, e nas palavras de Dantela, de que o filho não suportara a dor e se matou, vieram à minha mente, deixando-me gelada por dentro. Não, Arthur nunca faria aquilo.

— Dantela, o que foi? É Arthur?

Como continuava em choque, tomei o celular, e uma mulher a chamava, nervosa.

— O que aconteceu? Dantela está aqui comigo. Aconteceu algo com Arthur? — Minha voz tremia. O medo vinha voraz, arrasador.

— Eu não sei, senhora! — A outra mulher estava nervosa. — Sou governanta aqui, e o seu Arthur saiu ainda há pouco. E acabei de ver na televisão que houve um acidente na Avenida Ataulfo de Paiva, no Leblon, com um Porsche preto. Estou tentando ligar para ele e não atende. Aconteceu perto da casa dele e pensei... Bem, quantos Porsches existem assim, no mesmo horário que ele devia estar passando? Ninguém sabe me informar e... Ah, meu Deus, não devia ter ligado para ela! Está passando mal?

— O que aconteceu com o motorista? — indaguei, quase sem poder respirar. Meu peito doía, eu sentia como se fosse desmaiar.

— Não sei, o carro capotou e estão tentando tirar a pessoa das ferragens. Ai, e agora? E se...

O celular caiu da minha mão. Agarrei a barriga, em pânico, lágrimas pulando dos olhos. Tentei me controlar. Podia não ser ele, mas o pavor já me envolvia e tive medo também por minha filha. Senti a barriga enrijecer e comecei a respirar, a tentar manter um lado meu centrado. Mas como era difícil!

Olhei para Dantela, completamente pálida e fora de si. Eu a sacudi, pegando o telefone dela de volta, ligando para o celular de Arthur, que tocava sem parar.

— Não... não, por favor...

Comecei a murmurar enlouquecida, levantando e segurando minha barriga.

— Dantela, pode não ser ele. Não sabemos de nada.

— Meu neto... — balbuciou.

— Venha, vamos para a casa dele. Se não estiver lá, vamos procurar o local do acidente. Vamos! — gritei, alucinada, desesperada. Estava a ponto de ficar histérica.

Ela se levantou, dando-se conta do meu estado, e foi sua vez de tentar me acalmar:

— Calma, pensa na neném. Vamos! Não é ele! Não é ele!

— Não é ele — repeti, mas a dor quase me dobrava ao meio.

Saímos de lá, uma apoiando a outra. Nenhuma de nós percebeu que eu estava vestida apenas com um robe e uma calcinha por baixo, de chinelos. Descemos como que congeladas, o pavor e o desespero nos unindo, o medo e a dor nos sacudindo.

O motorista nos ajudou a entrar no carro e partiu rapidamente para o apartamento de Arthur. A viagem pareceu uma eternidade. Ficamos de mãos dadas, ambas tão derrotadas e desesperadas que nada nos consolaria, a não ser ver Arthur bem.

Lágrimas grossas e quentes vieram aos olhos.

Lembrei-me dele me pedindo perdão e eu dizendo que nunca o faria. Arthur poderia estar morto. E eu não teria mais tempo de perdoá-lo, de olhar para ele de novo, de deixar que participasse da gravidez nem da criação de nossa filha. Meu ódio e meu rancor não me serviriam de nada naquele momento.

Comecei a soluçar desesperadamente, a dor me rasgando além do que eu podia suportar. Dantela me consolava, falando da neném, mas ela própria estava arrasada, muito pálida e abatida.

Chorei muito, dando-me conta de que aquela pedra saía do meu peito, que toda raiva e todo rancor não pesavam mais dentro de mim e que eu o amava tanto, mas tanto, que não poderia viver sem ele.

— Por favor, meu Deus, por favor...

Supliquei, doente, não podendo mais me controlar. Dantela me abraçou e chorou também. Até que nossa dor era uma só.

O carro parou na entrada do prédio de Arthur, e o motorista veio rapidamente abrir nossa porta. Ajudou-nos a descer, e disparei como uma bala até os porteiros, que olharam assustados para meu estado, apenas de robe branco, grávida, rosto vermelho e inchado de tanto chorar.

— Arthur Moreno está no apartamento dele? — perguntei rapidamente. Dantela já vinha atrás de mim, amparada pelo motorista. — Respondam!

Eles se assustaram com meu grito. Ambos balançaram afirmativamente a cabeça, e um deles falou:

— Sim, senhora, ele chegou há uma hora mais ou menos.

Respirei aliviada e senti as pernas bambas. Agarrei a barriga quando recebi um chute.

— Ah, Deus... — Dantela disse, tremendo.

— Tem certeza? — murmurei.

— Sim, senhora. Vou avisar que...

Eu me apoiei na parede da portaria, enquanto ondas de alívio corriam por meu corpo. O coração ainda batia descompassado, eu tremia demais e sentia como se tivesse renascido. Sorri para Dantela, o desespero dando lugar a uma felicidade sem igual, avassaladora. Falei:

— Não, vamos subir. Sou a mulher dele, e ela, a avó.

— Sim, senhora — concordou rapidamente, não sei se por nos reconhecer ou por estarmos muito abaladas.

Tive medo de que Dantela estivesse tendo um ataque cardíaco. Sua palidez era assombrosa, e ela apenas se mantinha em pé porque o motorista a amparava. Eu também não estava em melhores condições. Mesmo assim me aproximei, murmurando:

— Arthur está bem. Está aqui.

— Sim. — Respirou fundo.

— Vamos colocá-la no carro e entrar no prédio.

E assim o motorista fez, com minha ajuda. Entramos no carro e só descemos na garagem, em frente ao elevador, no subsolo. Dantela estava mais corada e garantiu ao homem que tinha condições de ir sozinha. Entramos no elevador e subimos, ela segurando em meu braço.

A cada andar que passávamos, eu sentia as emoções crescerem dentro de mim, intensas, até ficarem a ponto de explodir. Tudo que vivemos juntos veio como um raio em minha cabeça, num embaralhar de sentimentos e de lembranças maravilhosas e horríveis. Entretanto, a percepção maior foi de que a vida era curta demais para desperdiçá-la só com a dor.

Era difícil fingir que nada havia acontecido, Ele errou, se arrependeu, mas os fatos estavam lá. Ainda machucavam. Eu não sabia como seria dali para a frente, até que ponto poderíamos nos entender sem que o passado cobrasse seu preço. Tinha certeza apenas de que quase morri naqueles segundos em que acreditei que ele poderia não estar mais aqui.

Não dava para acreditar cegamente. Seria preciso aprender a confiar de novo. Quando pensei que o tinha perdido para sempre, entendi que não suportaria ficar sem ele.

# 19

## ARTHUR

Estava tomando banho, tentando afastar a bebedeira da noite anterior, esfregando bem meu rosto. Não me lembrava de quase nada, só que acordei em casa e de flashes da minha avó e de Alcântara me tirando do bar.

Enxaguei a cabeça, tentando me sentir envergonhado por meu comportamento, mas arrasado demais para sentir qualquer coisa. Talvez devesse viver bêbado. Só assim eu esqueceria. Eu não me lembraria da dor e do ódio de Maiana, que não pareciam passar nunca. Já nem sabia mais o que fazer da minha vida.

Fechei a torneira do chuveiro e peguei uma toalha, esfregando-a no cabelo. Pisei no tapete, terminando de me enxugar. Então a enrolei em volta dos quadris e fui até o espelho, fazendo uma careta ao fitar meu rosto abatido. A barba estava grande, desmazelada.

Escovei os dentes e peguei o barbeador, enquanto começava a apará-la, até que tinha quase uma aparência normal novamente.

Lavava o rosto na pia quando a campainha começou a tocar, insistentemente. Peguei a toalha ao lado da pia e enxuguei o rosto, sem entender quem podia ser tão desesperado daquele jeito, em plena manhã de domingo. E por que o porteiro não interfonou?

Fui para a sala descalço, passando os dedos entre os cabelos úmidos e despenteados. Não queria ver nem falar com ninguém. Mas de que jeito? Tocaram de novo a campainha, e abri a porta de uma vez.

Fiquei paralisado ao ver minha avó e Maiana ali, de braços dados, olhando para mim. Em choque, nem respirei, achando que ainda estivesse delirando, imaginando coisas. Pisquei, e elas continuaram lá. Meu coração começou a socar o peito, todas as emoções vieram juntas numa profusão, meu olhar fixo naqueles olhos prateados.

Por um momento, apenas fiz isso, sem acreditar que Maiana estava mesmo na minha porta. E então, surpreso, registrei várias coisas de uma vez só: as duas juntas, os rostos inchados e olhos vermelhos. Maiana apenas de robe. Fiquei ali, absorto, perdido, peito apertado.

— Graças a Deus! — Minha avó começou a chorar e se jogou em meus braços, apertando-me, correndo as mãos por meus braços, ombros, rosto, cabelo.

— Mas o quê... Vó? — Eu a amparei, enquanto tremia. Olhei para Maiana sem entender nada e vi seus olhos cheios de lágrimas, que começaram a escorrer enquanto me observava. Olhei para sua barriga, com medo de que fosse algo com a bebê, mas elas pareciam com saúde. — O que houve?

— Nunca mais me dê um susto desses! — Dantela ralhou, percorrendo meu rosto, acariciando-o. Eu a encarei, sem entender nada. Então ela sorriu, balançando a cabeça. Afastou-se um pouco, se arrumando, passando as mãos pelo rosto.

— Vó...

— Shhh... — Deu um beijo em minha bochecha e se virou para Maiana. — Explique a ele.

— Aonde a senhora vai? — ela perguntou.

— Para casa. Não tenho mais idade para isso. E preciso ver minha bisneta nascer. — Sorriu, acariciou o braço de Maiana.

— Desço com a senhora.

— Não, filha. Estou bem. Alcântara me levará para casa. — Lançou um olhar para ela e depois para mim, que assistia a tudo sem acreditar no que eu via. — Vocês têm muito o que conversar.

E se afastou até o elevador, que continuava ali. Entrou, e as portas se fecharam.

Maiana virou o rosto para mim e fitou meus olhos. Percebi que não havia mais ódio ali. Havia muitas emoções, mas parecia o modo como me olhava antes, sem rancor, Só o fato de ela estar ali já dizia muito. E me paralisava, me deixava com uma esperança voraz.

Tive medo de acreditar. Fiquei no mesmo lugar. E então ela veio até mim. Sem mais nem menos, como se um milagre acontecesse. Trêmula, emocionada, tocando suavemente a minha barba. Foi como voltar ao passado, quando aquele carinho era natural. Quando ela me amava.

Estremeci como um garoto. Não quis saber o que havia acontecido, o que a trouxe de volta. Agarrei-me ao impossível, transbordei e a puxei para mim. Enlouquecido, maravilhado.

Maiana se jogou em meus braços e eu a beijei, cheio de paixão. Eu a agarrei com força, coração disparando, minha boca se movendo de encontro à dela, quase que com desespero. Encostei-a na cantoneira da porta aberta e a beijei como se a minha vida dependesse disso. E era exatamente isso.

Senti suas mãos em meu peito, ombros, cabelo, barba. Eu também passei as minhas em seu corpo, sua pele, seus braços, seus cabelos. Segurei sua cabeça e a saboreei com saudade, com amor, com tantos sentimentos juntos e potentes que eu tremia como um bebê, alucinado, fora de mim.

Maiana começou a soluçar e a chorar. Eu a apertei forte, sentindo sua barriga redonda entre nós, nossa filha ali como um elo. E lágrimas também desceram dos meus olhos, porque entendi que elas voltavam para mim. Não sei o que as trouxe, não entendi nada, mas naquele momento nem quis saber.

Puxei-a para dentro e bati a porta. Meu peito latejava, minha cabeça rodava, meu pênis doía de tanto desejo e saudade. Um fogo pareceu me consumir e abri seu robe, puxando-o para baixo. Maiana parecia tão consumida quanto eu. Arrancou minha toalha com violência, suas mãos já se fechando em meu pau enquanto eu gemia abalado.

Tinha sido tanto tempo sem ela, que eu parecia a ponto de explodir, fora de mim. Joguei seu robe no chão, fiz com que andasse até o sofá, descendo sua calcinha, sem deixar de beijá-la. Precisava amá-la logo, ou morreria.

Afastei o rosto, absorvendo sua imagem, com todo meu amor e meu desejo, vendo de novo seus olhos pesados, seus lábios entreabertos, tudo o que ansiei por meses de saudade e sofrimento. Caí a seus pés, descendo sua calcinha, meus olhos varrendo seu corpo lindo, os seios muito cheios, com os mamilos salientes de um vermelho quase vinho, a barriga redonda guardando nosso tesouro.

— Linda… — murmurei, emocionado, adorando-a com as mãos e com o olhar, beijando sua barriga enquanto ela acariciava meus cabelos. Delicadamente sentei-a no sofá e abri suas pernas, mas não tão delicadamente lambi sua vulva, minha língua percorrendo-a bem por dentro, adorando sentir de novo seu sabor.

— Ai, Arthur… — Estremeceu, fora de si, arreganhando mais as coxas.

Fechei a boca em seu clitóris e chupei forte, ansioso, embriagado, louco. Tomei tudo dela, até despejar seu mel em minha língua, e eu o sugava, engolindo tudo, querendo mais. E Maiana me deu, se contorcendo e gritando em um gozo forte, intenso.

Eu estava a ponto de gozar também, respirando irregularmente, até que ela desabou, lânguida. Ergui-me, tentando lembrar que estava grávida, que teria que ir com calma, mas Maiana também parecia ter se esquecido disso.

Sentou-se ereta e agarrou minha bunda, puxando-me para si, enfiando meu pau na boca com gula, sôfrega, chupando forte.

— Ah, porra... — rosnei, agarrando seu cabelo enquanto mamava em mim, forte e duro. — Maiana... que saudade...

Trouxe-me mais para perto. Conseguiu pôr quase tudo na boca, esfomeada. Eu me perdi. Era muita emoção, muito desejo, muita saudade acumulada. Esporrei em sua garganta gemendo e estremecendo, segurando firme sua cabeça, enquanto engolia tudo e sugava mais, até me esvair inteiro dentro dela, tremendo.

Então lambeu meu pau, ergueu os olhos para mim. Continuei duro, pronto, alucinado.

— Quero mais... — murmurei rouco.

— Eu também... — sussurrou, arfante.

— Venha aqui. — Sentei no sofá e a fiz sentar em meu colo, de costas para mim. Abracei-a, espalmando minhas mãos grandes em sua barriga, beijando seu pescoço, cheio de lascívia e de paixão.

Maiana gemeu e buscou meu pau, que roçou sua entrada molhada e inchada. Tentei me conter, murmurei rouco, tão ereto que doía:

— A neném...

— Está tudo bem. Por favor, entre em mim, Arthur... — suplicou, tremendo.

— Preciso de você.

Era um desejo absurdo, dolorido, permeado por minutos, horas, dias, semanas e meses de saudade. Gemi e mordi seu ombro quando meu pau a penetrou e foi entrando todo no canal apertado e quente, até que se sentou toda em cima de mim e me acolheu no mais fundo de seu corpo, latejando em volta de mim, pulsando.

— Maiana... — Deixei uma das mãos em sua barriga, protegendo-a, enquanto a outra subia em seus seios e os acariciava, maravilhado por ver como estavam grandes e redondos, lindos. Movi-me devagar, penetrando-a, sem saber como tinha conseguido viver sem fazer aquilo com ela. — Meu amor...

Maiana moveu os quadris, sugando o pau, deslizando sobre ele, até que eu abri suas pernas e escorregava a mão, e meus dedos brincavam com o clitóris, deixando-a louca, encostando-se em mim, gemendo baixinho. Belisquei seu mamilo, entrei mais fundo, murmurei em seu ouvido:

— Eu te amo...

— Arthur... — Choramingou, virando o rosto, buscando minha boca. — Também te amo. Muito.

Eu a beijei apaixonado, estocando em sua boceta tão apertada e molhada, masturbando-a, até que ambos queimávamos, o desejo e o amor tentando recuperar o tempo perdido. Começou a miar e eu gemi em sua boca, já pronto, inchado e grande dentro dela. No primeiro espasmo que deu e sua boceta me apertou, eu gozei também. E assim fomos, juntos de novo, voando alto, ainda melhor do que antes, pois agora não havia mais controle, só entrega.

Saí de dentro dela lamentando. Deitei-a com cuidado no sofá, indo me deitar na ponta, a seu lado, apoiando a cabeça na mão, a outra mão deslizando em sua barriga. Olhava para ela, sem acreditar que estava ali. Pronto para fazer qualquer coisa para mantê-la comigo.

— Tudo bem? — indaguei, preocupado.

Assentiu e nos encaramos. Antes de entender o que era tudo aquilo, eu disse baixinho:

— Isso tudo é real? Está acontecendo mesmo?

— Sim. — Ela estava corada, mordendo o lábio.

— Vai ficar comigo?

— É o que você quer?

— É o que mais quero. Vocês duas comigo — falei nervoso, cheio de emoção.

Meu coração falhou uma batida quando ela não respondeu e suas pálpebras baixaram, fugindo do meu olhar. Continuei com a mão espalmada em sua barriga, o desespero querendo aparecer. Tentei me agarrar ao fato de ela estar ali, o que já era extraordinário.

Subi os dedos por seu corpo, adorando-a, até acariciar seu rosto lindo. Fiz com que me olhasse de novo e ardi, murmurando com toda a minha alma:

— Eu te amo.

Eu me inclinei e saboreei seus lábios, sem poder me segurar. Vivi de novo quando Maiana me beijou de volta. Movemos nossas línguas em um beijo gostoso, carinhoso, cheio de amor. Mas eu continuava intrigado, querendo compreender tudo. E com medo de que ainda se afastasse. Ergui a cabeça.

— O que aconteceu, Maiana?

Vi a emoção que cruzou seu olhar. Antes de responder, ergueu a mão e acariciou minha barba, murmurando baixinho:

— Eu te amo tanto que até dói. E hoje, quando achei que tinha perdido você para sempre, quase enlouqueci. Eu não aguentaria, Arthur. Nunca mais faça isso comigo.

Sua declaração me encheu de esperança, acalmou meus medos. Eu voltei a respirar. Mas também fiquei confuso. Franzi o cenho, sem entender. Então, Maiana começou:

— Sua avó me procurou hoje.

— De novo?

— Mas agora foi diferente.

Esperei e ela explicou:

— Dantela me contou sobre seus pais e a forma como o criou, sempre com medo de que encontrasse outra Joana em seu caminho.

Eu fiquei quieto. Ela deslizou a mão pelo meu cabelo. Nós nos olhamos em um misto de amor e saudade, ainda ligados demais para nos concentrarmos em outras coisas. Acho que demorariam alguns anos até eu achar que aquela saudade foi satisfeita e controlada.

— Então ela começou a chorar, disse que não aguentava mais ver você sofrer e pediu perdão. Nós nos entendemos. Eu prometi que deixaria você participar da gravidez, mas...

— Mas?

— Eu não conseguia esquecer. Desde aquele dia em que entrei aqui para falar da gravidez e aconteceu tudo aquilo, eu senti um ódio tão grande de você que parecia haver uma pedra pesando sobre meu peito. Mesmo feliz com a gravidez, rindo, seguindo a vida, esse peso não saía.

Eu me senti muito mal. Deslizei a mão para seu rosto e encarei seus olhos, minha alma toda em meu olhar. Murmurei:

— Eu nunca vou me perdoar por tudo o que te fiz, Maiana. Entendi quando também não conseguia esquecer. Eu também não esqueci. Todo castigo parecia pouco para mim.

— Agora, eu perdoo. Nós temos que fazer isso e seguir em frente, para termos alguma chance, Arthur. Mas foi muito difícil. Eu confiava em você. Mergulhei de cabeça no amor que despertou em mim. E quando vi Juliane aqui e aquelas fotos...

Balançou a cabeça, ainda abalada. Eu a puxei para mim e a abracei, dizendo contra seu cabelo:

— Vou passar a vida me redimindo. Provando a você o quanto a amo, e como me arrependo de tudo.

— Eu só quero que seja sincero. Sempre.

— Serei.

Voltei a olhá-la, e Maiana acenou com a cabeça. Continuou:

— Eu disse à sua avó que poderia se aproximar de nossa filha, mas não de mim. Não como um casal novamente. Era isso. Até que ela recebeu o telefonema.

— Que telefonema? — Estava curioso.

— Da governanta da sua avó. Ela viu na televisão um acidente, aqui no Leblon, de um Porsche preto que havia capotado. Você tinha acabado de sair de lá. Ela ligava e não conseguia falar com você. Ficou desesperada e avisou Dantela.

— Meu Deus!

— Arthur, nós quase morremos! Liguei para cá e ninguém atendia. Saímos de lá chorando, e foi uma tortura o caminho até aqui. Só respiramos de novo quando o porteiro disse que você estava em casa e bem.

Eu a olhava, surpreso com aquela história. Imaginei a cena e balancei a cabeça. Disse, preocupado:

— Que risco da minha avó sofrer um ataque ou de acontecer algo com a nossa filha e com você.

— E faltou pouco para isso mesmo. Felizmente, tudo acabou bem. — Seus olhos continuaram nos meus, brilhando muito. A voz ficou baixinha. — Eu decidi recomeçar, mas devagar. Pois ainda não esqueci. Doeu muito e ainda dói aqui dentro. Só que... eu vi você e... eu precisei te tocar, eu...

Maiana mordeu o lábio, deslizando o olhar pelo meu rosto. Seus olhos se encheram de lágrimas.

— Aquele peso em meu peito sumiu completamente quando você abriu essa porta. Eu vi você, e a vida voltou a sorrir. E soube que não podia mais viver com meu ódio. Que precisávamos de uma nova chance. Mesmo que o passado tenha sido duro, cheio de mágoas, agora temos uma nova oportunidade e uma filha. E eu... eu quero tentar. Quero muito. Porque amo e preciso de você. Mas, Arthur, não é fácil. Eu tenho medo de...

Eu estava sem palavras, embargado, muito emocionado. Agarrei-me à chance que me dava, ao sentimento forte que nos ligava, à nossa filha. Prometi, emocionado:

— Você nunca vai se arrepender dessa decisão. E agradeço por confiar em mim novamente, apesar de tudo, Maiana. Sou seu e só seu. Para sempre. Jamais magoarei você. — Abracei-a, beijando seu cabelo, sua face, até enfim a felicidade me invadir com tudo. Sorri, com o coração batendo forte, a esperança brilhando. — E desculpe o que vou dizer, mas bendito telefonema!

Maiana riu, e eu também. Puxei-a para cima de mim e nos beijamos com paixão, seus cabelos caindo sobre nós. Senti um movimento brusco, e ela afastou o rosto, segurando minha mão.

— Sinta. — Espalmou-a na barriga. Ficou tudo quieto. Então veio um movimento brusco, como um chute. Eu fiquei impressionado, emocionado. Sorri como um bobo e esperei mais. Vieram mais três. — Essa menina não vai dar mole! Parece alguém que eu conheço!

Meu sorriso se ampliou e a beijei de novo. A bebezinha se acalmou. Fiquei quieto, com Maiana em meus braços, minha mão ainda em sua barriga. Murmurei:

— Queria ter estado com você quando descobriu o sexo dela. Segurando sua mão, te beijando. Pensei em Matheus, ocupando meu lugar. — Eu falei para ela e me lembrei das palavras de Maiana dizendo que o amava. Eu sabia que era merecido. Mas, mesmo assim, doía.

— Eu sei — ela disse baixinho e segurou meu rosto entre as mãos, enquanto nos olhávamos dentro dos olhos. — Eu estava muito magoada. E ele foi meu grande amigo quando mais precisei.

Concordei com a cabeça. Tudo aquilo era só culpa minha. Mas precisava saber:

— Você o ama?

— Sim. Como um amigo muito querido.

— Eu vou entender, Maiana, caso tenha se relacionado com ele e até o amado como me amou.

— Como amei, não, não como eu amo você. Mas é diferente. Matt foi meu porto seguro. Ele me ajudou de uma maneira que você nem pode imaginar. Nunca, mas nunca mesmo, tocou em mim de maneira sexual. Ontem, depois do que aconteceu entre nós na festa, fiquei tão mal que pedi para ele me beijar. Eu queria esquecer você e ficaria com ele. Talvez até o amasse. Mas Matt não aceitou. Disse que eu devia parar de me enganar e procurar você.

— Ele fez isso? Mesmo te amando?

— Ele gosta de mim, mas...

— Ele te ama, Maiana. Nunca o vi assim. Me disse que queria você para ele.

Senti que ficava envergonhada. Falou, triste:

— Eu não queria magoá-lo. Sabe, pensei, depois que nossa filha nascesse, em dar uma chance para mim mesma de ser feliz. Matt é tão doce, tão...

— Não é tão doce assim — falei, enciumado.

Maiana achou graça.

— É, sim. Ele cuidou de mim, e tem um olhar de bom moço, terno...

— Nunca se perguntou por que esse moço terno frequenta o clube Catana?

Ela ficou na dúvida. Eu retruquei:

— Não vou falar de coisas dele, mas todo mundo tem dois lados, Maiana.

— Eu sei. — Ela não insistiu. — Acho que já conheci os seus dois, não é?

— Vai conhecer só um daqui para a frente. O melhor. — Sorri.

Ela sorriu também. Mordeu o lábio e perguntou, séria:

— E você? Envolveu-se com alguma mulher nesse tempo todo? Ou muitas?

— Nenhuma.

Parecia não acreditar. Mas falei de novo, com sinceridade:

— Só me virei com a minha mão. Não sei como não fiquei cheio de calos.

Ela deu uma risada gostosa, e eu a acompanhei. Então me lembrei de algo e me levantei. Dei as mãos a ela e ajudei-a a se pôr de pé também. Murmurei, olhando seu corpo:

— Deveria ser proibido uma grávida ser tão bonita.

Maiana riu. Abraçou-me e eu a trouxe para perto de mim, dizendo:

— Quero te mostrar uma coisa.

— O quê?

— Quem me fez companhia durante esses meses de saudade.

Segurei sua mão e a levei para o quarto. Maiana parou quando seus olhos encontraram o quadro gigantesco dela na parede, com seu rosto numa das fotos da campanha de cosméticos.

Fitou-me, seus olhos brilhando.

— Como conseguiu isso?

— Leon me deu.

Sorriu, feliz.

— Se eu tivesse alguma dúvida de que me ama, agora não teria mais. Eu adorei. É tão... romântico.

— Sou um cara romântico.

— Ah, essa eu quero ver!

Eu a puxei para mim, beijando sua cabeça, acomodando-a toda em meus braços. E nossa filha entre nós, protegida dentro da barriga arredondada. A vontade era de nunca mais soltá-la, uma parte de mim ainda incrédula com aquela realidade que tanto sonhei. Provaria a ela que era romântico, sim.

Entre beijos e afagos, Maiana me disse que queria tomar um banho. Enchi a banheira e ficamos agarrados sob a água morna, enquanto nos beijávamos e abraçávamos.

Não dissemos nada por um tempo. Aconcheguei suas costas contra meu peito, tocando-a com reverência, abalado, maravilhado. Até que o tesão me deixou duro, como se nunca fosse ter o bastante dela.

Acomodei-a de lado em meu colo, inclinando-a para trás em meus braços e enfiando um mamilo na boca. Chupei o mamilo saliente e saiu algo levemente doce, talvez o início de leite. Não me importei, deliciado, mamando forte enquanto ela se remexia e gemia.

Acariciei sua barriga e desci mais. Massageei suavemente o clitóris até ficar inchado, apertando-o, manipulando-o.

— Arthur... — Maiana gemia, se contorcendo. Desci mais a mão e a masturbei, depois enterrei dois dedos em sua boceta melada, passando a penetrá-la enquanto sugava um dos mamilos até ficar bem pontudo e partia para o outro. Ela choramingava, muito excitada.

Ergui a cabeça, meus olhos pesados, dizendo rouco:

— Vontade de fazer tanta coisa com você, Maiana...

— Faça...

— Algumas, só quando a bebê nascer.

— Por quê? — Olhou-me, arfante, enquanto eu estocava meus dedos em sua vagina, que se contraía e palpitava.

— Porque vou te amarrar e foder duro. Vou espancar sua bunda. Vou fazer coisas que nem imagina.

— Ai... — Já estava fora de si, alucinada com meus dedos e com as sacanagens que eu dizia. O polegar roçou o clitóris, lambi devagarzinho o mamilo e depois o soprei. Ondulava, a boca entreaberta, os olhos desvairados.

— Senti tanta saudade... de você aqui comigo, por inteiro. De foder sua boca, sua bocetinha e cuzinho, gozando bem forte dentro dele. Está com saudade do meu pau aí? Hein?

— Sim...

— Acabou. Nunca mais ficaremos longe.

— Ah... Ah... — Começou a gozar, quase chorando, estremecendo, rebolando. Olhei-a fixamente, excitado, cheio de tesão, meu pau duro demais.

Deixei que seu orgasmo fosse longo, sem parar de meter os dedos e massagear o clitóris. Até que desabou, corada, respirando irregularmente, olhos pesados. Mantive-a com carinho no colo. Sorriu, satisfeita, lânguida, linda.

Ela confessou baixinho:

– Tinha sonhos eróticos com você. Com seu gosto, seu toque, seu corpo no meu. Saudades de tudo e de uma das coisas de que mais gosto. – Passou os dedos em meu abdômen, descendo até minha ereção e meu saco, acariciando as bolas. Cerrei o maxilar, apertando-a nos braços. Sussurrou perto do meu ouvido: — Lamber e chupar o seu pau. O meu *3G*.

— 3G? — Observava-a, com expectativas.

Sorriu com malícia e me olhou, enquanto me masturbava suavemente. Gemi baixo.

— Grande... grosso... — Lambeu os lábios. — E gostoso.

Eu sorri, mas então ela me apertou forte e me beijou. Aquele tesão enorme entre nós ficou maior que tudo e gemi, louco por mais.

Maiana não queria me torturar, queria me levar à loucura. E conseguiu.

A água balançou quando a puxei sobre mim, beijando sua boca. Então acariciei seu cabelo e murmurei contra seus lábios:

— Nunca mais me deixe.

— É só andar na linha — brincou.

— Sempre — prometi. E era verdade. Não havia homem no mundo mais feliz do que eu. E repeti baixinho: — Sempre, meu amor.

## ARTHUR

Entrei no quarto e Maiana continuava dormindo de lado, virada de costas para mim, seus cabelos espalhados no travesseiro. Parei e fiquei lá, como um bobo, ainda sem acreditar na minha própria felicidade.

Pensei em mim um tempo atrás e em mim naquele dia. Como uma pessoa podia mudar tanto? Eu achava que só os tolos se apaixonavam e lá estava eu, completamente apaixonado, feliz além da conta. Tinha dado um giro completo na minha vida. E só agradecia à Maiana por ter entrado nela. Ou eu continuaria sendo infeliz, mesmo sem saber.

Fui me aproximando devagar, contornando a cama até ficar de frente para ela. Deixei a bandeja que eu trazia sobre a mesa de cabeceira. Ela dormia tranquilamente, os lábios entreabertos, a mão pousada sobre a barriga. Ajoelhei-me no chão e afastei devagar o lençol que a cobria até a cintura.

Estava cansada, e eu tinha medo de ter abusado demais dela, em nossa empolgação, querendo matar a saudade. Havia sido um domingo idílico, cheio de paixão e amor. Mas não podia esquecer que estava grávida.

Usava apenas uma calcinha branca e uma camisa minha. Quando se virou de barriga para cima, peguei uma flor que tinha tirado do vaso no terraço e pousei sobre a sua barriga. Fiquei lá como um tolo, apenas olhando-a. Até que moveu a cabeça e abriu os olhos. Fitou-me, sonolenta, e então sorriu.

— Eu apaguei…

— Sei disso. Não aguentava mais andar pelo apartamento, doido para vir aqui e te acordar.

Maiana acariciou minha barba.

— A gravidez dá muito sono. E eu estava desacostumada a tantos exercícios.

Sorrimos, e seus olhos brilharam quando viu a flor na barriga.

— Que linda! — Pegou-a e cheirou-a, apoiando-se no cotovelo e se inclinando para me beijar nos lábios.

Aproveitei e acariciei sua barriga, mordiscando sua boca, satisfeito demais por estar ali com ela. Então ela me fitou, preocupada.

— Jura que tudo isso é verdade, Arthur? Que você nunca mais vai olhar para outra mulher?

— Nunca mais. A única mulher para quem vou olhar será você. — Pisquei o olho.

— Falo sério.

— Eu também. — Subi a mão até seu rosto, concentrado. Encarei seus olhos. — Nunca mais quero ir para o inferno que vivi sem você, Maiana. Nunca mais mesmo.

Ficou quieta, e eu podia entendê-la. Por mais que tivesse me perdoado, o que fiz foi duro demais para esquecer de uma hora para outra. Mas com o tempo e a convivência, ia acabar convencida de que era o amor da minha vida e que eu viveria para ela e para a nossa filha.

— Trouxe um lanche para você. — Eu me levantei e peguei a bandeja. — Já está quase escurecendo, e não comeu nada desde a hora do almoço.

— Só dormi. — Sorriu, sentando-se e se recostando nos travesseiros. Pus a bandeja em seu colo, e ficou animada ao ver o suco de laranja, a omelete e as torradas. — Amo omelete! Você que fez?

— Eu? — Sentei-me à beira da cama e pus seus pés em meu colo. Acabei rindo. — Não sei nem acender o fogo do fogão.

— Fala sério?

— Seríssimo.

Maiana balançou a cabeça, achando graça. E atacou sua comida. Murmurou:

— Não aguento mais tanta fome! Como tudo o que passa pela minha frente.

— Ah, é? Bem que eu reparei hoje como essa boca estava gulosa. — Massageei seu pé macio, com unhas delicadas e com esmalte claro. Ele estava apoiado bem em cima do meu pau, dentro do short, e Maiana esfregou ali, um sorriso cheio de promessas em seus lábios ao sentir que eu ficava ereto.

— Sempre fico gulosa com você, Arthur.

— Eu entendi. O 3G. Adorei! — Sorri, todo bobo. Mas já excitado. — Temos que perguntar ao seu médico se nossa paixão em excesso não faz mal para a bebê.

— Mas estou bem. Não tem problema.

— Sabe o que fiquei pensando, Maiana?

— O quê? — Terminou todo o suco do seu copo.

— A minha filha nem me conhece. Agora é que vou poder ficar perto dela. Será que sente ou sabe de alguma coisa aí dentro? Quero dizer... — Fiquei um pouco sem graça. — Fizemos tanta sacanagem e a coitadinha aí, sem ter para onde ir...

Maiana deu uma gargalhada. Eu sorri também.

— Você é doido, Arthur! Que ideia!

— Mas não é?

— Ela não sabe de nada, fique tranquilo. — Balançou a cabeça. — Mas, falando sério, temos que pensar em um nome bem bonito para ela. Tem alguma ideia?

— Eu costumava pensar sozinho em alguns nomes — confessei. — Gosto de nome simples. Ana. Eva. Lara.

— Gosto de Bárbara. — Fitou-me. — Parece forte.

— É legal. E se fosse Ana Bárbara?

— Ana Bárbara? É diferente. Amei! — Sorriu, eufórica. — E teria o nome de que você gosta e do que eu gosto. Então, Ana Bárbara?

— Ana Bárbara — concordei, observando-a. Ergui seu pé e o apoiei em meu peito, acariciando-o. — Temos mais algumas coisas para resolver.

— É? Como o quê?

— Quando vamos nos casar.

Maiana ficou imóvel, prestando atenção em mim. Falei baixinho:

— Quer casar comigo?

Ela emudeceu. Então, seus olhos ficaram cheios de lágrimas e murmurou:

— Só por causa da Aninha?

— Aninha? Cadê o pomposo nome de Ana Bárbara? — Brinquei, mas sorri, emocionado. — Não, meu bem, não é só por causa da Aninha. É porque eu te amo. Quero que seja minha esposa, que viva comigo até eu ficar velho e gagá.

— Seu bobo!

— É sim, certo?

— Preciso pensar um pouco. — Fingiu pensar. Deu de ombros, sorrindo. — Bem, acho que não tem jeito.

— Isso é um sim?

— E o que mais poderia ser? Sim!

Ajoelhei na cama, apoiei as mãos dos lados de seus quadris e a beijei na boca. Entre nós, estavam a bandeja e a sua barriga, mas nada nos afastava, só nos unia. Maiana enfiou os dedos em meu cabelo e retribuiu o beijo, tão emocionada quanto eu.

Então, afastei um pouco o rosto, encarei seus olhos e disse baixinho:

— Vou te amar para sempre.

— Eu também vou te amar para sempre, Arthur.

Nós nos beijamos de novo. Então voltei a sentar e pôr seus pés no colo. Maiana deixou a bandeja de lado e se recostou nos travesseiros, satisfeita. O desejo já latejava dentro de mim e passei o olhar por seu corpo. Ergui seu pé e o levei aos lábios, beijando-o suavemente. Ela me olhava, silenciosa, linda, os cabelos espalhados à sua volta.

Estremeceu de leve quando passei a língua entre seus dedos, lambendo-os sensualmente. Vi seus olhos brilharem, o desejo se estabelecendo em sua expressão langorosa. E assim continuei, lábios, dentes e língua em seus dedinhos.

Maiana agarrou o lençol com os punhos fechados. Enquanto lambia seu pé, eu abri suavemente sua outra perna e murmurei:

— Chega a calcinha para o lado. Quero ver sua bocetinha.

Ela mordeu os lábios, já arfando. Parecia nervosa, a lascívia enchendo o quarto de tesão, percorrendo nossas peles. Abriu ainda mais o joelho para o lado, a perna flexionada, o outro pé plantado sobre a cama. E, enquanto eu a observava, soltou o lençol e levou a mão até a calcinha branca. Enfiou os dedos sob o tecido e o trouxe para a virilha de um lado só, expondo os lábios vaginais rosados, cobertos por pelos loiros e curtos.

Fiquei duro. Chupei seu dedo do meio e ela estremeceu, respirando com dificuldade. Sem que eu mandasse, enquanto mantinha a calcinha afastada com uma das mãos, levou a outra até o clitóris e se acariciou, gemendo baixinho.

Porra, fiquei doido. Vi o brilho de sua excitação e mordisquei a sola de seu pé. Maiana gemeu de novo, olhando-me, até que parei o que fazia. Aproximei-me entre suas pernas e ergui sua blusa, expondo a barriga redonda. Passei a mão por ela, com carinho. Então desci mais, até pousar a mão sobre a sua vulva.

Disse rouco:

— Agora, deixe comigo. Tire a blusa e mostre os seios.

Lambeu os lábios, seca. Não se fez de rogada. Enquanto eu esfregava docemente seu clitóris, segurou a blusa e a tirou por cima da cabeça. Fitei-a nua e aberta para mim, os seios redondos e pesados, os mamilos vermelhos intumescidos.

— Nossa filha vai se fartar nesses seios. E eu também — murmurei, me inclinando para a frente, esfregando minha barba em seus mamilos, suavemente, meu dedo do meio escorregando para dentro da boceta toda melada.

— Ah…

Maiana enterrou os dedos em meu cabelo. Moveu os seios contra minha boca, ansiosa, mostrando o que queria. Sorri e capturei um dos mamilos, chupando com um pouco de força. Estremeceu sob mim, e passei a meter e tirar o dedo.

— Ah, que gostoso… — Abriu-se mais, jogando a cabeça para trás e fechando os olhos. Enterrei dois dedos e girei. Tremeu, agarrando meu cabelo, muito excitada.

Fui ao outro mamilo, esfregando a barba, fazendo atrito. Então dei pequenas lambidas, até metê-lo na boca e sugar firme. Sentia um gostinho levemente doce, que me excitou ainda mais, mamando sem dó.

— Por favor… mais… — suplicou agoniada.

— Quer mais? — Tirei os dois dedos e espalhei seu mel no buraquinho mais embaixo, forçando o dedo lubrificado ali. Maiana se abriu, ansiosa, choramingando enquanto eu a penetrava no cuzinho com o dedo do meio, alargando-a, lubrificando-a.

Continuei a chupar o mamilo, cada vez mais forte. Ela tinha espasmos, arfava, se mexia. Forcei dois dedos e eles entraram no orifício apertado. E, enquanto metia o do meio e o indicador em seu cuzinho, enfiei o polegar bem fundo na vulva escaldante e encharcada.

— Quer mais? — Ergui a cabeça, encontrando seu olhar pesado e lânguido.

— Sim — pediu, cheia de tesão.

— Eu te dou.

Nem me despi. Desci o short, sem tirar os dedos, indo para a cama, ao seu lado, ordenando baixinho:

— Fique de lado. Vou comer você de conchinha.

Obedeceu, tremendo. Beijei sua nuca perfumada, enquanto tirava a mão que estava embaixo dela e a enchia de saliva. Untei seu ânus e o meu pau. Abri sua perna, mantive-a firme, e forcei. Choramingou quando o buraquinho melado se dilatou e esticou, e a cabeça gorda do meu pau passou. Então meti devagar, até ela se acostumar com meu tamanho e volume.

— Isso, assim... Boa menina... — Os dedos da outra mão foram em seu clitóris e a masturbei suavemente, mordiscando sua nuca, passando a estocar meu pau em sua entrada. Quando meti tudo até o fundo, enfiei meu dedo também dentro da sua vulva, que pingava e palpitava, quente.

— Ah, Arthur... — Estava fora de si, enaltecida, alucinada. Rebolou e deixei minha mão em sua barriga, fodendo-a bem gostoso, adorando a sensação do seu orifício ardente sugando meu pau mais e mais.

Estava duro como pedra. Fui um pouco mais bruto, até que a segurei firme e tirei o pau todo, enfiando de novo, a abrindo, obrigando a me aceitar por inteiro, bem grosso. Maiana gemia e implorava, e eu dava.

— Gosta assim, Maiana? Meu pau entrando e saindo do seu cuzinho com o dedo na bocetinha? Hein? Ou quer mais?

— Não aguento... — arquejou.

— Está doendo? — Fiquei preocupado.

— Não. Está delicioso. Mais... mete mais um dedo... — pediu, fora de si.

— Safadinha... — E enterrei dois dedos na sua boceta enquanto a fodia por trás, bruto, em golpes secos. Quando a palma da minha mão passou no clitóris inchado, passou a estremecer e dizer palavras desconexas. Então fui mais firme, deslizando, a comendo com voracidade.

Maiana estalou em um orgasmo fulminante. Quase chorou, de tão descontrolada. Beijei seu pescoço e parei de me controlar, metendo com tudo, gemendo rouco. Até que ejaculei bem fundo dentro dela, maravilhado, entregue a toda aquela delícia.

Quando tudo acabou, virei-a para mim e acariciei sua barriga, sentindo a bebê se mover. Sorri, enquanto me fitava com amor, toda lânguida.

— Acho que alguém aqui não gostou desse movimento todo.

— Acho que ela vai ser meio geniosa... Como o pai.

— Como a mãe — completei.

Sorrimos. Beijei seus lábios e disse baixo:

— Acho que por hoje chega, Maiana. Vamos deixar a Aninha descansar em paz.

— Ana Bárbara. Já vi que vai assumir só o seu Ana e esquecer a minha Bárbara — reclamou de brincadeira.

— Prometo que não. Quando é a próxima consulta ou exame? Quero ir em todas a partir de agora.

— É daqui a duas semanas.

— Certo. Esta semana vou dar entrada nos papéis do casamento. Temos que ver como você quer. E decidir onde vamos morar. Pensei em comprarmos uma casa, com jardim, piscina, onde nossa filha possa correr e brincar bastante. O que você acha?

— Perfeito. Eu prefiro casa também. — Passou a mão em minha barba. — Mal comprei meu apartamento e já vou me mudar.

— Está triste?

— Nem um pouco.

E ficamos na cama, nus e apaixonados, planejando nosso futuro.

## MAIANA

Arthur me deixou em casa à noite, prometendo que no dia seguinte me esperaria na saída do trabalho, me levaria à faculdade e depois me buscaria lá. Queria que eu trancasse o quanto antes o meu curso, mas prometi que só o faria dali a duas semanas, quando o período chegaria ao fim e eu também sairia do trabalho.

Depois que ele foi embora, andei pelo apartamento vazio em uma bolha de felicidade, sorrindo sozinha, sem compreender como uma pessoa podia passar de um ódio profundo a um amor infinito em apenas um dia. Eu acordei odiando Arthur, jurando que nunca o perdoaria. E agora ia dormir mais apaixonada do que nunca, cheia de planos para um futuro ao lado dele.

Acho que só o risco de uma tragédia podia ter causado uma reviravolta tão grande na minha disposição e nos meus sentimentos. O medo de que Arthur tivesse morrido ou ficado seriamente ferido me fez perceber como ainda o amava desesperadamente e como minha vida seria vazia sem ele. Toda raiva e rancor deixaram de ter importância. E eu senti dentro de mim que podia acreditar nele de novo.

Outra pessoa em meu lugar talvez nunca o perdoasse. Eu ainda não havia esquecido. No fundo, ainda tinha uma ponta de insegurança. Mas a esperança havia ressurgido junto com o amor que eu empurrara bem para o fundo, e ela era maior. Desisti de lutar. Resolvi acreditar.

Sentei-me no sofá, pensando no dia maravilhoso que passamos juntos, enquanto acariciava a minha barriga. Pensei se um dia, mais para a frente, Arthur poderia deixar de gostar de mim e me trair novamente. Será que eu teria sempre essa dúvida bem guardada? Ou com o tempo ele me provaria que realmente havia mudado? Eu só sabia que o havia perdoado e agora não podia ficar remoendo aquilo. Era tentar deixar tudo no passado e seguir em frente.

Pensei em Matt. Ficara o dia todo sem falar com ele e sentia sua falta. Tinha me acostumado com a sua amizade, e ele havia sido importante para mim nessa trajetória, inclusive no fato de perdoar Arthur. Foi íntegro e honrado em todos os momentos, até quando eu quis beijá-lo. Como se soubesse que meu coração não estava ali. E eu agradecia a ele, foi o melhor para todos. Matt realmente não merecia ser o substituto de ninguém.

Como se fosse atraído pelo pensamento, o telefone tocou e era ele. Atendi com carinho:

— Oi, Matt.

— Oi, Maiana. Como você está?

— Bem.

— Bem mesmo?

— Sim. — Mordi os lábios, sem saber como contar que reatara com Arthur. Mas ele precisava saber.

— E você?

— Tudo tranquilo.

— Matt...

— Sim?

— Eu... Hoje aconteceu uma coisa — eu disse baixinho: — Eu e Arthur, nós... bem, nós voltamos.

Ele ficou quieto. Então, enquanto eu rezava para não o magoar, sua voz saiu naquele timbre profundo, calmo:

— Era questão de tempo para isso acontecer, Maiana. Espero que agora vocês se acertem.

— Sim, eu também espero. Matt, eu nunca quis magoar você. Desculpe pelas coisas que eu disse antes e...

— Não precisa se desculpar. Felizmente, tudo acabou bem. Vocês vão ter uma filhinha, e tenho certeza de que Arthur aprendeu uma boa lição. E o que temos é uma bela amizade.

— Você jura? Jura que vai continuar sendo meu amigo?

— Sempre, Maiana.

Eu podia sentir certa tristeza na voz dele. Era só uma impressão, mas o bastante para me deixar angustiada. Não sabia o que fazer ou dizer. E fui sincera:

— Todos esses meses, eu não sei o que faria sem você, não sei o que seria de mim sem você. Obrigada por ter estado ao meu lado, por segurar a minha mão quando soube o sexo do meu bebê e... — Minha voz embargou. — Se precisar de mim, para qualquer coisa, estarei aqui. Por favor, não se esqueça disso.

— Não vou esquecer. Bem, preciso desligar. A gente se vê por aí, Maiana.

— Sim, vamos nos ver com certeza.

— Até breve.

— Até.

Depois que Matt desligou, rezei para que ficasse bem e que encontrasse uma garota legal que desse a ele o valor que merecia. E agradeci por não termos tido mais do que uma amizade, ou eu me sentiria mais culpada ainda.

Levantei e fui para o quarto. Meu dia tinha sido repleto de emoções muito fortes.

# Parte 4

Dois meses depois (agosto)

## 20

## MAIANA

Parei na entrada do pórtico florido, naquele final de tarde ameno e fresco de agosto. Estava emocionada, coração acelerado, uma felicidade tão grande que parecia prestes a explodir. Sorri para Matt, ao meu lado, de braço dado comigo, e ele retribuiu. E então, em um consentimento silencioso, caminhamos pelo corredor gramado entre as cadeiras até o pequeno altarzinho montado sob uma grande árvore.

Nossos amigos mais íntimos e familiares estavam ali. Não era um casamento pomposo, e sim simples, no jardim da nossa casa. Eu escolhi me casar sob aquela árvore, pois eu e Arthur adorávamos ficar ali, namorando, conversando sobre o nosso dia. Decoramos tudo com hortênsias, a própria vegetação do lugar, e pequenas lanterninhas.

O padre e Arthur me esperavam no altar, e sorri ainda mais ao vê-lo, lindíssimo em seu terno preto como seus olhos e cabelos, e a gravata vermelha, bem sensual como ele. Ele sorria de volta, olhos fixos em mim, enquanto todos se levantavam e a música tocava.

Era um sonho se realizando. Casar e ter filhos. E estar grávida de sete meses parecia ter deixado tudo ainda mais completo, perfeito. Sorri feliz para as pessoas presentes, amigos de Arthur, meus amigos do escritório de advocacia, incluindo meu ex-patrão José Paulo Camargo, e do grupo de cosméticos Bella, Leon e sua esposa Agnes, e mais tantos queridos. No altar, como meus padrinhos, estavam Rodrigo e Virgínia, que também tinham se casado havia pouco tempo. E do lado de Arthur estavam Antônio e Ludmila. Dantela também estava lá, esperando Matt, que seria seu par. Ela entrara com Arthur.

Tinha sido um custo convencer os dois homens. Eu não tinha pai para entrar comigo e quis que fosse Matt, que me deu tanto apoio e amizade nos últimos meses. Arthur ficou enciumado; a relação entre eles já não era mais a mesma. Matt também ficou incomodado. Mas eu os convenci, achando que aquilo também os aproximaria mais. Não sei se eu estava certa.

Não vi o rosto da minha mãe entre os convidados, mas sabia que não viria. Eu a convidei, mas não convidei Juliane. No entanto, minha mãe disse que ambas estavam de viagem marcada para o Acre, onde o noivo milionário de Juliane tinha diversas propriedades. Haviam vendido a casa e partiram para lá antes do meu casamento. O casamento de Juliane também seria naquele mês.

Não fiquei triste. Já tinha me convencido de que não era amada por nenhuma das duas e resolvido me preocupar com quem gostava de mim. E segui em frente.

Chegamos ao altar, e Arthur se aproximou. Trocou um olhar com Matt, que me entregou a ele e disse baixinho:

— Tome conta dela.

— Pode deixar — Arthur falou sem arrogância e estendeu a mão ao amigo, que a apertou, deixando-me ainda mais emocionada.

Matt foi para perto de Dantela e deu o braço a ela.

Arthur olhou-me com amor, sorrindo, claramente tão feliz quanto eu. Acariciou minha barriga, inclinou-se e deu um beijo nela. Depois beijou suavemente minha face, ao lado da boca.

— Ainda não chegou a hora de beijar a noiva — murmurei sorrindo.

— Toda hora é hora de beijar a noiva. — Piscou e me ofereceu o braço.

Fomos juntos até o padre.

E a cerimônia começou. Foi linda, simples, enquanto as folhas das árvores balançavam sobre as nossas cabeças devido à brisa suave. Enquanto o padre falava em respeito, amor e fidelidade, as lágrimas desciam dos meus olhos. Porque havíamos enfrentado um mundo de decepções e dor, quase que nos separado de vez, mas optamos por mais uma chance. Aquela. E eu a agarraria com unhas e dentes, iniciando a partir dali uma nova vida.

Na hora de trocar as alianças, as lágrimas vieram de novo, principalmente quando Arthur murmurou, mergulhou nos meus olhos com seus olhos pretos penetrantes, sinceros, toda sua alma ali, como a garantir que eu acreditasse:

— Eu, Arthur Moreno de Albuquerque, recebo como minha esposa a ti, Maiana Apolinário de Oliveira, e prometo ser-te fiel, amar-te e respeitar-te, na alegria e na tristeza, na saúde e na doença, todos os dias das nossas vidas.

E, ao terminar, os olhos dele também estavam mais brilhantes que o normal, úmidos. Foi minha vez de falar, de prometer, enquanto ele nem piscava, bebendo cada uma de minhas palavras.

O sacerdote continuou, até o fim, quando fomos declarados marido e mulher e sorrimos um para o outro, de mãos dadas, emocionados e felizes. Arthur me beijou, não um beijo casto, mas com amor e paixão, enquanto todos aplaudiam. E então, para delírio de todos, caiu de joelhos aos meus pés e segurou minha barriga, beijando-a com igual amor. Eu ri, chorando de novo, enquanto todos ficavam em pé, assoviavam e aplaudiam.

Arthur ergueu-se feliz e nos abraçamos, enquanto sussurrava em meu ouvido:

— Eu sou o homem mais feliz do mundo.

— E eu, a mulher mais feliz do mundo...

Sorrimos, tantas emoções boas nos envolvendo, tantas esperanças dentro de nós. Passamos pelo corredor de braços dados, enquanto éramos filmados e fotografados e os convidados atiravam arroz.

— Mais fertilidade! — brincou Virgínia. — Pelo menos mais três filhos!

Arthur riu.

Fomos cumprimentados por todos, e a festa começou. Eu quis tudo bem simples e foi assim que fizemos. A decoração estava bonita, o jantar delicioso, tinha bebida à vontade, pista de dança e DJ. As pessoas riam, conversavam, dançavam, circulavam. Arthur tirou o paletó, feliz, sempre perto de mim. E eu o olhava, apaixonada.

Foram momentos únicos, inesquecíveis. Dantela estava feliz também, parecia mais leve, bem diferente da mulher que conheci. Nós nos dávamos muito bem, e ela vinha sempre à nossa casa passar os domingos conosco, quando não íamos à casa dela.

Dançou com Matt e depois com o neto. Vi Matt junto a Antônio, Ludmila e mais uma moça bonita, conversando. Continuávamos amigos, e agora eu tinha certeza de que ele e Arthur se reaproximariam de vez. Se ainda sentia qualquer coisa por mim, disfarçava bem, sempre na dele. Ao menos não se tornou ausente. Nós nos falávamos e sempre queria saber de Ana Bárbara.

Arthur me abraçou e beijou por trás, dizendo em meu ouvido:

— Já falei que sou o homem mais feliz do mundo?

— Umas cinco vezes. — Sorri e me virei em seus braços, presa por seus olhos.

— Está gostando do casamento?

— Amando. Estamos rodeados de gente boa, na nossa casa, juntos para sempre. Gostar é pouco, Maiana. E você, está feliz?

— Muito.

— Mesmo sua mãe não estando aqui? — Olhava-me com carinho.

— Às vezes, Arthur, nascemos em uma família e não temos nada a ver com as pessoas que nos cercam, não é um lar de verdade. A minha casa nunca foi.

Eu sempre me senti mais próxima da Virgínia e da dona Lilian do que de minha mãe e de Juliane. A amizade é sincera, e elas estão aqui. Então, estou feliz, sim.

— É assim que se fala. Deixe eu te mostrar a minha felicidade.

E me beijou, apaixonado.

Rimos, dançamos, nos abraçamos, fomos literalmente muito felizes naquela noite perfeita. Quando joguei o buquê, foi a mãe de Virgínia, viúva há muitos anos, quem pegou. Ficou envergonhada, e todos brincaram com ela.

Depois que todos partiram, entramos juntos em nosso casarão branco de três andares, um palácio rodeado de terrenos e jardins lindos, incrustado em Vargem Grande. Eu estava exausta, minha barriga parecia maior do que o normal para sete meses de gestação, como se eu tivesse engolido uma melancia por inteiro.

Queríamos fazer amor, mas Arthur não quis arriscar, pois eu já tinha abusado demais naquele dia. Dormiu abraçado comigo de conchinha, cheio de carinho, dizendo que agora éramos marido e mulher. Não queria viajar para muito longe, devido à gravidez, e, na manhã seguinte, seguiríamos para Angra dos Reis, onde passaríamos alguns dias.

No entanto, Ana Bárbara estava com pressa. E bastou eu me levantar de manhã para sentir uma pontada de dor e ver que minha bolsa havia estourado, o líquido descendo por minhas pernas.

Arthur entrou em pânico. E eu também, por ser um parto prematuro. Ligamos para a médica, e ele me pôs no carro, enquanto eu começava a sentir contrações. Íamos encontrá-la no hospital.

— Calma, meu bem, vai dar tudo certo — disse ele, nervoso, mais nervoso do que eu.

— Estamos bem — garanti, para não o deixar mais desesperado.

Quando chegamos lá, fui colocada em uma maca já cheia de contrações, com muito medo. Não deixaram Arthur entrar, e ele me encheu de beijos.

— Estou aqui esperando vocês, meu amor.

— Eu sei.

Fiquei olhando para ele, parado, descabelado, apavorado. E, apesar de tudo, sorri. Sim, eu tinha certeza de que ia dar tudo certo.


## ARTHUR

— Calma, você está nervoso demais! — disse minha avó, enquanto eu andava de um lado para o outro. Foi a primeira a chegar, com Alcântara.

— Nasceu? — Virgínia indagou preocupada, entrando com Rodrigo.

— Ainda não. — Passei as mãos pelo cabelo. E foi naquele momento que a obstetra, Rosana, se aproximou. Corri até ela. — E Maiana? E minha filha?

— As duas estão ótimas. — Sorriu, satisfeita, enquanto o alívio me inundava. — Foi um parto normal e fácil. E a bebê nem vai precisar ficar na incubadora. Nasceu bem e grande. Se Maiana aguentasse até os nove meses, seria um bebê gigante — brincou, e todos nós rimos.

Eu estava emocionado, doido para vê-las.

— Posso entrar?

— Só mais um minutinho. Maiana está sendo levada ao quarto e a bebê está sendo examinada. Já vão para a companhia de vocês.

Ela me parabenizou e se afastou. Abracei minha avó, que chorava, assim como Virgínia.

— Ainda bem que somos machos, não choramos à toa! — Rodrigo riu, mas eu me sentia à beira do choro e apenas sorri.

E quando entrei e vi Maiana na cama, especialmente bem, linda, feliz, as lágrimas vieram aos meus olhos. Inclinei-me e a beijei, abracei, demos graças a Deus por ter dado tudo certo.

— Ela é linda, Arthur — murmurou, fora de si de tanta felicidade. — Linda demais.

— Puxou à mãe — murmurei.

— Ao pai. Parece com você.

— É mesmo? — Fiquei todo bobo.

— Você vai ver.

Quando estávamos todos no quarto, a enfermeira entrou trazendo Ana Bárbara no carrinho. Ela usava a roupinha branca, a primeira que comprei para ela, no shopping, quando eu e Maiana ainda estávamos brigados. E bastou meus olhos baterem nela, naquela coisinha minúscula e rosada, com uma pelugem de cabelo e dormindo serenamente, para meu coração bater descompassado e eu me apaixonar loucamente.

Lágrimas pularam dos meus olhos, e Rodrigo riu, dando um tapa amistoso num dos meus ombros, como se dissesse: "Que macho mais chorão!" E ele tinha razão. Para quem nunca derramou lágrimas na vida, Maiana tinha me feito chorar demais, de tristeza e de felicidade.

A enfermeira colocou Ana Bárbara, ferrada no sono, nos braços de Maiana. E eu me aproximei das duas mulheres da minha vida. Encantado, apaixonado, em êxtase.

Eu me dei conta do que quase havia perdido. De quanta felicidade eu seria privado o resto da minha vida se continuasse egoísta, frio e manipulador, usando e sendo usado pelas pessoas, acreditando que ninguém podia amar de verdade.

Encontrei os olhos prateados e luminosos da minha mulher e pousei minha mão sobre a dela no corpinho da nossa filha, murmurando, do fundo do meu coração:

— Obrigado.

Maiana sorriu. Eu a beijei nos lábios e, depois, a cabecinha de Ana Bárbara. Olhei para os outros rindo, todo orgulhoso, e vi que os olhos da minha avó vertiam lágrimas de pura felicidade.

E era só o começo.

## MAIANA

O parto normal tinha suas vantagens, e rapidamente me recuperei. Nem o fato de acordar de três em três horas durante a noite para amamentar a Aninha conseguiu me desanimar, embora fosse cansativo demais. No entanto, aproveitava os cochilos dela para cochilar também. E passava dias de sonhos a seu lado.

Não sei se havia mais alguém no mundo que poderia ser tão feliz quanto eu. Talvez só Arthur. Pois vivíamos num chamego tão grande com nossa princesa que até do cocô dela achávamos graça. Ele chegava do trabalho e vinha ansioso para nos ver. E adorava ficar à noite com ela no colo. No início, foi todo sem jeito, mas agora era lindo ver aquele homem grande todo bobo falando baixinho com a filha.

E, quando ela dormia, nós ficávamos abraçados, conversando, nos beijando. Era quando o desejo vinha, mas eu ainda estava de resguardo. Arthur fingia até marcar os dias em uma folhinha, contando-os, o que nos fazia rir.

Dantela estava sempre em nossa casa. Praticamente todo dia ela vinha com Alcântara pela manhã, ansiosa para ver a bisneta, e acho que era a melhor parte de seu dia. Adorava conversar comigo também, e nos tornamos grandes amigas. Era uma graça vê-la com Aninha no colo, duas gerações tão diferentes, mas o mesmo sangue correndo nas veias.

Todos diziam que ela parecia comigo, tinha meus olhos claros e os cabelos apenas em pelugens finas, nada daquele abundante cabelo preto do Arthur. Mas eu percebia seus traços nela, como se fosse um pouco misturada, o que agradava a nós dois.

Virgínia também vinha nos visitar, sempre com Rodrigo e dona Lilian, que acabou ficando amiga de Dantela. Mas, no resto dos dias, éramos nós duas, eu e Ana Bárbara, juntas, inseparáveis. Às vezes, eu a segurava nos braços e ficava horas a namorando, perguntando a mim mesma como poderia existir um serzinho tão perfeito.

Outras vezes a deitava na cama e brincava, cantava, e conversava com ela só para vê-la abrir os olhos e me encarar, possivelmente sem entender nada. Mesmo assim eu ria e continuava, feliz da vida.

Não tive problemas em amamentar. Eu adorava. Me sentava na sombra do jardim em uma cadeira de balanço, sem pressa, só aproveitando a alegria de ser mãe, ser uma mulher, amada e amando sem reservas. E minha felicidade se completava quando Arthur chegava em casa, já sorrindo, já ansioso para estar conosco.

Houve uma noite em que Ana Bárbara ficou irritada, com cólica, praticamente chorando o tempo todo. Arthur se revezou comigo, segurando-a com a barriguinha sobre seu peito, ninando-a entre os braços. Fui fazer um chá fraquinho de erva-doce, para ver se aliviava a dor, e, quando voltei, encontrei os dois na cama. Tinham pegado no sono, como se tivessem combinado, ambos na mesma posição, lado a lado, com os braços para cima.

Eu os admirei, apaixonada. Naquele momento, tive certeza de que tinha valido muito a pena dar mais uma chance a Arthur. E rezei com todas as minhas forças para que aquela união e felicidade que estávamos sentindo sempre fizessem a diferença para ele. Inclusive no futuro.

Peguei Aninha no colo, com cuidado, enquanto bocejava.

Depois de colocá-la no bercinho e cobri-la, fui para a cama e me deitei ao lado de Arthur, beijando suavemente seu peito, sentindo seu cheiro. Mesmo cansada, senti o desejo me invadir. E foi minha vez de contar os dias na folhinha. Deitei ao seu lado e o abracei, cheia de amor.

Quando Aninha completou um mês, voltei à minha médica, que, como imaginei, me deu alta. Tinha lido que naquele período poderia ter um pouco de sangramento, dor vaginal e falta de libido por causa da amamentação. Mas não tive nada disso. Eu estava ótima, saudável, cheia de vontade de ter relações com Arthur novamente. E ele, ao meu lado, com Aninha no colo, deu um sorrisão quando a médica me liberou para tudo e passou um anticoncepcional, explicando:

— Nesse primeiro mês, precisam usar preservativo, até o anticoncepcional fazer efeito. Muitas pessoas acham que, porque estão amamentando, não engravidam, mas é um engano. Cuidem-se ou virá outra Aninha por aí.

Saímos de lá, e Arthur murmurou animado perto do meu ouvido:

— É hoje!

Como se soubesse que os pais estavam "na seca", Aninha nem quis saber de dormir. Quando pegava no sono e eu ia, na ponta dos pés, colocá-la no berço, ela acordava esperneando. Então voltava para o colo, e eu e Arthur nos olhávamos, desanimados.

Por fim, ele apagou na cama de um lado; eu, do outro, e Aninha, no meio. Ferramos no sono até de manhã. Claro que nossa filha acordou primeiro, já berrando de fome. Arthur e eu nos olhamos, exaustos, e ele acabou sorrindo.

— Grande noite de paixão...

— Pois é.

Sorri também. E então beijamos as bochechas gordinhas dela, cada um de um lado. Na mesma hora, parou de chorar, quietinha, como se soubesse que já tinha a atenção que queria.

Fui cuidar dela, Arthur foi tomar banho e se arrumar para trabalhar. Sentei em uma cadeira na cozinha e fiquei amamentando Aninha, enquanto Elisângela, nossa cozinheira e governanta, arrumava as coisas do café da manhã sobre a mesa redonda ao lado, e nós duas falávamos sobre um jantar de negócios que Arthur faria ali na sexta-feira. Ela disse que teria que ir ao mercado comprar as coisas e sairia logo com Reinaldo, o motorista, para fazer compras. Nós nos despedimos e ela se foi.

Arthur chegou. Beijou meu cabelo perto da testa, a cabecinha de Aninha e murmurou, enquanto a olhava sendo amamentada:

— Que inveja...

Eu sorri, e ele retribuiu, sentando-se. Admirei-o de terno, tão lindo que até doía. Sentia muita falta de tê-lo dentro de mim, nu, falando todas aquelas sacanagens. Eu estava quase subindo pelas paredes, e seu olhar denunciava que sentia o mesmo.

Despejou café quente na xícara, observando-nos. Trocamos um olhar quente, e Arthur murmurou:

— Acho que ela dormiu.

— Sim, dormiu. — Pus a camisola no lugar e a ergui no ombro, batendo suavemente em suas costas para arrotar.

Ele nem tocou no café. Seu olhar era penetrante, duro.

— Onde está a Elisângela?

— Foi ao mercado com Reinaldo.

— Estamos sozinhos?

— Sim.

Arthur se ergueu, desfazendo o nó da gravata. Eu o fitava, meu coração já disparando, o corpo se acendendo ao vê-lo deixar o paletó e a gravata sobre uma cadeira. Desabotoou os punhos da camisa branca, olhos penetrantes em mim, queimando-me.

Engoli em seco quando abriu os botões da frente e vi seu peito nu. Consegui sair da paralisia. Puxei o carrinho de Aninha para perto e a deitei de ladinho, rezando para que não acordasse. Minhas preces foram atendidas. Ficou quietinha, ferrada no sono.

Eu me levantei, apressada, ansiosa, excitada. Arthur tinha tirado a camisa e desabotoava a calça. Eu não me fiz de rogada. Não pensei que Elisângela poderia voltar a qualquer momento e nos pegar ali. Ir até o quarto, levar nossa filha e colocá-la no berço levaria muito tempo, e nós não aguentávamos mais esperar nem um segundo. Puxei a camisola pela cabeça e a larguei no encosto da cadeira. Arranquei logo a calcinha. Arthur já estava nu e vinha me pegando, encostando no armário, saqueando minha boca, faminto.

Eu o agarrei, sôfrega, passando as mãos nele, adorando seus músculos duros e sua pele quente, gemendo faminta enquanto me erguia e me sentava sobre a bancada, abrindo minhas pernas, uma de suas mãos enterradas em meu cabelo; a outra, em minha perna, arreganhando-a mais. Apertei sua bunda dura e o trouxe para mim, gritando alucinada quando o pau grande e grosso penetrou minha vagina toda molhada, apertado e ereto demais, empurrando tudo dentro de mim, fazendo-me arquejar sem controle.

— Ah, porra... Que saudade, Maiana...

— Sim... Sim... Muita saudade... Ah...

E gemi fora de mim, movendo-me de encontro às suas estocadas fundas e fortes, tremendo, rebolando e choramingando. Mordi seu ombro, recebendo-o todo, me balançando cada vez que impulsionava o quadril e me devorava brutalmente, tão gostoso que eu já estava em meu limite, suspensa pelo orgasmo iminente.

— Ah, essa bocetinha apertada e fervendo me deixa doido. Não vou aguentar...

— Venha, eu... Ah, Arthur, eu...

Não consegui terminar de falar, agarrando fortemente sua bunda, me sacudindo, pendurada em seu pau todo enterrado em mim, quebrando-me em um gozo estalado, longo, dolorido em sua intensidade. Gemi alto, choraminguei, mordi seu peito. E ele me comeu mais duro, rosnando rouco, lutando para se controlar até eu gozar tudo. Só então tirou o pau de dentro de mim e o segurou firme pela base enquanto esporrava em minha barriga e gemia em meu cabelo.

Eu tinha me esquecido totalmente do preservativo, mas ao menos Arthur tinha se lembrado de não gozar dentro de mim. Abracei-o, enquanto tremores terminavam de sacudi-lo, beijando seu pescoço, cabelo e orelha com amor e paixão.

Apoiou as mãos na bancada do armário, ao lado dos meus quadris, e me fitou, ainda banhado de luxúria, daquele jeito másculo e viril que me deixava molhada, mesmo depois de ter um orgasmo.

— Eu te amo — disse rouco.

Sorri, mais feliz do que em qualquer outro dia da minha vida.

— Eu te amo mais. Para sempre — murmurei.

— Não. Ninguém ama mais do que eu. É impossível. — Beijou suavemente o canto da minha boca. — Acordo procurando você na cama. Passo o dia pensando em você. Conto as horas para chegar aqui e ver seus olhos e seu sorriso. E, quando durmo, é com você que eu sonho.

Fiquei emocionada, abraçando-o forte, enchendo-o de beijos. Então nos beijamos, colados de novo, a paixão e o amor fortes e intensos, seu esperma se espalhando entre nossos corpos. Senti-o duro, pronto novamente. E eu também estava já ardendo.

— Vamos para o quarto — disse rouco.

— Sim, mas... você não vai trabalhar?

— De que me adianta ser o patrão se não posso fazer o que quero? — Ergueu uma das sobrancelhas pretas, se afastando o suficiente apenas para me puxar para o chão.

Eu sorri, ansiosa, excitada. Ele ergueu o carrinho com nossa filha e o levou assim pelas escadas. Seguindo-o, eu olhei com admiração seu corpo nu e murmurei:

— Você tem uma bunda linda. Aliás, não há nenhum defeito em você. É lindo demais.

Nós nos dirigimos ao quarto, e Arthur deixou o carrinho perto da porta do banheiro, enquanto se virava para mim e me puxava lá para dentro, seus olhos varrendo meu corpo.

— Olha quem fala. Ficou ainda mais linda depois da gravidez.

Nós nos enfiamos no banheiro e ele já abria o jato morno do chuveiro, me lavando, tirando o esperma dos nossos corpos, beijando minha boca deliciosamente. Eu o agarrei, masturbando-o, sugando sua língua.

Logo me encostava nos ladrilhos e erguia uma de minhas pernas bem alto, agachando-se um pouco para encaixar o pau em minha boceta e me penetrar de uma vez, comendo-me com voracidade enquanto eu me sentia cheia e completa, beijando-o com volúpia, me movendo contra as arremetidas do seu pau.

A água caía sobre nós, mas não esfriava nossos corpos ardentes, nem abrandava o desejo avassalador. Fodemos duro, até o beijo sendo devasso, lascivo, em lambidas e chupadas gostosas.

De repente saiu de dentro de mim e me pôs de quatro no chão, vindo por trás, a água caindo sobre minhas costas como se a massageasse, espalhando-se por todo lado. Abriu minha bunda, lambeu meu ânus e chupou minha vulva, que palpitava, melada, escaldante. Gemi, meus cabelos molhados caindo no rosto, a água pingando do queixo. Empinei-me toda e Arthur se ergueu, dando uma palmada firme em minha bunda, seguida por outra e mais outra. Choraminguei, arquejando, excitada além da conta.

— Minha putinha... — disse rouco, e logo agarrava minha bunda, queimando de seus tapas, e metia o pau todo dentro de mim. — Isso, quietinha e obediente enquanto fodo você...

— Ah...

Não conseguia ficar quieta, cheia de tesão, movendo-me de encontro ao seu pau, dizendo palavras desconexas quando entrava todo e girava dentro de mim. A cada vez o desejo se acumulava mais, até que eu gemia e pedia mais. E além de uma foda bem dada e dura, Arthur espancava minha bunda molhada sem dó, que esquentava e era banhada pela água, para depois esquentar de novo.

Gritei quando o gozo veio, violento. Comeu-me mais bruto, grunhindo, tirando tudo de mim. Então pôs o pau para fora e gozou, seu esperma espirrando em minhas costas e bunda, escorrendo junto com a água. Então desabei no chão, exausta demais para conseguir até pensar.

Arthur sentou e me puxou para seu colo de lado, quase deitada, amparando minha cabeça, beijando minha boca. Eu retribuí, segurando seu rosto entre as mãos, deliciada, satisfeita, feliz.

Então ergui os olhos para os seus, que brilhavam como ônix. Murmurei:

— Deu para matar a saudade?

— Só um pouquinho. Preciso de mais — disse rouco.

— Vai me deixar sem condições de andar, seu tarado!

— Tem outros lugares de que também gosto muito. Sua boca... — Mordiscou meus lábios. — Seu cuzinho... suas mãos... entre seus seios...

Subiu a mão, acariciando um deles. Senti seu pau contra o quadril e ri.

— Meu Deus, você não cansa?

— Foi mais de um mês na seca. Vendo você por aí o tempo todo com esses mamilos, que adoro, de fora... Isso é tortura.

Ri, e Arthur me abraçou. Felizmente, só naquele momento Aninha resolveu acordar, reclamando, parecendo miar. Olhamos para a porta, e ele disse:

— Ao menos ela esperou um pouco dessa vez.

Nós nos levantamos, o dia já se iniciando mais do que perfeito. Como a nossa vida. E, enquanto me enxugava e via Arthur falando com nossa filha com carinho, percebi que nunca poderia ser mais feliz do que era naquele momento.

Sorri, agradecida. A vida tinha seus altos e baixos, mas, se a gente soubesse valorizar os momentos bons, eles nos acompanhariam com o decorrer do tempo, marcados para sempre em nossas mentes e corações.

Como aquele momento. Simples, inesquecível, lindo e mágico. Só nosso.

# Epílogo

Quatro meses depois

# ARTHUR

— Parabéns pra você, nessa data querida, muitas felicidades, muitos anos de vida! Eeeeeeeeeeee...

Em meu colo, aos cinco meses de idade, Aninha batia as mãozinhas, encantada pela chama das velas do bolo. Eu ria, satisfeito, sempre a achando a coisa mais linda do mundo, babando por tudo o que fazia. Virei-a para mim, murmurando:

— Gostou do bolo? Cinco meses de vida, temos que comemorar, minha lindinha...

— Na minha época, só fazíamos festa de ano em ano — disse minha avó, mas sem criticar, apenas brincando. Era ela quem mais gostava daquelas reuniões que fazíamos a cada dia 13 para comemorar o nascimento de nosso tesouro, desde agosto.

— Se eles pudessem, comemorariam todo dia o nascimento da Aninha! — Virgínia sorriu, grávida de três meses. Cutucou Rodrigo, sentado ao seu lado no sofá: — Vamos ser babões assim, amor?

— Eu não — garantiu. — Sou bombeiro, militar, durão. Não mesmo.

— Ainda vou ver você soluçando com seu filho no colo — brinquei, andando com Aninha para o centro da sala, onde Maiana já começava a entregar os pedaços de bolo.

Rodrigo riu e confessou:

— É provável.

Sentado no sofá com Ludmila, Antônio se mantinha quieto. Eu sabia que os pais dele estavam loucos por um neto e já eram bem idosos. Sabia que ele havia casado sem amor, só por conveniência, para formar uma família. Não era como Matheus, que nunca tinha escondido o desejo de casar e ter filhos, nem era como eu antes de Maiana, avesso ao casamento. Era mais contido e calculava seus passos, e não era à toa que era CEO de uma das maiores empresas do Brasil, com filiais até em outros países. Mas aquilo ele não pudera controlar. Por algum motivo que os exames não mostravam, Ludmila não engravidava.

Seu olhar encontrou o meu e depois o de Matheus, ali perto, servindo-se de mais vinho. Tínhamos nos encontrado há poucos dias para tomar uma bebida no bar depois do trabalho, como costumávamos fazer antes, e ele contou sobre o problema, sobre não conseguirem ter filhos.

Mas não era só isso. Sempre tive a impressão de que não era feliz e isso me preocupava, ainda mais agora quando eu sabia o quanto o casamento poderia ser maravilhoso.

Para tirar aquele seu ar circunspecto, pus Aninha em seu colo, e foi engraçado ver o homem sem saber o que fazer. Mas quando ela voltou os olhos prateados para ele e deu uma risadinha, Antônio sorriu como um bobo, todo derretido.

— Efeito Aninha — disse Matheus, e nós acabamos rindo.

Ludmila não, pois parecia um pouco incomodada.

Maiana tinha a ajuda de dona Lilian para entregar os pratinhos com bolo, mas foi a própria que se encarregou de levar o pedaço de Matheus, parado perto da janela. Ela dizia, linda demais em um vestido cinza, que valorizava seus olhos:

— Foi Elisângela que fez. Lembro que adorou o último.

— Se ela fosse minha cozinheira, eu estaria imenso. Sempre tive um fraco por doces. — Deixou a taça de vinho sobre o aparador e aceitou o prato de bolo, olhando para Maiana e sorrindo.

Observando-os, eu senti uma pontada de ciúmes. Sabia que eram só amigos e, felizmente, minha relação com ele também tinha voltado ao normal. Mas sabia também que, de nós três, ele sempre foi o mais romântico, e nunca tinha se apaixonado de verdade até conhecer Maiana. E, mesmo tendo se mantido sem envolvimento físico com ela e tentando agir normalmente, eu o conhecia bem demais e podia ver o amor escondido em seu olhar.

Era estranho saber que meu amigo amava a minha mulher. E que por um tempo eu quase a tinha perdido para ele. No fundo, entendia tudo, seguíamos em frente, mas eu nunca deixava de me manter atento. E às vezes era impossível evitar sentir ciúmes. Como naquele momento.

— E o meu pedaço de bolo? — Fitei-a.

Maiana veio até mim, sorrindo. Beijou suavemente meus lábios ao passar por mim:

— O seu está junto ao meu, para comer comigo. — Segurou minha mão. — Venha aqui pegar.

Segui-a até a mesa e me entregou um pratinho, pegando outro para ela. Sorrimos um para o outro, como bobos, tolos apaixonados, cada vez mais. E me esqueci de todo o resto.

O tempo passa…

# MAIANA

Se é que era possível… a cada dia nos amávamos mais. Aninha crescia e só trazia felicidades para nossas vidas. Voltei a trabalhar para os cosméticos Bella, que, felizmente, não me tomavam muito tempo. A babá me acompanhava com Aninha, assim, eu podia amamentá-la nos intervalos. Quanto à faculdade, mantive o curso trancado até ela estar um pouco mais crescida.

Levávamos Aninha a todos os lugares a que íamos. Arthur ia sempre sorridente com ela no colo, querendo que todo mundo visse como era linda e especial. E eu amava vê-los juntos.

Nunca imaginei que ele pudesse ser tão apaixonado, caseiro, ligado à família. Mas era assim, cada vez mais. E gostava tanto que falava sempre em termos mais filhos, dali a um ano. Mas eu queria esperar um pouco mais, quando tivesse terminado minha faculdade, nossa filha estivesse maior e nós pudéssemos desfrutar um pouco mais de nossa vida de casados.

Mas via os dois juntos, o modo cuidadoso e orgulhoso com que a segurava e cuidava dela, então pensava nele com um garotinho nos braços e ficava dividida. Mas esperar um pouco mais não faria mal.

Só vivemos momentos bons naquele primeiro ano de vida da nossa filha. De ternura, paixão, loucura, comunhão, prazer. Às vezes, o ciúme vinha à tona, mais da parte dele, pois nunca o vi sequer olhar para outra mulher. Elas que o comiam com os olhos quando chegávamos a qualquer lugar. E já aconteceu de uma ou outra ex de sua vida pregressa ser atrevida e ter coragem de se aproximar e jogar charme, como se eu não estivesse perto.

Eu ficava de olho, mas Arthur era exemplar. Nunca me deu motivo para desconfiar dele. E, com o tempo, fui confiando mais e mais, relaxando, sabendo que o que tínhamos era realmente muito especial para ter espaço para mais alguém.

Já Arthur confessava ter um pouco de ciúme de Matt, mas eu fiquei feliz de ver como voltaram a se dar bem. Eu amava meu amigo e não o queria longe da gente, e torcia para que fosse feliz. Para mim, era o homem mais doce e romântico do mundo e, uma vez, quando falávamos sobre ele, fiquei curiosa e quis saber o que Matt fazia no clube Catana.

Arthur hesitou, sem saber se dizia ou não, mas contávamos tudo um para o outro. Não acreditei quando disse que ele era um Dominador sadomasoquista.

— O quê?

Pensei em seu jeito comedido, seu olhar que tinha algo de doce, de anjo. Parecia impossível.

— É, ele gosta de usar chicotes, palmatória e de ter submissas. O sonho da vida dele é encontrar uma submissa perfeita, com quem vai se casar e chicotear para sempre.

— Arthur!

— Mas é verdade... — Ele acabou rindo.

— Meu Deus, nunca imaginaria uma coisa dessas! Mas por quê?

— Cada um com suas taras, Maiana. Eu, Matheus e Antônio conhecemos o clube Catana por volta dos dezoito ou dezenove anos. Ficamos viciados em ir lá e acabamos virando sócios. O meu negócio sempre foi as sacanagens com as mulheres; quanto mais, melhor.

— Safado... — Eu o empurrei, mas me trouxe de volta para seus braços na cama, enquanto Aninha dormia tranquilamente em seu berço.

— Mas era assim. O negócio do Antônio era ter controle sobre tudo, ser obedecido. E Matheus ficou ligado no sadomasoquismo. Começou a se envolver e não parou mais. É o Dominador mais respeitado do clube.

— Que coisa... Se fosse Antônio, eu até entenderia, mas o Matt... — Sacudi a cabeça. — Vivendo e aprendendo.

— Tá vendo? Entre os três tarados, até que você escolheu o mais normal.

Eu ri de novo e o abracei. Mas realmente fiquei espantada com aquelas revelações, embora aquilo em nada mudasse minha relação ou sentimentos por Matt.

Arthur e eu aproveitamos muito nossa vida. Conforme Aninha crescia e dava os primeiros passos, nós nos entregávamos cada vez mais ao amor. Nos finais de semana, dispensávamos os empregados e éramos só nós em nossa fortaleza. Muitas vezes, enquanto nossa filha dormia em um colchonete sob a árvore em que nos casamos, Arthur e eu nos beijávamos e nos acariciávamos no jardim.

Ficávamos nus e nos amávamos sob o sol ou em um lençol na grama, cheios de tesão e volúpia, querendo sempre mais. Ou então na piscina, enquanto eu montava sobre ele e o cavalgava. Acho que estreamos a casa inteira. Não era só a cama que nos atraía.

E o tempo passou. Comemoramos o primeiro ano da nossa filha, seu primeiro dentinho e a primeira palavra. Apesar de ficar mais tempo em minha companhia, sua primeira palavra foi para ele, quando Arthur chegou do trabalho e ela ficou eufórica, dando gritinhos, andando bamba em suas pernas gorduchas até ele, balbuciando:

— Papa...

Ele riu e a girou no colo, a abraçou e beijou, eufórico, exclamando sem parar:

— Você viu? Ela me chamou de papa! Ô, menina linda do papai!

— Papa! — gritou, rindo.

— Ah, meu Deus!

Eu ficava olhando atentamente para eles, apaixonada e emocionada, como fiquei tantas outras vezes depois.

Como quando a via no colo de Dantela, que lhe contava histórias acariciando os cabelos cada vez mais escuros. Eles estavam ficando como os de Arthur, pretos, abundantes e brilhantes, enquanto seus olhos eram como os meus, cinzentos. Era uma mistura de nós dois.

Ou quando a levamos para a escolinha pela primeira vez, com três aninhos, toda animada em seu uniforme, enquanto a olhávamos entrar com um misto de alegria e ansiedade, pois começava a se tornar independente e ganhar o mundo.

Terminei minha faculdade e comecei um projeto de montar uma escola comunitária, no qual Arthur me ajudou, correndo atrás de mais patrocinadores. Mas continuava sendo a garota-propaganda dos cosméticos Bella.

Aninha já estava com quatro anos, e vínhamos conversando sobre ter mais filhos. Sendo assim, parei de tomar anticoncepcionais e esperávamos novidades. E vieram naquela manhã, quando deixei minha filha na escola e fui buscar o resultado do teste de gravidez no laboratório, já que minha menstruação estava há alguns dias atrasada.

E, quando li o que estava escrito, fiquei com lágrimas nos olhos.

Parti para o escritório do Arthur, lembrando como fora quando soube da gravidez de Aninha. O medo, a angústia e tudo o que aconteceu depois na casa dele, suas acusações, Juliane em sua cama, as fotos. Agora era tudo diferente. E quando a secretária me deixou entrar e o vi atrás da mesa de terno, analisando vários papéis, soube que não teria mais decepções e dores como aquela. Tive certeza disso.

— Maiana?

Ele se levantou, surpreso, enquanto eu batia a porta e a trancava. Um sorriso lento e safado se espalhou em seus lábios e ele se recostou à beira da mesa, cravando seus olhos cheios de tesão em mim.

Eu o mirei, apaixonada, me aproximando dele. Usava um vestido preto, meia-calça, sapatos de salto. Murmurei, passando a seu lado, minhas mãos indo em cheio entre as suas pernas, acariciando o pau que já se enrijecia sob a calça.

— Vim fazer uma surpresinha — murmurei provocante. Vi que reagiu, excitado, seus olhos pretos brilhando, mas segui em frente, indo até o enorme janelão e descendo as persianas, devagar.

Arthur não esperou. Veio faminto atrás de mim já beijando meu ombro, me fazendo apoiar na janela. Suas mãos foram brutas, descendo as alças do vestido até a cintura e erguendo minha saia. Eu gemi, excitada, ainda mais quando enfiou a mão dentro do sutiã e apertou meu mamilo, seus dentes se cravando em minha carne; a outra mão em minha bunda. Apertou-a.

— Veio aqui me provocar? Me deixar doido? Já não basta o que faz comigo em casa, sua safadinha?

— Ai... — Choraminguei quando seus dedos passaram por baixo da calcinha e penetraram em minha entrada por trás, bem fundo, enquanto esfregava o pau na minha bunda.

— Vai ter o que merece.

— Sim.

E fiquei louca, alucinada, rebolando, pedindo mais. Arthur estava do mesmo jeito, como se não fizéssemos outra coisa além de nos amarmos sempre que tínhamos oportunidade.

Virei em seus braços e comecei a despi-lo. Quando estávamos só com as roupas íntimas, ele se sentou em um recamier e me pôs em cima, de frente para ele, enquanto me beijava com paixão e tirava meu sutiã.

Então me inclinou para trás e enfiou um mamilo na boca, chupando com força até me fazer miar e me sacudir, com a vagina palpitando e toda molhada. Saboreou e mordeu os dois mamilos até me enlouquecer. Só então arrancou minha calcinha e sua cueca preta, trazendo-me para mais perto.

— Ai, que delícia, Arthur... — gemi luxuriosa, quando seu pau se enterrou inteiro dentro de mim e o cavalguei, buscando sua boca, recebendo sua língua como recebia seu membro.

E quando nos comíamos, gemendo, cheios de paixão, segurei seu rosto entre as mãos, acariciei sua barba e fitei-o dentro dos olhos escuros e chamejantes, sussurrando:

— Tem mais uma surpresinha...

— É? — Seu olhar era safado, pornográfico. — O quê?

— Nossa família vai aumentar. Vamos ter um filho, meu amor — falei, emocionada.

Arthur parou dentro de mim, imóvel. Então me agarrou mais firme.
— Tem certeza?
— Absoluta.
Seu olhar abrandou, sua expressão era de júbilo e alegria. Murmurou rouco:
— Quando penso que não posso ser mais feliz, vem você e estraga tudo. O que fiz para merecer tudo isso? — Suas mãos subiram ao meu cabelo, segurando-me, olhando-me bem dentro dos olhos. — Como posso merecer você?
— Sendo quem é. O meu amor. O homem da minha vida.
— Sou seu, Maiana. Só seu. Sempre. — Sua voz tinha muitas emoções, e me beijou forte, gostoso, enquanto nos abraçávamos, ainda unidos, nossos corpos colados e encaixados de maneira íntima, nossas almas mais entrelaçadas ainda. — Como eu te amo!
Eu ri e então rimos e nos beijamos de novo, nos amamos, tantos sentimentos elevados naquela entrega, até a explosão final do gozo e da felicidade, que pareciam não ter fim.

## ARTHUR

Eu vi sua barriga crescer desde o início. Fui a todas as consultas e exames com Maiana. Segurei sua mão e fiquei com os olhos cheios de lágrimas quando soubemos que era um menino. Daquela vez não perdi nada e aproveitei tudo, porque agora eu a merecia e a valorizava, porque eu era um novo homem.

Tirei fotos de Maiana em vários estágios da gravidez. Deitada na cama ou pronta para sair, sempre linda, enchendo meus olhos e minha alma.

Beijei sua barriga infinitas vezes.

Eu e Aninha éramos como dois bobos saindo juntos para escolher sapatinhos e roupinhas, brinquedos, ou indo buscar o café da manhã com uma bandeja preparada e acordando Maiana, já no final da gravidez.

Daquela vez, ela chegou aos nove meses. Minha avó, já com noventa e cinco anos, cada vez mais cansadinha, fez questão de estar comigo no hospital quando nosso filho, Gaio, nasceu. Assim como dona Lilian, Virgínia, Rodrigo e o filhinho deles, Eduardo.

Gaio era um garotão loiro e chorão. Aninha ficou encantada por ele. E nós também.

Começamos tudo de novo. Noites sem dormir, visitas ao pediatra, cólicas e um mês na seca, contando os dias. Mas passou. E tudo voltou ao seu lugar.

Gaio fez um ano e foi uma festança. Ele se acabou. Era animado, simpático, adorava uma farra. E Aninha estava sempre perto, cuidando dele.

Naquele mesmo ano sofri e chorei demais quando minha avó faleceu, aos noventa e seis anos, dormindo. Falência múltipla dos órgãos. A idade a levara. Ela tinha sido tudo para mim. Meu pai, minha mãe, minha confidente. E, mesmo quando me criou errado, foi com a intenção de me proteger. Lutou sempre por mim e foi mais feliz nos últimos anos do que na sua vida inteira, me vendo feliz e realizado, junto da minha família, amando também Maiana e seus bisnetos. Foi amada por todos nós.

Maiana também sentiu muito e esteve ao meu lado até eu conseguir aceitar o fato e seguir em frente.

O tempo passou e cada momento teve uma importância vital para mim. Guardei todos eles. Os beijos que dei em Maiana, tantos, em lugares e situações diferentes, mas sempre maravilhosos e únicos.

Nossas risadas e brincadeiras. Nosso amor. Nossas brigas, que sempre acabavam logo. Nossos filhos, que cresceram vendo os pais unidos, amantes, apaixonados, sem saber que tudo aquilo quase não se realizara. Mas que, em função de uma redenção e de um perdão, agora estava lá... acontecendo, todos os dias.

E em todos esses momentos, nunca, mas nunca mesmo, tive dúvidas ou pensei em voltar para minha vida antes de Maiana. Eu era cem por cento o homem de agora. Um *ex-cafajeste*. Um homem de família. Não um reizinho. Mas um súdito da minha própria felicidade.

## MAIANA

Eu já ia sair para levar Aninha, com dez anos, e Gaio, com quase seis, para a escola, apressada. Entrei na cozinha para pegar o lanche deles, e Elisângela estava com a televisão ligada, vendo uma reportagem no jornal da manhã enquanto esperava o leite ferver.

— Esse mundo está perdido, sra. Maiana! — exclamou, horrorizada.

— O que foi? — Peguei as garrafinhas com suco na geladeira.

— A Polícia Federal descobriu um reduto de trabalho análogo à escravidão, lá no interior do Acre. Tinha quase sessenta pessoas lá, presas há anos, fazendo trabalho pesado. Um dos homens conseguiu fugir, atravessou a fronteira entre Rondônia e Acre e denunciou tudo. Graças a ele, chegaram à fazenda cheia de capangas. Que coisa horrível!

— A gente escuta cada coisa. — Balancei a cabeça, irritada. — Uma coisa dessas, em pleno século vinte e um! Um absurdo, Elisângela!

— Se é!

— Mãe... Vamos nos atrasar! — gritou Aninha da sala.

— Me deixa correr. Olha, Elisângela, não voltamos para almoçar hoje. Tenho algumas aulas na escola, depois pego as crianças e vamos almoçar com Arthur — avisei, já saindo.

— Tá, pode deixar.

— Tchau.

— Tchau, sra. Maiana. Bom almoço.

— Obrigada.

Corri para levar meus filhos para o carro e deixá-los na escola. Na cozinha, Elisângela continuava horrorizada, dizendo para si mesma:

— Como pode uma coisa dessas? — Assistia à reportagem mostrando os trabalhadores, magros e sujos, cheios de fuligem de carvão. Viviam em choupanas na fazenda, cozinhando em forno de lenha, sujos e maltrapilhos. — Coitados!

Na tela, a repórter se aproximou de duas mulheres abraçadas, mal se via a feição delas em meio aos cabelos desgrenhados e às roupas amontoadas.

— Por quanto tempo vocês foram mantidas aqui em cativeiro?

— Dez anos! — exclamou a mais nova, sem os dois dentes da frente. Elisângela ficou com pena, pois podia ter sido uma moça bonita.

— E como pararam aqui?

— Eu fui enganada! — Ela começou a chorar, consolada pela mulher mais velha. — O maldito velho dono disso aqui me pediu em casamento e vim para cá com minha mãe. Ficou me enrolando, só usando meu corpo, até que vi que não ia casar e quis sair desse buraco. Mas nos obrigou a trabalhar e nunca nos deixou sair. Foi horrível! Só fazia trabalhar! Meus dentes caíram! Nunca mais pude usar um creme no cabelo...

E chorava, desesperada. A mais velha agarrou o microfone da repórter, também aos prantos:

— Aqui não tinha televisão nem em preto e branco. Ai, meu Deus! Passei anos sem ver minhas novelas! Ninguém se importou que sou uma mulher doente! Eu queria morrer...

A repórter pegou seu microfone de volta.

— Mas vocês sabem, a Justiça agora vai tomar a propriedade e usar os lucros para indenizar os trabalhadores. Vocês vão receber todos os seus direitos.

— É sério? — As duas se entreolharam e riram, se abraçando e comemorando.

Vendo aquilo, Elisângela ficou com os olhos cheios de lágrimas, penalizada.

— Vou comprar uma televisão gigante, Juliane! — gritou a mais velha.

— E eu vou ter novos dentes! Mãe, vai tudo voltar a ser como era antes e até melhor!

E se abraçaram de novo.

— Coitadas… — Elisângela estava desolada. — A gente querendo tanta coisa, e as duas coitadas só querem uma televisão e os dentes! Como esse mundo é injusto.

E foi cuidar de seus afazeres.

# AGRADECIMENTOS

Agradeço a muitas pessoas. A todas as amigas que fiz através da literatura e que me ajudaram divulgando meu trabalho, fazendo banners de livros, criando e administrando páginas nas redes sociais, formando uma equipe "nanática", sendo minhas leitoras betas, dando sugestões e "pitacos", estando comigo e acreditando em mim.

Agradeço às minhas "nanetes", que são minhas companheiras para todas as horas e com quem passei muitos momentos maravilhosos rindo, discutindo, ouvindo, lendo, brincando, sobre cada capítulo do nosso "reizinho" que eu finalizava. Algumas eu conhecia pessoalmente ou vim a conhecer depois, outras estavam espalhadas pelo Brasil e pelo mundo e nos encontrávamos em meu grupo virtual como se estivéssemos todas na mesma sala, não importava se uma estava em Portugal, a outra no Japão, na Espanha, na Indonésia, na Inglaterra ou nos Estados Unidos. Um viva para a alegria que as redes sociais nos dão de ter amigas queridas espalhadas por tantos lugares e ainda assim tão próximas.

À Luciana Villas-Boas, minha agente literária, que acreditou em mim e tornou tudo isso possível. E às minhas editoras na Rocco, que também acreditaram no meu trabalho.

Um beijo enorme e meu "obrigada" cheio de afeto a todas vocês.

Impressão e Acabamento:
EDITORA JPA LTDA.